S

The Complete Stories *of*

SHERWOOD ANDERSON

安德森
短篇小说全集

[美]舍伍德·安德森 著

王富 译

作家出版社

图书在版编目（CIP）数据

安德森短篇小说全集 /（美）舍伍德·安德森著；王富译 . -- 北京：作家出版社，2021.12

ISBN 978 - 7 - 5212 - 1457 - 4

Ⅰ . ①安… Ⅱ . ①舍… ②王… Ⅲ . ①短篇小说 - 小说集 - 美国 - 现代 Ⅳ . ①I712.45

中国版本图书馆 CIP 数据核字（2021）第 125755 号

安德森短篇小说全集

作　　者：（美）舍伍德·安德森
译　　者：王　富
责任编辑：赵　超
特约编辑：赵文文
装帧设计：吴元瑛
封扉绘图：池冰茜
出版发行：作家出版社有限公司
社　　址：北京农展馆南里 10 号　　邮　　编：100125
电话传真：86 - 10 - 65067186（发行中心及邮购部）
　　　　　86 - 10 - 65004079（总编室）
E - mail: zuojia@zuojia. net. cn
http: // www. zuojiachubanshe. com
印　　刷：河北鹏润印刷有限公司
成品尺寸：130 × 185
字　　数：689 千
印　　张：31
版　　次：2021 年 12 月第 1 版
印　　次：2021 年 12 月第 1 次印刷
ISBN 978 - 7 - 5212 - 1457 - 4
定　　价：158.00 元

目录

Winesburg Ohio

第一部
温斯堡怪人集

《怪人传》

　　老作家胡须花白，起卧艰难。他所住的房子，窗台很高，而每天清晨醒来他就想隔窗看看那些树木。于是，他小题大做，找来木匠，把床架到跟窗同高。

　　木匠曾经参加过内战。他走进作家的卧室坐了下来，说为了把床抬高，要架一块台板。作家的雪茄放在旁边，木匠便拿过来抽。

　　两人商量着垫高床的事，说着说着就扯到其他事情上了。木匠讲起了他参加内战时的情景。事实上，是作家勾起了他的回忆。木匠曾在安德森维尔监狱坐过牢，也曾失去过一个弟兄。他的弟兄是活活饿死的，每次聊到这个话题，他都会潸然泪下。木匠跟老作家一样，也有着白花花的胡须，每每哭泣，嘴唇缩起，胡须也就跟着上下翘动。他哭泣着，嘴里叼着雪茄，样子很是可笑。这么一来，作家就把计划撂到一边了。之后，木匠自作主张把床垫过了头，害得年过六旬的作家，晚上还得借助椅子才能爬上去。

　　作家转过身，侧卧着，一动不动地躺在床上。这些年来，他一直为心脏而忧虑重重。他烟瘾很大，心率过快，脑海里时常出现自己会猝死的一幕，尤其躺在床上的时候总会冒出这样的想法。不过，这并没有使他惊恐，相反，效果相当独特，不易言喻。他躺在床上无比清醒。他一动不动地躺着，老无所用，但他身体里有些东西仍然年轻。他就像一个孕妇，所不同的是，他的体内不是一个婴儿，而是一个小伙子。不！不是小伙子，而是一个年轻的女人，她身披盔甲，俨然一个骑士。老作家躺在床上听着自己的心跳声，你看，要想猜出他体内到底为何物，是多么荒谬可笑。然而，真正需要弄明白的是，作家在想些什么，或者说作家体内年轻的生灵在想些什么。

和芸芸众生一样，在漫长的人生中，老作家的脑子里有很多奇思妙想。年轻时他也曾风华一时，备受众多女人的迷恋。当然了，随后，他就了解过各色人等，其亲密程度，异乎寻常。至少作家是这样想的，这种想法让他兴奋不已。又何苦为一个老人的想法而争论不休呢？

躺在床上，作家沉浸在一种似梦非梦的状态。就在他欲睡尚醒之际，一个个人物开始浮现在他眼前。他想象着，体内那难以言喻的生灵驱赶着一支长长的队伍，正从他眼前经过。现在你知道，作家之所以沉迷不能自拔，是因为那一个个在他眼前移动的人影。他们都是些奇形怪状的人，作家认识的所有人，无论男女，此刻都变得奇形怪状。

这些人并非全都那么骇人。他们当中有的幽默风趣，有的近乎美丽动人，但有一个女人，身材走样，她的奇特丑陋刺痛了老人的心。她从眼前经过，作家便发出呜咽声，就像小狗嗷叫一般。要是走进他的房间，你也许会以为老人做了什么噩梦或者消化不良呢。

怪人长长的队伍在作家眼前晃悠了一个小时，然后他便爬起床开始把发生的一切用笔记下来，尽管这是一件痛苦的事情。其中一个怪人让他印象深刻，他想描写下来。

作家伏案一小时，最后写出了一部书，名为《怪人传》。这部书从未出版，但我读过一次，印象难以磨灭。整部书围绕着一个怪诞的中心思想，时刻萦绕在我的脑海。每每想起，曾经难以理解的人和事都豁然开朗了。这种思想复杂难懂，用一句简单的话可概括如下：

世界初成，万物新生，思想纷呈，但没有所谓的真理。于是，人类开始自己创造真理，但每一个真理不过是众多模糊不清的思想经过一番合成整理后的产物。它们包罗万象，异彩纷呈。

老人在书中列了几百条，我就不一一陈述了。这些真理涉及贞操与激情、富有与贫困、节俭与挥霍、粗心大意与放任自流，等等。数以百计的真理无不散发着迷人的魅力。

接着人群就出现了。每个人出现都会抓住一条真理，有些强壮的甚至抓了十几条。

这些所谓的真理导致人们变得怪异，老作家对此还有一番宏论。在他看来，一个人一旦抓住了真理，就会据为己有，引导自己的生活，最终变得怪异，而他所信仰的真理就变成了谬论。

你自己能够明白，这个老人，满腹经纶，倾尽一生，潜心创作，将会如何就此挥毫泼墨，著书立说。这个主题会在他的脑海里膨胀变大，恐怕他自己也会变成怪人。但我觉得他没有，也正因为如此，他才从不出版这部书，是那年轻的生灵让他幸免于难。

至于那个老木匠，我提及他，只是因为他跟很多所谓普通人一样，也几近成了作家书中的怪人，既惹人同情又讨人喜爱。

手

　　俄亥俄州有一个名叫温斯堡的小镇，小镇附近的山涧旁坐落着一栋小木屋，木屋的走廊近乎破败。走廊上，一位老头，矮小臃肿，正在焦躁不安地徘徊着。漫长的田野上，当初播下的苜蓿种子，如今却长满茂密的枯黄杂草。越过田野，公路便映入眼帘；此时，采莓工正乘着马车从田间归来。带着丰收的喜悦，少男少女们肆无忌惮地笑着闹着。突然，一位身穿深色上衣的小伙子跳下马车，试图拽住身后的一位少女，引来一阵尖声抗拒。小伙子在路上踢起一团灰尘，迎着落日飘浮着。这时，一个少女扯着细长的嗓子喊："喂，翅翼·比德尔鲍姆，说你呢，该理理头发咯，都快长到眼里了。"比德尔鲍姆其实秃头，听她这么一说，领命似的，一双小手慌乱地抓了抓锃光的前额，仿佛那里真有一团稠密的乱发。

　　翅翼·比德尔鲍姆一直战战兢兢，为幽灵般的团团疑问所困扰，他觉得自己与这个居住了二十年的小镇格格不入。在这里，只有乔治·威拉德一个人与他来往密切。乔治是新威拉德旅馆老板汤姆·威拉德的儿子，算得上是他的朋友。乔治·威拉德是温斯堡鹰报的记者，夜晚时不时会沿着马路走来看望翅翼·比德尔鲍姆。此时，老人正在走廊上踱来踱去，双手紧张地挥动着。他多么希望乔治今晚能来啊。等到马车终于走远了，他才拨开杂草，穿过田野，攀上围栏，心如火灼地盯着马路那头的小镇。好一会儿，他就这样搓着双手站在那里，不停上下眺望。突然一阵恐惧袭上心头，他便跑回了自己的房屋，又开始在门廊上走起来。

二十年来，翅翼·比德尔鲍姆一直是镇上的神秘人物，他胆小羞怯，性格孤僻，不为世人了解，只有在乔治·威拉德面前，他才会摆脱这些，从团团疑惑中伸出脑袋，来窥视一番这大千世界。有这个年轻的记者陪在身边，翅翼·比德尔鲍姆竟公然走上了大街或者在他屋前那个摇摇晃晃的门廊上大步流星，慷慨激昂，不能自已。颤抖低沉的嗓音变得尖锐高昂，蜷曲的腰板也变得挺直起来。不仅如此，犹如鱼儿重回小溪找到归属，在乔治身边，他寡言不再，正努力把多年积蓄的各种想法表达出来。

翅翼·比德尔鲍姆用他的手表达了许多。他纤弱灵动的手指，永远那么活跃，永远竭力藏在口袋或背后，此刻终于得以窥见天日，变成了打开他话匣子的杠杆。

关于翅翼·比德尔鲍姆的传闻和他的双手有关。他的那双手一直那么地躁动不安，如同囚禁在牢笼里的小鸟奋力地拍打着翅膀，于是就有了他的名字，是镇上某个默默无闻的诗人给起的。这双手让他无比惶恐。他想把手藏起来，但是每每其他人在田间劳作或驱赶着一群死气沉沉的牲口在乡间小路上经过，他又会诧异地看着他们安静而又毫无生机的双手。

跟乔治·威拉德聊天，他都会紧握双拳，用力砸向桌子或者是屋子的墙面。这个行为让他觉得更舒心。他俩走在田野里，比德尔鲍姆要是很想聊天，他就会找到一块树桩或者是一块栅栏的顶板，接着不停地用手拍打。这样，带着失而复得的舒适感，他又畅聊起来。

翅翼·比德尔鲍姆双手的故事简直可以写成一本书了。如果出于同情的角度把这个故事道出的话，这些名不见经传的男人身上其实也有着一些奇特而美丽的品质。不过，这只有诗人才能讲明白。比德尔鲍姆敏捷的双手一天能飞速采摘多达一百四十夸脱的草莓，光这一点就引起了温斯堡人的关注。这双手成了他的显著特征，为他赢得了声誉。温斯堡人以此为傲，就像他们为银行家怀特的新石屋，为韦斯利·莫耶的棕色公马托尼·迪普赢了克利夫兰 2×15 秋季赛而自豪一样。但同时，这双手也使他本来就难以捉摸的性格更加古怪。

至于乔治，他其实不止一次想打听比德尔鲍姆的双手。时常，那股难以抑制的好奇心几乎把他压倒。他觉得，比德尔鲍姆双手奇怪举动背后肯定有缘由，不然他不会隐藏起双手，但出于愈发敬重比德尔鲍姆，他才没将那些时常萦绕脑海的疑问脱口而出。

有一次话都到嘴边了。那是一个夏日午后，他们在田间散步，走到郁郁葱葱的岸边停歇。翅翼·比德尔鲍姆就像打了兴奋剂一般，滔滔不绝地讲了一整个下午。比德尔鲍姆就像只巨大的啄木鸟，一个劲儿地猛敲栅栏的顶板，大声朝乔治嘶吼，责怪他怎么可以如此轻易因为别人而改变自己。"你这是自我毁灭啊！你喜欢独处，热爱做梦，可你又不敢拥有梦想。你想把自己变成小镇这里的人。你听着他们说话，极力地去模仿他们。"

在岸上，翅翼·比德尔鲍姆再一次竭力说明他的想法。他的声音慢慢地变得柔和起来，像是沉浸在回忆里，接着，他心满意足地叹息了一声，便开始不着边际地和乔治·威拉德闲聊起来，如同迷失在睡梦中一般。

比德尔鲍姆为乔治勾勒出活生生的梦想画面。画面里重现田园般的美好生活。碧绿开阔的乡下，身材匀称的年轻人成群结队朝小菜园树下走去，他们有些光着脚，还有些骑着马。树下，坐着一位老者，为围聚的年轻人传道解惑。

看着画面，比德尔鲍姆感到异常振奋，有一瞬间，他完全忘却了双手。不知不觉中，双手慢慢伸出，搭在了乔治·威拉德的肩膀上。那时，他听见一个从未听过又让人焕然一新的声音娓娓道来："你必须试着忘记平生所学，必须学会拥有梦想，此刻开始一切闲言碎语都无须理会。"声音的来源正是那位老者。

比德尔鲍姆停下了高谈论阔，长久而热切地盯着乔治，双眼炯炯有神。这次，他又抬起了双手，轻抚着这个男孩。然而，突然之间，他却大惊失色。

身体抽搐着，比德尔鲍姆匆匆跳起来，把双手深深地插进裤袋。接着，他眼泛泪光，焦急万分地说："我得回家了，不能再聊了。"说罢，比德尔鲍姆头也没回，急匆匆地跑下山坡，穿过草地，空留乔治·威拉德一人在青草坡上惊恐彷徨，不知所措。接着，乔治战战兢兢地站起来，沿着马路往镇上走。回想着比德尔鲍姆眼里闪过的恐惧，他顿时深有感触，心想："我再也不会过问他的双手了，纵使知道其中肯定有问题，我也不想知道了。我只知道他害怕包括我在内的所有人，这和他的双手脱离不了干系就行了。"

乔治·威德拉说得对，让我们简单地探究下那双手的故事吧。也许，我们谈着谈着，就会勾起诗人的欲望，讲述更多关于那双灵动的手不为人知的离奇故事呢，而那双手不过是追寻故事的信号旗而已。

比德尔鲍姆年轻的时候在宾夕法尼亚州一个小镇上任教，那时他还不是人们所熟知的翅翼·比德尔鲍姆，而是叫作阿道夫·梅尔斯，一个不那么悦耳的名字，但是却深受学校里孩子们的爱戴。

阿道夫·梅尔斯天生就适合教孩子。有一种人，他们非常罕见，不为人所理解，但是他们却用一种异常温柔的力量管制着孩子们，这种温柔常常会被当作一种可爱的缺点。阿道夫就是这么一种人。在这种管制之下，他对于这些男孩的感情，就像出色的女人对待她们所深爱的男人一样。

然而，那只不过是一种粗略的记述，更需要一首动人的诗篇来描绘。阿道夫要么带着男孩们傍晚散步，要么坐在校舍台阶上跟他们聊天，聊到黄昏时觉得意犹未尽。他的手会忍不住到处游移，时不时摸摸孩子们的肩膀，拨弄着孩子们蓬乱的头发。他说话的时候，声音是那么地温柔，那么悦耳动听，似乎声音里也有着一种爱抚。在某种程度上，这温柔的声音、灵动的双手、对肩膀的爱抚、对头发的拨弄都是他表达情感的纽带之一，以此把香甜的梦想带进孩子们的心田。他正是通过双手爱抚孩子来表达情意的。他创造生命的力量是潜移默化而非疾风骤雨似的。在他那双手的爱抚下，男孩儿们将所有的疑虑都抛诸脑后，也开始有了梦想。

接踵而来的却是悲剧的发生。学校里一个傻孩子开始迷恋年轻的阿道夫。晚上睡觉的时候，他暗自臆想着那些难以启齿的事，第二天就把臆想当作事实说了出来。口无遮拦脱口而出的，竟然是怪异甚至令人惊骇的指控。很快，整个小镇为之一颤。隐秘、虚无的怀疑和猜测在人们脑海里泛滥开来，大家都信以为真了。

悲剧快速演化。大人们把受惊的孩子逐个拉出被窝盘问。一个说：“他搂过我。”另一个说：“他老是用手指摆弄我的头发。”

一天下午，镇上的一个酒吧老板，亨利·布拉福德，怒气冲冲地来到了校舍门前，喊他到操场，阿道夫一到，迎接他的就是一顿拳头。坚硬的拳头不断落在阿道夫身上。看见他惊恐的样子，亨利·布拉福德更加怒不可遏，咆哮着："让你碰我的儿子！我让你碰！你这个畜生！"亨利拳头打累了，就开始四处追着用脚踢他。目击这一幕，惊恐的孩子们像无头苍蝇似的到处乱跑乱叫。

当晚，阿道夫就被赶出小镇：那晚，一群男人打着灯笼，来到他独居房子的门口，命令他穿好衣服，马上滚出来。那时，天下着雨，其中一个人手上还拿着绳子。他们本想吊死他，但看见他瘦小的身躯、惨白的面庞、痛苦的表情，动了恻隐之心，主动放他走了。他刚一跑开，他们突然回过神，反悔了，开始穷追不舍，一边咒骂一边将棍棒和大大的泥球砸向他。阿道夫尖叫着越跑越远，终于消失在夜色之中。

二十年来，阿道夫在温斯堡一直孑然一身。四十岁的身子看起来竟然像六十五岁的糟老头儿。比德尔鲍姆这个名字是他在逃到俄亥俄州东部的一个小镇时，在货运站一箱货物外盒上看到的。他有一个姑妈，牙齿泛黑，年事已高，在温斯堡养鸡过活。此后，他就跟姑妈同住一个屋檐下，直至姑妈西去。宾夕法尼亚那件事后，他卧病在床足足一年，康复后，他在田地里打临时工，却怯怯懦懦，双手东躲西藏。比德尔鲍姆不理解，祸患为什么会降临到自己身上，却感觉这肯定和他的双手脱离不了干系。当时，那些孩子的父亲们一次又一次拿他的手说事儿，酒吧老板也在校园的操场上张牙舞爪愤怒嘶吼："管好你那双手！"

山涧旁小木屋的走廊上，比德尔鲍姆还在徘徊，直到夕阳西下，夜幕降临，这才返回屋中。他切下几片面包，涂上蜂蜜，吃着简单的晚餐。屋外，晚班列车载着装满浆果的快递车厢，轰隆隆驶过，没多久，夏夜又恢复了平时的静谧。这时，他吃完面包又在走廊上徘徊。夜色笼罩下，那静静的双手是暂时看不见的了。他通过乔治来表达对人类的爱意，此刻仍旧渴望着乔治出现，但是这种渴望再次变成了他孤独等待的一部分。返回屋中，他点亮了灯，洗了洗几个碗碟，然后在通往走廊的纱门旁架起折叠床，准备宽衣就寝。这时，他注意到桌旁干净的地板上有些面包屑，便拿过灯笼放在矮凳上，双膝跪下，开始迅速捡面包屑往嘴里放，速度之快，让人难以置信。桌子底下昏暗的灯光里，这个人影如同牧师正在举行某种宗教仪式。那些焦躁而灵动的手指，在灯光内外飞速挥动，很可能有人会误以为，是信徒的手指在一五一十快速拨动念珠呢。

纸 球

里菲医生留着一撮白花花的胡子，鼻子肥厚，双手宽大。我们认识他之前，他早已从医多年，常常赶着一匹白色驽马，穿梭于温斯堡的大街小巷，挨家挨户给人看病。后来他跟一个有钱的女孩结了婚。女孩的父亲去世后给她留下了一个富饶的大农场。女孩性情安静，身材高挑，皮肤黝黑，很多人都觉得她非常漂亮。温斯堡所有人都纳闷，她为什么会嫁给这个医生。遗憾的是，结婚不到一年她就过世了，把所有财产都留给了他。

医生两只大手上的指关节同样大得出奇。他双手紧握，指关节犹如一串串未上漆的木球，就像钢条串在一起的核桃。诊所里空荡荡的，窗户上结满了蜘蛛网，妻子去世后，他常叼着根玉米芯烟斗，终日坐在窗边。他从未打开过窗户。八月的一个大热天，他曾试着打开，却发现窗户已经紧紧卡住了，之后很快就把这件事抛到了九霄云外。

温斯堡早就遗忘了这位老人，但是在他身上，有些美好的事物正孕育而生。海甫纳区巴黎服装公司的楼上，他独自一人坐在发霉的诊所里，无休止地工作着，构建着某种东西，然后又亲手将它毁掉。他用真理建构起各种小金字塔，再将它们推翻，那样他才有真理去构建别的金字塔。里菲医生身材高大，身上的那套衣服已穿了十年。两个袖子都已磨破，膝盖和手肘处也都磨出了许多小洞。在诊室，他也只是穿一件亚麻的防尘外套，上面有个很大的口袋，他总是不断地往口袋里塞纸条。数周后这些纸条变成小硬球，等口袋都装满了就把它们扔到地板上。十年来他就只有一个朋友，名叫约翰·西班尼亚，是个苗圃老板。偶尔心情欢快，里菲医生就从口袋里抓出一把纸球，往老约翰身上砸。"砸晕你个老家伙，叫你喋喋不休、多愁善感。"他大喊着，笑得浑身发抖。

里菲医生和那个女孩之间的婚恋故事非同寻常。他们的爱情耐人寻味，就像是温斯堡果园里形状各异的小苹果。深秋时分，散步在果园里，脚下的土地已经结霜冻硬，苹果也已让人摘走了。苹果打包后，就会运送到各个城市，那里的人就坐在书香满屋、家具奢华的公寓里细细品尝。树上仅剩寥寥几个结痂的苹果，看起来就像里菲医生的指关节。轻轻咬一口就知道有多么爽甜可口，原来它所有的甜味都集中在一侧的小圆块那里了。有人甚至还会踩着霜冻结冰的地面，穿梭于果园搜寻结痂的怪状苹果，然后塞进口袋满载而归。只有极少数人才知道这种怪状苹果的甘甜。

女孩与里菲医生的交往，始于一个夏日午后。那时他四十五岁，已经开始往口袋里塞纸片了，任由其变成硬纸球，然后扔掉。他坐在马车上，伴着那匹白色驽马，慢悠悠地穿梭于乡村小道，他的那个习惯就是这样渐渐形成的。他在纸上写满五花八门的想法，有思考出结果的，也有只开了个头的。

这样的想法一个接一个地从里菲医生脑海中蹦出来。他用这些想法，建立起一个真理，这真理在他脑海中膨胀放大，如浮云般遮住了世界，渐渐地，变得越来越恐怖，接着黯然逝去，各种各样的零碎想法重新滋长。

女孩怀孕了，胆战心惊，来找里菲医生。她之所以落得如此境地，说到底还是一系列机缘在作怪。父母双亡，给她留下了肥沃的土地，惹得一大群狂蜂浪蝶穷追不舍。两年来，她几乎每晚都会见到追求者，他们和她交谈时激情四射，声音和眼神都透露着急切的渴望。除了接下来要谈到的两个，其余的都大同小异，而这两个与众不同的人彼此又各不相同。其中一个青年，身材苗条，双手白皙，出生于温斯堡一个珠宝商之家，张口闭口说的都是处女的贞洁，跟她在一起就从未离开过这个话题。另一个满头黑发的男孩，耳朵大大的，总是一言不发，满脑子净想着把她带到黑暗的地方，然后开始亲吻她。

　　女孩曾一度以为会和珠宝商的儿子结婚。他说话的时候，她始终一言不发，不知怎的竟渐渐害怕起来。她慢慢觉得，他滔滔不绝谈论贞洁背后，其实内心的欲望比其他任何人都强烈。有时他说话，好像把她的身体托在手里，她仿佛看到他用白皙的手掌缓慢扭摆她的身体，眼珠子一动不动地盯着。夜晚，女孩会梦见小伙子在一口一口撕咬着她的身体，下巴还滴着淋淋的鲜血。她已经梦见过三次了。就这样，她跟那个一言不发的青年一时激情，后来就怀孕了。香肩还残留着他的齿印，好几天都清晰可见。

　　女孩对里菲医生深入了解后，似乎再也不想离开他了。一天上午，她到诊所找他，他仿佛不用她张口就明白出了什么事。诊所里有个女人，是温斯堡书店的老板娘。像传统的乡村医生一样，里菲医生也会拔牙。那位候诊的妇人，一边拿手帕捂着牙，一边呻吟着。牙齿拔出时，连她身旁的丈夫都吓坏了，牙血也洒到了她白色的衣服上。可女孩根本没留意这些。送走了他们夫妇，医生笑着说："我驾车带你去乡下吧！"

接下来的好几周他们几乎每天都腻在一起。他们因为疾病而相识，等到这场疾病过去了，她却像是发现了甘甜的怪状苹果，再也不会一心想着那些专供城市的好苹果了。

当年秋天他们结婚，到了次年春天，她便去世了。冬天的时候，他会把零零碎碎的想法写在纸片上，念给她听。每次念完，他都哈哈大笑，把这些纸片塞进口袋里，任由它们慢慢变成圆圆的硬纸球。

母 亲

伊丽莎白·威拉德是乔治·威拉德的母亲，身材高挑，面容憔悴，脸上依旧残留着儿时天花的疤痕。她不过才四十五岁，莫名的疾病却已经燃尽了她身体的活力。她在破旅馆里无精打采地晃悠，望着褪了色的壁纸和凹凸不平的地毯。精神好的话，还能帮衬一下女服务员整理整理房间的客床，被单都被肥胖的旅客睡脏了。她的丈夫，汤姆·威拉德，身材瘦削，举止得体，肩膀宽厚，走起路来像个军人身姿敏捷，浓黑的八字须，两端修整得陡然翘起。他不喜欢妻子伊丽莎白，恨不得把她从脑海中抛到九霄云外，只要看到她那高高的身躯像幽灵一样缓缓穿过走廊，他就觉得是一种耻辱。一想到她，汤姆内心就会腾起一股无名之火，嘴里咒骂不止。旅馆一直在亏本，长期徘徊在破产的边缘，而他却想要从这堆破事里面抽身出来。在他看来，这个破旅馆，还有和他住在一起的这个女人，都是失败而不中用的东西。他曾经对这个旅馆满怀希望，想要在这里开创新生活，而现在，旅馆是他的梦魇，根本不是一个旅馆该有的样子。他打扮齐整，西装革履，穿梭于温斯堡的大街小巷，有时会停下来，迅速地扫视一圈，非常害怕，好像旅馆和妻子的幽灵会跟过来似的。"他妈的！这种生活太扯淡了！"他气急败坏地脱口而出。

汤姆·威拉德热衷于乡村政治，多年来一直在共和党人主导的社区里领导民主党人活动。他对自己说，有朝一日，政治形势会变得对他有利，而多年徒劳无益的付出在论功行赏时会发挥巨大作用。他梦想能够进入国会，甚至成为州长。在一次政治会议上，一个党内的愣头青站起来吹嘘自己在工作当中是怎样忠心耿耿，这时，汤姆·威拉德气得脸色煞白。"小子，你给我闭嘴。"他目放凶光，吼道，"你懂什么劳什子政治？你当自己是谁？小屁孩儿一个！好好看看我的经历，那时候，在温斯堡参加民主党都是违法的，可我偏偏加入。那些人可是拿着枪追捕我们呢。"

伊丽莎白和她的独子乔治之间有一种心照不宣的深厚默契。这种感情源于她少女时代早已烟消云散的梦想。在儿子面前，她一反常态，含蓄娇羞。儿子在镇上当记者，有时他匆匆离开到镇上工作，伊丽莎白便会走进他的房间，关上房门，跪在窗边的一张用餐桌改成的小桌旁，对着天空膜拜，一半是祷告，一半是要求。她渴望看到自己生命里早已被遗忘的那部分东西，可以在孩子身上显现。祷告就是和这件事有关。"就是我死了，也会设法保佑你远离失败的。"她决心坚定，整个身体都在颤抖。她眼光灼热，双拳紧握。"要是看到他变得跟我这样一无是处、死气沉沉，我死了都不会安生的。"她斩钉截铁说道，"我要求上帝给我这份特权，一定要给我。我愿意为此付出代价，哪怕上帝用拳头打我。只要我的儿子能够实现我们母子的诉求，无论什么样的打击，我都愿意承受。"她有点迟疑，停了一下，盯着儿子的房间看了看，"可也别让他变得太聪敏太成功了。"她含糊地补充道。

但是乔治和母亲的沟通是流于表面的，没有实质内容。每当她生病坐在窗边，他间或也会在傍晚来房间看望她。他们一起坐在窗边，从这里看出去，越过一个小木屋的房顶，就是主街了。转过头，透过另一面窗，主街后面的整条小巷尽收眼底，小巷延伸到艾伯纳·格罗夫面包店的后门。有时他们就这样坐着，一幅乡村生活的景象就呈现在面前。艾伯纳·格罗夫手拿棍子或者空奶瓶出现在面包店的后门。好长一段时间，面包师都很讨厌药剂师赛尔维斯特·韦斯特家的灰猫。乔治和母亲看见猫溜进门，不一会儿又跑出来，后面跟着艾伯纳，胡乱挥舞着胳膊咒骂不断。面包师的眼睛又小又红，黑色的头发和胡子上沾满面粉。有时候他气急败坏，猫都逃走了，他还在乱扔木棒、碎玻璃，甚至是做面包的工具。有一次，他还打烂了辛宁五金店后面的窗户。灰猫在小巷的木桶旁边蹲下来。木桶里装满了烂纸片和破瓶子，上面还有成群的苍蝇嗡嗡地飞来飞去。有一次，伊丽莎白独自一人，看完面包师不停徒劳地发火，把头埋在修长的双手里，啜泣起来。自此之后，她再也不往小巷里面看了，尽量淡忘面包师与那只猫之间的宿怨。那就像是她自己生活的写照，生动得可怕。

晚上，乔治和母亲待在房间里，沉默令他们感到十分尴尬。暮色降临，夜班的火车也进站了。下面木板人行道上传来了行人踢踢踏踏走路的声音。夜班火车开走了，车站笼罩在一片沉寂之中。或许，捷运代理商斯金纳·利森已经把货车开过月台了吧。主街上方飘荡着一个男子的笑声。快车办公室的门砰的一声关上了。乔治·威拉德起身穿过房间，摸索着找门把手。有时他不小心碰到椅子，"嘎"的一声，椅子刮过地面。窗户旁边，这个病恹恹的女人无精打采地坐着，一动也不动。她修长的双手，苍白而毫无血色，耷拉在椅子扶手的末端。"我觉得你最好出去跟别的男孩儿玩会儿吧，不要老待在家里。"她说道，试图缓和儿子离开的尴尬。"我想我会出去散步的。"乔治回答着，有点笨拙，又有点疑惑。

七月的一个晚上，新威拉德旅馆的旅客很少。走廊里只有昏暗的煤油灯亮着，一切沉浸在幽暗之中，伊丽莎白·威拉德做了一个冒险的决定。她已经卧病在床好几天了，可是儿子还没来看她，不由得惊恐起来。她十分焦躁，原本虚弱的身体也来了精神，于是爬下床铺，穿戴整齐，匆匆穿过走廊，往儿子的房间走去，过度的恐惧使得她不住地颤抖。她呼吸艰难，用手平衡着身体，沿着纸墙慢慢走，气息在齿缝间进出，发出嘶嘶的声音。她匆匆向前走，心想自己是多么地愚蠢。"他关心的都是些男孩子的事，"她告诉自己，"也许他此时正跟女孩子在夜色中漫步呢。"

伊丽莎白·威拉德生怕被旅客撞见，旅馆以前是她父亲的，现在所有权在县法院依然登记为她的名字。旅馆不断失去客源，看上去很寒酸，而她觉得自己也同样地寒酸。她的房间在一个不起眼的阴暗角落里，有精力干活的时候，她就会主动去帮忙整理房间，希望能在客人外出和镇上商人们做交易期间把活儿干完。

在儿子的房门旁边，这位母亲跪在地板上，倾听里面的动静。听到儿子在里面走来走去，低声自语，她唇边浮现出一丝微笑。乔治·威拉德有大声自言自语的习惯，这给母亲带来一种奇妙的愉悦感。她感觉到，儿子这个习惯加强了他们之间的联系。她无数次对自己念叨过这事。"他在探索，寻找自己呢。"她想，"他不是一个木讷无趣的傻瓜，可善于表达了，聪慧过人呐！他身体里面不为人知的某些东西正在努力地成长。而那正是我被扼杀掉的东西。"

黑暗的走廊中，她起身从儿子的门旁走向自己的房间。她害怕房门打开，被儿子撞见。于是颤抖着走到一个安全的地点，在拐进第二条走廊的转角处，停了下来，双手合抱，虚弱铺天盖地袭来，她却想要抖搂掉这虚弱。她很高兴，儿子待在房里。她长时间独自躺在床上，微弱的恐惧渐渐变成巨兽。而此刻，恐惧全部都消失了。"我回到房里马上睡觉。"她感激地喃喃自语。

但是伊丽莎白并没有回房睡觉。黑暗当中，她浑身颤抖。儿子的房门打开了，孩子的父亲，汤姆·威拉德走了出来。灯光从房间里透出来，像水汽一样氤氲在门板上。汤姆手扶门把手，和儿子说着话。他的话激怒了这个女人。

汤姆·威拉德在儿子身上寄予厚望。纵然碌碌无为、一事无成，他却总是觉得自己很成功。只要出了旅馆，不用担心遇到老婆，他就大摇大摆走着，摆出镇上大人物的架子。他希望儿子能出人头地。是他，保证了儿子在温斯堡鹰报的位子。此刻，他显得语重心长，正在指导孩子人生前进的方向。"我告诉你，乔治，你要醒醒了。"他不留情面地指出，"威尔·亨德森已经跟我提过三次了，说你整天发呆，根本没有认真听讲，就像个笨丫头一样。你到底是怎么了？"汤姆笑得那么和蔼可亲。"但是，我想你会改掉这个毛病的，"他说，"我告诉威尔说，你不是白痴，也不是娘儿们。你是汤姆·威拉德的儿子，你会打起精神来的。我并不担心这个。你说话有条有理。作为一个记者，你想成为作家，这很好。只是，你也得打起精神来啊，呃？"

和儿子谈完话，汤姆·威拉德神采奕奕地穿过走廊，走下楼梯到办公室去了。黑暗中，可以听见他在跟客人聊天，不时放声大笑。那客人正在办公室门边的椅子上打瞌睡消磨这无聊的夜晚。她回到了儿子房间门口。虚弱奇迹般地从她身上消失了，她愈发勇敢地走着，心里千头万绪。儿子的房间传来椅子刮擦地板的声响，钢笔沙沙地划过纸片。她又沿着走廊回到了自己的房间。

伊丽莎白深感挫败，但下定了最后的决心。这也是她长年累月安静思考的结果了。"现在，"她告诉自己，"我要采取行动，我儿子受到威胁了，我要替他挡住。"但实际上，汤姆·威拉德和儿子之间的谈话是那么平静自然，似乎他们之间存在着一种默契，这使她抓狂。她厌恶丈夫已经有些年头了，但这厌恶一直都没有针对性，仅仅是她所有厌恶的一部分而已。但是此刻，因为在门边的讲话，他成了伊丽莎白所有厌恶的化身。房间里，她双拳紧握，眼睛在黑暗当中炯炯放光。墙上挂着缝衣袋，她走过去拿出一把剪刀，抓在手里，就像一把匕首。"我要刺死他，"她大声喊道，"是他，选择为魔鬼代言，我要杀了他。就算我也会崩溃而死，但这样大家都解脱了。"

在少女时期，嫁给汤姆之前，镇上对伊丽莎白就多少有些微词。多年来她因为所谓的"演员梦"在街上跟着男性旅客晃荡，穿着夸张的衣服催促他们谈论大城市的生活。还有一次，她穿着男人的衣服在主街上骑自行车，让所有人都大吃一惊。

那段岁月里，这个身材高挑皮肤黝黑的少女内心非常困惑。她焦躁不安，试图通过两种方式表现自己的情绪。其一，她迫切渴望生活来个翻天覆地的变化。这样的感觉迫使她想要站上舞台，吸引别人的目光。她梦想加入一些组织，环游世界，接触新鲜面孔，把自己展现给世人。夜里，她独自一人，为自己的想法兴奋不已。每当戏剧团巡游表演至此，在父亲的旅馆下榻，她就跟他们聊自己的想法，但始终不得要领。要么是他们根本听不明白她在说什么，好不容易表现出一点激情，却迎来他们的嘲笑。"不是这样的，"那些人说道，"你的想法就跟这个地方一样，无聊透了，毫无意义。"

她跟那些男性旅客四处奔走，之后就跟汤姆·威拉德在一起，却有特别的感觉。他们似乎对她很是理解和同情。在村里的小巷上，在黑暗的树荫下，他们握住她的手，她觉得无法言明的冲动涌了出来，融入到那些男人压抑的欲望之中。

她还用另一种方式表达自己的不安。这种躁动不安流露出来，一时之间，她觉得愉悦而轻松。她没有责怪那些男人，之后也没有怪罪汤姆·威拉德。每次都是老一套，先是接吻，在狂野的激情后，平静地结束，再随之而来的就是哭泣和忏悔。啜泣的时候，她常把手放在男人的脸上，每次都有同样的想法。就算他牛高马大，满嘴胡须，她也觉得他突然就变成了小男孩儿。她也好奇为什么他就没哭呢。

她的房间隐蔽在破旅馆的一个角落里。此刻，她点亮一盏灯，放在门口的化妆台上，突然冒出个想法，立刻走向衣柜拿出一个小方盒子，放在台上。盒子里装着一些化妆用的颜料，还有戏剧公司残留下来的杂物。伊丽莎白认定自己应该还会很漂亮。她的头发依旧乌黑亮丽，辫子盘在头上。她脑海里越来越清晰，预计楼下的办公室会发生什么事。不用什么疲惫不堪的身影像幽灵一样跟着汤姆·威拉德，而是一些出其不意的事更会令他心惊肉跳。她会披头散发，满脸阴沉，大步流星走下楼梯，出现在那些游手好闲的旅客面前，让他们惊悚不已。她会静悄悄的，但又非常敏捷可怕，就像一只被抢了幼崽的母老虎一样，从黑暗里走出来，静悄悄地前进，手里握着一把邪恶的剪刀。

她有些哽咽，吹灭桌上的灯，在黑暗中虚弱地站着，浑身颤抖。她身体里奇迹般出现的力量此刻消失了，几乎要晕倒在地板上，她赶紧抓住一张椅子的后背。她在这张椅子上度过了很漫长的一段日子，越过铁皮房顶，直勾勾地盯着温斯堡的主街。走廊里传来了脚步声，是乔治过来了。坐在母亲旁边的椅子上，他开始说话。"我要离开这里，我不知道要去哪儿，去做什么，但我就是要离开。"

这个女人坐在椅子上，紧张地等他说后面的话。她忽然冲动起来。"我想你最好清醒清醒，你真的想好了吗？你要去大城市赚钱，呃？你真觉得，自己更适合做一个商人吗？你真觉得，自己明锐灵活机智过人吗？"她停下来继续等待儿子的反应，身体不住地发颤。

乔治摇了摇头。"我想很难跟你说清楚，哦，但愿你能明白，"他急切地说道，"我甚至都不能和父亲谈这件事。我没有试过，没什么用。我也不知道自己要做什么。只是想要离开，出去见见世面，认真思考。"

母子俩就这样坐着，相对无言，寂静笼罩着房间。再一次，就像从前的许多夜晚，他们觉得局促不安起来。过了好一会儿，乔治又开始说话："我想大概不用一两年吧，我一直在考虑这件事。"他一边说着一边站起身走向门口。"父亲这样说，我就不得不走了。"他摸索着门把手。房间里的寂静让伊丽莎白无法忍受。儿子这番话，让她高兴得想要大哭一场，但是这种时候，表达高兴于她而言是不可能的了。"我觉得你最好出去跟别的男孩儿玩会儿吧，不要老待在家里，"她说。"我想我会出去散下步。"儿子回答着，随后笨拙地走出房间，关上了房门。

卖弄玄虚

珀西瓦尔医生身材高大，嘴角下垂，蓄着黄色的八字须。他总是穿着一件脏兮兮的白马甲，口袋鼓鼓的，塞满了廉价的黑雪茄。他的牙齿黑黑的参差不齐，眼神也有些古怪。他的左眼皮抽搐着，一会儿下垂，一会儿又突然睁开，简直就像个百叶窗，而他的脑袋里似乎站着个人，不停地拉扯窗帘的绳子。

乔治在温斯堡鹰报工作一年后，珀西瓦尔医生就开始喜欢上了这个小伙子，不过这种情感完全是医生自己单方面建立起来的。

一天傍晚，鹰报老板兼编辑威尔·亨德森去了汤姆·威利的酒吧。他沿着小巷走，悄悄地从酒吧后门进去，点了黑刺李杜松子酒，里面掺了苏打水。威尔·亨德森已经四十五岁了，总想象着杜松子酒能使自己再焕青春。跟其他大多数好色之徒一样，女人是他喜欢的话题。他在酒吧跟汤姆·威利闲聊，一聊就是一个小时。酒吧老板个子矮小，肩膀宽厚，手上有特殊的胎记。那火红的胎记早已映红了汤姆·威利的手指与手背，有时也映红了人们的脸颊。他一边站在吧台边跟威尔·亨德森说话，一边不停地搓手。他变得越来越兴奋，手指的红色也越来越深，就好像是浸在鲜血里，拿出来已经风干褪去了原来的颜色。

威尔·亨德森站在吧台旁一边看着红色的双手一边谈论着女人，与此同时，他的助手乔治·威拉德，正坐在温斯堡鹰报办公室，聆听着珀西瓦尔医生的高谈阔论。

威尔·亨德森前脚刚走，珀西瓦尔医生后脚就到了，不禁让人觉得他一直透过诊所窗户盯着报社，盯着编辑沿小巷离去。他从前门进来，找了把椅子坐下，点上雪茄，跷起二郎腿就开始说起来。他似乎下定决心让这小伙子深信某一种行为是可取的，可惜连他自己也说不清楚这种行为到底是什么。

"你注意观察，就会知道，我一直自称医生，但我的病人却少得可怜，"他开始说道，"这是有原因的，不是偶然，也不是我没这里的人懂医术，而是我压根儿就不想给人看病。你知道，个中原因不是表面上的，而是深植于我的性格。你仔细想想，就会发现我的性格千回百转稀奇古怪。我不知道为什么要跟你说起这件事，其实我大可以保持沉默，获得你更多的赞誉。我想让你仰慕我，这倒是事实。我不知道为什么会这样。这就是我告诉你的原因。很搞笑，呃？"

有时，医生会就自己的故事大谈一番。对这个年轻人来说，他的故事非常真实，意义非凡。他开始欣赏这位看起来很邋遢的胖男人，每当下午，威尔·亨德森离开，他就怀着浓厚的兴趣期待医生的到来。

珀西瓦尔医生来温斯堡大概五年了。他从芝加哥来，初来乍到就酩酊大醉，还跟行李收发员艾伯特·朗华斯打了一架。打架源于一个衣箱，结果是他被押送到了村拘留所。他从拘留所出来，就租了间房子，坐落在主街街尾，位于一间修鞋店楼上。从此他就挂起了医生的招牌。他的病人少得可怜，这些病人甚至穷得无法支付医药费，但他似乎从不缺钱用。他睡在诊所里，那里真是脏得无法形容，吃饭在比夫·卡特的午餐店，就是火车站对面的一间小木屋。到了夏天，苍蝇满屋飞，而比夫·卡特身上的白围裙比地板还要脏。珀西瓦尔医生却不介意，他阔步走进店里，掏出二十美分放在柜台上。"随便给我上点吃的，"他笑着说，"用你卖不出去的菜就行，我无所谓。你知道，我跟别人不一样，不在乎吃什么。"

珀西瓦尔医生讲给乔治的故事，都是率性而起，随性而终。乔治有时在想，这些故事大抵都是杜撰的，简直是一派胡言，紧接着他又深信不疑，认为它们饱含真谛。

"我曾经跟你一样是个记者。"珀西瓦尔医生开始说道，"那时我住在爱荷华州一个小镇上，可能是伊利诺斯州吧？我记不得了，反正都无所谓了。也许是我为隐瞒真实身份而故意说得含糊不清呢。我什么都没做，却似乎总有足够的钱来应付开支，你不觉得奇怪吗？说不定来这之前，我偷过一大笔钱或卷入一场谋杀案呢。这里面有很多事值得思考，呃？你要是个聪明的记者，就该来调查我。在芝加哥，有个医生，叫克罗宁的，被谋杀了，你听说过吗？几个人杀了他，放进行李箱里，一大早拖着箱子穿过整个城市。他们把箱子放在一辆快运货车的后面，若无其事坐在座位上。他们穿过宁静的街道，那时人们还都在睡梦中，太阳才刚刚从湖面上升起。有趣吧，呃——你想一下，他们开着车，若无其事地抽着烟，聊着天，就跟我现在一样，也许当时我就在其中呢。现在形势就会出现神奇的转机，不是吗，呃？"珀西瓦尔医生又继续讲，"嗯，反正我以前是个记者，就跟你现在一样，到处跑，找点小新闻来发表。我母亲很穷，靠洗衣维持生计。她的梦想是让我当个长老会的牧师，我就是为了这个梦想去读书的。

"我父亲疯了很多年，待在俄亥俄州代顿市一家精神病院里。你看，我不小心说漏嘴了！所有的这一切都发生在俄亥俄州，就在俄亥俄州。你要调查我，这就是个线索。

"接下来我跟你讲讲我哥。他是我所要讲的主人公，也是我一直试图理解的目标。我哥是铁路油漆工，在'四大画廊'铁路公司上班。你知道铁路是穿过俄亥俄州这里的。他跟其他人一起住在一个车厢里，辗转于城镇之间，去为铁路设备涂漆——开关、闸门、桥梁、车站，等等。

"四大画廊把车站刷成橙色，真叫人恶心，我讨厌这种颜色！我哥整天沾染着这种颜料。每当发工资，他常常喝醉酒，带着工资回家，衣服上沾满了油漆。他不把钱给母亲，而是随便堆放在厨房的桌子上。

"他在屋子里走来走去，衣服上沾满了橙色的颜料，令人作呕。这画面依然历历在目。我母亲身形娇小，红红的眼睛黯然伤神，这时总会从后门的小棚子进来迎接他。她就整日在小棚子里替人洗衣服。有时她会走进屋里，站在桌子旁，用那沾满肥皂沫的围裙擦揉眼睛。

"'别碰它！看谁敢碰那些钱。'我哥吼道，然后就拿着五美元或十美元，拖着沉重的步子去酒吧了。用完了他就回家拿了再去。他从来没有给过母亲一分钱，每次拿一点，在外鬼混，直到花光为止，他就回到铁路上，跟其他油漆工一起涂漆。他走后，就会有食物杂货之类的东西送到我们家来，有时是买给母亲的裙子，有时是买给我的鞋子。

"奇怪吧，呃？他从来没对我们说过一句好话，总是咆哮着威胁我们不准动桌子上的钱，有时放在那里三天都没人敢动。不过跟我比起来，母亲还是更爱我哥。

"我们相处得很好。我为了当牧师而读书。我的祈祷辞让我觉得自己就是个标准的笨蛋，你本应该听听我的祈祷辞的。父亲去世，我祈祷了整个晚上，有时我哥到镇上喝酒或去给我们买东西，我也同样会祈祷。吃过晚饭，我就跪在放钱的那张桌子旁，祈祷几个小时。趁人不注意，我就偷一两块，放进口袋里。现在回想起来，禁不住大笑，可在当时，我却怕得要命。我一直都记得这件事。每个星期我当记者能挣六美元，总是带回家交给母亲。而从我哥那一堆钱里偷到的几美元，就花在我自己身上，你知道，就买些小玩意儿，比如糖果啦、香烟啦之类的东西。

"我父亲在代顿的精神病院去世，我去了那里。我向同事借了些钱，坐晚班火车过去。那时正在下雨，到了精神病院，我受到了国王般的待遇。

"精神病院的工作人员发现我是个记者，对我有些畏惧。你知道，我父亲生病时，他们有些疏忽大意。他们觉得，也许我会把它写在报纸上大做文章。但我从没往这方面想过。

"不管怎样，我走进父亲病逝的房间，对着遗体祷告。我不知道怎么会出现这样的想法。不过，就算是我哥，他也不会大笑的。我站在遗体旁，伸出了双手。精神病院的院长和几个助手走了进来，站在旁边，看起来局促不安，可笑极了。我伸出双手说道，'愿逝者安息。'我就是这样说的。"

珀西瓦尔医生跳了起来，中断了故事，开始在报社办公室里踱来踱去，乔治就坐在那里听着。办公室很小，他很笨拙，总是撞到东西。"我说这些就像个笨蛋,"他说,"我来这儿可不是为了强迫你跟我交朋友,而是在想着别的事。你是记者,就跟我以前一样,所以你引起了我的注意。你到头来或许会跟我一样沦落为笨蛋。我想提醒你,想反复告诫你。这就是我找你的原因。"

珀西瓦尔医生开始谈起乔治·威拉德的待人态度。对男孩来说,这个人似乎只有一个目的,就是把每个人都弄得很卑鄙。"我要用憎恨和蔑视来武装你,这样你就能高人一等,"他郑重其事地说,"看看我哥,他就是一个例子,呃?你看,他蔑视所有人。你都想象不出他有多瞧不起我和母亲。但是,难道他不高我们一等吗?你知道,他确实如此。你没见过他,但我已经让你感受到了。我已经让你对他有了感觉。不过他已经死了。有一回他喝醉酒,躺在铁轨上,他跟工友住的那辆车就从他身上辗了过去。"

八月的一天,珀西瓦尔医生在温斯堡有过一次冒险。那个月,乔治·威拉德每天早上都去医生的诊所,待上一个小时。珀西瓦尔正在写一部书,想要把书稿读给乔治听,于是乔治就常去那里。医生宣称,他来镇上住就是为了写这部书。

那天早上,乔治还没来,医生的诊所里发生了一件事。主街上出了事故,一群马受火车惊吓而四处逃散,一个农家女娃从马车上被甩出摔死了。

主街上所有人都慌张起来,大声呼喊医生。镇上三个医生全都积极迅速赶到,却发现孩子已经死了。有人跑到珀西瓦尔医生诊所求助,但他直截了当拒绝出诊。他拙劣而残忍的拒绝,其实并没有引起注意。那个上楼来叫他的人,甚至都没听到他的拒绝就匆匆离开了。

不过珀西瓦尔对这一切并不知情。乔治·威拉德来到诊所，发现他吓得浑身发抖。"我的所作所为会引起全镇人的公愤，"他激动地喊道，"我还不知道人类的本性吗？我还不知道会发生什么事吗？我拒绝出诊，人们肯定会私下谈论的。过不了多久，大家就会聚在一起议论，会来这里跟我吵，嚷嚷着要绞死我，然后就会带着绳子再来。"

珀西瓦尔医生吓得浑身发抖。"我有种预感，"他断然道，"我所说的这些也许不会在今天早上发生，也许会推迟到晚上，但我终究要被绞死。所有人都会很激动，把我绞死在主街的路灯柱上。"

珀西瓦尔走到肮脏的诊所门边，怯生生地看着通往街道的楼梯，然后转过身来，眼里的恐惧变成了疑惑。他踮起脚尖，穿过房间，拍了拍乔治的肩膀。"就算不是现在，总有一天也会来的，"他低声说，摇着头，"最后我会被钉在十字架上，白白地钉死。"

珀西瓦尔医生恳求乔治·威拉德："你必须注意我，要是有事发生，也许你可以帮我写完那部书，我可能永远都写不完了。主题很简单，简单到一不留神你就会忘。这就是——世上人人都是基督，都会被钉死在十字架上。这就是我要说的，你别忘了，无论发生什么事，千万别忘了。"

不会有人知道的

　　乔治·威拉德小心翼翼环顾四周，从温斯堡鹰报办公室的写字台旁站起身，急匆匆走出了后门。那晚天气暖和阴沉，还不到八点，办公室后面的小巷已是一片漆黑。黑暗中，一群马拴在木桩上，炙热坚硬的地面发出了阵阵的马蹄声。突然，一只猫从乔治·威拉德脚下窜出，瞬间消失在夜色中。面对工作，这个年轻人整日焦躁不安，神志不清，此刻正哆哆嗦嗦穿过小巷，好像遭过什么重击、受过什么惊吓似的。

　　乔治沿着小巷走着，步伐小心而谨慎。温斯堡商店的后门都是敞开的，他能够看到商店灯光下的人们四下里坐着。梅耶博姆杂货店里，酒吧老板的妻子威利太太挽着一个篮子，站在柜台旁。伙计锡德·格林则在一旁招呼她，靠在柜台上，热切地说着话。

　　店内的灯光照到了门前道路上，乔治蹲下身子，一跃而过，开始向前奔跑。艾德·格里菲酒吧后面，酒鬼杰里·伯德老头四仰八叉地倒在地上睡着了。乔治被伸出来的腿绊倒在地，不禁干笑了几声。

　　乔治纠结了一整天，从早上六点钟起，就坐在办公椅上苦思冥想，此刻终于鼓起勇气，采取行动，开始了一场冒险之旅。

　　他一跃而起，急匆匆经过威尔·亨德森身旁，开始在小巷里狂奔。当时，威尔正在印刷店里校对稿件。

乔治穿过大街小巷，刻意回避着过往的路人。他在马路上来回穿梭，来到街灯下，就把帽子往下拉了拉，遮住了脸。他不敢多想，心中有一种从所未有的恐惧。他害怕自己会失去勇气，半路返回，害怕已经开始的冒险行动就此泡汤。

乔治·威拉德看到了露易丝·杜鲁宁，此刻她正在父亲的厨房里，借着煤油灯洗碗。屋后的小厨房像个棚子似的，她就站在厨房的纱门后面。乔治停在了尖桩围栏旁，竭力控制着他那颤抖的身体。此刻，他只需跨越一块狭窄的土豆地，就可以实现自己的冒险了。五分钟过去了，他才鼓足勇气呼喊露易丝。"露易丝！噢，露易丝！"他的叫声卡在喉咙里，变得沙哑而低沉。

露易丝·杜鲁宁走出来，穿过那块土豆地，手里还拿着洗碗布。"你怎么知道我想跟你出去？"她阴阳怪气地说着，"你怎么这么肯定？"

乔治没有答话。两个人就这样静静地站在黑暗里，中间隔着尖桩篱栅。"爸在屋里呢，你先去吧，到威廉姆斯仓库等。我随后就来。"

这位年轻的记者先前收到了露易丝的信。信是在那天早上送到温斯堡鹰报办公室的。内容很简短："如果你要我，我就是你的。"可在漆黑中，隔着篱笆，露易丝却装得两人之间什么事都没发生，想到这他就来气。"脸皮真厚啊！唉，天哪！这女人脸皮真够厚啊！"他一边喃喃自语，一边沿着街道行走，路过一片开阔的玉米地，玉米一直栽到人行道边上，长得齐肩高了。

露易丝从房子前门出来，还穿着她一贯洗碗穿的方格花连衣裙，但并没有戴帽子。乔治可以看到她站在门边，抓着把手，跟屋内的人交谈着，显然是她的父亲——杰克·杜鲁宁。老杰克有点耳背，露易丝得扯起嗓子他才听得到。露易丝关上门。街道上一切都是黑乎乎的，悄无声息。乔治抖得更厉害了。

威廉姆斯仓库旁，乔治和露易丝两人站在暗处，都不敢开口说话。她并不是特别漂亮，鼻子旁边还有一块黑斑。乔治想，她肯定是收拾完炊具用手擦了鼻子。

乔治开始紧张不安地笑起来，说："天很暖和啊。"他很想用手摸她，但心里却说，"我还是有点尿啊。"他暗自思忖：哪怕能摸到她那油乎乎的裙褶，也是莫大的满足啊。露易丝开始吹毛求疵了，"你以为我配不上你，不用你说，我猜得出来。"她一边说一边慢慢靠近他。

于是，乔治打开了话匣子，滔滔不绝地说了一大堆话。他想起每当在街上两人相遇，女孩眼里埋藏的激情，还有她先前写的那张纸条，所有疑惑便涣然冰释了。关于露易丝的流言蜚语，传遍小镇，也使他信心陡增，瞬间尽展男性本色，大胆挑逗起来。他内心已没有半点怜香惜玉之情了，怂恿着："啊，来嘛！没事的。不会有人知道的，怎么可能会有人知道呢？"

他们走在狭窄的砖砌人行道上，砖缝间杂草丛生。地面坑坑洼洼的，好多处的砖块都没了。他握着露易丝像路面一样粗糙的手，感觉小得可爱。"我不能走太远。"露易丝声音柔和，淡定地说。

他们越过一座桥，下面是缓缓的溪流，接着又穿过一片空旷的玉米地。来到街道尽头，在马路边的小道上，他们被迫一前一后地走着。威尔·奥弗顿的浆果园就在路边，那里有一堆木板。"威尔准备用这些木板搭个木棚，储存浆果箱。"乔治说着，跟露易丝一同坐在了木板上。

回到主街已经是十点多了，天空下起雨来。他沿着整条主街来来回回走了三趟。赛尔维斯特·韦斯特的杂货店还开着门，他进去买了包雪茄。伙计肖蒂·克兰德尔送他到了门口。两人站在凉篷下聊了足足五分钟，这让乔治很是自鸣得意，满心欢喜。他巴不得有人多聊会儿天呢，之后便轻轻吹着口哨，转过街角，朝新威拉德旅馆走去。

　　温尼纺织品店旁的人行道上，一块高大的木板栅栏贴满了马戏团的海报。乔治不再吹口哨，一动不动地站在黑暗中，竖起耳朵全神贯注地听着，好像是在等待有人叫喊他的名字。接着，他又一次紧张兮兮地笑了起来。"反正，她又没抓到我什么把柄，不会有人知道的。"他一边固执地嘀咕着，一边继续赶路。

虔诚四部曲

第一部

本特利农场里总有三四位老人，或坐在房前的走廊里，或在菜园里闲逛。其中三位脸色苍白，声音孱弱，是杰西的姐姐。还有一位老人，白发稀疏，沉默寡言，是杰西的叔叔。

农舍是木制的，原木的房屋结构外罩着屋顶板。事实上，这并不只是一座房子，而是好几座房子随意地拼凑在一起。屋内的结构令人称奇。从客厅到饭厅要上几格楼梯，从一个房间到另一个房间也需要上上下下地爬楼梯。到了吃饭时间，这个地方就像蜂窝一样，热闹极了。有那么一会儿到处都静悄悄的，接下来，开门声、脚踩楼梯的咔哒声、喃喃的细语声，从各个不起眼的角落冒了出来。

除了前面提到过的几个老人，住在本特利农场里的还有一大群人。有四个男雇工，一个名为凯丽·毕比的女人，她负责家务的管理，一个笨拙的女孩，伊莉莎·斯托顿，负责铺床和挤牛奶，还有一个男孩在马厩里工作，再有就是这个农场的主人，杰西·本特利了。

这时候，美国内战已经过去二十年了，本特利农场所在的俄亥俄北部地区已经从拓荒的生活中崭露头角。当时杰西已经拥有了收割机，建造了现代化的谷仓，农田也精心铺设了许多瓷砖排水管，但为了更好地了解这个男人，我们必须回溯到更早的日子。

在杰西之前，本特利家族已经在俄亥俄州北部繁衍生息好几代了。建国初期，他们就从纽约州迁移过来，趁地价便宜，便置办了土地。有很长一段时间，他们跟中西部的其他人一样，非常贫穷。他们定居之地林木繁茂，灌丛横生，到处都是倒下来的木柴。他们花了很长时间辛苦劳作，清除了地上的木头，还把大树砍掉，但仍有许多树桩需要处理。耕地里满是树根和石头，耕田时犁子总被绊住，低洼之处又有积水，于是玉米刚种不久就变黄、枯萎，然后死亡。

待杰西·本特利的父亲和哥哥们接手这个农场时，大部分艰难的清理工作已经完成了，但他们还是遵循老一辈的传统，像牛马一样辛勤劳作。实际上，他们的生活跟当时所有的农民没什么两样。整个春天以及冬天的大部分时间里，那些通向温斯堡镇的公路就成了一片泥海。家里四个健壮的小伙子睡着稻草床，吃着大碗大碗油腻的粗粮，白天在田地里不辞劳苦，晚上就像疲惫不堪的野兽，倒头就睡。他们的生活几乎无不是粗糙和严酷，他们也是一副粗犷和冷酷的模样。每逢周六下午，小伙子们将几匹马套在一辆三座马车上，驾车前往镇上。在镇上，他们围在商店的火炉边跟其他农夫或店主们攀谈，其实，他们不擅言谈，大部分时间都沉默不语。小伙子们平日里穿的是工作服，冬天则是厚重的大衣，衣服上泥巴斑斑可见。他们把冻得通红皲裂的双手伸向火炉旁取暖。买了肉、面粉、糖和盐之后，他们便会走进一间酒吧，放纵地喝啤酒，长期沉重的农活所压抑的内在豪放气魄，在酒后都轻松自然地流露了出来。一种如诗般动物的原始激情控制了他们的身体。回家的路上，他们站在马车座位上，朝着星空大喊大叫，时而胡闹厮打，时而乱吼乱唱。有一次,大儿子伊诺克·本特利竟然用马车鞭子的手柄打中了父亲,老汤姆似乎差点就死过去了。好些日子,伊诺克都藏在马厩阁楼的干草堆里,寻思着他一时冲动打了父亲,要是老头死了,他就逃之夭夭。伊诺克的母亲不愿儿子饿死,就拿了食物给他,还告知老汤姆的伤情。父亲伤好了以后,他再也不用躲躲藏藏了,若无其事地继续清理农田。

内战迅速改变了本特利家族的命运,同时也成就了小儿子杰西。伊诺克、爱德华、哈利和威尔全部应征入伍,在漫长的战争结束之前,全都阵亡了。在他们去了南方之后的一段时间里,老汤姆尽力经营那片土地,但并没能成功。从军的四个儿子战死沙场后,汤姆写信给杰西叫他回来帮忙打理农活。

此后的一年,老伴儿一直病恹恹的,直至突然离世,种种打击让老汤姆变得彻底萎靡不振。他整天都摇晃着脑袋四处游荡,喃喃自语,说要把农场卖掉,搬到镇上去。农活已经荒废了,玉米地杂草丛生。老汤姆雇了工人但却不善管理。早上工人们到田里干活,他就在树林里徘徊,或是坐在木头上。有时候到了晚上他也忘了回家,害得女儿们还要外出找他。

杰西回来后,开始接管农场。那时,他才二十二岁,看起来非常瘦弱、敏感。他十八岁的时候就外出求学,志愿成为一名学者,而最后却成了一名长老会牧师。

整个童年时期,用我们故乡的话,他都有个绰号"奇葩绵羊",跟哥哥们相处得也不怎么样。全家人就只有母亲理解他,而如今她已经逝世。当时农场已开垦到六百多英亩了,这可得归功于四个身强力壮的哥哥。他继承家产成为主人,管理农场大大小小各类事务，而农场上的人、温斯堡镇及附近的人仿佛都在看热闹呢。

嘲笑也理所当然。以当时的标准来看，他身上没有一点地方看起来像男子汉的。他长得瘦小纤细，有着女人般柔弱的身体，还恪守着年轻牧师的传统，穿着黑色的长外套，打着窄细的黑领带。几年未见，邻居们看到他，都忍俊不禁，看到他在城里娶的妻子更是乐个不停。

事实上，杰西的妻子不久便去世了。那或许是杰西的错。内战结束后，日子很艰难，柔弱的凯瑟琳·本特利并不适应北俄亥俄州农场的生活。在那些日子里，杰西对她很刻薄，跟对周围的人没什么两样。她努力干活，就像周围的女人一样，但他也没劝阻她。她帮忙挤牛奶，做一部分家务，整理男工们的床铺，为他们准备食物。这一年，她起早摸黑地干活，生完孩子不久就去世了。

至于杰西·本特利本人，他体格柔弱，但他体内却有些东西不那么轻易泯灭。他有着棕色的卷发和灰色的眼睛，有时候眼神冷酷犀利，有时候却游移不定。他长得又瘦又矮。嘴巴非常灵巧坚定，像小孩子的嘴一样。杰西·本特利是一个狂热的人。他生来便跟这个时代和地方格格不入，因此他受尽煎熬同时也折磨别人。他从来没有成功地获得自己想要的东西，他也不知道自己想要什么。他回到本特利农场后，才过了短短的一段时间，那里的每个人就有点怕他了，他的妻子，与他母亲一样，已经和他够亲近的了，也还是怕他。杰西回来刚两周，老汤姆·本特利就把整个农场所有权交给了他，自己退居幕后。人人都退居幕后了。尽管年轻没经验，但是杰西善于掌控人心。他对每件事都尽心竭力。他也说了，没人懂他。在他的鞭策下，农场的每一个人都像牛马一样地干活，毫无乐趣，就好像他们之前永远在旷工一样。如果一切顺利，那受益的也只是杰西自己，而不会是他的下属。就像其他后期来到美国的成千上万的强者一样，杰西也是外强中干。他能掌管别人却不能控制自己。根本不需要所谓的经验，管理这个农场对他来说轻而易举。他从求学的克利夫兰回家后，就独处一室，开始筹划心中的蓝图。他夜以继日地想着对农场的规划，而辛勤的思考让他获得成功。在他周围，农场的其他汉子都只懂埋头苦干，干得热火朝天，累得无法思考。而孜孜不倦地为农场的成功而规划设计，反倒成了杰西的一种放松方式。而这也一定程度地满足了他旺盛精力的内在追求。他一回到家，就在老屋旁边建起了一间侧室。在那个大房间里，朝西而望，透过一些窗户，谷场可尽收眼底，穿过其他的窗户，农场也是一览无余。他靠窗而坐，思绪万千。日日夜夜，时时刻刻，他坐在那儿，看着这片土地，思考着人生新的归宿。他激情四射，目光灼灼，坚定而犀利。他想让他的农场产量空前，他还想要其他东西。内心的这种不可名状的饥渴令他的眼神犹豫不决，在别人面前也变得越来越沉默寡言了。他愿尽其所能去获取一丝安稳，可内心深处却仍担心这会是可望而不可即。

杰西全身都充满了活力。在他那细小的身板内，蕴含着一整个加强排的活力。他一直都是那么卓越非凡，不论是在农场的孩提时代，还是在学校的青春时期。在学校的时候，他全身心地学习圣经和上帝的思想。随着时间的推移，他对人有了更深刻的了解，便开始自命不凡，不愿泯然众人。他格外想让自己的人生变得意义非凡，他看着四周的人，如同傻瓜一样活着，而他决不能容忍自己成为这样的傻瓜。他一心一意地专注自己的命运，却对一个事实视若无睹，他年轻的妻子挺着大肚子，依然干着那些女汉子干的活，为了丈夫的事业而甘做牺牲，但他并无虐待她的意思。长年农活压弯了父亲的腰，父亲将农场的所有权移交给了他，看起来似乎心甘情愿地偏居一隅，只等哪天驾鹤西归了。他耸耸肩，然后就把心思从这老人身上移开了。

杰西坐在房间的窗户旁，透过窗户俯瞰脚下这片土地，思考着自己的事情。马厩里传来马蹄声，牛栏里牛群焦躁不安。远处的田野里，他能看见其他牛群在绿油油的山坡上转悠。透过窗户，传到耳朵里的，是他属下员工们的声音。从挤奶房里传出了有节奏的呼呼声，那是智障女孩伊莉莎·斯托顿摆弄搅乳器发出的声音。杰西的思绪飞回到旧约的时代，那时的人们拥有沃土千里，牛羊成群。他记起了上帝从天而降跟他们谈话的情景，他也希望上帝能注意到他，跟他进行这样的交流。他多么渴望自己的生命中能够得到曾经降落在这些人身上的殊荣，这种童真般的狂热使其难以自制。作为一个虔诚的教徒，他对上帝大声地倾诉，内心的渴望也愈发强烈了。

"我是这片土地新的接班人，"他郑重其事地说，"上帝啊，看看我，再看看我的那些邻居，还有那些已经不在了的人！噢，上帝，把我塑造成另一个杰西吧，像古时候的杰西一样，统领着人类，我的儿子们也注定成为统治者。"他变得越来越激动，一边大声说着一边跳起来在房间里走来走去。幻想中，他看见自己生活在旧时代，周围都是古老的族群。这片土地在他面前不断向外延伸，住着一种由他繁衍而来的新族群，可谓举足轻重。对他来说，他的时代正如其他时代一样，上帝挑选凡间的仆人进行传话。他渴望成为这样的仆人，用自己的力量创建王国，为人类的生命注入新的生机。"我来这里正是要完成上帝指派的任务。"他用豪迈的声音宣告，他瘦小的身躯直绷着，想着头上正闪耀着上帝赋予他的光环。

后人或许有点难以理解杰西·本特利。在过去的五十年里，人们的生活发生了翻天覆地的变化。事实上，一场革命已经开始。工业主义伴随着咆哮和纷扰来到我们当中，数百万刺耳吵闹的新声音漂洋过海来到我们中间，列车来来往往，城市快速发展，在城镇和农舍之间，铁道线路纵横交错，而现在，汽车的出现，更是极大程度地改变了美国中部人们的生活方式和思维习惯。书本，毫无想象力又无趣至极，尽管是仓促而就，但已经成了家庭必备品，杂志的发行量超过百万册，报纸也是随处可见。在我们这个时代，就算是一个站在乡村商店火炉旁边的农夫，脑子里都溢满着其他人的言语。报纸和杂志把他的脑子塞得满满的。旧时很多的粗鲁无知，即使有着孩子般天真无邪的美好，也已经永远地消失了。壁炉旁边的农夫跟城里的人们就如同兄弟，只要认真听，你就会发现他跟城里最棒的人一样口若悬河，无知浅薄。

而在杰西的时代以及内战之后整个中西部的乡村地区，则并非如此。人们干活太辛苦了，累得不想阅读。对于印刷在纸张上的文字他们并没有多大的兴趣。他们在地里干着活，脑袋里都是些模糊而半成形的想法。他们信奉上帝，相信上帝的力量主宰着他们的生活。他们每逢周日，就会聚集在那个小小的新教教堂，聆听着上帝和他的作品。在那个时代，教堂就是社会生活和精神生活的中心，上帝在人们心中的形象高大无比。

于是，从小就充满想象力、对知识十分渴望的杰西·本特利整颗心都给了上帝。战争带走了他的几个哥哥,他在其中看见了上帝的操控。父亲生病了无法打理农场,他也就觉得那是上帝的旨意。在城里收到消息,他晚上走在大街上就思考着这些事情;当他回到家,农场的工作步入正轨后,他又晚上走在山野林间,心念着上帝。他一边走着,一个重大的神圣宏图在他脑海中滋长。他开始变得贪婪起来,不再满足于农场仅有的六百英亩土地。他在牧场边缘的栅栏角落双膝跪下,大声喊了出来,打破了夜晚的沉寂,抬头望天,看见繁星正向他闪耀着。

杰西父亲去世几个月后的一个夜晚,他的妻子躺在床上,随时可能分娩,可他却离开了屋子,出去散步,迟迟不归。本特利农场坐落在一个小山谷上,瓦恩河蜿蜒而过,杰西沿着河岸走到了农场的尽头,接着继续走进了邻近的田野里。随着他的脚步,山谷不断变宽和缩窄。一大片开阔的田野和树林映入他的眼帘。月亮从云朵的后面出来了,他爬上了矮山丘,坐下来又陷入了沉思。

杰西觉得,作为上帝忠诚的仆人,整个乡野,他所到之处都应该为他所有。他想到了死去的哥哥们,埋怨他们没有更加辛勤劳作获得更多土地。在皎洁的月光下,他面前的小河从数不清的石块之上流淌而过,他开始想,旧时像他这样的人早已牛羊成群、良田万亩了。

一半恐惧,一半贪婪,这股奇异的冲动包裹着杰西·本特利。他记得,在古老的圣经中,上帝是如何出现在另一个杰西面前,让他把儿子大卫送到以拉谷,扫罗正带领以色列人在那跟非利士人激战。杰西的脑海里浮现出一种坚定的信念,所有在瓦恩河谷拥有土地的俄亥俄农民都是非利士人,都是与上帝为敌的。"假如,"他小声地自言自语，"他们之中有一个人，像迦特的非利士人哥利亚那样，他能够打败我，到时我的财产可就难保了。"想着想着，他感觉到一股令人作呕的恐惧。他认为，在大卫到来之前，扫罗的心头一定也是这般沉重。想到这里，他跳起来，开始在夜里狂奔。他一边奔跑一边呼唤着上帝。他的声音冲破了宁静的黑夜，传遍座座小山。"万物之主耶和华啊，让凯瑟琳今晚为我生个儿子吧。让您的慈悲降临在我身上吧。赐我一个像大卫一样的儿子，让他来帮助我从非利士人手上夺回这些土地，使之为您服务，为您建造这地球上的王国吧。"

第二部

俄亥俄州温斯堡镇的大卫·哈代是本特利农场主杰西的外孙。十二岁那年，大卫搬去本特利的老房子里居住。外公杰西跑到田野里祈求上帝赐予他一个儿子的那个晚上，母亲露易丝来到了这个世上。她在本特利农场里长大，后来嫁给了温斯堡年轻银行家约翰·哈代。婚后，夫妻两人的生活过得并不和睦，大家一致认为错在露易丝。露易丝长得很娇小，有一双敏锐的灰眼睛，一头飘逸的黑发。她从小就脾气暴躁，平日里却又很孤僻沉默。镇上传言，她还有酗酒的恶习。她的丈夫，那个银行家，精明能干，温柔体贴，总会想尽办法哄她开心，一赚了钱就在镇上的榆树街买了栋舒适的大砖房送给她，还给她请了一个专职男车夫给她赶车，这在镇上可是闻所未闻的事。

但是露易丝并没有因此而开怀。她时而沉默不语，时而吵吵闹闹，时而争执好斗，就像疯子一样让人捉摸不透。

她一生气就大喊大骂，从厨房里拿出菜刀嚷嚷着要杀了自己的丈夫，甚至有一次干脆直接放火烧屋。她经常把自己藏在房间里，一连数日，谁也不见。她这种几近隐居的生活引发了各种流言蜚语。有人说她吸毒了，也有人说她把自己与别人隔绝开来，是因为她迷失在醉酒的状态无法掩饰自己的丑态。夏日的午后，她有时会走出房间，坐进马车里。遣走仆人，她自己扯起缰绳，在大街小巷上一路疾驰。要是有人挡住她的去路，她会直接往前冲，而行人就只能尽力避开了。在小镇人眼中，她好像是要把他们撞倒似的。在镇上跑了几条街道，马蹄声仿佛把每个角落都撕裂了，这时她又扬起马鞭，抽打着马，向乡下驶去。她在乡路上狂奔，直到周围荒无人烟，才放慢速度让马慢慢走着，这时她狂野莽撞的情绪才算平复下来。她变得温驯体贴，开始喃喃自语，有时还会失声痛哭。之后她就回到镇上，再次上演寂静大街狂暴飙车的场景。要不是她丈夫的影响力和人们心里对他的敬意，她早就不知道被执法官逮捕几次了。

大卫·哈代从小就和这个女人待在同一个屋檐之下，可以想象，他的童年没有多少乐趣。他那时候太小，对周围的人没有自己的看法。但有时候，要对这个是他母亲的女人没有非常明确的看法也是很难的。大卫总是一副安静乖巧的模样，很长一段时间内，温斯堡的人们甚至觉得他简单就是一个呆子。他有着一双灰色的眼睛，从小就喜欢一直盯着别人或东西看，却又好像不知道在看什么。每当他听到别人对母亲尖酸刻薄的评论，每当无意中听到她斥责父亲的声音，他都会感到害怕而躲得远远的。有时候，他甚至找不到一个藏身之处，使得他很是迷茫。他会把脸转向一棵树，要是在屋子内，他就会面向墙壁，闭上眼睛，试着去想任何东西。他有大声对自己说话的习惯。小时候，他身上总是萦绕着一股淡淡的忧伤。

偶尔到本特利农场看望外公，大卫才会心满意足、快乐无比。他时常希望永远不用再回到镇里，有一次，他在农场待了很久才回到家里，发生了一件事，对他的心灵产生了不可磨灭的影响。

大卫和一个雇工一起回到了镇上。那个雇工急着去忙自己的事，就把大卫丢在哈代房子所在的那条大街的街头。那是一个早秋的黄昏，天空里云层密布。他不愿意走进父母所住的房子里，突然心血来潮，冲动当头，他决意要离家出走。他决定回到农场，去找外公，可是却迷路了。接连好几个小时，他徘徊在乡间小道上，眼里泪水涟涟，心里彷徨不安。天开始下起雨来，闪电在空中舞动。大卫的想象力受到刺激，他幻想自己能够在黑暗之中看见听到奇怪的事物。他脑海里浮现出一种坚定的信念，觉得自己是在一个从来没人去过的可怕空间里奔跑着。周围的黑暗似乎无穷无尽。风吹得树叶簌簌作响，听起来特别恐怖。有一群马沿着大道这边驶来，吓得大卫赶紧爬上了路边的篱笆。他奔跑着穿过田野来到了另一条马路上，他跪在地上，手指感受着柔软的土地。他担心在这黑暗之中会找不到外公。要不是还有外公，他甚至会认为这整个世界都是空虚的。一个从镇上走路回家的农民听见了他的哭声，带他回家交给父亲，而他则由于劳累和激动过度而忘记了这些。

大卫的父亲意外地知道孩子失踪了。约翰·哈代在街上遇见了本特利农场的雇工，自然也就知道儿子回到了镇上。可是孩子没回家，他心里一惊，就跟镇上几个人一起到乡下找。大卫遭绑架的消息传遍了温斯堡的大街小巷。大卫回到家，屋里并没有灯光，而他的母亲却出现在面前，急不可待地把他拥入怀中。他觉得母亲突然变了一个人似的，如此美妙的事情简直让他难以置信。露易丝亲手给这疲倦的孩子洗澡，给他煮东西吃。她不想让他睡觉，但等到他穿上睡衣，她就吹灭灯，坐在椅子上紧紧抱着他，就这样抱着儿子在黑暗中坐了整整一个小时。在这段时间内，她总是小心翼翼温柔细语。大卫不明白到底是什么让母亲发生如此翻天覆地的变化。他觉得，她终日不满的脸庞已经变得平静而可爱，这是他有生以来从未见过的。听到儿子的哭泣，她抱得更紧了。她温柔的声音萦绕不绝。这可不像她跟丈夫说话的时候那么粗暴刺耳，而是像细雨落在树上一般温润。很快有人来到门口，说没找到大卫，她让大卫躲起来不要出声，直到她把他们打发走。他心想，这肯定是母亲和镇上的人们、跟他玩的一个游戏，于是他开心地笑了起来。他心里想道，自己在黑暗中迷路和所有的害怕都是微不足道的小事。只要能够在那漆黑漫长的道路尽头，找到忽然之间变得如此可爱的母亲，一千遍的惊慌失措他也愿意去经历。

随着大卫慢慢长大，他见到母亲的次数越来越少了，母亲已经变成了一个只是曾经和他生活过的妇人罢了。但她的身影却一直在他脑海之中，挥之不去，而是越发地清晰明了。到了十二岁那年他就搬到本特利农场跟外公一起住了。老杰西来到镇里，冠冕堂皇地要抚养这孩子。老人眼笑眉飞，决心要如愿以偿。老岳父来到女婿约翰在温斯堡储蓄银行的办公室谈话，然后两人一同前往榆树街的住宅找露易丝，他们本以为她会大吵大闹，结果却出人意料。杰西解释了自己的使命，开始长篇大论，细述大卫在老农场安静的环境下成长的种种好处，露易丝非常冷静，点头示意赞成。"没有我的存在，这种氛围就不会破坏。"她回答得很犀利。她耸了耸肩，似乎要开始发飙。"那对于男孩来说，是一个好地方，却永远不适合我，"她继续道，"你从来不希望我出现在那儿，当然，你房子里的空气对我也没有好处。那就像是我血液里的毒药，但对大卫来说却大不一样。"

露易丝转身离开了房间，只留下那两个男人默默不语地呆坐在那里，尴尬极了。一如平常，她闭门几天不见任何人，连儿子收拾行李离开时都没有露面。儿子的离去仿佛给了她致命一击，而她也似乎不太想和丈夫吵架了。约翰觉得一切反而变好了。

就这样，年轻的大卫跟着杰西来到本特利农场住了下来。杰西的两个姐姐还健在，仍然生活在这所房子里。她们很害怕杰西，有他在，她们很少说话。其中一个老太太，年轻时以一头火红秀发出名，她似乎是一个天生的母亲，负责起照顾这个男孩。晚上他爬上床，她都会走进他的房间，坐在地上直至他进入了梦乡才离开。有时他昏昏欲睡，迷迷糊糊听到她絮絮叨叨地讲故事，让他误以为是梦境。

这个老人的声音是如此低沉温柔，大卫听见她模模糊糊地在叫他的乳名，他慢慢进入梦乡。梦里母亲微笑着朝自己走过来，面容和蔼可亲，自从那次离家出走后她就变成这般地亲切温柔了。他慢慢胆子大了起来，伸出手小心翼翼地抚摸床前的这个女人，这让她快乐得心醉神迷。男孩到了之后，这所旧房子里的每一个人都变得欢喜不已。杰西一贯的严厉固执让屋子里的人们都胆怯如鼠，缄默不语，这种性格在女儿露易丝到来之后从没有消除，但显而易见，男孩的到来使之一扫而光。这似乎就是，上帝大发慈悲赐给这个男人一个儿子。

老杰西年轻时就认定自己是上帝在瓦恩河流域唯一忠实的仆人，他也曾祈求上帝让妻子凯瑟琳给他生一个儿子，现在上帝终于让他如愿以偿了。他那时候只是五十五岁，但看上去却有着七十岁的容颜，太多的思虑和筹划令他疲惫不堪。早年要拓展农场的夙愿现在已经实现了，山谷里的农田基本上都列入他的农场了，只是在大卫到来之前他一直闷闷不乐，终日愁眉苦脸。

有两股力量在杰西·本特利身上起着作用，在他的一生里，他的心早已经成为这两股力量的战场。第一件事是想成为人上人——上帝在人间的使者，这是他一生的夙愿。他在夜里走过田野，穿过森林，这让他接近了大自然，这个狂热的教徒内心，涌现一股力量，与大自然的力量融为一体。凯瑟琳生了一个女儿，而不是儿子，这种失望如同一只看不见的手给了他重重一击，而这一击也一定程度让他的狂妄自大得到收敛。他仍然相信上帝可以随时在风云之中现身，但他不再渴求能亲眼见到了。他只是默默地向上帝祈祷。有时候他会全然地疑惑，心想上帝已经抛弃了这个世界。他抱怨命运并没有让他生活在一个简单而甜美的时代，在一些怪异云彩的召唤下，人们就纷纷离开土地家园，前往野外开创新的种族。杰西没日没夜地为农场的运作劳心劳力，一心想着提高产量，扩展土地，但却怨恨不能利用自己无限的精力去建筑庙堂，消灭异教徒，在人世间为上帝歌功颂德。

那就是杰西的渴望，除此之外，他还有别的愿望。他已经在美国内战后的数年内长大成人，就像同一时期的其他人一样，他深深地受到现代工业主义的影响。他开始购买机器，这使得他可以少雇点人来干农活。他有时候还想，要是再年轻几岁，他甚至不会种田，而是在温斯堡开一家机器制造厂。杰西养成了阅读报纸杂志的习惯。他发明了一种机器，用铁丝制造栅栏。他模糊地意识到，旧时代和老地方培养了他奇怪的思维方式，与其他人心里正在壮大的思维方式格格不入。社会进入了前所未有的物欲横流时代：非正义的战争相继发生，道德观念取代了上帝独尊的位置，权力意志取代服务意识，传统意义上的美几乎已不为人知了，人类全都可怕地奔着追求物质财产去了。这一切似乎都在上帝的子民杰西面前无所遁形，就像对他周围的人显现出来的一样。他内心的贪婪翻滚着：比耕田种植赚钱快的生意多的是！为此他也曾多次到镇上找女婿约翰商讨。杰西兴致勃勃地说着，眼里闪烁着光芒："你是银行家，有着得天独厚的条件。我整天都在想这个问题。全国百业待兴，这正是赚大钱的好时机，钱多得超出我想象。你要参与进来。多希望我再年轻几岁，就可以抓住这个机遇了。"杰西在银行办公室来回地走着，越说越兴奋。有一段时间，他一度要面临瘫痪的危险，从此以后，他的左半身一直都有点不灵活。他说话的时候左眼皮不断抽搐着。后来，杰西驱车回农场。夜幕降临，繁星点点，说来也怪，以前觉得上帝离自己是那么近，就在头顶上空，随时都可以伸手拍着他的肩膀，委以光荣的任务，而此刻老人却难找回这种感觉了。杰西的心里总是填塞着报纸杂志的内容——精明的商家不费吹灰之力便可以聚敛财富。大卫搬来农场，重新点燃了他曾经的那个信念，好像上帝最终还是宠幸他的。

多姿多彩的生活展现在这个男孩面前，大家对他的友善恢复了他天真烂漫的本性，以前那种胆小如鼠、畏首畏尾的性格已经荡然无存了。白天他不是在马厩里、田野里冒险就是跟外公坐车在农场间来回穿梭。晚上他恨不得跟农舍里的所有人都拥抱完再去睡觉。雪莉·本特利每晚都会坐在他床边看着他入睡，要是哪晚她没能及时出现在床边，大卫会激动得到楼梯口大声喊她，稚嫩的声音在狭窄的长廊上回荡，在他没来之时长廊总是鸦雀无声。早上醒来，躺在床上，睡眼蒙眬间，农场上的各种声音穿过窗户传入耳朵，这种美妙的声音让他兴奋不已。一想到在温斯堡住宅里的生活，他就不寒而栗，他母亲愤怒的声音总是让他发抖。在乡下，一切声音都是那么悦耳动听。他在黎明醒来的时候，房子后面的仓院也跟着苏醒了。大家开始在屋子里忙活起来。智障女孩伊莉莎被一个工人搓着肋骨发出咯咯的笑声，远处的田野里一头奶牛哞哞地叫，牛棚里牛群齐声回应，一个工人一边在马厩前清扫，一边朝着马儿大声地呵斥。大卫跳下床跑到窗口边。四处走动的人们让他兴奋不已，他想知道，他的母亲在镇上的房子里做什么呢。

　　农场的工人们正聚集在仓院做着一些早晨的杂务，他从窗口眺望出去并不能清晰地看到仓院，但是能够听到人们说话的声音以及马儿的嘶叫声。院里突然传来一阵笑声，他也就跟着笑了起来。他把身子探出窗外，朝果树园望去，一头肥大的母猪在那里休闲散步，身后跟着一窝小猪崽。每一个早晨他都会数猪的数量。"……四、五、六、七……"每天早上他都慢慢地数着，一边弄湿自己的手指，一边在窗台来回画出直线作为记号。大卫急急忙忙穿上衣裤，迫不及待地冲出去。每天早上，他都这样闹腾地下楼，管家卡莉阿姨就会说他是想把房子给拆喽。伴随着砰砰的关门声，他飞快地穿过长长的老房子，来到仓院，带着一脸惊奇又有所期待的情绪东张西望。在他眼里，这个地方，一夜之间就可能会发生震骇人心的事情。农场的工人们盯着他大笑起来。亨利·斯特雷德，自从杰西掌管农场之后就来到这里工作，但在大卫来之前没人知道他是会开玩笑的，如今他每天早上都开着同样的玩笑。这个笑话很有趣，逗得大卫又是大笑，又是拍掌。"看，过来这里看看，"老人家大喊道，"杰西外公的白母马弄破了蹄子上的黑袜子啦。"

绵绵夏季，日复一日，杰西带着外孙，坐上那匹白马驾驭的舒适敞篷马车，在农场间来回穿梭，在瓦恩河流域进进出出。老人捋着稀疏的白须，喃喃自语，计划着如何提高刚才视察的那些田地的产量，以及人们计划中的天命。有时候，他会看着大卫，开怀地微笑，然后，又有很长一段时间，他似乎忘了这个男孩的存在。就这样，日复一日，他好像逐渐回到了刚从城里回到农场时的那些日子了，那个梦想如今复活了。一天下午他彻底沉溺于自己的梦想当中，这可吓坏了大卫。在男孩的见证之下，他进行着一场仪式，却引起一场意外，差点就把两人好不容易建立起来的亲密关系瞬间给毁了。

杰西和他的外孙正在距家数英里的山谷中驱车而行。一片森林连绵到大路，瓦恩河穿过森林，河水漫过石子蜿蜒前行，奔向远方的大河流里去。整整一个下午，杰西都揣着一颗深思的心，现在他终于开口说话了。他的思绪又回到了多年前的那个夜晚，那时，他心里唯恐有一巨人出现，巧取豪夺他的家产，还有那晚他在田野里疯跑可怜巴巴地乞求上帝恩赐他一个儿子，想着想着他觉得自己快要精神崩溃了。他让马儿停下，让大卫跟自己一起从马车上下来。他们两个爬过栅栏，沿河岸而行。这个男孩没有过多的心思去听他外公喃喃自语，只是在他身旁一边跑一边琢磨着到底会发生什么事。突然一只兔子不知从什么地方窜出来，很快又钻进林子了，大卫高兴得手舞足蹈。他看着那些高高的大树，很遗憾自己不是小动物，不能无所畏惧地爬到高空之中。俯下身子，他捡起一块小石子扔出去，石子在他外公的头顶上越过，落入一簇灌木丛中。"醒醒啊，小动物，出来爬到树梢上去呀。"他尖声叫着。

杰西在树下一路走着，低垂着头，心事烦扰。他的虔诚触动了孩子，孩子随即变得沉默，也感到有点儿惊慌。老人的心里冒出一个想法——他现在可以得到上帝的指示或启示，只要他和男孩在森林里某个偏僻的地方跪下，他期待已久的奇迹几乎必然会出现。他喃喃自语："大卫赶着绵羊，就是在这个地方，他父亲来嘱咐他去投奔扫罗的。"

他粗暴地抓住孩子的肩膀，跨过一根倒下的木头，来到森林中的一块空地，双膝下跪，大声祈祷起来。

前所未有的恐惧感死死地包裹着大卫。他蜷缩在一棵树下，看着眼前这个男人，双腿开始发抖。在他面前的似乎不只是他的外公，还是其他人，那人并不仁慈，反而危险残忍，可能会伤害到他。他开始哭泣，伸手捡起一根小木棍，紧紧地攥在手中。杰西一直沉浸在自己的冥想中，他猛然站起来箭步走向大卫，大卫的恐惧感骤然增加，整个身体都颤抖起来。整个森林都笼罩在深沉的寂静之下，忽然之间，在这寂静之中响起了老人阵阵急促刺耳的声音。杰西紧紧抓住男孩的肩膀，仰天大喊。他整个左脸都在抽搐，抓住男孩肩膀的手也在抽搐。他喊着："上帝啊，给我启示吧！看，大卫就在我身边，下来吧，让我感受你的存在吧。"

大卫吓得大哭，从抓他的双手中挣扎出来，在森林里狂奔逃命。他完全不敢相信那个仰天大叫的人竟是他的外公。这个男的看上去一点都不像他的外公啊。他认定，奇怪而恐怖的事情发生了，邪恶又极具破坏力的幽灵附在了仁慈的外公身上了。他沿着山坡直奔而下，一边奔跑一边抽泣。树根把他绊倒，撞到了头部，他就摇摇晃晃站起来继续拼命往前跑。可是他的头伤得太重了，很快就倒在地上动弹不得，直到杰西出现抱着他回到篷车上，他才慢慢恢复意识，睁眼看见外公怜爱地抚摸着他的头，恐惧才离他而去。"带我走吧，森林里有个坏人！"他坚定地说。杰西听着心都碎了，扭头往树顶上空看去，又一次向上帝叩问。"我到底做错了什么，你为什么要抛弃我？"老人一遍又一遍轻声低语，马车在路上飞驰着，男孩受伤流血的脑袋轻轻地靠在他的肩膀上。

第三部　屈服

　　这是露易丝·本特利的故事。她成为约翰·哈代太太后，就跟丈夫住在温斯堡榆树街的一所砖房里。夫妻俩貌合神离，误解隔阂贯穿他们的生活。

　　要让露易丝这样的妇人获得理解，使他们生活过得顺利，事前是要付出很多的，他们周边的人要写上几本深思熟虑的书，还得过着殚精竭虑的生活。

　　她的母亲身体纤弱，操劳过度，她的父亲冲动严酷，富于幻想，却不喜欢她来到这世上，所以露易丝从小就神经兮兮的，后来的工业主义就给世界带来了一大批这样神经过敏的女人。

　　露易丝的童年是在本特利农场度过的，她渴望父母的爱，除此别无他求，但却从来没有得到，这使她变得沉默寡言，喜怒无常。

她十五岁的时候，去到温斯堡，跟艾伯特·哈代一家生活，艾伯特有一间商店，主要出售四轮马车和货车，同时他还是镇教育董事会的董事。

露易丝在镇上的温斯堡中学念书，跟哈代一家生活是因为艾伯特是她父亲的朋友。

哈代虽然是镇上的马车商人，但是他跟当时成千上万的美国人一样热衷于教育。虽然不靠书上所学就成功了，但他确信，如果他读过书，他会做得更好。在店里，他见到客人就谈论教育问题；在家里，他也是喋喋不休，使得大家心烦意乱。

他的儿子名叫约翰·哈代。他还有两个女儿，不止一次扬言要彻底退学。她们的原则是，能够避免惩罚就足够了。"我讨厌书本，我讨厌每一个喜欢书本的人。"小女儿哈莉特气急败坏地说。

跟在农场上一样，露易丝在温斯堡也不快乐。她有好几年都梦想着到外面的世界去，所以她把搬到哈代家看作是迈向自由的一大步。她常常梦想，镇上的生活一定幸福美满，朝气蓬勃，无论男女都怡然自得、自由自在，交友恋爱都如清风拂面。本特利农场人人沉默寡言、百无聊赖，让她做梦都希望能够过上温暖幸福、朝气蓬勃的生活。在哈代家里，露易丝很可能就过上她梦寐以求的美好生活了，但是刚到这个家庭时她犯了一个致命的错误，致使她的希望幻化成影。

露易丝在学校用功读书，遭到了哈代两个女儿玛丽和哈莉特的厌恶。她直到开学的那一天才住到艾伯特家里，对她们在此事上的看法毫不知情。她很胆小，在第一个月里没有跟任何人熟络。每个周五下午，农场的一个车夫都会赶着车来镇上接她回家，所以她的周末几乎没有在镇上度过。露易丝在这里一个人局促不安，孤独无依，只好埋头苦学。在玛丽和哈莉特看来，她想以自己的优秀成绩给她们制造麻烦。露易丝渴望好好表现，想回答课堂上老师提出的每一个问题。她跳起坐下，双眼炯炯有神。每当她回答出别人无法回答的问题时就会笑得异常开心。"看，我已经答出来了。"她的眼睛似乎在说，"你们不用烦恼，我会回答所有问题。有我在这儿，全班都轻松。"

黄昏时刻，哈代一家吃过晚饭后，艾伯特便称赞起露易丝来。有一位老师对露易丝赞不绝口，令他高兴不已。"很好，我又听到了表扬了，"他开始说了，严厉地盯着自己的女儿们，然后转过身去对着露易丝微笑。"又一个老师告诉我露易丝表现良好。镇上每一个人都告诉我，她是多么地聪明。竟没人这样表扬我自己的女儿，真让我羞愧。"这个商人站了起来，在房间里徘徊，随后又点上了他黄昏的雪茄。

两个女孩面面相觑，懒洋洋地摇了摇头。看着她们的不屑一顾，父亲心中怒火顿生。他怒目圆瞪，大喊道："我早就叫你们好好反省。国家在不断发展，社会日新月异，年轻的一代只有掌握各种知识才是出路。露易丝贵为千金小姐，可是她却勤奋好学。再看看你们自己，难道就没有丝毫羞愧吗！"

商人在门口旁的行李架上拿下帽子准备离开，走到门口又停下回头瞪了一眼。他神情凶狠，露易丝吓得跑上楼梯回到自己的房间。两个女孩开始谈论自己的私事。艾伯特怒不可遏，咆哮着："给我听着，你们的思想太懒了！你们漠视学业自甘堕落，将来会一事无成。记住我的话，你们与露易丝相差十万八千里，永远都赶不上她。"

说完艾伯特气得浑身发抖，心烦意乱地走出了家门，一边走一边喃喃自语地咒骂，来到主街上，愤怒也就烟消云散了。他停下来跟一个商人讨论天气，或者跟一个进城的农夫谈论玉米，完全忘却了两个女儿，即使想起来也只是耸耸肩，不屑理会。他富有哲理地咕哝道："唉，女孩终究是女孩。"

露易丝走下楼来，遇上哈代姐妹，她俩坐在那儿对露易丝不理不睬。在哈代家住了六个星期，她的礼貌友善遭到的却是冷酷无情的对待。一天晚上她终于崩溃了，眼泪忍不住流了下来。"闭上嘴，别在这哭！滚回房间，好好看你的书去！"玛丽刻薄地说。

露易丝的房间在哈代家的二楼，从她房间的窗口看出去是一片果园。房间里有个壁炉，每天晚上约翰都会抱上一大捆木柴放到墙边的箱子里。她来到这所房子的第二个月，露易丝放弃了与两个女孩友好相处的一切念头，吃过晚饭就立刻回到自己的房间。

与约翰交朋友的念头在她心里萌生。每次他抱着柴火来到房间，她都假装全神贯注地学习，却忍不住偷偷看着他的一举一动。他把木柴放到箱子里转身要走，她便垂下脑袋，满脸红润。她试着挑开话题却总是哑口无言，眼睁睁看着他离开，便开始痛恨起自己的愚笨。

这个乡下女孩满脑子想着如何接近身边的这个小伙子。她想，或许他身上有自己一直寻找的优良品格。在她看来，世人和她之间有一堵墙，她就生活在温暖内圈的边缘，圈内的人们都很开放，相互理解。她对内心这个想法如痴如醉，心想只要自己勇敢起来，就能改善和周围人的关系，过渡到一种新的生活，如同开门进入房间一样。她日夜不停地想着这件事，虽然她渴望的东西是那么温暖亲切，却和性欲尚无自觉的联系。她的心思全都落在约翰这个人身上了，因为他近在咫尺，也不像他的姐妹那样冷漠。

哈代姐妹都比露易丝大，对某些世事的认识甚至更深。她们就跟当时中西部的大部分年轻女子一样，并没有走出小镇到东部上大学，思想也仅仅局限于安乐生存之道。当时，苦工家的女儿跟农场主、商人家的女儿几乎是平起平坐的，没什么阶级差别可言，唯一的差别就是漂亮或不漂亮。如果漂亮，周日和周三的晚上便会有年轻的男子到访她家。有时会应邀参加舞会或教堂联谊会。还有些时候，她会在家里接待他，有客厅空出来专门给她用。此时客厅就剩他们两个人，大门也是紧闭的，没有人会去打扰他们，一连好几个小时。有时候会灯光暗淡，年轻男子和女孩便相拥在一起。两人的脸颊开始发烫，头发也乱了。一两年之后，如果他们依旧情深意切，情意绵绵，就会共筑爱巢，共赴巫山了。

露易丝在镇上的日子慢慢过去，终于冬天来了，一天晚上她突然有一股冲动，想要冒险去打破那堵横亘在约翰和她之间的墙。那是周三，艾伯特吃过晚饭便立刻戴上帽子出门了。年轻的约翰抱着木柴放到露易丝房间的箱子里。"你真的很用功，不是吗？"他很尴尬地说，然后不等她回答就离开了。

露易丝听到他走出房间，便有一股近似疯狂的欲望要追上他。她打开窗户，探出身子，温柔地说："约翰，亲爱的约翰，回来呀，不要走啊。"夜色阴暗，她无法穿透黑暗看到远处，但她边等边幻想，似乎能听到一阵轻微的声响，好像有人悄悄穿过果园。她感到有些害怕，飞快地关上了窗户。整整一个小时，她在房间里走来走去，激动得直发抖，她觉得再也按捺不住了，摸索着走出房间，悄悄走到大厅，蹑手蹑脚地下楼，进了一个像橱柜般的房间，而那个房间正通向客厅。

露易丝决定了，她要实践几周以来一直萦绕心头的勇敢之举。她确信约翰就藏在她窗户之下的那片果园里，她决意找到他，让他接近自己，把自己抱在怀里，互诉衷肠。"黑夜会让人更加容易开口。"她在小房间里摸索着房门，低声自语道。

后来，露易丝忽然意识到，这房间并不只有她一个人。在门的另一边，一个男人在客厅里轻声说着话，随后门就开了。露易丝急忙躲进楼梯下面的空隙，玛丽和她年轻的情人便悄悄走进这间黑暗的小屋子。

露易丝在黑漆漆的楼道下坐了一个多小时，聚精会神地听着屋子里的动静。这个男人跑来跟玛丽共度良宵，他们没说一句话，就为这乡下女孩普及了男女知识。她低着头，身子蜷缩得像个小球，纹丝不动地躺着。

在她看来，诸神在奇怪的冲动之下，给玛丽·哈代带来了一份大礼，她无法理解这个年长的女人为何坚决抵抗。

玛丽的情人搂着她亲吻，她笑着挣扎，但是他却把她搂得更紧了。他俩缠绵了一个小时，才回到客厅，露易丝才得以逃回楼上。回到房门口长廊处，露易丝听见哈莉特对姐姐说："到了外面不要吵，千万别干扰那只做功课的小老鼠。"

露易丝写了一个小纸条给约翰，到了深夜，等所有人都进入了梦乡，她偷偷走下楼梯，悄悄把纸条塞到他门下去。她担心，不马上做这件事，她的勇气就会消失了。她在纸条上把自己的想法描述得非常清晰："我渴望找一个爱我的和我爱的人，如果你就是那个人，希望你晚上到果园来，在我窗下弄点声音。我听见了就会悄悄溜下去找你，爬到小棚上对我来说非常容易。我日思夜想，如果你要来，就务必尽快来吧。"很长一段时间，露易丝都不知道她这么大胆争取情人会有什么后果，或者说连她自己也不知道是否期盼他来。有时候她觉得，被紧紧地拥抱热吻是生活的全部秘密，想着想着，一股新的冲动袭来，她不禁打了个寒战。女人渴望被占有的欲望由来已久，而她现在也被这种欲望所俘获，只不过她对人生的概念模糊不清。在她看来，似乎只要约翰的手轻轻触摸一下她的手，就可以让她心满意足。她非常怀疑约翰是否会懂她的心意。第二天晚饭时，艾伯特照例喋喋不休，哈代姐妹嬉笑低语，露易丝低头盯着桌子不敢抬头看约翰，心里盘算着吃完饭就溜走。到了晚上，她故意躲到外面，直到她确定约翰已经把木柴放到她房间离开了才回来。几个晚上过去了，她一直紧张地侧耳倾听，却没有从漆黑的果园里听到呼喊的声音，她伤心得失魂落魄，认定自己不可能打破那道将自己与愉快生活隔离的围墙了。

周一晚上，那是露易丝写纸条的两三周之后，约翰终于来找她了。露易丝已经完全放弃他会来的念头了，很长时间竟没听到来自果园的呼喊。约翰站在下面一片黑暗之中温柔而固执地呼喊她的名字，而她在房间里走来走去，想着到底又是什么冲动让她做出如此荒谬的行为。而前个周五的傍晚，一个雇工载她回农场度周末，一股冲动来袭让她做了一件事，连她自己都感到震惊。

那个农场的雇工是个年轻小伙，长着一头黑色的鬈发，周五那天晚上来接她的时候有点晚，他们在黑暗之中驱车前行，露易丝心里满满都是约翰·哈代，她试着去挑开话题，但是这个乡下男孩却窘迫得一句话也说不出来。她开始回想小时候的孤单寂寞，也痛苦地想起了她刚刚来袭的那种强烈的落寞。"我讨厌所有的人。"她突然大喊起来，一发不可收拾，这可吓坏了陪同她的小伙子。"我讨厌父亲，还有哈代老头，"她歇斯底里地喊着，"还有我上学的地方，那些人都让我讨厌！"

更让那雇工吓了一跳的是，露易丝转过去，把脸颊靠在他的肩上。她模糊地希望他能够像玛丽的情人一样，伸出他的双臂拥抱她，亲吻她，但这个乡下男孩只是惊恐而已。他用力鞭打着马儿，吹起口哨，大声说："这条路真难走，嗯？"露易丝火冒三丈，伸手一把抓下他的帽子扔到了路上。他跳下马车去拿那顶帽子，她驾着马车离开了，只落下他一个人徒步走回农场。

露易丝最终选择约翰成为情侣。那并不是她想要的，但是约翰对她的行为又是那样理解，而她急切地想要实现其他目的，所以就没抗拒。几个月后，他们都担心她要怀孕了，于是他们在一个晚上去了县城把婚结了。一开始他们住在哈代的房子里，几个月后就搬进了自己的房子。最初的一年里，露易丝尝试着让她的丈夫明白，那模糊不清、难以言表的欲望使她写了那张纸条，而如今这种欲望仍然未得到满足。一次又一次，她依偎在他的怀里，试图谈及此事，但总是无功而返。约翰对男女情爱有着自己的理解，他并没有倾听便开始亲吻她的双唇。这使得她很迷茫，到了最后她都不想让他亲了，她也不知道自己想要什么。

当初他们对结婚的恐慌，结果却成了一场虚惊，从此她变得脾气暴躁，说话尖酸刻薄，做事不计后果。后来，她的儿子大卫出生了，她不会哺乳，也不知道自己想不想要他。有时候她一整天都陪着他待在房间里，四处走动，偶尔会悄悄探过去用双手温柔地抚摸他，但又有些时候她不想看到甚至无法忍受这个小生命来到这个家。约翰责骂她残忍，她却大笑了起来。"他是一个男孩，什么东西都会有的。"她尖刻地回答，"要是一个女孩，什么事我都肯为她做。"

第四部　恐惧

大卫·哈代十五岁了，个子长得高高的，跟母亲一样，也经历了一次冒险，改变了他的整个生活轨迹，把他从自己的平静角落送进了大千世界。他生活环境的保护壳碎了，不得不开始向前迈开步伐。他永远地离开了温斯堡，消失得无影无踪，镇上的人再也没有见过他。母亲和外公双双去世了，而他父亲变得腰缠万贯。他不惜重金寻找儿子的下落，但这并不在本故事的范围之内。

那一年很不寻常，本特利农场的晚秋，庄稼处处丰收。就在那个春天，杰西买下了瓦恩河流域很长一片黑色的沼泽地。他低价买进这块地，但却花费重金去改良。他需要挖凿大量的水沟，铺设大量瓦片。邻居们看见了都摇头，他们觉得这付出真是得不偿失，有些人还在背后冷嘲热讽，断言他会因此等冒险而付出代价。杰西什么也没说，只是默默地埋头苦干。

那片土地干了之后，他种上了卷心菜和洋葱，这又一次成了邻居们嘲笑的对象。然而，这片庄稼获得了大丰收，卖的价钱也高。单这一年，杰西就赚了足够的钱，来抵消这块土地的前期花费，而且盈余的还够他再买两个农场。他欣喜若狂，溢于言表。接手农场以来，他第一次对农场的工人们露出了笑脸。

杰西买了大量新机器，来削减劳动成本，减少那片黑色肥沃沼泽地的其余开支。有一天，他到温斯堡给大卫买了一辆自行车和一套新衣服，还给钱让他的两个姐姐去俄亥俄州的克利夫兰参加宗教会议。

那年秋天，霜雪降临，瓦恩河流域的森林都换上了金褐色的衣装，只要不用上学，大卫便把每一分每一秒都消磨在野外。无论是自己孤身一人还是与其他男孩子一起，他每天下午都去森林采集坚果。乡下其他男孩子，大都是本特利农场雇工的孩子，他们带着枪去打兔子和松鼠，但大卫不跟着一起去。他用橡皮筋和树杈子做了一个弹弓，然后独自离开去采集坚果。他走来走去，千思万绪涌上心头。他突然意识到，自己已然是一个男子汉了，想着自己能在生命中闯出什么名堂来，但还没等理出任何头绪，这些想法便一闪而过，他又变回了一个男孩子。有一天，一只松鼠在路边一撮低矮的丛林上吱吱喳喳，他拿起手中的弹弓把它射死了，提着跑回家去。本特利的一个姐姐把那只松鼠煮了，直吃得他津津有味。他把松鼠皮钉在木板上，用绳子把木板吊在卧室的窗户上。

这件事让他的心灵发生了新的转变。打那以后，他进入树林，包里就没忘带过弹弓，他想象着很多动物藏匿在褐色树叶中间，然后会花上好几个小时去搜寻射击。他的男子气概消失了，他乐于做一个幼稚冲动的男孩。

一个周六的早上，他袋子里装好了弹弓，肩上背着装坚果的包，准备好出发去林子里，外公拦住了他。老人的眼里透露出一种严肃紧张的神情，总让大卫有点害怕。每当这时，杰西的眼神没有直勾勾地看着前方，而是游移不定就好像放空了一样。某种隐形的窗帘，似乎隔在老人和外界之间。"我想要你跟我来，"他很简洁地说，他的双眼略过男孩的头顶，直视苍穹，"我们今天有重要的事要做。你要是愿意，可以带着那个坚果包。这没什么关系，反正我们也要进到林子里去。"

杰西和大卫坐在白马拉的马车里，从本特利农舍出发了。他们一路无言，行驶了很久，在一块田边停下，那里正有一群绵羊吃草。这群绵羊之中有一只羊羔在淡季出生，大卫和外公抓住后就紧紧地捆着，看起来像个小白球。他们继续赶路，杰西让大卫把羔羊抱在怀里。"我昨天就看到它了，让我想起了一直以来想做的事。"他说着，然后，他那摇曳不定的眼神又越过了男孩的头顶，凝视远方。

成功的一年带给他的兴奋劲头刚过，另一种心情又漫上心头。长久以来，他都一路抱着谦卑虔诚的态度。如今他又一次夜晚独自漫步，心中想着上帝，边走边把自己和古时候那些人联系在一起。繁星之下，他跪倒在潮湿的草地上，扯开喉咙大声地祈祷。此刻他决定要像那些圣经故事的主人公那样，为了上帝献上祭品。他轻声自言自语："我的庄稼获得了这么大的丰收，上帝也给我送来了一个同叫大卫的男孩。或许我早就该这样做了。"他很遗憾在女儿露易丝出世之前，没有想到这些，但是，他觉得此刻在森林深处点起一堆柴火，又有一只羔羊作为贡品，上帝一定会现身给他指示的。

他在这件事上想得越来越多，他还想到了大卫，反而部分忘记了他那强烈的自恋。"该让孩子接触世事了，上帝的指示应该跟他有关，"他坚定地想着，"上帝会为他开辟道路，会告诉我他的一生会取得何等地位，以及他该何时启程。没错，孩子应该到那儿。要是我有幸，天使应该会降临，大卫就会看到上帝向世人展示的绚丽和圣洁。这也会让他成为真正的圣徒。"

二人一路无言，驱车来到上次杰西祈祷的地方，也是在那里，杰西差点就把他的小外孙给吓坏了。早上出门时还是晴空万里，阳光明媚，但此刻一阵冷风开始刮起，云朵也遮挡了太阳。一来到这里，大卫就吓得浑身发抖。他们停在桥边，河水在丛林间缓缓流淌，此时，他多想从车篷里跳下来，逃离这个恐怖的地方。

大卫的脑海中涌现一堆的逃跑计划，但当杰西停下马儿爬过栅栏时，他却跟了过去。"只有傻子才会害怕。不会出什么事儿的。"他一边抱着羔羊一边告诫着自己。怀里紧抱着的羔羊那种无助反而给了他勇气。他能感受到它剧烈的心跳，这反让他自己的心跳速度降了下来。他跟着外公快速走着，解开了绑在羔羊腿上的绳子，心想："一旦发生什么事，我们就一起逃跑。"

他们从大路进入到森林，走了很长一段路，在树木之间的一个开阔地停了下来，这片空地从小河蜿蜒而来，灌木丛生。他仍然一言不发，但开始将干树枝堆砌起来，很快升起了火。大卫则抱着羔羊一屁股坐在地上。他在想象之中开始为老人的一举一动赋予意义，自己的恐惧感也与时俱增。树枝开始熊熊燃烧，杰西呢喃道："我必须把羊羔的鲜血涂到大卫头上，"然后他从袋子里掏出一把长刀，转过身，穿过空地快速地朝着大卫走过去。

恐惧蚕食着男孩的灵魂。他难受起来。那一刻，他仍然一动不动地坐着，身体变得僵硬，然后忽然一跃而起。他的脸庞变得如羊毛般苍白，羊羔发现自己突然被释放了，拔腿就往山下跑。大卫也跟着跑。恐惧让他跑得飞快。他疯狂地穿过矮树丛，跳过根根木头。他边跑边把手伸进口袋，掏出了用来打松鼠的弹弓。拐进浅溪边，溪水漫过石子飞奔而下，大卫冲进水里，回头张望，外公还在穷追不舍，手里紧紧攥着那把长刀。大卫毫不犹豫伸手捡起一块石子塞进弹弓里。他用尽全力拉开了这沉重的橡皮筋，石子呼啸一声，破空而出。石子干脆利落地击中了杰西的头部，那时的杰西已经完全忘记了男孩的存在，一门心思只顾追赶羔羊。随着一声呻吟，他倒了下去，几乎就倒在了大卫的脚边。大卫看到他一动不动地躺在那儿，看起来明显是死了，他的恐慌陡升，难以估量，近乎疯狂。

他大喊一声，转身过去，抽泣着跑过丛林。"我不在乎，是我杀了他，但我不在乎。"他呜咽着，不停地跑啊跑，突然决定再也不回本特利农场或温斯堡镇了。他停止奔跑，快速地走在路上，这条路顺着瓦恩河流域弯弯曲曲，穿过田野和森林通向西部，这时他坚定地说道："我已经杀了一个圣徒，现在我要自己成为一个男子汉去闯荡世界。"

河畔上，杰西浑身不适地扭动着。他呻吟着睁开双眼，很长一段时间一动不动地躺在地上凝视天空。最后他站了起来，心里十分迷惑，但对于男孩的离开他并不惊讶。他坐在路边一块木头上开始讲起上帝。以上便是人们从他身上获悉的一切。每当提到大卫的名字，他就会迷茫地望着天空，然后说，上帝的使者带走了男孩。"这只怪我对荣耀太过贪婪了。"除此之外，他再也不愿多说别的了。

天马行空

　　他的母亲是个沉默寡言的老太太，头发灰白，皮肤也是灰白的，很是特别。走出温斯堡主街，跨过瓦恩河，有一片小果林，他们住的房子就在那儿。他叫乔·威林，父亲是律师，也是哥伦布立法委员，在当地小有名气。乔个子不高，性格古怪，跟镇上其他人很不一样。他就像一座小火山，安静地沉积一段时间，然后突然喷发。不，也不是那样。他更像个癫痫病患者，病情会突然发作，身体异常：双眼翻白，四肢抽搐，跟他走在一块儿的人都感到害怕。事实上，乔·威林凸显出来的怪异情形，并非生理性的而是精神性的。他总会被脑海中的各种想法所困扰。任何一个想法，都会让他沉浸其中，无法自拔。他经常口中说着胡话，怪声怪气地笑着，露出闪闪发光的金牙，随手拉住一个看热闹的人，便开始滔滔不绝地讲。被抓住的人无处可逃。他极度兴奋，说话的气息总喷到别人脸上，然后再用严厉的眼神盯着别人的眼睛，用颤抖的食指不停戳对方的胸口，命令式地，让人不得不全神贯注地听他讲话。

　　那个年代，美孚石油公司并不像现在这样用大货车和运货卡车将石油直接运给顾客，而是将它们运到零售杂货店、五金店之类的地方去销售。乔是美孚石油公司在温斯堡的代理商，同时也是铁路沿线其他几个乡镇的代理商。他负责收账、订货和其他事务。这份工作是他父亲帮他弄到的。

乔·威林进出于温斯堡各种商铺，整个过程沉默不语，对人格外礼貌，只专注于自己的工作。人们憋着兴奋劲儿警惕地看着，等待着乔的"疾病"发作，同时又准备好随时开溜。他的发作并没什么害处，但却势不可当，无法一笑置之。每当脑海中出现一个想法，乔就会压抑不住，个性就会变得特别强。被乔逮到的人就惨了，他会被乔彻底"征服"，连着周围任何能听见他声音的人也跟着遭殃。

一天，四个男的正站在赛尔维斯特·韦斯特药店里聊着赛马。镇上的赛马手韦斯利·莫耶有一匹成年公马，名叫托尼·蒂普，将到俄亥俄州铁芬参加六月份的赛马大会。传言说，这将是托尼·蒂普职业生涯中最激烈的一场比赛。据说，最厉害的赛马手普博·吉尔斯到时候也会亲自到场。托尼·蒂普是否能获胜，疑问笼罩在温斯堡的上空。

乔·威林用力推开纱门，走进了药店。他一把抓住艾德·托马斯，眼神怪异而又犀利，他清楚艾德了解普博·吉尔斯，对于托尼·蒂普的获胜机会，艾德的看法也比较有可信度。

"瓦恩河里的水上涨啦！"乔·威林无比激动地大叫，神气极了，就像是菲迪皮德斯给希腊人带来了马拉松之战的捷报。他一边说，一边用手指不停地敲打着艾德·托马斯宽阔胸脯上的文身。"杜鲁宁桥那里的河水离地平面不足 11.5 英寸了！"他继续叫道，语速极快，杂音从牙缝中透出。那四个男的一脸无奈，不胜其烦。

"我说的千真万确，有铁证，放心好了。我还特地去辛宁斯五金店买了把直尺。回去量了一下，我几乎不敢相信自己的眼睛。这儿已经十天没下雨啦！刚开始我还想不明白怎么回事。我急速地思索着，后来就想到了地下河与泉眼。于是，我的思绪就钻到地下，寻找答案去了。我坐在桥上发呆，不停用手抓着后脑勺，还是百思不得其解。一眼望去，天空没有一朵云彩，连一朵都没有。不信你到街上看看。刚才没有云，现在也没有。哦，不，刚才是有一朵。我不想隐瞒任何事实。刚才就在西边地平线附近的地方的确有一朵，可是只有人的巴掌那么大。

"我认为这与河水上涨并没有什么联系。可是，的的确确有这样的事儿，你也知道的。你明白我有多困惑了吧。

"后来，我的脑海中突然闪过一个念头，这回我终于大笑起来，你也会笑起来的。那就是：梅迪纳县肯定下过雨了。很有意思吧，呃？我们没有火车，没有邮件，也没有电报，却会知道梅迪纳县下雨了。那是瓦恩河的上游，这无人不知吧。古老的小瓦恩河竟然会带消息给我们。真有意思！我大笑起来！我想我得告诉你们——很有意思吧，呃？"

说完，乔·威林便转身走了出去。他从口袋里掏出笔记本，停了下来，手指在其中的一页飞快滑过，又开始全身心地投入到美孚石油公司的代理工作中去了。"赫恩杂货店的煤油就要用完了，我得去看一下。"他咕哝着，匆忙地沿街走去，边走边向左右两旁的行人礼貌地鞠躬。

乔治·威拉德去温斯堡鹰报上班，路上被乔·威林堵住了。乔很是妒忌这位年轻的小伙子。他似乎觉得自己生来就是当记者的料。在多尔蒂饲料店门口的人行道边，他拦住了乔治，说："毫无疑问，这才是我应该干的工作。"他眼里闪着奇光，食指又开始颤抖起来。"当然，我在美孚石油公司要比你赚得多，我只想告诉你，"他继续说，"我绝无冒犯你的意思，不过我应该干你这份工作。只须利用零散的空闲时间我就可以完成。我会跑遍各个地方去挖掘你闻所未闻、见所未见的新闻题材。"

乔·威林越说越激动，把这位年轻的记者挤到了饲料店门口。显然，他已沉浸于自我的幻想之中。他眼珠不断地转动着，不时用干瘦的手紧张地抓着头发。他面带微笑，嘴里的金牙闪闪发光。"把笔记本拿出来，"他命令道，"你口袋里一直带着笔记本，对吧？我知道的。嗯，把这点记下来。是我前几天想到的。我们谈谈腐朽吧。什么是腐朽呢？它是熊熊烈火，能烧毁木头和其他一切。这你从来没有想到吧？你肯定是想不到的啦。你看，这条人行道和这家饲料店，还有街上的树，它们全都着火了。它们都在燃烧。腐朽永远都在蔓延。它不会停息，就连水和油漆都无法阻止。但是，如果是铁呢，会怎样？它会生锈。那也是火。世界着火了，你的新闻就用这个标题。就用大写的字体！这样的标题，肯定能吸引读者。他们会夸你聪明。当然，我不介意，我不嫉妒你。这不过是我凭空想出来的。不过，我会让一份报纸火起来，这一点你得承认。"

说完，乔·威林便转身快步离开了。走了几步，他停了下来，转过头来说："我会支持你，让你真正火起来。到时我会创办一份报纸，我早就该这样做了。我会成为一个传奇，大家都知道我会的。"

就在乔治·威拉德在温斯堡鹰报工作的第一个年头，乔·威林身上发生了四件大事。第一，母亲去世；第二，搬到了新威拉德旅馆；第三，他恋爱了；第四，组建了温斯堡棒球俱乐部。

乔之所以组建棒球俱乐部是因为他想当教练。自从当上了教练，他开始赢得街坊的尊重。"他真了不起！"在乔的球队横扫梅迪纳县球队时，大家都这样说，"他能让队员们一起团结协作，比赛时你只须看着他就可以了。"

在棒球场上，乔·威林站在一垒旁边，整个身体激动得直发抖。此时，队员们不是看着对方球队而是不由自主地紧紧盯着他，对方的投手则显得一头雾水。

"嘿！嘿！嘿！嘿！"他兴奋地大喊，"看我！看着我！看着我的手指！看着我的手！看着我的脚！看着我的眼睛！一起加油！看着我！从我这能看到整个比赛的任何动作！跟着我一起干！看我！看我！看着我！"

跟温斯堡棒球队的跑垒员一起打比赛时，乔·威林整个人变得精神抖擞。跑垒员还没搞清状况，只管盯着乔看，悄悄离开本垒，时而前进，时而后退，仿佛有根隐形的线在牵引着他们。对手也好奇地盯着乔看。

有时，他们就这样入神地看着乔。然后，似乎为了打破笼罩在自己身上的魔咒而开始把球四处乱扔。这时，在教练那一声声异常尖锐犹如野兽般的嘶吼中，温斯堡队的跑垒员归垒了。

说到乔·威林的恋情，温斯堡镇上的人都对此感到担忧。他刚开始这段感情，人们就总是低声议论，不时摇头。人们想笑，但笑声却总是那么勉强尴尬！原来，乔·威林爱上了萨拉·金。那是一个身材瘦削的女人，终日愁眉苦脸，跟父亲哥哥一起住在温斯堡墓地大门对面的砖房里。

金家父子——爱德华和汤姆，在温斯堡都不太招人待见。大家都觉得这两个人既自大又危险。他们从南边的什么地方过来，在杜鲁宁收费公路经营一个苹果酒厂。据说，汤姆·金在来这之前还杀了人。他二十七岁，喜欢骑一匹灰色的小马驹在镇上逛来逛去。他长长的黄色胡须把牙齿都遮住了，手里总是拿着一根笨重古怪的手杖。有一次，他用这根手杖打死了一条狗。狗是鞋商温·鲍斯的。那天它站在人行道上摇着尾巴，汤姆看到后一棍子就把它打死了。后来，他被逮捕，还罚了十美金。

老爱德华·金身材短小，走到街上总是冲人严肃而怪异地大笑，边笑边用右手抓左肘，外套左袖都快抓破了。他走在街上，看上去神经兮兮的，笑得又诡异。比起他那沉默寡言凶神恶煞的儿子，他要危险得多啦。

傍晚，萨拉·金与乔·威林一起出去散步，人们看到都会惊慌地摇头。她个子高挑，脸色苍白，还有几道黑眼圈。两人在一起，看上去甚是可笑。穿过林荫道，乔一路热烈而急切地说着。下至公墓的黑暗围墙，上至自来水厂与露天集市之间的浓密山林，无不飘荡着他的山盟海誓，因而也为商铺中的人们津津乐道。

新威拉德旅馆的酒吧里，大家一边说笑一边饶有兴致地谈论着乔的求爱轶事。然而这种谈笑调侃很快便归于平静。在乔的打理下，温斯堡棒球队势如破竹，节节胜利，人们也因此愈发地敬重他。但是，人们还是隐约地感觉，悲剧即将降临到他身上。他们忐忑不安地大笑着，等待着。

一个周六的傍晚，新威拉德旅馆乔的房间里，乔与金家父子见面了。镇上的人们再次感到紧张不安。乔治·威拉德目睹了他们的这次见面。经过是这样的：

那天，这位年轻的记者吃过晚饭正准备回房，刚好看到汤姆·金和他父亲坐在乔昏暗的房间里。汤姆·金手里拿着那根笨重的手杖，坐在门边。而老爱德华·金则神经兮兮地来回踱步，不时用右手抓挠左肘。外面的走廊空荡荡的，异常安静。

乔治回到房中，坐在书桌旁。他想记录点什么，但手抖得厉害，根本握不住笔。他同样不安地在房里来回踱步。跟镇上其他人一样，他对此感到忧虑而不知所措。

乔·威林从车站月台回到新威拉德旅馆时已是晚上七点半，天色很快黑了下来。他双手抱着一捆杂草一路小跑过来。乔治·威拉德害怕得瑟瑟发抖，可他还是给乔抱着杂草小跑过来的样子逗乐了。

这位年轻的记者躲在房门外，偷听乔·威林与金家父子的谈话，害怕紧张得浑身打颤。乔信誓旦旦地说着，老爱德华·金则神经质地咯咯直笑，然后房里又陷入一片沉寂。乔的声音尖锐而清晰。乔治在外面听着听着就开始笑起来。他终于明白了。乔总爱用他的三寸不烂之舌滔滔不绝地说，将别人弄得迷迷糊糊，而此刻他正是用同样的伎俩把金家父子说得晕头转向啊。乔治在走廊里来回踱步，惊诧不已。

房里的乔·威林全然不顾身边汤姆·金的牢骚威胁，一心只想着他心中的另一个念头。他关上房门，点上灯，把带来的杂草摊在地板上，郑重其事地说："我有个好点子！待会去说给乔治·威拉德听，兴许能作出篇报道。你们能来，我真开心，要是莎拉也在就好咯。我还一直琢磨着去你们家，跟你们说说我那些创想构思，可有意思了。只是碍于莎拉不肯，怕咱们会吵起来，好笑吧！"

父子俩一脸困惑不解，乔一边焦急地走来走去，一边跟他们解释着："现在你们就不要再犯错了，这可是件大事呀！"他用尖锐的声音激动地叫道，"只管听我说，你们肯定会感兴趣的。我知道你们肯定会的。想象一下，假如有一天，所有的小麦、玉米、燕麦、豌豆、土豆等粮食都奇迹般地消失了。而我们现在住的小镇周围也建起了高大的城墙，把我们给围住了。再假设一下，没有人可以翻过城墙，而镇上所有的粮食都被毁掉了，只剩下这些野草。我们会因此玩完了吗？我问你，我们会不会完了？"汤姆·金又是一阵咆哮，片刻后，房间又安静了下来。接着乔又继续阐述他的想法。"有一段时间，形势会变得很艰难，这我承认，我必须承认，无须回避。我们几乎无能为力，陷入困境。不止一个大胃王会垮掉。但这些不能让我们倒下。我敢说，不会。"

汤姆·金听完，和善地大笑起来，而爱德华·金紧张得浑身发抖，笑声在房间里回荡。乔·威林接着说："你们应该知道，我们必须开始种植些新的蔬菜和水果。不久我们就能重获曾经失去的一切。但请注意，我并不是说那些新的蔬菜和水果跟原来的一样。不会一样的。也许比原来的好，也许还不如从前。很有意思吧，呃？你们可以想一想。这能开动你们的脑筋，对不？"

一阵沉默过后，房间里又响起了老爱德华神经质般的笑声。"我说过的，我多希望萨拉也在这里，"乔尖声叫道，"不如我们一起上你们家去吧。我想把这些都告诉她。"

于是，房间里传来了挪动椅子的声音。乔治·威拉德听到后，赶紧撤回到自己的房间。从房间的窗台向外望，他看到了乔·威林与金家父子走在大街上。汤姆·金迈着大步子，就是为了能跟这个小个子男人保持步调一致。他大步走着，不时俯身聆听乔·威林的讲话，听得那么地认真，那么地陶醉。乔还在兴奋地讲着。"就说马利筋吧，"他再次尖声叫道，"马利筋其实可以有很多用途的，对吗？难以置信吧！我要你想一想。你们俩都好好地想一想。你们看，一个新的蔬菜王国即将隆重登场。有意思吧，呃？这就是创新，这就是与众不同的点子。等见到莎拉，再跟她说，她会充分理解其精髓，喜欢上这个点子的。大胆独特的想法，她通常都比较中意。你们就没有萨拉聪明啦，对吧？你们肯定没她聪明，你们自己也知道的啦。"

雨夜裸奔

那时，乔治·威拉德还是个乳臭未干的孩子，爱丽丝·辛德曼已是二十七岁的少妇了。她一生的时光都在温斯堡度过。她在温妮纺织店当销售员，与改嫁的母亲住在一起。

爱丽丝的继父布什·弥尔顿，是个马车油漆匠，嗜酒如命。他的故事非常奇特，有机会还是值得一讲的。

二十七岁的爱丽丝有着褐色的眼睛和长发，身材高挑，但显出几分消瘦，还有点驼背。她脑袋很大，使得她的身材黯然失色。看起来，她就是一个文静斯文的女子。但在平静温和的外表下，一腔热情之火熊熊燃烧着。

爱丽丝曾与镇上一位小伙子有过一段恋情。那年，她十六岁，还没到纺织店工作。小伙名叫内德·居里，年纪比爱丽丝大。跟乔治·威拉德一样，他也在温斯堡鹰报报社工作。有很长一段日子，他几乎每个晚上都来与爱丽丝约会。他们经常一起穿过温斯堡的大街小巷，漫步于婆娑树影下，谈论着各自的人生理想。那时的爱丽丝是那样楚楚动人！内德总是把她揽入怀中，深情地亲吻。内德兴奋不已，语无伦次，说了许多平常并不打算说的话。而爱丽丝呢，总渴望着有些美好进入她极为狭隘的生活，因此也变得异常兴奋，说了许多话。剥落生活的外壳，褪下天生的羞涩与矜持，这一刻，她坠入了爱的柔波里。就在爱丽丝十六岁那年深秋，内德要离开温斯堡，到远方的克利夫兰去。那是他的梦想所在：他渴望在那里的报社工作，出人头地。爱丽丝要跟他一起去，颤抖着说出了内心的想法："我要工作，你也可以工作，我不想因为不必要的开支而影响你进步。所以，先不要娶我。我们就算不结婚也可以住一起。就算同居也没人会说什么。在那个遥远的城市，谁都不认识我们，没人会注意我们的。"

内德对他心上人的决心和绵绵情意感到迷惑不安，同时也深受触动。他原想把她当作情妇，此刻却改变了主意。他想保护她、关心她，厉声说道："你根本不知道自己在说什么。好了，我不会让你这么做的。我找到工作马上就回来看你。目前，你必须待在这里，我们别无选择。"

就在内德要到远方开始新生活的前一天晚上，他再次见到了爱丽丝。二人穿过一条又一条街道，漫无目的地走着，逛了一个小时，在韦斯利·莫耶的马车行里租来了一辆马车，驾着到乡下兜风。月亮爬上了枝头，两人都无比伤感，哽咽难言。此刻，小伙子把他所下定的决心抛到了九霄云外，忘记了该如何处理他们之间的问题。

马车在瓦恩河岸边的一片长长的草地上停了下来，他们随即下了车。朦胧月光下，他们成了名副其实的情人。他们回到镇上已是午夜，两人都十分开心。在他们看来，无论将来发生什么，都不会抹掉这个夜晚带给他们的美好回忆。在她父亲家门前，内德深情地说："我们一定要忠贞不渝，无论如何，永不变心。"

然而，内德并没有如愿在克利夫兰报社找到工作。不久，他到西部的芝加哥去了。那段时间他异常孤独，几乎每天都给爱丽丝写信。后来，他渐渐适应了那里的生活，开始广交朋友，寻求生活中的新乐趣。在芝加哥，他与几个女生寄宿在同一栋房子里，渐渐喜欢上了其中一个，早把远在温斯堡的爱丽丝忘了。到了年底，他便不再给爱丽丝来信。只有当长久的寂寞与他作伴，或是夜晚徜徉于公园某个角落，看到月光如水洒在草地上，就像那晚瓦恩河边的情形，他才会想起她。

在温斯堡，这个曾被他爱过的女孩随着时光的流逝，已经变成了少妇。就在她二十二岁那年，父亲突然去世了。她父亲生前是位老军人，后来开了个马具修理店。几个月后她母亲便获得了一笔遗孀抚恤金。拿到第一笔钱，她买了一台织布机，开始纺织地毯。而爱丽丝则到温尼纺织店上班。多年来，她坚信内德最终会回到自己身边，什么都无法动摇这一信念。

她对此时的工作感到满意，有了店里每日的辛苦劳作，漫长的等待似乎没那么煎熬乏味了。她开始攒钱，想着等攒到两三百美元，就可以到她爱人所在的城市。看看她的突然出现能否让他回心转意。

爱丽丝没有为那个月色如水的夜晚瓦恩河草地上的一幕而责怪内德，她只是觉得，她再也不可能嫁给别人了。她觉得她只属于内德一个人。要再把自己交给别的男人，这想法，真是太可怕了！因此其他年轻人跟她套近乎，她都无动于衷。"我是他的人，不管他最后回不回来，我都是他的人。"她喃喃地说道。就算她愿意养活自己，却无法理解人们日益崇尚的现代理念：女性要独立，要为自己的利益而进行取舍。在纺织店，爱丽丝从早上八点工作到傍晚六点，一个星期还有三个晚上要从七点加班到九点。随着时间的流逝，她变得越来越寂寞。于是，她便开始做一些寂寞的人爱做的事。晚上，上楼回到自己的房间，双膝跪在地上，她开始祷告，将心里话说给心爱的人听。她变得依赖那些没有生命的物体，因为，那是她的。她无法允许别人触碰房里的任何家具。后来她放弃了到城市寻找内德，但因为这个念头而存钱的习惯却一直保留着。这个习惯已经根深蒂固，就算她需要买新衣服，也不会动用里面的钱。她经常在下雨的午后，在纺织店里拿出银行存折，放平打开来看，然后花数小时幻想一个无法实现的梦。她总是想着攒到足够的钱，光利息就够她和丈夫生活了。

"内德总喜欢到处旅游，"她想着，"我要为他多创造点这样的机会。等有天我们结婚了，我会攒下我俩的钱，攒很多，就能一起周游世界啦。"

日复一日，年复一年，爱丽丝依旧在纺织店里等待和幻想着恋人的归来。爱丽丝的老板是个白发苍苍、沉默寡言的老头儿，戴着一副假牙，稀薄的灰须垂坠着，把嘴巴都遮住了。有时，碰上下雨的天气，或是狂风怒吼的冬天，数个小时过去了，店里没有一个顾客光临。爱丽丝一遍又一遍地整理着货物。她站在窗台旁，看着行人稀少的大街，又想起了那晚与内德在街上散步的情形，想起他曾说过的甜言蜜语。"我们一定要忠贞不渝，永不变心。"这句刻骨铭心的话一遍又一遍地在这个成熟少妇的心中回荡，泪水夺眶而出。有时老板出去了，她就一个人趴在店里的柜台上失声痛哭。"哦，内德，我在等你。"她喃喃地说了一遍又一遍，但"他永远不会回来了"的恐惧感在她心里愈发强烈。

春天的雨季远去，而炎热的夏天还没来临之际，温斯堡的乡下景色宜人。小镇坐落在一片空旷的田野中央，越过田野便是一片片翠绿的树林。树林里有很多隐蔽幽静的角落,是情侣们周日下午光顾的好去处。透过树林,放眼眺望外面的田野,可以看到农民在谷仓忙碌着,或是人们驾着马车,络绎不绝。偶尔,钟声响起,那是火车来了,远远看去,就像一件小型玩具车。

内德走后的那几年,爱丽丝从未跟其他小伙在周日午后涉足这片树林。不过例外的是,就在内德离开两三年后的一天,她无法忍受寂寞的煎熬,于是盛装打扮一番,向那片曾经熟悉的树林走去。在林里找了一处阴凉的地方坐下,整个城镇和延绵的田野尽收眼底。逐渐逝去的年华和没有结果的等待这两种恐惧感交织着,紧紧揪着她的心。想到这里,她再也坐不住,起身离开。她眺望着远方,不息的生命终究在四季的轮回中闪烁,想到这,她追忆起已逝的似水年华。忽然一阵冷颤,她这才恍然大悟,青春娇容,年轻活力悄然付诸东流。有生以来,她第一次感觉被骗了。她没有责怪内德,也不知道该怪他什么。一股悲伤袭上心头。她弯下双膝,跪在地上,试着祈祷,但是偏偏反抗的话语却跑到嘴边,脱口而出。"幸福不会降到我身上的,我也不可能找到幸福,为什么我要自欺欺人?"她大声哭喊着。这是她第一次勇于面对自己的恐惧,这种恐惧曾一直如影随形,如今,她终于如释重负,真是怪异。

爱丽丝二十五岁那年,发生了两件事,打破了她平静单调的生活。第一是她母亲嫁给了布什·弥尔顿。第二是她加入了温斯堡卫理公会教派。加入这个教派是因为她越来越害怕孤独。母亲的改嫁使她的孤独感雪上加霜。"我变得越来越老、越来越古怪了。内德回来了,也不会要我的。而在他生活的那座城市里,人们永远都那么年轻。他们有太多的事情要做,忙到没有时间变老。"她喃喃自语，嘴角露出一丝凄苦的笑意。于是，她决定以后多交朋友。每逢周四晚上纺织店打烊了，她就到教会的地下室跟大家一起祷告。每逢周六晚上，她就去埃普沃斯联盟参加聚会。

一个叫威尔·赫尔利的中年男子，是药店职员，也是温斯堡卫理公会教派的教徒。一天晚上，祷告会结束，他提出要送爱丽丝回家，爱丽丝没有反对。"我当然不会让他有机会接近我，但他要是很久才来见我一次，这倒没什么。"她自言自语，对内德依然忠贞不渝。

不知不觉中，爱丽丝起初只是想稍做尝试，但决心逐渐增强，她打算开始一段新生活了。她跟在这位药店职员身旁，安静地走着。有时他们在黑暗中机械地走，她会伸手轻轻触摸他外套上的折痕。他在她母亲家门前跟她道别，她没有进屋，而是在门口站了一会儿。她想把他叫回来，让他陪着自己坐在黑暗的门廊中，又怕他不明白。"他不是我要的男人，"她心想，"我只是想摆脱寂寞，如果不小心的话，我就越来越不习惯跟别人相处了。"

二十七岁那年的初秋，一股强烈的躁动笼罩着她。她再也无法忍受威尔·赫尔利的陪伴。每当晚上他过来陪她散步，她就把他支走。她的精力变得越来越好，在纺织店的柜台后站了好几个小时，回到家疲惫地爬到床上，却依然无法入眠。她目不转睛盯着黑暗，思绪就像一个刚从长睡中醒来的孩子，活力四射。她内心深处并不愿被这虚无缥缈的幻觉欺骗，而是要求从现实生活中得到明确的答案。

爱丽丝把枕头紧紧抱在胸前，站起身，在床上铺了一条毯子，黑暗中，看起来就像一个人躺在那里。铺完毯子，她在床边跪下，温柔地抚摸着，对着它一遍一遍地说着话，就像在哼唱一段副歌。"生活为何如此平淡无奇？我为何如此孤苦伶仃？"尽管有时还会想起内德，可她不再依赖他了。她曾经的渴望到此刻已变得模糊不清。她不再需要内德或者别的男人了。她渴望得到爱，渴望内心深处越来越强烈的呼唤得到回应。

一天晚上，下起了雨，爱丽丝做了一个冒险的举动。这让她感到惶恐不安又疑惑不解。那天晚上九点，她刚从纺织店回到家，发现屋里空荡荡的。布什·弥尔顿去了镇上，母亲去邻居家串门了。爱丽丝上楼回到房间，黑暗中，脱光了身上的衣服。她在窗边站了一会儿，倾听着雨水拍打窗户的声音，接着一股莫名的欲望涌上心头。不假思索，她就跑下楼去，穿过黑暗的屋子，冲进外面的雨里。她站在房前的一片草地上，感受着冷冷的雨水拍打在身上，一股疯癫欲念袭上心头——她要一丝不挂在大街小巷上狂奔！

她认为，雨水在她身体上会产生新奇美妙的效果。这么多年了，她从未如此活力焕发，无所畏惧。她想跳跃着，奔跑着，大叫着，去寻找同样孤独的人，然后拥抱他。房前一条砖砌人行道上，有个男子正跌跌撞撞地回家。爱丽丝开始裸奔，那么狂热，那么不顾一切。"我才不管他是谁呢，他孤单一人，我就要跑过去。"她这么想着，没有停下来思索如此疯狂会带来怎样的后果，便朝着那人大喊："等等，别走开，不管你是谁，都得等等我！"

那是个上了年纪的老头儿，耳朵有点背，他停下来，站在那里听。他把手做成喇叭状放在嘴边，大喊："什么？你说什么？"

爱丽丝跌倒在地上，身体抖得厉害。想到自己刚才的所作所为，她感到惊恐不已。那位老人继续往前走去，她吓得不敢站起身，只好用手和膝盖匍匐着爬过草地，逃回家里。回到房间，她赶紧用力闩上房门，用梳妆台堵住门口。她冻得浑身发抖，双手也抖得厉害，费了很大劲才穿上睡衣。她爬上床，把脸埋在枕头里，伤心欲绝地哭着。"我这是怎么了？一不小心，就会做出可怕的事来。"她想着，转脸面向墙壁，开始逼迫自己勇敢面对现实：这个世界上，很多人都得孤独地活着，孤独地死去，连温斯堡也不例外。

体面人

　　要是你在城里住过，想必就会在夏日午后的公园看到一只身躯庞大的猴子。它蜷缩在铁笼的角落里，上下眨巴着眼睛，眼皮下方的肌肉松弛下垂，毛发褪尽，下体也紫得发亮，丑不堪言。这猴子还真是个怪物，不过，在它无比的丑陋当中却透出一种反常的美。孩子们在笼子前停下脚步出神着迷，男人们一脸厌恶转身离开，女人们则驻足稍时，似乎在竭力回想，她们认识的男人当中，眼前这丑陋的怪物到底像谁。

　　你要是早年曾在俄亥俄州温斯堡镇住过，笼子里的怪物就不会有什么神秘可言了。你会说："它像极了华什·威廉姆斯。"夏天的夜晚，老华什下班后，会在火车中转站的草坪上坐下，那副模样跟这猴子一模一样。

　　华什·威廉姆斯是温斯堡的电报员，也是镇上最丑的人。瞧他的长相，脖子瘦长，挺着一个大肚子，走起路来软弱无力。他很脏，浑身上下没有一处是干净的，就连眼白看着都是脏的。

　　我结论下得太草率了，实际上，华什身上并非没有干净的地方。至少，他对自己的手爱护有加。他的手指圆圆滚滚的，长年放在电报房机械旁边的桌面上，却透着一股灵性与匀称。他年轻的时候曾被誉为俄亥俄州最佳电报员，后来被派到温斯堡一个不显眼的办公室里，不过他依然对自己的能力感到自豪。

华什·威廉姆斯跟镇上的人没有什么来往。一群男子沿站台走来，经过他的办公室。他一边用蒙眬的眼神看着他们，一边自言自语："我跟这些人永远不会有交集。"夜晚，他沿主街向北走，到艾德·格里菲酒吧喝啤酒，酒量大得惊人，然后跌跌撞撞回到新威拉德旅馆自己的房间，倒床便睡。

华什本是个勇敢的男子汉。后来发生了一件事，让他开始厌恶生活。带着诗人般的放纵，他对生活厌恶到了极点。首先，他厌恶女人，称之为"贱人"。但他对男人的态度却有点不同。他同情他们，常常想："难道男人的生活不都是被某个贱人掌控着吗？"

温斯堡人压根不会留意华什，更不知道他对镇民的厌恶。镇上银行家的妻子——怀特太太，向电报公司投诉，说温斯堡的办公室实在太脏了，臭气熏天。但她的投诉如石沉大海般杳无音信。可不管怎样，总算还有一个人欣赏着这个电报员。这人不禁感到自己心中燃烧着一股熊熊怨火，然而却鼓不起勇气去仇恨。华什走在街上，他就禁不住想举帽或鞠躬致敬。那便是负责监管整个温斯堡铁路电报员的监督员。他故意把华什安排在镇里一个不显眼的办公室，一直待在那里，以免被炒掉。因此，他收到银行家妻子的投诉信，粗鲁地大笑着，撕了个粉碎。不知为何，撕信的时候，他想起了自己的妻子。

华什有过一任妻子，年轻的时候在俄亥俄州的代顿结的婚。他妻子身材苗条，金发碧眼，漂亮极了。当时的华什长得也很清秀，他对这个女人爱得发狂。后来爱变成了恨，爱之深，恨之切，扩及所有女人。

整个温斯堡只有一个人知道，他为何会变得如此丑陋怪僻。他曾把自己的经历告诉过乔治·威拉德，经过是这样来的：

一天晚上，乔治·威拉德约贝勒·卡朋特一起散步。贝勒个子高挑，皮肤黝黑，是凯特·麦克休女帽店的裁缝。乔治和贝勒并非是情侣。事实上，贝勒早已有了求婚者，对方是艾德·格里菲酒吧的酒保。然而，他俩走在树下，时不时情不自禁地拥抱起来。都是夜色与冲动在作祟。他们走回主街，途经火车站的小草坪，看到华什正好躺在树下的草地上睡觉。于是，第二天晚上，华什就跟乔治一起散步。他们沿着铁路一直走，在铁轨旁一堆腐烂的枕木上坐了下来。就在那时，华什讲起了自己的经历。

也许有十几次，乔治·威拉德差点就可以跟这个丑陋的男人谈上话了。看到华什面目狰狞地打量着旅馆的用餐室，这个年轻人心里满是好奇。华什的眼里隐藏着这样的信息：他对所有的人都无话可说，唯独对乔治·威拉德，可诉衷肠。于是，那一个夏夜里，在铁路枕木堆上，乔治热切地期盼着。然而华什却一直沉默不语，似乎要改变注意，不想讲了。于是乔治尽力打开话题，"威廉姆斯先生，你结过婚吗？"他开口问道，"我想，你有过妻子，不过她已经去世了，对吗？"

这时，华什爆发出了一连串恶毒的话："没错，她死了。她跟所有女人都死了。她不过是一具行尸走肉，在男人眼前经过，连大地都会发臭。"华什说着话，双眼直瞪着这个少年，满脸怒色。接着他对乔治说道："别瞎想了，没错，我妻子的确死了。我告诉你，所有女人都死了，包括你的母亲和我的母亲，还有女帽店的那个女人，昨天我看到你跟她一起散步呢。所有这些女人都死光了，腐烂了。没错，我结过婚，跟我结婚前，她就已经死了，她是个肮脏的女人，由一个更加肮脏的女人所生。她就是上帝派来折磨我的，让我活得痛苦不堪。你知道吗？我那时就跟你现在一样蠢，居然跟这样的女人结了婚。但愿男人一点点开始了解女人。女人就是来阻止男人改造世界的，这实际上是个诡计。呸！她们双手柔软，双眼碧蓝，悄悄地，缓缓地，扭动着身子爬向男人。一看到女人我就恶心，真不明白为什么我没有——杀光她们。"

怒火在这个狰狞的老人眼里燃烧，乔治满怀好奇地听着，既害怕又着迷。夜幕降临，他向前靠了靠，可再也看不到那张发紫的肿脸和那燃烧着怒气的双眼。华什此时的语调平缓低沉，讲出来的话显得更加吓人了。此刻乔治心里一股奇妙的幻觉油然而生，他想着自己正与一个眼睛乌亮、头发浓黑的清秀男子坐在铁路枕木上。华什发泄着仇恨，面目狰狞，可声音却异常美妙。

坐在铁轨枕木上，周围一片漆黑。仇恨使这个电报员诗兴大发。他对乔治说："看到你吻贝勒·卡朋特的嘴唇，我就想告诉你我的遭遇。悲剧重演不无可能，我想给你提个醒。或许你已经对她产生幻想了，我想帮你摧毁它们。"

华什开始讲述自己的婚姻生活。他的妻子身材高挑、金发碧眼。两人初识时，他在俄亥俄州的代顿市当电报员。这段经历，波涛起伏，有美妙的浪漫，也有邪恶的诅咒。就这样，这个电报员就跟牙医的女儿结婚了，她是三姐妹中年龄最小的一个。年轻的电报员颇有能力，结婚当天就被提升到俄亥俄州哥伦布市的事务所，工资也涨了。随后他和年轻的妻子在当地事务所暂住下来，开始分期付款购买新房。

这个年轻的电报员爱得如痴如醉。凭着一股宗教信仰般的狂热，他成功地抵制住了青春的冲动，结婚之前竟一直维持着处男之身。他对乔治描述着他们夫妻俩在哥伦布市的生活场景。"房子后的菜园里，我们一起种植蔬菜，你懂的，诸如豌豆、玉米之类的。我们是三月初去的哥伦布，天气一变暖我就到菜园里劳作。我用铁锹翻开黑土，她就在菜园里又跑又笑，还假装被我翻出的虫子吓到。四月下旬，到了种菜的时候，她会站到苗床旁边的小径上，手中拿着一个纸袋，里面装满了种子。每次她都递给我一些种子，然后我把它们撒入温暖柔软的泥土里。"

有一段时间，这个男人的声音变得哽咽起来。"我爱过她，"他接着说，"我承认我是个傻瓜，到现在依然爱着她！春天黄昏之际，我沿着黑色的地面爬到她脚边，匍匐在她面前，吻着她的鞋子和脚踝。她的裙摆一碰到我的脸，我浑身都抖了。这样的生活持续了两年，之后我得知她跟别的男人搞到了一起。我一离家工作，就会有三个男的定期来我家。我连碰都不想碰这个女人，还有那三个男的。我什么都没说，只是把她打发回娘家。还有什么好说的呢？我把银行里存的四百美元全给了她。我一句都没问，一句都没说。她走后，我哭得像个小傻瓜似的。很快我就找机会把房子卖了，卖的钱全给了她。"

华什和乔治从枕木堆上站起身来，沿铁轨朝着小镇走去。电报员喘着气迅速结束了他的故事。

"后来，她母亲请我去她家。她写了一封信给我，让我前往她家代顿。我到的时候，已经是现在这个时间了。"

华什此刻近乎尖叫起来："她母亲把我带到客厅就走了，我在那里呆坐了整整两个小时。她们的房子很时髦，她们就是那种所谓的体面人。房间里摆放着豪华的椅子，还有一张沙发。我浑身颤抖着，我恨那些勾引她的男人。我受够了孤独的生活，希望她能回到我身边。等的时间越长，我就越脆弱痛苦。我想，她进来只须用手轻轻一碰，我就会晕过去，就想既往不咎。"

华什突然间停下脚步，站在原地盯着乔治。眼前的男孩像受了寒一样全身颤抖起来。华什的声音再一次变得柔软低沉，继续说道："她赤身裸体走进房间，都是她母亲做的好事。我坐在房间里，她脱下了女儿的衣服，或者诱劝女儿自己脱下。起初，我听到通向走廊的那扇门外有人说话，接着门轻轻地打开了。女孩很害羞，直挺着身子低头盯着地板。她母亲没有跟进来，把女孩推进后就一直站在门外走廊等，想着我们会——就是那种事，你懂的——她就一直等。"

乔治和电报员走到了主街上。两旁商店的灯光透过玻璃窗洒在人行道上，闪烁着耀眼的光芒。来往的人群大声说笑着。年轻的记者深感不适。幻想中，他自己也变成了一个怪异的老头。"我没有杀死她母亲。"华什接着说，眼睛上下打量着街道，"我用椅子砸了她一下，接着邻居就进来夺走了我的凶器。你可以想象，当时她尖叫的声音有多大。现在我再也没机会杀她了。那件事之后的一个月，她就发烧死掉了。"

沉 思

赛斯·里士满和他母亲住的房子曾经是温斯堡镇赫赫有名的地方。但小赛斯住在那的时候，房子的光环已逐渐褪去。银行家怀特在巴克艾大街建了座大砖房，更让它黯然失色。里士满家位于一个小山谷里，远在主街尽头。农夫们沿着尘土飞扬的马路从南而来，经过一片核桃林，再绕过一个集市，集市的墙是高高的木板，上面还贴着各色广告，然后，马儿小跑穿过山谷，经过里士满家，进入镇里。

温斯堡南北两边的农田以种水果和浆果为主。清早，赛斯看着马车载着浆果采摘工向果园前进，队伍中有年轻男女，也有中年妇人，晚间则目睹着他们满身灰尘归来。一辆辆马车上喧闹的人群，还有人群中迸发出来的粗鲁笑话有时很让赛斯恼火。他很懊悔，自己不能跟他们一样放肆大笑，不能喊出那些毫无意义的笑话，也懊悔自己无法跻身于这马路上川流不息、热闹非凡的人群。

里士满的房子由石灰石砌成。虽然房子名气不如从前，但实际上它这些年变得愈发漂亮。岁月开始一点点增添石砖的颜色，屋子的表面镀上了一层饱满的金色；时光抚摸着屋檐下的砖瓦，晚上或者天暗的时候，留下斑驳的痕迹。

房子是由赛斯的祖父建成的。他是一名采石工，将房子连同伊利湖以北八十英里的采石场都留给了儿子克莱伦斯·里士满，也就是赛斯的父亲。克莱伦斯·里士满表面安安静静，内心却是热情如火，邻居们很是崇拜他。他死于一场街头斗殴，对方是俄亥俄州托莱多某家报社的编辑。斗殴的起因是该报社将克莱伦斯与一位女教师的名字并列发表。他先对那个编辑开枪挑衅，结果丢了性命，凶手却没能受到惩罚。人们得知，受朋友怂恿，克莱伦斯所继承的财产都挥霍在了各种高风险投机活动中，只留下微薄的收入。

从此，弗吉尼亚·里士满在村庄过上了与世无争的生活，全心抚养儿子。克莱伦斯的死深深触动了她，但对人们的那些传言，她压根不信。在她心里，她的男人敏感而幼稚，人们打心眼儿里喜欢他，但他是个不幸之人，对生活太好才会落得如此下场。"你以后会听到各种传言，但你不要相信。"她对儿子说，"你父亲是个好人，对所有人都很慈悲，他是不会有外遇的。我千万次设想规划你的未来，我觉得成为你父亲一样的好人，对你最好不过了。"

丈夫离世几年之后，弗吉尼亚惊觉花销的地方越来越多，于是想尽办法增加收入。她学过速记，经丈夫的朋友帮助，她在县政府所在地谋得了一份法庭速记员的差事。开庭期间每天早上她要搭火车去法庭，闭庭的时候她就在自家花园里照料玫瑰丛。她个子高挑，身材挺拔，却相貌平平，顶着一头浓密的棕发。

赛斯·里士满与母亲的关系有种特质，这甚至在他十八岁的时候就开始影响他与其他男人的关系。弗吉尼亚对年轻人有种几近不健康的尊重，这使得她在儿子面前大部分时候都沉默不语。当她厉声呵斥他时，他只需直直地盯着母亲的双眼。他看到母亲瞳孔中满是疑惑，跟他在别人眼睛里看到的一模一样。

事实上，儿子的思维极度清晰，而母亲则不然。她指望人人都对生活保持某种亘古不变的反应。这个男孩子是你的儿子,你骂他时他就应该怕得浑身颤抖,低着头看地板。把他骂哭了,什么都可以原谅了。孩子哭完睡着了,你便小心翼翼走进他的房间亲吻他。

弗吉尼亚不明白为什么自己的儿子偏偏不是这样。一顿训斥后他没有颤抖,也没有低头看地板,而是两眼直直地盯着她,看得她心里满是疑惑,浑身不自在。至于偷偷进儿子房间这种事,赛斯十五岁以后,弗吉尼亚就不怎么敢做了。

赛斯十六岁的时候,曾和两个男孩一起离家出走。他们看见一个空货车厢的门开着,便爬了进去,行驶了大概四十英里,到了一个小镇,那里正好有个集市。有个男孩带了个酒瓶,里面混装着威士忌和黑莓酒。这三个小子就坐在车厢上,把双脚伸到车外,一边晃荡着双脚,一边轮流喝着瓶子里的酒。火车每每到达一个小镇,两个同伴就会边唱歌边朝车站周围那些游手好闲的人招手。他们计划突袭那些携老带幼赶集的农夫,抢劫他们的篮子。"我们要像国王一样,一分钱不花就可以逛集市、看马赛。"他们吹嘘道。

赛斯不见了之后,弗吉尼亚常在家里来回走动,心中总是莫名地惊慌。第二天她从镇上警长那里打听到了儿子的冒险之旅,但仍然无法平静下来。她躺着彻夜难眠,听着钟表的嘀嗒声,不断告诫自己:赛斯,跟他父亲一样,会突然死于非命。她不肯让警长去搅和儿子的事,但她下定决心,这一次一定要让这小子尝尝她的滔天怒火。她拿出铅笔和纸,写下了一堆严厉尖刻的话,准备训斥儿子。她决心背熟这些话,于是在花园里来回走动,大声念着,犹如一个演员在背台词。

周末的时候赛斯终于回来了,他很疲倦,耳朵和眼睛四周都是煤灰。她发现自己还是没办法教训他。赛斯走进房里，把帽子挂在厨房门的钩子上，站在那儿直直地盯着她看。"出发不到一个小时，我就想回来了，"他解释道，"我不知道该怎么办。我知道你会担心，但我又想到，要是半途而废我会瞧不起自己。为了我自己，我坚持了下来。睡在湿漉漉的稻草上真是难受，后来还有两个黑鬼喝醉了来跟我们挤在一起睡。我从一个农夫的马车上偷了个午餐篮，然后老忍不住想他的孩子们会一整天饿肚子。我对整个经历都厌烦透了，但我决定坚持下去，直到其他人说要回家。"

"你坚持到底了，我很开心。"母亲的怨愤消了一半，她亲了亲儿子的前额，然后装出一副忙于家务的样子。

夏天的一个晚上，赛斯到新威拉德旅馆去找他的朋友——乔治·威拉德。那天下午下了场雨，赛斯走在主街上，部分天空已经放晴了，西面透出一缕金色的光芒。他绕过一个角落拐了个弯进了旅馆，顺着楼梯，向他朋友的房间走去。在旅馆办公室，老板和两位客人正兴致勃勃地谈论政治。

赛斯在楼道间停了下来，听着楼下几个男人的讨论。他们很激动，语速也很快。汤姆·威拉德在训斥两位旅客。"我是民主党人，但你们的话着实让我恶心。你不懂麦金利，麦金利和马克·汉纳是朋友。你当然不会懂得。要是有人告诉你友谊比金钱重要，或者比政治重要，恐怕你们会暗暗发笑或大声嘲笑吧。"

其中一个客人长得很高，留着灰白胡子，在食品批发店工作。他打断旅店老板的话，说道："你觉得我在克利夫兰住了这么多年会不认识马克·汉纳吗？简直是在胡扯，汉纳就是贪财，别无他求，而麦金利不过是他的工具罢了。他骗了麦金利，你可别忘了这一点。"

赛斯并没有继续停在楼梯上听他们讨论，而是继续往上走，进入一个狭小的黑暗过道。楼下的讨论在他的脑海里激起阵阵涟漪。他很孤单，开始觉得孤单是他性格中的一部分，会一直伴随着他。他进入偏厅，站在窗边看着外面的胡同。面包师艾伯纳·格罗夫站在自家商店后面。他上下打量着胡同，小小的眼睛里满是血丝。店里有人喊他，但是他装作没听到，手里拿着一个空奶瓶，眼神愤怒阴沉。

在温斯堡，人们认为赛斯是个"深藏不露的人"。"他像他父亲，"赛斯走在路上，总有人这么说，"他不久就会爆发的，你就等着瞧吧。"

街头巷尾讨论他，大人小孩尊重他，本能地跟他打招呼，因为人人都会跟沉默的人问好，这些无不影响了他的人生观和自我感受。他跟大多男孩一样，比那些活在赞赏中的男孩要深沉些，然而他也并非镇上甚至母亲想象的那种人。他习惯性的沉默并不带有任何深层目的，他对自己的人生也没有具体明确的规划。小伙伴吵闹的时候，他总是静静地站在旁边，看着他们手舞足蹈充满活力的样子。他对正在发生的事情并没有流露出特别的兴趣，有时他也不知道，到底还会不会对任何事情产生兴趣。此刻，他站在窗边，置身于昏暗之中，心中倒期盼有什么事扰乱他，哪怕是面包师身上的愤怒阴沉也可以。"要是能像吹牛大王老汤姆·威拉德一样对政治充满热情，与人争辩，那该多好啊！"他这样想着，离开窗户，沿着走廊到了乔治的房间。

乔治比赛斯大，两人的友情挺奇怪的，总是年长的向年幼的献殷勤。乔治写的这篇报道有一个策略，竭力在每一个问题上提到当地村民的名字，越多越好。乔治就像嗅觉灵敏的狗一样到处奔波，在笔记本上记录下谁去了县城出差，谁去邻村做客回来，等等。他整天都往笔记本上记录琐碎的信息。"艾普·瑞格勒收到一船草帽，艾德·比尔鲍姆和汤姆·马歇尔周五在克利夫兰。汤姆·辛宁叔叔正在瓦利路建新马厩。"

乔治想着有一天会成为作家，这个想法使他在温斯堡占得一席之地。他也不停地跟赛斯提及这件事。"这个职业是最简单的，"他兴奋地吹嘘道，"你可以四处跑，没有人指挥你，哪怕在印度，或在南海的一叶小舟上，你也能写作，就是这么惬意。等着吧，等到我成名了你就知道其中的乐趣了。"

在乔治的房间，透过一扇窗户可以看到胡同，还有一扇可以看到火车站对面的比夫·卡特午餐店。乔治玩了一小时的铅笔，看到赛斯来了，很热情地接待他。"我最近在试着写爱情故事。"他说道，紧张地笑了。他点了一根烟，在房间里走来走去。"我知道我要干什么，我要恋爱了，我一直坐在这里，想了又想，我要恋爱了。"

乔治似乎对自己的慷慨陈词感到尴尬，他走到床边，背向赛斯，把身子探出窗外。"我知道我爱上谁了，"他说道，"是海伦·怀特，全镇也就会她'打扮'了。"

乔治突然想到一个主意，转身朝赛斯走去。"听着，"他说道，"你跟海伦比较熟，我要你去转达我的意思，你就跟她说我爱上她了，看看她的反应，然后过来告诉我。"

赛斯突然站起身来朝房门走去。他朋友的这番话让他愤怒异常，忍无可忍。"嗯，我走了。"他只回了这么一句。

乔治很吃惊，追了上去，站在黑暗中试图看清赛斯的脸。"你怎么了？要干吗去呀？留下来，咱们聊聊呀。"他急切地说道。

赛斯心里不禁泛起对乔治的阵阵反感。镇里的人老是废话连篇，也让他厌恶，而他最恨的还是自己的习惯性沉默，这些都使他近乎绝望。"噢，你自己跟她说去，"他突然蹦出这句话，当着朋友的面"砰"的一声甩上了门，嘟囔着，"我会去找海伦谈，但不是谈他。"

赛斯下了楼梯走出旅馆前门，一路上气鼓鼓地嘟囔着。他穿过一条尘土飞扬的小街，翻过低矮的铁围栏，来到火车站场，在里面的草坪上坐下。他觉得乔治真是个彻头彻尾的笨蛋！赛斯多希望再大些声音对乔治说出那句话啊！他跟银行家的女儿海伦·怀特的交情，表面上看很随意，其实她常是他思考的主题，他觉得她就是他的专属品。"这个蠢货忙着他的爱情故事，"他嘟囔着扭过头盯着乔治的房间看，"他喋喋不休，怎么不觉得累呢？"

温斯堡收获浆果的季节到了，火车站上，大人小孩把一箱箱散发出果香的红色浆果装进侧轨的两辆快速车厢里。西边的暴风雨来势汹汹，但六月的月亮仍挂在空中，街灯一盏都没有打开。快运货车上的人们把箱子扔进车里，他们的身影在昏暗的灯光下依稀可辨。车站草坪的铁栏杆上坐着其他人。他们抽着烟，你一言我一语地说着乡野笑话。一列火车呼啸着消失在远处，人们依旧在货车上干劲儿更足了。

赛斯从草坪上站起身来，默默地走过那群坐在围栏上的男人，来到了主街。他已经想好了，告诉自己："我一定要离开这个地方，待在这里有什么用？我要到大城市里工作，明天就跟母亲说。"

赛斯沿着主街慢慢走，经过沃克烟店和镇政厅，然后进入巴克艾大街。他一想到自己与这个小镇格格不入就觉得压抑，但是这种压抑的伤害并不深，他觉得错不在自己。威林医生家门前有棵大树，赛斯站在浓密的树荫下，看着笨拙的特克·斯莫莱特在路上推着独轮手推车。特克年纪虽大但是心理年龄却小得出奇。他手推车上堆着一打木板，在路上匆匆行走，但是却可以极好地保持车的平衡。"放松一点，特克！稳住了，老小子！"老特克对着自己喊，放声大笑，结果车上的长板晃了起来，好不危险。

赛斯认识特克·斯莫莱特，这个老伐木工隐约带着危险、古怪的性格为小镇的生活增添了许多趣味。他知道，特克一走进大街，就会成为尖叫议论的风暴中心，他还知道，老人故意绕了远路，就为了走过大街，展示他推货物的好身手。"要是乔治·威拉德在这儿，他一定会发表点什么，"赛斯心里想，"乔治属于这个小镇。他会朝特克大喊，特克会大声回应。然后他们会为这独特的交流暗自高兴。我就不一样了。我不属于这儿，不会把它当回事，我会离开这儿的。"

赛斯在昏暗中跌跌撞撞往前走，感觉自己被家乡遗弃了。他开始可怜自己，但又禁不住被自己荒谬的想法逗笑。最后，他断定自己不过是懂事过早，与孤影自怜毫无关系。"我天生就该去工作。有了稳定的工作，说不定我还能混个一席之地，不如就这么干了。"他下定了决心。

赛斯在银行家怀特的家门口停住。门上挂着一个沉重的黄铜门环，这是海伦的母亲引进村子的，怀特夫人还创建了一个女性诗社。赛斯提起门环，松手，门环撞在门上，发出的碰撞声听起来就像远处的枪声。"我多笨多傻呀，"他心想，"要是怀特夫人来应门，我都不知道要说些什么。"

来开门的是海伦·怀特，看到赛斯站在门廊边，她兴奋得脸蛋儿绯红，忙轻轻关上门，快步向前走去。"我要离开这儿，我不知道要做些什么，但我要离开这里去工作，我觉得我会去哥伦布，"他说，"可能我会去那边的州立大学。不管怎样，我都会走，今晚就跟母亲说。"他犹豫了一下，不安地看着四周，"也许你不介意跟我一起走走吧？"

赛斯和海伦沿着大街走在树荫下。乌云飘过，遮住月亮的脸庞，前面有个男人扛着把短梯子，在夜色中赶路。男人赶到街角，把梯子靠在木灯杆上，攀上去打开了街灯，顿时，街道一半是明，一半是暗，一半沐浴在街灯下，一半笼罩在矮树枝的阴影中。风在树梢间吹拂，吵醒了睡梦中的小鸟，它们在四周扑扇着翅膀，哀怨地叫着。一盏路灯前的光亮处，两只蝙蝠旋转打圈，追逐着成群的夜蝇。

赛斯还是个穿短裤的小男孩时，就与眼前的少女保持着某种若隐若现的亲密，但是今天还是他们第一次并肩散步呢。她一度迷上了给赛斯写信，甚至于疯狂。赛斯有时会在他的课本里发现藏着的字条，还有一张字条是大街上一个小孩递给他的，有一些则是邮局寄过来的。

那些字条的字迹圆圆滚滚的，显得很孩子气，从字里行间可以看出写字条的人一定是个小说迷。用的是银行家妻子的精美信纸，写下的是潦草的铅笔字迹，一些话语也确实感动了赛斯，甚至让他感到受宠若惊，但是他并未回复。赛斯把字条放进外套口袋里，或穿过大街或站在校园的栅栏边，感觉身边有些东西在燃烧。他想这真不赖，竟受到镇上最富有、最迷人的女孩青睐。

海伦与赛斯停在篱笆旁，旁边有一栋低矮幽暗的建筑，面街而立。那里曾办过工厂，生产木桶板，但现在已人去楼空。街道对面有一男一女在门廊那儿聊着孩童时代，谈话声清晰地传入这对近乎尴尬的青年男女耳中。那儿传来了拖拉椅子的声音，然后便看见他们顺着砾石小径，走向一扇木门。男人站在门外面，倚靠着门轻吻了女人，"献给我们曾经的岁月。"他说完，转了个身，沿着走廊迅速离去。

"那是贝拉·特纳，"海伦悄声说道，她鼓起勇气握住了赛斯的手。"她竟然有相好的，还以为她早过了谈情说爱的年纪呢。"赛斯尴尬地笑了。女孩的手很温暖，一股奇怪而让人眩晕的感觉在赛斯身上蔓延开来。他心中燃起一股欲望，那些他曾决定不开口说的话，都跑到嘴皮子上了。"乔治·威拉德爱上你了。"尽管他很激动，但他的声音依然低沉而平静。"他正在写爱情故事，他想恋爱，尝尝爱情的滋味。他让我来告诉你，看看你怎么说。"

海伦和赛斯又一次陷入了沉默。他们来到里士满旧宅外围的花园，从一个篱笆的缺口穿过去，走到矮树下的木椅旁坐了下来。

他在街上和女孩并肩散步，脑海里冒出了新奇大胆的想法。他开始后悔刚才的决定了，不应该离开小镇啊。能常和海伦在街上散步，会是多么新奇愉快的事啊。他想象着自己搂着海伦的腰，海伦也紧紧钩住他的脖子。

这些事和地点在他脑海里奇怪地混在一块儿，他心里不由得冒起和女孩做爱的念头，他前几天还去过一个地方呢。他出外跑腿儿，去到一个农夫的家，农夫住在一座山边，那座山已经出了集市范围，赛斯回来的时候取道田间的一条小径。

他走到农夫家下面的山脚，停在一棵无花果树下，环顾四周。柔和的嗡嗡声传入他的耳际。有那么一会儿，他还以为这棵树一定有个蜂巢呢。

然后，赛斯低下头瞧了瞧，才发现四周长长的杂草上，密密麻麻的，全是蜜蜂。杂草及腰，他站在中间，田野从山坡向远处延伸。野草开满小小的紫花儿，发出醉人的芬芳。野草上，蜂儿成群，采着蜜儿唱着歌儿。

赛斯想象着，一个夏天夜里，他躺在树下，浓密的杂草拥着他。幻想的画面中，海伦·怀特就躺在他身旁，手放在他手里。奇怪的是他不愿亲吻女孩的双唇，但他觉得如果他愿意，他可以这么做的。他一动不动地躺在那儿，安静地看着她，听着蜂群在头顶不停地唱着熟悉的劳动之歌。

赛斯在花园的长椅上坐立不安。他松开海伦的手，将手插进裤兜里。他想给身边的女伴留下深刻的印象，让她知道自己的决定有多么重要，他朝屋子的方向点了点头。"我想，母亲一定会大闹一番，"他轻声说道，"她从来没有想过我这辈子要做什么，她以为我会一辈子待在这儿，永远长不大。"

赛斯的声音充满了孩子般的炽热。"你明白，我必须要出人头地，必须要出去工作。这才是我应该做的事。"

他的话令海伦·怀特佩服不已。她点了点头，对赛斯的赞赏之情油然而生。"事情本该如此啊。"她心里想，"这个男孩哪是个啥都不懂的傻小子，他已经是个坚强有抱负的男子汉了。"渐渐入侵到她体内的某些莫名欲望一扫而光，她端正身子坐在长椅上。雷声依然隆隆作响，闪电照亮了东边的夜空。这个花园曾是那么广阔神秘，或许已经成了陌生刺激的探险之地，但她现在和赛斯并肩坐在这儿，感觉这里不过是温斯堡的一个普通后院，狭小的面积，分明的界限，无一不平凡。

她喃喃地问："你到了那儿要干些什么？"赛斯侧过身子，想看看黑暗中女孩的脸。他觉得女孩远比乔治·威拉德要理智坦率，不由得为离开他的朋友而高兴。他对小镇的不耐烦此刻又涌上心头。他尝试着把这种感觉告诉她。"每个人都说啊说个不停，"他开口了，"我厌倦了。我要做一些实在事，干一行不靠说话赚钱的工作。或许我只做个商店的维修工，我不知道。我想我没那么多好介意的。我只是想去工作，安安静静的。这就是我的所有计划了。"

赛斯站起身，把手从口袋里伸出来。"是我们最后一次见面了吧。"他嘀咕着。

一股柔情海浪般袭过她的心房。她用手挽住赛斯的肩膀，一把拉下他的头，自己也昂起头来，两个人的脸凑到一起。夜色中某种朦胧的冒险之旅，现在再也不能成真了，这一亲密举动只是为了清纯的情谊，还有两人深深的遗憾罢了。"我想我得回去了。"她说着，任由手也重重地垂下。她突然想到一个主意，"你别跟着我，我想一个人静静，"她说，"你去跟你母亲聊吧，最好现在就去。"

赛斯犹豫了一下，女孩已经转身跑出篱笆了。他想追上去，但却只是目不转睛地站在那儿，对女孩的行为迷惑不解，就像他对镇上的生活迷惑不解一样。他朝着房子缓缓走去，停在一棵大树的阴影下，看到母亲坐在窗台烛光下忙着缝补衣物。夜幕初降时的孤独感再度涌起，给他刚刚生发的冒险念头增添了色彩。"嘿！"他喊了一声，转过身盯着海伦·怀特离去的方向，感叹道，"事情会那样发展的。她会跟其他人一样，我想她现在开始用异样的眼神看我了。"他盯着地面，沉思这个问题。"我在的时候，她会觉得尴尬怪异。"他喃喃自语，"会是这样的，所有的事都逃不过这样的结局。爱情，跟我没半毛钱关系，那是别人的事儿。只有蠢货，像乔治那样夸夸其谈的人，才会爱来爱去。"

坦　迪

　　从杜鲁宁收费公路出发，有一条废弃的公路，路旁有栋破房子，连油漆都没涂。七岁之前，她就住在这里。母亲去世了，父亲也不怎么理会她。他整天都在思考谈论各种宗教问题，自称为不可知论者，一心要摧毁上帝的思想，然而这种思想早已在四邻心中根深蒂固。他一直觉得上帝几乎忘了女儿——殊不知，她却四处靠着母亲那边的亲戚接济度日。

　　一个外乡人来到了温斯堡，发现了女孩身上连她父亲都没发现的品质。这个年轻人，身材修长，满头红发，几乎总是喝得醉醺醺的。有时候他和女孩的父亲汤姆·哈德坐在新威拉德旅馆前的椅子里。汤姆高谈阔论宣扬世上没有上帝也行，这个年轻人只是微微一笑，向旁观者眨眼示意。渐渐地，他跟汤姆成了朋友，经常待在一起。

　　年轻人出身于克利夫兰一个富商家庭，这次来温斯堡是为了戒酒的，这种嗜好正在毁掉他的身体。他觉得只要逃离原来的城市交际圈，住在乡下，就更可能把酗酒陋习戒掉。

　　可惜，他来温斯堡旅居并不如意。相反，无聊的时光反倒助长了他的酒瘾。不过，在别的事上他确实颇有成就——给汤姆·哈德的女儿取了个意味深长的名字。

　　一天晚上他从沉醉中清醒过来，沿主街跌跌撞撞地走着。汤姆坐在新威拉德旅馆前的椅子里，那时他女儿才五岁，正坐在他的双膝上。他旁边人行道的木板上，则坐着年轻的乔治·威拉德。这个外乡人一屁股坐在了椅子里，吃力地说着什么，浑身发抖，声音也战栗着。

天色已晚，黑暗笼罩着整个小镇，就连旅馆前小斜坡脚下的那段铁轨也浸没在夜幕之中。远处传来一阵悠长的汽笛声——那是西行的客运列车发出的。一条狗在路边睡着，此刻起身叫了起来。外乡人便开始喋喋不休，对着汤姆怀里的小女孩做起了预言。

"我来这儿是为了戒酒的，"他说道，眼泪顺着脸颊滚落下来。他并没有看汤姆·哈德，而是身子前倾，目不转睛地盯着黑暗处，仿佛那里有什么东西似的，"我逃到乡下戒酒，但没有成功，原因是这样的。"他转头看着小女孩，而小女孩则端坐在父亲膝盖上回视着他。

外乡人抓着汤姆·哈德的胳膊，说道："我染上的不只是酗酒，还有别的，我是个痴情人，却一直没有找到真爱。你要是足够了解，明白我的意思，这一点就非常关键。你看，它迟早要把我毁了，不过很少有人能懂。"

外乡人静了下来，似乎陷入了无尽的痛苦之中，而列车又传来一阵汽笛声，将他拉回现实。"我敢说，我并没有丧失信念，只是我来的地方无法实现这种信念而已。"他大喊道，声音都哑了。他直盯着小女孩看，没有理会她父亲："有个女人即将到来。"他提高了嗓音，热切地说道，"你看，我错过了她。我风华正茂的时候，她没有出现，而你可能就是那个女人。仿佛是命运的安排，让我出现在她面前，就像今晚这样。酒精将我摧残，而她却还只是个孩子。"

外乡人的双肩抖得厉害，手指也在抖，他想卷支烟，烟纸从指间滑落下来。他变得暴躁起来，大骂道："人们都觉得做女人轻松，轻易就能得到男人的宠爱，但我知道事实并没那么简单！"他又一次转向小女孩，大喊道，"我懂，也许只有我一个人懂。"

他又扫了一眼漆黑的街道。"我跟她没有交集，不过我了解她，"他轻声说，"我了解她的挣扎，了解她的挫败。正因为她的挫败，才让我觉得她是最可爱的。她的挫败让她散发出崭新的女性品质。我给这品质取了个名字——坦迪。那时，我还很有理想很有抱负，身体也没这么糟，就编了这么个名字。这种品质非常强大，足够捕获爱情，男人想从女人身上得到这种品质，却无法得到。"外乡人起身站在汤姆·哈德面前。他摇摇晃晃，仿佛要跌倒，但并没有，而是跪在人行道上，抓起女孩的双手，放在他酒气熏天的双唇上，深情地亲吻起来。"做坦迪吧，小不点儿！"他恳求道，"坚强起来，勇敢起来！不管付出什么代价，你都要走这条路。勇敢地接受爱吧！超越普通人，做坦迪吧！"

外乡人站起身，沿着街道蹒跚而去。一两天后，他搭上一列火车，回到了家乡克利夫兰。那个夏夜，在旅馆前聊完天，汤姆·哈德带着女儿来到了一个亲戚家，他们请女孩寄宿在家里。夜幕里，他走在树下，早已把外乡人喋喋不休的话语抛诸脑后，又开始盘算着如何摧毁人们对上帝的信仰。他喊了一声女儿的名字，女儿竟然哭了起来。

"我不想叫那个名字，"她大声说道，"我想叫坦迪！坦迪·哈德！"孩子哭得非常伤心，汤姆·哈德也很受触动，不停地安慰着。

他在一棵树下停了下来，抚摸着把她拥入怀中。"听话，别哭了！"他厉声说；但她却怎么也不肯静下来，发着小脾气，悲伤极了，哭喊声打破了街道的宁静。"我要叫坦迪！我就要叫坦迪！我就是坦迪·哈德！"她哭喊着，一边哭一边还使劲摇头，仿佛她太年幼，无力承受那醉汉带给她的幻象。

上帝的力量

柯蒂斯·哈特曼担任温斯堡长老会的牧师，已经是第十个年头了。四十岁的他，天生沉默寡言。对他而言，站在讲坛向众人传道是件苦差事。从周三早上到周六晚上，他脑海里只想着周日必须讲的两篇布道辞。教堂钟楼有一个小房间称作书房，周日一大早，他便去那里做祈祷。祷词中总会有这么一句："上帝啊，请赐予我力量和勇气，让我更好地为您服务吧！"他跪在光秃秃的地板上，面对摆在面前的任务，低头恳求道。

哈特曼牧师身材颀长，留着棕色的胡子。他妻子身材矮胖，性格焦躁，出身于俄亥俄州克利夫兰一个内衣制造商家庭。牧师本人在镇上颇受欢迎。教会里的长老们很喜欢他的安静谦逊。银行家的妻子怀特夫人，也觉得他很有教养，颇具学者风范。

与镇上其他教堂相比，这个长老会有些别具一格，显得更加大气堂皇，牧师待遇也更好。哈特曼牧师甚至拥有自己的马车，夏日晚上，偶尔带着妻子在镇上到处兜风。经过主街，穿梭于巴克艾街，他会彬彬有礼地向人们打招呼，而他的妻子，心中暗自燃烧着骄傲的火花，一边斜视着他，一边担心马儿会受惊逃跑。

他来到温斯堡好几年，日子过得可谓顺风顺水，虽说没有激起信徒们的满腔热情，但也没得罪过什么人。其实，他是非常诚挚的信徒，有时还会因为无法在公路或小道旁喊出上帝的福音，而懊悔很长一段时间。他在想，圣灵的光辉是否真会在他身上闪耀，梦想着有一天，一股强大而亲切的新鲜力量犹如一阵狂风注入到他的声音和灵魂，而看到圣灵附身于他，人们定会激动得战栗不已。"我就是一个可怜的呆子，这种事怎么会发生在我身上呢？"他沮丧地沉思着，忽然，脸上浮现一丝宽容的微笑，冷静地补充道，"我想我已经尽职了。"

每逢周日早上，哈特曼就会在教堂钟楼的这个小书房祷告，祈祷上帝赐予他更多力量。书房只有一个窗户，又长又窄，像一扇门似的固定在铰链上，向外摆动着。窗户装饰有花饰铅条，上面画着基督正抚摸一个小孩的脑袋。夏天的一个周日早上，牧师坐在房间书桌旁，打开一本厚厚的圣经摆在面前，布道辞的稿子散落在桌上。这时，他惊讶地发现，隔壁房子位置较高的房间里，有个女人正躺在床上，一边吸烟，一边看书。柯蒂斯·哈特曼踮着脚尖，小心翼翼走过去，轻轻关上了那扇窗。他一想到有个女人吸着烟，恐惧感就会涌上心头，况且他前一秒还在研究圣经，后一秒就看到一个女人裸露的香肩和白皙的脖子，这让他不禁战栗起来。脑海中一片凌乱，他下楼来到布道坛，讲了很久，丝毫没留意到自己的手势或声音。这次布道铿锵有力，清晰嘹亮，听众听得特别认真。"她在听吗？我的声音给她的灵魂带去了讯息吗？"他心里这样想着，希望以后能有几个周日晚上，可以和她交流，去感动她，唤醒她，让已经迷失自我的她从神秘的罪恶中解脱出来。

长老会旁边那个房子里住着两个女人，牧师就是透过上面的窗户看到让他心神不宁的场景的。伊丽莎白·斯威夫特阿姨是个寡妇，头发灰白，精明能干，她还有一笔钱存在温斯堡国家银行里，女儿凯特·斯威夫特则是一位教师。这位教师三十岁，穿戴整齐，身材匀称。她朋友极少，向来以说话尖酸刻薄著称。说起这个女教师，柯蒂斯·哈特曼记得她曾经去过欧洲，还在纽约城住过两年。"她抽烟也许算不上什么。"他想。记得那时他还在上大学，偶尔看小说，其中一本书里，那些有点鄙俗但心地善良的女人就老在抽烟。匆匆下了新的决定之后，他一整个星期都在写布道文，忘记了讲坛上的尴尬，也忘记了周日早上一定得去书房做祷告的事，只是热衷于将声音传到她的耳朵里，传到她的灵魂深处。

其实，哈特曼牧师很少跟女人接触。他出身于印第安纳州曼西市一个马车制造商家庭，半工半读完成了大学学业。他上大学的时候，那个内衣制造商的女儿就和他在同一栋公寓里膳宿，谈恋爱的时候，他显得很拘谨，那个女孩反而比较主动，经过一段漫长的爱情长跑之后，他们终于结婚了。结婚那天，那个内衣制造商给了女儿五千美元作为嫁妆，并且许诺，在他的遗嘱里，还会留给她至少两倍于此的财产。牧师觉得能娶到她很幸运，绝对不会去想其他女人。他也不想去考虑其他女人，只想认认真真、兢兢业业地做个好牧师。

牧师内心激起了一阵纠结。一方面，他想要劝服凯特·斯威夫特，希望通过他的布道弄清楚她灵魂深处到底在想什么；另一方面，他又很想再看看她安静地躺在床上时那白皙的皮肤和迷人的身姿。到了周日早晨，他又开始胡思乱想起来，辗转反侧，难以入睡，于是就去街上散步。他沿着主街走啊走，差不多来到里士满旧宅的时候，停了下来，捡起一块石头，飞奔到了钟楼的书房里。然后，他用那个石头把窗户的一角给砸破了，锁上门，坐在书桌旁，打开圣经，静静地等候着。这时，凯特·斯威夫特的房间里有人进来了，他透过那个洞可以看到窗户上的人影，而且刚好可以看到她的床，但她此刻不在那里。凯特早已起床去散步，而那个卷窗帘的人是伊丽莎白·斯威夫特阿姨。

牧师从"偷窥"肉欲中解脱出来，几乎喜极而泣，感谢着上帝，回到了自己家中。那一刻，他昏了头，忘了堵上窗户上的小洞。窗上那个男孩站着一动不动，全神贯注地凝视着基督的脸。而那块从窗角脱落出来的玻璃刚好把男孩光溜溜的脚后跟削掉了。

那天早上，柯蒂斯·哈特曼忘记了他原来准备的布道内容。他对前来做礼拜的信众说，如果认为他们的牧师与众不同，天生就要过着无可指摘的生活，那就大错特错了。"就拿我自己来说，我认识到，我们这些做牧师的，其实也跟你们一样，也会被诱惑所困扰，"他振振有词地说道，"我也曾经不住诱惑，这时候，是上帝把手放在我的头上，鼓舞了我，让我重新振作起来。他可以唤醒我，也一定会唤醒你们的。请不要绝望，你要是感到有罪，就抬头仰望天空，你就会一次又一次地得到救赎。"

牧师毅然地把那个躺在床上的女人抛诸脑后，在妻子面前，努力表现得很爱她。一天晚上，他们驾车驶出了巴克艾街，来到了公共池塘上方的福音山，周围一片漆黑，牧师把手放在妻子的腰上，开始亲热起来。第二天早上，吃完早餐，他打算去屋后的书房，特意走过餐桌，亲了一下妻子的脸颊。后来他再次想起凯特·斯威夫特，笑了笑，抬头望着天空。"请救救我吧，上帝，"他喃喃自语，"就让我一心一意地为你工作，为你效劳吧。"

其实，此刻，牧师才真正开始灵魂深处的纠结和挣扎。他意外地发现凯特·斯威夫特习惯在晚上躺在床上看书。她床头柜上放着一盏台灯，光线刚好打在她那白皙的肩膀和裸露的脖子上。那个晚上，他发现了她的习惯，就坐在桌子旁，从九点一直到十一点，直到她熄灯了，他才跌跌撞撞地走出教堂，还花了两个小时在街上神游晃荡，不停祷告。他并不想去亲吻凯特·斯威夫特的肩膀和脖子，也不允许自己有这样的想法。他不知道自己想要的是什么，只是徘徊在漆黑的大街小巷，站在树下，哭喊着："我是上帝的孩子，他可得把我从内心的挣扎中解脱出来啊。"他站在一棵树旁，仰望着阴云蹿动的天空。他开始亲昵地对上帝说："求求你了，上帝，请不要忘记我，赐予我力量吧！让我明天去把窗户上的小洞堵上，让我的目光再次投向天空，请与我同在，你忠诚的仆人现在正需要你！"

牧师就这样在寂静的大街小巷上徘徊，有多少个日日夜夜，他的灵魂都深受折磨。他无法理解这种诱惑，怎么也捉摸不透其中的原因。他有点开始责怪上帝了，自言自语，他已经努力地改过自新，想要踏上正轨了，并不想自寻罪恶。"不管是以前年轻的时候，还是在这儿的岁月里，我都默默地工作着，"他说道，"为什么我就应该被诱惑呢？我到底做错了什么，要让这样的精神负担压在我身上！"

那年的早秋和冬天，有那么三次，柯蒂斯·哈特曼偷偷摸摸地离开家，来到那个钟楼的房间里，在黑暗中，就这样坐着，盯着凯特·斯威夫特躺在床上的倩影，完了他就会去街上散步、祈祷。他无法理解自己，有几个星期，他专心工作，几乎没有去想那个教师，他告诉自己，他已经克制住欲望不去看她的身体。后来就会出现一种状况，他发现坐在自家的书房，潜心研究布道，却会不由自主地紧张不安，然后就会在房间里不停地走来走去。"我要到街上去。"他自言自语。甚至他都到了教堂门口了，还固执地否认到那儿的原因。"我是不会去修那扇窗户的，不仅如此，我还要特地在晚上的时候来这里，就算她出现了，我也不会瞧她一眼。在这件事上，我是不会被打败的。上帝是要用诱惑来试探我的忠诚，所以，我会从黑暗中摸索出来，走向正义之光。"

　　一月份的一天晚上，严寒刺骨，街道上的雪积得很厚，柯蒂斯·哈特曼又来到了教堂钟楼的书房里，这是他最后一次来这里了。九点刚过，他就离开了家，由于走得太急，甚至忘了穿上鞋套。主街上，除了巡夜的霍普·希金斯外，看不到任何人影，镇上的人们都还沉浸在梦乡，只有这个巡夜人和鹰报的年轻记者乔治·威拉德还没有睡，乔治坐在办公室里，正忙于写一则新闻报道。在去教堂的路上，牧师一边艰难地走在雪地上，一边想着这次他会彻底向恶念低头。"我要去看看那个女人，我想亲吻她的肩膀，这一次，我要任由自己这样想。"他痛苦地说道，泪水模糊了双眼。他开始考虑放弃牧师这份工作，看看有没有其他出路。"我可能会去某个城市，做些生意吧！"他说道，"如果我生性就无法抵抗罪恶，那就让我沉湎于罪恶吧！这样至少我不是个伪君子，一边宣扬着上帝的圣谕，一边却想着那个女人的肩膀和脖子，尽管她根本就不属于我。"

　　那天晚上，教堂钟楼的房间里寒气逼人，柯蒂斯·哈特曼一进来就感觉，要是继续待在这儿，他肯定会冻病。由于踩在雪上，他的脚已经湿了，房间里也没有火。隔壁房间里，凯特·斯威夫特还没有出现。他决心已定，于是坐下来等。他坐在凳子上，双手紧握桌缘，上面放着一本圣经。黑暗中，他睁大了双眼，思考着他一生中最邪恶的念头。他想起了妻子，然而此刻他几乎恨起了她。"她总是羞于表达内心的激情，还欺骗我，"他想，"男人有权期待一个女人内心的激情，有权欣赏一个女人的美。男人不该忘记自己是动物，我也会有难言之情啊。我会把妻子从我怀里甩开，去拥抱别的女人。我会把这个老师给团团堵住，当着所有男人面公然调戏她，如果我是个好色之徒，那就为情色而活吧。"

牧师心烦意乱，从头到脚都在发抖，部分是因为天气寒冷，部分是因为他陷入了挣扎。几个小时过去了，一股热气侵袭了他的身体，他喉咙开始疼痛，牙齿开始打颤，脚踩在地板上，感觉就像两块冰。他依旧不愿放弃。"我要看到这个女人，去想我以前根本就不敢去想的事情。"他说着，双手紧握桌缘，等待着。

那天晚上在教堂里等待，几乎要了柯蒂斯·哈特曼的命，同时他觉得从这件事情中也找到了以后的出路。其实，有几个晚上，他也这样等过，但是透过那个玻璃窗的小洞，他除了那个老师的床，房间的其他方位什么也看不到。黑暗中，他一直等待的女人会突然出现，穿着白色的睡袍，坐在床上。灯开之后，她就会靠在几个枕头上，开始看书。有时候，她也会吸根雪茄。但是，牧师只能看到她裸露的肩膀和脖子。

一月份的那个晚上，他不顾寒冷，冒着生命危险来到这里。事实上，有那么两三次他的思绪已经飘到了一个奇怪的梦幻之地，正当他不得不借助毅力迫使自己回到现实中时，凯特·斯威夫特突然出现了。隔壁房间的灯亮了，这个等待已久的男人凝视着一张空床。然后，一个赤身裸体的女人一股脑地倒在了床上。她脸朝下，一边哭一边用拳头捶打着枕头。此刻，牧师脑海里一片空白。随着最后一声哀号，这个罪孽深重的女人把身子欠起来，当着牧师的面，开始祷告起来。灯光下，她的身材苗条而健壮，就像窗户上站在基督面前的男孩。

柯蒂斯·哈特曼自己都不知道是怎么离开教堂的。他大吼一声站起身来，拖曳起那张笨重的桌子，圣经掉了下来，撞得地板咚的一声响。隔壁的灯熄灭了，他跌跌撞撞地下了楼，来到了街上。他沿着大街，不知不觉跑到了鹰报报社的门口。此时乔治·威拉德正在为自己的烦恼而纠结得来回踱步，牧师突然开始对着他语无伦次地说起话来。"人类根本就无法理解上帝的行为。"他喊道，匆匆地闯进来，关上了门。他走近这个年轻人，眼睛发亮，热切地说道："我找到那道灵光了，在这个镇子传教了十年，上帝终于通过一个女人的裸体向我显灵了。"他拉低了音调，窃窃私语起来，"我不明白，我对自己灵魂进行审判，结果却是即将获得一个全新的心灵，更加美丽而炽热。上帝化身凯特·斯威夫特出现在我面前，你认识她吗？就是那个老师，那个赤身裸体跪在床上的女人。虽然她可能没有觉察到，但她其实是上帝的使者，给我带来真理。"

说完，柯蒂斯·哈特曼牧师就转身跑出了办公室。到了门口，他停了下来，扫视着这条寂寥无人的街道，然后又转向乔治·威拉德。"我现在解脱了，毫不畏惧了。"他叫喊着，举起一只鲜血淋漓的拳头给乔治看，"我砸碎了那个窗户的玻璃，现在不得不全换了。上帝赋予我力量，我用拳头把它打碎了。"

老 师

温斯堡街上的积雪很深了。雪从早上十点钟就开始下，天又刮起了风，吹得大雪沿主街漫天飞舞。通往小镇的泥路冻住了，非常光滑，有些地方还覆盖着冰。"正是滑雪橇的好时候。"站在艾德·格里菲酒吧吧台边的威尔·亨德森说道。出了酒吧，他看见药剂师西尔维斯特·韦斯特，穿着御寒防水的厚套鞋跟跟跄跄走来。"周六了，大雪会把人赶进镇里来。"药剂师说道。两个男人停下脚步交谈了起来。威尔·亨德森只穿着一件薄外套，没穿罩靴，冻得右脚尖不停踢着左脚跟。"瑞雪兆丰年啊，大雪对小麦倒是有好处。"药剂师一本正经地观察着。

年轻的乔治·威拉德乐得清闲，这样的天气他也不想工作。周报已经印好，周三晚上送去了邮局。周四就开始大雪飞扬了。八点钟早班火车开过后，他把溜冰鞋放进口袋，前往自来水厂的水池，却并没有在那溜冰。过了水池，他沿着瓦恩河旁的小径走，在一处山毛榉树丛前停了下来。他背对着一根原木生起了一堆火，坐在原木的一端，开始思考。雪飘风吹时，他赶紧往火里多添点柴。

这个年轻的记者正想着他曾经的老师凯特·斯威夫特。凯特想让他读一本书，于是他前一天晚上就去她家取，两人曾单独相处过一个小时。有四五次她都极其热诚地和他说话，可他不明白她的用意。他开始相信这个女人一定是爱上自己了，这让他喜恼交加。

他突然起身开始往火上堆木条。环顾四周，确信没人，他佯装面前就站着那个老师："噢，你装的吧，你明明在装，我会搞清楚的，你走着瞧吧。"

乔治起身沿着原路折返，身后的火堆还在树林里熊熊燃烧。他走到街上，溜冰鞋在口袋里叮当作响。回到新威拉德旅馆，他在房间的火炉里生了火，横躺在床头。他脑海里开始冒出淫荡的念头，于是便拉下百叶窗，脸对着墙，闭上了双眼。他拿过枕头搂进怀里，首先想起了那个老师，她的话语使他浮想联翩，然后又想起了海伦·怀特，镇里银行家的女儿，一个他懵懵懂懂相恋许久的纤瘦女孩。

到了晚上九点，街上的积雪很厚了，天气异常寒冷，步行都很困难。街上店铺黑漆漆的，人们早就溜回家了。从克利夫兰出发的夜班车来得很晚，可谁又会管它来不来呢？到了十点钟，除了四个人，全镇一千八百个居民几乎都已经呼呼大睡了。

巡夜人霍普·希金斯半梦半醒着。他是个跛子，拄一根粗大的拐杖，每到夜里就提着一盏灯笼。九点到十点间，他去巡逻，蹚着积雪，踉跄着在主街上来回走动，看商店的门是否关好。接着他走到小巷里，检查各家的后门，确定门都关好了，便匆忙拐过街角到新威拉德旅馆那儿敲门。他打算待在火炉旁，度过后半夜。"你去睡吧，我来看炉子。"他对躺在旅馆办公室小床上的男孩说道。

霍普·希金斯在火炉旁边坐下，脱掉鞋子。男孩睡了，他便开始想自己的事情。他打算在春天粉刷房子，便坐在火炉旁计算油漆和人工费用。这又让他盘算起别的事情来。这位巡夜人已经六十岁，想要退休了。他在内战中当过兵，拿到了一小笔抚恤金。他希望另谋生路，专门饲养雪貂。他在自家地窖里已经养了四只小貂，它们外形奇特、生性凶猛，猎人常用来捕捉兔子。"现在我有一只公的，三只母的，"他思忖道，"如果够幸运的话，到春天我就能有十二到十五只。再过一年，我就可以在体育报上登广告卖雪貂了。"

巡夜人坐在椅子上，脑海里一片空白。他并没睡着。多年来，他已经把自己训练到始终处于半睡半醒的状态，坐在椅子上度过漫漫长夜。而到了早晨，他又神清气爽，仿佛睡过觉一样。

霍普·希金斯安安稳稳窝在火炉后的椅子里，除他之外，温斯堡只有三个人没有睡。乔治·威拉德在鹰报办公室假装忙着写新闻报道，实际上，他的思绪还停留在早上树林里生火的时候。长老会教堂的钟楼里，牧师柯蒂斯·哈特曼正坐在黑暗之中，准备接受上帝的启示；而教师凯特·斯威夫特正离开自己的家，在风雪中散步。

此刻已经过了十点钟，凯特·斯威夫特突然心血来潮出去散步。仿佛是那一老一少正想着她，才驱使她到寒冷的街道去。母亲伊丽莎白·斯威夫特去县城处理一些和抵押贷款相关的投资生意，要到第二天才会回来。房子里，起居室的大火炉旁，凯特坐在那里看书。突然她跳起身来，在前门架子上抓了一件大衣，奔出屋外去了。

凯特·斯威夫特三十岁了，她的美貌并不为小镇熟知。她的肤色不好，脸上长着疹斑，这是身体羸弱的迹象。冬夜里独自走在大街上又显出她的可爱来。她肩宽背挺，宛如花园里的女神雕像，小巧玲珑，在夏夜昏暗的灯光里亭亭玉立在基座之上。

下午，凯特曾到威林医生那里检查身体。医生把她训了一顿，说她很危险，可能会失聪。凯特竟然还要在暴风雪夜里出去，傻不傻呀，可能还会有危险呢。

街上的这个女人全然忘记了医生的叮嘱，就算是记得她也不会转身回去的。刚开始她觉得很冷，走了五分钟，也就麻木了。出了屋子，她先是沿着街道一直走到尽头，然后绕过牲口棚前地上的一对干草磅秤，往杜鲁宁收费公路而去。沿着杜鲁宁收费公路，她走向内德·温特的牲口棚，向东顺着一条街道走去；街道两旁是低矮的房屋，跨越福音山，进入到苏克路，苏克路向下通往一个浅谷，穿过艾克·史密德的养鸡场抵达自来水厂的水池。一路走来，那种驱使她在外头游荡的心情不见了，然后不久又大胆兴奋起来。

凯特·斯威夫特的性格泼辣，令人望而生畏。每个人都感觉得到。课室里，她常常沉默冷淡，不苟言笑。但奇怪的是，她和学生关系十分亲密。偶尔也似乎会遇上什么好事儿，让她满面春风。这时教室的每位学生都感觉到了她的喜悦。好一会儿过去了，孩子们都不学习，只是坐在椅子上盯着她。

她双手紧扣放在背后，在课室里走来走去，快速地讲着话。至于讲话的内容是什么，似乎都无关紧要了。有一次，她向孩子们谈及英国作家查尔斯·兰姆，编造着这位作家生前的奇闻轶事。她讲故事的语气，完全就像是曾与兰姆同住一屋，熟知他生活中的一切秘密。孩子们听得迷迷糊糊的，心想着兰姆肯定在温斯堡住过。

又有一次，老师给孩子们谈起了意大利雕塑家本韦努托·切利尼。那次孩子们笑得前仰后合。她把那个老艺术家编得多么自吹自擂、脾气暴躁、大胆可爱呀！她也杜撰了一些关于他的奇闻轶事。其中有个奇闻是关于一个德国音乐教师的，他当时住在米兰城，切利尼的楼上。孩子们给逗得捧腹大笑。苏伽斯·麦克纳兹，一个脸颊通红的胖小子，笑得太厉害了，头脑发晕，从椅子上摔了下来。

凯特·斯威夫特也跟着大笑起来。不过顿时，她又恢复了平日的冷淡和严厉。

在这个寒冷的夜晚，她独自在空无一人的街上走着，街道上都积满了厚厚的雪，一场危机悄然降临到她身上。尽管温斯堡无人起疑，但她的生活实在是太冒险啦。如今依然危机重重。日复一日，无论在教室上课还是走在街道上，悲伤、希望和情欲都在她内心争斗。冷冰冰的外壳背后，埋藏着不寻常的心事。镇上的人们都认为她是个意志坚定的老处女，说话尖刻，特立独行，缺乏一切情感，而正是这种情感会极大地塑造或破坏人类的生活。但事实上，她是他们当中最热情的人。自从五年前远游回来定居在温斯堡，成为一名教师，她就不止一次强迫自己到户外去，在外面散步到半夜，以平息内心的汹涌不安。有一天晚上下雨，她在外面逗留了六个小时，回家后与伊丽莎白·斯威夫特阿姨大吵了一架。"还好你不是男人，"母亲厉声说道，"不止一次，我等你父亲回家，不知道他又会闯什么祸。我已经受够了，你不能怪我啊，我可不想你步他后尘！"

凯特·斯威夫特心想着乔治·威拉德，兴奋不已。在乔治学生时期写的东西中，她发现了他的天才火花，却想要把这火花吹灭。那时正值夏天，有一次凯特到了鹰报报社，看到乔治·威拉德空闲无事，于是就带着他离开了大街，来到集市广场，在那儿两人坐在青草岸上聊天。老师试图让男孩清楚认识到成为一名作家必将遇到的各种困难。"总有一天你会明白生活的残酷。"她急切地说道，声音里带着颤抖。她抓住乔治的双肩，把他转过来，这样她才能注视他的双眼。过路人也许会以为他们正准备拥抱呢。"你要想成为一名作家，就得停止玩弄辞藻，"她解释道，"除非你真的准备好了，否则最好放弃写作的念头。现在是生活的时候。我不想吓唬你，只想让你明白，你所认为的尝试是什么意思。你千万不能成为纯粹的文字贩子。你要学的就是了解人们在想什么，不是他们说什么。"

周四晚暴风雪来临的前夕，柯蒂斯·哈特曼牧师正坐在教堂钟楼里等着窥视她的裸体，而年轻的乔治去了她家里借书。紧接着让乔治迷惑不解的事情发生了。他把书挟在腋下，准备要走。可凯特·斯威夫特又一次热切地跟他攀谈起来。夜幕正在降临，房间的光线也慢慢变暗。他正要转身离开，她却温柔地唤起了他的名字。他正迅速长大成人，身上散发着男人的魅力，与少年的气息融为一体，撩动着凯特寂寞的内心，冲动之下，她一把抓住了他的手。她内心涌现出一股强烈的欲望，想让乔治明白生活的意义，真切地理解生活。她倾身向前，唇瓣轻轻扫过他的脸颊。与此同时，他第一次意识到她竟美得惊人。两个人尴尬起来，为了减轻尴尬，她变得严厉而专横。"有什么用呢？你十年也弄不明白我的真正含义！"她激动地喊道。

风雪之夜，牧师坐在教堂里等待凯特·斯威夫特，她却到了鹰报报社，想和那个男孩再谈一次。她在风雪中长途跋涉，又冷又累，寂寞难耐。穿过主街，她看见印刷室窗户透出的灯光映在雪地上，冲动之下，打开门走了进去。她坐在报社办公室的火炉旁热烈激昂地谈论人生，一说就是一个小时。那股驱使她冒雪出门的冲动，此刻正滔滔滚滚融入谈话之中，她灵感迸发，就像在课堂上面对学生一样。这男孩曾经是她的学生，她认为他拥有认识生活的天赋。一种想要开启男孩生活大门的迫切渴望吞噬了她。这种情感强烈地转化为身体上的欲望。又一次，她用双手抓住了乔治的双肩，把他转了过来。昏暗的灯光中，她的眼睛灼灼发亮。她站起身来，大笑着，但不像以往那么刺耳，而是显得古怪而又迟疑。"我得走了，"她说道，"要继续待着，我怕我会立刻吻你。"

报社办公室里，凯特心乱如麻，转身走向门口。她是一名教师，但也是一个女人啊。她看着乔治，内心产生一种强烈的欲望，她渴望男人宠爱，这种感觉都不知道出现过多少次了，就像暴风雨一样侵袭着她的全身。灯光下，乔治·威拉德不再像个男孩，而是堂堂的男子汉，随时都要肩负起男人的角色了。

这位教师让乔治·威拉德抱着她，温暖狭小的办公室里氛围突然变得凝重，力量从她身体里抽离。她倚在门旁一张矮柜台上等待着。他走过来，一只手搭在她的肩膀上。她转过身，任由自己的身躯重重地靠在他的身上。乔治·威拉德慌乱陡增。一时间，他手脚无措紧紧抱住凯特，全身变得僵直生硬起来。突然，凯特抡起两个小拳头，猛烈地捶打起乔治的脸。教师跑了出去，留下他独自一人，在办公室里来回走动，嘴里怒冲冲地咒骂着。

乔治·威拉德正感困惑不解之际，柯蒂斯·哈特曼牧师出现了。哈特曼进来时，乔治·威拉德觉得整个小镇都疯了。挥动着鲜血淋淋的拳头，牧师宣称，乔治刚才搂着的那个女人，是上帝传递真理的化身。

乔治吹熄了窗边的灯，关上印刷室的门就回家去了。他穿过旅馆办公室，经过希金斯身边，上楼回到自己房内，此时希金斯正沉浸在饲养雪貂的梦乡之中呢。火炉里的火已经熄灭了，他在严寒中脱掉衣服，钻进被窝，被褥就像是干雪做成的毯子一样冰凉。

乔治·威拉德在床上辗转反侧，在下午，他抱着枕头、心想着凯特·斯威夫特时，也是躺在这张床上。牧师那番话不停地在耳边回响，乔治当时还以为哈特曼突然精神失常了呢。他的眼睛直直地盯着房间。愤恨，是他受挫的自然反应，愤恨过后，他竭力想弄明白到底怎么回事。他搞不明白，但还是反反复复地思索着。几个小时过去了，他开始想着新的一天又要到来。于是凌晨四点钟，他把被子拉到脖子，尽力入睡。他闭上眼睛昏昏欲睡，抬起一只手，在黑暗中摸索着。"有些我没弄明白，凯特·斯威夫特跟我说的话，有些我没弄明白。"他迷迷糊糊地低语着，然后就睡着了，他是全镇那个风雪夜最后入眠的人。

孤独终老

温斯堡往东两英里外，杜鲁宁收费公路的一条岔道上，伊诺克的母亲——艾尔·罗宾逊太太，曾在那里拥有一个农场。她的农舍漆成了棕色，临路所有窗户的百叶窗都拉了下来。农舍前的路上，一对珍珠鸡妈妈带着一群小鸡懒洋洋地躺在厚厚的尘土里。那些日子里，他们母子二人就住在那所农舍里。后来，伊诺克长成风华少年，便到温斯堡中学读书。在老人的印象中，伊诺克性格平和，面带笑容，却又沉默寡言。他进镇时，往往不自觉往路中间走，偶尔还边走边看书，惹得那些赶车人朝他又嚷又骂，非得让他明白走在哪了，他才知道退出车行道，让他们过去。

二十一岁那年，伊诺克去了纽约，在那里一待就是十五年。他学习法语，上艺术学校，希望可以挖掘自己的绘画才能。按他自己的想法，原本想去巴黎，在那些绘画大师的熏陶下完成美术学业，但这个计划从没有实现。

实际上，伊诺克·罗宾逊始终一事无成。他画得不错，也本可以通过手中的画笔，把脑子里深藏的许多奇思妙想，活现于纸上。但他始终是个孩子，这对于他的世俗发展是一大障碍。他从未长大，必然无法理解别人，别人也无法理解他。他的孩子气使他发自心底地抗拒着周遭的事物，抗拒着金钱、性欲、舆论之类的现实问题。曾有一次，一辆有轨电车撞到了他，把他撞到一根铁柱上，从此就瘫了。这不过是那么多让他无缘梦想的原因之一。

伊诺克初到纽约市，尚未因现实生活而困惑不安，就结识了许多年轻人，一群年轻的艺术家，他们中有男有女，有时到了晚上就会到他房间闲谈。有一次他喝醉酒被带去警局，一个治安官对他百般恫吓。还有一次，在公寓前的人行道上，遇到一名女子，企图跟她发生关系。伊诺克和那女人一起走了三条街，渐渐开始害怕，于是跑开了。那个妓女先前喝过酒，靠在一栋楼的墙上，刚才的场景快把她逗死了，都快笑岔气了。一个男的看到她，停了下来，也跟着哈哈大笑起来。后来他们两人一起离去，依旧大笑不止，而伊诺克灰溜溜地回到房间，懊恼得瑟瑟发抖。

伊诺克在纽约所住的房间，面朝华盛顿广场，那间房狭长得像一条走廊。记住这一点颇为重要。事实上，伊诺克的故事与其说是一个男人的故事，还不如说是一个房间的故事更为贴切。

到了晚上，伊诺克的朋友们都会到他的这间房。唉，他们除了是空口说大话的艺术家之外，也没有什么特别引人注目的了。大家都了解那些"空谈艺术家"。从古至今，他们共聚弹丸之地，聊起来滔滔不绝。他们满怀激情，狂热地、乐此不疲地谈论着艺术，大大高估艺术的价值。

这群男女凑到这里，吧嗒吧嗒地抽着香烟，七嘴八舌地胡侃海聊个不停。只有伊诺克，这个离温斯堡不远的农家娃，待在一个角落里罕言寡语，睁着那双孩子般碧蓝的大眼睛看着四周。墙面上挂着他的画作，可那不过是些粗制滥造的半成品。朋友们靠着椅背，仰望墙上，品评着这些画作，头摇得像拨浪鼓。他们谈及线条构图、价值取向，侃侃而谈，悬河泻水，却又总是些陈词滥调。

伊诺克也想聊，只是他不知道要怎么个聊法。他一兴奋就语无伦次。他竭力表达时，期期艾艾，磕磕巴巴，连自己也觉得声音奇怪刺耳，索性就不说话了。他知道自己想说什么，但也明白他绝对不能流利说出来。有一次，大家在讨论他的一幅画，他急于想要解释："你们都没看明白，这幅画并没有你们所见所论的东西。画里还有很多信息，你们根本就没发现，根本就没用心观察。看看这边的这幅画，就在靠门这边，窗外灯光洒落在这幅画上。你们都没注意到，路旁的黑点才是故事的开始。那里有一丛接骨木，就是那种经常在俄亥俄州温斯堡镇，我家屋前路旁长着的那种树。树丛间有东西藏着。是个女人，没错。她从马背上摔了下来，那匹马早已跑得无影无踪。你们就没发现吗，那个驾着运货马车的老头在焦虑万分地四处张望。那个老头是撒德·格雷贝克。在这条路的北边有个农场，他正托运玉米到镇上康斯托克的磨坊去磨面粉。他知道接骨木丛里有东西藏着，不过还不确定到底是什么。

"你们看，是个女人，千真万确啊！是个女人，噢，那么可爱！她受了伤，正默默地忍受着伤痛。你们看不出怎么回事吗？她一声不响地躺在那里，苍白而平静，身上散发着美的气息，传遍万事万物。她的美遍及她身后的天空，延至每个角落。当然啦，我并不想画这个女人。她太美了，实在画不出来。老是讲些什么构图之类的多无聊啊！你们为什么不经常看看天空，然后就奔跑出去呢？我小时候在温斯堡就是这样啊。"

少年伊诺克·罗宾逊，哆哆嗦嗦想对来访的朋友们说的，就是那类话，但他却总是以沉默收场。于是，他开始怀疑自己的脑子。他担心他所感受到的东西并没有体现在他的画作里。出于不满，他不再邀请别人去他房间，并很快地养成闭门谢客的习惯。他开始觉得，前来做客的朋友已经够多了，他再也不需要人来了。凭借着敏捷的想象力，他开始为自己虚构一些朋友，他可以对他们袒开心怀，可以讲清楚那些没法向大活人讲清楚的话。于是，他的房间聚集着男男女女的幽灵，他出入于他们之间，偶尔说上几句。伊诺克•罗宾逊所际遇的所有人，似乎都为他留下了或多或少的精华，因此他得以塑造改变一些东西，从而迎合自己的想象，理解画里藏在接骨木丛的受伤女人，凡此种种。

这个性情温和双眸碧蓝的俄亥俄男孩，完全是个以自我为中心的人。他不需要朋友，理由很简单，孩子都不需要朋友。他最需要的是他脑海中的那些人，和那些人在一起，他可以畅所欲言，可以高谈阔论，可以随时冷嘲热讽，要知道这些人都是他幻想的奴仆。跟他们在一起，伊诺克总是满怀信心，气壮胆粗。当然啰，他们可以谈，甚至拥有各自的见解，但总是他讲到最后，也讲得最精彩。

他就像一个作家，忙乱地安排他头脑里的人物，或是像某个小小的碧眼国王，住在纽约那间面朝华盛顿广场、房租只需六美元的小房间里。

后来，伊诺克•罗宾逊开始变得孤独寂寞，渴望用双手触碰有血有肉的躯体。日子一天一天过去了，他的房间似乎空荡荡的。肉欲占据了他的肉体，也在他灵魂里滋长。到了夜晚，莫名的亢奋在他体内熊熊燃烧，使他无法入眠。后来他跟一个女孩子结了婚，她在艺术学校的时候就坐在他的旁边。婚后他们便一起去布鲁克林区的一套公寓里住。他妻子生了两个小孩，伊诺克在一个为广告做插图的地方找了份工作。

伊诺克的生活就这样迈向了另一个阶段。他开始玩起新游戏。有段时间，他非常自豪，自己担当了创造世界公民的角色。他摒弃了事物的本原，玩起了具体的东西。秋天的时候，他在一次选举上投票，每天早晨，都有一份报纸送到他家走廊。傍晚时分，他下班回家，下了有轨电车，镇定自若地走在某个商人后面，竭力装成富贵显赫的样子。作为一名纳税人，他认为自己应该保持对社会公务运作的知情。"我要让自己变得举足轻重，成为社会公务真正的参与者，切实地管理起这个州这个市。"他心里想着，显得既尊贵又带着一丝诙谐。有一次，从费城回家，他在火车上遇到一个人，开始讨论起来。伊诺克说，政府应该拥有和运营铁路，那个男人便给了他一支雪茄。伊诺克的意思是，政府此举乃一大善事。他越说越激动。后来他回想起自己的话，仍忍不住沾沾自喜。"我要让那个家伙好好琢磨琢磨。"他回到布鲁克林的公寓，边上楼梯边喃喃自语。

当然啦，伊诺克的婚姻是失败的，是他一手毁了这桩姻缘。他开始感到窒息，被公寓的生活团团围困，而他妻儿给他的感觉，就像之前来访的那些朋友给他的感觉一样。他开始撒撒小谎，说有公务缠身，这样他就可以独自在夜里散步了。而且，机会凑巧，他得以偷偷租回那间面向华盛顿广场的房间。后来，艾尔·罗宾逊太太在温斯堡附近的农场去世了，伊诺克从保管母亲财产的银行那得到了八千美元。这让伊诺克彻底逃离了尘世。他把钱交给妻子，说他在公寓再也住不下去了。她哭号、发火、威胁，可他只是盯着她，仍旧一意孤行。其实，他的妻子并不太在意。在她眼里，伊诺克有点神经兮兮，所以，对他怕怕的。后来，她确信他不会回头了，便带着两个孩子，回到康涅狄格州她童年时住的一个村庄。最后，她嫁给一个房地产商，过得也算称心如意。

就这样，伊诺克·罗宾逊住在纽约的那个房间里，和他幻想出来的人一起玩乐，一起聊天，像个孩子般快乐无忧。伊诺克的"朋友"都是些稀奇古怪的人。我想，他们都是根据他所见过的真人塑造出来的，都莫名地吸引着他。这里面呢，有一个女人，手持一把利剑；一个老人留着长长的花白胡子，总遛着一条狗；一个年轻的女孩，袜子垂下来，遮住了鞋面。在伊诺克·罗宾逊孩子般的世界里，像这样想象出来的阴影人定有几十个之多，都和他一同住在那个公寓里。

伊诺克是幸福的。进了房间，锁上门，他便开始高谈阔论，发号施令，评论人生，显得气宇不凡，多么荒谬啊！他感到非常快乐，心满意足地继续在那家广告公司谋生，直到发生了一件事。当然，确实出事了。不然，他也不会回到温斯堡住，我们也无缘了解他。那件事跟一个女人有关。事态必然会那样发展。他过得太快乐了，所以，总会有些什么闯进他的世界。总会有些什么，将他从纽约的房间驱逐出去，以一个默默无闻、愚蠢的小人物度过余生。傍晚时分，夕阳从韦斯利·莫耶的马车行的屋顶落下去，他就一脚深一脚浅地行走在俄亥俄州小镇的街道上。

说说那件事。一天晚上，伊诺克跟乔治·威拉德说了。他想要找个人倾诉，而这个年轻的报社记者也渴望着去了解。这个时候，他们恰好碰到了一起，于是他就选择了他。

青春的惆怅，年轻人的悲愁，年终岁末，乡村少年成长的忧伤，所有这一切，都萦绕在乔治·威拉德的内心深处，它们都毫无意义，却深深吸引着老伊诺克·罗宾逊，使他打开了话匣子。

他们在一起推心置腹的那晚，细雨淅沥，正是湿漉漉的十月。收获的季节如期而至，本该是夜色柔和，明月高悬，空气中寒霜刺骨，但事实并非如此。天上细雨蒙蒙，主街上的路灯把一个个小水坑照得闪闪发光。集市后方一片漆黑的树林里，水珠滴答滴答从黑乎乎的树上滑落。树脚下，潮湿的叶子黏附在露出地面的树根上。在温斯堡，屋舍的后院里，干瘪枯萎的土豆藤凌乱地蔓延一地。吃过晚饭，男人们原打算到住宅区的商店后边谈天说地，消磨晚上的时光，不过他们都改变了主意。乔治·威拉德在雨夜里独自漫步，他很高兴下雨了，他确实那么想的。他像伊诺克·罗宾逊一样，到了晚上便走出家门，在街上徘徊。他就是那样，不过乔治·威拉德已经是个高大的小伙子，他认为哭哭啼啼、喋喋不休绝非大丈夫所为。乔治的母亲已经重病缠身一个月了，这或多或少让他黯然神伤起来。但主要还是因为他想到了自己，年轻人想到自己总会愁云满面。

温斯堡主街的莫米侧街上，有一家沃伊特马车行，一个木质雨棚延伸到车行前的人行道上，伊诺克·罗宾逊和乔治·威拉德就在这雨棚下相遇了。他们离开木棚，沿雨水冲刷过的街巷，朝海夫纳街区三楼老人的房间走去。这个年轻的记者对此行乐意至极。他们交谈了十分钟，伊诺克就邀请他到家中。威拉德有点怕，但他平生从未这么好奇过。不下百次，他听说这个老头有点神志不清，但他觉得，自己答应前往是颇有胆量、颇有男子气概的。一开始，老人走在细雨霏霏的街道上，怪腔怪调地说着话，极力想讲华盛顿广场的那间房子，以及他在房子里的经历。"你会懂的，只要你尽力而为，"他坚定地说道，"当你我在街上擦肩而过，我就注意到你了，我觉得你是可以理解我的。这并不难，你只要相信我讲的一切，认真听相信我，就可以了。"

那天晚上十一点多，伊诺克在海夫纳街区的房间里和乔治·威拉德进行一番畅谈。他谈及了那件非常重要的事，那个女人，还有把他驱逐出纽约，使他在温斯堡孤独终老、一事无成的经历。他坐在窗边简易的小床上，单手托着头，乔治·威拉德则坐在桌边的椅子上。一盏煤油灯放在桌子上，房间虽然几无家具，却收拾得极其干净，纤尘不染。老人讲着话，乔治·威拉德开始想要从椅子上起身，也坐到小床上，抱住这个小老头。在半明半暗中，老人娓娓道来，少年侧耳细听，彼此都黯然神伤。

"房里已好几年没有访客，她倒开始来了，"伊诺克·罗宾逊说道，"她在房子的走廊上见到我，我们就这样认识了。我都不知道她在自己房间里做什么，我从来没到过她房间。我以为她是个音乐家，拉小提琴的。她时常来敲我的房门，我便开门了。她进来，在我身旁坐下，什么也不说，只是环顾四周。总之，她没说过一句紧要的话。"

老人从小床上起身，不停地在房间里走动。他身上的大衣被雨淋湿了，水不停地滴落在地板上，发出轻微的滴答声。他坐回小床上，乔治·威拉德从椅子上起身，到他的身旁坐了下来。

"我对她有种感觉。她跟我坐在一起，显得房间太小，无法承受她的强大气场。我觉得她正把房间内所有东西都挤出去。我们只是闲谈，但我坐不住呀。我想用手抚摩她，亲吻她。她的手是那么强壮，她的脸是那么精致，她的双眼时时刻刻都盯着我看。"

老人颤抖的声音停了下来，他的身体像受寒一样瑟瑟发抖。

"我害怕，"他悄声说道，"我怕极了。她敲门时我不想让她进来，可我坐不住啊。'不，不。'我对自己说，但我还是照样站起身去开门了。她是那么成熟，那么迷人，你知道的。她是个女人啊。我觉得她在房间里比我都要高大。"

伊诺克·罗宾逊凝视着乔治·威拉德，稚嫩的碧蓝双眸在灯光中闪烁着光芒，他又战栗了。"我需要她但并非一直如此，"他解释道，"于是，我开始告诉她，我虚构出来的人物，以及所有我觉得有意义的东西。我想什么也不说，把一切都藏在心底，可是我做不到，就像给她开门的感受一样。有时我真渴望她离开，永远都不要回来。"

老人跳起身来，声音激动得颤抖了起来。"一天夜里，麻烦来了。我发疯似的要她了解我，要她知道我在这房间里是多么了不得。我要让她明白我是多么地重要。我再三地告诉她。她要走的时候，我就跑过去把门锁了。我跟在她后面，讲啊讲啊，突然间，事情就搞砸了。她的眼睛露出一种神情，我就知道她的确理解我了。也许她一直都理解。我大发雷霆，因为我真的受不了啦。我想要她明白，可是，你不觉得吗，我又不能让她看透我。我想，从那时起，她就会对我无所不知了，我就会被淹没，被溺死，你明白吧？整件事就是这样，我也觉得莫名其妙。"

老人一屁股坐在灯旁的椅子上，那少年听着，满心敬畏。"走吧，孩子，"老人说道。"别再跟我待在一起了。我以为告诉你这些是件好事，其实不然。我不想再说下去了，你走吧。"

乔治·威拉德急忙摇头，嗓音里有了一种命令的腔调。"不要停下来，告诉我，后来发生了什么，"他厉声命令道，"后来怎样了？快点告诉我。"

伊诺克·罗宾逊蹦了起来，疾步走向窗前，看着空荡荡的温斯堡主街。乔治·威拉德跟了过去。两人倚窗而立，一个是高大笨拙、满身孩子气的大人，另一个是满脸皱纹、老气横秋的小伙。那稚气而热切的声音继续讲述着未完的故事。"我咒骂她，我说脏话，命令她滚开，永远别再回来。哦，我说了好多吓人的话。起初，她假装不明白，可是我不停地咒骂，拼命地叫喊，拼命地跺脚，整个房间响彻我的咒骂声。我真的再也不想看到她了，我自己也明白，我说完这些难听的话，就再也见不到她了。"

老人的声音都变了，摇着头，"事情都搞砸了，"他悲痛地轻声说道，"她走出门外，房间里的一切生命也跟了出去。她把我想象出来的人全都带走了，他们跟着她从门里走了出去。故事的结局就是这样。"

乔治·威拉德转身走出伊诺克·罗宾逊的房间。他穿过门口，听见羸弱的老人趴在黑暗的窗户边，早已泣不成声，叫苦不迭。"我在这里很孤独，无依无靠，过去我的房间高朋满座，温馨友善，可如今我只能茕茕孑立，形影相吊啊。"

如梦方醒

　　贝菈·卡彭特是个又高又壮的女人，皮肤黝黑，眼睛灰白，嘴唇宽厚。每当负面情绪涌上来，她就变得暴躁恼火，恨不得自己是个男的，可以举起拳头痛快打人。她在凯特·麦克休夫人的女帽店工作。白天，她就坐在商店后面的窗户旁边修剪帽子。她的父亲亨利·卡彭特是温斯堡第一国家银行的会计员，父女二人住在巴克艾大街尽头一座偏远、昏暗而又破旧的房子里。房子周围种满了松树，松树下面则寸草未生。屋后檐上，一个锡皮水槽已锈迹斑驳，从接口处滑落下来，风一吹，就撞到一个小棚的棚顶，发出低沉的撞击声，有时候会彻夜响个不停。

　　女儿还小的时候，亨利·卡彭特把生活弄得一团糟，等她长大成人了，他就再也管不动了。这个会计员的生活里全是难以计数的琐碎杂事。早上要去银行上班，他走到衣柜边，穿上一件早已破旧不堪的黑色羊驼大衣，晚上回家又换上另一件黑色羊驼大衣。每天晚上他都压好上街要穿的衣服。为此，他自己发明了一套木板，把上街穿的衣服裤子放在木板中间，用大螺丝夹紧。早上他用湿布抹一下木板，垂直立在饭厅门后。白天要是有人动了它们，他就会一言不发，生着闷气，心情一星期都难以平缓过来。

　　这个银行会计员有点盛气凌人，但对女儿却心存畏惧。他觉得女儿知道他虐待妻子，因而怨恨他。一天正午，她从路上抓了一把泥回到家里，往那些夹衣板上一抹，心情舒畅地回去工作了。

贝菈·卡彭特晚上有时会跟乔治·威拉德出去散步。实际上，她暗地里爱着另外一个男人，但是那段地下恋情让她很是头疼。她爱上了格里菲酒吧里的酒保艾德·汉德拜，而跟这个年轻记者约会是为了寻求感情上的慰藉。她以为，她的社会地位，不允许自己光天化日之下和酒保结伴而行，因而，跟乔治·威拉德在树下散步，让他亲吻自己，以此来释放她本能迫切的渴望。她觉得自己可以让这个年轻人不越雷池，但对艾德·汉德拜她就拿不准了。

汉德拜现年三十岁，身材高大，肩膀宽阔，就住在格里菲酒吧的楼上。他的拳头粗大，眼睛却小得出奇，说话时低声细语，似乎在努力掩盖他拳头的力量。

二十五岁那会儿，汉德拜从他叔叔那里继承了印第安纳州的一个大农场。他把农场卖了八千美元，在六个月内就花了个精光。他跑到桑达斯基，在伊利湖上大肆狂欢，穷奢极欲。这里面发生的故事后来让他的家乡大为震惊。他四处游手好闲，挥霍无度，驾车招摇过市，大设酒宴，豪赌圈妓，为女人豪掷千金，给她们添置衣物。一天晚上，他在杉点乐园跟人打了起来，像头野兽似的横冲直撞。他用拳头打破旅馆盥洗室的一面大镜子，随后又跑向舞厅打碎玻璃，砸坏椅子。而他这样做只是为了笑听玻璃落在地上噼里啪啦的声音，戏看带情人从桑达斯基来这消磨夜晚的职员惶恐的眼神。

艾德·汉德拜和贝菈·卡彭特之间的恋爱表面上毫无结果，他只成功地跟她约会了一次。那天晚上他从韦斯利·莫耶的马厩租来一辆马车带她去兜风。他坚信贝菈就是他内心一直想要的那个女人，也一定会得到她，就对她说出了自己的心愿。这个酒保打算好要结婚了，为了养活妻子他要开始努力挣钱。但是他天性太单纯了，就是这么简单的意图，他也很难解释清楚。体内充斥的欲望让他痛苦不堪，就索性用肢体来表达自己。他把女帽工拥入怀里，紧紧抱住，任她挣扎，直至把她吻到束手就范。而后他带她回到镇里让她下了车。他调转马车郑重其事地说："下次再让我抓到你，就不会让你走了。你可要当真啊。"接着他从马车上跳下来，用他那强有力的双手紧紧抓住她的肩膀说道，"下次抓住你，一辈子都别想跑了，你最好下定决心。这是咱俩的约定，我熬过这段困难时间之前一定要得到你。"

一月份的夜晚，一弯新月高挂在空中，乔治·威拉德走出来散步。在艾德·汉德拜眼中，乔治已成为他靠近贝菈·卡彭特唯一的障碍。黄昏将近，乔治与赛斯·里士满、镇上屠夫的儿子阿特·威尔逊一道，来到兰塞姆·西贝克的台球室。赛斯·里士满背靠着墙，静静地站着，乔治·威拉德倒是聊了起来。台球室挤满了镇里的小伙子，他们谈论着女人。乔治也兴致高昂起来，说女人应该自己多长点儿心，一旦出了什么事，一起出去的男伴是不会负责任的。他边说话边左顾右盼，希望能得到关注。他自顾自地大聊了五分钟后，阿特·威尔逊开始说话了。阿特在卡尔·普鲁斯的店里学了点理发的手艺，就开始认为自己是这方面的行家，不管是在棒球、赛马、喝酒或者搞定女人方面，他都这样认为。他开始讲那天晚上他跟两个男人去镇上妓院的事。他嘴里叼着一根雪茄，边对着地板吐烟雾边吹嘘："那里的女人不管耍什么伎俩都玩不到我。里面一个女孩还想戏弄我，结果被我糊弄了一把。她刚开口说话，我就走过去坐在她的膝盖上，亲吻她，屋里其他人都笑开了，我教训了她一顿，叫她别来惹我。"

乔治·威拉德从台球室出来，走上主街。一连好几天，疾风从十八英里以北的伊利湖吹来，带来阵阵刺骨的寒气。然而那天晚上，风停了，显得格外迷人。乔治漫无目的，无所事事，离开了主街，走在昏暗的路上，两边都是木质房屋。

漆黑的夜空繁星点点，走在户外，他早已忘了台球室的同伴。天空很黑，他独自一人，开始大声说起话来。带着玩闹的心情，他先是模仿醉汉跟跟跄跄地走起来，又想象自己是位军人，穿着发亮的及膝靴子，佩带着一把剑，走起路丁零作响。他给他军人的角色贴上巡视员的名号，在一排立正的士兵面前走过，开始检查他们的军服。他停在一棵树跟前，开始严厉地批评起来："你的背包没有整理好，这个问题我说多少次了！什么东西都要井然有序，我们面临着一项艰巨的任务，没有秩序是完成不了任务的。"

这番话，连他自己都听得入了迷，于是便沿着木制人行道，跟跟跄跄地走着，口里的话越说越多。"不管是军人还是常人，都应该遵循规则。"他喃喃自语，陷入沉思。"这条规则存在于各种小事之中，慢慢传播，直到所有的事情都遵循它。每一件细小的事情都应该有秩序，人们工作的地方、穿的衣服、想的东西也不例外。我自己也必须守秩序，学习规则，必须接触有条理有意义的事物，它们就像悬挂在夜空的星星一样井然有序。我必须仔细学习一些东西，于生命于规则之中去付出、改变、交融。"

乔治·威拉德在路灯旁的木桩栅栏旁停下，全身开始颤抖。他以前从没冒出过这样的想法，也不知道这种念头是从哪里来的。当时他怀疑是不是走路的时候，外界有一个声音在说话。这个想法让他既惊奇又欣喜。继续行走时，他饶有兴致地说着这件事。"像这样，从兰塞姆·西贝克的台球室出来，想着各种各样的事情，果然还是独自一人比较好。要是我跟阿特之类的男孩子聊天，他们可能会理解我，但他们不会理解我此时此刻的想法。"他低声说着。

就像二十年前俄亥俄州的所有小镇一样，温斯堡也有一个地段住着临时工。工业化时代还没到来，工人们每天下地干活或者在某段铁路工作。他们每天工作长达十二小时，而一美元就是这漫长一天的回报。他们的住处很小，也只能因陋就简，用木制的东西搭起来，后面还有个菜园。他们有的在菜园后方的小棚屋养几头猪或奶牛，生活就更加惬意了。

一月份这个清冷明朗的晚上，乔治·威拉德思潮澎湃，不知不觉地闯入了这条街区，只见这里灯光昏暗，有几处地方甚至没有人行道。眼前的场景，更加让他思绪飘远，浮想联翩。一年来，他把空闲时间都用来看书。他读过一些故事，内容是关于中世纪古老小镇里的生活。此时，这些故事突然涌入了他的脑海。他跌跌撞撞地向前走着，有一种奇怪的感觉，好像是故地重游。冲动之下他转出这条街，走进一条黑暗的小巷，就在养猪牛的小棚屋后面。

乔治在小巷里逗留了大半个小时，闻着拥挤的牲畜发出的强烈臭味，任凭自己的脑袋反复琢磨着这些稀奇古怪的想法。清新甘甜的空气中，飘荡着动物粪便的恶臭，使他的大脑亢奋不已。煤油灯点亮了简陋的小房子，油烟从烟囱里直冒出来窜进晴空，妇女们穿着廉价印花裙在厨房刷碗，男人们走出家门走进主街的商店和酒吧，猪的呼噜声，还有鸡鸣狗吠声，所有这些都让躲在黑暗中的乔治显得格外超然脱俗，远离一切喧嚣与躁动。

这个小伙子兴奋不已，无法承受自己沉重的思绪，开始沿着小巷小心翼翼地走着。一条狗向他吠了起来，要用石头才能赶走它，这时，只见一个男人走出门来，大骂着那条狗。乔治走到一块空地，抬起头来，望着天空。经过了刚才简短的体验，他感觉自己变得无比地强大，获得了重生。他情绪非常激动，双手举过头顶，伸进那片无尽的黑暗里，喃喃自语着。克制不住说话的欲望，他开始讲一些毫无意义的话，话语在舌尖翻动着，都是些勇敢的语言，意味深长。他咕哝着："死亡、黑夜、深海、恐惧、可爱。"

乔治·威拉德从空地走出来，再次回到人行道上。他面对着那些房屋，觉得这条小街道上所有的人都是他的兄弟姐妹。他希望自己有勇气把他们从房间里叫出来，跟他们一一握手。"如果只有一个女人在这儿，我应该会牵起她的手一起奔跑，直到筋疲力尽为止。"他心里想着，"那样会让我好受点。"心里想着那个女人，他便出了街道，直奔贝菈·卡彭特家。他觉得贝菈会理解他的心境的，想着还会在她面前得到梦寐以求的地位。以前，他跟她在一起，亲吻她的双唇，每次离开，都会生自己气。他感觉自己就像是被莫名地利用了，很难受。然而此时此刻，他觉得自己突然变得异常强大，再也没有人能利用他了。

其实在乔治到访贝菈家之前，早有另一个造访者了。只见艾德·汉德拜来到她门前，叫她出门，试图跟她聊天。他想好了要让贝菈成为他的妻子，跟他一起走，但是当她从家里出来，靠在门口时，他却没了底气，变得气急败坏。想到乔治，他大声吼道："你离那伙人远点。"然后转身就走，不知道该说些什么。"要是让我抓到你俩在一起，我拧断你们的骨头！"他又补充了一句。其实，这个酒保是来求爱，不是来恐吓的。求爱失败，他生起自己的气来。

心爱的人离开后，贝菈立即进屋，匆忙跑上楼梯。透过楼上的一面窗户，她看到艾德穿过街道，坐在邻家房前的踏脚石磴上。昏暗的灯光下，他双手托头，一动不动地坐着。看到这番情形，贝菈感觉很得意。因而，当乔治来到门口，她便热情相迎，匆忙戴上了帽子。她盘算着，跟年轻的威拉德一起穿街走巷，艾德就会尾随而来，她就是想让他心里难受。

在树下走了一个小时，夜色朦胧，气氛如此甜蜜。乔治·威拉德满嘴豪言壮语。刚才在小巷里，黑暗中迸发的那股力量仍然充斥着全身，他只管昂首阔步、摆动双臂，毫无顾虑地说话。他想让贝菈明白，他意识到了自己之前的软弱，已经改变了。"你会发现我跟以前不一样了，"他决断地说，把双手塞进口袋，大胆地盯着贝菈的眼睛，"我不知道为什么，但你必须把我当成男人，否则就别来招惹我，就这样。"

夜空新月高悬，四周寂静无声，这对男女穿过大街小巷。乔治终于关上了话匣子，两人便转入一条小巷，穿过一座桥，来到一条小路上，小路直通到小山腰。这座山起于自来水厂的水库，攀缘而上直到温斯堡的集市广场。山腰上长满茂盛的灌木丛和小树，灌木丛中夹杂着几块铺满长草的小空地，此时已结冰发硬。

上山坡的路上，乔治跟在这女人后面，心怦怦直跳，肩膀也挺直了。突然他断定贝菈·卡彭特就要向他屈服了。他觉得刚才显现在自己身上的这股新力量已经奏效，将她征服了。这个想法让他感觉到男性的阳刚之气，开始飘飘然起来。一路走来，她好像不怎么听他讲话，这的确让他很恼火，但是她能陪他来这个地方就足以让这些疑虑烟消云散了。"不同了,一切都焕然一新了。"他思忖着,抓住她的肩膀,将她转过来,眼里闪着光,充满了自豪。

贝菈·卡彭特并没有抵抗。他开始亲吻她的嘴唇,她倒在他的怀里,紧紧地靠着他,目光却越过他的肩膀,向黑暗望去。这整个姿势暗示着她在等着什么。乔治·威拉德思绪纷飞,如同刚才在小巷里那样,他又一次自言自语,紧紧地抱着这个女人,对着静谧的黑夜低语:"性欲,性欲,黑夜,女人。"

乔治·威拉德无法理解那晚在小山上的经历。后来,他回到自己的房间,很想痛哭,又气又恨,像疯了一样。他恨贝菈·卡彭特,他确信会恨她一辈子。那天在山坡上,他把贝菈带到灌木丛里的一片空地上,跪在她的旁边。就像之前在散工房旁边的那片空地上一样,他怀抱着新生的力量,心存感激,举起了双手,等待着那个女人的答复。可万万没想到,这个时候艾德·汉德拜出现了。

这个酒保认为,乔治试图抢走他的女人,可他并不想出手打人。他知道没必要动手,他有办法不用拳头就可以达到目的。他抓住乔治的肩膀,一把拽起来,一边单手抓着他,一边盯着坐在草地上的贝菈·卡彭特。他手臂用力快速一挥,摔得乔治四肢着地趴倒在灌木丛里,然后对着刚站起来的女人开始恐吓。他粗鲁地说:"你个臭女人,都懒得理你了。要不是这么喜欢你,我才懒得理你。"

乔治·威拉德手脚撑着地,目不转睛地盯着眼前的景象,绞尽脑汁思索着。他酝酿着要扑向那个羞辱他的男人,就是挨揍也远远好过像这样丢脸地给人扔在一边。

年轻的记者三次向艾德·汉德拜扑过去,不料三次都被抓住肩膀,甩回灌木丛中。年长的艾德似乎早已准备好要奉陪到底,但是乔治·威拉德的头部撞到树根，一动不动地躺在地上。接着，艾德·汉德拜抓着贝菈·卡彭特的手臂，扬长而去。

乔治听到那对男女走出灌木丛，便沿着山坡爬下去，心里很是难受。他恨自己，也恨命运带给他耻辱。他回想起独自在那条小巷里的情形，感到很是困惑，他停在黑暗中静静地听着，希望能再次听到不久前带给他新勇气的外界之音。归途中，他又一次来到那条小巷，看到那些木屋，再也无法忍受此番景象，开始快跑。他想尽快逃离这个街区，此刻在他眼里，这个地方显得肮脏陈腐，无以复加了。

"怪人"

　　"考利父子"店后一间粗糙简陋的木棚屋，像根毛刺一样突出来。店铺的二当家埃尔默·考利，坐在木棚屋里的小箱子上，透过脏兮兮的窗户，刚好可以看到温斯堡鹰报报社的印刷室。他正在给鞋子系新鞋带，鞋带不好系，只得把鞋子脱下来。他手上拿着鞋子，目不转睛地看着袜子脚跟处的一个大洞。然后他猛一抬头，看到了温斯堡唯一一个记者乔治·威拉德，此时正站在鹰报印刷室的后门，茫然地四处张望着。"嘿，嘿，他接下来要干吗呢！"这个年轻人大声嚷嚷道，手上还拿着鞋子，突然跳了起来，悄悄离开了窗户。

　　埃尔默的脸上突然浮现一圈红晕，双手开始颤动起来。"考利父子"店内，一个犹太旅行推销商正站在柜台边，跟老考利谈着事。埃尔默想象着那个记者能听到他们的谈话内容，这让他怒不可遏。他手里还拿着那只鞋子，站在棚屋的角落里，用那只穿袜子的脚，在木地板上直跺。

　　"考利父子"店并不正对着温斯堡主街。它前面是莫米大街，远处是沃伊特货车店和可供农夫的马匹遮风挡雨的马棚。旁边的一条胡同从主街商铺后面穿过，从早到晚，运货马车在这里装货卸货，来来往往，忙个不停。然而，这个店铺却难以用语言来形容。威尔·亨德森曾这么评价过：它什么都卖，却什么都卖不出去。面向莫米大街的那个窗户上，放着一块苹果桶大小的煤块，这意味着已经有人下了煤的订单，在这个黑乎乎的东西旁边，还有三块蜂巢放在木构架里，巢里那一个个小洞已经变成了褐色，脏兮兮的。

那些蜂巢放在店铺窗户上已经有六个月之久了。它跟那些衣架、专利吊裤带纽扣、粉刷屋顶的颜料、治疗风湿病的瓶装药，还有一种咖啡替代品一样，其实都是用来出售的，它们一起耐心地等待着服务大众。

埃比尼泽·考利是一个瘦高个儿，看起来好像没有洗过澡，他正站在店里听那个旅商慷慨激昂、叽里呱啦地说个没完。埃比尼泽那细长的脖子上长着一个大粉瘤，一部分被灰色的胡子给遮住了。他穿着一身双排扣长礼服，是以前买来在婚礼上用的。经商之前，埃比尼泽是个农夫，婚后，每逢周日，他都会穿着这身礼服去做礼拜，而周六下午，他就穿着它到镇上做买卖。卖掉农场从商后，他就老穿着它。由于穿得太久，礼服已经变成褐色，上面油渍斑斑，但穿上它，埃比尼泽总觉得自己好像精心打扮了一番，可以在镇上做买卖了。

虽然自己是商人，埃比尼泽并不喜欢这个角色，他也不乐意做农民，不过他还是选择了得过且过。他有个女儿，名叫梅布尔，还有就是那个儿子，跟他一起住在店铺的二楼。他们的花销不多，并没有经济上的烦恼。他的烦恼来源于恐惧。每当某个旅商进门推销时，他便会感到忧心忡忡，在柜台后面直摇头。他恐惧，原因有两个：首先，他可能会因坚决拒绝买进而再次失去卖出的机会；其次，他又可能会不够坚定，犹豫之下买进却又无法卖出。

那天早上，埃尔默从店里看到乔治站在鹰报印刷室后门，显然在偷听呢。这种情况总是激起埃尔默的愤怒。推销员说着，埃比尼泽则听着，整个肢体都透露出一副摇摆不定的样子。"你瞧，这个多方便啊。"推销员说道，他正在推销领扣的替代品，一种扁平的小金属物。他用一只手迅速解开衣领，然后又马上扣回去。他讨好地哄着："我告诉你，男人摆弄领扣的时代结束了，你这个人能抓住机会赚大钱，我可以给你这个镇子的独家代理权。买下二十打这种纽扣，我就不去其他店了，整个行业的市场都给你。"

推销员俯身越过柜台，用手指轻叩着埃比尼泽的胸脯。"这是个机会，你可要抓住呀，"他催促道，"我一个朋友跟我提起过，他说：'那个考利，他头脑可灵光了。'"

说完，推销员停下来等待着，然后从口袋里拿出一个工作簿写起了订单。埃尔默一只手里还拿着鞋子，穿过店铺，从那两个全神贯注的商人身边经过，直奔前门旁的玻璃陈列柜，从里面拿出一个劣质左轮手枪，胡乱挥舞着。"你给我马上滚出去！"他尖叫道，"你的什么鬼领扣我们一个都不要。"他想了想，又说道，"给我听好了，我并不是在威胁你，我没有说我要开枪，也许我只是把它拿出来看一下而已。但是你最好给我离开，明白了吧，先生？你赶紧收拾东西走人。"

这个年轻的掌柜声音高到几乎要尖叫了，他走到柜台后面，开始向两人逼近。"我们已经被耍够了！"他喊道，"我们开始卖出东西之前，不会买进任何东西，我们再不会当怪人，让街坊邻居偷听偷看。你给我滚出去！"

那个旅商跑掉了。他从柜台上搂起那些扣子样本，扫进一个黑皮包里，仓皇而逃。他是一个矮个子，罗圈腿还非常严重，跑起来样子十分笨拙。黑皮包钩到了门上，他跟跄了一下跌倒在地。"疯了，真是疯了。"他嘴里咕哝着，从人行道上爬起匆匆而去。

店铺里考利父子俩大眼瞪着小眼。此刻让他发怒的罪魁已经逃走了，他便尴尬起来，说道："呃，我可是认真的，这么久了，我们已经够古怪的了。"他走到橱柜把手枪重新放回去。他坐在一个桶上，把拿在手里很久的鞋子穿上，系紧了鞋带。他坐在那里，想着父亲会不会说些表示理解的话，可是埃比尼泽的话重新点燃了他心中的怒火，于是，他应都没应，就跑出了店铺。埃比尼泽用他那脏兮兮的手抓了抓灰胡子，用那飘忽不定的眼神看着儿子，如同刚才面对旅商一样。"我会被上浆的，"他轻声说道，"嗯，嗯，我会被洗净、熨平、浆硬的！"

　　埃尔默走出了温斯堡，沿着一条跟铁轨平行的乡间小路走。他不知道要走向哪里，也不知道要干什么。向前走，这条小路有一个向右的急转弯，接着地势就会比铁轨低，他在这里停了下来，走到一个深渠中，那个在店里导致他脾气爆发的情绪在此处再次得到了宣泄。"我是不会成为怪人，被人偷听偷看的，"他大声喊道，"我会跟其他人一样的，我会证明给乔治·威拉德看，他会明白的，我会证明给他看！"

　　这个心神错乱的年轻人站在路中间，回头怒视着小镇。其实，他并不了解乔治·威拉德，对这个高个儿在镇上到处搜罗新闻也没什么特别的感情。无论乔治出现在鹰报办公室还是印刷室，在埃尔默心里，他都只是某些东西的象征罢了。他觉得，这个记者老是在自家店铺前来了又走，走了又来，还停在街上跟人交谈，肯定是在谈论他，取笑他。他觉得，乔治属于这个小镇，代表了这个小镇的精神，他是这里的典型人物。埃尔默·考利不可能会相信乔治·威拉德也有自己的不幸，也会有那些模糊的渴望和神秘莫名的欲望。

难道他不代表大众言论，让镇上的人们都来谴责考利家的怪异行为吗？难道他没有走在主街上一边吹着口哨一边大笑吗？攻击他就会攻击更大的敌人——那含笑而固执的温斯堡舆论，不是吗？

埃尔默格外地高，两只手臂长而有力。他的头发、眉毛，还有下巴刚长出的毛茸茸的胡须，都黯淡得接近白色。他长着一副龅牙，眼睛蓝得透明，就像温斯堡男孩们口袋里的"玛瑙弹球"。埃尔默在温斯堡已经住了一年了，可是连一个朋友都没有。他觉得自己此生注定是不可能交到朋友了，一想到这些，他就厌恶得不行。

这个高个子年轻人闷闷不乐、脚步沉重地走在路上，双手插在裤兜里。这一天天气阴冷，寒风刺骨，可是不久，太阳就出来了，温暖着大地，路面变得柔软泥泞。路面上的那一条条泥垄还封冻着，但此时上面的冰也开始融化，埃尔默的鞋子粘满了泥，双脚冰冷冰冷的。走了几英里，他突然改变了方向，穿过一片田野，来到了一片树林里。他捡了一些树枝生起火来，坐在那里取暖。此刻，他的身心都感到痛苦不堪。

他在火堆旁的原木上坐了两个小时，然后小心翼翼地穿过一大片灌木丛，来到一个栅栏前，隔着田野向一个小农舍望去，它周围是一些低矮的小屋。他嘴角露出了微笑，开始挥动着长臂向一个男子打招呼，那人正在地里剥玉米。

痛苦不堪之际，这个年轻的商人已经回到这个农场，他在这里度过了童年，更重要的是，这里有一个他觉得可以倾诉衷肠的人。这个人名叫穆克，已经上了年纪，智力也有缺陷。他曾经受雇于埃比尼泽，农田出售时，他继续待在这里。老人住在农舍后面一个没有上漆的小屋里，整天就在那些田地里闲荡。

虽然这样，这个智障的穆克却过得很快乐。他就像孩子一样那么天真，他相信住在那些小屋里的动物都是有智商、通人性的，他感到孤独的时候，就会跟牛啊、猪啊，甚至是畜棚场上的小鸡唠叨很长时间。他的前雇主说的那些"洗熨"的话就是跟他学来的。遇到刺激或惊吓时，他就会茫然地笑起来，然后嘀咕道："啊，我要被洗净、熨平啦。哎呀哎呀，我要被洗净、熨平、浆硬啦！"

穆克放下手上的活，来到林中见埃尔默。他对这个年轻人的突然出现既不惊讶也不特别感兴趣。他双脚也是冰冷的，坐在火堆旁的原木上，庆幸有火取暖，显然对埃尔默要说的话满不在乎。

埃尔默热忱而随意地说着，挥动着手臂，走来走去。"你不知道在我身上发生了什么，当然你也不在乎，"他说道，"但我可不一样，看看我一直以来都遭受着什么！父亲是个怪人，母亲也曾是个怪人。甚至我母亲以前穿的衣服都跟别人不一样，再看看父亲的那件外套，他老是穿着它在镇上东奔西走，还以为自己衣着光鲜亮丽呢！他为什么就不买件新的呢？也花不了多少钱啊！我来告诉你真相吧！他根本就不明白，母亲在世的时候也不明白。梅布尔就不一样了，她明白可是她不愿说出来。但是我会说，因为我再也不想被别人瞪着看了。哎呀，穆克，看着我，父亲根本就不知道，他在镇上的店铺其实就是一堆奇怪的废品，他买进的那些东西是永远卖不出去的。他一窍不通。有时候，他会担心没生意做，然后就会去进点别的货。晚上，他经常坐在楼上的火堆旁，说生意总会来的。他竟然不担心，真是个怪人，根本就不知道担心！"

这个年轻人说得越发激动。"他不知道可是我知道啊。"他喊道，停下来看着那默默无语的老人，盯着他那没有一丝反应的脸。

"我清楚得很，实在没法忍受下去了！我们住在这儿的时候不会这样啊，在这里，我白天干活，晚上上床睡觉，看不到人们来来往往，也不会胡思乱想。在镇上，每到夜晚，我就会去邮局或车站看火车进站，没有人跟我说话，周围的每个人都四下站着说笑，可他们就是不跟我说话。这让我感到很怪异，自己也说不出话来了。我只能离开。我什么都没说，什么都说不出来！"

埃尔默的愤怒变得一发不可收。"我不会再忍了，"他看着树木光秃秃的枝丫，大喊道，"我不是生来就得忍受这个的。"

穆克那呆滞的神情使埃尔默发狂。埃尔默便转过身，就像之前在路上愤愤回望温斯堡一般，怒冲冲地盯着他。"回去干活吧，"他尖叫道，"跟你说了又有什么用？"他好像又想到了什么，语调突然变低，"我也是一个懦夫，呃？"他咕哝道，"你知道我为什么哪儿都不去，就来这儿，还徒步来吗？因为我必须找人倾诉，而你是唯一可以倾诉的人。你看，我又找到一个怪人。我是逃跑出来的，真的。我得来找你。我无法面对乔治那样的人。我应该告诉他，我会告诉他的！"

他又一次喊了起来，挥舞着手臂。"我会告诉他的，我不再是个怪人，我不在乎他们怎么想，我不会再忍下去了。"

说完，埃尔默就跑出了树林，把这个傻瓜丢在火堆旁。随即，这个老人就起身跨过篱笆回到了玉米地里，继续干活。"我要被洗净、熨平、浆硬啦，"他喊道，"啊，啊，我要被洗净熨平啦。"穆克好像突然来了兴致，沿着一条小道来到一块地里，那里有两头牛正在稻草堆一口一口地啃草。"刚才埃尔默来了，"他对着那两头牛说，"他疯了，最好躲在草堆后面，这样他就看不见你们，他会伤到你们的，肯定会的。"

那天晚上，八点刚过，埃尔默·考利来到了温斯堡鹰报的办公室门前，把头伸进里面看了看，发现乔治·威拉德正在坐着写什么东西。他将帽子拉了下来，遮住双眼，面带愠色，坚定地说："你出来一下。"他说着走了进去，关上了门。他的手一直抓着门把手，仿佛是预防任何人进来。"你就出来一下，我想见你。"

乔治和埃尔默走在温斯堡主街上，那天晚上比较冷，乔治穿了件新大衣，穿着得体，精神抖擞。他的手插在大衣口袋里，好奇地看着他的同伴。其实，他早就想结识一下这个年轻的商人了，想要知道他脑袋瓜里到底在想些什么。他觉得这次自己看到了机会，非常开心。"他想干什么呢？或许他手里有一些猛料想要爆出来吧！但应该不会是火灾，我都没有听到警报铃的响声，也没有人在乱跑。"他这样想着。

在这个十一月的寒夜，温斯堡主街只有寥寥数人，这些人匆匆而过，一心只想着快点到某个店铺后面的火炉前取暖。那些店铺的窗户都覆盖着霜，寒风肆虐，威林医生诊所入口上方的锡制牌匾咔嗒作响。在赫恩杂货铺门前，放着一篮子苹果，还有一个架子，放满了新扫帚，立在人行道上。埃尔默突然停了下来，看着乔治，想要说什么，两只手臂开始不停地抽动，脸也不时痉挛。他似乎要尖叫起来了。"你回去吧，"他喊道，"不要跟我待在这，我是不会告诉你任何事情的，我根本就不想看到你。"

这个年轻商人就这样心烦意乱地在居民街上晃荡了三个钟头。他没能表明自己不再是怪人，气昏了头，挫败感也随之而来，让他直想掉泪。经过整个下午徒劳无功的发泄，以及他在乔治面前的失败表现，埃尔默觉得已经看不到未来的希望了。

然后他突然又有了一个新主意，在黑暗中，透露出一道曙光。他走进了那个此时黑漆漆的"考利父子"店内，他们两父子在这里已经等了一年多，就盼望着生意来，可还是竹篮打水一场空。他偷偷地溜进去，在后面火炉旁的一个桶中摸索着。在这个桶里面，放着一堆刨花，下面有一个锡盒，里面装着店铺的现金。每天晚上，店铺打烊后，埃比尼泽上楼睡觉前，就会把这个盒子放在里面。"他们绝想不到钱会放在这么不安全的地方。"他想着盗贼入室，自言自语。

之前卖地剩下的钱大概还有四百美元，埃尔默从这一小卷钱中抽出两张钞票，都是十美元的，然后把盒子放回原处。他悄悄地从前门溜出去，再次来到街上。

他想，这个主意可能会终结所有的不幸，其实非常简单。"我会离开这里，离家出走。"他对自己说。他知道一辆货运列车会在午夜经过温斯堡，黎明就会到达克利夫兰。他准备逃票去克利夫兰，到达目的地就可以隐藏在人群中了。他会在某个店铺里找些活干，跟其他工人交朋友，谁也认不出他来。这样他就可以畅所欲言，尽情欢笑，他不再是一个怪人，可以交到很多朋友。他的生活将会和其他人一样变得温暖而有意义。

这个笨拙的高个儿年轻人大步走在街上，开始嘲笑自己，他以前竟那么生气，几乎害怕乔治·威拉德。他决定在离开小镇之前跟这个年轻的记者再谈一次，他会告诉他，或许还会挑战他，借此挑战整个温斯堡。

新的自信让他容光焕发，埃尔默来到新威拉德旅馆的办公室，猛敲着门。一个睡眼惺忪的男孩睡在一张简易床上，他没有工资，旅馆只给他提供食宿，他还有个自豪的头衔："夜勤人员"。在这个男孩面前，埃尔默显得十分大胆而急切。"把他叫起来，"他命令道，"让他去车站，我要见他，我准备搭慢车离开这里。告诉他赶紧穿好衣服下来，我时间不多。"

这辆夜班车在温斯堡已经卸货装货完毕，火车上的工作人员正在连接各个车厢，摇动着信号灯，准备重新启程，向东行进。乔治·威拉德揉着眼睛，又穿上了那件新大衣，跑到车站月台上，心中充满了好奇。"嗯，我到了，你想要干什么？一定是有什么要跟我说，对吗？"

埃尔默试图解释，他用舌头润了润嘴唇，看着隆隆作响准备出发的货运列车。"嗯，你看，"他说，然后舌头就失去了控制。"我要被洗净、熨平，我要被洗净、熨平、浆硬啦。"他有点语无伦次地嘀咕着。

黑暗中，站台上的埃尔默狂怒得手舞足蹈，旁边火车依然在隆隆作响。空气中，灯光蹿动着，在他眼前晃来晃去。他从口袋里拿出那两张十美元的钞票，一把塞到乔治手里。"把它拿好，"他喊道，"我不要了，把它还给我父亲，这是我偷来的。"他怒吼着转过身去，长臂在空中挥动着，像在挣扎着摆脱双手对他的束缚。他一拳又一拳地打在乔治胸口、脖子和嘴巴上。年轻的记者在月台上打着滚，这可怕的重拳让他惊呆了，打得他有点神志不清。埃尔默跳上那列火车，从很多车厢顶部跑过，跳进一个平板车厢，趴在那里往回看，试图看清楚那个在黑暗中被打倒的人。一股自豪感油然而生。"我证明给他看了，"他喊道，"我想我证明给他看了，我不是个怪人，对，我证明了，我不是怪人！"

幸好没出口，出口就是谎

雷·皮尔森和哈尔·温特斯是农场工人，在温斯堡以北三英里的农场里打工。每逢周日下午，他们就会到镇上去，跟其他农民工一起逛街。

雷大概五十岁，留着棕色的胡须，长期的辛苦劳动，把他的肩膀磨炼得浑圆结实。他沉默寡言，又时常紧张不安，性格跟哈尔极不相同。

雷极为严肃，而他的妻子却个子矮小，五官分明，说起话来尖声厉气。他夫妻俩有六个孩子，全都瘦骨嶙峋的，住的房子摇摇欲坠，雷打工的农场背后有条小溪，他们的房子就在小溪旁边。

雷的工友，哈尔·温特斯，是个小伙子。在温斯堡，人们都非常尊敬内德·温特斯家族，可惜哈尔并不是此家族的成员。他父亲温德彼得·温特斯是大家公认的老无赖，有三个儿子，还有一个锯木厂，位于尤宁维尔附近，离温斯堡镇六英里远。

温斯堡镇位于俄亥俄州的北部，这里的人都会记得温德彼得非同寻常的死亡悲剧。一天晚上，老人在镇上喝醉了，随后便沿着铁轨，往尤宁维尔方向驾车回家。有个屠夫，名叫亨利·布拉森堡的，住在路旁，见老人驾车经过镇边，拦住他，说肯定会撞到下行车，可是老人用鞭子猛抽了屠夫一顿，继续往前行驶了。火车撞上老人和两匹马的那一瞬间，一对农民夫妇，正在旁边的路上驱车回家，目睹了整个过程。他们说，当时看到老人站在马车座位上，对疾驰而来的火车大声叫嚷，还用鞭子不停地抽打他的马，马发疯似的向前跑，迎面撞向火车，致其当场死亡。奇怪的是，在撞击的那一瞬间，老人还发出了相当愉快的尖叫声。镇上的人都认为老人会直奔地狱，没了他，人们会过得更好，但镇上的年轻人，比如说乔治·威拉德和赛斯·里士满，都会清楚地记得那件事，他们暗自坚信老人清楚自己在做什么，因而钦佩他的蛮勇。大多数男孩都时常希望能光荣地死去，而不是在杂货店里当店员，日复一日地重复着无聊的生活。

但是，这里并不是要讲温德彼得的故事，也不是讲他儿子哈尔，而是讲哈尔的工友雷。为了让你更好地理解这个故事，也有必要稍微谈谈哈尔。

哈尔是个坏蛋，大家都这么说。温特斯家三个男孩，分别是约翰、哈尔和爱德华，都跟他们的父亲一样，身材高大，肩膀厚实，打架斗殴，拈花惹草，十足的一群坏蛋。

哈尔是他们当中最坏的一个，多行不义。有一次，他从父亲的锯木厂偷了一堆木板，到温斯堡镇上去卖，拿着卖木板的钱买了套廉价俗丽的衣服，然后就喝醉了。他父亲大发雷霆，跑到镇上去找他，两人见面，便在主街上挥拳对殴起来，结果双双被捕入狱。

哈尔之所以到威尔士农场打工，是因为他喜欢上了一个乡下女教师。那时他才二十二岁，但早已三番两次涉足镇上所谓的桃色事件，把人家肚子搞大。大家听说他迷恋上了那个女教师，都认为不会有好结果。"他只会给她带来麻烦，你等着瞧好了！"人们到处都这么说。

十月下旬的一天，雷和哈尔一起在田里干活。他们一边剥玉米，一边谈笑风生，随后，便安静起来。雷比哈尔敏感，在意很多事情，剥玉米不留心割破了双手，隐隐作痛。雷把手插进上衣口袋里，目光穿过田野，向着远处望去。他感觉很难过，心烦意乱，同时又被这美丽的乡村景色感染着。你要亲身感受温斯堡的乡间秋景，看到低矮的群山红黄交融层林尽染，就会理解雷的感受了。此时，往日的时光渐渐浮现在他的眼前。很久以前，他还是个小伙子，跟父亲住在一起，后来到温斯堡镇上烘烤面包。那时候，他会飞奔到树林里采坚果，追兔子，或者只是抽着烟斗到处游荡。就在这些到处游荡的日子里，他遇上了一个女孩，后来便跟她结了婚。那天，这个女孩在他父亲的店铺里等着买东西，他便引诱她出去，发生了关系。雷正在回想那天下午的事，那件事把他的整个人生都打乱了，于是，一种抵触的情绪油然而生。他都忘了哈尔在旁边了，自己喃喃低语着："上帝欺骗了我，生活愚弄了我，搞得我像个傻子。"

　　哈尔似乎知道雷在想什么，便大声地说起话来。"嗯，婚姻有价值吗？它到底是什么呢？又到底是怎么一回事呢？"哈尔问道，然后笑了起来。哈尔还想继续笑，但他也变得严肃起来，开始认真地跟雷说话。"你觉得我该去追她吗？"哈尔问道，"难道我以后要像马一样任人呼来喝去吗？"

　　雷并没有回答他，哈尔一下子跳了起来，在一堆堆玉米秸中间走来走去。哈尔越发兴奋起来，他突然弯下腰，捡起一个黄色的玉米穗，向栅栏那边扔去。"我把内尔·冈瑟的肚子搞大了，"哈尔说道，"我只告诉你，你可别给我到处讲。"

雷·皮尔森站起来，目不转睛地盯着哈尔。哈尔差不过比雷高出一英尺，他走到雷身边，双手放在雷肩上，那画面感十足。

身后一堆堆玉米秸安然静谧列队挺立，远处的群山红黄交融层林尽染，此时，他俩站在空旷辽阔的田野里，一改平日的冷淡，变得热情起来。哈尔感受到了，他平时就笑成那个样子。"嗯，老爷子，"他尴尬地说，"来嘛，给点建议吧。我把内尔肚子搞大了。你是过来人，或许有过这种处境。我知道，大家的意见应该是正确的选择，可你的意见呢？我应该结婚，安定下来吗？我要像束缰老马一样任人折磨筋疲力尽吗？雷，你是了解我的。没有人可以降服我，除了我自己。我要这样吗？还是我去叫内尔滚蛋？拜托你告诉我该怎么办吧，雷。你怎么说，我就怎么做。"

雷并没有说什么，他松开了哈尔的双手，转身向仓库走去。雷很敏感，此刻他眼里噙满了泪花。他心里清楚，只有一件事要告诉哈尔，这件事，他自己的亲身经历已经验证，他的熟人都认为会继续验证。不过，有些话他觉得该说，可对自己的生活他却不能说。

那天下午，雷在仓库附近闲逛，四点半的时候，他的妻子沿着小溪来到小路上叫他。跟哈尔交谈后，雷并没有回到玉米地里，而是继续在仓库周围忙活。雷已经把晚上要完成的家务杂事都做好了，他看到哈尔穿戴整齐，从一个农舍走出来准备上路，晚上到镇里狂欢痛饮一番。雷跟在妻子后面，步履艰辛，沿着小路往家里走，一边走着，一边思考。他自己也不清楚，到底是哪里出了问题。他每次抬起眼睛，看到天色昏暗，整个乡野显得格外迷人，就总想做些事，以前从来都没有做过的事，比如说，对着妻子大声叫嚷，举起拳头痛打妻子，抑或是其他类似出乎意料的骇人举动。他沿着小路走，挠着头，想弄明白这到底是怎么回事。他直直地看着妻子的背影，她看起来似乎没什么不妥。

她只是想让雷到镇上去买些食物回来，她刚说完需要买哪些东西，便开始责骂起来。"你总是磨磨蹭蹭，"她说道，"现在你给我利索点，家里已经没有东西了，晚饭都没得吃了，你现在到镇上去，快去快回！"

雷走进自己的房子，从门后的挂钩上取下一件大衣。大衣的口袋已经破烂不堪，衣领也磨损得厉害。

他妻子走进卧室，很快便出来了，一手拿着块脏布，一手拿着三个银币。房子的某个角落，一个孩子哀号着，火炉旁，一只小狗惊醒了，打着哈欠站了起来。妻子再一次斥责起来，质问着："孩子们哭得没完没了，为什么你总是磨磨蹭蹭的？"

雷走出房子，爬过栅栏，来到一块田地里。天快要黑了，眼前的景色十分迷人。这些小山像颜料清洗过一样，就连篱笆旁那一簇簇小灌木都显得生机勃勃，格外漂亮。在雷眼里，整个世界似乎都被赋予了生命，变得鲜活热情起来，就像刚才他跟哈尔彼此热情的情景一样。

温斯堡的乡村秋景，对雷来说，美不胜收，的确如此，美不胜收啊。突然间，他完全忘了自己是个沉默寡言的老雇农，扔掉破烂不堪的大衣，开始在田地里狂奔。他一边奔跑，一边大喊，抗议着自己的生活，抗议着一切生活，抗议着使生活变得丑陋不堪的一切。"我并没有许下任何承诺！"他朝眼前空旷的田野大喊。"我并没有向明妮许下任何承诺，哈尔也没有向内尔许下任何承诺，我知道他没有，内尔跟着哈尔去树林里，那是她自己想去的，哈尔想要的，内尔也想要。为什么要我承受？为什么要哈尔承受？为什么要所有人都去承受？我不希望哈尔最后也变得苍老疲惫，我要去告诉他，我不能再让他继续这样了，我会在哈尔去镇上之前拦住他，告诉他。"

雷笨拙地跑着，摔倒了爬起来继续再跑。"我一定要拦住哈尔，一定要告诉他。"雷不停地想着，上气不接下气，却越跑越卖力。奔跑中，雷想起了很多事，他已经很多年都没有想起那些事了。刚结婚那会儿，他正打算到西部的俄勒冈州去，他的叔叔就在波特兰市。他一点都不想在农场里打工，就想到西部去，他想出海，当一名水手，或者在一个大牧场工作，骑着马去西部的各个城镇，一路狂傲不羁，呐喊大笑，惊醒沿途房舍中熟睡的人们。跑着跑着雷想起孩子们来，他幻想着，感觉孩子们的手正紧紧抓着他。雷将所有想法和哈尔联系起来，心想着，似乎孩子们的手也正紧紧抓着哈尔。"哈尔，这些孩子都是生活的意外，"雷呐喊着，"他们不是我的，也不是你的，我跟他们没有任何关系！"

雷不停地跑着，天越来越黑了，夜色开始在田野里蔓延开来。他一面气喘吁吁，一面小声啜泣着，终于来到了公路上，在路边的栅栏边，遇上了哈尔，哈尔打扮得整整齐齐，抽着烟斗，洋洋得意地走着，雷不可能把想法或欲望告诉他了。

雷变得胆怯起来，他失去了原有的勇气，而这就是他故事的结局。雷赶到栅栏时，天几乎都暗了，他站在那里，把手放在最高的那根篱笆杆上，凝视着哈尔。哈尔跳过一条壕沟，来到雷身边，双手插进口袋里，大笑起来。哈尔似乎已经不记得在玉米地里发生过什么了，他举起一只强壮的手，握住了雷的外套衣领，摇晃着雷的身体，就像在摇晃一只淘气的狗。

"你是来告诉我的，对吧？"哈尔说道，"好吧，没关系，想说什么就说吧，我不是懦夫，我已经下定决心了。"哈尔又笑了起来，接着跨过那条壕沟，又跳了回去。"内尔不是笨蛋，"哈尔说，"她没叫我娶她，是我想跟她结婚的，我想安定下来，生儿育女。"

雷也笑了起来，他觉得自己像在嘲笑自己，嘲笑整个世界。

天色已暗，哈尔的身影消失在去往温斯堡镇的路上，雷转身缓缓走过田野，回到他扔掉大衣的地方。走着走着，他想起了一些甜蜜的往事，小溪旁摇摇欲坠的房子里，他和孩子们一起度过的那些美好夜晚，于是便喃喃自语起来。"我幸好没出口，出口就是谎啊。"随后，雷的身影也消失在黑暗的田野里。

酒 醉

汤姆·福斯特从辛辛那提来到温斯堡镇的时候，还很年轻，但已经可以领略到人生的各种新鲜感觉了。他的外婆是在温斯堡附近的农场长大的，她小时候就是去镇里上的学，当时的温斯堡只是个小村落，只有十二至十五户人家聚居在杜鲁宁收费公路的杂货店周围。

老人自从离开这个新垦小村之后，生活得多么水深火热啊，而她拖着矮小的身躯，又是多么坚强能干啊！她丈夫生前是机修工，她跟着他到过堪萨斯、加拿大还有纽约市。之后她跟女儿一起住，女婿也是个机修工，住在肯塔基卡温顿，和辛辛那提就隔着一条河。

后来，汤姆外婆的艰苦岁月就开始了。起初是她的女婿在一次罢工中被警察杀害，之后汤姆的母亲也病死了。外婆之前的那点积蓄都用在女儿治病和两场葬礼上了。她变得近乎疲于奔命，和外孙住在辛辛那提小巷的一家旧货商店楼上。五年来她先是清洗办公大楼的楼梯，之后在一家饭店里洗碗，弄得双手都变形了。她的双手握着拖把柄或扫帚柄，就像干瘪的枯树藤紧紧缠在树上。

老人抓住机会，立刻就回到了温斯堡。一天晚上，她下班回家途中捡到一个钱包，里面装着三十七美元，回温斯堡的旅程就此展开。对男孩来说这个旅程是个大历险。外婆回到家，沧桑的双手紧紧攥着钱包，这时已经过了晚上七点，她激动得几乎说不出话来，非要当晚就离开辛辛那提，说要是待到早晨，失主肯定会找到他们惹出麻烦来。他们的全部家当都收拾好装进了一张破旧的毯子里，绑在汤姆的背上，十六岁的汤姆只得背着它跟在老人后面艰难地往车站进发。外婆在他身旁催促着向前赶。她那老得没牙的嘴巴紧张地抽搐着，在一个街口汤姆累了，想把包袱卸下来，就被她一把抢了过去，要不是汤姆阻止，她早就把包袱绑到自己背上了。他们终于登上火车，离开了这座城市，她高兴得像个孩子，说起话来兴奋不已，就像外孙从未听她说过话似的。

火车哐当哐当地彻夜飞驰，外婆跟汤姆说起了温斯堡的故事，人们田间耕作、树林打猎，汤姆会喜欢上那种生活的。她真不敢相信在她离开的岁月里，五十年前的那个小村落已经发展成了一个繁华的小镇，早上火车到达温斯堡，她都不想下车了。她说："这跟我想的不一样，也许你在这里会不好过啊。"然后火车开走了，他们两个茫然地站在行李员艾伯特·洛格沃斯旁边，不知何去何从。

然而汤姆·福斯特生活得确实不错。他本身就是个随遇而安的人。银行家的妻子怀特太太雇来了这个从城里来的老太太，汤姆则在银行家用砖新砌的马厩里当马童。

温斯堡镇里一仆难求。怀特太太想找人帮她做家务，便雇了一个年轻女仆，这个女仆坚持和这家人一起入座用餐。怀特太太厌烦这些年轻女仆，就抓住机会雇来了到这个城里来的老太太。她在马厩上面收拾了一个房间给汤姆住。她给丈夫解释道："他可以修修草坪，不需要照料马的时候还可以跑跑腿。"

汤姆·福斯特个头很显小，一头黑发硬挺挺地竖立着，显得脑袋格外大。他声音轻柔得难以想象，加上他本人温和恬静，连起码的一丝注意都没引起，就融入了镇里的生活。

每个人都不免好奇汤姆是怎么变温和的。住在辛辛那提时，他家附近的大街上游荡着一帮帮粗鲁的男孩，而他以前就一直跟他们厮混在一起。有段时间他在电报公司当投递员，他投递电报的那一带有几家妓院。那些妓女都认识他喜欢他，就连那些拉帮结派的烂仔也很喜欢他。

他从不张扬，这使他得以摆脱这些不良影响。奇怪的是，他站在生活之墙的阴影里，亦有意继续坚守在阴影里，眼看着妓院里的男男女女，感受着他们随意而骇人的交媾野合，看着烂仔们打打杀杀，听着他们偷窃买醉的经历，却不为所动，一尘不染得不可思议。

然而，有一次汤姆真的就偷了东西。那时他还住在辛辛那提，外婆病了，他自己也失业了。家里什么吃的都没有，他走进小巷里的一家马具店，从收银柜里偷了一美元七十五美分。

马具店的老板是个老头，留着长长的八字须。他看到男孩在店里鬼鬼祟祟的，也没留个心眼儿。他走上大街跟一个赶马人聊天，汤姆拉开收银柜拿了钱走开了。后来，汤姆被逮住了，外婆为了平息这件事，答应每周为这家店擦洗两次，持续一个月。男孩觉得羞耻，却也相当地高兴。他对外婆说："让我见识到新鲜事物就算羞耻也无妨。"外婆不懂他这话什么意思，但是她太爱他了，懂不懂也都无所谓了。

汤姆·福斯特在银行家的马厩里住了一年，之后就丢了工作。他照顾不好马，又经常惹恼银行家的妻子。她叫他去修草坪，他偏偏给忘了。她让他去商店或邮局跑腿，他就有去无回，混进一堆男人或男孩里消磨整整一个下午，站在周围听人聊天，偶尔也会应和上几句。以前他在辛辛那提的妓院里，抑或大晚上跟一群男孩叫嚣着跑过大街小巷，如今在温斯堡，他跟那里的人在一起，同样任何时候都有能耐一边融入身边的生活，一边却分明地从中抽离出来。

汤姆丢了在怀特家的工作后就没跟外婆住一起了，不过外婆经常晚上去看他。他租了老律师卢夫斯·怀廷的小木屋后侧的一间房。屋子在杜安街，离主街不远，这里曾经很多年都是老人的律师事务所，老人身体弱了记性也差了，已经不能胜任这份工作，可是他并没意识到自己已是力不从心。他喜欢汤姆，便把房间租给了他，租金一个月一美金。接近黄昏之际律师回家了，屋里便只剩下男孩一个人，一连几个小时他躺在火炉旁的地板上想事情。晚上外婆来了，坐在律师的椅子上抽烟，汤姆仍然缄默着，一如平时在任何人面前一样。

很多时候老太太会说得十分起劲。有时她会为发生在怀特家里的事情生气，一连骂上几个小时。她用自己的收入买了个拖把，定期打扫律师事务所。打扫得一尘不染、气味清爽了，她就点上陶土烟斗，跟汤姆一起抽烟。"要是你准备去死，我也不活了。"她坐在椅子上对汤姆说，汤姆则躺在椅子旁的地板上。

汤姆·福斯特很喜欢生活在温斯堡。他打着几份零工，诸如给厨房的炉灶砍柴，修剪屋前的草坪，五月底六月初那段日子他会在田间摘草莓。他有时间去闲逛，也乐于闲逛。银行家怀特把一件不要的外套送给汤姆，但这件外套对他来说太大了，于是外婆把外套裁短，他还有件里面加绒毛的大衣，也是银行家给的，有几处绒磨坏了，但大衣还是挺暖的，到了冬天汤姆就盖着它睡。他觉得自己的处世之道已经够好了，在温斯堡如此演绎自己的生活让他感到既高兴又满意。

汤姆·福斯特会因为毫无意义的琐事感到高兴，我猜这就是人们都喜欢他的原因。周五下午人们会在赫恩的食杂店烘培咖啡，为周六的交易高峰做准备，浓郁的气味弥漫到了南主街。汤姆·福斯特出现了，他坐在食杂店后面的箱子上。整整一个小时他纹丝不动地坐着，这香醇的气味充溢了他的身心，让他沉醉在愉悦当中。他温和地说："我喜欢这气味，它会让我想到遥远的事情，遥远的地方。"

一天晚上，汤姆·福斯特喝醉了。这事说起来挺离奇。他之前从来就没喝醉过，甚至都没喝过一口含酒精的东西，但他觉得那一回他需要喝醉，于是就醉了。

住在辛辛那提时，汤姆就发现了许多事，丑恶、犯罪、色欲。的确，温斯堡镇里没谁比他更了解这些了。尤其是性爱方面的事颇为骇人地暴露在他面前，令他印象深刻。他看见过，寒夜里那些女人站在淫秽的妓院前，看见过那些男人停下来跟她们攀谈流露出的眼神，在此之后，他觉得就会把性彻底逐出自己的生活。有一次，附近的一个女人勾引他，两个人进了一个房间。他永远不会忘记那个房间的气味，不会忘记那个女人贪婪的眼神。这次经历让他恶心，在他的灵魂上烙下了一道伤疤，令人可怕。以前他一直以为女人是很纯洁的，跟他外婆差不多，但那次房间里的经历过后，他再也不在意女人了。他秉性太过温和，令他不能嫌恶任何事物，再加上他也无法去理解，于是就决定忘却。

汤姆也的确没再想起，直到他来到温斯堡。在温斯堡住了两年，他开始心神不宁了。他看到年轻人做爱的场面比比皆是，而他自己就是个年轻人。他还没搞清楚怎么回事，就坠入了爱河。他爱上了海伦·怀特，前雇主的女儿，他发现自己晚上老在想着她。

这对汤姆来说是个困扰，而他用自己的方式解决了。每每海伦·怀特的身影在他脑海里浮现，他都放任自己去想，他只在乎自己的思考方式。他在纠结着，默默地、执意地跟自己做斗争，为的是把自己的欲望掌控在他认为应在的轨道上，而总的来说，他成功了。

后来，一个春天的夜晚，汤姆十分恣肆，喝得酩酊大醉。他就像森林里的一头公鹿，少不更事还吃了些让他发狂的野草。欲望开始爆发，大行其道，之后在一夜间走到了尽头，你可以确信，汤姆的歇斯底里是温斯堡任何人都无法企及的。

夜幕本来就会陶醉一颗敏感的心。镇上住宅区沿街的树木全都披上了柔软的绿叶，房子背后的菜园里，男人们懒洋洋地干着活儿；空气中弥漫着静谧，蛰伏着，让人热血沸腾。

暮色初上，汤姆走出了杜安街的房间。他先是轻盈不语，穿过几条街，思考着，试图把那些想法说出来。他说，海伦·怀特是一团烈焰在空中舞动，他则是一棵光秃的小树，鲜明地映衬在苍穹之下。他还说，她是一阵风，强劲骇人，从汹涌黑暗的海面吹来，他则是一叶扁舟，被渔夫留在了海岸上。

这个想法让男孩感到欣喜，他边闲逛边漫不经心地玩味着那些想法。他走到主街，坐在瓦克的烟草店门前的边石上。他听着别人闲聊，消磨了一个小时，不过他不怎么感兴趣，就溜走了。然后他决定去买醉，便走进了威利的酒吧，买了一瓶威士忌。他把瓶子装进口袋，走出了小镇，想要一个人喝着威士忌思考更多事情。

小镇以北一英里左右的路边，汤姆坐在长满新绿的草堤上喝醉了。他面前是一条灰白的路，身后是一个苹果园，鲜花盛开。他喝了口酒，然后躺在草地上。他想到了温斯堡的早晨，想到了银行家怀特的屋子旁那铺满碎石的车道里，石子是如何沾着露珠在晨曦中闪闪发光。他想到了马厩里的雨夜，他清醒地躺着，听着雨点滴滴答答的声音，闻着马匹和干草温暖的气息。然后他想到了几天前温斯堡席卷而过的风暴，他陷入回忆，重温了和外婆一起从辛辛那提坐火车来的那个晚上。他猛然记起，彻夜安静地坐在车厢里，一路感知着发动机驱动火车的力量，似乎是件多么离奇的事。

汤姆很快就喝醉了。每当思绪涌上心头他便一口接一口地喝，脑子开始天旋地转，便起身沿路往小镇的反方向走去。那条路从小镇北部一直延伸到伊利湖，路上有座桥，男孩醉醺醺地沿路来到桥上。他又坐了下来。他想继续喝，刚拔出瓶子的木塞，就感到一阵反胃，于是马上又塞了回去。他的头不断地前后晃动，于是就坐在靠近桥的一块石头上叹气。他的头仿佛风车般转个不停，又仿佛要挣脱脖颈冲向太空，而他的四肢则无力地耷拉着。

十一点钟，汤姆回到了镇上。乔治·威拉德发现他在四处游荡，便把他带进了鹰报印刷室。之后乔治·威拉德又怕他会把地板弄得一团糟，就把他扶到走廊上。

这个记者被汤姆·福斯特给弄糊涂了。汤姆说起了海伦·怀特，说他曾和海伦一起，在海岸上做爱。乔治那晚还看到海伦·怀特和她父亲一起在街上散步，于是就认定汤姆已经神志错乱了。乔治对海伦·怀特一直暗藏心底的情愫迸发出来，整个人火冒三丈。他说："你给我闭嘴，我不许你这么乱扯海伦的名字，决不允许。"他开始抓着汤姆的双肩摇晃，想让他明白，又说了一遍，"你给我闭嘴。"

这两个年轻人就这样离奇地偶遇在一起，在印刷室待了三个小时。等汤姆清醒了一点，乔治便拉着他出去散步。他们走到了乡间，坐在了林边的一根树干上。寂静的夜色拉近了他们的距离，等到汤姆头脑开始清醒了，他们便开始聊了起来。

汤姆说："醉了真好。它给了我体验。我无须再醉一次，以后我会把问题想得更清楚。你明白是怎么回事的。"

乔治·威拉德不明白，不过因海伦·怀特而起的怒火已经熄灭了，他对这个面色苍白、前仰后合的男孩起了兴趣，他以前从没对任何人产生过这么大的兴趣。带着慈母般的关切，他坚持汤姆要站起来四处走走。他们又走回了印刷室，在黑暗中静静地坐着。

这位记者心里无法理清汤姆·福斯特醉酒的真正目的。等汤姆又一次说起海伦·怀特，他又生气了，还骂了起来，厉声说道："你给我闭嘴。你从没跟她在一起过。你凭什么这么说？谁让你老说这些的？你给我闭嘴，听到没有？"

汤姆觉得很受伤。他没法反驳乔治·威拉德，因为他不擅争辩，于是起身就要走开。乔治·威拉德依然不依不饶，汤姆伸出手搭在这个长兄的手臂上，试图解释。

他轻声说道："哦，我不知道是怎么回事，我就是一时快乐。你明白是怎么回事吧。海伦·怀特让我感到快乐，黑夜也让我感到快乐。不知怎么地，我就是想受点苦，受点伤。我认为我就该如此。我想经历磨难，因为所有人都在胡作非为，又在承受磨难。我想做很多事，但都不会奏效，都会伤害到别人。"

汤姆·福斯特提高了嗓音，他平生就这么一次几乎激动起来。

"喝醉就像做爱一样，这就是我的意思，"他解释说，"你还不明白怎么回事吗？它刺激我的所作所为，也让一切事情都变得很奇怪。这就是我买醉的原因，我也乐意买醉。它给了我体验，没错，这正是我想要的。你还不明白吗？我想增长见识，你明白了吧。这就是我买醉的原因。"

死 亡

里菲医生的诊所位于海夫纳街区，巴黎纺织品店楼上。通向诊所的楼梯顶部挂着一盏灯，仅发出微弱的光亮，灯上有一个玻璃罩，用支架固定在墙上，肮脏不堪。那盏灯有个锡制的反光镜，镜身爬满了棕色的锈迹，满是灰尘。柔软的楼梯板不堪脚的重力而凹陷下去，形成一个个深深的脚印窝。而那些走上这条楼梯的人，正是踩着前人的脚印上楼的。

走到楼梯的尽头右拐你就会看到诊所的门了。往左就是一个昏暗的走廊，堆满了垃圾。旧椅子，木马，梯子，还有空箱子等堆在黑暗中，一不小心就会划破你的腿。这堆垃圾是巴黎纺织品公司的。商店里的柜台或是货架没用了，伙计们就会把它们搬到楼道里，堆在一起。

里菲医生的诊所就像仓库一样大。诊所中央放着一个下端圆滚滚的火炉。它的底盘周围布满了木屑，整齐地放在几个大木板上，而木板是固定在地上的。

门的旁边是一张巨大的桌子，它曾经是赫里克服饰店的家具，用来展示客户定制的服装。它上面堆满了各种各样的书籍、瓶子，还有外科手术用的工具。

在桌子的边缘有三四个苹果，是约翰·西班尼亚留下来的，他是个林木护理员，也是医生的朋友，上次他走到门边时悄悄地把苹果拿出衣袋放在桌上。

中年的里菲医生还是那么高，却显得有点笨拙。他后来蓄起的灰色胡须现在还没有长出来，不过上唇已经长出了一撮棕色的八字须。他越来越老，手脚不便，备受困扰，毫无优雅可言。

伊丽莎白·威拉德已经结婚好多年，儿子乔治也已经十二三四岁了，夏日午后，她有时会爬上破旧的楼梯，来到里菲医生的诊所。这个天生高大的女人身材已经开始下垂了，看上去无精打采的，走路都显得乏力。她表面上是来看病的，但其实有好几次她来这里跟健康没太大关系。她跟医生也谈及健康问题，但更多的是聊她的生活，他们两个的生活，还有他们住在温斯堡时的想法。

在偌大的诊所里，这对男女相视而坐，他们看上去多么相像啊。他们的身体是不一样的，就像他们眼睛的颜色、鼻子的长度、生活的环境都是不一样的，但内心的某些东西是一样的，追求同样的解脱，给旁观者留下同样的印象。后来，他年纪更大时娶了位年轻的妻子。他经常和妻子谈论自己和伊丽莎白一起度过的时光，向她讲了许多他无法向伊丽莎白说清楚的事。晚年时，他简直就是个诗人，评论发生的任何事情都带有一种诗人的腔调。"我已经到了需要祈祷的年纪了，所以我创造了众神，并向他们祈祷，"他说，"我祈祷的时候不会说些什么，也不会跪下，只会静静地坐在椅子上。主街上又热又静的傍晚，或是昏暗的冬天，众神会降临我的诊所，我原本以为没人认识他们。后来我发现这个叫伊丽莎白的女人认识，她跟我敬奉着一样的神明。我觉得伊丽莎白来我的诊所是因为她也认为众神会在那里，除此之外，她也非常开心，她发现她不是孤单一个。这种经历无法解释，虽然我觉得这种事情在每个角落都有，发生在男男女女身上。"

夏天的午后，伊丽莎白和医生同坐在诊所里谈论他们两人的生活，也谈论其他人的生活。有的时候医生会说一些哲理性的警句，然后就开心地咯咯笑起来。有时沉默一段时间后，一句话或一个小小的暗示，都会不可思议地给他们以启发，小小的愿望变成了渴望，又或是梦想，即便是已接近消失，都会突然间再次闪烁在生活中。大多数时候都是女人在说话，而且她说话的时候都不会看着对方。

每一次这个旅店老板娘来看医生，都会比平时更加开怀畅谈。在一两个小时后，她总是会神采飞扬地走下楼梯，回到大街上，仿佛重获新生，能够坚强地去抵抗生活的烦闷。她一路走着，像少女一样摆动着身姿。回到自己的房里，又坐回到那张靠近窗台的椅子上，夜幕降临，旅店餐厅的侍女用托盘端来晚餐，她却任凭饭菜就这样变凉。思绪飘回到少女时期，她总是那么渴望冒险，那时也有机会冒险，她偎在男人们臂弯里的情形依然历历在目。她尤其记得曾经的一个情人，他激情迸发，千万次对她大声示爱，把那几句话发狂似的说了一遍又一遍："亲爱的！亲爱的！噢我亲爱的！"她认为这些话表达了她一生中想要的东西。在破败不堪的旧旅馆里，这个生病的老板娘在房间里开始啜泣，她用双手掩着脸，身子不停地颤抖。她的耳朵突然响起她的朋友里菲医生的一句话。"爱情，就像是黑夜里的风，拂动树下的草。你最好不要去确认些什么，它是生命中天赐的意外。如果你试图去搞清楚爱情，试图在清风吹拂的树下生活，令人沮丧的漫漫炎日就会迅速到来，那双因为亲吻而柔软的炙热双唇就会沾满马车扬起的沙尘。"

伊丽莎白已经不记得母亲了，母亲去世的时候她才五岁。她小时候生活得极为随意，平淡无奇。父亲只想一个人待着，但是旅馆事务繁多，无法脱身。他一生多病，最后也是因病去世。他每天都很开心地起床，但是到早上十点钟他的那股高兴劲儿就全都消失不见了。每当有客人抱怨餐厅的饭菜，又或是铺床的女工结婚离开了，他都会跺着脚，破口大骂。晚上他躺在床上，想起女儿在鱼龙混杂的旅馆长大，就不禁怅然若失。伊丽莎白长大了些，开始跟男人深夜幽会，他想跟她谈谈，只是每次他想说，都无从开口。他总是忘记想要说什么，却把时间都用来抱怨他自己的事。年轻的时候，伊丽莎白努力想成为一名真正的冒险家。她已经十八岁了，生活依旧紧紧地束缚着她。那时她已经不是处女了，嫁给汤姆·威拉德之前，她有过好几个情人，却从未开启过纯粹因为渴望而激起的冒险之旅。就像世界上所有的女人一样，她想要有个真正的爱侣。她总是会盲目地、疯狂地去寻找那些隐藏在生活中的奇迹。这个高挑的美丽女孩摇曳生姿，跟男人一起在树下散步，她总是在黑暗中伸出手，期盼能够握住另一双手。和她一起冒险的男人时不时会说些甜言蜜语，她总是试图去辨别这其中哪些是真话。

伊丽莎白嫁给了汤姆·威拉德，她父亲旅馆里的一个伙计，她当时下定决心要结婚，而汤姆正好就在她身边也想结婚。有那么一段时间，她就像大部分年轻女孩一样，以为婚姻会改变生活面貌。每当她对这段婚姻心有疑虑，总会把它丢在一边不去多想。父亲那时候已经病得奄奄一息，她却卷入了一场毫无意义的感情而不知所措。在温斯堡，跟她同龄的女孩子要不嫁给了杂货店的伙计，要不就嫁给了年轻的农夫，这些男人都是她认识的。每到晚上她们都跟丈夫在大街上散步，见到她，都会开心地对她微笑。她开始寻思，也许婚姻背后隐藏着些不为人知的意义。同她聊天的年轻妻子们说起话来又温柔又娇羞："拥有自己的男人，有很多事情都会不一样了。"

结婚的前一天晚上，这个迷茫的女孩跟父亲进行了一番谈话。后来她在想，跟这个病恹恹的男人待在一起的那几个钟头，是否会让她打消结婚的念头呢？父亲说起了他自己的生活，告诫女儿不要像他一样陷入如此混乱的境地。他辱骂汤姆·威拉德，这使得伊丽莎白出口为他辩护。父亲愈发激动，想要下床。她不肯让他四处走动，他就开始抱怨起来："我就从没清静自在过，我努力工作，但是经营旅馆并没有赚很多钱。我现在甚至还欠了银行的钱没还清呢！等我死了你就知道了。"

父亲的语气变得异常严肃认真。他没法起身，就伸出手，拉着女儿的头俯靠在他头边，悄悄地说："只有一条出路，就是不要嫁给汤姆或温斯堡任何人。我行李箱里有个锡罐，装有八百美元，拿着它走吧。"

父亲语气再次变得烦躁不安起来，强调说："你一定得发誓。如果你不发誓放弃结婚，那就发誓决不将钱的事告诉汤姆。那钱是我的，如果我把它给你，我就有权利提出这样的要求。把它藏起来。那是我作为一个失败的父亲所能给你的一点弥补。或者某个时候它能帮上点什么忙，为你开启一条出路。告诉你，我快不行了，快点答应我吧。"

在里菲医生的诊所里，伊丽莎白，这个疲惫憔悴的四十一岁老女人坐在火炉边的椅子上，低头看着地板发呆。医生就坐在一张靠窗的小桌子旁。他的手正把玩着桌上的一支铅笔。伊丽莎白讲述着她婚后的生活。她变得很没有人情味，忘记了丈夫，只把他当作她故事里的一个傀儡。"后来我就结婚了，但根本不是我想的那样。刚结完婚我就开始害怕了，"她说，"或许是我先前知道太多，或许是新婚当晚我发现太多。我不记得了。

"我多蠢啊。父亲给我这笔钱，劝我不要结婚，我却不愿听。我想起了那些已婚女孩说的话，我也想要婚姻。我想要的并不是汤姆，而是婚姻。父亲睡去了，我靠在窗边，回想起我过去的生活。我不想做个坏女人。镇上到处都是我的流言蜚语。我甚至开始担心汤姆会改变心意。"

她激动得声音开始发抖。里菲医生不知不觉中已经爱上了她，还产生了奇怪的幻觉。他觉得，她说着说着，身体正发生变化，变得更加年轻、挺拔、健硕。他无法摆脱这种幻觉，就在脑海中给它做了一个专业的曲解。"这次谈话对她的身心都有好处。"他喃喃自语。

她开始讲起婚后几个月一天下午的一件事。声音变得平缓了些。"那天傍晚我独自一人驾车兜风，我有一辆轻便马车，在莫耶的马房里还有匹灰色的矮种马。汤姆那会儿在为旅馆上油漆、换壁纸，想重新装修一番，好让它更时尚漂亮些。他需要钱，我那会打算说出父亲留给我八百美元的事，但我下不了决心，是我不够喜欢他吧。那些天，他满手满脸都是油漆，连身上都有股油漆味。"

伊丽莎白说起这件事，变得兴奋起来，直挺挺地端坐在椅子上，如同少女般快速扭动着她的手。她说："那天多云，一场暴风雨来势汹汹。在乌云的映衬下大树和小草的翠绿显得更加耀眼，刺得我眼睛都痛了。我跑出杜鲁宁收费公路至少一英里的地方拐进了一条小道。小马跑得很快，沿着路时而上坡时而下坡。我很不耐烦，头脑一片混乱，努力不去想这些。我开始抽打小马。乌云不再移动，天空开始下雨。我想以最快的速度驰骋，就这样一直飞驰下去。我想要摆脱这座城镇，摆脱我的衣物，摆脱我的婚姻，摆脱我的身体，摆脱所有的一切。我几乎都快要把小马给打死了，就是让它跑起来，它再也跑不动的时候，我就下了马车，徒步跑进了黑暗中，一直到我跌倒肋部受伤。我想要逃离这一切，但是我又想靠近一些东西。亲爱的，你懂得这种感觉是怎样的吗？"

伊丽莎白从椅子上跳了下来，开始在诊所里四下走动。她走路的样子让里菲医生觉得他从来没有见过其他人走路。她走起路来身姿摇曳，那种律动令他陶醉。她靠近他身旁，跪在他椅子边的地板上，他一把搂住她，疯狂地亲吻起来。"我一路哭着回家。"她说着，试图把她那段疯狂的旅程讲完，他却没有在听。"亲爱的！我可爱的宝贝！哦，我可爱的宝贝！"他喃喃自语，想象着在他怀里的不是一个疲惫不堪的四十一岁女人，而是一个天真可爱的少女，仿佛某种魔法能将这个少女从这副疲惫的躯壳中揪出来一样。

里菲医生从此再也没有见过他怀里的这个女人，直到她去世之后。夏天的那个午后，他差一点就要成为她的情人，一件近乎古怪的小插曲毁了他们的亲热。他们正紧紧相拥，这时楼道里突然传来沉重的脚步声。两人猛地起身，颤抖着身子在门边细听。楼梯上的响声原来是巴黎纺织品公司的一个伙计弄出来的。他把一个空箱子扔在那堆杂物上，发出"嘣"的一声巨响，然后，又踏着沉重的步伐下了楼。伊丽莎白马上跟着他下了楼。她把这件事告诉她的朋友，她内心苏醒的东西瞬间消逝了。她跟里菲医生一样异常兴奋，不想再谈了。她一路走去，身体里的血液仍旧沸腾。她走出大街，看到新威拉德旅馆，开始发抖，一时间膝盖抖得厉害，感觉就要倒在地上。

这个病恹恹的女人在生命中的最后几个月里，一直渴求死亡。伴着渴望，她在死亡之路上边走边寻觅。她化身成死神，一会儿成了强壮的黑发青年，翻山越岭，一会儿成了坚忍稳重的男子，为谋生弄得遍体鳞伤。漆黑的房间里，她从被子里伸出手，觉得死神活生生地向她伸出了手。"耐心点，宝贝，"她低语着，"保持青春靓丽，还有，耐心点。"

夜里，她的病情加重了，打破了她的计划，她无法告诉乔治八百美元的事，她下了床，悄悄走到房中间，恳求死神再多给她一个小时。"等等吧！亲爱的！我的孩子！我的孩子！我的孩子啊！"她拼命恳求，像是用尽力气甩开她曾经渴望拥有的情人的手臂。

伊丽莎白在三月份的一天去世了，当时她的儿子乔治刚好十八岁，但是这个年轻人对母亲的离世并没有什么感觉。只有时间才能让他慢慢感觉到。长达一个月，他看到她脸色苍白地躺在床上，依然说不出一句话，这之后的一个下午，医生在走廊截住了他，跟他说了几句话。

乔治走进了自己的房间，关上了门。他觉得他的胃空荡荡的，很不舒服。他坐在那，凝视着地板发呆了一会儿，然后猛地跳起身，去外面散步。他沿着车站月台走，然后又穿过居民区的街道，经过一所中学，但想的几乎都是自己的事。母亲的死并没有真正渗透进他的意识。实际上，他有点生气，母亲为什么偏偏要在那一天死呢。他刚刚收到海伦·怀特回复的便条，她是这个镇银行家的女儿。他有点生气地想："今晚我本来可以和海伦见面的，现在又得延迟了。"

伊丽莎白是在周五下午三点钟去世的。那天早上又冷又有雨，但是下午的时候就出太阳了。去世之前，她已经瘫痪在床上六天了，说不了话，也动不了，只有意识还清醒，眼睛还能眨。六天之中有三天时间她都在挣扎，念着儿子，想跟他说说他的未来。她的眼神透露出乞求，每个人见了都为之动容，多年无法忘怀。就是汤姆·威拉德，这个一直憎恶着妻子的男人，也将厌恶化为泪水夺眶而出，浸湿了他的胡子。他的胡子已经开始花白，是用染料染黑的。胡子上有他故意涂上的油，跟泪水交织在一块，汤姆用手一抹，竟形成了蒸汽一样的薄雾。汤姆面带忧伤，就像是严寒天气里流浪许久的小狗。

母亲去世的那天夜里，乔治沿着主街走回家，进到自己的房间洗漱完毕，换洗干净，沿着走廊，进了安放遗体的房间。门边的梳妆台上点着一根蜡烛，里菲医生坐在床边的椅子上。他站起身，准备出去，伸出手好像要跟乔治打招呼，然后又尴尬地将手缩回去。房间里的氛围因为两个怩怩的人同时出现而变得凝重起来，于是医生便匆忙离开了。

乔治在椅子上坐下，低头看着地板。他再次想起自己的事，决定改变生活，离开温斯堡。"我要去别的城市。或许我能找到一份报社的工作。"他想着，随后又想起那个本应跟他共度良宵的女孩，他再次郁闷起来，事态的突变使他不能如期赴约。

昏暗的灯光下，这个年轻人在母亲遗体旁，又开始胡思乱想起来。他想着有关生的事情，就像母亲想着有关死的事情一样。他闭上眼睛，想象着海伦·怀特那双红唇贴在他的唇上。他的身体在发抖，他的双手在哆嗦。紧接着发生了一件事。这个男孩猛然跳了起来，僵硬地站着。他看着床单下母亲的身形，为他刚刚袭来的念头感到羞耻，忍不住开始哭泣。他又有了一个念头，愧疚地看着四周，仿佛担心有人监视他。

乔治·威拉德像疯了一般，想要掀开被单，看看母亲的脸。这个想法紧紧地揪住他不放。他确信躺在面前的不是母亲，而是另有其人。这种确信是那么真切，几乎无法忍受。床单下的尸体是那么修长，看上去那么地年轻优雅。这个男孩，产生了奇怪的幻想，感觉她美得难以名状。他觉得面前的尸体还活着，下一刻这个美丽的女人就会从床上跳起来，站在他面前，这种感觉如此强烈，他再也无法承受这种疑虑了。他一次又一次地伸出手。有一次，他都触摸到了白床单，掀开了一半，却没了勇气，就像里菲医生一样走出了房间。在门外的走廊上，他停下来，浑身颤抖，不得不用手扶着墙支撑自己。"那不是我母亲。躺在那里的不是我母亲。"他喃喃自语着，惊恐不已半信半疑，抖得愈发厉害了。伊丽莎白·斯威夫特阿姨来看望他的母亲，从隔壁房间走出来，乔治把手伸进她的双手，开始啜泣，不断摇晃着脑袋，悲伤得近乎神志不清。"我母亲死了。"他说着，然后忘记了眼前的这个女人，盯着他刚刚走出来的那扇门。"亲爱的，亲爱的，噢，我亲爱的。"受到外界某种冲动的驱使，他大声地自言自语着。

乔治母亲床脚边的石膏背后有个盒子，那八百美元就藏在里面，她把这笔钱藏那么久，就是要留给儿子，来开启他的城市事业的。伊丽莎白结婚后一个星期就用棍子把石膏敲开，把它藏在那里。然后又叫丈夫雇来的装修工，把墙补好。"我用墙把床角堵住。"她跟丈夫解释道，那时候她还不能放弃追求解脱，那种解脱在她人生中毕竟只出现过两次，都与情人有关，一次是与死神相拥的时候，另一次是躺在里菲医生怀里的时候。

情窦初开

秋天已接近尾声，这天，夜幕刚刚降临，乡下的农民汇聚在温斯堡镇的集市上，熙来攘往。白天晴空万里，夜来温暖宜人。杜鲁宁收费公路上，延伸至镇外的浆果地间，那儿现如今覆满枯叶干草，马车一过，便是灰尘四起。小孩子们缩成一团团，睡在马车里的稻草堆上，头上沾满尘土，手指黑乎乎、黏滋滋的。尘埃飞扬，笼罩了整片果地，在落日余晖下折射出异样的光彩。

温斯堡主街更是人潮澎湃。商店里，人行道上，到处人山人海。一到晚上，马儿不耐烦地嘶叫，商店员工们忙得抓狂，孩子们找不到路，哇哇大哭。这个美国小镇，忙忙碌碌，热闹非凡。

挤出摩肩接踵的人群，乔治·威拉德来到里菲医生诊所楼下，躲在楼梯道里，探头看着外面的人，兴奋地看着他们来来往往，脸庞在商店灯光的照射下若隐若现。他不想想那么多，可是大脑还是不停地思潮涌动。他烦躁极了，直跺木板梯，目光犀利地四处张望，自言自语着："她会整天跟他待在一起吗？我会不会白等了呢？"

乔治·威拉德，俄亥俄州的农村娃，长得很快，就要成男子汉了，满脑子都是新想法。那一整天，走在集市汹涌的人潮中，他却备感孤独。他觉得自己已经长大，想离开温斯堡，去城市看看，梦想着能在城里一家报社谋职。此刻他萦绕心头的情绪只有大人才能理解，小毛孩是体会不了的。他感到沧桑，有点疲惫，往事不时浮现。在他看来，成熟的另一层含义就是让他支离破碎，近乎悲惨。

母亲过世后，他多想找个人理解他纷扰的心情啊！

每个男孩一生中都有一段时间，第一次重新审视人生。或许从那一刻起，他就脱离稚气长大成人了。乔治走在街上，沉浸在对未来的向往当中，想象哪天大展宏图，功成名就。远大的抱负和现实的缺憾同时在他内心交织着。刹那间，他突然在一棵树下停止脚步，似乎听到有人在呼唤他。往事如鬼魅般浮现在脑海里，身外之音在低声诉说着生命的短暂。原本对未来胸有成竹的他，此刻却感到前途未卜。如果他是一个想象力丰富的男孩，一扇门向他打开，他第一次探头注视这个世界，眼前仿佛是大队前进的人们，无数前辈，从无形中来到这个世界，过完他们短暂的一生，而后又消失于无形。成人的哀伤袭向心头，不禁微微叹了口气，他不也一样，只是家乡大街小巷随风飘摇的树叶？尽管伙伴们讲得头头是道，但他清楚，自己一定会生于不安，死于缥缈，就像树叶终究逃不过狂风吹凌，玉米避不开烈日灼热而凋敝。想到这些，他不禁浑身颤抖，急切地环顾四周。活了十八个年头，在漫漫人生中，仿佛是一呼一吸，转瞬即逝。他似乎已经听见了死神的呼唤，竭尽全力想找一个人倾诉，相互安抚。当然，如果是个女人就更好了，他相信女人会更加温柔善解人意。此刻他最想要的无非是理解了。

乔治成熟之际，他把注意力转向了海伦·怀特，她是温斯堡银行家的女儿。他一直都很在意她，如今他们都已经长大成人了。一年夏天的晚上，那时他十八岁，他俩一起走在乡间小路上。在她面前，他抑制不住浮夸起来，就是为了能让她看上眼，让自己显得高大伟岸举足轻重。此刻他想见一见海伦，却另有目的，想告诉她一些新想法。以前他年幼无知，却想在海伦面前吹嘘得像个成人一样，此刻则不然，他只是想让海伦感受他身心的变化。

而海伦·怀特也经历了这种变化。她跟乔治一样，感同身受。她已经不再是个少女，而是渴望拥有成熟女人的端庄与美丽。她刚刚从上大学的克利夫兰回到家，在集市上玩一天。往事也开始浮上她的脑海。那天她和一名年轻男子坐在看台上，他是她母亲邀请来的，在一所大学教书。年轻男子一直在人前卖弄学问，她立即觉得这不是自己心仪的人。不过，她很乐意在集市上有人看到他俩待在一起，他衣着讲究，还是个陌生人。她知道，他的出现会给人留下深刻印象的。一整天她都非常开心，但一到晚上，她就开始坐立不安了。她想把这个教师赶走，不想再看到他。他俩坐在看台上，在老同学众目睽睽之下，海伦不免对自己的同伴有了过多的关注，使得他兴致大增，暗想："学者是需要钱的，我应该找个有钱的女人结婚。"

乔治忧心忡忡地穿梭在人海中想念着她，她也想念着乔治。那个夏天的晚上跟他一起散步的情景又悄悄溜进她的脑海，她多想能再跟他一起散步啊！她觉得，在城里过了几个月，看电影，逛大街，那里到处车水马龙灯红酒绿，所有这些都深深地改变了她。她迫切地想让他感受到她的身心变化。

那个一起度过的夏夜，已经在这对年轻男女的记忆中烙下深深的印记，现在理智地想想，似乎有点愚蠢。他们沿着乡间小路一直往镇外走，在一片生机勃勃的玉米地篱笆墙外停下脚步，乔治把外衣脱下来挂在手臂上。他说："没错，我是待在温斯堡这个小地方，还没有出去，但是我在不断成长，我不停读书增长知识思考未来，我一定会努力出人头地的。"

他解释道："嗯，这不是关键，或许我最好还是不说了吧。"

这个迷茫的男孩把手放在女孩的手臂上，紧张得连声音都在颤抖。于是，两人开始掉头沿路返回小镇。乔治拼命地吹嘘："我将来一定会成为整个温斯堡的大人物，最了不起的大人物。""我想要你去做一些事情，但我也说不清楚是什么。也许这不关我的事，但我还是希望你努力做到与众不同。你明白我的意思的。我跟你说，这不关我的事，但我希望你成为一个漂亮的女人。你明白我的意思的。"

他越说声音越小，最后两个人静静地回到镇里，沿街走回海伦的家。到了家门口，他竭力想说点什么印象深刻的话，纵使他心中千言万语，但此刻他的大脑里闪过的话似乎都毫无意义。"我认为——我曾经认为——我心里想着，你会嫁给赛斯·里士满。现在我知道你不会的。"他就只能挤出这么一句了。他说着，海伦穿过大门，径直向她家门口走去。

在这个温暖的秋夜，他站在楼梯上，看着主街上行色匆匆的人群，想起了在玉米地旁的那次谈话，很羞愧当初的浮夸。街道上来回涌动的人们就像围栏里圈着的牛群。来来往往的货车、马车把狭窄的道路挤得水泄不通。那边有一个乐队在演奏，男孩子们沿人行道跑着，在大人们的腿间乱窜，满面春风的年轻男子们挽着姑娘们的手臂，笨拙地走着。一家店的楼上，有个舞会即将开始，小提琴手们正在做最后的调音，从敞开的窗户不时传来阵阵破音，盖过了人群的吵闹和乐队的喇叭声。嘈杂的声音剧烈地刺激着威拉德的神经。外面到处都是那么拥挤，奔流不息的生命挤压着他。他想逃离这里，找个安静的地方好好思考。"她要是想跟那个家伙在一起就在一起好了。我为什么要在乎？跟我有什么关系吗？"他一边想一边沿着主街经过一家杂货店走进一条小街。

走在路上，他感到彻骨的寂寞与沮丧，很想哭，但是自尊心驱使他加快步伐往前走，手臂大力地甩起来。他来到韦斯利·莫耶的马厩，在一光线晦暗处停了下来，听一群人在谈论马赛。韦斯利的公马托尼·蒂普赢了下午那场比赛。马厩前面已经聚了一群人，韦斯利就在人群前面，雄赳赳气昂昂地来回走着，有声有色地跟大家吹嘘他的辉煌成就。他手持马鞭，一边讲话一边不停抽打地面，荡起尘土阵阵，在灯光下飘浮。"该死，都给我闭嘴！"韦斯利大声喊道，"我什么时候怕过。哪一次不是把他们打得屁滚尿流。怕个屁！"

要是平常的话乔治会对莫耶的吹嘘兴趣十足。而此刻他却很气愤，转身急冲冲地沿着街道离开了。"吹牛大王！"他咕哝道，"为什么他老要吹牛呢？怎么就不闭嘴呢？"

乔治来到了一块空地，他走得很急，不小心被一堆垃圾绊倒。一只空木桶上凸出的铁钉划破了他的裤子。他坐下来，嘴里骂骂咧咧的。他用一个别针把破的地方弄好，起身继续走。"我要去海伦家，我就去，我要直接走进去，跟她说我想见她。我要直接走进去然后坐下来。就这么干。"他大声说着，翻过了篱笆，开始跑起来。

怀特家的阳台上，海伦心神错乱，坐立不安。那位老师就坐在她和母亲中间。他的话让她厌烦。他也是俄亥俄州一个小镇土生土长的乡下人，却已经开始摆出一副城里人的做派了。他想让别人觉得他是见过大世面的人。"是您赐予我机会，让我有幸能够研究我们大多数女生的出生背景，备感欢喜，"他郑重其事地说，"今日承蒙照顾，怀特夫人，您真是太好了。"说完他转向海伦，问："你的生活仍然跟这个小镇割舍不下吗？想必是还有什么值得留恋的人吧？"海伦觉得他的声音浮夸而沉重。

海伦起身走进屋里，在门口驻足倾听，那扇门直通后花园。她听到母亲说："凭海伦的教养，这里没有人配得上她。"

海伦顺着屋后的台阶而下，跑进了后花园。一片漆黑中她停住了脚步，身子却止不住颤抖。对她来说，世界上到处都是毫无意义空话连篇的人。渴望如烈火熊熊燃起，她跑出花园大门，转入家中马厩旁的拐角处，进入一条小巷。她又紧张又激动，一边跑一边大声叫唤："乔治！你在哪儿啊，乔治？"她停了下来不跑了，靠着一棵树，开始歇斯底里地大笑。乔治一边念叨着一边沿着这条黑暗的小巷走来，"我要直接到海伦家去，我就直接进去坐下来。"他大声说着，却突然到了海伦面前。他停下来，站在那里傻傻地盯着海伦看。"快来。"他说着抓起海伦的手。二人低着脑袋，沿着树下的小巷离开了。脚下的落叶沙沙作响。此刻见到了海伦，乔治反而不知该说些什么做些什么了。

在集市北端有一个看台，从没上过漆，已经旧得近乎腐烂，木板都弯曲变形。这个露天集市位于瓦恩河谷拔地而起的小山丘上。到了晚上，站在看台，越过一块玉米地可以看到，小镇的灯光映在空中熠熠生辉。

乔治和海伦沿着自来水厂蓄水池的小道，爬上山来到集市广场。乔治之前在热闹的大街上所感受到的孤独和无助，此刻在海伦面前被击碎同时又得到强化。海伦也有同感。

年轻的时候心里总是有两股力量在斗争，一股就像是温顺的没头没脑的小动物，一股是有所反思有所记忆，而此刻那股更加成熟的力量控制了乔治·威拉德。海伦感受到他此刻的心情，颇带关心地走在他身边。二人爬上了看台最高处，坐在一条长椅上。

在每年集市举办过后的夜里，走进中西部小镇边界的集市场地，是挺有纪念意义的一件事。这种感觉终生难忘。到处都是幽灵，不是死人的，而是活人的。这里，在刚刚过去的白天，周边乡镇的人们大量涌进。农夫们带着自己的妻子儿女，来自成百上千小木屋的人们都聚集在这些板墙里面。妙龄少女开怀大笑，蓄须男人闲谈人生琐事。这个地方曾躁动不安，充满着生命的活力。如今到了晚上所有人都回去了，这里静得近乎可怕。独自一人静静躲在树干旁，他的自我反省倾向自然也会得到加强。想到生命的毫无意义，他就瑟瑟发抖，而与此同时，要是看到身边的人，他又会无比热爱生活，热泪盈眶。

看台底下一片漆黑，乔治坐在海伦身旁，真切地感受到自己的渺小。他已经出了小镇，那里熙熙攘攘，杂务缠身，让人烦恼，此刻那些烦恼都消失得无影无踪了。海伦的出现让他精神焕发，活力四射，就像海伦在无形中用她温柔的双手将他杂乱无章的生活重新梳理了一番。他想到家乡那些人，他一直都很尊重他们，也很尊重海伦。他希望有机会去爱海伦，也希望海伦能爱上他。但是此刻他不想被她身上的女人气息所困扰。夜色中他紧紧抓住海伦的手，海伦羞答答地靠近他，他顺势把手搭在海伦肩上。一阵风吹来，乔治不自觉地哆嗦了一下。他竭尽全力，试图捕捉领会那一霎突如其来的心情。夜空下两个异常敏感的人儿在高高的看台上紧紧地拥抱在一起，似乎都期待着什么。他们的想法是一致的："我来到这个荒凉之地，他（她）也来了。"这就是他们感受到的。

在温斯堡，人潮拥挤的白天已经过去，进入了漫长的深秋夜晚。农民已经疲乏不堪，马儿驮着他们在荒凉的乡间小路上颠簸着。店里的员工开始收拾店门口的货物样品，准备关门。歌剧厅里还有一群人在等着看表演。再往大街里面走，可以看见小提琴手们调试好了乐器，汗流浃背地弹奏着，为的就是让那些年轻人能在舞池里翩翩起舞。

站台上一片漆黑，海伦和乔治依旧沉默不语。他们间的符咒时不时地被打破，他们惊醒缓过神来，借着微弱的光线凝视着对方。他们接吻了，但这种冲动没有持续多久。集市北端有几个男子在为下午参赛的马儿做检查。他们生起一处火堆，用水壶烧水。火光下只能看见他们的腿来来回回走动。一阵风儿吹过，火苗欢快跳跃，尽情展现它们的舞姿。

黑暗中，乔治和海伦起身离开看台。他们沿着小路走，经过一片尚未收割的玉米地，风儿低语呢喃，玉米叶沙沙作响。走在回镇的路上，他们间的符咒又一次打破了。二人来到自来水厂的那座小山山峰，在一棵树旁停了下来，乔治再次把双手搭在海伦肩膀上。海伦热切地抱住他，两人激情拥吻，然后他们再次迅速地从这种冲动中抽离出来。他们停止亲吻，稍稍拉开了一点距离站着，心中对彼此产生越来越多的敬意。他们都尴尬不已，为了缓解这种尴尬，便恢复了年少无知的动物本能。他们大笑起来，开始拉拉扯扯打情骂俏。某种程度上，受情绪的控制和净化，这一刻，他们不再是男人和女人，也不再是男孩和女孩，而只是两个亢奋的小动物。

他们就这样一路打闹着下了山。黑暗中，他们就好似两个年轻美妙的生命在混沌初开的世界里玩闹。有一次，海伦快速向前跑着，故意使坏绊倒了乔治。他来回扭动着，大叫着，笑得全身颤抖，索性滚下山去。海伦则在后面追赶着。有那么片刻，海伦在黑黑的夜色中停下了脚步。海伦的内心闪过什么念头，我们无从得知。她到了山脚下，走到乔治身边，伸手拉住他的胳膊，肃静地走着。不知道为什么，他们说不清，道不明，但他们都在那个静谧的夜晚得到了他们所需要的东西。无论是男人还是男孩，女人还是女孩，在那么一刻，他们都领略到了现代社会成年男女的生活。

向着梦想出发

年轻的乔治·威拉德凌晨四点钟就起床了。时值四月，小树嫩绿的叶芽儿刚刚探出头来。温斯堡住宅区的大街小巷种满了枫树，树种子就像带翅膀似的，风儿一吹，便疯狂地飞舞起来，弥漫了整个天空，接着落到地上铺成一张地毯。

乔治背着棕褐色皮包，下了楼梯走进办公室。他已整理好了行李箱准备出发。他两点钟就醒了，满脑子都是接下来的旅程，不知道会有什么收获。办公室的门边放着一张简易床，上面睡着个男孩，张着嘴巴，鼾声如雷。乔治蹑手蹑脚经过小床，来到空寂无人的大街。东方的天空尽是粉红色的晨曦，一缕缕长长的光亮划破天际，那里仍有几颗星星在散发着微光。

温斯堡杜鲁宁收费公路尽头的房子之外是一片空旷的田野。田野里种着浆果和小型水果。果民们住在镇上，晚上驾着轻便马车，嘎吱作响，沿着杜鲁宁收费公路回家去。炎热的夏天傍晚，道路和田野上尘土飞扬，宽阔平坦的盆地烟雾缭绕，放眼望去，映入眼帘的仿佛是一片漫无边际的大海。而当春回大地、绿意萌生之时，又是别有一番风味。这片土地就像是一张巨大的绿色台球桌，渺小的人类如昆虫般艰难地在上面来回穿梭。

整个童年和青年时期，乔治·威拉德一直习惯在杜鲁宁收费公路上散步。他曾在冬夜里来过，置身空旷的积雪，只有高悬的明月相伴；他曾在秋日里来过，任凭凄风刮动；他曾在夏夜里来过，空中荡漾着虫声。在这个四月天的清晨，他又想到那里去走一走，感受一下一个人的寂静。他沿路走了两英里，地势随着溪流逐渐下降，然后就又静静地走回镇里。他走到主街上，店铺的伙计们正忙着清扫店前的人行道。"哟，是你呀，乔治！快要离开了，感觉如何呀？"他们问道。

西行的列车会在清晨七点四十五分离开温斯堡。汤姆·理特是列车长。他所在的这趟列车始于克利夫兰，终于芝加哥至纽约的一条主要铁路干线上。在铁路圈里，汤姆有个绰号叫"轻松行"，每天晚上都回自己的家。春秋时节，他会在周日去伊利湖钓鱼。汤姆的脸又圆又红，一双小眼睛碧蓝碧蓝的。他所在的火车沿线途经许多城镇，他熟悉那里的人们。其熟悉程度，甚至超过城市公寓邻里之间的了解。

七点的时候，乔治走下旅馆前的小斜坡。父亲提着他的包裹，乔治已经比父亲高了。

很多人跑到站台上和乔治握手道别。有十几个站在那里等待着，一会儿又聊起了自己的家常。就连平时睡到九点钟的懒汉威尔·汉德森也起床了。见到这么多人来，乔治有些尴尬。吉特鲁·威尔莫女士今年五十岁，又高又瘦，在温斯堡邮局工作，此刻正朝站台这边走来。以前她从未留意过乔治，此刻也停下来伸出了手。"祝你好运。"她大声说着，道出了所有人的心声，然后转身走开了。

火车进站了，乔治终于松了一口气。他匆忙跳上车去。海伦·怀特正沿着主街跑过来跟他道别，可是来不及了，乔治已经找到位子坐下了，并没看见她。列车发动了，汤姆·理特剪了他的票。

他认识乔治，也知道此次出行的目的，但是他并没有说什么，只是咧嘴一笑。汤姆见过无数个像乔治一样离开家乡去大城市寻梦的年轻人，早已习以为常了。刚刚在列车的吸烟区，有个男子约他去桑达斯基港钓鱼。他正打算接受邀请，一起商量相关细节。

乔治扫视四周，确保没人在留意他，就拿出钱包，开始数钱。他一心想着不要让别人看出来他没出过远门。出门前父亲就千叮咛万嘱咐，出门在外要注意自己的行为举止。"机灵点，看好你的钱，清醒点，那很关键，别让人觉得你乳臭未干。"汤姆·威拉德说。

乔治数完钱看了看窗外，惊讶地发现火车还没出温斯堡镇。

这个小伙子要背井离乡去探寻不一样的人生，他开始思考，但并没有想到什么惊天动地的大事。母亲去世，离别故土，未来城市生活的种种不确定性，还有人生更加重大严肃的东西，都不在他的思考范围。

他想的是那些琐事——清晨土克·斯莫列经过家乡的主街运送木板；一个曾在他家旅馆住过的高个子女人穿着长袍很好看；温斯堡灯火开关员布奇·惠勒在夏天晚上手里拿着火把急匆匆经过大街小巷；海伦·怀特站在温斯堡邮局的窗户边贴邮票；等等。

这个年轻人激情澎湃的梦想把他带到了另一个世界。从他的外表可以看出来他并不是特别成熟世故。他闭上双眼，背靠车位，脑海中不断回忆着那些琐事。就这样过了很长一段时间，醒来后，又望向窗外，才发现温斯堡早已消失不见，他在那里的生活仅仅成了一种底色，在上面绘制着他的成年梦想。

The Triumph of the
Egg and Other Stories

第二部
鸡蛋完胜故事集

哑口难言

有个故事，我无法讲出，因为我是个哑巴。这个故事我几乎忘记，却又偶尔想起。

故事里有三个男子，待在街上同一间屋子里。要是我能够说话，我会把故事讲得美妙绝伦。我可以不厌其烦地在那些女人、母亲的耳边轻声吟唱。我会穿过大街小巷将它反复颂传。我会喋喋不休，尽情放纵。

这三个男子就在屋内的某个房间里，其中一个花花公子模样的年轻男子一直笑个不停。

旁边的老头儿蓄着一绺长长的花白胡须。他看起来深受困惑，但总有那么一刻他会陷入瞌睡，似乎那些困惑也离他而去。

第三个男子目露邪光，焦躁不安地在屋里徘徊，不停搓着双手。三个男子都在等待着，等待着。

楼上昏暗的窗户旁，有个女子背靠着墙，站在那儿。

这就是我故事的基础，我所知道的一切都是从中提炼而来的。

我只记得后来第四个男子出现了，一个一言不发的白衣男子。那一刻屋子里沉寂得犹如深夜的海。他踏着石地板，悄无声息进了房间。

目露邪光的男子突然像沸水翻滚般来回跑动起来，犹如笼中困兽，惹得那白须老头儿也紧张起来，一遍遍抨着白须。

第四个男子径直上了楼梯，朝那女子走去。

女子似乎正等着他的到来呢。

屋子里静寂得可怕，连街坊邻居的时钟嘀嗒声都显得那么刺耳。楼上那女子热切地期盼着爱情。故事肯定是这样的。她浑身散发着对爱情的渴求，甚至想要在爱河里涤荡自我祈求新生。那白衣男子一言不发来到她面前，她兴奋地扑过去，朱唇微启，荡出明媚的笑容。

白衣男子只是冷冷地看着她，淡漠的眼光中看不到一丝斥责或疑惑，漠然得犹如孤夜星光。

这时，目露邪光的男子突然在楼下哀号起来，像只迷路的小饿犬来回跑着。

白须老头儿试图跟上他的步伐，但很快就累了，倒在地板上昏昏睡去，再也没有醒来。

花花公子也跟着躺在地上，仍旧大笑着，拨弄着自己一小撮黑黑的八字须。

我说不出话来，无法用语言讲述我的故事。

那个一言不发的白衣男子可能就是死神。

而那个急切等待的女子，可能就是新生。

至于白须老头儿和目露邪光的男子，我就捉摸不透了。我一遍遍费劲地思索，仍旧无法读懂他们。不过，老实说，我大部分时间根本都没去想他们，故事里始终朗声大笑的那个花花公子却一直牵引着我的思绪。

我寻思着，只要我能读懂他的笑声，我就能明白背后的一切，就能走遍全世界，把这个故事讲得精妙绝伦。我就再也不会是个哑巴了。

为什么我不会说话，为什么我是个哑巴？

这本是个精妙绝伦的故事，而我却哑口难言。

我想知道为什么

　　到东部的第一天，我们凌晨四点钟就起床了。前一天的晚上，我们在镇外爬下了货运列车，凭着肯塔基少年的直觉，我们很快就穿过小镇，找到了赛马场和马厩。然后，就知道不会出什么差错了。汉利·特纳马上找到了一个我们认识的黑人。他叫比尔达·约翰逊，冬天在我们家乡贝克维尔镇爱德·贝克的马棚里干活。比尔达跟我们家乡其他黑人一样是个好厨子。当然啦，他也喜爱马，就像肯塔基州那一带人一样。在春天，比尔达就开始到处干活维持生计。我们这里的黑人特别会奉承人，不管是谁，经他们一哄，多半会遂了他们的心愿。比尔达就是那样哄住了马厩管理员，也哄住了莱克星顿附近养马场的驯马师的。这些驯马师在傍晚时进城，在附近晃荡聊天或是打打扑克。比尔达融入他们当中，他总会弄些很讨人喜爱的小玩意，讲讲什么吃的啦，什么平底锅上烤得焦黄的鸡肉啦，煎甜薯、烤玉米面包的诀窍啦，等等。听他一讲你就忍不住流口水了。

　　赛季来临，马匹都出来比赛的时候，每逢黄昏总能听到人们满大街谈论初露头角的马驹，谈论什么时候前往莱克星顿、切吉希尔丘陵春季赛或者是拉托尼亚。而那些曾去过新奥尔良，或许还参加过古巴哈瓦那冬季赛的骑手，准备再次外出比赛前先回家休息一个星期。在这样的季节里，贝克镇上除了赛马之外没有其他的话题，赛马班子也纷纷出发。你呼吸的每一口空气里都渗透着赛马的气息，每当这个时候比尔达就会以厨师的身份出现在一些赛马班子里。一想到这件事，一想到他整个赛马季都在赛场上奔波，冬天还在养马棚里干活，而人们总爱到这里来谈论马驹，我多么希望也当个黑人。这话说起来很是愚蠢，但我就是想跟赛马待在一块儿，就是这么疯狂，实在忍不住啊！

哎，我得告诉你，我们都干了些什么事，好让你明白我究竟在说些什么。我们四个男孩都是贝克维尔镇人，都是白人，都是落户在贝克维尔镇居民的子弟。我们决定去看赛马，但仅仅来到莱克星顿或路易斯镇还不行，那不是我们向往的地方，我们想要到东部大赛马场，到萨拉托加去，这是我们经常在贝克维尔镇听人们谈论的地方。那时我们还很年轻，我刚满十五岁，还是四个人里岁数最大的。

这件事是我策划的，我承认是我说服他们加入的。他们是汉利·特纳、亨利·瑞伯克、汤姆·腾伯顿。我带着三十七美元，这是我冬天晚上和星期六在伊诺克·梅尔的杂货店里打工挣来的。亨利·瑞伯克有十一美元，其他两个，汉利和汤姆只有一两美元。我们都商量好了，不动声色，一直等到肯塔基春季赛马会结束，我们家乡有些最热衷比赛的人，也是我们最佩服的人出发了，那时我们也跟着出发。

我不打算告诉你我们坐火车一路上的麻烦事。我们经过了克利夫兰、布法罗和其他城市，还看到了尼亚加拉大瀑布，在那里买了些东西给姐姐和妈妈，有纪念品、汤匙、明信片和印有瀑布画面的贝壳，但还是觉得先不要把这些东西寄回家比较好。我们不想暴露自己的踪迹，也许会被家人抓回家去的。

像我说的那样，我们在晚上进入了萨拉托加，到了赛马场。比尔达了东西给我们吃。他带我们去草棚，让我们在草堆上睡觉，还答应不会把这个秘密说出去。黑人对于这类事情是说到做到的。他们不会告发你的。通常遇到一个白人，知道你离家出走的话，表面看起来他还不错，或许会给你二十五美分、五十美分什么的，然后他一转身就告发你了。白人会这样做，但是黑人不会，你可以相信他们。他们对孩子很公正。我不知道为什么。

那一年在萨拉托加赛场上，有很多来自我们家乡的赛手。有大卫·威廉、亚瑟·木弗佛、杰瑞·米尔，等等。还有许多来自路易斯镇和莱克星顿的，亨利·瑞伯克认识他们，但我不认识。他们是专业的赌徒，亨利·瑞伯克的父亲也在其中。他是记要员，一年大部分时间都在赛场上奔波。到了冬天，就算他在贝尔维尔镇的家里，也不会逗留很久，而是去其他城市赌纸牌。他为人友善慷慨，总会给亨利寄礼物，自行车、金手表、童子军制服之类的东西。

我父亲是律师。他人还不错，但没挣到多少钱，买不起东西给我，不管怎样我现在已经长大了，对礼物也没有很大的期望。他从不说亨利的坏话，但是汉利·特纳和汤姆·腾伯顿的父亲会。他们对自己的儿子说，那些钱来路不当，他们不想孩子整天听着赌徒的言谈成长，想着赌博的事情，弄不好会影响到孩子们。

那样做是对的，我猜大人们知道他们在说什么，但是我没有看到这跟亨利或者是马儿有任何关系。这就是我写这篇故事要说的事情。我很迷惑。我正在长大成人，想事做人都要正直，可是我在东部赛季的赛场上看到了一些我无法理解的事情。我控制不了自己，我对纯种马儿十分痴迷。我一直都是那样。到了十岁的时候，我看到自己正在长大，但是不能成为一个赛马手，感到非常难过，几乎死去。在贝克维尔镇，哈里·赫林芬格是邮政局长的儿子，他长大成人，为人懒惰不去工作，却喜欢在街上闲逛，捉弄小孩，派他们去五金店买螺丝锥钻方孔之类的。他也捉弄过我一回。他说，我要是吃掉半支雪茄，就会停止发育，不再长大，或许能成为一个赛马手。我趁父亲不注意，在他口袋子里抽出一支雪茄，吞了下去。我恶心极了，连医生都喊来了，但是还是没有用，我依然不断长大。我给捉弄了一把。我说出自己的遭遇和原因，大多数父亲都会抽打孩子，但是我父亲却没有。

哎，我照旧长大，也没死去。哈里·赫林芬格活该没得逞。后来我决心成为一个马童，但也不得不放弃这个念头。通常情况下，黑人会做那项工作，我知道父亲不会让我做的，问了也没用。

要是你从未痴迷过纯种马儿，那是因为你从未到过马儿经常出入的地方，对此也不够了解。它们很帅。没有什么能像赛马那样可爱、干净、勇敢、诚实的了。我们贝克维尔镇周围的大马场上，马儿早上就在赛马道上奔跑。不止有一千次，我在天亮前就起床，走两三里路来到赛道。母亲不许我去，但是父亲总是说："随他去！"于是，我在面包箱里拿了些面包、黄油跟果酱，一通狼吞虎咽，然后偷偷溜掉。

跑道上，你跟大人们坐在围栏上，白人跟黑人，都在抽烟聊天，接着小马就给带了出来。时间还早，草上沾着晶莹的水珠，另一个草场上，一个大人在翻土。还有些大人在赛道旁黑人住的草棚里煎东西。你知道黑人多么会笑，会说些什么让你开怀大笑。白人做不到，一些黑人也做不到，但赛马场上的黑人每次都可以。

然后小马牵出来了，有些刚被马夫骑着奔跑过，但是几乎每个早上，在一个也许住在纽约的富人拥有的赛马场上，几乎每天早上都有一些小马，还有些老赛马、阉马，一松缰绳就跑了。马儿奔跑的时候，我的喉咙像是堵着什么东西。我不是指所有的马，而是有些马。我几乎每次都能分辨出它们。这已融入我的血液，就像是融入赛道上那些黑人和训练师的血液一样。就算是被黑人小伙骑过，刚从泥浆里慢跑过，我也能分辨出哪个是获胜者。要是我的喉咙难受得咽不下，那就是它了。你放开它，让它跑，它会像山姆希勒一样快。要不是每次都赢，那就是咄咄怪事了，那肯定是因为其他马儿控制住了它，或者它给拉住，或者被挤到后面去了。要是我想成为像亨利·瑞伯克父亲一样的赌徒，我就会赚很多钱。我知道我会，亨利也是这么说的。我要做的就是，我看到一匹马儿，等到喉咙一难受，然后就下注。要是我成了一名赌徒，我就会那样做，但我不想当赌徒。

早晨，跑道上，不是赛马场的跑道，而是贝克维尔镇周围的训练场，你不会看到一匹我所说的那种纯种马，这种情况极为常见，但不管怎么样，这都是件美好的事。任何纯种马儿，只要是良种雌雄马交配出来，经过专业训练的，都很能跑。要是不能做到的话，那要它还有什么用？还不如去翻土。

嗯，那些马儿出来，背上骑着小伙儿，你在那里也感到十分开心。你弯腰蹲在围栏上，内心痒痒的。草棚里，黑人们咯咯笑着、唱着。他们煎着腊肉，煮着咖啡，一切闻起来都很美味。咖啡、马粪、赛马、黑人、腊肉、烟斗，各种味道纷纷飘出门外，早上再也没有什么比这些更好闻的了。会让你陶醉，真的会。

但是，来说说在萨拉托加的情况吧。我们在那里待了六天，没有一个家里人看到我们，所有事情都来得顺心如意，天气、马儿、赛事等，莫不如此。我们一路坐车回家，比尔达给了我们一篮子炸鸡和面包，还有其他吃的东西，回到贝克维尔镇，我身上还剩十八美元。母亲边哭泣边唠叨，但父亲没有说什么。我把我们所做的事情都说了出来，唯独一事除外。那是我自己所为所见的事，也是我下面正要写的事。这件事让我很沮丧，整个晚上都在想。事情的经过是这样的。

在萨拉托加，比尔达带我们去了个草棚，早上，我们跟黑人们一起吃早饭，晚上，赛马手都走了，我们就跟黑人们一起吃晚饭。从家乡来的大人们多数都待在看台和赌场，从不走出来到养马场闲逛，只是赛前会到检阅场看人安装马鞍。在萨拉托加，不像在莱克星顿、丘吉希尔丘陵和我们家乡的赛马场，他们没有安装马鞍的草棚。这看起来很是愉快。马儿全身是汗，十分紧张，毛色发亮，有些人抽着雪茄走出来，看着马儿。训练师和马主人都在那里，你心脏怦怦直跳，呼吸艰难。

然后，号角吹响，一些穿着丝绸衣服的男孩骑着马出来了，你马上跟黑人们跑到围栏旁找位子。

我一直都想成为训练师或是马主人，于是冒着被看到抓回家的危险，每次赛前都要到安装马鞍的地方。其他男孩没去，但我去了。我们星期五到的萨拉托加，大型摩弗障碍赛下星期三即将开赛。"中途跨"和"太阳光"也参加了比赛。天气晴朗，跑道牢固。比赛的前一天晚上我一直睡不着。

当时的情景是，我看到这些马儿，都会感到喉咙难受。"中途跨"是一匹体形很长的阉马，看起来很笨拙。它是乔·汤姆森的，乔·汤姆森在我们家乡只有六匹马。摩弗障碍赛是一公里的路程，"中途跨"起跑慢，总是跑在中间，接着它会提速，如果比赛是一点二五英里的路程，它就会力压群雄，冲到终点。

"太阳光"就不一样了。它是一匹雄马，属于我们家乡最大的凡瑞德农场，是纽约的凡瑞德先生养的。"太阳光"就像一个女孩，你时有想念却永远没有见过面。它很倔强也很可爱。等你见到了，就直想亲它。它是杰瑞·提尔福特训练的。杰瑞认识我，让我走进马厩，靠近看马什么的，经常对我很好。没有什么比那匹马更可爱的了。它静静地站在那里，一动不动，但内心却在燃烧着。接着，障碍物提起，它就像自己的名字"太阳光"一样，跑得神速。看着它跑就会让你心驰神往，心惊胆战。它蹲下然后跑得像一只猎鸟犬。它伸展腿脚快速起跑，除了"中途跨"，没有任何一匹马能像它那样跑得神速了。

唉！我多么想看看那两匹马比赛啊，这让我觉得又刺激又担心！我不想看到它们任何一方输。我们从来没有让这样一对组合进行比赛过。贝克维尔镇的老年人这么说，黑人们也这么说。事实也是如此。

比赛之前，我到马场去看马。我看了"中途跨"最后一眼，它在马场上看起来不是特别突出，接着我就去看"太阳光"。

今天是它露脸的日子，我一看到它，就明白了。我完全忘记了暴露的危险，直接走了过去。所有来自贝克维尔镇的人都在那里，没有一个人注意到我，除了杰瑞·提尔福特。随后又发生了些事情，我接下来会告诉你。

我当时站在那里看马，内心痒痒的。在某种程度上，我说不出怎么样，但我清楚"太阳光"内心的感受。它很安静，任由黑鬼们搓揉四肢，让凡·瑞德先生安装马鞍，但它的心潮却汹涌澎湃，就像尼亚加拉瀑布的水倾斜而下前的那一刹那。那匹马不是在想着赛跑，它不需要想那些。它只是在想克制住自己，直到赛跑的时间来临。对此，我心知肚明。某种程度上，我就是可以洞悉它的内心。它跑起来会让人心惊肉跳，我知道的。它不是要虚张声势，不是要外露显摆，跃跃欲试，或者大惊小怪，而只是在等待。我知道的，它的训练师杰瑞·提尔福特也知道。我抬头一看，就跟那人四目相视了。一种奇特的感觉油然而生。我想我爱上了那个男人，就像我深爱那匹马一样，因为他知道我所知道的一切。对我来说，似乎这个世界除了我、他和马儿，再没别的什么了。我哭了起来，杰瑞·提尔福特的眼睛也闪烁着亮光。接着我走向围栏，等待开赛。那匹马比我好，比我坚定，现在我知道它比杰瑞还好。它最为沉着，只为比赛而来。

"太阳光"当然斩获了冠军，打破了世界纪录。就算其他什么我都没有看到，我却看到了这个。一切都不出我所料。"中途跨"在起跑和中途的时候落在后面了，接近终点迎头赶上，获得了第二名，我知道它会的。它在将来也会创造世界纪录的。其他的马儿是不能和贝克维尔镇的马儿相提并论的。

我平静地看着这场比赛，因为我知道会发生什么。我很自信。汉利·特纳、亨利·瑞伯克，还有汤姆·腾伯顿都比我兴奋。

接着，就发生了一件很古怪的事儿。我在想着训练师杰瑞·提尔福特，整场比赛他甭提有多开心。那个下午，我爱上了他，尤甚于爱我自己的父亲。我就那样想着他，几乎忘记了马儿。这是因为，赛前他在马场里，站在"太阳光"旁边，我看到了他的眼神。我知道，"太阳光"还很小的时候，他就开始看管照料它，教它怎么跑步，如何耐心，何时开拔，永不放弃。我知道，对他来说，这就像是一个母亲，目睹着自己的孩子做一些勇敢而又奇幻的事情。有生以来，我第一次对人有这样的感觉。

那晚赛后，我突然躲开汤姆、汉利跟亨利。我想自己一个人待着，还有，要是可能，我想亲近一下杰瑞·提尔福特。事情经过是这样的。

萨拉托加的赛道位于小镇边缘上。这里很光鲜，还有树木环绕，常青树木，绿荫草地，一切都美丽如画。经过赛道，沿着一条结实的柏油路，走上几公里，公路的拐弯处有一间奇怪的院子，里面是个小农舍。

赛后的那晚，我沿着那条公路走，我见到杰瑞跟其他一些大人开车从那儿走过。我没指望能找到他们。我走了一段，然后坐在围栏旁思考起来。这是他们开车走过的方向。我想跟杰瑞离得更近些。我觉得跟他亲近了。很快，我走上了那条岔路，不知为什么，来到了那间奇怪的农舍。我只是感到寂寞，想看看杰瑞，就像你小时候，晚上想看到自己的父亲一样。不一会儿，一辆汽车开了过来，转了进去。杰瑞、亨利·瑞伯克的父亲、我们家乡的亚瑟·贝德福德，还有两个我不认识的人都在车里。他们从车里走出来，进了那间农舍，不过，亨利·瑞伯克的父亲跟他们吵了起来，说自己不会进去。那时只有九点钟，但是他们看起来都醉醺醺的，而那间奇怪的农舍是坏女人待的地方。的确如此。我爬上围栏，透过窗户往里看。

我弄不明白，焦躁不安起来。房里的那些女人长得都很丑，一副平庸相，不好看，接近了也让人不舒服。其中一个长得很高，看起来有点像"中途跨"，没它那么干净，却有着一张僵硬丑陋的嘴巴，留着红色的头发。里面我看得一清二楚。我站在一棵老玫瑰丛旁，就着一扇开着的窗户偷看。那些女人穿着宽松的连衣裙，在椅子上四下坐着。男人们进来，有几个坐在了女人的大腿上。那种地方恶臭难闻，谈话内容不堪入耳，这种话，到了冬天，在像贝克维尔镇马厩旁之类的地方，孩子们时有听到，但有女人在的时候，绝不该说这样的话。内容糜烂，不堪入耳。连黑鬼也不会进入这种地方。

我看着杰瑞·提尔福特。我曾经告诉过你，"太阳光"赛前走到起跑线的那一刹那，他了解它的内心感受，助它最终创造了世界纪录。

他在那个坏女人面前吹嘘着，我知道，换作是"太阳光"，它是不会这样吹嘘的。他说，那匹马是他训练的，是他赢得了比赛，创造了纪录。他撒谎吹牛，活像傻瓜。我从没听过这么蠢的谎话。

接着，你知道他竟做了什么吗！他看着那个嘴巴僵硬看来像"中途跨"的女人，眼睛开始放出亮光，就像那天下午他看我和"太阳光"的眼神一样。我站在窗户旁——唉！要是我没离开赛道，跟那些男孩、黑鬼、马儿待在一起，该多好啊。那个高个子丑女人，就像"太阳光"那天下午在检阅场上的位置一样，杵在我和杰瑞之间。

可是，突然之间，我开始厌恶那个男人。我想厉声尖叫起来，冲进房间把他给宰了。我以前从没有过这种感觉。我愤怒得无以复加，哭着把拳头紧紧地攥在一起，指甲掐进了我的双手。

杰瑞眼睛一直闪烁着，身子前摇后摆，接着去亲吻那个女人。我偷偷离开，回到了赛马场，然后躺在床上，难以入眠。第二天，我开始跟其他孩子一起出发回家，但我没有告诉他们我的所见所闻。

此后，我就一直想着那件事。我弄不明白。等到春天再次来临，我差不多十六岁了，每天早上照例到赛道上去，看着"太阳光""中途跨"，还有一匹小马，叫"尖声嘶鸣"，我敢打赌这匹马会打败所有的马儿，但除了我和两三个黑鬼，无人相信。

但是，今非昔比了。赛道上，空气闻起来不再那么甜美。这是因为，一个像杰瑞·提尔福特的家伙，他知道自己在做什么，能洞悉"太阳光"们的赛跑，而在同一天却又那样不堪地去亲吻一个女人。我弄不明白。见鬼去吧，他那么做到底是为了什么？我不停想着这事，坏了我的心情，无法赏马、呼吸、听黑鬼大笑……有时，我愤懑不已，想要打人。我焦躁不安，他究竟为什么要这样做？我想知道为什么。

残渣余孽

　　他蓄着一撮胡须，身材矮小，一副局促不安的模样。我至今仍然记得，他脖颈青筋暴出的样子。多年以来，他一直致力于运用精神分析法来医治人们的疾病。这种治疗方法是他人生的激情所在。"我很疲惫，就到这里来了，"他沮丧地说道，"事实上，我的身体并不疲惫，疲惫苍老的是我的内心。我想要快乐。有好几天，甚至几个星期，我试图把所有人都忘掉，把那些使他们内心染疾的因素统统从我的记忆中清除出去。"

　　有种语气，一听，你就能真真切切地感受到疲倦之意。当人倾尽全力顺着某个思路艰难思考时，这种倦意自然而然就会流露出来。突然之间，他发现自己的思路中断，难以为继了。然后他心里涌起一小股暗潮，絮絮叨叨说了好多，可能还是胡话。他本性里一些连他自己都不知道的小小思潮得以释放和表达。往往这种时候，人就会自吹自擂，夸大其词，俨然一个出糗的小丑。

　　于是，医生情绪激动起来，一下提高了声调。他从我们原先坐着的台阶上一跃而起，不停地踱来踱去，嘴里喃喃说着什么。"你从西部来，远离人群，把自己保护得严严实实——见鬼去吧！我才没有——"他的声音确实变得尖锐刺耳。"我曾经深入人们的内心世界，深入到那些男男女女生命的底层。我尤其研究过女人，我们的女人，就在美国这儿。"

"你爱过她们吗？"我旁敲侧击道。

"是的，你说对了，我是爱上了她们。唯此，我才可以理解诸多问题。我必须试着去爱。你明白是怎样回事吗？这是唯一的方法。爱肯定是我解决诸多问题的开端。"

我开始感受到他内心深深的倦意。"我们去湖里游泳吧。"我鼓动他。

"我才不想去呢，无聊得要死。我想狂奔大吼，"他干脆地说道，"哪怕是一会儿，或者几个小时，我想化作一片枯叶，在漫山遍野中随风飘扬。我只有一个愿望——自我解放。"

我们走在乡间的小路上，尘土飞扬。我想让他知道我明白他的意思，于是我用自己的方式解释他现在的心理状态。

他停下来盯着我，我说道："你不过跟我一样，也好不到哪儿去，你就是一条狗，在垃圾堆里滚爬。但你又不完全是条狗，所以你并不喜欢你身上的那股臭味。"

这次轮到我厉声说话了。"你这有眼无珠的笨蛋！"我不胜其烦，大声地冲他喊道，"你这种人就是笨蛋。你不能再这样继续下去了，任何人都无法深入了解他人的内心世界。"

我情绪变得激昂起来："你假装医治的那种病是非常普遍的，并不是你想做就能做到的。笨蛋，你还指望大家理解爱吗？"

我们停下来，彼此相望。他把手放在我的肩上不住地摇晃着我："我们多么聪明啊——把事情理解得那么到位！"

他一字一顿地说完这话，唇边浮现出一丝冷笑，转过头，走开了几步，大吼道："你认为你明白，但你什么都不懂，你说不能做到，我偏偏就能做到，你这个骗子。你忽略了一些模糊却极其细微的情况，怎么能如此武断！你全然不得要领。人们的生活就如森林当中的小树，却被藤蔓缠得喘不过气来。这些藤蔓就是前人遗留下的旧思想旧信念。我自己也被这些四处攀爬的藤蔓缠得喘不过气来。"

他痛苦地大笑起来："这就是我想要逃避和放纵的原因，我想跟落叶一样，在疾风的吹送中飞越这些山峰。我想死后重生，我不过是一棵小树而已，被藤蔓缠绕着，慢慢死去。你也看到了，我累了，只想把灵魂涤荡干净。我只是一名业余爱好者，怯生生地深入到人们的内心世界。我被四处攀爬的藤蔓缠绕着，内心疲惫，只想把灵魂涤荡干净。"他这样总结。

有个女人从爱荷华来到了芝加哥，在一间旅店的西厢房安顿下来。她二十七八岁。表面上，她来芝加哥是为了学习先进的音乐教学方法。

一个年轻的男子也住在西侧的房子里。他的房间在二楼，正对着一条走廊，走廊另一端就是那女人的房间，与他遥相对应。

说到这个年轻人，他的个性中有令人愉悦的地方。他是个画家，但我常常想着他要是下决心成为作家就好了。他画得不怎么样，却能以透彻的理解力来阐述任何事物。

这个爱荷华女人晚上从城里回到西厢房休息。跟那些每天在街上看到的成千上万的女人相比，她没有多大区别。唯一的不同，就是她有点儿跛脚。她右脚有些畸形，走起路来有点瘸。她在旅馆里住了三个月，除了房东太太外，她是唯一的女人了，理所当然，旅馆里的男人对她开始慢慢有了些异样的感觉。

在谈到她的时候，所有男人说的总是同一件事。他们在旅馆前面的走廊一碰面，就会停下来，时而哈哈大笑，时而窃窃私语。"她需要情人，"他们边说边眨着眼睛，"她自己也许不知道呢！但她的确需要情人。"

但凡了解芝加哥以及芝加哥男人的人都会觉得这事儿好办。当我这位名叫勒罗伊的朋友告诉我这个故事时，我笑了，但他没笑，反而摇摇头："没那么容易，事情真那么简单，就没有故事可言了。"

勒罗伊试图解释这件事：无论哪个男人靠近她，她都会惊恐万分。那些男人总是微笑着和她搭讪，请她吃晚饭、看电影，但是没人能诱使她上街。她晚上从不上街。有男人在走廊上停下脚步要跟她说话，她马上垂目看地，跑回房间。有一次，一个年轻的纺织品店员引诱她坐在旅馆前的台阶上。

那个多愁善感的家伙一握住她的手，她便马上大叫起来，吓得他赶紧起身。他伸出手放在她的肩膀上，试图解释，但手指一碰到她，她整个身体就恐惧得颤抖起来。"别碰我，别拿你的手碰我！"她尖叫起来，惹得街上的行人都停下来探听到底是怎么回事。那个纺织品店员觉得不对劲，马上跑到他楼上的房间里，闩住门，站在一边细听。"我被耍了，"他声音颤抖着，自言自语，"她想找我麻烦。我并没有对她做什么呀。这只是个意外，但是这究竟又是怎么回事啊？我只是用手指碰碰她的胳膊而已啊。"

勒罗伊可能多次对我说过这个爱荷华女人了。那里的男人开始厌恶她。就算她不愿跟他们有什么关系，也不会让他们消停的。她千方百计招惹别人靠近，然后却毅然决然地予以抵制。旅馆的浴室正对着人来人往的走廊，她时常站在浴室里，赤条条光着身子，还把门开出一条小缝。楼下大厅里有个沙发，她有时会趁着男人在，就走进来，一言不发，直接倒在沙发上，双唇微启，目不转睛盯着天花板。她的气息充斥着大厅，整个身体似乎都在等待着什么。男人们闲站在一边，大声谈话，装作视而不见。渐渐地，他们一脸难堪，一个接一个地溜开了。

一天晚上，那个女人被勒令离开。有人，也许是那个纺织品店员，跟房东太太说了，房东太太马上采取行动。"要是你今晚能离开，我想那就再好不过了。"勒罗伊听见房东太太这么说。她站在爱荷华女人房前的走廊上，声音在整个旅馆里回荡。

勒罗伊，这个又高又瘦的画家，把一生都倾注在创作上。他大脑的激情已经耗尽了他身体的激情。他收入微薄，尚未成婚。也许他从未有过心上人。也不是说他没有生理需求，只是他并没有那么在乎。

那天夜晚，爱荷华女人被勒令离开西厢房。她静静地等着，直到感觉房东太太已经下了楼，她才径直走进勒罗伊的房间。那时大概是八点钟，他正坐在窗户旁看书。那女人没敲门就开门进去。她一言不发，跑过去，跪在了他的脚边。勒罗伊说，她脚瘸了，跑起来就像是一只受伤的小鸟，她那双眼睛好像正在燃烧，气喘吁吁地说，"你要了我吧！"她说着，在他的膝盖边低下了头，激动得浑身发抖。"现在就要了我吧！一切总该有个开始。我一刻也等不及了。你现在就要了我吧！"

你可以肯定，勒罗伊那时对这一切都蒙了。从他的话中我可以推断，直到那个晚上，他才注意到这个女人。我想，那个旅馆所有男人里，勒罗伊对她是最漠不关心的。然而，紧张的一幕就要上演了。房东太太尾随着那个女人的脚步来到勒罗伊的房间，他一下子遭遇了两个女人。看到房东太太一副愤慨的样子，爱荷华女人吓得浑身发抖。勒罗伊一下子血气上涌，头脑发热，计上心来，把手搭在那女人肩上，一顿猛摇。"现在要懂点事，我说话会算数的。"他一面飞快地说着，一面转向房东太太微微一笑，"我们已经订婚了，之前吵了一架，她来这里，就是为了找我。她身体不好，人又激动。我会带她走的，请不要生气，我会带她走的。"

勒罗伊和那个女人离开了旅馆，她不再恐惧，停止了哭泣，把手放到他的手里。他在另一家旅馆为她重新找了房间，然后出来和她一起走到公园，在一张长凳上坐了下来。

勒罗伊跟我讲了一大堆，都使我更加相信，那天我在山上跟那个医生所说的话。你无法深入了解他人的内心世界。坐在那张长凳上，勒罗伊和她聊到夜深，后来他又找她聊过多次。但是他们之间什么事也没有发生。我想，她已经回西部的老家了。

勒罗伊说，在老家，那个女人是一个音乐老师，有三个姐姐，都从事同样的工作，非常内敛优秀。大姐不到十岁，父亲就去世了，五年后，母亲也去世了，留下一套房子和花园。

当然，我不可能知道这四姐妹的详细生活，但有一点可以确定，她们讨论的都是女人的话题，想的也是女人的事情，没有一个姐妹有过情人，多年来也没有一个男人曾踏足过她们的家门。

她们当中，只有那个年纪最小的，也就是来芝加哥的那个女人，明显受到极端女性生活氛围的影响。而且，影响不小。她每天教完小女孩们音乐就回家，一年三百六十五天，天天都是在女人堆里度过的。到了二十五岁，她才萌生接触男人的念头。无论白天黑夜，她都是在和女人们一起谈论女人的事情，但与此同时，她又无时无刻不在疯狂地想要得到男人的爱。她就是带着这样的憧憬来到芝加哥的。勒罗伊解释说，她在这个问题上的态度和在西厢房的怪异行为，都是因为她想得太多但又做得太少了。"她的生命力变得支离破碎，"他很确定，"她的希望不能实现，她的欲望得不到释放。无法释放，就会寻找其他出口。性欲在她全身蔓延着，渗透着每一个纤维。最后，她成了性欲的化身，性欲越来越强，完全不受主观意识控制。有时候，某些不经意的话语，不小心碰到男人的手，甚至是看到街上行走的男人，都能勾起她的性欲。"

昨天我遇到勒罗伊，他又跟我谈起那个女人以及她奇怪而悲惨的命运。

我们在湖边的公园里漫步，这个女人的形象不断在我脑海里闪现，然后我就萌生了一个想法。

"你本来可以成为她的情人的，有可能的，她都不怕你。"

勒罗伊停住了脚步，他跟那位很确定能走进他人生命的医生一样，听了我的话很生气，骂了我一顿。他盯着我看了好一会儿，然后就发生了一件很怪异的事。他和那个医生说出了同样的话。所不同的是，医生是在尘土飞扬的山路上说出这些话的。他嘴角露出冷笑："我们多么聪明啊，把事情理解得那么到位！"

市内湖边的公园里，这个年轻人的声调变得尖锐刺耳起来。我感觉到了他内心的疲倦。然后他无力地笑了一下，轻声说道："事情并没有那么简单。对自己过于肯定，你会失去生活中所有的浪漫。你全然不得要领。生命中没有什么可以解决得如此干脆利落。那个女人——你看到了——像棵小树，被蔓延而上的藤条缠绕着，阻挡着光线，她就像森林中的树木一样，已经变得奇形怪状。她的问题是如此困难，想想她就足以改变我整个人生的方向。开始的时候我也是你这样想的。我十分确定，认为我会成为她的情人，把这件事情完美解决了。"

勒罗伊掉头走了几步，又折回来，抓住我的手臂，颤抖着声音说道："她的确需要情人，而那旅馆的男人都知道这一点。但与此同时她所需要的并不仅仅是情人。对情人的需要终究是次要的。她真正需要的是爱，是长久平静而耐心的爱。当然，她是一个怪人，但是世界上所有的人有谁不是怪人呢？我们都需要爱。那些方法能治愈她，同样也能治愈我们。她的病，你看，是非常普遍的。我们都想得到爱，但这个世界并不打算帮我们创造恋人。"

勒罗伊不再说话了，他默默地和我走着。我们转弯离开湖边，走进一片树林。我凑近端详，发现他脖颈上青筋暴出。"我已看透了生命，内心好害怕，"他若有所思地说，"我自己就像那个女人，也被那些藤蔓缠住了。我不够敏锐耐心，不配做她的情人。我还在偿还旧债。陈腐的思想和信念，这是先人所遗留下的种子，在我灵魂里生根发芽，令我窒息。"

我们走了很久，谈了很久，多数时候是勒罗伊在说话，吐露他的心声。我静静地听着。他的想法和山上的那个医生如出一辙。"我想变成一片枯叶，"他看着散落在草地上的枯叶，喃喃道，"我想变成一片叶子，随风飘扬。"他抬起头，举目望去，透过树缝，远处的湖景尽收眼底。他说："我被四处攀爬的藤蔓缠住了，内心疲惫，只想把灵魂涤荡干净。我想要死去，随风飘过这无边无际的水域。我只想把灵魂涤荡干净，别无他求。"

另一个女人

他说:"我爱我的妻子。"真是多余,我又没有质疑过他对他妻子的感情。我们走了十分钟,他重复了一遍。我扭头看着他,他开始讲述那段故事,下面我准备把它写下来。

故事发生在他一生中最忙乱的一周。他周五下午就要结婚了。上周五,他接到电报,宣布他到政府部门任职。其他事情也让他非常骄傲开心。他私下习惯写诗,前年,他的几首诗就曾入选诗歌杂志。有个学会为那一年最好的诗歌颁奖,将他的名字放在了榜首。当地多家报纸刊登了他的成功事迹,其中一家还附上了他的照片。

不出所料,他非常激动,亢奋了整整一周。几乎每天晚上他都去找他的未婚妻,一个法官的千金。到了她家,里面总是有很多人,送来的信件、电报、包裹也源源不断。他站到一旁,人们不断走来和他说话,祝贺他到政府任职,取得那么大的诗歌成就。每个人好像都在赞美他,他回到家躺在床上,兴奋得睡不着。周三晚上他去电影院,感觉里面的人好像都认出了他。每个人都对他点头微笑。第一幕结束后,五六个男的和两个女的离席聚集在他身边,很快就有了一小簇人。坐在同一排的陌生人也伸长了脖子向他张望。他从来没有受到过这么大的关注,此刻,一股热切的期盼涌向心头。

他一面讲述经历,一面解释说,那段时间极为反常。他不禁感觉有点飘飘然。看到那么多人，听到无数赞美之词，让他头昏脑涨，无法入眠。他闭上眼睛，感觉一大群人都蜂拥而入挤进他的房间，市里所有人的注意力仿佛都集中到了他的身上。这种可笑的幻觉挤满了他的脑海。他幻想自己乘着一辆四轮马车，穿梭于市内的大街小巷。有的人猛然打开窗户，有的人跑到房门口，大声喊道："他在那，就是他。"随即引起了一阵欢呼声。马车驶向一条街道，那里的人挡住了去路。成千上万双眼睛仰望着他。他们的眼神好像在说："原来你在这！你怎么就这么优秀啊！"

我的朋友无法解释人们为什么兴奋，是因为他的新诗，还是因为他在政府工作中的杰出表现？他当时住的公寓位于一条街道上，那街道就在城市边缘一座悬崖的顶端。透过卧室的窗户向下俯视，可以看到众多树木、工厂屋顶，再远处就是一条河流。各种幻想不断涌进脑海只会让他更加兴奋，难以入睡。于是他爬起来，尽力去思考些什么。

这种情况下，他很自然地想去控制自己的思想，但是他清醒地坐在床边，一件让他始料未及深感耻辱的事情发生了。那天晚上，天气晴朗，皓月当空。他想想未婚妻，想想创作宏伟的诗篇，又或者是想想谋划未来事业的蓝图。然而，让他吃惊不已的是，他什么也想不出来。

他家那条街的拐角处有一间小小的香烟店和报刊亭，由一个四十岁的胖子和他妻子经营。老板娘身材矮小开朗活泼，一双灰色眼睛机灵乖巧。每天早上进城之前，他都会在那里买一份报纸。他只是偶尔会看到胖子在那里，更多的时候，那个胖子不在，而是老板娘招待他。他讲述的时候，不下二十次地向我保证，那个女人再平凡不过了，毫无引人注目之处，但是不知道为什么，她的风姿仪态让他久久不能平静。那一周，他心烦意乱的脑海里，唯一清晰分明的形象就是她。他绞尽脑汁去搜寻一些高尚的想法，但能想到的却只有她。不知不觉中，他就已经幻想着要跟她巫山云雨了。

他宣称："真搞不明白，每当夜深人静本该入睡的时候，我却一直想着她。两三天后，情况更严重了，我发现白天也在想她，整天昏昏然飘忽不定。我去看望未婚妻，发现我对她的爱丝毫不受影响。这个世界上，我只想和她共度余生，她能够完善我的性格，提升我的地位。但是此时此刻，你知道，我却想把另一个女人拥入怀中。而这个女人已经在无形中渗入我的生命。大家都在说，我是个了不起的人，做了不起的事，果然如此啊。那天晚上看完电影，我一路走回家，我知道就是到了家也无法入睡。为了满足那恼人的冲动，我站在香烟店门前的人行道上。那间店有两层，而那个女人就和她丈夫住在楼上。我倚着墙，在黑暗中站了好长一段时间。一想到那个女人和她丈夫睡在一起，我就火冒三丈。

"我变得越发狂躁不安，回到家中，躺在床上，气得浑身发抖。于是我把几本常常打动我的诗歌和散文书放在床边的桌子上。

"书里面的声音就像是死亡的声音，我无法听到，印在书上的文字也无法渗透到我的意识中去。我试着去想我的爱人，但是她的影子却越来越远，似乎与我毫无关系。我躺在床上辗转反侧，痛苦不堪。

"周四的早上，我走进那间店，那个女人独自站在那里。我想她知道我对她的感觉，或许此刻她也想着我。她的嘴角迟疑地扬起微笑，她穿着一条做工低劣的裙子，裙子的肩膀处有一个破洞。她肯定比我大十岁。当时她站在玻璃柜台后，我把几便士放在柜台上，手抖个不停，硬币咔嗒作响。我张口说话，从喉咙里发出的完全不像我的声音。仅仅是一个浑厚的声音低声说道：'我想要你！真的很想要你！就不能背着你丈夫跑出来吗？今晚七点来我公寓找我吧。'

"晚上七点钟，那个女人果然来了。那天早上，她什么都没说。好一会儿，我们站在那里，看着对方。我觉得那一瞬间全世界只剩下了她。然后她点了点头，我就离开了。现在我回想此事，一点也记不起她说的话了。七点钟的时候，她到了我的公寓，夜色黑暗。你要知道，当时正值十月份，我没点灯，把用人也打发走了。

"那一整天，我过得魂不守舍。有几个人来办公室找我，我尽量和他们聊天，但却说得语无伦次。他们把这一切归结于我临近的婚期，然后大笑着离开了。

"那天早上，就在婚期的前一天，我收到了未婚妻优美的长信，前一天晚上，想必她也难以入睡，然后才起床写下了那封信。信中所说的一切是那样地强烈而又真实。然而，她自己作为一个活生生的人，对我来说，却渐渐向远方退去。

"在我看来，她就像一只小鸟，飞向了遥远的天空。而我就像茫然不知所措的男孩，赤脚站在一家农舍门前尘土飞扬的路上，看着她渐渐消失的影子。我不知你是否能够明白我的意思。

"关于那封信，她——一个清醒的女人，向我吐露心声。她当然一点也不了解生活，但是她是女人。我估计当时她正躺在床上，心情既紧张又兴奋，就像我以前那样。她意识到她的生活将要发生重大改变，这让她既高兴又害怕。她躺在那，心里一直想这件事。

接着她起床，开始在一张小纸片上向我倾诉。她告诉我，她有多么惶恐多么高兴。像大多数年轻女子一样，她也喃喃细语倾诉衷肠。在信里，她是那么可爱高雅。她写道：'我们婚后很长一段时间，都要忘记我们是夫妻。''我们是志同道合的人。你一定要记住，我很无知经常犯傻。你一定要爱我，对我耐心友善。等我懂得更多，等你教会我如何生活，我会尽力回报你。我会温柔热情地爱你。我会那样做，否则我就根本不会结婚。我很害怕但也很快乐。哦，我很高兴我们的婚期快到了。'

"现在你可以很清楚地看到，我正处于多么糟糕的状态。我在办公室看完未婚妻的信，立刻变得坚定而强大起来。我记得那时我从椅子旁站起来，在办公室里来回踱步，很自豪马上就要娶到这么高贵的女人。但我又立刻感到，其实我就一直这么觉得，对于她，我是多么地脆弱。说实话，我已经下定决心一定不要脆弱。我计划好那天晚上九点要赶去见未婚妻。'我现在好得很。'我自言自语道，她那美好的性格拯救了我。我现在立马回家，把另一个女人打发走。早上的时候，我已经打电话告诉用人，叫他晚上不要去我的公寓，现在我打电话叫他待在我公寓就好了。

"我突然意识到，'无论如何都不想让他出现在我家里。'我又自言自语，'婚礼的前一天晚上，要是他看到别的女人来我这里，他会怎么想？'我放下电话，准备回家。'我之所以让用人离开公寓，是因为我不想让他听到我和那个女人的谈话。我不能对她无礼，还得找个合适的解释。'我喃喃自语。

"七点整那个女人来了，如你所料，我让她进来了，却完全忘记我所下定的决心，很可能我从来就没有什么决心。门上有铃，但她并没有按，而是轻轻地敲了敲门。在我看来，那天晚上她所做的一切，是那样地温柔娴静，却又是那样地坚决快捷。我说得够清楚了吧？她进来的时候，我正站在门后，其实我已经站在那里等了半小时了。我的手抖个不停。早上她看着我把钱放到柜台上的时候，我的手就在颤抖。我打开门，她快步进来，然后我把她搂在怀里。我们在黑暗中相拥而立。我的手已经不再颤抖。我感到快乐而坚强。

"尽管我已经努力把一切说清楚，但我依然无法告诉你我妻子是怎样一个人。你知道，我强调的是另一个女人。我盲目地说我爱我妻子，但是对于像你这样精明的人而言，我说这些毫无意义。说实话，假如没说出这件事，我心里会好过一点。不可避免，我给你留下的印象是我爱上了那个香烟店的老板娘。然而实际情况并非如此。无可否认，结婚前一周，我满脑子都是她。但自从那天晚上来公寓见我之后，她就从我的脑海中完全消失了。

"我说的是真的吗？我尽力说清楚这件事。我是说自从那天晚上之后，我就再也没有想过那个女人了。可是现在，就目前的情况来看，我没有说实话。那天晚上我按照信中的约定，九点钟去了未婚妻那里。莫名地，那个女人跟我一起去了。我想说的是——其实我一直在想，假如我和那个女人真有什么的话，我的婚姻也无法维持到现在。'两者只能选其一。'我告诉自己。

"其实，那天晚上我从漆黑的公寓中走出来，经历了人生中最关键的时刻，怀着对未来婚姻全新的信念去见我的爱人。我担心说不清楚。刚才我说，那个女人跟我一起去。其实我的意思不是说她真的去了，是她对欲望的信念以及她看穿事物的勇气伴我去的。我这样子说，你清楚了吗？到了我未婚妻那里时，一大群人在屋子里闲站着，其中一些是我素未谋面的远房亲戚。我一进门，我的未婚妻迅速抬起头来。我定是容光焕发，我从来都没有看到她如此感动过。她想她的信深深打动了我，不过确实如此。她蹦蹦跳跳地跑来迎我，就像一个快乐的小孩子。大家扭过头来，好奇地看着我们。当着大家的面，她把心里话说了出来：'噢！我真是太高兴了！'她叫喊道，'你肯定已经明白了，我们会成为两个志同道合的人，而不单单是夫妻。'

"你可能会猜到，所有人都大笑了起来，但是我没有。我热泪盈眶，实在是太开心了，直想喊出来。可能你明白我的意思。那天在办公室，我看完未婚妻的来信，对自己说：'我一定会好好照顾我亲爱的小女人。'你看，有件事，让我有点自鸣得意。就在她家里，她以那样的方式叫喊出来，听得大家都在笑，我对自己说：'我们会照顾好自己的。'我也在她耳边低语，说了类似的话。其实，我已经放下身段，不再骄傲自大。是另外那个女人的精神帮我做到的。当着众人的面，我紧紧抱住未婚妻，拥吻在一起。在他们看来，我们见到对方是那么地感动，那么地甜蜜。要是知道了真相，天晓得他们会怎么想我！

"现在我已经说过两次了，自从那天晚上，我就再没想过那个女人了。其实我说的只有部分是事实。有时候到了晚上，我独自一人走在街上或者公园里，有时候柔和的夜幕迅速降临，就像今晚这样，我对她的感觉就会突然遍及身心。自从那一次之后，我就再也没有见过了。第二天，我结婚了，再也没有去过她所住的那条街道。然而，通常当我像现在这样子走着的时候，一阵强烈而粗俗的感觉突然袭来难以自控。这种感觉就好像我是土地里的一颗种子，温暖的春雨来了，仿佛我不是一个人，而是一棵树。

"现在，你看到了，我已经结婚了，一切都好，于我而言，我的婚姻已经成了美好的事实。你要说我婚姻不幸福，我就可以说你撒谎，我会说出绝对的大实话。我说起另一个女人，有一种如释重负的感觉，这种感觉是我之前从来没有过的。我在想为什么我之前会那么蠢，担心会给你留下不爱我妻子的印象。如果我直觉上不相信你，我也不会说出来了。就目前情况看来，我又有点心绪不定。今晚我又会想起那个女人。这种情况会偶尔出现，一般是在我上床睡觉的时候。我的妻子是睡在隔壁房间的，房门总是开着。今晚空中会挂上一轮明月，长长的月影洒在她的床头。午夜时分，我会清醒无眠，而她呢，会把一只胳膊搭着脑袋坠入梦乡。

"我在胡说些什么啊？一个男人不会说自己妻子躺在床上的。而我要表达的意思是，因为这次谈话，今晚我又会想起那另一个女人。但是我不会再按照婚前那一周的模式去思考。我想的会是，这个女人现在怎么样了。好一会儿，我会再次感觉到我紧紧地搂住她。我会觉得，有一个小时，我和她的关系无比亲密。然后我就会想，有段时间我和我妻子的关系也会像那样亲密。你看，她这么安静清醒。不一会儿，我会闭上双眼，然后那另一个女人就会用敏捷、机灵、坚毅的眼神注视着我的眼睛。我的脑子会变得晕眩起来，然后我会快速睁开眼睛，再次看到我的爱人，我已承诺要共度一生的女人。随后，我就会酣然入睡。早上醒来的时候，感觉就会像婚前那天晚上走出公寓的情形一样。我的意思是说，你要明白，对我而言，当我再次醒来，那另一个女人就会消失得无影无踪。"

鸡蛋完胜

　　我敢肯定，我的父亲生来就是一个快乐、和善的人。一直到三十四岁，他都在邻近俄亥俄州比德维尔镇的一个农场当帮工，替托马斯·巴特沃斯干活。那时啊，他自己有一匹马，每逢周六晚上，都会骑着马儿到镇上，跟其他农场工人一块儿聊聊天儿，待上几个小时。在镇上，他会到本·黑德的酒馆里晃悠，喝上几杯啤酒。这间酒馆每逢周六晚上都有农场工人光顾，歌声嘹亮，觥筹交错，分外热闹。到了十点钟，父亲便会沿着寂静的乡村小路，骑着马儿回家。到了家，把马儿安顿好，自己也安心睡去了。那个时候呢，他对自己的生活地位颇感满意，没有一丁点儿要出人头地的念头。

　　就在三十五岁的那年春天，父亲娶了母亲，第二年春天，我呱呱坠地。从此，这两位就不一样了，变得雄心勃勃起来。那种要出人头地的美国激情席卷而来。

　　母亲大概是要对这一切负责的。作为一名乡村教师，她无疑是读了些诗书杂志的。我想，她是读过这样的故事——加菲尔德、林肯等如何从穷困潦倒的无名小辈跃升为家喻户晓、举足轻重的大人物。在她坐月子的那些日子里，我就躺在她身旁，那时，她可能梦想着，将来我也会出人头地，呼风唤雨。

　　不管怎么说，她诱使父亲辞去农场的活儿，卖掉马儿，开创自己的事业。母亲是个沉默寡言的人，修长的个子，高挺的鼻梁，灰色忧郁的双眸。就自己而言，她倒是别无所求。但对我和父亲，她的雄心壮志几乎无可救药。

夫妻俩第一次涉足的事业只是惨淡收场。他们在离比德维尔镇八英里远的格里格斯大道边租了十英亩贫瘠的石地，发展养鸡业。我的童年和少年都在此度过，那里有我对生活的最初记忆。首先便是灾难，这么说吧，要是我成了阴郁的人，不愿直面更为黑暗的生活，那我会将此归咎于——我本该幸福快乐的童年却在养鸡场度过。

不精通此道就不会明白，一只鸡竟会惨遭如此之多的不幸。小鸡破壳而出，像复活节卡片上所描绘的那样，你会看到，出生后的前几个星期，毛茸茸的小东西，接着变成一副赤条条的丑陋模样，吃掉大量玉米粗粉，这可都是父亲辛勤汗水换来的。它们竟还得了舌喉炎、霍乱之类的疾病，于是就直勾勾站着，呆呆看着太阳，病病恹恹，最终死掉。有些母鸡，偶尔还有只公鸡，遵照上帝神秘的意旨，拼命地长大。鸡生蛋，蛋又生鸡，这个可怕的循环因此得以完整。这一切真是复杂得难以置信。大多数哲学家一定都是在养鸡场上长大的吧。人在鸡身上竟寄予如此厚望，可最终幻灭，一片惨烈。小小的鸡啊，才刚踏上生活的旅程，看上去那么聪明而机警，可实际上却愚蠢至极。它们跟人是如此地相像，都让自己的生活判断给搞糊涂了。要是没有病死，它们就会一直等到你完全重燃希望，然后走到马车轮子下，辗轧而死，重回造物主的怀抱。害虫在它们年轻的躯体里大量滋生，还得花大把钱买药粉。后来，我看到一则广告讲如何养鸡致富。这是为刚偷吃了智慧果的天神们所准备的。这则广告充满了希望，宣称那些拥有几只母鸡而胸怀抱负的人也会大有作为的。别给误导了，这不是为你而写的。去阿拉斯加的冰山上掘金吧，去相信政客的诚实吧，你要是愿意，就相信这个世界会一天天变好，相信善良终将战胜邪恶吧，但就是不要去阅读相信有关养鸡的广告。这不是为你而写的。

不过，我都跑题了。我的故事主要不是关于母鸡的，准确来说呢，核心会是鸡蛋。十年里，我的父母亲都努力使我们的养鸡场盈利，但最后他们放弃了那样的无力挣扎，开始了另一番事业。他们搬到了比德维尔镇，从事餐饮业。十年间，不是担心孵化器孵不出小鸡，就是害怕那自是很可爱的小毛球长成半裸的小母鸡，再变成断命的母鸡。终于熬过了这担惊受怕的十个年头，我们把这一切都撂在了一边，装好行李，坐上马车，沿着格里格斯大道奔向比德维尔镇。这辆小马车载着我们的希望，去寻找新的去处，开始我们新的奋斗旅程。

就像从战场上逃离的难民，我想，我们肯定已经处于一种颇为悲凉的生活境况。为了这一天，我们从邻居阿尔伯特·格里格斯先生那儿借来了那辆运货马车。马车的两边卡着廉价椅子，在那成堆的床、桌和塞满厨具的箱子后面，有一箱活鸡，而鸡箱顶部放着我孩时坐着四处活动的婴儿车。我不懂为什么我们会舍不得那婴儿车。母亲再生小孩是不可能的了，而且那车轮子都坏掉。那些没什么财物的人是要紧紧守住他们所仅有的一点东西的。正是因此，生活才变得这么沮丧。

父亲坐在马车最上面。那时候，他已经四十五岁了，是个略显臃肿的光头佬。长期挣扎在母亲和鸡这两种关系中，他习惯性地沉默和沮丧了。我们在养鸡场的这整整十年里，他在邻近农场当帮工所挣的钱大都花在了给鸡买药上了。这些药有的是威尔默霍乱神奇白药，有的是彼得罗教授的催蛋剂，还有的是母亲在家禽报刊上找到的配制品。父亲头上仅剩下两小绺头发贴在耳边。记得孩童时，冬天每逢周日下午，他坐在火炉前的椅子上睡着了，我常坐在那儿看着他。那时，我已开始读书，有了自己的想法。我想，他光秃秃的头顶，就像一条宽阔的大道，可能是恺撒造出来的，带领军团从这里冲出罗马，冲进一个神奇的未知世界。而那一绺长在耳朵上边的头发，我觉得啊，就像森林。就这样我陷入了一种半睡半醒的状态，梦到自己变成了一个小精灵，沿着父亲头顶上的康庄大道走向无鸡无蛋的幸福生活。

人们可以写一本书，记录我们从养鸡场逃到小镇这一路上的事儿。我和母亲跟在马车后面一路走着。这一路上啊，整整走了八英里——母亲这样做是为了确保没有东西从马车上掉下来，而我是为了目睹这神奇的无蛋世界。父亲座驾旁放着他最大的宝藏。那宝藏啊——且听我讲。

我们的养鸡场上，成百上千甚至成千上万只小鸡破壳而出，意外不时发生。像人会生出畸形的小孩，蛋壳里也会孵出畸形的小鸡。不过这种意外并不常有——大概就千分之一吧。你看呀，一只鸡生来就有四条腿、两对翅膀、两个脑袋之类的。这样的东西是成活不了的。它们会迅速回到造物主那微微颤抖的手里。对父亲而言，这些可怜的小东西成活不了，就是生活的一大悲剧。他大概有这样的想法——要是他能够让这些五腿母鸡或两头公鸡顺利步入成年期，那他就可以从中赚大钱了。他梦想带着那样的奇迹到四周县里的展览会上，展示给其他农场工人看，以此致富。

不管怎样，他保存了我们养鸡场上诞生的所有怪物，把它们分别装进专属的玻璃瓶里，用酒精泡着。他把这些瓶子小心翼翼地放进一个箱子里，一路上都带在身边。他一手驾马，一手紧抓箱子。到了目的地，他立即把箱子拿下来，取出里面的瓶子。在比德维尔开餐馆的这些日子里，那些装在小玻璃瓶里的怪物就放在柜台后面的架子上。母亲对此不时有意见，但父亲对他那宝藏的态度却很坚决。他声称，那些畸形小鸡，是很有价值的。他说，人呀，都爱奇异而绝妙的东西。

我不是说我们在比德维尔从事餐饮行业吗？其实我夸大了一点。那个小镇位于小河岸上一个低矮的山坡脚下。铁路并没有穿过小镇，火车站离那儿有一英里远，位于北边的皮科尔维尔。火车站那边有一个苹果酒厂和腌菜厂，但在我们到来以前，就已经倒闭了。早晚会有公车从比德维尔主道上的酒店出发，沿着唐纳收费公路，来到火车站。我们会来到这种奇怪的地方开始我们的餐饮事业，都是母亲的主意。这事儿她都讲了一年了，终于有一天，她跑去租了火车站对面的店面。她认为，在那儿开餐馆，会颇有收益。她说，旅人啊，总会在火车站附近等着乘车离开小镇，而镇里的人也会到火车站来，等候进站的火车。这样一来，他们便会到餐馆来，买几块馅饼，喝些咖啡。我现在大些了，便懂得她那时正有新的动机在酝酿着。她对我是有雄心壮志的。她想要我出人头地，要我到镇里上学，做一个镇里人。

在皮科尔维尔，父母亲像往常那样努力工作。刚开始，我们得把租来的店面改造成餐馆的模样，那花了一个月的时间。父亲做了一个架子，用以摆放成罐的蔬菜。他还涂漆了一块牌匾，上面用大大的红色字母写着他的名字。在他的名字下面，标着醒目的指令——"在此用餐"——可遵从者无几。我们还买了一个展示柜，里面摆满了雪茄和香烟。平日里，母亲会擦洗地板和房间墙壁。

而我就到镇里上学，远离了农场还有那些垂头丧气、面露哀伤的小鸡，可我仍然不太快乐。傍晚时分，放学后沿着唐纳收费公路走回家的时候，我记得看到一些孩子，在学校空地上玩耍。一群小女孩唱着歌，跳来跳去。我也学起来，在那条冰冻的路上，认真地单脚跳着。"蹦蹦跳跳理发去。"我尖声唱道。然后，我停了下来，警惕地看着四周，生怕被人看到自己心情这么愉快。在我看来，我肯定是在做着一件我这种人不该做的事——像我这样，在养鸡场上长大，而那儿，死亡乃是常客。

母亲做了个决定——餐馆晚上也要营业。夜晚十点钟，一辆载客货车途经我们餐馆往北驶去，随之而来的是一辆本地货车。在皮科尔维尔，运货员是轮班制的。工作结束后，他们会到我们餐馆里来，喝点咖啡，吃点东西。有时候，他们有人还会煎个鸡蛋。凌晨四点钟时，他们北行而归，再次光顾。生意便慢慢多起来了。母亲晚上睡觉，白天看店，负责寄宿客人的膳食，这时就轮到父亲去睡了。他睡在晚上母亲睡的床上，而我就到镇里上学。漫漫长夜里，当我和母亲安睡时，父亲就开始煮肉，为寄宿客人准备第二天的午餐——三明治。然后，他就萌生了出人头地的想法。美国精神萦绕在心，他也变得雄心勃勃起来。

漫漫长夜里，没什么生意时，父亲得以思索了，而那正是他的祸根。他认定，过去他没能成功是他不够振奋，因此要对未来采取积极的态度。清晨，他爬上楼到床上和母亲待在一起。她醒了，两人就谈论起来。

父亲觉得，他和母亲都应该尽量热情款待食客。我记不起他说的话了，但我觉得，他的话里隐约是说要成为一名公众表演者。人们，尤其是镇上年轻的稀客们，到我们这就餐，父亲就要讲些欢快的话题招待他们。从父亲的话里，我知道，他大概是要营造欢乐的气氛。母亲起初对此肯定是有疑虑的，但她并没有阻止。父亲认为，他与母亲的陪伴会瞬间点燃镇上年轻人胸膛里的那股热情。晚上，神采奕奕的年轻人会沿着唐纳收费公路高歌而至。他们会成群结队，把欢声笑语带进我们的餐馆，汇成歌声和欢乐的海洋。我并不是说，父亲把这事儿谈得有多细，我刚才说过，他并不怎么善于表达。"他们需要个去处，我跟你说啊，他们需要个去处。"他就这么重复了一遍又一遍，再没别的了。所以啊，刚才那些只是我凭空想象而已。

父亲的这种想法在我们家持续了两三个星期。我们并无过多交谈，但平日里，我们会努力微笑，掩盖忧伤。母亲冲着寄宿客人微笑，受此感染，我就冲着我们的猫微笑。父亲迫切想要取悦客人，便变得有点焦虑不安了。无疑，表演者的某种神情正潜伏在他内心的某个角落。他没把太多的精力浪费在他所服务的铁路工人身上，而是似乎在等待镇上的年轻人，去给他们展现他的本事。餐馆柜台上，放着一个金属丝织成的篮子，里面总是装着鸡蛋。父亲脑子里萌生出要做公众表演者的想法时，那篮子一定就在他眼前。他的想法的形成跟鸡蛋在孵化前的形态有一定关系。然而，不管怎样，鸡蛋却摧毁了他再一次的生活动力。一天深夜，父亲的一阵怒吼把我给吵醒了。我和母亲都直直地坐在床上。母亲颤抖着双手，点亮了床头灯。楼下餐馆前门砰的一声关上了，接下来的几分钟里，父亲哒哒地踩着楼梯上来了。他手里拿着个鸡蛋，那手颤抖着，好像很冷。他的眼睛里闪着光，近似疯狂。我敢肯定，他站在那儿怒视着我们，是想把鸡蛋扔向我或母亲的。可接着他却把鸡蛋轻轻放在桌上台灯旁，跪倒在母亲床边。他像小孩一样哭了起来，受他悲痛的感染，我也哭了起来。整个房间便充斥着我们的恸哭声。

很可笑吧，但对于当时的情景，我只记得母亲不停地用手轻抚着父亲光秃秃的头顶。我忘了母亲跟他说了什么，还有她是怎么劝父亲说出原委。我也忘了他是怎么解释的了。我只记得自己的悲痛和恐惧，还有父亲跪在床边，他那光秃秃的头顶在灯光下闪闪发亮。

至于楼下到底发生了什么，不知道为什么，我竟格外清楚，就像我亲眼看见了父亲当时的窘迫。人有时会弄懂许多难以解释的事情。那天夜晚，年轻的乔·凯恩，镇上富商的儿子，到皮科尔维尔来接他父亲。他父亲坐的火车本该晚上十点钟就从南方出发，但却延误了三个钟。于是，乔就到我们餐馆里来，在那儿晃悠，等待火车的到来。而随着本地货运列车进站，货运员用餐完毕，乔便单独和我父亲待在餐馆里了。

从进餐馆的那一刻起，乔肯定就对父亲的举动感到困惑了。他觉得，父亲对他在那儿晃悠，生气了。他注意到，自己显然打扰到老板了，于是想要出去走走。可天偏偏下起雨来，而到镇里的路还挺长，他又不想走这么远。于是，他五分钱买了一支雪茄，还点了一杯咖啡。他放了一份报纸在口袋里，就掏出看了起来。他抱歉地说道："我在等车，晚点了呀。"

很长一段时间里，父亲都沉默地盯着乔，二人之前从没见过面。父亲肯定是怯场了。生活常常出现这种情况，他想了好多遍的情景终于要成真了，多少会有点紧张。

一方面，他不知道他的手要怎么放，紧张得一只手往柜台上猛搓，一只手和乔·凯恩握手。"你好。"他说道。乔·凯恩放下报纸，直盯着他。父亲忽然瞄到了那篮鸡蛋，便说话了。"嗯，"他犹豫了一下，"嗯，你听过克里斯托弗·哥伦布吧？"他似乎很生气，"那哥伦布是个骗子，"他断然说道，"他说过要使鸡蛋立起来。他说着做着，然后就把鸡蛋壳的一端给打破了。"

在乔看来，父亲在疯狂地模仿哥伦布行骗。他嘀咕着，咒骂着，声称，不该跟孩子们说哥伦布是个伟人，毕竟，他曾在重要的时刻欺骗了大家。他宣称会把鸡蛋从柜台上立起来，可虚张声势之后，却是个骗局。父亲嘴里依然嘟囔着哥伦布，从篮子里拿出一个鸡蛋，开始走来走去。他把鸡蛋放在掌间滚来滚去，露出了欢快的笑容。他又开始含糊不清地说着什么，大概是讲人身上的电作用于鸡蛋所产生的效果。他声称，无须打破蛋壳，就靠着鸡蛋在掌间来回滚动，他便能把鸡蛋立起来。他解释道，他手里的温度和温和的滚动作用于鸡蛋，就会产生一个新的引力中心，这让乔觉得有点意思。"我处理过成千上万个鸡蛋，没有人比我更了解鸡蛋了。"

他试着把鸡蛋的一头立在柜台上，但它马上就倒向了一边。他一遍遍地尝试着，而每次鸡蛋在他掌间滚动时，他都会说些有关电力的奇迹和万有引力定律的话。经过半小时的努力，他确实成功地把鸡蛋立起来那么一会儿，可他抬头一看，却发现乔并没在意。而当他成功把乔的注意力拉回来时，那个鸡蛋却再次倒向了一边。

内心燃烧着表演者的热情，却也因首战告败而备感难堪，怀着如此复杂的心情，父亲从架子上把那些装着畸形小鸡的瓶子拿下来，展示给乔看。"像这个家伙一样三头六臂，你觉得会怎么样呢？"他问道，显摆着他那最非同凡响的宝藏。欢快的笑容在他脸上绽放。然后，他伸出手，越过柜台，想拍拍乔的肩膀，他在本·黑德的酒馆里见过，男人之间经常如此。那个时候，他还很年轻，是个农场帮工，每逢周六晚上都会骑着马儿到镇里去。可乔却被那小鸡给搞得有点恶心了，便起身离去。父亲从柜台后面出来，拉住年轻人的手臂，把他拽回座位上。父亲有点儿气恼，好一会儿，都得转过脸去，强颜欢笑。然后他把那些瓶子放回架子上，突然慷慨起来，硬是要请乔喝杯咖啡，抽根雪茄。接着他拿出了一个平底锅，又从柜台下面的一个罐子里取出醋，倒于锅中。他宣称要玩一个新戏法。"我会把鸡蛋放在锅里加热，"他说道，"接着，我会把它放进瓶中，在不弄破蛋壳的情况下，鸡蛋便可通过瓶颈了。等到了瓶身中，它就会恢复原样，蛋壳也会再次变硬。然后我会连蛋带瓶送给你。不管走到哪里，你都可以带着。人们会好奇你是怎么把鸡蛋弄到瓶子里去的。可不要跟他们说呀，就让他们猜去。这戏法正是这样逗乐子的。"

父亲对着客人龇牙咧嘴地笑，还挤眉弄眼呢。乔觉得，眼前的这个人有点不正常，但倒也无害。他喝了那杯免费咖啡，就又看起报纸来了。而鸡蛋在醋里加热过后，父亲把它放到汤匙上，拿到柜台那边，接着就走进后面的房间里，取了一个空瓶子。他很生气，他都开始表演了，可乔却没有看着。不过，他还是兴高采烈地动起手来。他弄了很久，试着让鸡蛋通过瓶颈。他把锅放回炉子上，想给鸡蛋重新加热，接着便拿起锅，却烫伤了手指。又在热醋里泡了一会儿，蛋壳软了一点，却仍不足以达到目的。他试了又试，一种破釜沉舟的情绪袭向心头。当他以为那戏法要大功告成之时，晚点的火车进站了，乔就满不在乎地朝门外走去。父亲孤注一掷，想要掌控好鸡蛋，从而树立起表演者的声誉。他搓揉着鸡蛋，试着对它用力。他额头冒汗，嘴里咒骂着。不料，鸡蛋却在他手下破碎了。蛋液喷溅而出，沾在了父亲的衣服上。这时，站在门口的乔回过头，大笑起来。

愤怒的情绪从父亲的喉咙里爆发出来。他暴跳如雷，嘴里含糊不清地说了一连串的话。他从柜台上的篮子里又抓起一个鸡蛋，朝着乔的脑袋砸了过去，但没有击中，只见他躲躲闪闪跑掉了。父亲上了楼，向我和母亲走来。他手里拿着一个鸡蛋，我不知道他想要做什么。我想，他大概想把它毁掉，把所有鸡蛋都毁掉，让我和母亲见证这一切。可是，他走到母亲跟前，主意改变了。他把鸡蛋轻轻放在桌上，双膝跪在了床边，我之前说过的。随后他便决定结束晚上的营业，上楼来，钻进被窝，熄了灯。轻声细语说了许多，他和母亲都睡了。我想我也睡了，但睡得并不安稳。

黎明时分，我便醒来，久久地看着桌上的鸡蛋。我在想，为什么非要有鸡蛋，为什么又要蛋生鸡鸡生蛋。这个问题融进了我的血液。之所以如此，我想，那是因为我是他的儿子。不管怎样，这个问题萦绕在我的脑海里，一直无解。总而言之，那只不过是鸡蛋最终完胜的又一证据罢了——至少对我家而言是的确如此。

电灯未开

玛丽的父亲，莱斯特·科克伦是名医生，诊所就在他们的住所后面。这是一九零八年的六月，玛丽十八岁。周日傍晚七点钟，她走出家门，沿着特里蒙大街走到主街，又穿过火车轨道来到南主街，街道两侧满是小商店和劣质房屋。每逢周日人很少的时候，这里就显得格外冷清。她告诉父亲她去做礼拜，但实际上并没有类似打算，她自己也不知道想要做什么。"我一个人走走再想想吧。"她独自慢悠悠地边走边想。她觉得不应该浪费这个美好的夜晚，坐在闷不透风的教堂听牧师讲些跟她毫不相关的话题。她自己的问题都快演变成危机了，现在也该认真思考一下未来了。

玛丽之所以陷入严肃的沉思当中，源于前晚与父亲的一场谈话。他们一起站在诊所里，毫无先兆，父亲突然告诉她，他得了心脏病，随时都可能死去。

外面的天色渐渐暗下来，她走进诊所，发现他孤零零地坐在那儿。诊所和住所同在一栋老式建筑的二楼，位于伊利诺斯州亨特堡镇上。医生说话时就站在女儿旁，靠近一扇临街的窗户。周六的夜生活在主街一个角落低声上演着，夜班列车刚刚经过，驶向五十英里以东的芝加哥。旅馆汽车哐当哐当地驶出林肯街，穿过特里蒙大街开往南主街的旅馆。马蹄踩踏激起的尘土在宁静的空气中飞扬。拥挤的人群尾随旅馆汽车，特里蒙大街上一排排马桩也已经停靠着马车。这些是农夫和他们的妻子夜晚来镇上购物闲聊用的。

车站的汽车经过后，又有三四辆马车开到了街上。从其中的一辆可以看到一位年轻的男子，满怀温柔扶着他爱人的手臂下车。多少次，玛丽都渴望有男人温柔地抚摸着她，但这一次，几乎同时，脑海里却浮现出父亲宣布即将死亡的那一幕。

医生正要开始说话，这时巴尼·史密斯菲尔德吃过晚餐回到了自己工作的地方，那是他的马棚，位于特里蒙大街，正对着科克伦的住所。马棚门前聚集着一群人，他停下来讲起了故事，引起笑声一片。其中，一个游手好闲的小伙子，身材魁梧，穿着格子西装，越过人群，径直走到巴尼面前。他看到了玛丽，试图引起她的注意。他也开始讲故事，一边讲，一边挥动手臂。眼睛还时不时地顺着肩膀瞄，看玛丽是否还在窗边观望。

科克伦医生异常冷静地告诉了女儿他濒临死亡的消息。对女孩来说，父亲的一切似乎都是冰冷平静的。"我得了心脏病，"他直截了当地说，"很长时间了，我一直怀疑身体有问题。周二去芝加哥做了检查，才知道我随时都可能死去。本不想告诉你，但我留给你的钱很少，所以你得为将来做好打算。"

父亲走近窗户，女儿正用手扶着窗框。这个消息让她脸色苍白，双手颤抖。他表面冷淡，内心却很触动，想去安慰她。他踌躇着说道："呐，很可能会没事的，别担心。我做了三十年医生，还不知道那些专家的报告是胡说八道吗？就是说，像我这种情况，得了心脏病，还可能会活上好几年呢。"说完不自然地笑了笑，"我甚至还听说，确保长命百岁的最好方法是得个心脏病呢！"

说完这些话，医生转身走出诊所，踩着木制的楼梯下楼走到街上。其实在跟女儿讲话时他很想抱住女儿的肩膀安慰她，然而他从未向女儿表露过任何情感，此时更是放不开自己。

很长一段时间，玛丽站在那里俯视着大街。那个穿着格子西装的年轻人，名叫杜克·耶特，此刻讲完了故事，引起一阵哄堂大笑。她转身看向父亲刚经过的那扇门，恐惧顿时席卷而来。她活到现在还从未感受过任何的温暖和亲近。尽管今夜很温暖，她却不寒而栗，像个小女孩般快速地用手拂过眼睛。

她这么做不过是为了驱逐心中的恐惧，但却被站在马棚前的杜克·耶特误解了。他看到玛丽扬起手，便报以微笑，接着快速地转过头以免被人发现。然后，他用手示意玛丽到街上来，好有机会接触。

周日的晚上，玛丽走过北主街，转弯便进入威尔莫大街，这条大街满是工人的住房。芝加哥的工厂曾经纷纷西进，迁入到大草原的小镇，而那一年，这一迹象首先出现在了亨特堡。一位家具商在这座沉睡的农业小镇建厂，希望能以此摆脱城里的劳工组织给他制造的种种麻烦。

而大多数工人就住在小镇北端的威尔莫、斯威夫特、哈里森、栗树等大街构造劣质的廉价房子里。在温暖的夏夜他们聚集在门前的走廊里闲聊，孩子们则在尘土飞扬的街道上玩耍。红脸醉汉们穿着白衬衫，连领子和外套都没有，有的摊开四肢睡在椅子上，有的躺在房子门前的草坪上，有的则睡在门前坚硬的地板上。

他们的妻子则三五成群，站在院子栅栏边说长道短。偶尔有个女人会发出刺耳的尖叫，就像潺潺流水声穿过这些热闹的小街。

路面上，两个小孩打了起来。一个肩膀宽厚的红发男孩往一个脸色苍白、棱角分明的男孩肩上打了一拳。其他小孩都跑过来凑热闹。红发男孩的母亲结束了这场争斗。"住手，强尼！我让你住手！再不住手我就拧断你的脖子！"女人大喊道。

脸色苍白的男孩转身从对手身旁走开。他沿着人行道，经过玛丽身边，犀利的小眼睛满是仇恨地看着她。

玛丽快步向前走去。小镇这片新奇的街区总是喧闹嘈杂，对玛丽具有强烈的吸引力。她天性阴暗易怒，在这个人群嘈杂生命无光的地方，却备感轻松自在。父亲习以为常的沉默以及他神秘不幸的婚姻，已经影响到人们对她的看法，使她孑然一身。在某种程度上，这也促使她用自己的方式去思考生活上遭遇到的种种不理解。

玛丽思想深处，有一种强烈的好奇心，坚定地想要去冒险。她就像一只饿极了的幼崽，在森林中寻找食物，猎人已经夺走了它的母亲。一年中能有二十个晚上，她会独自沿着这个快速发展的新兴工业区散步。她已经十八岁了，也变得越来越成熟。她觉得镇上的同龄女孩们肯定都不敢单独在这种地方走。这让她有点自豪，走起路来更显得英勇无畏了。

威尔莫大街的工人们，被家具商带到这里，很多都说着外语。玛丽走在其间，享受着这些新奇的口音。她走在这条街上，好像已经离开小镇，冒险到了一个陌生的国度。那些住在南主街或小镇东部住宅区的熟人，还有镇上的商人、店员、律师或者更有钱的本地工人，总感觉对她有一种莫名的敌意。而这种敌意与她自身的性格毫无关系，她非常确定。她很少与人来往，实际上也很少有人认识她。"因为我是我妈妈的女儿。"她告诉自己，她也很少在同龄女孩住的地方散步。

玛丽经常出现在威尔莫街头，许多人都开始熟悉她。"她是某个农夫的女儿，经常到镇上来散步。"他们说。一个红发宽臀的女人从房里走出来，站在门口对她点了点头。另一栋房子旁边狭长的小草坪上，一个小伙子背靠树坐着。他叼着烟斗，抬头看见玛丽，就把烟斗摘了下来。她认定，他应该是意大利人，他的头发和眼睛是那么地黑。"美丽的小姐，到这儿来吧。"他微笑着用意大利语挥手叫道。

　　玛丽走到威尔莫大街的尽头，进入一条乡间小路。她觉得，离开父亲到现在似乎已经过了很长一段时间，但事实上不过几分钟而已。路边小山的顶部有一个荒废的谷仓，谷仓前有一个大洞，里面装满烧焦的木材，这里曾经是个农舍。洞旁堆着一堆石头，上面盘绕着葡萄藤。农舍和谷仓之间，有一个老果园，杂草丛生。

　　玛丽在鲜花盛开的杂草丛中跋涉，来到一块石头前坐了下来，这石头被人运到这里是用来顶一棵老苹果树的树干的。杂草遮住了她半个身子，从马路上只能看见她的脑袋。这样埋在杂草中，看起来就像一只鹌鹑飞进茂盛的草丛中，忽然听到奇怪的声音，于是停下来抬起头敏锐地环顾四周。

　　之前，她已来过这个破败的老果园很多次了。小镇的几条街道均始于山脚下，玛丽坐在岩石上，还能依稀听到威尔莫大街上传来的叫喊声。树篱将果园与山坡上的田野隔离开来。玛丽打算坐在树边直到夜幕降临，这样她也好努力思考，谋划未来。父亲将死的消息亦真亦幻，难以分辨，她仍无法想象丧父的痛苦。那一刻，父亲的死并不是以埋在土里了无生气的尸体呈现在脑海里，相反，她觉得父亲是要到另一个地方旅游去了，就像很久以前她的母亲一样。

她脑海中忽然有一种迟疑的解脱感，非常怪异。"好吧，"她心想，"到那时我也会动身离开这里，周游世界了。"有好几次了，玛丽跟着父亲到芝加哥待上一天，现在一想到不久就可以去那住，她就沉醉不已。眼前随即浮现出许多条长长的街道，挤满了成千上万的陌生人。对她来说，走进这样的街区生活在陌生的人群中，就像刚刚离开一个极旱之地，到了另一处嫩草丛生的清凉森林。

在亨特堡，直到现在她渐渐成熟，都生活在一片乌云之下，这种密不透风的氛围令她感到越来越压抑。事实上，并没人提出与她身份直接相关的问题，但她却感觉到周围人对她怀有偏见。她还是婴儿时，有一桩丑闻涉及她的父母。亨特堡为此轰动一时，让她一个小孩，常常承受嘲笑同情的眼光。"可怜的孩子，真是太不幸了。"他们说。有一年夏天晚上，她父亲驾车到乡下去。黑暗中，她独坐在诊所的窗户边，听到街上一对男女提到她的名字。那对夫妇在黑暗中沿着诊所窗户下面的人行道跌跌撞撞地走着。"科克伦医生的女儿是个不错的姑娘。"男人说。女人哈哈大笑起来："她现在成熟了，开始吸引男人的目光了。最好管住你的眼珠子，别掉出来！她迟早也会变得放荡，正所谓有其母必有其女。"女的回答道。

十或十五分钟过去了，玛丽一直坐在果树下的石头上，想着镇里人对她父女二人的态度。"这本来应该让我们紧密团结在一起。"她心想，思索着常年笼罩在头顶的乌云是否会因人之将死而改变。那一刻，父亲将死，对她来说似乎并不残酷。某种程度上，此时的死神对她来说既和蔼可亲又友好善良。死神之手即将打开父亲的房门，进入他的生活。年少残忍的她首先想到了新生活各种新奇的可能性。

玛丽一动不动地坐着。杂草丛中，昆虫的夜鸣曲时断时续，此刻又开始了。一只知更鸟飞到她坐的那棵树下，发出一声清脆的惊叫。新厂区人群熙熙攘攘的声音柔和地传上山坡，就像远处教堂的钟声，召唤人们去朝拜。玛丽觉得胸口好像有什么东西要爆发似的，她把头埋在两手之间，慢慢地来回摇晃着。接着，眼泪流了下来，随之而来的是她对亨特堡人温暖而柔和的感情。

这时，路上传来一声呼唤。"你好啊，孩子。"玛丽吓得腾地而起。她柔和的情绪一闪而过，就像一阵风一样，愤怒取而代之。

杜克·耶特站在路上，周末晚上他在马棚前晃荡时看到玛丽出去散步，便一路尾随而来。看着她穿过北主街走到新厂区，他很自信能够俘获她的芳心。"她不想被人看到和我走在一起，"他心想，"不过不要紧。她非常清楚我会跟着她，只不过她不想我在她朋友前露面。她有点傲慢，需要找个借口。我又在乎什么呢？她已经走出来给了我机会，也许她只是害怕她爸爸而已。"

杜克从马路边的一个斜坡爬进果园，双脚踩在一堆石头上，被上面的藤蔓绊倒了，但他大笑着站了起来。他的笑声打破了果园里的宁静。没等他走近，玛丽却起身扑向他，张开手甩了他一记重重的耳光。然后她转身跑向路边，边跑边向杜克吼道："你再跟着我，说半句话，我就找人杀了你！"留下杜克一个人双脚缠绕在藤蔓里。

玛丽沿路走下山坡来到威尔莫大街。多年来，镇上流传着大量关于她母亲的传闻，或多或少也传到了她的耳朵里。据说多年前，一个粗汉经常在巴尼·史密斯菲尔德的马棚前晃荡，一个夏夜，她的母亲和那粗汉一起消失了。而此刻，另一个年轻粗汉也要来巴结她，想到此处，玛丽就暴跳如雷。

她思忖着要不要随身携带一把武器，这样可以更有力地打击杜克·耶特。绝望之中她忽然想起她那身体抱恙、濒临死亡的父亲。她转身对着杜克大叫："我爸爸就想找机会杀死你这样的家伙！"而此时，杜克已经理清果园的藤蔓，跟随玛丽到了马路上。"镇上对我妈妈造谣生非，我爸爸就想杀人。"

玛丽威胁着杜克，但这股冲动马上又被一种耻辱感替代了，她快步向前走，泪水悄然滑落。杜克垂丧着头紧跟着她。"我没有恶意，科克伦小姐，"他为自己辩解道，"我没有恶意，别告诉你父亲。只是跟你开个玩笑，真的没有恶意。"

人们成群结队站在威尔莫大街漆黑的走廊里或篱笆旁，夏夜的月光开始洒落大地，照在他们的脸上发射出柔和的光环。孩子们的喧闹声变小了，也三五成群地站着。玛丽经过时，他们更是鸦雀无声，小脸蛋抬得老高，眼睛直勾勾地盯着她。"这个女人住得不远，肯定就在附近吧。"她听到有个妇女用英语说道。她转过身只看到一群皮肤黝黑的男人站在一栋房子前。房里传来母亲哄孩子睡觉的摇篮曲。

刚才跟她打招呼的意大利青年此刻显然是要去冒险，他沿着人行道走，很快就消失在黑暗之中。他穿上最好的周日礼服，配上白色的硬衣领、红色的领带，戴上一顶黑色的德比帽就出发了。闪光的白衣领让他棕色的皮肤显得更黑了。他幼稚地笑着，笨拙地举起帽子，却什么也没说。

玛丽不停回头张望，确保杜克没有跟过来，事实上在昏暗的灯光下也看不见他的人影。她气愤激动的心情渐渐平静下来。

她不想回家，但去教堂又太晚了。北主街上有一条胡同向东延伸，突然沿着山坡向下直通一条小溪，溪上有桥，标志着小镇在这个方向的终点。她沿着街道往下走，来到桥上，在微弱的灯光中，看到两个男孩儿手里拿着钓竿，坐在杂草丛生的溪边钓鱼。

一个肩膀宽厚的男子，穿着粗糙的衣服，从街上走下来，停在桥上跟玛丽讲起了话。这是第一次有镇上的人像父亲般跟她交谈。"你是科克伦医生的女儿吧？"他迟疑地问道，"我猜你不认识我，但你父亲认识。"他指着那两个男孩儿说，"那是我的孩子，另外我还有四个呢，一个男孩儿三个女孩儿。一个女儿在店里工作，跟你一样大。"这个男人解释着他跟科克伦医生的关系。他曾是一个农场工人，最近刚搬到镇上来，在家具厂工作。之前冬天的时候，他病了好长一段时间却没钱治病。他正卧病在床之际，一个儿子却从谷仓阁楼摔了下来，头部留下了一道很深的伤口。

"你的父亲每天都来看我们，还缝好了汤姆头部的伤口。"说完转身背对着玛丽，手里握着帽子，往孩子们望去。"我穷困潦倒的时候，你的父亲不仅照顾我和孩子们，还给我妻子钱到镇上买食品药品。"他说话的声音低沉微弱，玛丽只得前倾着身子才能听清楚，脸几乎都快碰到他的肩膀了。"你父亲是个好人，但我觉得他不快乐，"他接着讲，"我和孩子的身体都渐渐好了，后来我开始在镇上工作，你父亲却怎么也不肯收我的钱。他当时这么对我说，'你知道如何与妻儿相处，也知道怎么让他们快乐。钱你就留着吧，给他们花。'"

那男子继续向前走，穿过桥，沿着河畔走向儿子钓鱼的地方。玛丽倚着栏杆，望着缓缓流动的河水。她在桥下的影子几乎是黑色的，这让她想到父亲黑暗般的生活。就像一条总是流淌在阴影中的溪流，从不会在阳光下流淌。她想着，而一想到自己也会在黑暗中生活，她就惊恐不已。她心中忽然燃起一种对父亲全新的爱，幻想着父亲此刻正搂着她。儿时经常梦见父亲用手轻抚着她，此刻梦境再次出现。她久久地站在桥上看着溪流，然后决定今晚要尽自己的努力让旧梦成真。她再次抬头，那个工人已经在溪边燃起了一小团火。"我们在这儿抓到大头鱼啦，"他叫道，"火光会将它们吸引到岸边。你要想来，孩子们很乐意借你鱼竿试试。"

"噢，我谢谢你。今晚我不太想钓鱼。"玛丽答道，担心这个男人再继续跟她说话，她会哽咽得说不出来，于是匆匆走掉了。"再见了！"男子和孩子们齐声喊道。这话从他们的喉咙中自然而然地发出，像喇叭一样干脆，听起来就像一阵欢快的呼喊，掠过她沉重的心绪。

玛丽外出散步，科克伦医生独自在诊所里坐了一个小时。天色渐渐暗下来，人们在街对面马棚前的椅子箱子上坐了一下午，此刻也都回家吃晚饭了。喧闹声逐渐变得微弱，有那么五到十分钟的时间里，安静得鸦雀无声。然后，远处街道传来了孩子的啼哭声，随即教堂的钟声也敲响了。

这个医生并不怎么整洁干净，有时一连好几天都忘了刮胡子。他用瘦长的手捋了捋半长的胡子，疾病比他想象的还要糟糕，他甚至感觉灵魂就快出窍了。他通常这么坐着，双手放在大腿上，孩童般的眼神专注地盯着双手。这双手似乎不是他的，他变得沉思起来。"我的身体真是奇怪。这些年来我一直活在这副躯体里，却很少用到它。现在它即将归于尘土，不复再用了。我真不明白它为什么不租给别人。"他苦涩地笑了笑，继续他的幻想。"嗯，我倒是替人们想得挺多的。我有两片嘴唇、一根舌头，但我却放着它们不用。我的艾伦还和我一起生活时，我让她觉得我冷漠无情，其实我内心一直在挣扎，挣扎着想释放自我。"

他记得年轻的时候，同样是在这个诊所里，每当傍晚，他总是静静地坐在妻子旁边，双手还会挣扎着想要越过狭小的空间去触摸她的双手、脸颊和头发。

唉，镇上所有人都预言他的婚姻不会有好下场！他的妻子当时是一名演员，跟着一家公司来到亨特堡，接着就滞留在这里。与此同时，她病倒了，又没钱付旅馆的房租。年轻的医生知道后对她悉心照料，待她康复了又驾着马车带她到乡下到处闲逛。她当时生活得非常艰难，于是忽发奇想，要在小镇上过平静的生活了。

然而结婚生下孩子之后，她发现再也无法跟这个冷漠寡言的男人继续生活下去了。接着就有了她跟一个年轻男子私奔的传言。那个男子是酒吧老板的儿子，跟她同一时间消失。不过传言并不真实。莱斯特·科克伦曾亲自送她到芝加哥，之后她在一家公司找了份工作，公司很快就搬到遥远的大西部去了。他把她送到旅馆门口，默默地将钱塞到她手中，连一个吻别都没有就转身离开了。

此刻，医生坐在诊所里回想着那个场景，回想着那些曾在他心里激起层层波浪的紧张时刻，那时候他表面上竟然是如此地平淡冷静。他怀疑妻子究竟是否知道。多少次他曾经问过自己那个问题。从他在旅馆门口离开她的那个夜晚起，她就没给他写过信。"也许她已经去世了。"他无数次这样想着。

一年多来，在他空闲的时候，有一件事经常发生。妻子和女儿的身影在科克伦医生的脑海中混为一谈。每当此时，他都竭力将这两个身影区分开来，但每次都做不到。他轻轻扭过头，想象着看到一个白皙少女的身影穿过门口走出他和女儿的房间。门是白色的，一阵风从窗户吹进来，门轻轻摇动着。风轻轻地在房间里拂过，把墙角桌子上的纸都吹开了。微风拂过发出轻柔的沙沙声响，就像吹在女人的短裙上一样。医生站起身，抖了起来。"你是哪个？玛丽还是艾伦？"他焦急地问。

通向街道的楼梯处传来沉重的脚步声和打开前门的吱呀声。医生重重地倒在椅子上，脆弱的心脏紧张得怦怦直跳。

一个男子走了进来。是个年轻的农民，医生的病人。他走到房间中央，点燃一根火柴，高举过头，喊了声："有人吗？"医生站起来回应他，吓得他手中的火柴都掉了，在他脚边微弱地燃烧着。

地板上，散落在他两腿间的小火花被微风吹得翩翩起舞，映得墙上的影子也摇曳多姿。他的两条腿像两根石柱支撑着沉重的建筑物。医生困惑的脑袋拒绝从幻觉中清醒过来，而此刻幻觉又开始从这个新形势中获取营养。

他忘记了这个农民的存在，思绪又飘回他当年的婚姻生活。闪烁的火苗映照在墙上形成了另一束舞动的光芒。婚后第一年夏天，他们当时在装修房子。午后，艾伦和他坐着马车去到乡下。在一个农民的家里，艾伦看到墙边立着一面没人用的旧镜子。艾伦被这设计古雅的镜子吸引住了，于是，农夫的妻子就将镜子送给了她。回家的路上，艾伦说她怀孕了，医生心潮澎湃，前所未有。他坐在车上，抱着镜子放在膝盖上，妻子驾着马车，宣布孩子即将到来，目光却飘向田野。

多么刻骨铭心的一幕啊！夕阳洒落在马路边那片生机勃勃的玉

米地和麦田上。大草原一片墨绿，偶尔马路上一段不长的树道，在昏暗的光线下也是墨绿一片。

他膝上的镜子汇聚了夕阳的光芒，反射出金灿灿的光束，舞动在田野和树枝间。此刻他站在农民面前，地板上，火柴发出的微光让他想起了那个夜晚舞动的光芒。他仿佛明白了他婚姻和生活失败的原因。很久之前的那个夜晚，妻子告诉他那个爆炸性的消息，他却沉默不语，任何言语都无法完全表达他的感受。他逐渐为自己辩护起来。我告诉自己，她本来应该会理解我，就算我什么也没说。这一生我不断地告诉自己同样一件事，是事关玛丽的。我一直是个蠢货、懦夫。我一直沉默不语，是因为我害怕像傻子一样说错话，实际上我既自负又怯懦。

"今晚我要说出来，就算要我的老命，也要告诉女儿。"他大声说着，脑海里浮现出女儿的身影。

"嘿！你说什么呢？"农民问，他一直站在那儿，手里拿着帽子，等着要说明来意。

医生从巴尼·史密斯菲尔德的马棚里骑上自己的马，向乡下出发，去给农夫的妻子接生他们的第一个孩子。她身材苗条，臀部窄细，但胎儿又很大，还好医生的力气大得出奇。他忘我地工作着，孕妇则害怕得呻吟起来，不断挣扎。她的丈夫进进出出，两个邻里妇女则在一旁静静地站着，等着提供帮助。十点过后，一切都结束了，医生准备离开回到镇上。

农夫套住马，牵到门前，医生便骑着马离开了，时而感到异常地虚弱时而又备感强壮。他要做的事情此刻看起来多么简单啊。也许他回到家，女儿已经睡觉了，但他可以叫醒她到诊所去。然后他可以把他的整个婚姻经历一股脑都告诉给玛丽，管它丢脸不丢脸。"我的艾伦身上有非常可贵美好的气质，我得告诉玛丽。这会让她成为一个美丽的姑娘。"他对自己的决定充满信心。

他回到马棚门口已经十一点了，巴尼·史密斯菲尔德、年轻人杜克·耶特，还有另外两个男人仍站在那里聊天。看棚人把马牵进阴暗的马棚，医生则靠着墙，站了一会儿。镇上的守夜人站在马棚前的人群中，跟杜克·耶特一来一往激烈地争吵了起来，但杜克的嘲讽抑或是守夜者的愤怒，医生都没有听到。一种犹豫不决的反常情绪包裹着他。有一件事他非常想做但却忽然记不起了。这件事到底是跟艾伦有关呢还是跟玛丽有关呢？脑海中，他再一次混淆了这两个身影，更糟的是，刚刚接生过的女人的身影也一起混进来了。一切都乱了。他开始穿过街道走向通往诊所的楼梯口，然后在马路上停下脚步，环顾四周。巴尼·史密斯菲尔德把马牵进马棚，关上了门，门上挂着的灯笼来回晃动。投下奇形怪状的阴影，照在了马棚旁争吵的人们脸上。

玛丽坐在诊所的一个窗户边，等着父亲回来。她沉浸在自己的思绪中，完全没有注意到街上杜克·耶特跟人争吵的声音。

杜克走到街中，傍晚闹哄哄的声音再次响起。玛丽又看到他在用那种傲慢自信的眼神盯着她，不过此时她脑海里没有他，只有父亲的身影。小时候发生的一件事萦绕在她的心间。十五岁那年，五月的一个下午，父亲让她晚上一起驾车到乡下去。他要到离镇五英里的一个农舍看望一个生病的妇女。那时下了好大的雨，马路很难走。到达农舍时，天色已黑，他们到了厨房，餐桌上还剩了些残羹冷炙，将就吃了起来。不知道什么原因，那天晚上父亲像个孩子一样欢乐。在回去的路上他还讲了些话。那时玛丽年龄还小，但个子已经很高了，看起来快成熟了。在农舍吃完干冷的食物，他们在房子周围转悠，然后玛丽坐到了一条狭窄的廊道上。有一会儿父亲站在她面前。他把手放在裤袋里，摇着头发自内心地大笑。"很难想象你就快变成一个女人了，"他说，"等你真成为一个女人，你觉得会发生什么呢？你想要过什么样的生活呢？"

说着他坐到了廊道上，紧挨着玛丽。让她有那么一瞬间觉得父亲会搂着她。然后他站起来走进农舍，留下她一个人在黑暗中坐着。

玛丽回忆这件事的同时，也记起她童年的那个夜晚，父亲不再那么沉默。她似乎认为，是她，而不是她的父亲，要为他们的这种生活负责。她在桥上遇到的那个农民工并不觉得她父亲冷漠。那是因为，他身患疾病、遭遇不幸时医生给予的关照，他心中充满了温暖和感激。父亲曾说过，这个农民工知道如何当好一个父亲。玛丽甚至还记得，她转身离开消失在黑暗中时，听到那两个男孩温暖的道别声。"他们的父亲知道怎么当好一个父亲，因为他的孩子们懂得如何去表达自己。"她愧疚地想着。她也要表达自己。在今晚之前，她就会做到。很久之前的那个夜晚，她坐在父亲旁边驾车回家时，父亲曾尝试着打破他们之间的隔阂，但是他没能做到。滂沱大雨涨满了他们必经的河流，快到小镇时，父亲在一座木桥上拉住了马的缰绳。马不安地踏着蹄子，父亲则紧紧抓住缰绳，不时在它耳边低语。桥下湍急的河流咆哮着，路边那片平坦狭长的田地也是一片汪洋。就在这时，月亮从云层中钻了出来，风儿拂过水面荡起层层涟漪。舞动的月光倾泻在湖面上，一片波光粼粼。"我要跟你说说你母亲和我自己。"父亲沙哑地说，但就在这一刻，木板桥开始裂开，非常危险，马也紧张地向前冲。等到父亲重新控制住受惊的马，他们已经到了小镇的街上，这时父亲胆怯沉默的本性再次显现出来。

黑暗中，玛丽坐在诊所窗边，看见父亲骑着马进入街道。交出马后，和往常不一样，他并没有立刻走上楼梯回到诊所，黑暗中，他在马棚门前徘徊。他一度开始横穿马路，然后又回到黑暗中。

那群人坐在那儿平静地聊了两个小时，一场争吵爆发了。守夜人杰克·费舍在跟大家讲内战时他亲历的故事，而杜克·耶特却在一旁打趣。杰克被逗得越来越生气。他抓着木棒一瘸一拐不停地走着。杜克·耶特的嚷嚷声与杰克愤怒的反击声交织在一起。"你本应该从侧面攻击那家伙。我告诉你，杰克，对啊，从侧面攻击，然后再打得他满地找牙。要是我就会这么做。"杜克叫喊着放声大笑起来。"见鬼去吧你，见鬼去吧！"守夜人声音里充满了怒气，但却毫无反击之力。

老兵沿着街道离开了，身后是杜克和他同伴们的嘲笑声。巴尼·史密斯菲尔德先生拴好医生的马，走出去关上了马棚的门。高挂在门上的灯笼来回摇晃着。科克伦医生再次开始横穿马路，走到楼梯口时，他转身对着那群人兴奋地大喊"晚安"。一缕棕色的秀发在夏日微风的吹拂下掠过玛丽的脸颊，而她却跳了起来，仿佛黑暗中有一只手伸出来碰了她一下。很多个晚上，她都看到父亲骑着马回来，但从没见过他跟马棚前那些闲聊的人说过一句话。她半信半疑，觉得此刻上楼梯的不是父亲，而是别人。

玛丽听到父亲拖着脚步重重地踩在木制楼梯上，还听到他放下了经常携带的小方形药箱。医生一直保持着异常愉悦的心情，但脑海却一片混乱迷茫。玛丽想象着她会在门口看到他漆黑的身影。"那个女人生了，"门外楼梯口传来兴高采烈的声音，"这是发生在谁身上的事？是艾伦、是其他女人，还是我的小玛丽？"

医生用一种抗议的语气从嘴里说出了一连串的话。"是谁在生小孩？我想知道，到底是谁在生小孩？为什么总在生小孩？生活无法给我解释。"他问道。

医生忽然笑了起来，他的女儿向前倾了倾身体，双手紧紧抓着椅子的扶手。"一个婴儿出生了，"他再次说，"很奇怪吧，我双手在接生婴儿时，死神却时刻伴我左右。"

科克伦医生重重踩在地板上。"我等待新生命的降生，双脚变得冰冷麻木。"他沉重地说道，"刚才那个女人竭力挣扎，现在该轮到我了。"

沉重的脚步声和疲倦的说话声，随之而来的是一阵静寂。楼下的街道上传来杜克·耶特的大笑声。

忽然，科克伦医生从狭窄的楼梯摔倒滚到了街道上。摔倒时他并没有叫喊，有的只是鞋子撞到阶梯时的咔哒声，以及身体落地时的一声闷响。

玛丽一动不动地坐在椅子上。她闭上眼睛等着，心怦怦直跳。一种彻底的脆弱无助袭向心头，感到阵阵微波，从头到脚传遍全身，好像有小动物用毛茸茸的爪子在她身上抚摸。

是杜克·耶特把医生的尸体抱上了楼，安放在诊所后面房间的一张床上。杜克的一个同伴从马棚前跟了过来，拉起医生的双手，又紧张地扔下。医生的手上还夹着一根未燃完的香烟，在黑暗中闪烁着。

年老昏聩

在肯塔基州一个小镇的火车站台阶上，坐着个老头儿。

有个衣着光鲜的城里人，旅行至此，走过去站在他面前，老头儿突然忸怩起来。他面部都凹了下去，皮肤皱巴巴的，还长着一个偌大的鼻子，笑起来就像稚气未脱的孩子。

"你有咳嗽、感冒、痨病或血友病吗？"他问道，语气里带着一丝恳求。

外乡人摇了摇头。

老头儿站了起来。

"血友病可是相当麻烦的呀，"他大笑着把手搭在外乡人的胳膊上，边说边吐了吐舌头，喋喋不休地大喊道，"好，好极了！这些病我全能治，我把肉赘从手里除掉——我可不会告诉你是怎么做到的——这可是秘密——我这儿医药费全免——我叫汤姆——我人还不错吧？"

外乡人热切地点点头，老头儿就开始回顾往事，郑重其事地说："我父亲是个铁石心肠的人，跟我一样，也是做铁匠的，却戴着大礼帽。玉米长熟之时，他对穷人说，'到田里面去吧，随便掰。'然而战争来临之际，他却以每公斤一毛钱的价格卖给有钱人。

"我的婚事违背了他的意愿，他直接就跟我说：'汤姆，我不喜欢那女孩儿。'

"'但是我爱她。'

"'我不喜欢!'

"我和父亲坐在一根原木上。他戴着大礼帽,很优雅。'我会扯证的。'

"'我一分钱也不会给你。'

"我结婚总共花了二十一美元——我收拾玉米——雨下得很大,连马儿都睁不开眼了——办事员问,'你们凑够二十一美元了吗?'我说'凑够了',她也说'凑够了'。我们很精打细算的。

"父亲说:'随你去吧。'那时我们没钱,结婚总共花了二十一块。不过,我老婆已经去世了。"

老人抬头望着落日余晖挥洒的天空,灰白的云晕染出片片斑驳杂光。

"我画了很多漂亮的画,全都送人了,"他坦然地接着说,"我哥还在监狱里。有个男的骂了他一句,他就把人给杀了。"

这个苍苍老者在外乡人面前握起了双手,张开又迅速握起。那手黑黑的,全是污垢。"我能把肉赘挑出来,"他的语气里带着凄楚,"那些脏东西就跟你的手一样柔软。"

"我会拉手风琴。你才三十七岁啊。那会儿我去了监狱,坐在我哥旁边,他留着干练的大背头,显得那么优雅。我问他,'艾伯特,杀了他,你愧疚过吗?''没有,'他斩钉截铁地说,'从没感到愧疚。这种人,见十个杀十个,见一百杀一百,见一千杀一千!'"

说到这,老头儿怆然泪下,掏出一块脏手帕使劲地擦拭着双手。他本想要嚼上一口烟,可假牙突然错位了。他赶紧用手挡着嘴巴,好不尴尬。

他小声嘟囔着："我老了，你才三十七，我可比你老多了。

"我哥就是个坏蛋啊——满脑子仇恨——他那神采奕奕的大背头显得那么优雅，可他总是杀呀杀的。我讨厌自己年老昏聩——我这么老，无地自容啊。

"我后来又娶了个漂亮老婆。我给她写了四封情书，她回了我。她来找我，我们就结婚了——我特别爱看她走路的样子——噢对了，我给她买了很多漂亮衣裳呢。

"她有一只脚变形了——我第一个老婆已经去世了——我用手指挑肉赘，一滴血都不会流——我治好了人们的咳嗽、感冒、肺痨和血友病——他们写信给我，我都一一回复——他们给不给钱——这不打紧——都是免费的。"

老头儿再次落泪，外乡人安慰他："你快乐吗？"

"是啊，"老头儿接过话，"我还是个好人呢。随便打听打听，谁都知道，我叫汤姆，是个铁匠——我老婆走起路来风姿绰约，虽说一只脚有些变形——我买长裙给她——她三十岁，我都七十五了——她有很多双鞋——全是我买的，她的脚有些变形——我却给她买直筒鞋。

"她认为我不懂——每个人都认为是我——老汤姆不懂得照顾她——可是我给她买的裙子长长的垂到地上啊。我叫汤姆，一介铁匠——今年七十五——我讨厌年老体衰——我用手指挑肉赘，一滴血都不会流——我治好了人们的咳嗽、感冒、肺痨和血友病——他们写信给我，我都一一回复——他们给不给钱，这不打紧——都是免费的。"

裹着棕色外套

拿破仑策马奔腾，驰骋沙场。

亚历山大快马加鞭，奔赴战场。

格兰特将军抽身下马，步入树林。

兴登堡将军立于山顶，威风凛然。

月儿寂寥，灌木丛后徐徐而上。

这是在记录历史人物的丰功伟绩。我年纪轻轻就已经完成了三部这样的历史人物传记，加起来也该有三四十万字了。

妻子正在一个角落里收拾家务，而我已经坐在屋里接连写了几个小时了。她身材高挑，乌黑的头发依稀隐现着几根银丝。听，她正悄悄走上楼来呢！一整天下来，她都是这样安静地在房子里做着琐碎的家务。

我是从爱荷华州一个小镇来到现在这个小镇的。我父亲是个装修房子的油漆工。当然，他没有像我这么出人头地。我通过自己的努力读完了大学，之后，成了一名历史学家。后来，我们拥有了现在居住的这栋房子。这间是书房，我平时就在里面写作。我早已将三个民族的兴衰史著述在了我的书中。我详细介绍了各国的崛起，以及那些连绵不断的战争。在图书馆，你或许会看到我写的书，笔直地立在书架上，像英姿飒爽的哨兵那样威武。

我跟妻子一样，身材高挑，只是，我有点驼背。别看我的文笔奔放不羁，其实我内向腼腆，喜欢关上门，独自安静地写作。我的书房里有很多书，一本一本地记录着各民族的兴衰沉浮，见证着时代的变迁。我的书房里如一潭死水般风平浪静，然而书内世界早已风起云涌、战鼓连天。

拿破仑策马奔腾，驰骋沙场。

格兰特将军抽身下马，步入树林。

亚历山大快马加鞭，奔赴战场。

妻子的表情总是那么严肃，近乎严厉。有时，我一想到这里就会吓一跳。下午，她通常会走出家门，到外面散步，有时去商店买东西，有时去邻居家聊天。我们房子的正对面，是栋黄色的房子。妻子会从侧门出去，穿行在两栋房子间的街道上。

侧门会发出"砰"的一声，没过多久，妻子的脸便出现在黄色的背景画里了。

欧洲战场，美军远征，潘兴将军策马奋战，自山丘而下。

亚历山大快马加鞭，奔赴战场。

一桩桩小事在我的脑海中萌芽而不断发酵膨胀。书桌前细小的窗棂把外面的世界定格成一幅图画。我每天都坐在窗台旁凝视那幅画。有事要发生了，我颤着手等待着，内心的感触难以名状。画中浮现的这张面孔，会做一些让我匪夷所思的事情。它从街道右侧飘到左侧，时静时动，似浮还沉。

那张面孔进入我的脑海，时隐时现。不经意间，钢笔从我的指缝间滑落。房子还是一如既往地安静。妻子游移不定的眼神落在我身上，但很快又会移开。

妻子是从俄亥俄州的一个小镇来到这里的。我们请了一个用人，但妻子还是经常扫地，整理我们的床铺。到了晚上，我们会坐在一起，但我一点都不了解她。我裹着棕色外套，却无法摆脱它，是的，我无法走出自我的世界，无法打开自己的心扉。妻子是那样地优雅与温婉，但她和我一样，无法走出自我的世界。

妻子已经出去了。她不知道我能洞悉她每一个细小的心思。当她还小，走在俄亥俄州小镇的街头时，我就知道她内心在想什么。那时，我听见了她的心声，那是一个恐惧而微弱的声音。这样的声音我听过两次：第一次，是她被激情冲昏了头脑，惊恐地躲在我的怀里哭泣。第二次，是在我们搬进这栋房子的新婚之夜，我们坐在一起，她鼓起勇气跟我说话。

如果我能像现在这样坐在这里，看着自己的脸庞浮现在这幅由黄色房子和窗户构成的画面里，那该多么神奇啊。如果我能在画面里遇见我的妻子，走进她的世界，那该多么神奇而美妙啊。

那个浮现在画面里的女人并不了解我，我也不了解她。她沿着街道渐行渐远，但她的心声还在继续诉说着。我坐在房间里，感受着人类与生俱来的孤独。

如果我的面孔能穿越这幅图画，那该多么神奇而美妙啊！如果我浮动的面孔能进入她的视野，能进入更多人的视野，那该多么神奇而美妙啊！

拿破仑策马奔腾，驰骋沙场。

格兰特将军抽身下马，步入树林。

亚历山大快马加鞭，奔赴战场。

我跟你说——有时候，在我脑海里，这个世界的生活百态都会浮现在一张面孔上。它那木讷的脸庞就这么停在我跟前，一动也不动。

为什么我不能向别人敞开心扉？朝夕相对，为什么至今我仍旧无法突破心墙，向妻子展现真实的自我？

我早已著述三四十万字，难道就没有一句话指引我走向生活的康庄大道吗？总有一天，我会敞开心扉，总有一天，我会证明自我。

四海之内皆兄弟

十月下旬，大雨凛冽，此时我正待在乡下的房子里。房后屹立着一片森林，房前一条公路蜿蜒而过，公路的另一侧是一望无际的田野。这片乡野到处是低矮的小山丘，山丘突然变缓，就形成了平原。穿过平坦的乡野，二十英里以外就是大城市芝加哥了。

我窗前有一排树，树上的叶子如雨水般重重地坠落下来，黄的，红的，金黄的，在雨水无情的打击下，纷纷落地。再也没有金色闪耀划破长空的机会了。十月的树叶原本应该随风而起，舞动着身姿，穿过平原飘向远方。

昨天早上，破晓时分我就起床了，然后外出散步。大雾弥漫，能见度很低，我走着走着就迷路了。我从小山丘上走下来进入平原，又沿着原路返回山丘，不论我走到哪里，大雾都像一道墙一样堵住我的去路。突破迷雾，树林突然奇异地涌现在我眼前，就像市民们深更半夜时，突然从黑暗处涌出来，聚集在街道的灯光下。空中，日光强行缓慢照进雾层里。大雾蔓延着，树梢随之摆动。紫色的浓雾，就像是飘浮在工业区街道上的废气。

大雾弥漫中，一个熟悉的老人朝我走来。这里的人都称他疯子："他精神有点失常。"森林的深处有一间小房子，他就独自一人住在那里。他养了一条小狗，平日总爱抱在怀里。许多个早晨，我都看见他在这条路上散步，他会跟我提及他的兄弟姐妹、堂兄弟姐妹、他父母的兄弟姐妹，还有他的姐夫妹夫，搞得我都乱了。平日里他无法接近附近的人，会通过报纸获取某个名字然后在脑海中玩味。有一天早上，我正在写东西，他走过来告诉我，他的堂兄弟考克斯是总统候选人。

还有一个早上他告诉我，那个叫卡鲁索的歌手是他妹夫。"她是我妻子的妹妹。"他一边说一边把他的小狗抱紧些。他眼睛灰白而湿润，带着恳求，渴望得到我的信任。他说："我的妻子身材苗条温柔体贴。我们一起住在一所大房子里，早上会手挽着手外出散步。现在，她妹妹已经跟卡鲁索结婚了，卡鲁索也就是我的家人了。"

以前就曾听说这个老人从来没有结过婚，听他这么说，我就纳着闷走开了。九月初的一个早上，我在他家附近遇见他，当时他正坐在路旁的一棵树下。那条狗见了我大声吠叫，然后跑到他跟前，钻进他怀里。当时芝加哥的各大报纸都在报道，一个百万富翁跟一个女演员关系不同寻常，因而跟妻子闹僵了。老人告诉我，那个女演员就是他的妹妹。他现在六十岁了，那个女演员才二十岁，但是他说他们的童年是一起度过的。"你可以看到我们现在的状况，但无法想象我们当年是多么贫穷。"他说，"是真的，我们当时住在山腰的一间小房子里。有一次发生了风暴，大风差点把我们的房子卷走了。那风吹得多猛啊！我们父亲是工匠，常为别人建造坚固的房子，可我们自己的房子却建造得不坚固。"他伤心地摇着头。"我那当演员的妹妹已经陷入泥潭。我们的房子建得不够坚固啊。"他说着这些话，我慢慢地从路边走过。

有一两个月，每个早上送到我们村的芝加哥报纸都在报道一宗谋杀案。一个男的无缘无故杀了自己的妻子。故事的经过大概是这样的——

　　这个男子正在法庭上受审，毫无疑问将会处以绞刑。他曾经在一间自行车厂工作，还是领班呢。他和妻子、岳母一起住在三十二街的一间公寓里。他爱上了厂里的一个办公室女孩。女孩来自爱荷华州的一个小镇，刚来时跟她姨妈一起住，可不久姨妈就去世了。在这个迟钝木讷、眼睛灰白的领班眼里，再也没有比她更美的女人了。她的办公桌就靠着工厂耳房一个角落的窗子旁边，而这个领班的办公桌在楼下厂房的另一个窗子旁边。他坐在办公桌旁制作员工的工作记录表，一抬起头，就能看见女孩坐在办公桌前工作，不禁浮想联翩：她真是太可爱了。他并没有妄图去接近她或者奢望赢得她的芳心。他看她的感觉，就像看着遥远的星辰或是金秋十月层林尽染的山丘。他茫然地想："她那么纯洁无瑕，坐在窗边工作，会在想些什么呢？"

　　这个领班在脑海里幻想着把女孩从爱荷华州家里带回到三十二街的公寓里去见他的妻子和岳母。不管是白天在车间还是夜晚回家，她的身影一直萦绕在他脑海之中。他觉得女孩就在他的旁边，和他肩并肩站在公寓的窗边远眺外面的美景，欣赏伊利诺斯中央铁轨和铁轨旁边的湖景。他看着楼下街道走过的每一个女人都有点像爱荷华州的那个女孩。一个女人走路的样子跟她很像，看见另一个女人的一个手势也会想起她。除了他的妻子和岳母以外，他看见的所有女人都有点像他日思夜想的女孩。

　　家里的两个女人使他迷茫困惑。她们突然不再可爱甚至变得庸俗了。尤其是他的妻子，就像奇怪的树藤缠绕在自己身上。

　　白天他在工厂干活，晚上回到家里吃晚饭。他是一个沉默寡言的人，家里没人会介意他说不说话。吃过晚饭，他和妻子一起去看电影。他们有两个孩子了，而他妻子又怀了一个。他们进了公寓坐了下来。爬了两层楼就把妻子累坏了。她坐到母亲旁边的椅子上，累得不停呻吟。

岳母是个好人。她任劳任怨，不计回报。女儿想去看电影，她就挥手笑着说："你们去吧，我就不去了，我情愿待在这儿。"她拿了本书坐下来看。九岁的小男孩醒了大喊，他想要拉屁屁。于是岳母就去伺候他了。

夫妻俩回家后一两个小时，三个人就那么坐着，也不说话，直到上床睡觉。他假装看报纸，实则在看自己的手。自行车润滑油把他的指甲里弄得全是污渍，怎么也洗不干净。但是他一想到那个爱荷华女孩白皙的双手飞快打着键盘，就觉得自己的双手又肮脏又不舒服。

厂里那个女孩知道这领班喜欢上她，感到有点兴奋。姨妈过世后，她就一个人住在公寓里，晚上总是无所事事。这领班对她来说什么也不是，但在某种意义上，她可以利用他。对她而言，他成了某种符号。有时他走进办公室，在门口站一会儿。大手沾满了污渍。她眼神空洞地盯着他。而在她的想象中，站在那里的却是一个高高瘦瘦的年轻男子。而在这领班身上，她看见的只有他那双灰色的眼睛，那双炙热而奇怪、谦卑而真切的眼睛。在一个有如此眼神的男人面前，她觉得没有必要害怕。

而她就需要这种眼神的情人。偶尔，大概两周一次，她会比平常在办公室多待一会儿，假装加班做些必须完成的工作。透过窗户她可以看到领班正在等待。所有人都走了，她才离开办公桌往街道的方向走去。同时领班也会走出工厂的大门。

他们一起走过六个街区，直到她上车的地方。工厂位于一个叫作南芝加哥的地方，他们向前一路走，夜幕悄然降临。街边有一排没有粉刷的木房，孩子们满脸脏兮兮的，叫嚷着穿过尘土飞扬的马路。他俩穿过一座桥，桥下，两艘废弃的煤驳船停在流水里，已经开始腐烂。

他走在她的旁边，脚步沉重，尽力隐藏起他那双脏兮兮的手。离开工厂之前，他已经仔细地洗过手了，但仍然感觉像两块肮脏的废品，悬挂在身边。整个夏天，他们也只有那么几次在一起走走而已。"天气很热。"他说。除了天气外他从不跟她谈论别的。"天气很热，我想可能要下雨了。"

她想象着，终有一天她的情人会出现，那是一个有房有地身材高大的帅哥儿。这个走在她身边的工人和她心目中的情人简直没任何关系。而她之所以会和他一起走，会留在办公室直到其他人都走了单独陪他走，只是因为他那热切的眼神，还有拜倒在自己石榴裙下的那种谦卑。在他面前，没有危险，不会有危险。他从没想过靠近点或用手碰她。和他在一起很安全。

晚上，夫妻俩还有岳母坐在公寓的电灯下。孩子们在隔壁的房间里睡觉。再过不久，他的妻子又要生了。他已经陪她看完电影，待会儿就要一起睡觉了。

他会躺着想事情，还会听见岳母在隔壁床上翻来覆去，弹簧床咯吱作响。生活太熟悉了。他会躺在床上，渴望着，期待着——但期待什么呢？

没什么好期待的。很快，就会有一个孩子哭闹，想要起床拉屎尼。没有任何不同寻常或新奇可爱的事情会发生。生活太熟悉了。公寓里发生的事情没什么能打动他，不管是妻子的话语，妻子偶尔心血来潮的发火，抑或是他那任劳任怨、不计回报的岳母——都无法打动他。

他坐在公寓的电灯下假装看报纸——实际上心里在想着事情。他看着那双难看的大手，那双做工的大手。

那爱荷华女孩的身影在房间里四处走动。他跟着她走出了公寓，静静地穿过大街小巷，走了很远。此时他们都无须言语。他随着她走到大海边，来到山顶。夜色清澄静谧，繁星闪烁。她也是其中的一颗。此时更无须言语。

她的双眼如同繁星闪烁，娇唇如同柔和的山丘耸立在星光普照下的平原上。他想："她就像星辰一样，遥不可及。""她像星辰但又不是星辰，她会呼吸，有生命，就像我一样，有生命。"

六个星期前的一个晚上，那个领班杀了妻子，现正在法庭上被控谋杀。报纸每天都在报道。案发当晚，他像往常一样带妻子去看电影，然后九点回家。在三十二号大街，他们家公寓楼附近的拐角处，一个男人的身影从胡同里冲了出来，而后又跑了回去。这件事让他萌发了杀妻的念头。

他们走到公寓入口，进了阴暗的楼道。这时，他忽然不假思索从口袋里掏出匕首。他想："那个跑进胡同的男人可能要杀我们。"他抽出匕首，挥舞着刺向妻子，刺了两刀，又疯狂地补了十几刀。随着一声尖叫，妻子倒在了血泊中。

门卫忘了打开楼道的电灯。后来，领班认定，这就是他行凶的原因，另一个原因则是那个在胡同冲出又跑进的男人。他心想：

"可以肯定，要是那灯亮着，我不可能那样做。"

他站在走廊里想着。妻子死了，还怀着那未出生的孩子。楼上的公寓有开门的声音。但几分钟过去了，却什么事也没发生。他的妻子和没出生的孩子死了——仅此而已。

他跑上楼，飞快地思索着。刚上楼梯时，他在黑暗中把匕首放进了口袋，后来发现自己手上衣服上都没沾到血。再后来，紧张消退了一点，他就跑到浴室里仔细冲洗匕首。他逢人就讲同样的经历。"我们遇到抢劫的了，"他解释说，"有个男的从胡同里逃出来，跟踪我和妻子回家。他跟踪我们到了公寓的楼道，那里没开灯。门卫忘了开了。"嗯——是有一番搏斗，然后，黑暗中，他的妻子就遇害了。他说不出妻子究竟是怎么死的。"那里没开灯，门卫忘了开了。"他一直重复着。

一天、两天，时间慢慢过去了，他们并没有特别地质问他，因此他有时间去把那把匕首扔掉。他走了很长一段路才把匕首扔在南芝加哥的河里，桥下，两艘废弃的煤驳船停在流水里，已经开始腐烂；那座桥，他和那个女孩在夏天晚上到街上搭车时曾经走过；那个女孩，纯洁无瑕又遥不可及，像星辰而又不是星辰。

不久之后，他被捕了，马上认罪——彻底坦白。他说他不知道为什么要杀妻子，不过他很谨慎，对那个办公室女孩只字未提。记者们努力地想要挖掘他的犯罪动机，至今仍没放弃。有人看到他跟那女孩在几个晚上一起散步，之后她就被牵扯进来，连她的照片都刊登在报纸上了。这让她十分恼怒，当然了，她能够证明自己跟那个领班没有半点关系。

昨天早上，一场大雾笼罩着我们村庄。而我，则在清晨散了很长时间的步。我从低地回到山上，遇到了那个家里有很多奇闻轶事的老头。他抱着小狗跟我走了一会儿。天很冷，小狗一边哀嚎一边打颤。随着高空雾层和树梢的摆动，老人模糊的脸庞也来回缓慢地晃动着。他谈到了那个杀妻的男子，那男子的名字早已在每天早上传到我们村庄的都市报上广为传播。他走到我身旁，开始讲述一个很长的故事，是关于他和他弟弟的。他们曾经住在一起，但他的弟弟此刻成了杀人犯。"他是我弟弟。"他摇着头，说了一遍又一遍。他似乎担心我不相信，必须向我说明。"我们小时候住在一起，"他又开始了，"我们一起在父亲的屋子后面那个谷仓里玩。我们的父亲常乘船出海，把我们的名字都弄颠倒了。你知道的，我们的名字不一样，但我们是兄弟。我们有同一个父亲。我们一起在父亲的屋子后面那个谷仓里玩。我们常一起在谷仓里的干草堆上一躺就是几个小时，那里很暖和。"

大雾弥漫中，老头那瘦弱的身体似乎成了一棵满是疤痕的矮树。又像悬浮在空气中一般，来回摇晃，如同悬挂在绞刑架上的尸体。那张脸恳求着我相信他说的故事。那些男女关系在我脑海中乱作一团。那个凶手的灵魂，似乎进入到路边这个老头的躯体之中。

这个灵魂在努力地向我诉说着那个故事。这个老头，寂寞得发疯，在大雾弥漫的早晨，怀抱着小狗站在乡间小路上，喃喃不休地讲述着。那是一个关于人类孤单寂寞的故事，那是一个为了靠近不可企及的美丽而付出努力的故事，那是一个不能在市里法庭上向法官申诉的故事。

老头紧紧地抱住小狗，疼得它嗷嗷直叫，浑身抽搐。那灵魂似乎正努力从躯体里挣脱出来，想要飞出迷雾，越过平原，进入城市，去到那歌手、政客、百万富翁和凶手的身边，去到他的兄弟姐妹、表兄弟姐妹的身边。老头的渴望那么地强烈，连我也感同身受，浑身发抖起来。小狗还在嚎叫。于是，我走向前，拉开了他的胳膊，那小狗就掉到了地上，躺在那儿哀嚎。很明显，是受伤了，可能连肋骨都碎了。老头盯着躺在脚边的小狗，那眼神就像领班在公寓楼道盯着他那死去的妻子一样。"我们是兄弟，"他再一次说，"虽然我们名字不同，但我们是兄弟。你知道的，我们父亲出海了。"

我待在乡下的房子里，大雨凛冽。我眼前的山丘忽然变缓，形成了平原，平原之后就是城市。一个小时前，住在森林里的那个老头经过我家门口，那条小狗没有陪着他。可能是我们在雾里交谈的那天，给勒死了，就像领班的妻子和她那未出生的孩子一样，已经死了。我窗前有一排树，树上的叶子如雨水一般重重地坠落下来，黄的，红的，金黄的，在雨水无情的打击下，纷纷落地。再也没有金色闪耀划破长空的机会了。十月的树叶原本应该随风而起，舞动着身姿，穿过平原飘向远方。

囚笼之门

　　威尼弗蕾德·沃克对某些事有着清醒的认识。她知道，一个男人被关在铁栏后，就是入狱了。对她而言，婚姻不过就是一纸婚约罢了。

　　她丈夫休·沃克在伊利诺斯州尤宁谷的一所规模很小的大学教数学。他同样发现，婚姻也不过如此。但他还是没弄明白。或许，要是他弄明白的话，会更好一点，至少可以认清自己。但是，他并没有认清自己。他婚后五六年的生活，就像是微风吹拂下映照在墙上的婆娑树影，摇曳不定。他沉浸在麻木死寂的生活之中，每天早晚看到的都是妻子。偶尔心血来潮也曾亲吻过她。毕竟有了三个孩子。多年来，他一直等待着。

　　等待什么呢？他开始自问。这个问题一开始就如一个微弱的回音，后来却变得迫切起来。"回答我，"问题似乎在说。"别磨叽，快想答案！"

　　休穿行在小镇的大街小巷中，嗫嚅道："噢！我已经结婚了，有孩子了！"

　　他回到自己家中。其实，他并不需要用工资来维持生活。他的这所房子相当宽敞，装修得也很舒适。家里有两个黑人女仆，一个专门照顾小孩，另一个则负责烧饭、做家务。其中一个会经常轻声哼唱轻柔的黑人歌曲，有时，休会驻足门外，侧耳聆听。透过门上的玻璃，他可以看到家人聚在屋里。两个孩子在地上玩着积木；妻子则坐着缝缝补补；那个年老的女仆坐在摇椅上，怀里抱着他最小的孩子——还在襁褓里的婴儿。整个屋子好像沉浸在轻柔歌声的音符之中。休也沉浸其中。他静静地等候着。歌声把他带到了遥远的地方，沿着沼泽的边缘，飞入森林。他的思绪一片混沌。要是可以清晰，让他做什么都行啊。

他走进屋子。"嗯，我回来了！"他的脑子仿佛在说，"我回来了，这是我的房子，这是我的孩子。"

他朝妻子威尼弗蕾德看去。结婚以来，她就开始微微发胖了。"或许是当了母亲的缘故吧，她已经有三个孩子了。"他想道。

那个轻声吟唱的女仆带着最小的孩子离开了。他跟威尼弗蕾德断断续续地交谈着。"亲爱的，今天还好吗？"她问。"还好！"他答。

要是两个大点的孩子能专心玩耍，他的思绪就不会乱了。孩子们会在他面前撕扯嬉戏，而妻子从不会那样扰乱他的思绪。整个傍晚，甚至在孩子们都入睡之后，他伪装的外壳表面都没有一点破绽。一个同行教授带着妻子到他家来串门，或者是他带着威尼弗蕾德到邻居家去串门，闲来聊天。就算只有夫妻两人在屋子里，他们也会聊天。"百叶窗有些松了！"她说。房子旧了，绿色的百叶窗不断松动。晚上，风来回拍打着窗户上的铰链，发出咚咚的响声。

休对此作了回应。他说会找个木匠来修一修。之后，他的思绪便开始乱飞了，从妻子面前飞出屋外，到了另一个地方。"我是一所房子，我的百叶窗松了。"他的脑子在说。他把自己想象成一个困在外壳里的生物，正奋力破壳而出。为了避免因对话而分心，他拿了一本书假装在读。他的妻子也开始看书，他凑前去，专心地看着她。她的鼻子是如此这般，眼睛也如此这般。她的手有个小习惯：她沉浸在书中时，手会慢慢地伸到脸颊，轻轻地摩挲着，然后又放下。她的头发很凌乱。婚后，随着孩子们的降临，她并没有太注重自己的形体。她读书的时候，身体倒在椅子里，像是一个麻袋，就像跑完步一样松松垮垮。

休满脑子都在想妻子的体形，但实际上，他并不了解坐在面前的这个女人，也不了解孩子们。有时候，仅仅是那么一瞬间，在他看来，他们都是鲜活的生命，就如他自己一样。后来很长一段时间，他们就如黑人女仆口中轻柔的歌声，飘向远方。

奇怪的是，黑人女仆却总是那样真实。他觉得他和黑人女仆之间有一种默契。她不属于他的生活。他能像看一棵树那样看着她。有时在晚上，他捧书假装阅读。女仆把孩子们带到楼上的房间哄睡。她轻手轻脚地穿过屋子朝厨房走，不看威尼弗蕾德，而是看了看休。他感受到她的目光中流露出奇怪而温柔的神色，好像在说："我的孩子，我懂你！"

如果可以的话，休决心好好清理一下自己的生活。"对，就这样。"他说，仿佛是对着屋子里的第三个人说的。他十分肯定屋子里有第三个人存在——那个人就在他身上——在他的体内——他自己向着第三个人说话。

"看，就是这个女人，跟我结婚的女人，散发出功德圆满的气场。"他说，好像说得很大声。有时候，他觉得自己说得很大声，就会迅速朝妻子那里看去。她仍旧在读书，深深陶醉。"可能是这样的，"他继续说道，"她有了这些孩子，他们便是她功德圆满的事实啊！他们在她的体内孕育而出，而不是从我身上出来的。她的身体已经做过一些事了，现在正在休息。就算她真的有点像布袋那样松松垮垮，也没关系了。"

他站起身，随意编了个借口，便离开房间，走出屋子。他年轻的时候，频繁外出散步，就像疾病反复发作一般突然，这种散步，对他帮助很大。其实，散步解决不了任何问题，只能让他身体疲倦，那样他就可以安然入睡了。散步、睡觉，这样进行了好几天之后，奇怪的事情发生了。现实生活以某种奇怪的形式在他脑海重现。某个微妙的事情发生了。一条狗狂吠着从农舍跑出来，有个男人在前面走着，随手拿起一块石头，朝狗扔了过去。那时可能是傍晚，他在丘陵里的一个村庄散步。很快，他便来到了山顶。他前方的道路在黑暗中延伸，但是在他的西边，穿过片片田野，矗立着一座农舍。太阳已经下山了，但是一缕微弱而鲜艳的光线照亮了西边的天际。一个妇人从农舍里走出来，向牛棚走去。他看不清她的身影，好像提着什么东西——哦，无疑是一只牛奶桶啊，原来她是要去牛棚挤奶呢！

那个男子站在路上，朝农家狗扔过石头，转身看到了休在后面。他为自己如此怕狗而感到有点羞愧。有那么一会儿，他好像是在等着要跟休说话，但后来还是困惑地匆匆离开了。那是个中年男子，但突然出乎意料地，他看起来竟像个男孩儿。

而那个朦胧中向远处牛棚走去的妇人，也停下来朝休那边看。但她不可能看到他啊！她身穿白衣，衬着身后墨绿的果林，依稀可见。她静静地站着，望着，仿佛在直视他的双眼。他有种奇怪的感觉，仿佛她是被一只无形的手托起而送到他眼前。他好像了解她的一生，也了解那位朝狗扔石头的男人。

他年轻不能驾驭生活的时候，就会这样走啊走，直到几次遇到类似的情况，才会恢复正常，可以继续上班，继续在人群中生活。

结婚后，遇到这样的情况，他一离开家便疾步行走起来。他尽快走出小镇，前面一条公路通向青草起伏的大草原。"噢，我不能像之前那样走好几天，"他思索着，"生活中有些现实，我必须面对。威尼弗蕾德——我的妻子，就是个现实；孩子们也是现实。我必须面对现实，必须依靠他们，和他们一起生活，这就是生命生存的方式。"

休走出了小镇，公路两旁都是玉米地。他体格健壮，穿着宽松合身的衣服，却心烦意乱地行走着，一片茫然。一方面，他觉得自己能力十足，在生活中充当着堂堂正正的男人角色；而另一方面，他又觉得完全不是这回事。

这片乡野向外四面延伸，非常开阔。他常常在夜里散步，看不到这番景象。但是他对空间距离的理解和领悟力却很强。"万物都在运动，只有我仍站着不动。"他想道。他在那个大学任教六年了。年轻人走进教室，他便给他们授课。这并没有什么，只不过是跟词语数字打交道而已。他努力激发自己的思想。

是为了什么呢？

仍旧是那个问题，总是蹦出来困扰他，那问题就像小动物渴望得到食物那样渴望得到回答。休打消了回答的念头。他疾步行走，让身体疲惫。为了忘记距离，他开始关注细微的事物。一天晚上，他离开了公路，绕着一块玉米地走了整整一圈。他绕着每一块玉米地，开始细数玉米秆，估算着整个玉米田里有多少棵玉米。"那块田可产出一千二百蒲式耳的玉米呢！"他心想，好像这一切跟他有关似的。他从一根玉米棒的顶端拔出一小撮玉米须，摆弄着，给自己弄了个黄色的小胡须。"我要长出整齐的黄胡子了。"他想着。

一天，在课堂上，休突然带着一种新奇的兴趣打量自己的学生。无意中，一个年轻的女孩引起了他的注意。她旁边坐着尤宁谷商人的儿子，正在一本书的背面写着什么。她朝那看了一眼，然后把头扭了回来。小伙子等待着。

那时正值冬天，商人的儿子邀请女孩一起参加滑冰派对。然而，休并不知情，突然觉得自己老了。他问了女孩一个问题，她茫然不知所措，声音都颤抖了。

下课的时候，发生了一件令人诧异的事。他叫商人的儿子留下来，教室里只剩他们两个，他突然变得怒不可遏。但是声音却异常冷酷平稳。"年轻人，你到教室就是在书背面写写画画，浪费时间的吗？！要是再让我看到类似的事，让你吃不了兜着走。隔着窗户把你扔出去，我说到做到！"

休做了个手势，年轻人吓得脸色苍白默默地离开了。休感到很痛苦。连续好几天，他都想那个女孩。"我会跟她接近，熟悉了解她。"他寻思着。

在尤宁谷，大学老师带学生回家并不是件新奇的事。休决心要带那位女生回家。他几天来都在想着这件事。后来一天下午，他在学校的小山上，看见她在前面下山。

女孩叫玛丽·科克伦，几个月前才到这所大学的，她原来在汉特斯堡，毫无疑问，那是个跟尤宁谷差不多的小地方。她的父亲已经离世，母亲可能也不在了，除此之外，休对她一无所知。他疾步冲下山，赶上她。"科克伦小姐！"他喊道，惊讶地发现自己的声音竟然微微颤抖。"是什么让我如此急切呢？"他心想。从此，休的家里开始了新的生活。一个外人出现在这屋子里，对他来说是件好事。威尼弗蕾德和孩子们也接受了女孩的存在。威尼弗蕾德极力要求她再来。她一周也确实来好几次。

对玛丽·科克伦来说，在孩子们面前是十分惬意的。冬日的午后，她带上休的两个儿子，拿上一个雪橇，到屋子旁的小山去。接着，呼声四起。玛丽·科克伦拉着雪橇上山，孩子们紧随其后。然后他们就一起坐着雪橇冲下来，很是刺激。

女孩很快就成熟了，她把休·沃克完完全全置身于自己生活之外。跟这个突然对自己产生浓厚兴趣的男人，她并没有什么话可说。威尼弗蕾德似乎毫无异议地接受了她，家里从此多了一个新成员。常常在午后，两个黑人女仆忙得不可开交，威尼弗蕾德就会把两个大点的孩子交给玛丽，自己离开了。

或许，在傍晚的时候，休曾同玛丽结伴步行回家。春天，他开始打理荒废的花园。花园已经犁过，但他还是会带锄头和耙子在那儿慢条斯理地收拾。孩子们和女孩在屋子旁玩耍。他不看孩子们，而是盯着她看。"人海茫茫，只有她跟我一起生活，我也希望她能和我一起在这儿忙活，"他思忖着，"可她跟威尼弗蕾德和孩子们不一样，她不属于我。我可以现在走过去，拉起她的手，看着她，然后离开，永不再见。"

想到那一点，对这个心烦意乱的男人是个莫大的慰藉。搁在平时，距离感会诱使他一直向前走下去，像要推倒一堵无形的墙一样，近乎发疯般地连续走上几个小时。而今晚外出散步，情况不同了。

他想着玛丽·科克伦。她是一个乡下女孩，跟成千上万的美国女孩没什么两样。他想知道：他上课的时候，她在想什么；跟他一起走在街上的时候，她在想什么；跟孩子们在屋旁院子里玩耍的时候，又在想什么。

冬天的一个傍晚，天色昏暗，玛丽和孩子们在院子里堆雪人。他走上楼，站在黑暗中，朝窗外看去。模糊中，他可以看见女孩笔直修长的身影在飞快跑动。"嗯，她什么事也没有，也许她可能是一切，也可能什么都不是。她的体态就如一棵小树，还没有开花结果。"他走回自己的房间，在黑暗中坐了很久。那晚，他离开屋子散步时，并没有在外逗留很长时间，而是急匆匆回到家，回到自己的房间，锁起了门。潜意识里，他不希望威尼弗蕾德进门来打断他的思绪。有时候，她确实会这样做。

她一直在读小说，是罗伯特·路易斯·史蒂芬森的小说。全部读完了，就重新开始再读。

有时候，她会走上楼梯，站在门口跟他说话。她会讲故事，或者复述孩子们口里溜出的谚语。有的时候，她也会走进房间，把灯熄灭。靠窗那边，有一张卧榻，她走过去坐下来。休也过去坐下来，她举起手，抚摸他的脸颊。接着，某些事情便发生了。于是，新的生命，进入她的躯体。他们婚前也是这个模式。如今，休不想那样的事再次发生了。他在房间里站了一会儿，然后打开门，走到楼梯口。"威尼弗蕾德，你待会上楼轻点儿！我有些头疼，准备睡觉了。"他撒谎道。

他再次回到房间，锁上房门，那样他就感到安全了。熄了灯，连衣服都没脱便躺在卧榻上。

他在想着玛丽·科克伦，不过没有带什么个人情感。她就像多年前那个挤牛奶的妇人或是朝狗扔石头的男子。

"噢，她还没成形呢，就像一棵小树啊！"他又一次自言自语，"人都像那样，突然就从小孩长成大人了。我的孩子也会如此，小威尼弗蕾德——还不会说话呢——很快也会长成她这么大了。我选择她并没有特别的理由。出于某种原因，我已脱离生活，是她把我拽了回来。看到小孩在街上玩耍，或者老人上楼进屋，也会出现类似情况。她并不属于我，终有一天她会在我视野中消失。而威尼弗蕾德和孩子们则会一直在这待下去，我也会待下去。我们属于彼此，这个囚笼无法挣脱。可玛丽·科克伦是自由的，或者说，至少就我们这个囚笼来说，她是自由的。当然，过不多久她就会建造她自己的囚笼，生活在里面。但这与我毫无关系。"

如今，这是玛丽·科克伦在尤宁谷这所大学的第三个年头了。她几乎成了沃克家里的固定成员。她仍旧不了解休，但是她了解这些孩子，可能比他们的父母还要了解。秋天，她和两个男孩一起到森林里采野果。冬天，他们一起到屋子旁的小水塘上滑冰。

威尼弗蕾德接受了她，就如接受生活的一切——两个黑人女仆的伺候，孩子们的降临，丈夫习以为常的孤言寡语，如此等等。

然而，长期的孤言寡语，竟突然毫无征兆地爆发了。他和一位教授现代语言的德国同事走路回家，发生了激烈争吵。他停下脚步，在大街上对着人们大声叫嚷。随后，他去花园干活，竟得意地吹起口哨，哼起歌来。

秋天的一个下午，他回到家发现全家人都聚在客厅里。孩子们在地上玩耍；黑人女仆抱着他最小的孩子，坐在靠窗的椅子上，轻声哼着黑人歌曲。玛丽·科克伦也坐在那里看书。

休径直冲到她面前，俯视着她的肩膀。就在那一刻，威尼弗蕾德走进了房间。他伸手一把夺过女孩的书，吓得她赶忙抬起头。他咒骂着，把书扔到了屋子一侧的火炉里。话滔滔不绝地涌了出来。他诅咒着书本、人类和学校。"统统去死吧！"他大骂道，"你为什么要阅读生活啊？人们为什么要思考生活啊？为什么不去生活啊？为什么不把书本、思想和学校统统扔掉啊？"

他转身朝妻子看了一眼，她站在原地，脸色苍白，眼神怪异不安地盯着他。黑人老太赶紧起身离开了。两个年纪大点的孩子号啕大哭起来。休感到很痛苦！他看了看坐在椅子上的女孩，她吓坏了，眼里噙着泪水。他又看了看妻子。他的双手，不安地在衣服上摩挲着，在这两个女人看来，他就像是在食品室偷拿食物被抓的男孩儿。他朝妻子看了一眼，说："我给气糊涂了。"但实际上他是在对女孩说，"你知道，我比伪装的还要严重，不是你的书激怒了我，而是因为其他事情。我发现生活大有可为，而我却一事无成。"

他上楼去，回到自己的房间，思忖着自己为什么要对两个女人撒谎，为什么要继续自欺欺人。

他欺骗自己了吗？他试着回答这个问题，却无从答起。他就如行走在阴暗的走廊里，碰到了死胡同。之前那个想逃离生活的冲动，那个曾让他身体疲惫的冲动，再一次发疯般地缠上了他。

他在漆黑的房间里站了很长时间。孩子们的哭声早已停止，屋子里又平静如初。他听到妻子在细声细语地说话，接着，后门"呼"一声响，他知道是女生离开了。

屋子里的生活仍照常进行。什么事也没有发生。休一声不响地吃晚餐，吃完便出去散步。玛丽·科克伦有两个星期没到他家里来了，有一天，他在校园里遇到她。那时，她已不再是他的学生。他说："请不要因我的粗鲁无礼而抛弃我们。"女孩红着脸，一句话也没说。那天晚上，他回到家，看见女孩在屋子旁的院子里跟孩子们玩耍。他径直走回自己的房间。"她不再像一棵小树了，快变得跟威尼弗蕾德一样了，她快成为这里的一部分，成为我生活的一部分了。"他想道，脸上露出一丝僵硬的笑容。

　　玛丽·科克伦到沃克家的造访非常突然地结束了。一天晚上，休待在房间里，她同两个男孩一起爬上楼。吃晚饭时，她说，这是她的荣幸。吃罢晚饭，她要把两个男孩哄入梦乡。

　　休立即上楼去了。此刻，他清楚地知道妻子在哪里，她正在楼下，坐在一盏灯旁，读着史蒂芬森的小说。

　　很长一段时间，他都能听见孩子们在楼上说话的声音。接着，事情便发生了。

　　玛丽·科克伦下楼梯刚到他房门口时，停了下来，转身再爬到楼上的房间。休起身走到走廊。那个女学生返回孩子们的房间，是因为她突然有种强烈的欲望——要亲吻休的大儿子——那个九岁的少年。她悄悄走进房间，站在那，盯着两个男孩看了很久，男孩都已熟睡，对此并不知情。她蹑手蹑脚地走过去，轻轻地亲吻了男孩。她走出房间，此时，休正站在黑暗中，等着她。他拉起她的手，引她下楼到了他的房间。

　　她非常恐惧，这反而让他有些愉悦，真是奇怪。他细声说："呃，你现在不会明白怎么回事，但你迟早有一天会明白的。我准备亲吻你，然后叫你离开这里，永远别再来了。"

他一把抱住女孩，开始亲吻她的脸颊和双唇。他把她领出房门，她吓得浑身发抖虚弱无力，满脑子新奇古怪的想法，艰难地下楼走到他妻子面前。"她要说谎了，"他想着，接着听到她的声音从楼下传上来，如回音一样在他脑海里回荡。"我头疼得厉害，现在得回去了。"嗓音显得混浊沉重，完全不像是个女孩的声音。

"她不再像一棵小树了。"他想道。他对自己的所作所为感到很开心，很自豪。他听到房子后门轻轻关上的声音，心都要蹦出来了，眼睛里流露出一股诡异而微颤的神色。"她将会被囚禁在牢笼里，但这与我毫无关系。她永远不会属于我。我的双手也永远不会为她筑起囚笼。"他自鸣得意地想着，一股无情的喜悦涌上心头。

新英格兰人

她名叫埃尔希·利安得，从小在佛蒙特州父亲的农场里长大。利安得家一连好几代都住在这个农场里，都跟身材瘦小的女人结婚，埃尔希自然也长得瘦小。这个农场位于山脚下，土地并不十分肥沃。从一开始，连续几代下来家族里都是男多女少。儿子们不是去了西部就是去了纽约，女儿们则待在家中。她们怀着新英格兰女人常有的想法，眼睁睁地看着邻家的儿子们一个接一个地到西部去。

她父亲有一个白色的小木屋，从后门走出去，穿过一个小谷仓和鸡窝，你就会发现一条小路延伸到山边，进入一个果园。果园里树木都很老，树皮也很粗糙。果园后面，小山陡降下去，露出光秃秃的岩石。

在篱笆内，一块灰色的巨石高高突起，牢牢地矗立在地面上。

埃尔希背对巨石而坐，脚下是凹凸不平的山坡，放眼望去，不远处的几座大山清晰可见。眼前是许多由整齐的石墙围成的窄小田地，一直延伸到对面大山的脚下。到处都是石头，有些大的太重，卡在地上搬不动，高高地矗立在田野中央。田野像一个个装满绿色琼浆的杯子，琼浆秋天变灰，冬天变白。大山犹如巨人，远在天边又近在眼前。它们准备好随时伸手端起杯子，一杯杯地将里面的绿色琼浆一饮而尽。田野里的巨石犹如巨人的大拇指。

埃尔希的三个哥哥都离家而去了。其中两个去了西部跟叔叔一起住，大哥则去了纽约，在那儿结了婚，事业也蒸蒸日上。父亲年轻时辛勤劳作，日子过得仍然艰苦，但自从大哥开始从纽约往家里寄钱，日子总算好起来了。他照旧每天在鸡窝和田里干活，可他不用再为以后的日子发愁了。埃尔希的母亲早上干家务活，下午则坐在摇椅上，在占地极小的客厅里一边用钩针编织桌布和椅子的背罩，一边想着她的儿子们。她是一个沉默的女人，长得很瘦，双手也骨瘦如柴。她编织桌布和椅子背罩时，并没有靠在摇椅上，而是像个训练有素的军士那样挺直了背坐着，迅速坐下或突然起立。

母亲跟女儿的话并不多。埃尔希每天下午都会踏着山间小路，前往果园后面的巨石那里，待在自己的小天地里。有时父亲会从谷仓里出来拦住她，把一只手搭在女儿肩上，问她要去哪。"到岩石那里。"她如实回答，父亲听后便大笑起来。他的笑声像是谷仓门框生锈的铰链发出的咯吱声，而他搭在女儿肩上的手跟他妻女的手一样瘦骨嶙峋。父亲摇了摇头又钻进谷仓里。"跟她妈一样，像块石头。"他心里想着。家里通往果园的小道前面，长着一大片杨梅树丛。他从谷仓里出来，看着女儿沿着小道往里走，消失在树丛中。他把视线移开，目光扫过房子，望向田野和远处的群山，那些杯子状绿油油的田野和严峻的山脉也进入了他的视野。他近乎疲惫年迈的躯体里，肌肉微微地收缩了一下。他在那里静静地站了很久，长期的经验告诉他，思考是多么地危险。然后，他又回到谷仓埋头修理那件修过多次的农具。

大哥有个儿子，个头瘦小，人又敏感，像极了埃尔希。侄子二十三岁就死了，几年后，大哥也死了，所有钱都留给了年迈的父母。另外两个哥哥去了西部，跟着同是农民的叔叔一起住，直到他们成年。之后三哥威尔在铁路公司找了份工作。他死于一个冬天的早上。那是个寒冷的雪天，威尔在一辆货运列车上当售票员，他负责的列车驶离得梅因市时，他开始往车厢另一端跑，突然脚下一滑，整个人跌进了两节车厢之间的空隙里，就这样死了。

利安得家年轻一代中就只剩埃尔希和她未曾谋面的二哥汤姆还活着。父母谈论着去西部找汤姆，两年后才下定决心。接下来，他们又花了一年时间处理农场，做好准备。这段时间里，埃尔希没有过多地去想她的人生将要发生怎样的改变。

坐火车去西部，一路颠簸，唤醒了埃尔希内心的激情。她处世冷漠，但仍难掩兴奋。母亲在卧铺车厢中挺直腰板坐着，父亲则在车厢过道里走来走去。埃尔希躺在卧铺上睡不着，双颊涨红，纤细的手指不停地拉扯着被子。火车穿城过镇，翻山越岭，驶进森林覆盖的山谷。一夜未眠，她起身穿好衣服，整天坐着，看着窗外这片崭新的土地。火车走了一天，接着又是一个不眠之夜，火车穿过一个平原，平原上每一块田地都跟她家乡的农场一样大。火车一路穿梭前行，沿途的小镇时隐时现。这块土地让她感到极为陌生，局促不安。在她生于斯长于斯的山谷里，一切都是定局，一切都是一成不变。小小的田野被这方土地困住了。它们由道道经年的石墙包围着，被牢牢地固定在自己的位置上。这些田野和俯瞰它们的群山一样，如同逝去的时光无法改变。她觉得它们一直如此，也将永远如此。

埃尔希跟母亲一样直挺挺地坐在车厢座位上，就像训练有素的军士。火车飞速地穿过俄亥俄州和印第安纳州。她那纤细的双手十指紧扣，跟母亲完全一样。偶然经过这节车厢的人会以为她俩是上了手铐的囚犯，被牢牢地铐在座位上。夜幕降临，埃尔希又一次钻进卧铺里。她清醒地躺在卧铺上，消瘦的双颊涨得通红，但脑海里似乎有了新的想法。她双手不再紧握，也不再揪着被子。这一夜，她破天荒地伸了两次懒腰，打了两次哈欠。她的那节车厢下有个轮子坏了，火车在大草原一个小镇上停下来，乘务员拿着明亮的手电筒下来维修。重击声大喊声接踵而来。接着，火车继续前进，埃尔希想起身，在车厢的过道里跑来跑去。她想着：这些修补车轮的乘务员拿着坚硬的铁锤，已经将她生活的牢笼打破了，他们是她在这片全新土地上遇到的新人，永久地摧毁了她原先为自己设定好的生活模式。

埃尔希一想到火车仍驶在前往西部的路上，心中就充满了喜悦。她期望自己永远走在通向未知世界的大道上。她想象自己已不在火车上，而是长出一双翅膀，在天空中自由飞翔。在新英格兰农场，她常年独自倚着巨石而坐，已经习惯了大声表达自己的想法。她那纤细的声音打破了笼罩在卧车内的死寂，父母亲躺在卧铺上，也未入睡，听到她说话，都坐了起来。

汤姆·利安得作为家族年轻一代仅存的男性代表，已有四十岁了，他身材松垮，有点发福。他二十岁娶了邻居农夫的女儿，妻子继承部分财产后，就搬进爱荷华州章克申镇，开了一间食品杂货店，取得爱情与事业的双丰收。大哥去世，父母、妹妹决定前往西部时，他早已有了一女四子。

在小镇北面草原上那片广袤无垠的玉米地里，坐落着一栋还未完工的砖瓦房，那房子原属于一个名叫拉塞尔的富农。他起初是想把它建成县里最豪华的房子，可是就在房子快竣工时，拉塞尔却发现自己不仅身无分文，而且早已负债累累。那个农场原有几百英亩玉米地，早已被分成了三部分卖掉了，但没人愿意买这栋还未完工的大砖瓦房。多年来房子一直空着，房子的窗户是向着田野的，就像一双眼睛注视着田野，眼看着庄稼几乎要种到门口上来了。

出于两个动机，汤姆买下了拉塞尔的房子。在他的认知里，利得安家族在新英格兰地位是相当显赫的。他记忆中，关于父亲在佛蒙特州地位的部分已经很模糊了，但是每当他向妻子讲述时又言之凿凿。"我们利安得家族身上都有着高贵的血统，"他挺着胸膛说道，"我们住在一座大房子里，地位举足轻重。"

除了想让他的父母在这个新的地方感到自在之外，汤姆还有另一个动机。作为一个店主他已经做得不错了，但他并不是个精力充沛的人，他的成功主要是因为妻子那用之不竭的精力。她并没有过多地关注家庭和孩子，孩子们只能像小动物那样照顾好自己，但只要是有关杂货店的事，她的话就是圣旨。

汤姆觉得让父亲拥有拉塞尔那栋房子，可以在邻居眼里树立起父亲的重要地位。"我告诉你，我家人都住惯了大房子，"他对妻子说道，"告诉你吧，他们都过惯了豪华的生活。"

站在爱荷华州空旷的灰土地上，埃尔希没有了先前在火车上的那种兴奋感，但那种兴奋感给她带来的影响却持续了数月。新英格兰小房子里的生活模式在大砖瓦房里上演着。利安得一家在一楼的三四个房间里住了下来。几周后，货车把家具送到了镇上，汤姆用杂货店的货运马车将家具运了回来。几大堆木板占据了三四英亩土地，那原是拉塞尔用来建马厩的。汤姆派了几个人把木板拉走，他父亲打算把那片土地开辟成菜园。他们四月份来到西部，一安顿下来就开始在附近的田地里耕种。打从出生起养成的习惯又回到了埃尔希身上。这个新地方没有残破的石墙围起来的粗糙果树。放眼望去，田野向四面八方延伸，由金属丝围栏分隔开来。在刚开垦的黑土地映衬下，围栏看起来就像蜘蛛网。

然而，田野中间这唯一一座房子却像是海面上升起的孤岛。奇怪的是，房子建成还不足十年，看上去却非常破旧。埃尔希觉得房子无须建这么大，而这正好反映了男人们自古以来的冲动。房子东面有一道上了锁的门，门后是一段通往楼上的阶梯，门前则有两三级石阶。埃尔希可以不受打扰地坐在门前最高那级石阶上，背靠在门上，眺望远方。田野几乎就在她脚下开始向四面八方延伸，就像海洋里的水，似乎看不到尽头。人们就在这片田野上耕种。高壮的骏马成列横穿在大草原上。一个小伙子赶着六匹马径直朝她驶来，引起了她的关注。马儿低头前进，它们健壮的胸膛看起来就像巨人的胸膛。春天温暖潮湿的空气也像一片汪洋，笼罩着田野。马儿就像脚踏海底行走的巨人，用胸脯迎着海水前进，将海水从这个盆地般的海洋里挤了出去。那个驱赶骏马的小伙子也是个巨人。

在石阶顶部，埃尔希把身体紧贴着关闭的门，可以听到父亲在房后地里干活的声音。他正在耙去土里大量的干草，准备用铁锹捣实作为家里的菜园。他过去总是在狭小封闭的田地里干活，到了这里也将如此。在这块宽广的土地上，他将继续用小型农具耕种，无比谨慎地做着细小的事情，种植矮小的蔬菜。母亲在房里将继续编织小巧的椅子背罩。她自己也将是那么地渺小。她会把自己的身体牢牢地靠在房门上，试图让自己脱离别人的视线。只有她那偶尔袭上心头的模糊情感，会变得奔放自由。

这六匹马在围栏前调转方向，最外侧的那匹马被缰绳勒住了。赶马人大声咒骂着。接着他又咒骂了一通，用缰绳拉着六匹马，从这个脸色苍白的女人身边调转方向，奔向了远处。他耕作的那块田地足足有两百英亩。埃尔希没等他骑着马回来就走进屋里，坐了下来，双臂交叉抱在胸前。她把房子想象成一艘漂浮在海面上的轮船，就在刚才骏马列队行进的海里行驶。

五月过去了，迎来了六月。在广袤的田野里，农活像往常一样进行着，埃尔希稍微习惯了眼前的景象：小伙子在顺着石阶而下的田野里耕作。有时他骑马走到铁丝围栏边，会面带微笑朝她点点头。

八月天气正热，爱荷华州田地里的玉米一直疯长，直到玉米秆如同小树般高。玉米地也如森林般茂密。种植玉米的时间已经过了，玉米垄间杂草丛生。赶着壮马耕地的人都已经走了。寂静笼罩着广袤无垠的田野。

在奇妙的火车之旅中，埃尔希部分苏醒的意识，在她来到西部后第一个夏天的农闲季节，再次苏醒了。她觉得自己不再是以前那个一本正经、身材瘦小的女人了，不再是那个有着挺直腰杆如军士的女人了。她感觉到了体内有一种新的力量，这力量跟她现在住的这片新土地一样地奇特。有一段时间，她不知道自己到底怎么了。田野里的玉米长得很高，挡住了她眺望远方的视线。埃尔希家坐落在一小块光秃秃的土地上，在广阔高大的玉米墙包围下，就像一座监狱。有一段时间她情绪低落，以为来到了西部这片广袤无垠的田野，结果却发现自己被锁进了一个比以前更紧的牢笼里。

突然，她心生一念，站起身，往下走了三四级石阶，然后坐在几乎与地面平齐的一级石阶上。

她立即有了一种如释重负的感觉。不能从玉米地上方看到远处，但可以从底下看过去。玉米叶又长又宽，在玉米垄之间相互交错。地里一排排玉米形成了长长的垄沟，向远处无限延伸。黑土地上长出的野草犹如一张松软的绿毛毯。斑驳的光点从上面射下来，洒在绿毯上。玉米垄沟变得奇美无比。它们是通往热情生活的康庄大道。她从石阶上站起来，小心翼翼地向那张把她和田野隔开的铁丝网走去，把手从铁丝网的缝隙中伸出去，紧紧地握住一根玉米秆。不知道为什么，触摸这根坚硬的玉米幼秆，紧紧握了一会儿，她突然害怕起来。飞奔回到石阶上，坐下，双手捂着脸，全身颤抖。她试图想象自己翻过围栏，漫步在一排排玉米形成的长廊上。一想到把这个想法付诸实际行动，她就既向往又害怕。于是迅速起身，走进屋里。

八月某个星期六的晚上，埃尔希辗转难眠。比以往更加明确的想法萦绕在她的脑海里。那晚天气特别热，她的床就靠在窗边。家里只有她一个人住在二楼。午夜，微风从南边吹来。她坐在床上，眼前的玉米地就像海面，在微风吹拂下，泛起一层层涟漪。

玉米开始在地里喃喃细语，回忆如潺潺流水开始淌进她的脑海。又长又宽的肥厚玉米叶在八月的高温下开始变得干瘪起来，在夏风的吹拂下，相互摩肩接踵。先是一个声音从远处传来，接着陆续传来一千个声音。她想象着这是孩子们的声音。这些孩子并不像汤姆的孩子那样，像小动物般喧闹和骚嚷，而是十分不同的小东西，长着大大的眼睛和纤细敏感的手。他们一个接一个轻轻地爬到她的怀里。她因为幻想而兴奋起来，坐在床上，把枕头紧紧地抱在怀里，贴在胸前。脑海里浮现出侄子那张苍白敏感的面容。此刻，仿佛这个年轻人突然出现在她面前。她把枕头扔在一旁坐着，紧张而期待地等着他的到来。

年轻的哈里·利安得死前的那年晚夏，曾到过新英格兰农场看望埃尔希，还在那里住了一个月。几乎每个下午，他都和埃尔希一起坐在果园后面那块巨石旁边。一天下午，他们都沉默了很久，他终于开始说话了。"我想去西部住。""我想去西部住，我想变得强大，成为真正的男子汉。"他反复说，眼里闪着泪光。

他们起身往回走，埃尔希在这个年轻人身边静静地走着。那是她一生中最难以忘怀的快乐时刻。一种从未有过的渴望袭向心头，怪异而强烈。他们默默地穿过果园，来到杨梅树丛边，她侄子突然在小道停下脚步，转过身来面向她。"我想要你吻我。"他向她迈进一步，急切地说道。

埃尔希顿时心跳加速，心乱如麻，她侄子也觉察到了。他如此突然的请求，他站得离她如此之近，都能感受到他呼吸的气息。他脸颊通红，一只手握着她的手，抖个不停。"呃，但愿我强大起来，但愿我强大起来。"他支支吾吾地说着，转过身独自朝着房子的方向走去。

这陌生的新住所就像玉米海洋里的一座孤岛，哈里·利安得的声音似乎又在耳边响起，盖过了田野里这些虚幻孩子的声音。埃尔希下了床，借着窗子里透进来的微光，在房里来回踱步。她的身体剧烈地颤抖。"我想要你吻我"，这个声音再次在她耳边回响起来。为了平复这个声音，同时也为了平复她心中对此的回应，她跪在床边，再次把枕头搂在怀里，把脸紧紧地贴在枕头上。

每逢星期天，汤姆·利安得都带着妻子儿女看望父母。大约早上十点他们就到了。马车走在房子另一侧的马路上，汤姆就开始叫喊起来。房子和马路中间隔着一片宽阔的田地，马车驶进玉米地狭窄的通道，湮没在田野里。汤姆大喊着，他的女儿伊丽莎白从马车上跳了下来。她是一个身材高挑的十六岁女孩。五个孩子都穿过玉米地朝房子飞奔而来。一阵阵狂野的呼喊声打破了这个寂静的早晨。

这个食品杂货商从店里带来了一些食物。从马车上把马卸掉牵进马棚后，他和妻子开始大包小包地把东西搬进房子里。姐姐陪着四个小男孩，消失在附近的田野里。从镇上一直尾随马车而来的三只狗也跟着孩子们跑了出去。附近农场有两三个小孩，偶尔还有个年轻的男子过来凑热闹。埃尔希的嫂子大手一挥驱散了孩子们。大手一挥，也把埃尔希赶到了一边。房里生起了火，炊烟袅袅，飘出了阵阵饭菜的香味。埃尔希出去，坐在房子旁边的石阶上。往日平静的玉米地里，此时响起了孩子们的叫喊声和狗的吠叫声。

汤姆最大的孩子伊丽莎白跟她母亲一样充满活力。她长得又高又瘦，就像她父亲家族里的女人一样，但不同的是，她强壮而富有活力。私底下，她很想表现得像个淑女，每当她试着这样做的时候，弟弟们连同爸爸妈妈都会取笑她。

"别装了。"他们总这样说。到了乡下只有弟弟和邻近农场三两个男孩时，她就变成了野小子。她和男孩们跟在狗群身后，在田野里狂奔，追赶兔子。有时，一个青年会和附近农场几个孩子一起过来。这时她就不知道该怎么做了。她想装作端庄沿着一排排玉米走，但又怕弟弟们取笑她，只好把心一横，表现得比男孩子们更加粗野喧闹。她一边奔跑，一边疯狂地叫嚷着。她翻过铁栅栏追赶狗群，连裙子都钩破了。一只兔子被捉住咬死了，她立马冲过去，把它从狗嘴里撕扯出来。她提起兔子，在头顶甩起来，向其他孩子叫喊着，鲜血从奄奄一息的小动物身上滴落到她的衣服上。

那个一整个夏天都在埃尔希眼皮底下耕作的农场工人迷上了这个城镇女孩。他们一家人星期日早上到来，他也会跟到那里，不过并没有进入房内。男孩和狗在田野上奔跑追逐，他也加入其中。他感到不自在，不想让男孩们知道他加入的目的，特别是和伊丽莎白单独相处，他会更加局促不安。他们一起默默地走了一会儿。在附近很大的范围内，男孩和狗在森林般的玉米地里追赶着。年轻人有话想对伊丽莎白说，但每当他想开口时，就感觉舌头打结，口干舌燥。"呃，"他开始说道，"你……我……我们……"

他话还没说出口，伊丽莎白就已经转身跟着弟弟们跑了，在这天剩下的时光里，他再也找不到机会和伊丽莎白独处了。他一加入进来，她就变成这群人里最吵闹的一个。一阵狂热包裹着她。她头发凌乱披散在背上，衣服钩破了，双手和脸颊也划破了，流着血，她带着弟弟们没完没了地疯狂追赶兔子。

八月份埃尔希·利安得失眠后的那个星期天，天气阴沉闷热。那天早上，她精神不佳。哥哥一家人从镇上来到农场，她就悄悄地走开了，坐在房子侧边的石阶上。孩子们飞奔进入田野。一种近乎无法抵抗的欲望笼罩着她，她想跟着他们一块沿着玉米垄沟奔跑、叫喊、玩耍。她起身来到房子后面。父亲正在菜园里干活，拔掉蔬菜行间的杂草。她能听到嫂子在房子里不停走动的声音。在前门廊，哥哥正熟睡在母亲身旁。埃尔希回到石阶上，接着又起身，走到能够到玉米的围栏处。她笨拙地翻过去，沿着玉米垄沟走了一小段路。她伸手触摸结实的玉米秆，突然害怕起来，跪在地毯似的杂草地上。她久久地跪在那里一动不动，静静地倾听着远处孩子们传来的声音。

一个小时过去了。马上就到了吃饭时间，嫂子到后门来喊孩子们吃饭。远处传来孩子们的应答声，埃尔希看到他们奔跑着穿过田野，翻过围栏，叫嚷着跑过她父亲的菜园。埃尔希也起身，正要爬回围墙另一边，无意间听到玉米地里传来一阵窸窸窣窣的声音。这时，年轻的伊丽莎白·利安得出现了。走在她身旁的是那个农夫，埃尔希现在所站的这片玉米地就是他几个月前耕种的。她看到两个人沿着玉米垄沟慢慢走过来。他们已经建立起了某种默契。小伙子走到两排玉米秆之间，想拉起女孩的手，而她羞涩地笑着跑到围栏边，动作敏捷地翻了过去，手里还握着被狗咬死的兔子那软绵绵的尸体。

那个农夫离开了。伊丽莎白走进了房子，埃尔希这才翻过围栏。埃尔希的侄女正好在厨房里，手里提着那只死兔子的一条腿，另一条腿早被狗撕扯掉了。看见这个新英格兰女人正在用严肃而冷漠无情的目光打量着自己，伊丽莎白感到很难为情，迅速地走进了房子。她把兔子往客厅桌子上一扔，就跑了出去。兔子的血流了出来，染红了埃尔希母亲编织的白桌布上精美的花纹。

在尴尬沉默的氛围中，利安得家尚在人世的人齐聚一桌，吃起了午饭。饭后，汤姆和妻子洗完餐具就在前门廊坐下，陪两位老人说话。现在哥嫂两人都睡着了。埃尔希回到房子侧边的石阶上，再去玉米地的欲望袭向心头，她却起身走进房里。

这个三十五岁的女人像个受惊的孩子一样，踮着脚在这座偌大的房子里走着。搁置在客厅桌上的死兔子已经变得冰冷僵硬了。它在白桌布上留下的血也已经干了。她上了楼，却没有回自己的房间，一种冒险精神袭来。楼上有很多房间，有些房间的窗户还没装上玻璃，而是用木板封起，一束束光线从木板的夹缝里投射进来。

埃尔希踮着脚走上一段楼梯，经过她的卧室，开门进了另一间房里。房间的地板上布满了厚厚的灰尘。一片寂静之中，她能听到哥哥的鼾声从前门廊的椅子上传来。远处似乎传来了孩子们尖锐的叫喊声。这些叫喊声突然变得柔和了，就像昨晚田野里召唤她的胎儿声。

她想象着，前门廊上，母亲静静地坐在儿子身旁，只等待着白日耗尽，夜幕降临，这一幕不禁让她如鲠在喉。她想要某种东西，却不知道具体是什么。她被自己的情绪吓了一跳。在房子后部还没装玻璃窗的一间房里，有一块木板已经裂开，一只小鸟飞进来逃不出去了。

女人的出现惊扰了鸟儿，吓得它疯狂地到处乱飞。它使劲拍打翅膀，弄得房间里尘土飞扬。埃尔希一动不动地站在那里，也受到了惊吓，倒不是因为鸟儿，而是因为生命本身的存在。像这只鸟儿一样，她也是个囚犯。这种想法一直萦绕在她的脑海，挥之不去。她想要到田野里去，到她侄女和年轻的农夫一起走过的那片玉米地里，但她却如同这被困的鸟儿。她焦躁不安地来回踱步，惹得鸟儿到处乱飞。最后，它降落在木板断裂的窗台附近。她与小鸟惊恐地对视着。接着，鸟儿从窗子里飞了出去，埃尔希急忙转身，焦急地跑下楼来到院子里。她翻过铁丝围栏，弯下腰沿着一条长长的玉米垄沟奔跑。

埃尔希带着心中唯一的渴望跑进了这片广阔的玉米地里。她渴望摆脱现状，迎接一种全新的甜美生活，她坚信这种生活一定藏在田野的某个角落。跑了很长一段路，来到一个围栏前，翻了过去。她的发髻松了，头发散落在肩上。她双颊通红，此刻看起来像个年轻的少女。她翻过围栏时，连衣裙的前胸划破了，钩出一个大大的裂缝。一时间，小小的双乳袒露无遗，害得她一只手紧握着裂缝的另一端。远处传来男孩们玩耍的声音和狗的吠叫声。天气一连几天都是阴沉沉的，天空中乌云密布，一场酝酿已久的暴风雨就要来了。她紧张而兴奋地往前奔跑，时而停下脚步来听一听，又继续往前奔跑。干枯的玉米叶如刀片般擦着她的肩膀，黄色的玉米穗屑如陈雨般落到头上。她不停地往前跑，地里不断发出噼噼啪啪的声音。落在头上的玉米穗屑犹如一顶金色的皇冠。天空响起一阵低沉的隆隆声，犹如巨狗的低声咆哮。

她永远无法逃避的冒险想法，此刻已经深深地刻在她的脑海里。她感到身体一阵阵剧痛。现在她不得不停下来坐在地上歇一会儿。

她闭着眼坐了很长一段时间。裙子变得脏乱不堪。玉米地下的小昆虫从洞穴里出来，爬到了她的腿上。

顺着某种莫名的冲动，这个筋疲力尽的女人重重地倒在地上，闭上眼睛一动不动地躺着。她不再感到恐惧。房间似的垄沟给她的感觉是那么地温暖，那么地亲切。已经感觉不到身体两侧的疼痛了。她睁开双眼，透过两边宽大绿油的玉米叶中间的缝隙，零星地看到阴沉沉的天空乌云密布。她不想受到惊吓，于是又闭上了双眼。她的手不再紧紧地拽着裙子的裂口，任由小小的双乳袒露在外，随着呼吸一张一缩地起伏。她把双手枕在头下，一动不动地躺着。

埃尔希感觉自己似乎这样安然消极地躺了几个小时。内心深处，她感觉有什么事情就要发生，可以让她从现在的生活中解脱出去，带走过去的自己，也带走过去的家人。她的想法没那么明确。她一动不动地躺在那里等待着，正如她在老家那块巨石旁日复一日月复一月地等待。头顶上空不断传来阵阵低沉的雷鸣声，可天空还有她所熟悉的事物却似乎渐行渐远，与她毫无关系。

沉寂了很长一段时间，埃尔希感觉自己像在梦里一样解脱了，这时她听到一个男人的呼喊声。"啊吼，啊吼，啊吼。"那个声音呼喊着。又沉寂了一段时间，传来了一阵应答声，接下来她听到玉米地里传来孩子们穿行的窸窣声，还有他们喋喋不休的说话声。一只狗沿着她躺下的那道玉米垄沟跑来，站在她的身旁。它冰冷的鼻子碰到了她的脸，她坐起身来。那只狗跑开了。利安得家男孩们从附近经过，赤条条的腿在垄沟里闪现。她哥哥开始担心这场快速逼近的雷雨，想带着家人回到镇上去。他的呼喊声不停地从房子那边传来，孩子们的应答声也从田野里响来。

埃尔希坐在地上，双手紧扣在一起。一种奇怪的失落感涌上心头。她站起身，大致沿着孩子们走过的方向慢慢地往回走。来到一处围栏前，翻爬过去，连衣裙又有一处钩破了。她的一只长袜松了，从腿上滑到了鞋上。又长又利的杂草划破了她的腿，现出一道道纵横交错的红色伤痕，但是她一点也感觉不到疼。

这个女人心烦意乱地跟在孩子们后面，直到看见父亲那栋房子，她才停下脚步，再次坐在地上。天空中又响起一阵巨大的雷声，汤姆·利安得再次喊起孩子们，但是这次声音中带着些怒气。呼喊伊丽莎白的声音雄浑有力，就像隆隆的雷声，在玉米垄沟里回响。

这时伊丽莎白在那个年轻农夫的陪同下出现了。他们刚好在埃尔希附近停下脚步，那个男的把女孩拥入怀里。他们的声音越来越近，埃尔希把脸贴在地上，扭动着身子，调整姿势，这样既可以看到他们又不会被发现。他们亲吻起来，她双手紧紧抓着身旁的一根玉米秆，双唇压进尘土里。他们继续前行，她抬起头，双唇沾满了尘土。

似乎又一片漫长的寂静笼罩在田野上。在这片沙沙作响的田野里，她虚构的胎儿低语声，顿时变成了巨大的呼喊声。风越吹越猛，吹得玉米秆左摇右晃，东倒西歪。伊丽莎白若有所思地走出了田野，当着父亲的面翻过那道围栏。"你去哪了？干什么去了？"他问道，"不知道我们得回去了吗？"

伊丽莎白向房子那边走去，埃尔希像小动物一样四肢着地悄悄地跟在后面。但看到房子周围的围栏时，她又停了下来，坐在地上，双手捂着脸。她思绪纷乱，正如此刻的玉米秆梢一样被风吹得东倒西歪。她坐下来，这样就可以不看向那座房子。她睁开眼睛，就可以再次看到那些神秘的狭长垄沟了。

哥哥、嫂嫂和孩子们都走了。埃尔希转头看到他们正驾着轻快的马车从房子的后院出去了。伊丽莎白这个年轻的女人走了，狂风的吹拂下，玉米地中央的这座房子看起来像是世上最荒凉的地方。

母亲从房子后门出来，跑到女儿习惯坐着的石阶上，开始担心地呼喊着。但埃尔希并没有回应母亲，仿佛这个老人的呼喊与自己毫无关系。那是一个虚弱的声音，很快随风吹散，淹没在田野的狂呼中。埃尔希把头转向房子那边，久久地盯着母亲，看到她在房子周围发狂地来回跑了一阵子，又回到了房内。房子后门砰的一声关上。

这场来势汹汹的暴风雨终于爆发了，天空中发出一阵阵轰鸣声，倾盆大雨冲刷着玉米地，也冲刷着这个女人的身体。她内心积聚多年的那场暴风雨也爆发了。她开始啜泣，任由自己陷入内心那阵悲伤的风暴中，但那仍不是她悲伤的全部。眼泪肆意地从眼里流出来，在她满脸灰尘上留下了道道泪痕。杂乱的湿发耷拉在双耳上。暴风雨断断续续地停息了几次，每每此时，她抬起头，透过雨打田地的声音，就能听到父母那虚弱的呼喊声从家中传来。

大动干戈

　　有一次，我坐火车遇到了一个女的。车厢里很挤，我就坐在她旁边的位子上。不远处还坐着一个男的，跟她同行——他身材苗条得像个少女，却穿着卡车司机冬天才穿的深棕色帆布大衣。那男子在过道里来回走动，想要坐我的位子，不过当时，我没明白他的意思。

　　那女子长着一个大脸盘，鼻子厚厚的，天生的鼻子不可能这样又宽又厚又丑，肯定是出事了，挨过打或是摔过一跤。她用流利的英文跟我攀谈。我想，她该是一时厌烦了那个男的，他俩同行了几天没准几星期了，而此刻她好不容易有机会碰上其他人消磨些时光，当然是十分乐意了。

　　大家都知道，深夜里挤火车，是怎样的感受。火车一路穿过西爱荷华州和东内布拉斯加州。连日降雨造成田野大片积水。那晚夜空宁静，明月当头，车窗外的景色怪异而美丽。

　　你会感受到：黑压压光秃秃的树木一簇簇伫立在乡野之中，火车咯噔咯噔一路向西飞速行进，一会儿穿过孤零零的农舍发出的灯光，一会儿穿过城镇密集的灯光，水洼月影也一闪而过。

　　那女的刚从战火纷飞的波兰逃出来，天知道她跟情人费了多大的劲，才奇迹般逃离那片饱受灾难的土地。她让我切身感受到了那场战争，下面我想跟大家分享的这个故事，就是她讲给我的。

直到她的故事融入车窗外那神秘寂静的夜色之中，变得意蕴深长余味无穷，我才能记起我们的交谈是如何开始的，我才能告诉你，我的情绪是如何神奇地随着她的情绪而起伏的。

在波兰，一个德国人负责沿路押送一批波兰难民。那个德国人大约五十岁，蓄着一把络腮胡子。每当我想起他，眼前浮现的总是一个美国大学教授，可能在爱荷华的得梅因，也可能是在俄亥俄的斯普林菲尔德教外语。

这样的人大概会有着强健的体格，习惯于美食佳肴，也可能酷爱读书，信奉行伍哲学。

然而，他却卷入了这场战争，就是因为他是德国人，他的灵魂浸透着德国人的强权哲学。

我感觉，他脑海里隐约另有一种观念不断困扰着他——为了全心全意为国效劳，他博览群书，而那些书会让他对这一强大而可怕的理念重新产生认识。然而，年过半百的他已无法在前线厮杀，只能看守着一群难民，带领他们离开千疮百孔的家园，去铁路附近的营地生活，起码那里他们还能有口饭吃。

那些难民，除了那个我在美国搭火车偶遇的女子、她的情人、她六十五岁的老母亲，其他的都是农民。她们曾是小农场主，同行的人多在她们土地上帮工。

那个德国人拖着沉重的脚步，催促着难民沿着波兰的乡间小路前进。

他蛮横地坚持前进，而那个六十五岁的老太太，某种程度上来说是难民们的领袖，几乎同样蛮横地不时拒绝前进。夜里下起了雨，她在泥泞的道路上停下了脚步，跟她同一阵营的难民聚集到了她的身边。她一边像匹烈马似的摇着头，一边用波兰语嘀咕着。"别管我，我就想一个人待着，别管我。"她一遍又一遍地重复着。德国人见状便走过去推着她的背往前走。就这样，在阴冷漆黑的夜晚，他们一路走走停停——她不断地咕哝，他不断地推搡。波兰老太太和德国人打心底里厌恶着对方。

那群人来到浅溪岸边的树丛中，德国人抓住老太太的手臂，拽着她蹚过了溪流，其他人跟随在后。老太太依然一遍又一遍地嘀咕着："别管我，我就想一个人待着。"

树丛中，德国人开始生火。他从大衣内袋掏出火柴，再从一个小橡胶内衬倒出一些干树枝，生火效率十分惊人，片刻间火舌就蹿得老高了。随后他拿出香烟，坐在一棵凸起的树根上，一边吸烟一边盯着火堆对面的难民，而难民们则聚拢在老太太的身旁。

不料，德国人睡着了，他的麻烦也随之而来。他睡了一个小时，再醒来难民就不见了。你能想象，他急得跳起来，迈着沉重的脚步往回赶，穿过那条小溪，沿着泥泞的道路，去把那些难民再一次集中起来。他会非常生气，但不会惊慌失措。他知道，这只是一件小事，只要沿原路往回找，不怕远，就一定能找到，就像沿路寻找迷失的牛群一样。

后来，德国人赶上了那群人，跟老太太厮打了起来。这次，她一反常态，向德国人扑去。她一只手抓住他的胡子，另一只手死死掐进他肥厚的脖子。

他俩在路上撕扯了很长时间。德国人已经十分疲倦，没有表面上看起来的那般孔武有力，也正因为如此，他才没能举起拳头狠揍那个老太太。他抓住老太太瘦削的肩膀往外推，而老太太则不甘示弱地往回拉。这场缠斗，就好比一个人用鞋带使劲把自己提起来。看来这两人是铁了心要缠斗不休了，不过他们可没那么身强体壮。

接着，他们两个人的灵魂开始较力。火车上的那位女子让我清楚地理解发生的这一切，朦胧的夜色和摇晃的火车助了我一臂之力。不过，你们就可能很难感同身受了。

在雨夜微弱的灯光下，两个幽灵在荒凉的泥路上缠斗，的确很扎眼。空气中都弥漫着撕扯的气息，难民们则聚在一旁瑟瑟发抖。除了疲倦和寒冷，当然，还另有他因。周围的气氛令他们模糊地感觉到，即将有事发生。那个女子说，只要能结束这场厮斗，她豁出命都行，哪怕有人点亮一盏灯也好啊，她的情人也是如此感受。她说，他俩就像两股风一样扭打成一团，就像一团软绵绵的云变得坚硬，却徒劳无功地硬要将另一团云挤出天外。

后来，厮打结束了，老太太和德国人精疲力竭地跌倒在马路上。难民们聚在一起等待着。他们知道事情并未结束，实际上，还有更甚的事情即将发生。这种感觉萦绕在他们心头，你瞧，他们挤在一起，也许还发出点呜咽声呢。

接下来发生的事才是整个故事的重点。火车上的女子描述得非常清楚。她说，厮打结束，两个灵魂重新回到两具躯体里，但是老太太的灵魂附在了德国人的身上，而德国人的灵魂却附在了老太太的身上。

当然，自那以后，一切都变得颇为简单。那个德国人坐在马路上，开始摇头晃脑，不停地说"别管他，他就想一个人待着"云云，而那个波兰老太太却从他的口袋中掏出证件，开始催着大伙儿往回走。她野蛮而粗暴地驱赶着，有时他们累了，她就用手推搡着他们走。

　　这个故事的后续还很长。那个女子的情人，曾是一个老师，拿着那些文件带着心上人离开了波兰。但我已经忘记了那些细节。我只记得，那个德国人坐在路旁，咕哝着说，不要管他，他就想一个人待着。而那个累坏了的波兰老母亲则是刻薄地念叨着，逼着疲惫不堪的大伙儿连夜赶回自己的家乡。

孕育新生

山脚下，沼泽里长满了香蒲草；山顶上，一阵风吹过，拂动胡桃树上的枯叶，发出沙沙声响。

她走过胡桃树，来到一片草地，那草长得真高，纵横交错。农舍传来"砰"的关门声，惹得屋前路上的一条狗狂吠了起来。

许久，四周静寂无声，直到一辆货车颠簸驶过结冰的路面。颠簸声穿过草地而来，她就躺在草地上，身上散发着一股清香，任由那微微的余音轻柔地抚摸。良久，那马车才颠簸离去。

忽然，另一个声音打破了寂静。一个小伙子从邻近的农舍里走了出来，悄悄穿过农场，翻过栅栏，同样也爬上了这座小山丘，一时间并没有留意女子几乎就躺在他脚边。他朝着农舍望去，双手插在口袋里，似骏马般昂然立于冻土之上。

一阵芳香幽幽传来，是她的味道，接着他就注意到了她。

女子纹丝不动地躺在那儿，他跑过去跪了下来。今晚爬山的情境，跟以往迥然不同，她也判若两人，再也不必谈天说地漫长等待了。他斗起胆子抚摸她的脸颊、她的脖颈、她的乳房、她的臀部。她的身体变得紧致而强韧，让人觉得古怪却又新奇。他吻她，她却没有躲开，反倒让他一时间胆怯起来。不一会儿，他又恢复了勇气，躺了下来，跟她偎在一起。

他打小就一直在农场务农，在广袤富饶的黑土上不断耕作。于是，他变得自信起来，开始在她体内深耕细作，将种子埋进那温暖肥沃而颤抖不止的土壤里。

就这样，她怀上了他的种。寒冷的冬天，每逢晚上，她便沿着山丘下的一条小径，一直走到山上她平时挤奶的牛棚里。慢慢地，她身子渐显，变得臃肿，走起路来左摇右摆，肚子里的儿子也跟着一起摇摆。

他感应到座座小山的韵律。

他感应到片片平地的韵律。

他感应到双腿摆动的韵律。

他感应到坚实的双手挤奶的韵律。

有片田野布满石子，非常贫瘠。冬去春来，到了温暖的晚上，她便挺着个大肚子来到这里。露出地面的小石头，就像孩子们的脑袋。田野沐浴在月光之中，顺势而下，一直延伸到潺潺的小溪边。几只绵羊，嘴巴伸进石缝里，啃着稀疏的青草。

成千上万的石子埋在荒地里，争先恐后破土而出，急着出来见她。溪水哗哗地漫过石头，一路嘶叫着。她在田野里待了良久，浑身发抖，满心忧伤。

她从一块巨石上起身，沿着一条小路经过寂静的牛棚，向农舍走去，体内的胎动声从黑暗中不时袭来。

她倒在床上，唯有这孩子在她体内挣扎，用后脚跟踢着妈妈的肚子，仿佛那是监狱的四壁。她纹丝不动躺着倾听，似乎只有这一种微弱的声响，划过寂静的夜空，向她传来。

无踪无影

一

罗瑟琳·韦斯科特，今年二十七岁，体格高大健壮，此刻正沿着爱荷华柳泉镇附近的铁轨散步。那是八月里的一天，大概下午四点钟。之前她在芝加哥找了份工作，但她从芝加哥回到家乡已经有三天了。

那时，柳泉镇大概只有三千人口，不过后来人数慢慢增加了。镇上有一个广场，广场中央是镇政厅，广场四周正对着镇政厅的是一些销售机构。广场之上寸草不生，光秃秃的；广场之外是一座座木房子，形成一条条又长又直的街巷，再向外延伸，就形成了乡间小路，最后消失在平坦的大草原上。

罗瑟琳对每个人都说，她呀，只是因为想家才回来暂住几天的。她有件事特别想跟母亲谈，但却难以启齿。她甚至发现很难跟父母待在同一屋檐下，不论白天黑夜，无时无刻不渴望逃离这个小镇。那天下午，骄阳似火，她走在铁轨上，不停责骂自己。"我变得越来越郁郁寡欢了，这样下去可不好啊。我要想干，直接去干就好了，何必这么小题大做啊。"她心里想着。

铁路穿过平坦的玉米地，出了柳泉镇向东延伸两英里，到了一片稍微下沉的地方，名叫柳溪，上方横跨着一座小桥。小溪现在已经干涸了，但在溪边龟裂泥地的灰色裂缝里仍生长着一些树木。这泥地在秋冬和春季就会成为溪床。罗瑟琳离开铁轨，走到一棵树下坐着。她双颊通红，前额都湿透了。她摘下帽子，头发零乱地披落下来，几缕头发黏在了湿热的脸上。她坐的地方形状好似一个大碗，四周则长满了茂密的玉米苗。一条尘土飞扬的小路沿着河床，从她面前穿过。每天傍晚时分，牛群都会从远处的牧场沿路缓缓走来。旁边有一大坨牛屎，上面布满了灰尘，几只乌漆发亮的屎壳郎正爬在上面，把牛屎滚成一个个球，为繁殖下一代准备着。

每年这个时候，夏日炎炎、尘土飞扬，大家都巴不得躲得远远的，罗瑟琳竟然回来了，没有人想到她会回来，她也没有提前告诉任何人。就是在芝加哥一个闷热的早晨，她起床后就莫名其妙地开始收拾行李，当天晚上，就赶回柳泉镇，回到了她住了二十一年的房子，回到了亲人身边。她从车站出来，搭上旅馆巴士，一声招呼也没打就走进了家里。厨房门边有一个水泵，父亲正在抽水，母亲快步走到客厅迎接她，身上的围裙满是油污。屋子里的一切都还是过去的模样。"我就是想在家待上几天。"她说完，一边放下背包一边吻了一下母亲。

见到女儿，爸爸妈妈很是高兴。那天晚上，他们兴奋不已，特意张罗了一大桌丰盛的晚餐。晚饭过后，爸爸和往常一样去了镇里，但这次他仅仅待了几分钟就回来了。临出门，他很不好意思地说："我就是想去趟邮局拿下晚报。"天已经黑了，母亲换上一条干净的裙子，跟女儿坐在前廊上，有一搭没一搭地说着话。"芝加哥现在热吗？今年秋天我准备做些罐头呢。再迟些，我就可以给你寄一箱水果罐头了。你还住在北区老地方吗？晚上可以到公园那边的湖泊走走，肯定很不错！"

离柳泉镇两英里，罗瑟琳坐在铁路桥旁的树下，看着屎壳郎忙个不停。在太阳下走了那么久，她全身滚烫滚烫的，薄裙被树下草地的尘土弄脏了，紧紧粘在腿上。

她从小镇逃了出来，从母亲家逃了出来，她回家探访三天，天天如此。她并没有挨家挨户去看望以前的同窗好友，她们都留在了柳泉镇，结婚生子安定了下来。有一次，罗瑟琳看见一个同学，推着婴儿车，身后好像还跟着一个小孩，便停了下来和她寒暄了几句。"今天可真热啊。你还住在芝加哥的那个老地方吗？我和我丈夫想带上孩子离开这儿一两星期。你住得离湖泊那么近，真的是太羡慕了。"罗瑟琳听了几句，就匆匆离开了。

回到家乡看望母亲期间，她时时刻刻都在努力逃避。

逃避什么呢？罗瑟琳为自己辩解。其实有些事情，关于她在芝加哥的事，她是希望能和母亲谈谈的。但是她真的想和母亲聊心事吗？她曾以为再次呼吸到家乡的空气，能够给她勇气去面对生活和生活中的困难。

大热天一路辛苦劳顿，从芝加哥回到这里，难道只是为了一整天都漫步于尘土飞扬的乡间小道，或者到铁轨沿线令人窒息的玉米地间来回游荡？真是太无意义了。

"我肯定是有期待的，可这也不过是一个不可能实现的希望罢了。"她茫然地想着。

柳泉镇是一个极其乏味、死气沉沉的小镇，像这样的小镇，在印第安纳、伊利诺斯、威斯康辛、堪萨斯、爱荷华也有成千上万个，不过她的心境使得这一切更显沉闷单调。

她在柳溪干枯的溪床边一棵树下坐了下来，回想着父母居住的那条街道——那个她一直住到长大成人的地方。仅仅因为一系列的变故，她现在才没有住在那里了。她的哥哥，大她十岁，结了婚搬去了芝加哥。他曾叫罗瑟琳去那里看看，也就是那次去芝加哥后，她就留在了那里。她哥哥是个旅行推销员，常年在外。他告诉罗瑟琳："不如你留在这儿陪你嫂子贝丝，顺便学学速记，你要是不想用速记，那就算了。爸爸也完全可以照顾好你，我只是觉得你会想学点东西。"

"那都是六年前的事了，"罗瑟琳有气无力地想着，"我当城市女性已经有六个年头啦。"她的脑袋不停地转着，各种记忆的片段匆匆闪过。在那里，她成了一名速记员，有些想法曾一度唤醒了她。她想成为一名演员，于是晚上去戏剧学校进修。她工作的办公室里，有一位年轻的男职员。他们晚上一起外出，看电影逛公园，甚至还接了吻。

她的思绪突然猛地回到了她父母身上，回到了她在柳泉镇的家，回到了那条街道，那条她住了二十一年的街道。

她家住在街道的尽头。从前窗望去，还可以看见六栋房子。这条街道，还有住在房子里的人，她曾是多么熟悉呀！可是她真的了解他们吗？从十八岁到二十一岁，她都宅在家里，帮母亲打理家务，同时又在等待着什么。镇里其他年轻女子同样等待着，她们和她一样毕业于镇里的中学，但是父母没有送她们上大学的意思。她们除了等待之外也只剩下等待了。一些年轻的女人——在她们母亲和母亲的朋友眼里，依旧像小女孩——已经有了男性朋友。这些男性朋友在周日或者周三周四晚上会去看她们。其他的年轻女人会加入教堂，参加祈祷会，成为一些教会组织的活跃分子，忙得不亦乐乎。

罗瑟琳从来不做这些事儿。柳泉镇那备受煎熬的三年里，她也只是静静地等待。早上，忙完家里的一堆家务，某种程度上，时间也就这样渐渐过去了。到了晚上，父亲会到镇上，她便和母亲两个人坐在一起，也没啥话可说。她上床以后，毫无睡意，莫名地感到紧张不安，渴望有事会发生，但那些事从不可能发生。韦斯科特家房子的声响打断了她的思绪。她脑子里到底在想些什么呀！

总有一大群人从她身边走去。有时她会趴在峡谷的边缘，嗯，那不是峡谷。那里有两面大理石墙，上面刻着古怪的图形。宽阔的石阶一直向下延伸，没有尽头。人们沿着两面墙间的台阶走着，经过她，往下边走去，往远处走去。

这都是些什么人？他们是谁？从哪里来？到哪儿去？她没有睡着，反倒十分清醒。卧室里一片漆黑，感觉墙和天花板都消退了。她似乎悬浮在空中，悬浮在峡谷之上，她看见了白色大理石的墙面上，发出美丽奇特的闪闪白光。

那群男男女女走下台阶然后消失在无尽的世界里。偶尔有个像她一样年轻的女孩子独自经过，但也许在某些方面，这女孩子比罗瑟琳还要甜美、纯真。那个女孩子走起路来步履轻快活泼，自由敏捷，像一只美丽动人充满活力的小动物。她的双腿和手臂像是细长的树梢，在柔风中摇曳。她也往下走去，消失在远方。

其他人跟在后面，沿大理石台阶走着。年轻的小伙子们独自走着。一个长相威严的老翁身后跟着一个面容甜美的女人，在此经过。这老翁多么引人注目啊！他年老的躯体里仍显露出无穷的力量。他脸上爬着一道道深深的皱纹，眼里满是悲伤。他历经沧桑，但身上仍保留着弥足珍贵的东西。正是这些珍贵的东西，使得跟在他身后的女人，眼里闪现异样鲜亮的光泽。他们也沿着石阶往下走去，消失在远方。

还有多少人沿着阶梯走下去消失在远方啊——有男人有女人，有男孩有女孩，有拄着拐杖蹒跚而行的单身老翁老妪。

罗瑟琳躺在父亲家的床上任思绪翱翔，头脑变得轻了起来，她想去抓住些什么东西，去理解些什么东西。

但是一无所获。房子的动静打断了她的幻想。父亲正站在厨房门边，用水泵抽着一桶水。很快地，他就会提水进屋，把水桶放到厨房水池旁的水箱上。水花溅起，会洒落到地面，那些声音，就像一个小孩光着脚丫，踢踏着地板。接着，他会去给时钟拧上发条。就这样，一天结束了。过一会儿，罗瑟琳可以听到楼上卧室传来他沉重的脚步声，他要上床躺在老伴儿身边睡觉了。

在她长大成人的那几年里，每天夜晚父亲房子里发出的嘈杂声，都让她感到恐惧。等有机会去了城里生活，她再也不愿去回想这些声音。在芝加哥，夜晚的宁静同样也会被许许多多的噪音划破搅乱：大街上那些飞驰而过的摩托车声；午夜过后，那些迟迟归家的男人们踩在水泥人行道上的脚步声；夏天夜里，那些醉酒大汉大吵大闹的叫嚷声。即便在所有这些嘈杂的噪声中，罗瑟琳也会感到相对的清静。城市夜晚源源不断的噪音，和她父亲家那些没完没了的乏味噪音是不一样的。在那里，生活的某些可怕的真谛不会藏身于这些噪音之中，不会一直紧密地依附在生活中，也不像家乡寂静街道上房子里的微弱噪声那么吓人。多少次，在那个城市里，她企图从巨大的噪音中摆脱这些微弱的嘈杂声。先是父亲踩着台阶走进厨房的脚步声，接着是他把水桶放在水池旁水箱上的声音，然后是楼上母亲重重躺到床上的声音。那些靓丽的人儿从宏伟的大理石峡谷走过的场景消失了。有些水溅出来落在地板上，就像小孩光着脚丫踩踏地板的声音。罗瑟琳很想放声大哭。父亲关上了厨房门，现在正给时钟上发条，不一会儿，就会踏上楼梯……

从韦斯科特家的窗户可以看见六栋房子。冬天里，炊烟从六个砖砌烟囱冒出来，袅袅飘向天空。韦斯科特家的隔壁是一间小木屋，里面住着一个男子。那年他三十五岁，罗瑟琳二十一岁，也是那一年，她离开这里去了城市。他母亲帮他料理家务，在罗瑟琳中学毕业那年去世了。从那以后，他就一个人住着，也没有结婚。他到广场正中央的一家宾馆吃午饭和晚饭，但他自己做早餐，自己整理床铺，自己打扫房间。有时候，他慢慢沿街走着，经过韦斯科特家，见到罗瑟琳正独自坐在前廊边上，便举起帽子向她致意，跟她打招呼，彼此眼神相遇。他有着又长又尖的鹰钩鼻，头发又长又乱。

罗瑟琳有时会想起他。他有时走路轻得很，蹑手蹑脚地，就好像不想惊扰她的白日梦一样，这让她有点困扰。

那天她坐在干涸的溪床边上，想起了这个年过四十的单身汉，她少女时期的街坊。他们两家只隔着一桩篱笆。有时候他忘了拉上百叶窗，早上罗瑟琳帮忙做家务的时候不小心会看到他穿着内裤走来走去。那个场景太……哎，简直不可想象。那个男人叫梅尔维尔·斯托纳。他有小笔收入，不需要去工作。有些日子，他不出门，也不去宾馆吃饭，只是坐在椅子上，埋头看书。

同一条街上有一栋房子住着一个寡妇，她养了很多鸡。其中的两三只母鸡被街坊邻居戏称为"高飞侠"。它们飞上篱笆，逃出鸡圈，几乎总是会飞到那个单身汉的院子里。邻居们对此总是哈哈大笑。他们觉得这很有象征意义。那几只母鸡到了单身汉的院子里，寡妇就会手持棍棒跟着追过去。斯托纳貌似听到了什么，从房间里出来，站在走廊上想看个究竟。这时寡妇一边跑进院子一边用力甩着木棍，吓得母鸡们惊慌失措，咯咯直叫，连忙飞上篱笆，纷纷沿街跑回去了。而寡妇在大门旁又站了一会儿。夏日时光里，韦斯科特家的窗户经常打开着，这时，罗瑟琳可以听到外面的这对男女交谈的声音。在柳泉镇，单身女子站在单身汉门旁同他聊天，人们认为是很不得体的。那个寡妇想遵守这些习俗来着，但她还是将赤裸的手臂放在门柱上，逗留了片刻。她的那双小眼睛是多么明亮热切啊！"要是那些母鸡吵到你了，你可以抓住宰了。"她恶狠狠地说。"看到它们沿街过来，我总是很开心。"梅尔维尔·斯托纳一边鞠躬一边回答道。罗瑟琳想，他正在和寡妇打趣呢！正是因为这样，她挺喜欢他的。"要不是那几只母鸡经常跑这儿来，估计我还见不到你呢，就不要责难它们了。"他说完又鞠了一躬。

他们彼此凝视了片刻。罗瑟琳透过自家窗户看着那个寡妇，没有听见她再说一句话。在寡妇身上有些东西让罗瑟琳无法理解——嗯，是她的欲望正得到满足。而屋子里正在发育的花季少女已经开始不喜欢她了。

罗瑟琳从树底下一跃而起，爬上了铁路路基。她感激众神让她脱离柳泉镇，让她有幸过上城里的生活。"芝加哥远远谈不上漂亮，大家都说那里不过是一个又脏又闹的大村子。也许确是如此，但好歹那里有生机。"她心想。在芝加哥，至少在过去的两三年，罗瑟琳觉得自己开始多少体会到了生活的意义。首先，她读了一些书，一些在柳泉镇见不着也根本不会有人知道的书籍。接着，她欣赏了交响乐团的演奏，领略了线条和色彩搭配的各种可能，聆听了专家学识渊博、通情达理的演讲。数百万人闹闹嚷嚷、密密匝匝地生活在芝加哥那座城市里。人们偶尔会看到或者至少听说过这样的人，就像在她少女时代那个走下大理石台阶英姿飒爽的老翁，在他们身上仍保留着一些弥足珍贵的东西。

还有一方面，也是最重要的一方面。在过去两年里，她经常跟一个男人聊天，倾诉衷肠。她觉得那些对话唤醒了她，让她变成一个成熟的女人。

"我知道柳泉镇这里的人们是怎样的，我也知道如果我当初待在这儿会变成怎样。"想到这里，她如释重负，几乎高兴起来。她在遇到人生危机的时候回到家，是希望跟母亲谈谈心，要是不奏效，得到一些安慰也好。她觉得每一个女人身上都深深埋藏着某些东西，听到某种呼唤的时候会从身体里出来跑到其他女人身上。而现在她觉得，那些她曾怀有的希望、梦想和渴望，通通都化为了泡影。她坐在离家乡两英里外的地方那个地方像一个由玉米地围成的密不透风的大平碗。看着眼前屎壳郎正忙着为繁殖下一代忙碌着，她脑海里浮现出家乡的人和景。所有这一切都帮她解决了问题。毕竟，重回故乡已经有了收获。

罗瑟琳的身体依然洋溢着青春的活力与生机，她双腿强健有力，双肩宽阔结实。她一路西行，摆动着身姿，沿铁轨朝小镇走去。夕阳开始迅速地从天边划落。在这开阔的田地里，透过玉米秸的顶端，她能望到远方一个男人正开着汽车沿着土路而行。在夕阳照耀下，车轮扬起滚滚尘埃，那浮起的尘埃闪着金色的光泽，轻轻铺洒在田地上。"一个女人如果非常想要得到另一个女人最为可靠、最为珍贵的东西，就算那个女人是自己的母亲，她也无法如愿。"她严肃地想着。"有些东西是每个女人都必须靠自己去发现的，在这过程中，她只能单枪匹马。也许一不小心，可能会步入更窘迫更难行的境地，但若是不想束手待毙，那么，只要尚有一丝喘息之机，就必须沿着那条路前行。"

罗瑟琳沿着铁轨前行了一英里，停下了脚步。之前她坐在溪床旁边的那棵树下时，一辆货运列车就已驶向了东方，而此刻她发现，在铁轨旁边的荒草丛中是一个男人的身体，一动不动地趴着，他的脸深深埋在大火烧过的草丛里。罗瑟琳立即断定这个人是被火车撞死弃置于此的。她思绪全消，转身就要踮起脚尖悄无声息地沿着铁路枕木离开。然后她又停了下来，心里想着，也许躺在草地里的那个男人并没有死，他只是受了伤而已，很严重，要是就这样置之不理就太不该了。她想象他受了重伤，但依然挣扎着求生，而她就试着去救他。于是，带着满脑子疑惑，她折了回去。那个男人的腿并没有扭伤，落在他旁边的不过是他的帽子，那顶帽子看起来，像是在他躺下睡觉前就放在那儿了。但没有人会在这么一个大热天，把脸埋在这么不舒服的草丛里睡觉啊！她探身走近，喊了一声："哦，先生，哦，你——你受伤了吗？"

这时，趴在草地上的男人坐起身来，哈哈大笑地看着罗瑟琳。竟然是梅尔维尔·斯托纳，刚才她还正想着这个男人呢！也因为想到了他，她才认为这次回柳泉镇没啥收获呢。梅尔维尔站起身，捡起帽子，满怀热情地说道："那个，罗瑟琳·韦斯科特小姐，你好啊！"梅尔维尔爬上一个小路堤，站在了罗瑟琳旁边，"我听说你回来了，你到这种地方来做什么？"他继续说道，"我多幸运啊！现在我就有幸与你一道走回家啦！你刚才冲我那样大喊，可不能拒绝我的请求喔。"

他们肩并肩沿铁轨走着，梅尔维尔手里拎着帽子，在罗瑟琳眼里，他像一只又大又老的智慧鸟，"也许像一只秃鹰。"他沉默了一会儿，接着就开始解释为什么会趴在草丛里。他说话时眼睛里闪烁着光芒，就像当时他跟那个养鸡的寡妇说话时一样，罗瑟琳不知道他是不是也在嘲笑她。

他并没有直入主题，他们俩竟然会一起并肩行走、一起谈天说地，罗瑟琳都觉得很神奇。他比她大许多，无疑也睿智许多。立刻，他的话便吸引了她。她曾自以为自己比全镇的人都要见多识广，可这是多么愚蠢的想法呀！此刻他就近在咫尺，正与她谈笑风生。出乎她的意料，他的谈吐听起来完全不像家乡本地人。"我想说说我的想法，但我们可以稍等片刻。这些年来，我一直想要接近你，想和你好好聊聊，现在终于如愿。你离开这儿已经有五六年了，都已长大成熟了。

"你明白，我这样毫无私心，我就只是想靠近你多了解你一点儿，"他匆匆解释，"我对其他人也这样，也许这就是我单身的原因，我没结过婚也没有自己的朋友，我太急切了，有我在身边别人会觉得不舒服。"

罗瑟琳被他的奇思妙想吸引住了，感到很惊讶。沿着铁轨向远处望去，镇上一座座房子映入眼帘。梅尔维尔·斯托纳尽力站在一根铁轨上往前走，但没走几步，就摇摇摆摆失去平衡掉了下来。他长长的手臂挥动着。一种莫名的强烈情绪和感觉席卷罗瑟琳全身。梅尔维尔·斯托纳有时像个老头儿，可转眼间，他又像个男孩儿。她的思绪整个下午都如疾驰的赛马，此刻和他在一起，奔跃得更快了。

他想再说些什么，似乎已经忘了方才打算做的解释。"我们并排住着，但彼此却很少交谈。当时我还是个小伙子，你是个小姑娘，我常呆坐家中，日思夜想。我们真的算得上是朋友，我是指，那种志趣相投的朋友。"梅尔维尔说道。

他开始指责罗瑟琳住的那个城市："这儿是愚昧单调，但在城市，你不也一样有城里人的愚昧单调。我真是庆幸自己没有住在那里。"

罗瑟琳初到芝加哥时，有件事偶尔会发生，总是让她心惊胆战。除了哥哥和嫂子，她谁也不认识，有时候会非常孤寂。后来，她再也受不了哥嫂家那些陈词滥调，便一个人跑去听演唱会或者看戏。也有一两次，她身无分文，没法买戏票，就一个人壮起胆子，在大街上横冲直撞，根本就不管东西南北。有时她坐在剧院里或走在路上，会有奇怪的事情发生。她会突然听到有人喊她的名字。有一次在音乐厅，她迅速环顾四周，发现人们都带着无聊又充满期待的表情，都是听音乐时习以为常的表情。整个音乐厅里，似乎没有一个人注意到罗瑟琳的存在。在街上，在公园，当她孤身一人的时候，那个呼喊声就会出现，好像从空气中传来，从公园里一棵树的后面传来。

现在，她和梅尔维尔·斯托纳一同走在铁轨上，那个呼喊声像是从他那传来的。他一步步走着，很显然，沉浸在自己的思索中，思索着该用什么言语来表达自己的思想。他双腿修长，走起路来步态古怪轻盈。梅尔维尔像只大鸟，可能像一只搁浅在遥远内陆的海鸟，这种想法在罗瑟琳的脑海中挥之不去，但那个呼喊声与他长得像只鸟并无关系。还有别的东西，还有一个人隐蔽了。曾经有一个夜晚，罗瑟琳在家里睡觉，睡意蒙眬中看见一个眼神清澈的少年。这个少年顺着大理石台阶而下远去。她心中突然冒出这个想法，把自己吓了一跳。"那个男孩就藏在这个长得像只奇特大鸟的男人身体里。"她心想。这个想法不禁使她浮想联翩。这充分地阐释了人们的生活。她少儿时期，还在柳泉镇的主日学校上学时，所记住的一句话，重现在脑海中。"上帝在燃烧的树丛中对我说话。"她差点就大声地说出这句话来。

梅尔维尔·斯托纳边说着话，边踩在铁路枕木上，大步从容地走着。他似乎已经忘了他鼻子朝下趴在草丛里的事了，转而聊起了他为什么一个人独居在小镇上。罗瑟琳想要把自己的杂念放在一边，专心听他讲话，但是她没有完全摆脱出来。"我回到这里，是希望能够与生活更亲近些，当然我也想清净几天，这样我就能好好想想我跟那个男人的关系了。我以为接近母亲就能得到我想要的东西，可惜这根本不行。如果我最终得到我苦苦寻觅的东西竟是通过与另一个男人的邂逅，这会是多么奇怪啊！"她想着，深深地埋在自己的思绪里。虽然她能听到身边男人的话语，但是她的思绪却停不下来，也在不停地说话。突然，她感觉如释重负。从她三天前在柳泉镇火车站下车的那天起，她的心就紧紧地绷着。现在完全轻松了。她望着梅尔维尔·斯托纳，他也偶尔会把目光投向她。他的眼底隐含着一种笑意——一种透露出嘲讽意味的笑意。他灰色的双眸透着阴冷，像是鸟的眼睛。

"我有一个疑问，嗯，我一直在想这个问题，你看你，搬去城里都六年了，也没有结婚。要是你像我一样，不结婚也不与任何人亲近，那就有点奇怪搞笑了。"

他继续说着，又聊起了自己宅在家里的生活。"我有时就待在屋里，坐上一整天，外面天气再好也不出门。你肯定看到过我就坐在那儿。有时我会忘记吃饭。一整天都在忘我地看书，天黑了我也无法入睡。

"要是我能写作、绘画或者创作音乐，要是我在意怎样去表达我脑海中的想法，那情况或许会不一样。但我不会像别人那样写下来。人家做的事，我没什么好说的。他们是做什么的？在哪方面具备重要性？呃，你可以看到他们建了你住的城市，建了柳泉那样的小镇，还修了我们脚下的铁轨，他们结婚、生子、犯罪、行善。这有什么重要的？你看，太阳这么大，我们还走在这儿。过五分钟，我们就会各回各家。你会跟你父母吃晚饭。然后你父亲就会去镇上，而你跟你母亲坐在前廊上。你们没什么话好聊。你母亲会说她想装水果罐头。而后你父亲会回来，各自睡觉。你父亲会在厨房门口的水泵边打一桶水。他会把水提进来，放到厨房水池旁的水箱上。一点水会洒出来，打在厨房地板上，发出点点声响。

"哈！"

梅尔维尔·斯托纳转身一下子看到罗瑟琳的脸都变白了。她的脑袋像失控的机器，疯狂地运转。梅尔维尔·斯托纳身上有种力量吓到了她。他对罗瑟琳生活琐事如此地了如指掌，使得罗瑟琳感觉像被侵犯了隐私。好像他进过她的家，走进她的房间看着她躺着思考，甚至真的睡在她的床上。他又笑了，一脸的严肃。"我跟你说啊，无论是小镇还是城市，我们对美国都知之甚少，"他说得很快，"我们总是行色匆匆，风尘碌碌。我静静坐着思考，要是我想写，我会动笔的。其实我能看穿每一个人的想法。这样说也许会有点吓人吧？我知道你今天下午和我一起走在铁轨上在想什么，也知道此刻你母亲的想法，以及她想对你说的话。"

此刻，罗瑟琳的脸色已经变得惨白，双手开始颤抖。他们走下铁轨进入柳泉镇的街道。然后，梅尔维尔身上发生了意想不到的变化。

他突然变得像四十来岁普普通通的男人，在这个年轻女人面前，有点局促不安，犹豫不定。"我要去饭馆，所以原谅我不能再陪你，"他拖着脚，在人行道上走着，发出嗤嗤的声音。他又说："我本打算告诉你，为什么你会看到我把脸埋进草丛里。"他的嗓音突然变了。这是一种男孩的声音，当他们在铁轨上散步聊天的时候，从梅尔维尔身体里好像传来这个小男孩的声音，一直召唤着罗瑟琳。"有时候，我受不了这里的生活，"他挥着长长的手臂，狠狠地说着，"我太孤独了，我越来越讨厌自己。我一定要逃离这个小镇。"

这个男人盯着地上，一点都没看罗瑟琳。他的大脚一直紧张地搓着地板。"有一次，大冬天里，我想我快要疯掉了。"他说，"我恰巧记得一个果园，那个地方离镇上有五英里，我还在深秋，梨子成熟的时候去过那儿呢。于是我突发奇想，冒着刺骨的严寒走了五英里路到了那儿。地都结冰了，覆盖着白花花的雪，我把雪拨开，俯身把脸扎到草丛中。还记得秋天时，这里满地都是熟透了的梨子，散发出阵阵香气。密密麻麻的蜜蜂都拥过来，吮吸着甘甜的汁液，如痴如醉。我仿佛还能闻到那种芳香。所以，我又到了那里，把头扎进冷冻的草地里。蜜蜂狂喜不已，而我已经迷失了我的生活。我总是迷失生活。它总是离我而去。我总是幻想着大家都走得远远的。今年春天，我走过铁轨，到了柳溪上的那座小桥，草地里冒出紫罗兰。那时，我几乎没有留意过紫罗兰花，今天，我却记起了它们。那些紫罗兰就像是弃我而去的人们。我疯狂地想去追赶他们。我感觉就像鸟儿一样，穿越天空，自由飞翔。我坚信有一些重要的东西已经从我身边逃脱，而我必须追回来。"

说到这，梅尔维尔停了下来，同样脸色惨白，双手颤抖。罗瑟琳情不自禁想伸出手去握住他的手，然后大声呼喊："我在这里，我还没死，我还活着。"但是她没有这么做，只是一言不发站在那儿，就像那个养鸡的寡妇那样盯着他。梅尔维尔还沉浸在自己的话语中，他挣扎着回过神来，微笑着鞠了个躬。"我希望你有沿着铁轨散步的习惯。我现在知道我以后要怎样打发时间了。当你回到小镇的时候，我会在铁轨旁安营扎寨。你肯定就像那些紫罗兰一样，把自己的芳香留在了那里。"罗瑟琳看着他，他正对着她笑，就像他站在自家门前跟那个寡妇说话时一样笑着。而她并不介意。同他分别后，她步履缓慢地穿过街道，脑海里涌现出他们从铁轨走回来时，她说了一遍又一遍的话，"上帝从燃烧的草丛中对我说话。"她又喃喃重复着，直到回到家。

罗瑟琳坐在屋子前廊上，少女时代的她可在这儿消磨了不少时光。父亲还没回家吃晚饭。他是做煤炭和木材生意的，拥有许多还未粉刷的小棚屋，这些棚屋朝向小镇西边的铁轨岔线。那里有一个小小的办公室，里面靠近窗户的角落里放着一个火炉和一张桌子。桌子上堆满了未回复的信件和传单，它们都是煤炭公司和木材公司发来的。一层厚厚的煤灰铺在上面。他整天坐在办公室里，像极了一只关在笼子里的动物，所不同的是，他并没有表现出不满和焦躁。柳泉镇，做煤炭和木材生意的，只有他一家。人们要买煤炭或木材，就得找他。这里没有别的地方可买。对此，他感到心满意足。每天早上，他一到办公室，就会读读《得梅因报》，如果没人打扰他，他会坐上一整天，冬天就坐在火炉旁边，要是闷热的夏天，就敞开窗户。生活对他来说就像一潭死水，不管外面的世界怎样随着四季变换，他都不多想，不期待，不后悔。

家中，母亲已经开始在做之前念叨多次的醋栗罐头。罗瑟琳还能听见厨房里水罐沸腾的声音。母亲年纪大了，人也胖了，拖着重重的脚步，走路慢吞吞的。

今天真是五味杂陈，过度的思考使罗瑟琳疲惫不堪，她摘下帽子，放在身旁的门廊上。隔壁梅尔维尔房子的窗户像眼睛一样盯着她，指责着她。"现在你知道大错特错了吧。"那房子冷笑道，"你自以为很了解别人，其实你一无所知。"罗瑟琳双手捂着脑袋。她确实是误解他了。毫无疑问，这个男人跟柳泉镇其他人没什么两样。她曾自作聪明地认为，他不过是枯燥沉闷小镇上的一个呆子，对生活一无所知，然而她大错特错了。难道他没说过什么话让她震惊，让她魂不附体吗？

罗瑟琳的经历，与疲倦而紧张的人们并没什么不同。她的脑袋想得疲惫不堪，但是她停不下来，反而越想越快。她的思绪达到一个新的水平，如同一架飞机，冲上云霄。

她的思绪得益于梅尔维尔直接或间接表达的想法："每个人都

有两种声音，都努力想让别人听到。"

此刻，在她面前的是焕然一新的精神世界。人类终将会被理解的。这样她就有可能理解母亲、父亲、她的恋人，还有她自己。有声音响了起来，话说到了嘴边。他们说得一模一样，像从一个模子刻出来的。大部分的话语本身没有生命力。它们从旧时代流传下来。不可否认，许多话语曾带有强烈的生命力，它们发自人类心灵深处，经过反复斟酌而形成。这些话语从封闭的地方散播开来，曾经表达出鲜活的真谛。后来，人们继续说下去，一次又一次，没完没了，疲惫不堪。她想起她曾经看到过的那些男男女女在一起的场景。她听到他们坐在电车或公寓或步行在芝加哥公园里一起聊天。她住在哥嫂公寓的时候，漫漫长夜，他们夫妻俩也近乎疲惫地聊着天。不管是和他们还是和别人聊天，有一点是一样的。人们往往嘴上说着一些话，眼睛却透露出其他的意思。有时嘴巴表达着喜爱，眼睛里却流露出厌恶，有时又颠倒过来。真搞不懂！

很清楚，有些事会埋藏在人们的心里，除非不小心，他们是决不会说出来的。人们很震惊，就说出些意味深长的话来，语言也就有了生命。

她少女时期晚上躺在床上偶尔会有的场景再次出现。又一次，她看到人们走在大理石的阶梯上，慢慢走下，渐行渐远，最后消失得无影无踪。有些话也开始在她脑海中浮现，挣扎着从她嘴里蹦出来。她热切地希望找个人倾诉，几乎都要站起身走向正在厨房做栗子酱的母亲，然而她却再次坐了回去。"这些话将沉入无声的大厅。"她自言自语。那些话语如同梅尔维尔对她说的话一样，令她兴奋与陶醉。她觉得自己一下子在精神，甚至在肉体上都神奇地成熟起来了。她觉得自己轻松朝气，强大得出奇。她想象自己走着，就像梦境中看到的年轻女孩一样，摇摆着臂膀，沿着大理石阶梯，一直向下，走进人们内心深处，走进那满是细碎声音的大厅。"经过这一切后我应该理解了，还有什么会不理解呢？"她问自己。

疑虑涌上心头，让她微微颤抖。她和梅尔维尔一起在铁轨上散步时，他就走进了她的内心。她的香体就像一间房子，他穿越房门走了进来。他非常清楚夜晚在她父亲屋里发出的嘈杂声——父亲在厨房旁边的水泵边打着水，水花溅到了地上。她此刻正坐在房前。就在房子楼上的房间里，她还很小的时候，每逢夜深人静躺在床上，甚感孤独，然而其实她从来都不是一个人。那个住在隔壁的古怪男人一直都在她房间里，在她的床上伴着她。多年以后，他还记得房间里那微小的嘈杂声，还知道她是多么地害怕这些嘈杂声。

他的认知中有些部分也挺可怕的。他发表见解，但说话时，却眼含笑意，也许是冷笑。

韦斯科特的房子里持续不断地传出做家务活的声音。有个男人已经开始了秋耕，在远处的田地里劳作了许久，此刻正在把马儿从犁上解下来。他离得很远，在街道尽头的一片地势隆起的田地上。罗瑟琳紧紧地盯着他，仿佛通过一架大大的望远镜，看到他把马系在了一辆马车上。他要驾着马车去到遥远的农舍里，把马儿关进马厩。然后他会走进屋里，那儿有位妇女正忙碌着。也许那位妇女像她母亲一样正在制作栗子酱，而他哼哼唧唧地抱怨着，正如她父亲每天晚上从那又小又热的办公室回家时一样。他平静冷淡又麻木地说着："喂。"生活就是这样。

罗瑟琳渐渐疲于思考。远处田野里的男人已经坐上马车走了。

转眼间，他便会消失得无踪无影，只留下一层薄尘浮在空中。屋里的栗子酱已经煮沸很久了，母亲正准备装进玻璃罐里。栗子酱装进玻璃罐，发出水流一样新奇细微的声响。她再次想起了梅尔维尔·斯托纳，这么多年他一直坐在那听着各种声响。这是多么疯狂的行为啊。

罗瑟琳将自己逼入了近乎疯狂的状态。"我必须停下，"她喃喃自语，"我就好比乐器上的弦，绷得太紧了。"她疲惫不堪地将脸埋入双手之中。

突然她感到一阵激动席卷全身。梅尔维尔·斯托纳变成现在这个样子是有原因的。他的心如同一扇上了锁的大门，门里有条通道通向大理石阶梯，阶梯仿佛无穷无尽向下延伸着，直到满是细微声响的大厅，而开启这个大门的钥匙就是爱。

温暖重新回到罗瑟琳身上。"理解是不会导致厌倦的。"她想。生活也许终究是一笔财富，一场凯旋。她会让这次重回故乡，成为生活的重要一步。首先她会真正接近母亲，走进母亲的生活。"这将是我第一次走下那大理石阶梯。"她这样想着，热泪盈眶。一会儿父亲会回来吃晚饭，但饭后又会出去。母女俩会有时间独处在一起。她们会亲如姐妹，一同挖掘生活中的小秘密。那些她想对其她善解人意的女人说的话，将说给母亲听。无论对她重回故乡来说，还是对母亲来说，这也许会是一个美丽的结局了。

二

罗瑟琳在芝加哥生活的六年跟这个城市里其他千千万万个单身白领没什么两样。她倒有份工作，不过她并不把自己当成有工作的人，既不会急于完成工作，更不会一直忙于工作。从速记学校毕业后的一段时间，她不断地换工作，不断获得新的技能，但却对所做的事没有特别的兴趣。好像工作只是她打发漫长时光的方法。父亲除了煤炭场和木材场之外，还有三个农场，每个月会给她一百美元，她自己的工资就用来买衣服，所以她比其他女同事都要穿得好。

罗瑟琳对一件事情十分确定，那就是她不想回家和父母一起生活，过一段时间后，她意识到不能再继续和哥哥嫂子住在一起了。平生第一次她开始仔细审视眼前的这座城市。无论是午间走在密歇根大道上还是在餐馆或晚上乘电车回家，她都会看到男男女女成双入对，夏天的周日下午，她在公园或湖边漫步，场景依旧。有一次在电车上，她看见一位身材矮小的圆脸女人把手放入男伴手里，这么做之前她谨慎地环视了一番。她想确认一些什么。对车里的其他女人、罗瑟琳甚至是所有人来说，这个动作意味深长，仿佛那位圆脸女人在大声宣布："他是我的，你们别靠太近。"

毫无疑问，罗瑟琳正从故乡的麻木中渐渐苏醒过来。至少地域宽广的城市已经让她苏醒过来了。任何人都只须踏着重重的脚步，走上人行道，走进陌生的大街，看见的永远都是新鲜的面孔。

星期六下午和星期天全天都无须工作。夏日是出游的好时光，年轻人可以成群结队去公园玩，去霍尔斯特德大街散步，去陌生的混合着各种肤色的人群中散步，也可以到密歇根湖边的沙丘玩上一天。人们会兴奋起来，非常非常非常地渴望求得伴侣。的确如此。每个人都想拥有伴侣——带着他一起去远足，掌控他，占有他。

罗瑟琳读的书都是男性或者男性化的女性写的，书里阐明的人生观有一个本质的错误始终存在，这个错误在罗瑟琳的时代愈发明显。有人拥有一把钥匙，可以打开神秘的生命房间之门。其他人拿这把钥匙也闯了进去。屋内挤满了吵闹粗鄙的人。所有记载生活的书籍，都是在记载刚进入那神圣之地的人们的所见所闻。作家持有这把钥匙，他发表演说的时刻到了。"性，"他大喊道，"正是通过对性的理解，我才解开了这个秘密。"

这个话题很好，有时候也很有趣，但是，时间久了，人们就会渐渐厌倦了。

夏天的星期天晚上，罗瑟琳待在哥哥家里，躺在她房间的床上。下午的时候她到街上去散步，在西北区的街道上看见了一列宗教队伍，正抬着圣母玛利亚的雕塑穿过街道。家家户户都挂起了装饰品，女人们从窗户里探出身子张望。穿着白色长袍的年迈神父跟着队伍蹒跚前行，年轻力壮的男人们扛着放置圣母玛利亚雕塑的平台。突然队伍停止了前行，有人起头唱起圣歌，声音嘹亮清晰，其他人接着唱下去。孩子们跑来跑去，忙于敛钱。街道上吵吵嚷嚷，交谈声不断。妇女们隔着街道互相喊话，少女们走在人行道上，每当聚在圣母玛利亚雕塑周围的白衣小伙子们转头盯着她们时，她们就会温柔地笑起来。在每条街道的角落，小贩们都忙着销售糖果、坚果、冷饮……

夜里，罗瑟琳躺在床上，放下了手中的书。"崇拜圣母玛利亚是一种性的表现方式，"她读道，"这有什么关系呢，即使书上说的是真的，又有什么大不了的呢？"

罗瑟琳下了床脱下睡衣。她自己就是处女，又有什么大不了的呢？她缓慢地转过身子，观察着这具年轻强壮的处女之身。这身体里就蕴含着性，要是换了别人，性就可能得到释放，可这又有什么大不了的呢？

她的哥哥和嫂子就睡在不远处另一个房间里。此时此刻，在爱荷华州柳泉镇，她的父亲正用水泵从厨房门边的井里抽一桶水，很快就会提进厨房放在水池边的水箱上。

罗瑟琳的脸上浮现出一丝红晕。她摆出一个古怪又可爱的动作，在芝加哥的房间里裸体站在镜子前。她是如此生机勃勃但还没完全清醒。她眼里闪着兴奋的光芒。她继续缓慢地转了一圈又一圈，回过头看着自己裸露的后背。"也许我在学着去思考。"她断定。在人们的生活观念里有一些本质上的错误。她知道的某些东西，就和智者知道并写进书里的那些东西一样重要，她同样找到了生活的本质。她依然是所谓的处女身，这有什么关系呢？"就算身体里的性欲得到满足，我又该以什么方式解决我的问题呢？我现在很孤独，显然，就算性欲得到满足，我依然非常孤独。"

三

罗瑟琳在芝加哥的生活就像一条溪流，很明显，转了个弯又流向了它的源头。它潺潺而行，倏然而止，回转蜿蜒。就在她几近清醒之际，她去了新的地方工作，位于西北区的一家钢琴制造厂，毗邻芝加哥河的一条支流。她成了这家公司财务主管的秘书。她的上司三十八岁，身形颀长，双手瘦削白皙焦躁不安，灰色的双眸显得浑浊而忧虑。平生第一次她兴趣盎然地投入工作之中，夜以继日。

她上司的主要工作是鉴定公司客户的信誉，但他并不适合这样的工作。他并不精明，而且短时间内犯了两个重大的错误，导致公司损失惨重。"我有很多事要做。在细节上已经花了太多的时间。

我这儿需要帮助，"他解释说，明显有点儿恼火，于是罗瑟琳受雇帮他打理琐碎事务。

她的新上司名叫沃尔特·塞耶斯，是家中独子。老塞耶斯当年在芝加哥的社交和俱乐部领域赫赫有名。人人都觉得他腰缠万贯而他也尽力不辜负人们的期望。不过沃尔特却想成为一名歌手，还期望着能继承一大笔财富。三十岁那年他结了婚，三年过后，父亲去世，而那时沃尔特已经育有两个孩子。

瞬间他就发现自己其实一文不名。他会唱歌，但声音不够洪亮。人不能指望靠着这样的嗓子来体面地赚钱。幸运的是他妻子存有一笔钱。他们将这笔钱投资于钢琴制造厂的生意，正因如此他才能稳坐公司财务主管这个职位。他和妻子一起退出了社交生活，搬到了郊区的一栋舒适的房子里。

沃尔特·塞耶斯放弃了音乐，显然放弃了对音乐的兴趣。许多住在附近的人星期五下午都会去听管弦乐队的演奏，但他没有去。他自言自语："琢磨过不上的生活来折磨自己，又有什么用呢？"在妻子面前他假装对工厂的工作越来越感兴趣。"这太吸引人了，就像玩游戏一样在棋盘上把人移来移去，我会逐渐爱上这份工作的。"他说。

他想方设法培养对这份工作的兴趣但却失败了，有些事情并不能引起他的关注。虽然非常努力去尝试，但他似乎并不重视自己的工作，即使他的判断决定着公司的盈亏。这是赚钱或亏钱的问题，但钱对他来说没有任何意义。"都是父亲的错，"他想，"他在世的时候，钱对我来说不是问题。父亲对我的教育是错误的，对于生活这场战役，我准备得太糟糕了。"他变得十分胆怯，把本来十拿九稳的生意弄砸了。接着他又变得十分鲁莽，盲目扩张贷款导致其他损失接踵而至。

他的妻子非常幸福，对生活心满意足。郊区的住宅附近有四五英亩土地，而她醉心于养花种菜，还为孩子们养了一头奶牛。她整天都和一名年轻的黑人园丁在花园里转悠，掘土、施肥、种植、移植。晚上他开车从办公室回到家，她便拉着他的胳膊急切地四处转悠，热情洋溢地说着话。两个孩子小跑着紧跟在他们后面。他们站在花园旁的一个低洼处，她告诉他有必要铺上瓦片。前景似乎让她兴奋不已。"排水后，这将成为最美的田地。"她说。她弯腰用泥铲将松软污黑的土壤翻上来，一阵气味扑鼻而来。"看！多么肥沃的黑土壤啊！"她热切地叫嚷道，"现在酸性稍大，积水太多了。"她仿佛在为一个任性的孩子而道歉。"排水后我会撒上石灰来中和一下。"她补充道。她像是一位母亲在倾下身子看着摇篮里熟睡的婴儿。但是，她的热情却激怒了他。罗瑟琳接手这个岗位的时候，缓慢积聚在他心中的怒火，就一直在生命的表象下熊熊燃烧着，早已耗尽他大部分的活力和能量。他整个儿身体都陷在办公椅里头，嘴角深深地向下撇着。

表面上，他一直都是友好快乐的，但在他那忧伤不安的双眼背后，怨恨之火在慢慢地、持续地燃烧着。他仿佛在试着从不安的梦境中挣脱，它老是萦绕在他心头，无休无止，让人有点心惊胆战。他养成了几个具体的小习惯。一个锋利的裁纸刀平放在桌上。在浏览公司客户的信件时，他会习惯性拿起裁纸刀在办公桌的皮套上戳出一些小洞。他要签署多份信件时，则会抽出钢笔，恶狠狠地戳进墨水池里。紧接着在签字之前，他会再次戳进去。有时候他能这样不厌其烦地连续戳许多次。

有时候沃尔特·塞耶斯也会被自己内心的想法吓到。为了确保他的所谓"完美周末"计划，他玩起了摄影。正是相机让他不必再忍受他妻子和那个黑鬼在花园里瞎忙活的景象，带他走出房门，走进田野，走进城郊边缘的树林深处。他也可以远离妻子对于花园未来规划的那无休无止的唠叨。秋天，郁金香的茎会种在房子的旁边。不用多久丁香花丛又会形成一道天然的屏障，将房子与大路隔绝开来。住在城郊沿街那几所房子的男人们则利用星期六下午和星期天早上维修他们的老爷车。在周日午后，能看见他们携家带眷，默默地笔直地呆坐在车上。他们一个下午都在乡村道路上疯狂地驾驶着，一刻不曾停歇。星期一的清晨，公路的尽头却是工作的开始。人们疯狂地朝前奔驰着。

沃尔特·塞耶斯一度因照相机的陪伴而几乎快乐起来。对光线的研究、拍摄树干或草坪，都激起了他发自内心的兴趣。这是微妙而不确定的事。他自己在楼上搭了个小暗室，每晚都在里面捣鼓。他把拍摄的胶卷浸泡在显像液里，然后兑光，紧接着再浸泡在里面。他眼睛里露出一丝紧张，感到自己的生活变得充实了，虽然只有一点点。

星期天下午，他在一片树林里散步，来到了一座小山坡上。他从哪儿读到过，这座小山坡坐落在芝加哥的西南部，也就是他所住的郊区，曾经是密歇根湖畔。那些低矮的小山从平原中跳脱出来，茂密的森林映入眼帘。越过这些小山，又是平原了。大草原逐渐延伸，一望无垠。人们就那样继续生活着。但生命太漫长了。人们用生命不断重复地做着那些没完没了、不尽人意的事情。他呆坐在斜坡上，凝望着这片草原。

他想起了妻子，在山丘那头的城郊，终日埋头于花园摆弄着花花草草。这本是件高尚的事，不应该让他动怒。

他和妻子结婚是因为他想拥有自己的财产，然后从事其他方面的工作。他本不需要为了钱而烦恼，也不需要苦苦地去追寻成功。他本指望他的生活能充满动力。就算他再努力，成为一位伟大歌手的梦想终究渺茫。但，这又能算得了什么呢？有一种生活方式，这类事情就不算重要，而其内在精妙之处可能得以仔细探究。映入眼帘的是草原上嫩绿的野草，午后的阳光在野草间闪动，就像是从少女的朱唇吹出的气息，一缕棕色的烟雾吹在燃尽了的枯草上。唱歌也是如此，美妙的音符从他口中冒出，离开了他的身体。

这时他再次想到了妻子，他昏昏欲睡的眼神亮了起来，变成一团怒火。他觉得太卑微了，不公平，但这并不重要。那到底是因为什么呀？是他妻子乐此不疲于花园的挖挖填填，得意忘形于春去秋来那一件件微小的收获吗？抑或，是她人老珠黄、瘦骨嶙峋、庸俗尖刻呢？

对他来说似乎如此。她自信满满，把植物种植在黑色的土地上让其开花结果。显然她有能力做好这件事情并从中得到满足。这就像经营公司从中获利一样。整个过程都有着根深蒂固的庸俗在里面。他妻子把双手插进黑色的土壤里，到处摸索，去轻抚植物的根系。她小心翼翼地握住小树细小的枝干，似乎那就是她的了。

不能否认的是，这样做也在破坏美好的植被。野草在花园里生长着，多么漂亮雅致呀！她却连想都不想一下就连根拔起。这是他亲眼所见啊。

至于他自己，也曾被连根拔起，失去一些美好。难道他没向老婆孩子屈服吗？难道他不是每天都在做自己厌恶的工作吗？他心中的怒火越烧越旺，再也压抑不住。凭什么需要牺牲野草来换取蔬菜的生存呢？我将相机玩弄于股掌之中，是否更是自欺欺人呢？他从来没有想过成为一位摄影师，他只想做一位歌手。

他站起身来，沿着山坡走着，仍然注视着映在平原上的树影。晚上，他和妻子躺在同一张床上。然而，她在花园的时候不也时常和他待在一起吗？在他心中，有些东西被拔除了，别的东西在滋长。那是她妻子想要的。他和她之间的房事就像是玩弄相机一般——只为消磨时间。她扑向他，果断又决绝——一点没错。她拔掉那脆弱的杂草，只是为了她坚持的事物——蔬菜——只是为了让蔬菜更好地生长，他厌恶地大喊。爱是芬芳，萦绕唇间，口齿生香，就像夕阳洒在烧焦的草地上一样。但在花园里忙活，种些花花草草好像和爱毫无相关。

沃尔特·塞耶斯抽搐着手指，相机悬挂在肩上。突然他抓紧相机带，向一棵树走去，把相机举过头顶挥舞着，重重地砸在了树干上。相机精密的零件破碎了，发出刺耳的声音，但他听起来却是那么动听，就像一首突然从双唇间蹦出的小曲。他再次挥舞起相机壳，重重地砸在树干上。

四

在沃尔特·塞耶斯办公室工作的罗瑟琳打从入职第一天就有着与众不同的地方。这位来自爱荷华州的女人在入职前就换了一份又一份的工作，在芝加哥的高级住宅区换了一套又一套公寓，她还阅读大量书籍，欣赏歌剧，独自一人走在大街上，虚弱无力地寻找人生的意义。现在，在这个全新的环境里，她的生活立刻就有了意义和目标。同时困惑也随之而来，使她之后跑回了柳泉镇，回到母亲身边。

沃尔特·塞耶斯的办公室在工厂的第三层，十分宽敞。工厂沿河而建，高高矗立。早上八点，罗瑟琳来到办公室，随手关上了门。再穿过一条狭长的走廊，用两块厚厚的云豹玻璃隔开的一个大房间，是公司的主办公区。推销员、文员、簿记员，还有两个速记员就在这里办公。罗瑟琳不屑于跟他们打交道。她更喜欢一个人待着，长时间思考问题。

她八点便来到办公室，而她的上司则九点半或者十点才到。所以早上有一两个小时或在傍晚的时候，整个办公室都是她自己的空间。她立刻关上过道的门，一个人真自在，即便是在她父亲的家里也没有过这般自由舒适。她脱下外套，在房间里转悠，把东西归位摆正。晚上有个黑人妇女已经把房间打扫得纤尘不染，但她还是拿了块布，仔细地擦拭着桌子。然后她把寄来的信件打开，看完后整齐地叠在一起。她盘算着用一部分薪水买些花，想象着一个个小篮子装着花束悬挂在灰色墙上的画面。"或许过些日子我就买来。"她想着。

房间四周的墙壁围绕着她。"我在这里为什么这么开心呢？"她寻思着。至于她的上司，罗瑟琳了解甚少，只知道他是一个腼腆的矮个子。

她走近窗口向外望去。在工厂附近，有一座桥横跨在河面上。桥上装载满满的车辆川流不息。下午时分，上司走了以后，她会再次站在窗户旁。她这样静静地站在窗前，望着夕阳西下。独自一人享受着这些时光，是件多么惬意的事情啊。她现在生活的城市多美好啊！不知什么原因，来到沃尔特·塞耶斯这里工作后，她觉得这座城市，像她工作的办公室一样似乎已经接纳她了，和她融为一体。傍晚，阳光透过厚厚的云层，整座城市似乎离开了地面，缓缓升向天空。幻觉便这么产生了。那些僵直冷峻的工厂烟囱，以往整日突出在空气中，嘴里不断吐出黑乎乎的烟雾，但此刻在罗瑟琳眼里，就像一条条纤细笔直的耀眼光束和摆动着的色带。高耸的烟囱像是脱离了那些建筑物，直插云霄。罗瑟琳站着的那个工厂也有这么一个烟囱。它也一样突兀地竖立着。她感觉自己也随之飘起来了，一股难以言表的感觉涌上心头。时光踏着庄严的步伐在城市上方行进着。这座城市，就像工厂烟囱一样，向往着渴望着飘浮在空中的感觉。

早上，从密歇根湖飞过来的海鸥在这片污水纵横的河里觅食。这条河的颜色已经跟绿宝石一样了。海鸥每天早上都在河面上盘旋，就如同夜晚有时候整座城市好像在她眼前飘浮起来一样。它们是那么地优雅，有活力，无拘无束，那么地得意扬扬。它们到处觅食，甚至吃污物，都是那么优雅美丽。海鸥在空中或旋转身体或变动身姿。它们扭摆身躯在空中飞翔，霎时间又俯身向下坠落，在天空划过一条长长的弧线，海鸥用身体或触摸或爱抚水面，过后便往上一跃直冲云霄。

罗瑟琳踮着脚尖。她身后用两块玻璃隔板隔开的办公室里，坐着其他男女职员。但在那里，那个房间，只有她一个人，她属于那里。多么奇怪的感觉啊。同样她也属于她的上司沃尔特，她甚至都不了解他。她把手臂伸过头顶，笨拙地模仿着海鸥的姿势。

她为自己的笨拙感到有点羞愧，转身在房间里四处走动。"我都二十五岁了，现在变成一只优雅的小鸟已经有点迟了。"她讨厌她父母那笨拙呆板的样子，从小耳濡目染，她也变得笨拙呆板起来。"为什么就没人教会我优雅的心灵和美丽的身材呢，为什么我的老家就没人觉得变得优雅和美丽是件很有意义的事情呢？"她喃喃自语着。

罗瑟琳此刻多么在意自己的身体啊！她尽量轻巧优雅地穿过房间。有人在玻璃隔板那边突然出声，她吓了一跳，然后就傻傻地笑了起来。自从到沃尔特这里工作后，她很长一段时间都想着让自己的行为举止变得更加优雅得体，要从少女时代那种愚钝的头脑和懒散的习惯中脱胎换骨。之所以有这样的想法，是因为她觉得工厂的窗户是朝西的，面向河流，早上看着群鸥在河面上觅食，下午看着太阳在色彩斑斓的烟雾云朵中徐徐落下。

五

八月份的一个夜晚，正当罗瑟琳呆坐在父亲家的门廊上，沃尔特·塞耶斯则从河边的工厂回家，来到了妻子位于郊区的花园。晚饭后，他带着两个儿子出去散步，可惜孩子们不多久就厌倦了他的沉默寡言，而跑去找母亲了。那个黑人小伙子沿着厨房门旁的通道走过去，也加入到他们中间。沃尔特则选择坐在灌木丛背后的椅子上，点上一根雪茄，却一口没吸。淡淡的烟雾缓慢静谧地从他指间打着转，直到雪茄完全烧完。

沃尔特闭上眼一动不动地坐着，不做任何思考。夜幕逐渐向他靠拢。很长一段时间，他呆若木鸡，跟一尊石雕一样镶嵌在花园长椅上。他一动也不动，是活着的还是已经死了呢。绷紧的身体，常常处于一种亢奋警觉的状态，其实早变成了一副被动的躯壳。那个躯壳被遗弃在一旁，扔到了长凳上，灌木下，坐在那儿，等待着灵魂再次回归。

这种介于有意识和无意识之间的悬浮状态是不常出现的。他和一个女人之间有些事情需要解决，而她已经离他而去。他整个人生计划都被打乱了。现在，他只想休息，静静地待着，生活的点点滴滴已经全都记不起来了。至于那个女人，他没有想起，也不想想起她。可他竟然如此地需要她，真是可笑。他不知道自己是否曾对妻子科拉有过这种感觉。也许有过吧。现在，科拉就在他的身边，近在咫尺。天快要黑了，她和那个黑人还在忙碌着，轻抚着泥土，让花草茁壮地成长。

他的头脑一片空白，就像夏夜里山中一湾平静的湖水。这时，零碎的思绪向他袭来。"做我遥远的情人吧，离我远远的。"这些话在他的脑海中飘过，就像雪茄飘出的烟雾，萦绕于指间飘向天空。这些话是说给罗瑟琳·韦斯科特听的吗？她已经离开三天了。他希望她永远也不要回来了吗？还是说，这句话说的是他的妻子呢？

其中一个孩子在花园里玩耍，踩到了一株植物，他的妻子用尖锐的声音训斥着："再不小心点，我就把你们全都赶出花园。"她提高嗓门喊道，"玛丽安！"一个女仆便从屋子里走出来把孩子们带走了。他们一边沿着小路回屋一边抗议着，一会儿他们又跑着折回去亲吻母亲。孩子们开始不情愿地抗争着，但最后还是接受了。这一吻是他们对命运的妥协——服从。"噢，沃尔特，"孩子的母亲喊了一声，但坐在板凳上的男人并没有回应。雨蛙开始鸣叫。"亲吻意味着接受。任何与他人的身体接触都是接纳的信号。"他陷入了沉思。

微弱的声音在沃尔特·塞耶斯的身体里快速地回响着。突然间他想唱歌。有人曾经说过他的嗓音很细，毫无吸引力，他永远也当不上歌手。的确，他的嗓音是很细，但此刻在花园，在一个安静的夏季夜晚，这样一个气氛十分适合细小的嗓音。就像是他身体里的那个小声音，不时地在他平静放松的时候轻语呢喃。有一天晚上，他和那个叫罗瑟琳的女人待在一起，开车到了乡下。突然间他就有了现在这种感觉。汽车冲进了田里，他们待在车里，沉默了好长一段时间。几头牛走过来停在了他们的不远处。它们的轮廓在夜里显得十分柔和。突然间，他觉得自己像是来自另一个世界的新人，开始放声歌唱。他一遍又一遍地唱着同一首歌，然后坐着陷入了沉默。之后他就把车开出田野，穿过一处隘口，上了公路，带她回到了城里的住所。

花园在夏夜里显得一片宁静，他张口要唱那同一首歌。他要和藏身于远处树丛里的雨蛙一起放声歌唱。他要提高嗓门，声音从地面扬起越过树枝，远离他的妻子和那个黑人小伙子挖掘的那片土地。

事实上，歌声并没有出现。他的妻子开始说话，她的声音浇灭了他唱歌的欲望。为什么她就不能像罗瑟琳那样，静下来听歌呢？

他开始自娱自乐。有时，他一个人待着，也会像现在这样玩这种游戏。他曾梦想成为一名歌手，但同时也想要成为一名舞者。那会是世上最美好的事情——像一棵小树在风中摇曳着枝头；像灰色的野草炙烤在田野里，任由移动的影子不停地变换着颜色，每一刻都是截然不同的新鲜事物，存在于生与死之间，永生不灭，无惧生活，任由它流淌过他的身体，任由血液流遍全身，无须挣扎，无拘无束，尽情舞蹈。

孩子们跟着小保姆玛丽安回到了屋内。天色暗了下来，他的妻子不能继续在花园里摆弄花草了。金秋八月对于农民和园丁来说，是一年中硕果累累的季节，但他的妻子似乎忘记了这回事，她正忙着做明年的计划。她走在花园的小路上，黑人小伙子尾随其后。"我们要在那儿种上一排草莓。"她的嘴里说着。年轻的黑人轻声表示赞同。显然黑人沉浸在她对花园的构想之中。他知道她想要的是什么，也很自然地赞成她的想法。

孩子们已经回屋睡觉了。他们把他和生活、妻子、花园、办公室紧紧捆绑在一起。

他们并不是他的孩子，他突然清晰地意识到这一点。他自己的孩子是截然不同的。他想，男人跟女人一样有孩子，孩子从他们的体内诞生，然后到处玩耍。他幻想出来的孩子此刻似乎正在他坐着的长凳上玩耍。潜伏在他意识里的生命也在此刻有力地挣脱他，在小路上奔跑，在树林的枝头间游荡，在柔光下起舞。

他的脑海中浮现出罗瑟琳·韦斯科特的身影。她已经回到了她的家乡爱荷华州。她在办公室里留了字条，说她会离开几天。他和罗瑟琳之间传统观念上的雇佣关系早已荡然无存。他缺乏一些特质来维持和别人之间的关系。

此刻他想要忘掉罗瑟琳。她也在纠结。两人都想成为情人，但他对此极力抗拒。他们讨论过这件事。"呃，"他说，"这行不通。我们会给自己增添不必要的痛苦。"

他很坦诚，竭力阻止他们的关系变得更亲密。他想："如果现在她和我在这个花园里待在一起，那也不打紧。我们会成为情人然后忘记这个事实。"

他的妻子沿着小路走过来。她在附近停下，继续低声盘算着下一年的栽种计划。黑人小伙站在她的身旁，在低矮灌木丛旁投下一团摇曳的黑影。他的妻子一袭白裙，在模糊的光线下显得少女般婀娜多姿，清晰地映照在他的眼前。她抬起手握住了小树的树干，她微倾的身体使小树摇晃了一下。白皙的手在空中缓慢地来回摆动。

罗瑟琳·韦斯科特回到家乡去告诉母亲她的所爱。她的字条对此只字未提，但沃尔特·塞耶斯知道她此行的目的。竭尽全力和别人分享自己的爱情，向别人解释自己的爱情，这真是件奇怪的事啊。

沃尔特·塞耶斯正独自坐在花园里，一言不发，似乎黑夜与这个男人毫不相关，只有他幻想出的孩子才能理解它。夜晚是真实的，向他走来，紧紧围绕着他。"黑夜是死亡最亲密的小伙伴。"他想。

他的妻子站着，离他很近。他们在谈论花园的未来，她的声音轻缓温柔，黑人回应她的声音亦是如此。黑人的声调里流淌出的音符如同舞曲一般，沃尔特记得他。

在来塞耶斯家之前，这个年轻的黑人险些身陷囹圄。他是一个有雄心抱负的年轻人，聆听过名人的演说，这些演说充斥着美国的天空，响彻了美国的千家万户。他努力接受教育，想成为一名律师，出人头地，飞黄腾达。

他远离了自己的种族，远离了非洲森林里的同胞。他曾梦想成为美国大城市里的一名律师。这是多么远大的志向啊！

唉，他却遇到了麻烦。他已完成大学学业，开了一家律师事务所。之后的一天晚上，他碰巧走到了一条街道上。一个小时之前，这条街道上一名白人女子被谋杀。有人发现他正好从这里走过。塞耶斯夫人的哥哥是一名律师，为那个黑人辩护，为他洗脱了嫌疑。审判过后，黑人无罪释放，在哥哥的引介下，塞耶斯夫人让他成了自己的园丁。他想成为一个大城市职业律师的梦想变得更加渺茫。"他经历了一场劫难，逃过去也是因为侥幸。"她的哥哥曾这样说过。于是科拉·塞耶斯收留了他，把他和自己，还有她的花园捆绑在了一起。

很明显，那两个人是捆绑在了一起，绑住了一个人也就绑住了另一个人。他的妻子把事情都交代完了，黑人便沿着小路离开。那小路直通厨房门口。花园尾部有个小屋子，其中一个房间是黑人的，里面有书籍和钢琴，他有晚上唱歌的习惯。

科拉·塞耶斯回到了屋子里，沃尔特还独自坐着。年轻的黑人往住处走去，过了一会儿，他静静地走下小路，在一棵小树下驻足。片刻之前，塞耶斯夫人就在这棵树下跟他说话。他把手放在了那个女人的手刚刚放过的地方，然后轻轻地走开了，没有发出任何声响。

一个小时过去了，黑人在他花园尾部的小屋子里开始轻声吟唱。有时候他也会在半夜里唱歌。原来他也过着这样的生活啊！通过不断自我教化，他已断绝了和自己族群的联系，远离了族群，远离了那群拥有褐色头发、黝黑皮肤的女孩。他来到一所北方大学读书，受惠于那些想要提高黑人地位而又粗鲁无礼的人，对他们言听计从，把自己捆绑在他们身边，让自己的人生按照他们所希望的那样度过。

现在他就在塞耶斯家花园尾部的小屋子里。沃尔特记得妻子曾告诉过他关于这个黑人的一些琐事儿。法庭受审的经历让他至今心有余悸，不愿离开塞耶斯家。他所受的教育、读过的书都对他产生了影响，使得他不能够回到自己的族群当中。在芝加哥，大多数的黑人都扎堆在城市南区的几条街道里。"我想做一个奴隶。"他曾这样向科拉·塞耶斯请求，"如果付给我工钱能让您好受一点的话，您也可以这样做，但我恐怕用不上钱。只要能让我永远留在你们这儿，我就心满意足了。"

黑人低声吟唱，歌声像是一阵微风掠过池塘水面。歌曲没有歌词，是由爷爷传给父亲，父亲又传给了他。在南方的阿拉巴马和密西西比，黑人们一边哼着歌一边把棉包搬运到河里的蒸汽船上。这曲子是很久以前从其他搬运棉包的人那里听来的，但那些人早已经去世了。在有棉包可运之前，黑人们就在非洲河道的船上哼起了这首歌。年轻的黑人们天一亮就乘船到一个小镇准备进攻。歌声不仅是在为他们虚张声势，也是为了告诉小镇的女人们他们即将发动袭击。这歌声饱含怜惜，却也充满威胁。"你们的丈夫、兄弟、心上人都会在黎明丧命于我们手中。我们将进入小镇来到你们身边，将你们紧拥入怀，用炽热的爱和力量使你们忘却痛苦。"这就是歌曲的古老含义。

沃尔特·塞耶斯记得许多情形。还有些晚上，黑人在唱歌，他躺在楼上自己的房间里，妻子来到他的身边。房间里有两张床，她笔直地坐在自己的床上。"你听到了吗，沃尔特？"她问道。她过来坐在他的床上，有时还钻进他的怀里。在很久以前的非洲村落里，每当歌声从河里飘来，人们便奋起准备战斗。那歌声是对敌人的蔑视反抗，奚落嘲讽，可现在这些含义都烟消云散了。那年轻黑人的房子位于花园尾部，而沃尔特夫妇的房子则坐落在高地上。这是一首悲歌，充满了种族哀愁。科拉·塞耶斯知道某些深埋在地底的东西想要破土而出。这触动了她的本能。她伸出手，温柔地抚摸着丈夫的脸庞和身体。歌声让她想要紧紧抱住他，拥有他。

　　夜色越来越深，花园里有了点冷意。黑人便停止了歌唱。沃尔特·塞耶斯起身，沿着小道朝房子走去，但没有进去。他反而穿过一道门走上了大路，沿着城郊的街道一直走到空旷的乡下。天上没有月亮，但是星星却出奇明亮。有段时间，他匆忙向后张望，好像害怕有人跟踪，直到走进一片宽阔平坦的草地才放慢了脚步。他走了一个小时才停下来，坐在一堆干草上。不知道为什么，他知道那个晚上不能回到他在城郊的房子了。早上他会直接去办公室等罗瑟琳回来，可接下来呢？他不知道接下来该怎么办。"我得编个故事，早上得打电话给科拉，编个愚蠢的故事。"他盘算着。一个大男人在野外过个夜，竟然还需要给出解释，简直是太荒谬了。一想到这一点，他就来气，于是起身又走。星光柔和的夜色下，他站在开阔平坦的原野中，怒火很快消失了，于是便开始轻声吟唱，但他唱的却不是那晚和罗瑟琳坐在一起不断吟唱的那首歌。而是他家黑人唱的那首歌，那首赞美一帮年富力强的黑人勇士的《大河颂》，奴隶制度使得这首歌变得柔和而染上了浓厚的悲伤色彩。歌曲从沃尔特口中唱出来就少了许多原有的悲伤。他几乎欢快地一路走着，嘴里唱出的歌曲带着几分嘲讽和挑衅的意味。

六

韦斯科特一家住在柳泉镇一条短街上,街尾那儿有一片玉米地。罗瑟琳小时候它还是一片草地,远处是一个果园。

这丫头总喜欢在夏日午后往那儿跑,坐在一条小溪边,溪水向东流向柳溪,为沿途的农田排水。小溪使地面稍微变低了,她背靠一棵老苹果树坐在那儿,光光的脚丫子几乎就要碰到水面了。母亲不准她光着脚上街,但她一走进果园就把鞋子脱掉了。这给她一种赤身裸体的快感。

透过头顶的树枝向上看,她就能看见美丽的天空。团团白云散成碎片然后又凝成一团。太阳跑到云团后面,灰影轻轻掠过远处的田野。她的童年世界,韦斯科特一家人,梅尔维尔·斯托纳坐在房子里,同街其他孩子的叫喊声,她知道所有这一切都已经离她远去了。到寂静的地方就好像晚上躺在床上睡不着一样,只是更甜美更温暖罢了。那里没有家中的繁乱纷扰,连呼吸的空气都更加清新甘甜。小时候她会玩一些小游戏。果园里所有苹果树,又老又糙,她给所有的树都取了名字。她曾有个幻想,虽然有点吓人但还是挺有意思的。幻想着到了晚上,她已进入了梦乡,整个小镇都已安然入睡,那些苹果树便从地里出来到处走动。就连树下的小草、篱笆旁的灌木丛都从地里出来,发疯似的跑来跑去,疯狂地舞动着。那些老树,就像庄严的老人,把头聚在一起交谈。他们一边交谈,身体一边轻轻地摇动——前后摇摆,前后摇摆。灌木丛和开花的野草在小草间围成一个个大圈,跑动着。小草们挺直了身板上下跳动。

有时候,在温暖明媚的下午,小罗瑟琳背靠树坐着,在玩生命之舞的游戏，直到她渐渐地感到害怕，只好放弃。人们正在附近的玉米地里劳作。马儿们用胸脯和宽阔强壮的肩膀推开幼嫩的玉米苗，发出一阵低沉的沙沙声。时不时能听见一个男人提高嗓门大喊一声。"嗨，说你呐，乔！到那边去，弗兰克！"养鸡寡妇养了一条毛茸茸的小狗，偶尔发出几阵吠叫，显然是一阵毫无缘由、愚蠢而又急促的吠叫。罗瑟琳对所有的喧闹充耳不闻。她紧闭双眼，奋力挣扎，试图远离尘世的喧嚣，寻找一方净土。过了一会儿，她终于如愿以偿。远处隐隐传来一阵低沉而又悦耳的声音，就如同有人在耳边喃喃低语一般。壮丽的景观出现了。随着一阵撕裂声，苹果树纷纷站立到地面上。它们迈着庄严的步伐聚在一起。现在，疯狂的灌木和开了花的野草在奔跑着，舞动着，小草在欢快地跳跃着。罗瑟琳不能在自己的幻想世界里停留太久。这个幻想世界太疯狂，太欢乐了。她睁开双眼，一跃而起。一切都还正常。树木稳稳地扎根在泥土里，野草和灌木回到了栅栏旁，小草们也躺在地上沉睡。她觉得她的父亲、母亲、哥哥，她认识的每一个人，都不会同意她去那里。她知道，那个舞动的世界虽然令人愉快却也带着股邪气。有时候她自己也变得有点疯狂，而事后总会遭到鞭打或者责骂，因此不得不放下她幻想的疯狂世界。它让她有点害怕。有一次，这个幻觉再次出现，她哭了，躲到栅栏下号啕大哭起来。有个男的正在玉米地里干活，走了过来，停下了马儿们，大声问道："怎么了？"她不能直说，只好撒了谎："被蜜蜂蜇了。"男的大笑起来："会好起来的，最好穿上鞋子。"

那段果树移动和小草舞蹈的时光埋藏在罗瑟琳的童年记忆里。后来，她中学毕业，在家待了三年后才到城市去，这期间，她在果园中还有过其他经历。当时她一直在读小说，也和其他年轻女子聊天。她知道了许多原本不知道的事情。在母亲家的阁楼里，有一个摇篮，她和哥哥小的时候就睡在里面。有一天，她上阁楼找到了它。摇篮的寝具装在一个箱子里，她又把它拿了出来。她把摇篮整理成给小孩子睡的样子，等收拾完毕，她反倒害羞起来。母亲也许会上来看见它。于是又急忙把寝具放回箱里下了楼，脸颊火辣辣的，羞愧极了。

多么困惑啊！有一天，一个女同学要结婚了，罗瑟琳过去看她。其他几个女孩也去了，她们进了一个卧室，床上放着新娘的嫁妆。多么柔软可爱的东西啊！所有女孩都走上前去，站着看，罗瑟琳夹在她们中间。有些女孩很害羞，有的很大胆。有个瘦巧女孩，胸脯平平的，平坦得像扇门板，嗓音尖细，脸庞尖瘦，突然怪异地大喊起来："太美了！太美了！太美了！"她一遍又一遍地重复着。那声音简直不是人发出来的，而像是森林深处受伤小动物的哀嚎声，孤独无助。接下来那女孩跪在床边开始悲痛流涕。她解释说，一想到同窗好友就要结婚了，她就受不了。"不要结婚，哦，玛丽，不要结婚！"她恳求道。其他女孩都大笑起来，但罗瑟琳却无法容忍，匆忙离开了房间。

不止那一件，还有其他事情呢。有一次，她在街上看到一个小伙子。他是一家店铺的店员，罗瑟琳并不认识他。然而，她却幻想着跟他结了婚。这个念头让她羞愧难当。

一切都让她羞愧难当。夏日的午后，她去果园背靠着苹果树坐下，像小时候一样脱掉鞋袜，但她童年的幻想世界已经消失了，再也回不来了。

罗瑟琳的身躯柔软，但是全身的肌肉结实强壮。她从苹果树旁挪开，躺在了地上。她把身体压到草丛里，压到结实坚硬的土地里。对她来说，似乎她的心灵、她的幻想、她所有的内在活力，除了她的肉体之外，全都消失了。地面顶着她的身体，她的身体压着地面。周围一片漆黑，把她囚禁起来。她推压着牢狱四壁。周围一片漆黑，万籁俱寂。她手里抓着一把草，把玩起来。

她一动不动地趴着，但并没有睡着。有个东西，跟她身下的土地，或树木，或云朵无关，却仿佛想要向她走来，进入她的躯体，这是生命中纯洁的奇迹。

这种事不可能发生。她睁开双眼，天空依然高悬头顶，果树依然四下静立。她又回到一棵树旁，背靠着坐下。一想到夜幕降临，不得不从果园里出来，回到家中，她就感到害怕跟疲倦。正是这疲倦使得她在别人眼里成了呆滞愚笨的女人。生命的奇迹在哪里呢？不在她心里，也不在地下，那一定是在天空中。很快就要入夜，繁星闪烁。也许奇迹并不真的存在于生命中，而与上帝有关。她想飞上天空，马上去上帝的殿堂，那里都是轻盈强大的男女，他们死后把呆滞和沉重留在了凡间。想到这些，她感到了一些释然，有时候她在傍晚离开果园，几乎是迈着轻快的步伐。她高挑结实的身体里，似乎增添了些许优雅。

罗瑟琳感受到生活原来如此丑陋，于是她离开了自己的家，离开了爱荷华州的柳泉镇。某种程度上，她厌恶这里的生活和人们。在芝加哥，有时会难以相信，世界已经变得如此丑陋。她试图摆脱这种感受，却总是挥之不去。她穿过拥挤的街道，到处都是丑陋的建筑物。一张张脸庞如潮水般向她涌来，那是死人的面容。他们身上那阴暗的死神也笼罩在了她的身上。他们同样无法打破自我的围墙，找到纯洁的生命奇迹。毕竟，也许就没有所谓纯洁的生命奇迹。它也许就只是一种精神上的东西。生活中有些东西原本就非常肮脏。这种肮脏在她身上，也在她体内。有一天晚上她跨过拉什街大桥回她在北区的住处，突然抬起头，看见这条碧绿的河流从湖中流向内陆。附近就是一家肥皂厂。城里的人使河流改道，让它从湖里流向内陆。有人在河流进入城市、进入居民区的河口附近建了一座大型肥皂厂。罗瑟琳停下来站着，顺着河流朝湖泊看去。男人女人，货车汽车，从她身边疾驶而过。他们肮脏，跟她一样。"整个海洋的水和数以百万计的肥皂都不能将我洗涤干净。"她想。污秽的生活似乎是她生命的一部分，一股强烈的欲望向她袭来，她想爬上大桥栏杆一跃而下，跳进那碧绿的河流。她身体颤抖得厉害，低下头盯着桥面，匆忙离开了。

此刻的罗瑟琳已成为一个成熟女性，正在家里跟父母一起坐在桌边共进晚餐。可是他们三个谁也没吃，却在议论着母亲做好的饭菜。罗瑟琳看着母亲，想起了梅尔维尔·斯托纳的话。

"要是我想写，我会动笔的。其实我能看穿每一个人的想法。这样说也许会有点吓人吧？我知道你今天下午和我一起走在铁路轨上在想什么，也能知道此刻你母亲的想法，以及她想对你说的话。"

自从她出乎意料从芝加哥回到家，母亲这三天来又一直在想什么呢？女儿们的生活，当母亲的又是怎么想的呢？母亲们有什么重要的事要和女儿说吗？若有，那她们准备什么时候说呢？

她目光犀利地看着母亲。老妇人脸色阴沉，脸面松弛下垂。她和罗瑟琳一样有着灰色的双眸，但不同的是，这双眼睛有点呆滞，就像城里肉市橱窗内冰板上的鱼眼。女儿看着母亲的模样，都快吓坏了，嗓子里堵得慌。场面尴尬，屋子里的空气也异样地紧张了起来，突然间，三个人同时从桌旁站了起来。

罗瑟琳走过去帮母亲收拾餐具，父亲则坐在靠窗的椅子上看报。罗瑟琳再也不敢抬头多看母亲的脸，心里默念道："要是我还想了却心愿，就得打起精神来才行。"奇怪的是，看着母亲俯身在水池旁洗碗，她恍惚中似乎看见梅尔维尔·斯托纳瘦削得像鸟一样的脸和沃尔特·塞耶斯热切却又疲倦的脸同时浮现在母亲头顶。画面中的两个男人正对着她冷笑，他们的嘴唇抖动着，似乎在说："别自以为是了，你不过是个愚蠢的黄毛丫头而已。"

父亲在想女儿这次回家要待多久。原本，他想晚饭过后，好好打扫打扫房子，然后到镇里去，但他觉得这样做对女儿又太失礼了，不免感到有些愧疚。于是，趁着母女俩洗碗刷锅之际，他戴上帽子，到了后院劈起柴来。罗瑟琳走到前廊坐了下来。碗碗碟碟都已经洗好，晾干了。但是母亲还会在厨房里晃悠半个小时，她总是这样。她会反复整理，把碗碟拿起来再放下去。她似乎害怕时间不知如何度过，于是索性把自己扔厨房里忙上几个小时，然后就能爬上楼，倒床就睡，了无心事。

亨利·韦斯科特从房子一角走过来，遇到了女儿，不禁觉得有点吃惊。他不知道怎么了，就是感觉不舒服。他顿了顿，静静地打量了她一会儿，她身上映射出生命的活力，那双灰色的眼睛清澈明亮，炯炯有神，她的秀发犹如玉米须般金黄柔软。那一刻，她俨然如同玉米地上完美而可爱的女儿，会被玉米地上某个年轻小伙痴狂地迷恋着。当然，也得有这样的小伙子配得上她才行啊。他本想悄悄地离开家的，只好迟疑地说："我就在镇上待一小会儿。"他逗留了一下，她惊人的容颜瞬间唤醒了他身上某些沉睡已久的东西。他的身体，就像这座老屋，迅速激起星星火花，在焦黑的梁柱间熊熊燃烧起来。他羞涩地对女儿说："小姑娘，你真美啊。"说完便转身，走向院子大门，到了街上。

罗瑟琳跟着父亲，走到大门处停了下来。她静静地伫立着，看着父亲缓慢地走在短街上，绕过墙角。与梅尔维尔谈话的那种情绪又一次笼罩着她。父亲会产生和梅尔维尔一样的感觉吗？是孤单迫使他几近精神失常吗？他是否也会在漫漫长夜苦苦追寻已逝的青春，尘封的激情，淡忘的魅力？

望着父亲消失在转角，罗瑟琳穿过大门，沿街走着，心想："我先去果园的树下坐坐好了，等母亲不在厨房里瞎转悠了我再回来吧。"

亨利·韦斯科特沿街走着，到了法院旁的广场上，接着走进了伊曼纽尔·威尔逊的五金店。两三个男人很快也跟了进去。每天晚上，他都这样混在同镇的男人堆里，安安静静地，什么话也不说。其他男人也一样，这不过是暂时离开家，逃避妻子的方式罢了。一种模糊反常的男性情谊就这样产生了。这群人中，有一个瘦小的老人，平时的工作就是帮人粉刷房屋。他都快六十了，还单身一人，跟母亲住在一起。这件事实在让人匪夷所思。到了傍晚，每次只要油漆匠稍微迟到那么一点点，大家就乱成一片，交头接耳地纷纷猜疑着。一时间，小小的房子骚动起来，好一会儿，唏嘘声才犹如尘埃落地般渐渐平息。那个老油漆工在家里，会不会做家务活，会不会洗盘子，会不会做饭，会不会打扫卫生，会不会整理床铺，还是他年老体弱的母亲帮他打理一切？这时，五金店的老板伊曼纽尔·威尔逊又讲起了以前他常讲的故事。他年轻时住在俄亥俄州的一个镇上，听到过这样一个故事。很久以前，有一个老汉，跟油漆工一样，也和母亲住在一起。他们家里很穷，冬天铺盖都不够用，到了晚上，母子俩就挤在同一张床上睡觉。其实，这件事再纯洁不过的了，就像所有母亲把自己的孩子抱到床上一样。

亨利·韦斯科特坐在店里，边听伊曼纽尔·威尔逊早已讲得滚瓜烂熟的故事，边想着自己的女儿。他为女儿的美貌感到骄傲，心里不禁觉得比其他男人有了些许的优越感。他从来没想过，他的女儿会出落得如此楚楚动人。可为什么他以前就没注意过呢？而且，现在正是酷热的八月，为什么女儿要离开芝加哥，离开傍湖而居的好生活，非要这时候回柳泉镇呢？难道她回来，真的只是挂念父母了？他为自己笨重的身躯、破烂不堪的衣服、胡子拉碴的老脸感到自惭形秽，这样想了一会儿，他心中刚刚燃起的微弱火花，就渐渐熄灭了。就在这时，老油漆工走进了店里，他极其依恋的模糊的男性情谊重新建立了起来。

果园里，罗瑟琳背靠树，坐在那个曾经坐过的地方。在那，她曾幻想着一个舞动的童年；在那儿，中学毕业之后，她也曾绞尽脑汁去打破那道将自己与真实生活隔离开来的墙壁。太阳落山了，夜幕徐徐降临，悄悄漫过草地，缓缓地将树影拉长。由于常年疏于打理，园子里的果树都繁华殆尽，落叶成殇。那些干枯树枝投影在灰色草地上，像张开的细长手臂，极力向四周延伸。那一条条枯枝像又细又长的手指，使尽力气地伸展开去，像要紧紧抓住什么。无风无月，只有繁星点点，这个夜晚的平原将更显漆黑闷热了。

再过一会儿，就会漆黑一团，匍匐在草地上的阴影也显得模糊难辨。罗瑟琳觉得死亡已经紧紧地包围着她，整个果园、整个镇子和她一样都沉浸在死亡的气息里。她的脑海蓦地响起沃尔特曾经对她说过的话："当你独自面对乡下夜景时，不妨试把你自己完全托付给这夜晚、这漆黑、这树影。假如你身体力行——去经历了，你会有出乎意料的感悟。你会发现，尽管数代以来，白人都是土地的拥有者；尽管他们到处采煤，修建城镇；尽管他们在广袤的土地上，建起条条铁路，栋栋高楼。可实际上，他们在这块大陆上，一寸土地也不曾真正拥有。所有的土地仍属于那个肉体已死的种族。红色人种，虽然实际上已经消亡，却仍然拥有整个美洲大陆。这片土地上载满了他们的想象——鬼魂、神灵和恶魔。这是因为在那个时代，他们深深地爱着这片土地。我这么说并非是空穴来风，证据处处可见。我们并没有给我们的城镇起出美丽的名字，因为我们压根就没有把它建设美丽。要是美国有哪个城市名字好听的话，那不过是从另一个种族那里偷过来的，而那个种族才真真正正拥有我们脚下的这片土地。我们每个人都不过是这里的异乡人罢了。无论是在美国哪个乡村，当你独自面对夜晚时，请尝试着把自己完全交给黑夜。你会发现，死亡仅仅属于巧取豪夺的白色人种，而生命却永远属于已逝的红色人种。"

沃尔特·塞耶斯和梅尔维尔·斯托纳的灵魂主宰着罗瑟琳的大脑。她能真真切切地感受到，好像他们两人就在她身旁，和她一起坐在果园的草地上。她非常肯定现在梅尔维尔·斯托纳已经回到家中，要是她大声喊，他就一定听得到。他们到底想从她身上得到什么呢？她是不是突然间同时爱上了两个男人，两个比她年长的男人？树枝的影子像一张大大的地毯，铺在果园的草地上。这地毯很柔，质地精美，人走上去不会发出一点脚步声。他们一步一步走在地毯上，不断向她靠近。梅尔维尔·斯托纳已近在咫尺，沃尔特·塞耶斯连同他的那颗炽热的心也从远处悄然逼近。两个男人到来的目标一致，他们怀揣着对于生活的认知向她走来，想把这些认知传授给她。

她起身，颤抖着站在树下。她究竟把自己弄成了什么样子！还要持续到什么时候？他们又在给她灌输什么样的生死认知？她回家只有一个简单的任务。她爱沃尔特·塞耶斯，愿将终身托付于他，不过在这以前，她觉得有必要先回家告诉母亲。她本以为会大胆地将自己的爱情经历讲给母亲听。她打算告诉母亲，听取老人的建议。如果母亲理解支持，那就最好不过了。要是母亲不理解，那么，不论如何，她也算是还了某些旧债，报了某些从未表达过的旧恩。

那两个男人，他们到底想要罗瑟琳的什么？梅尔维尔·斯托纳和这些有什么关系？她把他抛诸脑后，想到了另一个男人——沃尔特·塞耶斯，他不像梅尔维尔那样刚毅自信，咄咄逼人。她就是迷恋沃尔特那个样子。

罗瑟琳双臂环抱着老苹果树的树干，脸颊贴在粗糙的树皮上。她紧张激动得直想用脸蹭树皮，直到鲜血溢出，直到身体的痛感，抵消内心那再也难以承受的高度紧张。

果园和街尾之间的草地已经种上了玉米，她要想到街上，就得沿着小路走，从铁丝栅栏下爬过去，穿过养鸡寡妇的院子。此时此刻，果园里寂静无声。她屈身穿过铁丝网，来到寡妇的后院，趴在粗粝的木板上，用手指摸索着慢慢爬过鸡棚和谷仓间一个狭窄通道。

罗瑟琳的母亲坐在走廊上，等着丈夫和女儿回家。隔壁的梅尔维尔·斯托纳也正坐在自家狭长的走廊上。罗瑟琳匆匆经过他家门口，瞥了他一眼，不禁微微打了个寒战，心里想："这家伙可真像一只黑色的大秃鹰啊！他是那么地接近死亡，欣赏死亡美丽的眼神，倾听夜里死亡古老的声响。"她一回到家，就重重地一屁股坐在走廊边，两只胳膊遮住脑袋，仰卧在走廊上。母亲则坐在旁边的摇椅上。街道尽头的拐角处，有一盏昏黄的路灯，微弱的光线透过层层树叶，星星点点地洒落在母亲的脸上。那张脸看上去苍白平静，犹如死神一般。母亲向她看过来，吓得她慌忙闭上眼睛："千万不能说，我会丧失勇气的。"

　　离父亲回来还有两个小时呢，没必要那么着急马上说出来。这时，街对面的房子里传来一阵嘈杂声，划破了乡村街道的宁静。两个男孩正满屋子乱跑，从一个房间到另一个房间，高声叫喊，还重重地摔着一扇扇门。一个刚睡着的婴儿被吵醒了，哇哇直哭，接着传出一个妇女不悦的责骂声："别闹啦，别闹啦！没看到你们把小孩吵醒啦？现在我又得费一阵功夫重新哄他睡啦！"

　　罗瑟琳的手指蜷了起来，双手依然紧握着。"我回家想告诉你一件事。我爱上了一个男人，但我不能嫁给他。他比我大很多岁，已经结婚了，还有两个孩子。我爱他，我觉得他也爱我，我知道他肯定爱我。我想让他要了我，在事情发生前，我想先回来告诉你。"她一字一顿地低声说着。语毕，她在想，梅尔维尔·斯托纳是否能听到她这一番爱的宣言。

　　可什么也没发生。母亲仍然坐着，摇椅来来回回地摇晃着，时不时发出轻微的吱吱声。街对面的房子里没有了婴儿的哭声。罗瑟琳把从芝加哥回来想跟母亲说的话都说了，她感到终于松了一口气，几乎要高兴起来了。两个女人就这样一直沉默着。罗瑟琳不禁遐想起来。再过一会儿，母亲就会有反应了，会厉声斥责她的。或者是什么话也不说，直到父亲回来，再把事情告诉他。她想，他们肯定会骂她不道德，把她赶出家门。但，这都算不了什么。

罗瑟琳等待着。像沃尔特·塞耶斯坐在他的花园里一样，她的思绪也仿佛脱离了身体，飘向远方。从她母亲身上飘到了她恋人那里。

下面是沃尔特·塞耶斯在那个夏夜里跟她说的话。那天晚上，跟今晚一样安静，她跟他到了乡下。在那之前，有许多个夜晚，他曾长时间在办公室滔滔不绝地与她谈话。他在她身上找到了一个他可以倾诉也愿意倾诉的人。他已经对她完全敞开了人生的大门。谈话一直持续了很久很久。在她面前，他是放松的，摆脱了已成习惯的紧张感。他告诉她，他是多么渴望成为一名歌手，又是如何放弃了这个念想。"这不是我妻子的错，也不是孩子们的错。就算没有我，他们也是可以照样活下去的。问题是，没有了他们，我无法活下去。我是一个失败的人，从一开始就注定会失败，我需要一些寄托，来为自己的失败作辩护。我现在终于明白了，我就是一个寄生虫。我现在再也不会想要唱歌了，因为我至少还有那么一个优点。我知道失败，也能接受失败。"

这就是那个夏夜沃尔特·塞耶斯在乡下跟她说的话，那时候他们在他的车上，她坐在他旁边，他突然就唱了起来。他打开农场的大门，沿着一条绿草茵茵的小道静静地把车开进了一个牧场。车灯关了，车子慢慢地前进。停下来的时候，几头牛跑了过来，站在旁边。

接着他开始轻轻地唱了起来，慢慢地胆子越来越大，一遍又一遍地重复着那首歌。罗瑟琳非常高兴，想要大声呼喊。"因为我，他现在可以唱歌了。"她自豪地想着。此时此刻，她对他的爱是如此地强烈。然而，也许她感受到的终究不是爱情，而是自豪，对于她来说，是胜利的时刻。他从一个黑暗的地方——一个充满失败的黑洞中爬起来，慢慢地向她靠近。是她伸下的手给了他勇气。

在韦斯科特家的门廊上，她仰卧在母亲的脚边，努力思考着，力求使自己脑海里一时的念头清晰起来。她刚刚告诉了母亲，她想要和那个男人在一起——沃尔特·塞耶斯。话刚说完她自己已经在怀疑这是不是一个真实的想法。她是女人，母亲也是女人。母亲会跟她说什么呢？当母亲的会跟女儿们说什么呢？生命中的男性元素想要什么呢？她自己也没有弄清楚自己想要什么。也许，她想要的可以通过与另外一个女人——她母亲的交谈而获得。要是母亲们能够突然间唱歌给女儿听，要是她们能够在黑暗和沉寂之中唱歌给女儿听，那该是一件多么神奇而又美好的事啊！

男人总是让罗瑟琳感到困惑。那个晚上，父亲这么多年以来才第一次真正地看她。那时她正坐在门廊上，他走到她面前停了下来，眼里闪烁着什么。那苍老的眼睛里燃着熊熊的烈火，就像沃尔特有时的眼神。难道这熊熊烈火是为了吞噬她吗？男女的命运就是互相为对方着迷，被对方耗尽一生吗？

一个小时之前，在那个果园里，她清楚地感受到了那两个男人——梅尔维尔·斯托纳和沃尔特·塞耶斯，他们静静地走在树荫做就的柔软地毯上，朝她而来。

此刻，他们再次向她走来。在思想上，他们越来越靠近她，越来越接近最真实的她。整个柳泉镇街道笼罩着一片寂静。是死亡的寂静吗？母亲死了吗？母亲是否已经变成一具尸体坐在她旁边的椅子上？

摇椅发出轻微的吱吱声，响个不停。那两个男人的灵魂仿佛盘旋着，其中一个，梅尔维尔·斯托纳，大胆而狡猾，他靠得太近了，太了解她了，而且什么都不怕。而沃尔特·塞耶斯是仁慈的，他是个温柔而又善解人意的人。她开始害怕起梅尔维尔来。他靠得太近了，对她生活的阴暗和愚昧知道太多了。她转过身侧卧着，黑暗中凝视着斯托纳的屋子，回想起她的少女时代。这个男人肢体上太靠近她了。远处的路灯投来一道微弱的光芒，打在她母亲的脸上，顺着这灯光，她透过繁密的枝叶，越过灌木丛的顶部，隐约看见梅尔维尔的身影，就坐在他家房前。她在想，是否可能把他清除掉，把他从自己的生命当中清除出去，永远不再存在。他在等着，等她母亲睡去，等她上楼，进了自己的房间，躺着难以入眠的时候，他就会侵入她的隐私。她父亲会拖着脚步沿着人行道走回家，回到韦斯科特家，穿过屋子走到后门，他会从水泵里打一桶水，提进屋子，放在厨房水池旁的水箱上，然后会给时钟上发条，接着……

罗瑟琳不安地翻来覆去。梅尔维尔身影的活力，紧紧控制着她，使她无处可逃。他会闯进她的卧室侵扰她的隐私。她想象着他嘲弄的笑声萦绕在安静的屋子里，压过了所有平日里可怕的声音。她不想让这样的情况发生。梅尔维尔·斯托纳的突然死亡将会带来甜美的寂静。她希望有可能把他摧毁，把全部男人摧毁。她想要母亲靠近她。那会将她从男人堆里解救出来。当然，在这个夜晚结束之前，母亲肯定会说一些鲜活而真实的话。

罗瑟琳将梅尔维尔·斯托纳的身影从她脑海里逼了出去。似乎她从楼上的房间里起身下床，拉着那男人的手臂，把他带到门边，推出房外，然后关上房门。

她的脑袋跟她开了个玩笑。梅尔维尔前脚刚离开，沃尔特后脚就闯进了她的心门。她想象着，那个夏晚在牧场中的汽车里听他唱着歌。那些长着柔软宽大鼻子的牛，嘴里散发着清香的草味，正聚集在一起。

现在，罗瑟琳感觉很甜蜜。她倚靠着，等待着，等待母亲说话。在她面前，沃尔特·塞耶斯打破了他长久以来的沉默。很快地，她们母女间的长期沉默也会被打破。

因为她，一位不会唱歌的歌手开始唱歌了。歌曲是生命的真正音符，是生命战胜死亡的凯旋之歌。

沃尔特·塞耶斯的歌声响起，这对她来说是多么甜蜜的安慰啊！强大的生命力在她体内汹涌，她突然变得那么地有活力！就在那一刻，她作出了明确的最终决定，她要更进一步地接近这个男人，想要跟他有最大限度的肌体接触，以此去探索他在歌声里从她身上发现了什么。

这是在用身体去表达她对这个男人的爱，借此，她会发现生命中的纯洁奇迹。她还是一个笨拙粗俗的小女孩，躺在果园的草丛上时，就一直梦想这种纯洁奇迹。通过这个歌手的身体，她会靠近、触摸到生命的纯洁奇迹。"我愿意牺牲一切去换来这个机会。"她想着。

这个夏夜变得多么地祥和安静！此刻她是多么清晰地领悟到了

生命的真谛！当时，沃尔特在田野上，在牛群旁所歌唱的曲调是她所听不懂的，而现在，她已听懂了一切，明白了一切，包括那些陌生的外语歌词。这是一首关于生死的歌。除此之外还有什么值得去歌唱呢？她对歌曲内容的突然领悟还没从她脑海里消失，沃尔特的灵魂就朝着她走来了，把梅尔维尔·斯托纳轻蔑的灵魂推到了一边。为了罗瑟琳，为了她身体里这个觉醒的女人，还有什么是沃尔特的内心没做的呢！它此刻正在向她诉说歌曲里的故事。歌词本身就像是在柳泉镇宁静的大街上飘荡。歌词描述的是，太阳在城市的渺渺云烟中西下，一群海鸥从湖边飞来，在城市上空翱翔。

此刻这群海鸥在河流上空翱翔着。这是条碧绿的河流。她，罗瑟琳·韦斯科特，站在市中心的桥上，对生命中的污秽与丑陋坚信不疑。她正打算跳入河里，洗尽铅华，还己一身纯净。

这没有什么大不了的。这时鸟儿在空中盘旋着，发出奇怪的尖叫声，像极了梅尔维尔·斯托纳的声音。再过一会儿她就会纵身跳入河中，鸟儿也会纵身俯冲而下，画出一道长长的优美线条。她的身体会消失在水流中，被河流冲走直至腐烂，但她活着的灵魂会与鸟儿一起画出一道长长的优美线条，冲向云霄。

门廊上，罗瑟琳紧张地躺在母亲的脚边，一动也不动。在这闷热沉寂的小镇上空，在所有城镇底下，生命都在继续吟唱，永不停息地吟唱。蜜蜂忙碌的嗡嗡声，雨蛙的呱呱声，河里小船上搬运棉包的黑人的喉结，生命之歌无所不在。

这首歌曲就是一道命令。它不断地倾诉着生与死的故事，死亡永远战胜生命，生命永远战胜死亡。

母亲打破了长久的沉默，罗瑟琳试图摆脱她内心那首开始自动吟唱的小曲儿……

太阳落山了，躲进了城市西面的天空——
死亡战胜生命，生命战胜死亡。
工厂的烟囱变成一道道光束——
死亡战胜生命，生命战胜死亡。

母亲坐的椅子摇晃着，不断发出吱吱声。话语在她苍白的双唇间断断续续地蹦出来。韦斯科特大妈生活的考验来了。她总是失败，而如今她必须为罗瑟琳，为这个从自己肚子里生出来的女儿赢一把。她必须给她讲清楚所有女人的宿命。少女总是在梦想、希望、信仰中成长。这里面有一个阴谋。男人们创造词语，写书唱歌，无不围绕一个东西，名叫"爱情"。年轻的姑娘信以为真。于是，她们结婚，或者不结婚而跟男人保持亲密关系。在新婚之夜，她们受到粗暴的强奸，接着便要尽最大努力解救自己。她开始退缩，退向自己的内心世界，越陷越深。韦斯科特大妈一辈子都躲在自己的家里，躲在自家的厨房里。随着岁月的流逝，孩子们的到来，她的男人对她的需求越来越少了。现在，新的麻烦来了。她的女儿正在重蹈她的覆辙，即将亲身尝试那些曾经毁了她一生的经历。

曾经，她看着女儿跨出家门，步入社会，自食其力，是多么地自豪啊。女儿穿衣行路，气度非凡。她是一个高傲、正直、成功的女人。她不需要男人。

"天哪，罗瑟琳不要这样，不要这样。"她不断地喃喃自语着。

她是多么希望罗瑟琳能保持自己的纯洁无瑕。曾经她也是那么地年轻、高傲、正直。难道有人会认为她曾想成为韦斯科特大妈吗，又肥又重又老？自从结婚之后她就一直待在家中，待在自家的厨房里，但却以独特的方式目睹了发生在女人身上的一切。她的男人知道怎样赚钱养家，他总能够让她住得舒舒服服。他这个人，慢条斯理，沉默寡言，有自己的好，不比柳泉镇任何男人差。男人们就是这样，干得多，赚得多，吃得也多，到了晚上，他们就回家找自己的老婆。

韦斯科特大妈出身于农民家庭，知道在动物的世界中，雄性追求雌性的方式，这个过程是漫长艰辛、残酷而又血腥的。生活永远就是这个样子，她的婚姻生活是段暗无天日的恐怖经历。她当初为什么想要结婚呢？她试图告诉罗瑟琳。"一个周六晚上，我跟随父亲来到这个镇上，在大街上遇见了他。两周之后，在乡下的一个舞会上我再次遇见了他。"她回忆道。她讲述时语气就像是一个人跑了老长一段的路，有什么紧急的信息要传递一样。"他要我嫁给他，我就嫁了。他要我嫁给他，我就嫁了。"

她无法改变自己婚姻的事实。但关于男女关系，女儿认为她没有什么重大信息要说吗？结婚之后，她一直待在丈夫家里，就像头牛一样，起早贪黑地忙活着，洗着脏乱的衣服，擦着油腻的碗筷，张罗着一家子的一日三餐。

她一直在思考，这些年来一直在思考。生命中有一个可怕的谎言，生命的全部事实就是谎言。

她已经把这一切都看开了。世界上还有某个地方与她所在的地方迥然不同——那是一个天堂般的地方，没有人结婚，也没有人被迫结婚，那是一个无性、平静的极乐世界。不知道犯了什么事，人类就被驱逐出了那个地方，赶到地球来受罚，这是一种不可饶恕的罪恶，这个罪恶就是性。

犯下这个罪恶的不仅是她，还有她丈夫。她曾想结婚，除此之外，还有什么原因呢？男人和女人注定要犯下罪恶，毁了自己。除了少数罕见的圣人之外，没人逃脱得了。

她想的都是什么呀！那时，她刚刚结婚，她的男人从她身上得到满足之后便呼呼大睡，而她却无法入眠。她蹑手蹑脚地从床上起来，走到窗边，凝望着宁静的星空。月亮以缓慢庄严的姿态穿行于天际。繁星无罪，它们彼此分离，互不接触，都是独立神圣不可侵犯的个体。繁星之下，地球之上，万物皆腐朽，树木花草、田间走兽、男人女人，无一例外。他们活了一段时间就会腐烂，她自己也在慢慢腐烂。生命就是谎言，以爱行骗，永远如此。事实就是，生命本身源于罪恶，又以罪恶得以永存。

"没有爱情这回事，所谓的爱情不过是个谎言。你给我说的这个男人，他想要你，其实是想犯罪。"她边说边沉重地起身，步入了房子。罗瑟琳听到她在黑暗中四处走动。

她来到纱门旁，站在那儿望着女儿紧张地躺在门廊处等待着。心中那股浓烈的感觉使她无法接受这一切，沉闷得感到窒息。女儿似乎感受得到，站在她身后黑暗处的母亲变成了一只巨大的蜘蛛，努力引导着她掉入一张黑暗的网。"男人只会伤害女人，"她说，"他们情不自禁地想要伤害女人。他们天生如此。那些所谓的爱情根本就不存在，只是一个谎言罢了。"

"生命是肮脏的，女人让男人碰就是在玷污自己。"韦斯科特大妈拼命地喊出了这些话。它们就像是从她身上，从她灵魂深处撕扯下来似的。说完这些话，她就离开了，走向黑暗处。罗瑟琳听到她慢慢地走向通往楼上卧室的楼梯。她流着泪，用一种胖老女人才有的奇怪方式，几乎窒息地哭着。她迈着沉重的脚步爬上楼梯，在某一瞬间，她停住了脚步，四周陷入一片沉寂。韦斯科特大妈一点儿也没说出她的想法。她已经把想要对女儿说的彻底想清楚。那些话为什么没有说出来呢？她对那件事的否决情绪并没有发泄完。世界上是没有爱情的。"生活就是一个谎言。它只会带来罪恶、死亡、腐朽。"她对着黑暗大喊道。

一件奇怪得几乎不可思议的事情在罗瑟琳身上发生了。母亲的身影在她的脑海中消失了，而幻想中她再次成为一个年轻的女孩，与其他年轻女孩一起去拜访一位即将结婚的朋友。

她和其他人站在房间里，床上摆着雪白的婚纱。这时，同伴中一个瘦瘦的平胸女生跪在了床边。随之而来的是一阵哭喊。这哭声是来自那个女孩，还是来自韦斯科特家那位疲倦不堪挫败颓废的老女人呢？"不要这样。哦，罗瑟琳，不要这样。"抽抽搭搭的啜泣声恳求着。

韦斯科特家恢复了平静，就像外面的街道，又像罗瑟琳凝望的星空。她紧张的内心慢慢松弛下来，又开始新一轮的思考。有个东西前摇后摆，找到了平衡点。这仅仅是她的心跳吗？她的大脑清晰起来。

沃尔特·塞耶斯的那首歌曲依旧在她心中吟唱。

生命战胜死亡，死亡战胜生命。

她坐了起来，双手抱着头。"我来柳泉镇是为了考验自己，是生死的考验吗？"她问自己。母亲已经上了楼梯，进了楼上黑暗的卧室。罗瑟琳内心吟唱的那首歌依然持续。

生命战胜死亡，死亡战胜生命。

像母亲所说的，这首歌作为男性的专利品，作为男人对女人的召唤，是谎言吗？可听起来不像谎言啊。这歌是那名为沃尔特的男人唱的，她已离开他回到了母亲的身边。

后来，另一个男人梅尔维尔·斯托纳走近了她。他也在唱着那首生死之歌。一个人内心停止歌唱，死亡就会来临吗？死亡只是拒绝吗？她内心还在唱着那首歌，多么困惑啊。随着最后一声呐喊，韦斯科特大妈哭泣着走上楼梯，回到自己的房间，躺在了床上。过了一会儿，罗瑟琳也回到了房间，衣服都没脱就倒在床上。两个女人躺在床上等待着。外面，黑暗中，梅尔维尔·斯托纳坐在他家房前，他知道这对母女之间发生的一切。罗瑟琳想起了芝加哥的那座桥，位于工厂旁边的河流之上；她又想起了河流上空翱翔的海鸥。

她多希望自己就在那里，站在桥上。"如果我现在跳进河里，那该多好啊。"她想着。她想象着自己迅速坠下，但天空中的鸟儿以更快的速度俯冲下来，要去挽救她那即将落水的生命，飞快地掠过，优美地俯冲。那就是沃尔特歌曲里出现过的画面。

晚上，亨利·韦斯科特从伊曼纽尔·威尔逊的店铺回到家。他拖着沉重的脚步穿过房子，走到后门的水泵旁。他打开了水泵，一阵缓慢的嘎吱声响起。接着，他走进屋子，把水桶放到了水池旁的水箱上。一些水花溅了出来，发出轻柔的拍击声，就像小孩光着脚丫踢踏在地板上一样。

罗瑟琳站起身来，她身上冷淡而死气沉沉的疲倦积淀已久，此刻却消失了。冰冷呆板的双手紧紧控制着她，此刻却被甩在了一边。她的包放在壁橱里，但她已经忘了这回事。她快速脱下鞋子，提在手里，穿着袜子走进大厅。父亲迈着沉重的脚步走向楼梯，在她身边经过，她赶紧贴着墙壁站在走廊处，大气也不敢喘一下。

她的反应多么迅速机敏啊！凌晨两点，会有一列东行到达芝加哥的火车经过柳泉镇。她不想等到那个时候，她会向东步行八英里到达下一个小镇，如此一来，她就可以离开这里，还可以找些事干。"我现在就需动身。"她边想边跑下楼，悄悄地离开了屋子。她走在人行道旁的草地上，来到梅尔维尔·斯托纳房前的大门旁，他走下来迎了上去。他带着嘲弄的语气笑着说："我想天亮之前我也许还有机会再与你散步。"他边说边鞠着躬。罗瑟琳不知道自己跟母亲之间的谈话他听到了多少。无所谓了，反正，韦斯科特大妈所有说过的、能说的话，以及罗瑟琳所有可能会说或会理解的话，他无所不知。这个想法让罗瑟琳感到无限的甜蜜。是梅尔维尔·斯托纳让整个柳泉镇摆脱了死亡的阴影。言语是多余的。她与他之间建立的友谊超越了言语，超越了激情，既存于生活又存于生命。

他们默默地走到小镇的边缘，然后梅尔维尔·斯托纳伸出手来。她问："你会和我一起走吗？"他笑着摇了摇头："不，我会待在这里，我外出闯荡的时机在很久以前就失去了。我会待在这里，带着自己的思考待在这里，直到死去。"

他转过身，走到这条街道最后一个街灯的光圈之外，消失在黑暗之中。在此，这条街道已成了一条乡间小路，往东通向下一个小镇。罗瑟琳站在那里，看着他迈着大步离去，再次想起了一只大鸟。她心想："他就像翱翔在芝加哥那条河流上空的海鸥，他的灵魂翱翔在柳泉镇的上空，当死亡降临于小镇，他的灵魂就会猛扑下去，救出美丽的人们。"

起先她顺着玉米田间小路慢慢走着。夜色非常开阔宁静，这样她更能平心静气地散步。一阵微风拂过，吹得玉米叶沙沙作响，不过没有明显令人害怕的人类声响，而这些人类声响是由那些行尸走肉的人发出的，他们接受死亡，只相信死亡。玉米叶相互摩擦着，发出低沉甜美的声音，好像有新的生命正在诞生，衰老的躯体正被撕裂扔到一边。或许新的生命就要降临在这片土地上。

罗瑟琳开始奔跑，抛下小镇及父母，就像奔跑者会丢弃沉重多余的衣服。她也希望扔掉身上的衣服，赤身裸体，重获新生。小镇两英里外有座桥横跨在黑压压的柳溪上，小溪现在已经干涸了，空荡荡的，但在她的想象中却涨满了水，泛着碧绿的色彩，快速地流动着。之前她跑得飞快，此刻停了下来，站在桥上快速地微微喘息。

过了一会儿她继续行走，直到平复了呼吸才再次奔跑起来。她的身体因新生而隐隐作痛。她没有问自己要做什么，如何解决难题，她回柳泉镇一半是希望通过母亲的一句话就把难题解决的。她奔跑着，尘土飞扬的小路不断从黑暗中涌现在她眼前。一路向前奔跑，她似乎总能看见一道微弱的光线。黑暗在她面前不断延伸。奔跑也有乐趣，每跨一步，她都能感受到一种新的解脱。她脑海里浮现出一个美妙的想法，觉得跑着跑着，脚下的光线变得越发清晰起来，好像黑暗在她面前变得胆怯，跳到一旁，为她让路。她觉得，自己大胆起来，好像成了一个发光体，可以创造光明，只要一走近，黑暗就变得胆怯而逃得远远的。有了这样的想法，她就发觉，自己可以不眠不休地永远跑下去，穿过大地，穿过城镇，所到之处，黑暗无不闻风而逃。

呐 喊

我倾尽所能明确地说出来。

我们共处一室，其他几个跟我一样有舌头，有头发，有眼睛。

我从椅子上起身倾尽所能明确地说出来。

他们的眼神飘忽不定，显然有些是超出了他们的理解。倘若我拥有纯洁的心灵、强壮的体魄和不竭的青春活力，我会撞穿这一堵堵围墙，穿过白天和黑夜奔向广阔的大草原奔向远方，直到教堂门口，直到上帝的金銮殿。我会与他们携手同行。

我要说，让上帝帮助他们的灵魂摆脱束缚，彻底脱离一切束缚。我说，他们应该为自己的生活修建圣殿。

我冲着街上来往的行人大喊；我像投掷石头、石料一样竭力呼喊；我像撒播种子一样在小巷中到处呼喊；我悄悄夜行，冲着街上空荡荡的房间大喊。

我说，生活就是生活，街道的行人和城市的居民应该为他们的灵魂修建圣殿。我在夜间对着电话窃窃私语，告诉电话那头的人，生活是幸福的，人类会繁衍生息代代相传。

我说，应该修建百万圣殿，清扫所有门阶。我冲着他们疲于逃避备受折磨的灵魂猛掷一块石头。

我说，他们应该为自己修建圣殿。

Horses and Men

第三部
赛马人故事集

我就是个傻子

这是我遭受的一次严重挫折，是以往经历中最令我痛苦的挫折之一。而这都是由于我自己的愚蠢所造成的。每每想起，我都恨不得失声痛哭，臭骂自己一顿或是踹上一脚。即便到了现在，事情过去这么久了，每次说起都会让自己感觉无地自容，反而获得一种自我报复后的满足感。

故事发生在十月份，那天下午三点，俄亥俄州的桑达斯基有一场秋季赛马会，我就坐在正面看台观看。

说实话，我觉得自己坐在看台前有点愚蠢。夏天的时候我随哈利·怀特黑德离开了家乡，去他那儿干活。和我一块儿工作的是个黑人，叫伯特，我们分别负责照顾哈利的两匹马。今年各个地方都有秋季赛马会，哈利打算带着它们逐一参加。离家的时候母亲哭了，而我的姐姐，米尔德丽，为这事发飙责骂了我整整一个星期。她们都觉得家里有人做马夫不太光彩，不愿我做这份工作。我想米尔德丽以为我做这样的工作会妨碍她的正事，秋天到来的时候，她想在镇上谋求一份教学的职业，这可是她孜孜以求的事情。

可我今年已经十九了，块头那么大，总不能在家里闲着吧？我总得工作啊，况且也没有其他活儿可以干了，我已经过了帮人除草送报的年纪。不像小孩子——容易得到人们的怜悯。这些家伙，不止一次抢走我的饭碗！有个小孩就让我特别不爽，他老是对那些雇主说:"让我帮您整理草坪好吗,我得攒够上大学的钱。让我帮您清洗水箱好吗?我上大学的费用全靠它了……"我好几夜都没睡觉,就坐在床上绞尽脑汁地想——怎样才能神不知鬼不觉地把这家伙给废了。我时常想象他走在街上,突然有马车碾过他的身体,或者突然有块砖头砸破他的脑袋。遗憾的是,这些事都没有发生,还是别提他了。

　　说回原话,我帮哈利干活,伯特成了我的铁哥们。他身材魁梧、四肢发达,打起架来跟杰克·约翰逊一样厉害,但他有一双温柔的眼睛——透露着他的善良。伯特照料的马叫"布赛夫雷斯",是匹体形高大、浑身漆黑的种马,它可以跑出两分零九秒或两分十秒的成绩,另外一匹由我照看,叫弗里茨博士,是匹骟马,好家伙,它从没有辜负过哈利的期望,可谓百战百胜。

　　六月底的时候,我和伯特坐棚车出发,走了五个月。我们带着哈利的两匹马,沿途参加各种赛事。天呐,我太喜欢那段日子了。有时候我会想,那些从小就规矩生活的人,念完高中念大学,他们不偷窃、不买醉,更不用说学别人爆粗口或结交像伯特这样的黑人。大学毕业后,又凭借满腹文墨坐享大把就业机会,绝不可能沦为一个赛马场的跑腿,穿着脏兮兮的马裤站在看台前工作。像现在,马赛就要开始了,看台上坐满了各种光鲜亮丽的人,他们就是其中一员。哎,说这个干什么呢?这些家伙什么都不懂,他们从来没有这样的机会。

　　但我和他们不一样,我认识了伯特。他教我洗马、赶马以及赛后帮伤马绑绷带……这些都是很有意义的事。伯特绑绷带的技术可是相当地好!要是绷带跟马匹毛色一样的话,我敢保证,你绝对看不出绑过绷带的痕迹。我想，要不是因为他是黑人，他绝对会成为一个了不起的骑师，就跟摩菲和沃尔特这样的顶尖人物一样。

噢！那真是一段好时光。周末我们走到了某个城镇，星期二到星期五都有赛事，弗里茨博士会在星期二出战两分二十五秒的赛事，过两天换布赛夫雷斯，会在自由赛技压群雄。这样一来，我们就有很多空闲的时间——四处转转啦，听听有关赛马的讨论啦，瞧瞧伯特怎么驯服嗨过头的家伙啦，等等。所有这些看到的、听到的和感觉到的，只要用心观察，都够我受用一辈子了。

赛事结束的时候又到了周末，哈利回家照看他的车马出租生意，你和伯特就把马拴上车，慢悠悠地穿过乡村前往下一个马会，慢慢来是为了不让马儿太累吃不消啦，还有其他原因，你知道的。

噢！沿路的核桃木、山毛榉、橡树，全都换上了棕红色的装扮，散发出独特的芬芳；沿街的窗户边上，一个个情影倚栏而立，那是乡村姑娘们闲暇的眺望；这时伯特忽然唱起了一首歌，名叫《深深的河水》。你们可以向我显摆你们的大学，我想我知道自己是在哪儿接受教育的。

哎呀，你们在周六下午来到一个小镇，伯特说："我们在这歇会儿吧。"于是你们便停下来稍作歇息。

你们把马牵到马厩，喂上马，再从箱子里拿出最好的衣服给自己换上。

到了街上，镇里的农夫以为你们是参加赛马的人，都目瞪口呆地看着我和伯特；还有些小孩子，像是从没见过黑人，看到我俩走在大街上，吓得四处跑开了。

那个时候还没颁布禁酒令，你俩大脑一热，就进了一间酒馆。

那些乡下的粗汉子都围了过来，总会有一个像是懂那么点赛马知识的人向我们搭讪，而你跟伯特要做的，就是胡扯——扯我们都有哪些品种的马，我告诉他们这两匹马是我自己的，那时一个家伙便问："要来点威士忌吗？"伯特不假思索地说："哦，好啊，少喝点是可以的，我只能陪你喝一点。"哈，真是笑死我了。

不过这并不是我要讲的故事。我们回家很晚，已经是十一月份了。我向母亲保证，再也不管那些赛马了。母亲从来只会这一招——要我保证这个保证那个。

我们小镇里找不到更好的工作，我就动身去赛场，到了桑达斯基帮一个男人照看马群。那人家业庞大——房地产、兽力运输、煤炭供应、货物储藏都在他的经营范围内。这里待遇相当好，吃的是美味佳肴，睡的是大仓库里的简易床，一周还能休息一天。主要工作就是给老马铲些草料弄些燕麦。这些体格高大的老马曾经功绩卓著，如今连癞蛤蟆都跑不赢了。我对这个工作很满意，还可以往家中寄些余钱。

就像我刚才跟你说的，秋季比赛在桑达斯基进行，我工作半天就开溜了——换一身气派的衣服，竖起衣领，戴上新买的德比帽，棕色，上周六刚买的。看马赛之前，我跟几个小伙先去了镇中心。我总告诫自己："人前讲究的是排场。"兜里揣着四十美元，我就进了一家"西屋大酒店"，"三根雪茄，二十五美分的那种。"我对柜台前的服务员说。大厅里有很多参赛的骑师，还有一些我不认识的，他们来自其他城镇，都是些衣着讲究的人。其中有一个拄着拐杖、打着温莎牌领带——他这样的装扮实在让我觉得恶心。我认为一个男人就应该像男人那样穿着打扮，而不是像他这副模样。于是我便使劲将他挤到一旁，继续喝着我的威士忌。他盯着我，仿佛是想发火，但他改变了注意，一句话也没说。我接着又来了一杯酒，以此来向他炫耀些什么。喝完酒我出去搭车前往比赛地。我到达那里，尽最大财力买了一个好座位，不过我并没有买包厢里的座位，那样就过于摆谱了。然后我便满心欢喜地坐在那里，俯瞰这些牵马的马夫，他们个个穿着肮脏的紧身裤子，肩膀上搭一条马鞍褥。这模样正如我先前做马夫的时候一样。我坐在那儿，一种优越感油然而生，望着那些愚蠢的家伙，这种优越感和自豪感就更加强烈了。我经常这样想，如果你正确地看待每件事情，那么都有它好的一面。

呃，坐在我正前面的是一个年轻的男孩，两边分别坐着——我猜——他女朋友和他妹妹，他们都跟我年纪相仿。

那男孩看上去不错，可能上过大学，现在是个律师或者报刊编辑什么的，但不像是那种傲慢自恃的人。生活中有一类人很不错，而他就是其中之一。

他妹妹此时正环顾四周，不经意间，我们目光触碰在一起。这绝非故意而为，而她自身也并非是那种人。

你知道那是一种怎样的感觉。啊，面若桃花，多么惹人喜爱。当时她穿着一条柔和的蓝色连衣裙，虽说不是特别制作的，但做工什么的却十分精细。对于这点我自认为非常了解。我们四目相遇，分外脸红。我从未见过这么漂亮的女孩儿。跟她哥哥一样，她没有半点架子，谈吐高雅却不造作。一个字——正。我想她父亲也许有点钱，但还不足以富得让她狂妄自大，因为她是个女儿，很多人都这样。她父亲也许在家乡开了一家药铺或纺织品店之类的。这些她从未跟我说过，而我也从没问过她。

我身边也都是些很好的人。我的祖父，出生在威尔士的一个老村庄……嗯，不扯这么多了。

第一轮马赛就要开始了，那个男孩起身离开，要去下注。但他与众不同——并没有吵吵嚷嚷、大话连篇，巴不得所有人都知道他是个赛马爱好者似的。他不是那种人。之后他回到女孩身边，告诉她们他在哪匹马上下了注。比赛进行的时候，他们几乎都要站起来，像其他下了赌注的人一样，表现得异常兴奋和激动。他们下了注的那匹马最后几乎要跟上来了，他们还以为它会突然加速冲上去，但是事与愿违，它并没有加速，没有获得足够的能量冲到前面。

接下来不一会儿，这些马准备要冲刺两分十八秒竞赛。我知道一匹马，它的骑师是鲍勃·弗兰奇。但马不归鲍勃所有，它的主人是马瑟斯先生，住在俄亥俄州的马利耶塔。

马瑟斯先生是个大财主，开了几个煤矿，住的是镇上一级的豪宅。他对赛马很是痴迷，但由于长老会的教义约束，或者因为他妻子——我猜他妻子也是长老会的一员，也许比他还虔诚，总之出于种种原因，他从来没有亲自参加马赛。俄亥俄州流传着一种说法，每次马瑟斯先生的马参加比赛，他就将马交由鲍勃·弗兰奇，对妻子谎称是去卖马。

于是，鲍勃就有了这些马，为所欲为。你们不能怪鲍勃，最起码我是不会。他有赢的时候也有输的时候，我做马夫期间，对这个从不怎么关心。而我关心的是，凭这匹马的速度，只要你让它赢，它就一定可以赢。

我跟你说，鲍勃今天骑的马叫"阿博特·本·阿赫姆"，是一匹骟马，跑起来像风一样，成绩是两分二十一秒，其实我觉得它还能提高八秒或九秒。

正如我告诉过你的，前年，我和伯特不在的时候，有一个黑鬼替马瑟斯先生照看马，伯特认识他。有一天马利耶塔没有任何比赛，我们的老板哈利也回了家，这时我们便到了他那儿。

那天其他人都去集市了，伯特的朋友就带我们去了马瑟斯先生的豪宅，他们还偷喝了马瑟斯先生的一瓶酒——马瑟斯先生背着他妻子把酒藏在了他房间的橱柜里。后来伯特的朋友就带我们去看了阿赫姆。伯特一直梦想着成为一名赛马高手，但是作为一名装备工，他从来没有机会实现这个梦想。他俩大口地喝完了整瓶酒，伯特有点醉了。

于是他就让伯特骑上阿赫姆沿着赛道跑了一英里，这条赛道就在农场那里，是马瑟斯先生专用的。没有料到，马瑟斯先生的女儿刚好在这个时候回家了！吓得我们赶紧将马拴住藏回马厩里。他女儿叫琳达，病恹恹的，长相也一般。

我说这么多是想让你明白就里。在桑达斯基，中午的时候我正在赛场，那个男孩和那两个女孩显得紧张不安，输掉了这次赌注。你知道，男生会如此这般地紧张不安。

"啊，我可以给他透露一些内参啊。"我心想。

于是鬼使神差地，我在他的肩膀上碰了一下，他倒很大方，靠过来认真听我说。说真的，他们从头到尾对我都很好，我对他们没有丝毫责备之意。

"这匹马跑第一轮的时候，不要押注，第一轮它跑得超慢，就像牛耕田一样。但第二轮起它就会开始反击，这个时候你就可以下注了。"我这样告诉他。

嗯，我从未见过哪个小伙子对人这么好过。小女孩此时已经偷偷看了我两次，而她看我的时候我也刚好在看她，两人都涨红了脸，他竟鼓起勇气转过去请求她旁边的胖男人与我交换位置，好让我能坐在她身边。

　　天啊，赌博的力量真强大，我竟成功了。我突然觉得，自己先前的举动是多么地愚蠢——去西屋大酒店喝威士忌，而这仅仅是因为那里有个家伙拿着手杖，打着领带，我把事情搞得一团糟，而目的却只是为了炫耀一番。

　　如此地贴近她，就是为了让她感受到我的气息，这一切她当然会知道的。啊！我真想冲下看台，在跑道上尽情狂奔，打破那些久经赛场的老马所创造的纪录！

　　这个女孩儿可不一般，聪明着呢。当时，我却没有口香糖、止咳锭、甘草片之类的东西给她。还好刚刚买了雪茄，我递给那个男孩一支，也给自己划了一支。随后，那个胖子起身和我交换了位置，而我呢，扑通一屁股坐在了她旁边。

　　于是他们做了自我介绍：男孩叫威尔伯·伟森，他女朋友叫埃莉诺·伍德伯里小姐，是一个木桶制造商的女儿，来自俄亥俄州的蒂芬镇；还有他的妹妹——露西·伟森小姐。

　　我想是他们这些高贵的名字使得我丧失理智而说了谎话。一个马夫，为煤矿、运输和储藏业老板照料马的马夫跟别人并没有什么区别。我经常这样认为，也常常这样跟别人说。

　　但是你可知道一个男孩的感受，看到她那美丽的衣衫，她那迷人的双眸，刚刚不久，她的视线越过哥哥的肩膀，我们四目相碰，分外娇羞，此情此景他将作何感受呢？

我不能在她面前表现得像个傻子，对吧？

接下来，我就自欺欺人，撒了个弥天大谎。我骗他们说，我的名字叫沃特·马瑟斯，来自俄亥俄州的马利耶塔。我说，我的父亲，才是阿赫姆的正牌主人。我们是个高傲的家族，从不以自己的名义参加这种赛马活动，这才让鲍勃接手……他们三个都靠过来听，尤其是露西·伟森小姐——见她听得津津有味，两眼发光，我讲得更来劲了。

我告诉他们：我家就在俄亥俄河上游，我们还在山上建了几个大型的马厩，雄伟的砖房。不过，我晓得说话的技巧——我没有得意地吹嘘，只是开了个头，由他们来追问，我还尽力表现出一副很不情愿讲的样子。事实上据我所知，我家向来是个落魄户（虽然不至于穷到要别人施舍），更别提拥有一家木桶厂了。至于我祖父，他曾在威尔士——算了，还是不说他了。

我们仿佛是相识多年的老朋友，侃侃而谈，我接着说：我父亲疑心鲍勃·弗兰奇不守规矩，秘密派我来桑达斯基，尽我所能弄清楚状况。

我虚张声势地说，我已经洞察阿博特·本·阿赫姆要参加的这场两分十八秒赛事。

我说阿赫姆会以跛足牛似的速度输掉第一场预热赛，在下轮比赛中会恢复过来击败其他对手。第二轮比赛就要开始了，为了证明我之前对阿赫姆下的定论，我装模作样地从口袋里掏出三十美元，递给威尔伯，请他如不介意的话，帮我去给阿赫姆下个注。我说，我自己之所以不去，只是为了不让鲍勃，还有任何马夫看到我而已。

和我意料中的一样，阿赫姆偏离了它的步幅，僵硬如木马，一副病恹恹的身姿，结果就落在了最后。威尔伯下去帮我下注了，留下我和这两个女孩子待在一起。趁伍德伯里看向别处的时候，露西用肩膀碰了我一下。我的意思不是说仅仅挨到而已。哎呀，你晓得女人的高明之处——她们靠近你又不至于放荡。

然而接下来，他们却给我来了个冷不防，让我备受打击。在我毫不知情的情况下，他们聚在一起已经决定威尔伯·伟森押注五十美元，这两个女孩则每人押注了十美元，用的都是她们自己的钱。我顿时难受起来，后来就更难受了。

关于下注阿赫姆的事情，我对此并不怎么担心。他们最后赢了钱，结果是非常好的。阿赫姆在接下来的三场比赛中加快了速度，就像是很多变质的鸡蛋在尚未暴露之时赶紧甩手出货。威尔伯赢的钱是他赌注的四倍半。而让我坐立不安的却另有其事。威尔伯下完赌注便回来了，然后他便一直与伍德伯里小姐聊天，把我和露西·伟森晾在一边，仿佛是遗弃了一座孤岛上。哎，要是我在广场，或者有方法去广场，就好了，要是我不撒这个谎就好了。哪里有沃特·马瑟斯这个人呢？要真有这个人，我肯定明天就会去马利耶塔一枪毙了他。

这就是我，一个愚蠢的大笨蛋。不久比赛便结束了，威尔伯下去收我们所赢的钱。然后我们租坐马车去到了镇中心，威尔伯请客，我们在西屋大酒店共享晚宴，还有香槟庆祝。

我和那个女孩待在一块儿，彼此都没有说太多话。有一点我清楚，她喜欢我，但不是因为我编出来的华丽身世。你知道，有一种处世之道……赌博的力量真是强大啊。有一种类型的女孩，你一生中她就出现一次，要是你没有任何行动，错失良机，你就会为此而跳河自尽，追悔莫及。她深情地看你一眼，这眼神不是勾引，而是意味着，这样的女人，你想娶她为妻，你想要美丽的鲜花、漂亮的衣服伴她左右，你想要和她生儿育女，你想要动听的旋律随处飘荡，而不是拉格泰姆这种毫无旋律令人发笑的拍子。哦，天啊。

穿过一条海湾，在离桑达斯基不远处有一个地方叫杉点乐园。晚饭过后，我们便自己划着汽艇去往那里。威尔伯、露西小姐和伍德伯里小姐必须赶十点钟的火车返回俄亥俄州蒂芬镇。和这样的女孩儿出来，可不能有丝毫马虎，你总不能错过班车、让人家陪你在外面过夜吧，她们可不是随便的女孩子。

威尔伯上了汽艇，这花了他十五美元，要不是亲耳听到，我才不会知道竟这么贵呢，他赌起来可绝不差钱。

杉点乐园，有一群常见的牛，我们并没有逛多远。这儿有几个大型的舞厅和餐馆，我们沿着沙滩一路走，直到没有灯光的角落。一路上我和露西都没怎么说话，我暗自思量着：我妈真是有远见啊，她总是教我们各种餐桌礼仪，比方如何在饭桌上用餐刀、不要大口喝汤、不要发出噪音、不要举止粗俗像赛马场的粗汉子一样。

然后威尔伯和他的女伴去了沙滩，而我和露西则坐在一个漆黑的地方，那里有一些被水冲刷过的老树根，从那时一直到我们返回汽艇、他们去赶火车这段时间里，什么也没留下，时间一眨眼就过去了。

当时的情形是这样的，我们所在的地方一片漆黑，像我所说的，老树桩的根如手臂一样向四处蔓延伸展开来，空气中充斥着海水的味道。整个夜晚仿佛你伸手便可以触摸得到，是如此地温润柔软，黑压压地散发着橘子的清香。

我半是欣喜半是忧伤，内心已然痴癫——巴不得站起来奋力地喊叫、欢呼、雀跃。威尔伯与他女友返回来时，露西看到了，便对我说："我们得走了。"说这话的时候她都快哭出来了。但她永远不知道我的感受，也不会如我那般疯狂。然后，就在威尔伯和伍德伯里小姐向我们走来时，她扬起脸颊快速地亲了我一下，然后将头贴近我，而这期间，她一直都浑身发抖，哎呀。

有时候我真希望自己得癌症死了算了，我想你懂我的意思。我们就那样乘汽艇穿过海湾到了火车站，一路上仍是漆黑一片。她悄悄对我说，仿佛我和她能够从汽艇出去凌波微步呢。这听起来有些傻，但我懂她的意思。

不一会儿，我们便来到了火车站，这里人山人海、十分拥挤，像是赶集，又像牛儿四处乱闯。而此时此刻，对她，我该说些什么好呢？"很快我们便能写信联系了。"她就说这么多。

犹如干草棚着火，我本来是获得了一个绝佳的机会，可以大显身手。

也许她会写信给我，不过信件会被盖上邮戳退回，上面注明：查无此人。不管怎么样，邮局通常会这么处理。

我努力不去想这些，只是与她深情地拥抱着，想着上帝怎么就造出了这么曼妙的娇小身躯。赌博的力量多么强大啊，我得到了一个绝佳的机会。

火车进站了，露西上了车，威尔伯走过来和我握手，伍德伯里小姐也十分友好地向我鞠躬道别。我望着她，一直到火车驶离。我终于忍不住心里的情绪，像个孩子一样放声痛哭。

哎，我本可以追着火车狂奔，让车神丹帕奇都相形见绌，让它看上去就像是失事后的货运列车一样狼狈不堪。但是，巨搞笑，这样做又有什么意义呢？你之前遇到过像我这样的傻子吗？

我敢向你打赌，就算我的一条胳膊断了，或者我的脚被火车辗轧到了，我都不会去医治。我唯一会做的就是待在那儿，任凭疼痛折磨。

哎！要不是喝高了我绝对不会蠢到去撒谎，还是在她那样的女生面前，把谎撒得天衣无缝。

真希望那个打着温莎牌领带、手拿拐杖的家伙此刻就在我面前，我肯定会狠狠揍他一顿，将他撕成碎片。哎！他那双该死的眼睛，他就是个大傻瓜，就是。

如果我不是个傻子，你就帮我找个来，我把工作辞掉让给他，自己当个废物。像我这样的废物，工作、挣钱、存钱还有什么意义啊。

现代派艺术的胜利，又名"请律师来吧"

我给自己下了个任务：给大家讲个有趣的故事，故事跟我有关；讲述方式极为随意，当然，你肯定会理解的。首先，我想先介绍一下自己。

咳咳，我今年三十二岁，个子矮小，顶着一头淡棕色的头发，鼻梁上架着一副眼镜。直到两年前我都住在芝加哥，在那里我的工作是办公室文员，薪水不错，日子过得挺滋润。但我至今还是单身，在某种程度上，我对女人这种生物了解不多，也不敢去接触交流。在幻想中我总觉得自己非常大胆，可现实中想到亲身去接触女人就会使我异常害怕。她们会静静地笑着好像要说些什么——算了，先不说这个了吧。

从小我就立志成为画家，不过我得坦白，目的并不是为了创作杰出的艺术作品，而仅仅是画家的生活方式深深地吸引了我。

我时常想着这样的场景（让我们诚实一点吧）：歪戴帽子，蓄撮胡子，拄根拐杖，到处闲逛，随意地谈论着框架啊、韵律啊、光和影的效果啊、平面的效果啊，等等。我已经读过很多关于画家的书，有关他们的创作、友谊、爱情；当时，我穷困潦倒独自蜗居在芝加哥的一间小房子里，幻想着自己成为世界知名的画家，我敢肯定，这无疑帮我打发了无数个百无聊赖的夜晚。

一天下午，我下班之后散步到了另一个画家的工作室。我进去的时候，他还在那里画，房间里坐着两个裸体的女模。其中一个看到我，冲我笑了笑，这燃起了我对女人的一股欲望，哎，还是拉倒吧，我对这些早就厌烦了。

我径直穿过房间，走到我朋友画布前，站在那儿认真看着。

此时，他忐忑又焦虑地看着我。你知道的，我可是远近公认的画家。不管我怎么说我朋友，他绝不敢自居与我平起平坐。大家普遍认为，不管我到哪里，都是个大人物。

"怎么样？"他问。瞧啊，俗话说，他对我的评语正洗耳恭听呢；简单说就是，他正等着我做生死判决呢。

为什么呀，真是混蛋！为什么要把一切都推给我呢？身担这种重任会把人累垮的。我认为，身为一名画家就要对自己的作品有独立的见解，而不应该让自己的同行来评价，这会使双方都尴尬，我是这样想的。

你看，要是我尖锐地直说，你就只会自怨自艾。"黄色有点暗了，这个女人的手臂太模糊了。画的时候，应该让人感觉到自然的手臂。我建议你最好把调色盘换了。画得太散了，要把它们都整合起来。画应该紧凑些，就像小孩用力掷雪球一样紧紧粘在墙壁上。"

两年前，我三十岁的时候，从姑妈（确切地说是我父亲的姐姐）那里继承了一大笔遗产，这可是我梦寐以求的。

我和姑妈素未谋面，但我一直告诉自己："我得去看看她，否则老太太会生我气，去世后连一个子儿都不留给我。"

好在她去世前我去探访了她，太幸运了。

下定了决心，我就从芝加哥出发了，然而却没能陪到她，这可不怪我。我对女人不感兴趣，这事你肯定知道的，我再傻也猜得到。就算我愿意陪姑妈一天，也没机会了。

她住在威斯康辛州的麦迪逊。我在星期六的早上到了那里，但是却发现房门锁得紧紧的，窗户也用木板封了起来。幸亏那时刚好有个邮递员经过，我告诉他说我是这个户主的侄子，他便把姑妈的地址给了我，顺便告诉我她的近况。

姑妈常年深受枯草热的折磨，于是每年夏天都要避暑。

这是个好机会。我立刻回到旅馆写信，告诉她我的来访，却发现她不在家，我有多么地伤心。"我长期从事这种工作，现在更是应该好好表现了。"我自言自语。

仿佛一种奇异的感觉注入手心，具体是什么感觉我也说不清，但我一坐下来就知道我应该表现自己的文采。那一刻，我简直就是个诗人啊。

首先，写给女士的信嘛，我谈到了天空。"天空布满了斑驳的云彩。"我写道。接着，我坦率地承认，我极其随意地提到自己，说自己几乎淹没在悲痛之中。说实在的，我真不知道自己那时在干吗。我只是突然很狂热地想写信表达，你明白吧。那些文字汩汩而来，文思泉涌啊。

我在信中说，经过漫长艰辛的跋涉，我来到仅有的女性亲属家，顺便还提到自己是个孤儿。我写道："试想一下，我大老远跑过来却发现人去楼空，窗户都封住了，那该是多么悲伤凄凉啊。"

就是在威斯康辛州麦迪逊的小旅馆里，光是用笔我就获得了遗产。脑海里浮现一些大胆的想法，于是我毫不犹豫地在信中提到姑妈的双乳，这样的话题本不应该和女人谈论的，除非她是你年长的直系亲属或者你是个内科医生。

我说，我多么希望能够在我无助的时候依偎在她的双乳上。说实话，当时连我自己都陶醉了，到了现在还很开心呢。乔治·莫尔、克莱夫·贝尔、保罗·罗森菲尔德还有其他杰出的英文作家，都有过大量关于画家的著述。我之前就说过，在芝加哥，这类书刊我是无所不读。

我在这里是想向你表明，我为自己在威斯康辛州麦迪逊小旅馆里的文学激情感到自豪。当时我要是个画家，也绝对没有哪个画家能够如此敏思专注，如此挥洒自如。

写完了想要依偎在姑妈的双乳上（这个可怜的女人，直到去世都没见过我），接着讲起了我自己的大概情况，我讲得很真诚很得体，说童年时期的自己，拖着弱小的身躯，迷茫懵懂，浑浑噩噩地就过来了。这个虚构却很得体的形象是突然蹦入我脑海的，它蹚过昏暗凄凉的沼泽，翻过重重崎岖的山脉，穿过干涸荒凉的沙漠，来到这个渴望已久的和平栖息之地，也就是姑妈的双乳上。然而，我之前说过，作为一个彻底大胆的现代派画家，我没有用"胸脯"这个词，那是旧式文人的做派，我用的是"双乳"。写完这封信，我已是热泪盈眶。

我用了旅馆整整七张信纸才写好那封信，连空白边缘处都写得满满的，花了四美分寄了出去。

信就捏在我手中，"寄还是不寄呢？"走出旅馆来到邮筒面前，我纠结了。

"点指兵兵点指兵，
点着谁人做大兵。"

我右手拿着信，左手的食指摸着鼻子、嘴巴、额头、眼睛、下巴、脖子、肩膀、胳膊、手，最后落在了信上。毫无疑问，一开始我就想要把信扔进邮筒。我觉得这和大多数画家一样，他们总是在说毁掉自己的作品，但很少说到做到，那些说到做到的或许才是生活的真英雄吧。

随着咚的一声，信掉进了邮筒底，我也因此得到了遗产。我那因枯草热和其他病痛而卧病在床的姑妈收到这封信，改变了遗嘱，把遗产都留给了我。这一大笔遗产每年光利息就有五千美元，她本想拿来捐建基金会研究枯草热治疗方法的，也就是捐给其他枯草热患者，你肯定明白。收到信时，姑妈没找到眼镜，于是一个护士（愿众神带给她快乐，让她找到一个好丈夫吧）大声地把信念给她听。这两个女人都被我的言语感动了，姑妈激动得眼泪都出来了。我只是告诉你事实，你明白的，但我想表明的是，这整件事都体现了现代派艺术的魅力。从一开始我就是现代派的虔诚信徒。用艺术评论家的话说，我一直都是时代的弄潮儿。一开始我是个印象派，然后是立体派，然后是后印象派，甚至是漩涡派。想象中，我一次又一次地为之痴迷沉醉神魂颠倒。比如说，我记得毕加索的蓝色时期……算了，不谈这个了。

我想说的是，我信仰现代性——如果可以这样使用这个词的话——因而发现内心有一股巨大的勇气。比如说，在威斯康辛州麦迪逊的旅馆，我就非常大胆地用了"双乳"这个词，你明白的，是双乳。大家都会承认这个词用在素未谋面的姑妈身上，非常大胆，具有现代派色彩。这使得我和姑妈听起来像是一家人。她很质朴，除了家人，从未认可过别的什么。

然后，姑妈真的感动了。之后我去找那个护士聊天，送了个贵重的礼物给她，感谢她在这件事中所起的重要作用。读了这封信，姑妈的心完全偏向了我。她忍不住把脸转过去，面向墙壁，肩膀颤抖着。别以为我写信的时候就什么感觉都没有。"可怜的孩子，我要让他好过点，请律师来吧。"姑妈对那个护士说道。

"不谙世事"
——俄亥俄岁月

　　"不谙世事",是那天医生谈到她时所用的词语之一。医生很壮硕,十分爱干净,是我的老板。我主要负责把他的办公室收拾干净,拔掉他家前面的杂草,照顾马厩里的两匹马,当然还有厨房和院子的一些零活儿,比如说捡柴火,或是白天在他洗浴前,往葡萄架后面的浴缸里放好水,在他洗澡的时候,帮他搓背,他背部宽大,自己够不着。

　　医生对生活充满了热情,早已深深感染了我。他喜欢钓鱼,知道所有钓鱼的好去处:小镇以西数英里,还有小镇以北十九或二十英里的桑达斯基海湾等。我们经常一起到这些地方度过漫长而美好的时光。

　　那是六月末的一个傍晚,我们正坐在海湾的木船上钓鱼,这时,一个农民冲到海岸,挥舞着双臂,对着医生大喊。小梅·埃奇利的尸体是在离河口半英里的地方发现的,看起来她已经死了好几天了。当时医生正好要钓到一条大鱼,再加上他已经无力回天,所以叫他也是无济于事的。我还记得当时他大发雷霆,满腹牢骚。他也搞不懂发生了什么,眼看着大鱼就要上钩,而我也刚好钓到一条肥美的鲈鱼,美妙的垂钓之夜近在眼前,竟发生了这档子莫名其妙的事情。哎呀,这也没办法,做了医生,就得随时待命。

"真是见鬼了！怎么总是这样！今晚微风习习，浮云漫天，本是今年夏天最棒的一个垂钓之夜，可你瞧瞧我这该死的运气。"他是一个社区医生，那个农夫是知道的。为了让我适应变局，那农夫走起路来脚趾蹭地，慌乱不堪，很可能是他的孩子从谷仓的顶楼上摔下来了，或者是他的老伴牙痛了，大概是他的女眷。我了解她们。他老婆的妹妹至今未婚，跟着他们一起住。多愁善感的老处女，真是该死！她总是抱怨，神经兮兮的，把自己弄得心烦意乱，老想着自己就要死了。死什么死，我了解那种人。她们希望身边有个医生，哪怕只是闲待着。要是身边有个医生啊，她们就会和医生单独待着。只要医生愿意，她们就会花很多时间讲自己的事情。

医生一边收线，一边咕哝抱怨。突然，我看到他嘴角浮现一丝微笑。之前他整日整夜地工作，冬天晚上开车驶过崎岖不平的冰冻土路，就会流露出这种特有的微笑。于是，他提起船桨，用力划向岸边。我提议帮他划桨，他摇了摇头说："不必了，孩子，这对身材很有益处啊。"他低头看了看自己的大肚子，笑着说，"我得保持体形啊，不然我就要丢掉一部分未婚女人的业务了。"

现在来讲讲岸上那个事件——梅·埃奇利是我们镇上的，她溺水的地方很偏远，尸体在水中泡了好几天。尸体是在河口附近几棵柳树中间找到的。这条河最终注入海湾，而柳树根盘根错节卡住了尸体。我们上岸的时候，农夫和他的儿子还有一个雇工，已经把尸体抬了出来，放在面向海湾的马厩旁几块木板上。

我跟随医生站在人群中间，大家人数不多，但都站在一旁沉默不语，那是我第一次目睹死亡，看到地上褪色肿胀的女尸，我永远都无法忘记那一刻。

医生早已习惯这样的场面，但对我来说却是陌生而可怕的。我记得我只看了一眼便跑开了。我一口气冲进了马厩，靠在马厩的饲料箱上。一匹老耕马正在啃着干草。外面暖和的天气似乎突然变得阴冷，回到马厩我才觉得又温暖起来。噢，对于一个小男孩，此时马厩才是最好的地方，备用干草和动物生命散发出来温暖舒服的气息，就像躺在舒服的被窝里。过去我在医生家里生活工作，每逢冬夜，他的妻子总会在我的床上铺上一层被褥，睡起来又软又暖，十分舒适。发现梅·埃奇利尸体的那天，我在马厩里也是这种感觉。

说到那具尸体——唔，梅·埃奇利体形很小，她的手也很小但是很有力。他们发现她时，她一只手还紧紧抓着一顶女式帽子。帽子十分花哨，帽檐也很宽。帽子的顶部直插着一根很大的鸵鸟毛。你在赛马场上或者城市周边那些二流夏日度假胜地，会看到那些身躯庞大、长相艳俗的女人帽子上有根鸵鸟毛。正是那种。

梅·埃奇利在临死之际依然紧紧攥着的那根湿漉漉的鸵鸟毛，一直留在了我的脑海里。我在马厩里吓得浑身哆嗦，我总是看到身材高大、无所畏惧的莉·埃奇利头上顶着那样一根鸵鸟毛。莉是梅的姐姐，她经常穿行于俄亥俄比德维尔小镇的大街小巷，摆着一副臭架子，近乎目中无人。

当时我带着孩子对死亡的恐惧，战战兢兢地站在这个陈旧的马厩里，那匹马在饲料箱前面的开口处探出头来，用温暖软和的鼻子蹭着我的脸颊。我想它的主人一定对它们很好。那匹老马来回蹭着我的脸颊，仿佛在说："小伙子，你离死还远着呢。当死亡真正来临，你肯定不会像现在这样发抖。我已经老了，我懂。对于那些即将走到生命尽头的人来说，死亡是一件亲切安逸的事情。"

不管怎样，老马仿佛在对我说的话令我平静，也驱走了我所有的恐惧。

夜幕降临，我们决定把梅·埃奇利的尸体送回她镇上的家人那里，之后便开车回家了。这时，医生才开始讲起她的事情。他用一个词形容她，这个词如今被我用作这个故事的题目。医生那晚讲了很多事情，现在我已经记不住了。我只记得那晚夜色柔和，灰白的道路渐渐从眼前消失。然后月亮出来了，道路由灰白变成银白，树木的阴影如漆黑的斑点洒落在道路上。医生很稳健，和我说话从来不摆架子。他跟我聊起身边的人和事，总是那么亲切！这位胖乎乎的老医生有很多想法，对此他的病人一无所知，但他的马童我却了如指掌。

那匹枣红老马稳步前进，像医生在工作时一样兴致勃勃。医生抽着雪茄，说死去的梅·埃奇利是一个多么聪明的女孩。

至于她的故事，他并没有讲完整。那晚，我的思维异常活跃——也就是说，我的想象力很活跃——这位医生就如同一个播种者，把种子撒播在肥沃的土壤上。他犹如穿梭在宽广的田野间，这是死神刚刚犁好的土地。他一边前进，一边把梅·埃奇利的故事种子撒播开来。他广泛播种，撒遍整个田野，撒遍小男孩那刚刚觉醒的想象的肥沃田野。

第一章

埃奇利一家住在俄亥俄的比德维尔小镇上。他们家有三个男孩三个女孩。在三个女孩当中，莉莲和凯特很出名。克利夫兰至托莱多的铁路沿线十几个小镇的人都认识她们。年纪最大的莉莲尤为出名。克莱德、诺沃克、弗里蒙特、蒂芬等邻近的小镇甚至是托莱多和克利夫兰的大街上，没有人不认识她。每逢夏日夜晚，她都会戴着一顶很大的帽子在我们的主街上走来走去。帽子上那根白色的鸵鸟毛都快垂到她肩上了。她和妹妹凯特都是金发碧眼的女孩，眼神冷酷犀利。而凯特在小镇的地位就没那么显赫了。几乎每个星期五的傍晚，都有人看到莉莲启程外出冒险，直到下个星期一或者星期二才回家。很显然，这些"奇遇"都有利可图。埃奇利一家都是劳动阶层，她用来打扮自己的那些新衣服，数不胜数，不可能是她兄弟们买给她的。

那年夏天一个周五晚上，莉莲果然又出现在比德维尔的北大街上。二十多个男子和小伙儿在车站的月台游荡，等候着东行的纽约中央火车。他们目不转睛地盯着莉莲，莉莲也目不转睛地回敬他们。火车不久就要进站了。在西边，玉米地上方的太阳正缓缓落下。柔和的金色余晖照亮天际。这群游手好闲的人顿时吓得默不作声，不仅是因为美丽的黄昏，还因为莉莲挑衅的眼神。

这时火车进站了，寂静的魔咒才得以打破。售票员和跟车工跳到月台上，朝莉莲挥了挥手。火车司机也把头伸出驾驶室和她打招呼。

上车后，莉莲自己在车上找了个座位。火车开动了，售票员把车票收齐，走了过来坐在她身边。火车到了下一个小镇时，售票员极不情愿地离开座位去售票。跟车工便迅速走过来靠在她座位上。男人们窃窃私语，偶尔会哄堂大笑，打破了车厢里的寂静。车上还有别的比德维尔妇女，要去遥远的小镇走亲戚。她们听到笑声甚是尴尬，便把头扭过去看着窗外，整个脸蛋都红了。

夜幕降临，在比德维尔车站的月台上，那群人依旧沉醉于谈论莉莲和她的"奇遇"。"她可以坐车去任何她想去的地方，一分钱都不用给。"一个男子靠在车站门边说道。他身材高大、胡子拉碴，专门负责猪牛采购，因此每周都得去一次克利夫兰市场。想着莉莲，想着免费的铁路旅行，不禁令他心生妒忌和愤怒。

整个埃奇利家族的名声在比德维尔镇早已岌岌可危，但他们却知道如何爱护自己，除了那个最小的女孩儿梅之外。多年来，最年长的男孩杰克一直为查理·树德打理南大街的酒吧。所有人都没想到，他最后竟把那儿买了下来。男人们又开始发表议论："那钱不是莉莲给的就是他从查理那儿偷的。"尽管如此，他们还是会走进那间酒吧买酒，这时道德标准什么的都抛诸脑后了。在比德维尔，不道德的行为遭到公开谴责的同时，暗地里却被视为年轻人男子气概的象征。

法兰克和威尔·埃奇利，跟他们父亲约翰一样，是卡车和马车司机，都很勤快。他们有自己的车队，从来不会麻烦别人。没有活儿干的时候，他们也不会跟其他人交往。每逢周六傍晚，一周的工作做完了，马匹也洗好喂好安顿好了，他们就会穿上白领的黑色礼服，戴上黑色德比帽，走进主街买醉。到了十点钟，他们已经醉醺醺了，便会摇摇晃晃地往家走。黑暗中，要是他们在万尼街或者华尔奈街的枫树下遇到一个同样赶路回家的居民，一场争吵便会开始。法兰克·埃奇利怒吼着："你这该死的家伙，别挡我的路。从人行道上滚出去。"然后两个人就会冲上去，准备大干一架。

六月的一个夜晚，月色皎洁，人行道和马路之间的草丛深处传来各种昆虫的嘹亮歌声。埃奇利家的两兄弟碰到了艾德·佩施。他来自德国，是个年轻的农场主，正和卡洛琳·渡派在散步。卡洛琳是镇上一位纺织品商人的女儿。于是这两兄弟期待已久的斗殴便开始了。法兰克·埃奇利破口大骂，和弟弟一起冲上前去，但是艾德·佩施并没有因此退到马路上，让他们耀武扬威地回家去，而是狠狠把他俩揍了一顿。周一早上他们去赶马的时候，仍是眼青脸肿的。整整一个星期，他们穿梭于大街小巷，把冰块和煤炭送到各家各户，把货物送往各个商铺，眼皮从未抬起来过，一句话也不说。整个小镇都沸腾了。店员们从这家店跑到那家店兴奋地讨论着，他们渴望不停地讨论，好让他们兄弟俩听到。"你看到埃奇利兄弟俩了吗？"他们互相询问着，"终于遭到报应了，艾德·佩施赏了他们一顿拳头。"那些店员谈论得越发兴奋，越发富有想象力，似乎他们当晚就在现场，见证了落下的每一拳。"像他们这种恶霸，任何要想维护自己权利的人都可以揍一顿。"沃尔特·威尔斯眉飞色舞地说着。他是个瘦削的小伙儿，有点神经过敏，给食品杂货商艾伯特·推斯特打工。他很想像艾德·佩施一样打一架来证明自己。晚上，他伴着柔和的夜色从店里往家走，想象着遇见埃奇利兄弟的场景。"我会让你们尝尝我的拳头——你们这些大恶霸。"他自言自语，还快速伸出了拳头在空中胡乱比画。他怒气冲天，感到背部和手臂上的肌肉都紧绷着。但一到白天，他在夜里的勇气就全消失不见了。周三的时候，威尔·埃奇利从店里的后门走了进来。他的马车上装着几桶盐。沃尔特走到小巷里，幸灾乐祸地看着威尔的破嘴唇和青眼圈。威尔手插在口袋里，眼盯着地面。随之而来的便是沉默，最终还是那个店员的声音打破了这尴尬的局面。"这里一个人都没有，这些桶挺重的，"他热忱地说，"我也想有点用，我帮你卸货吧。"沃尔特·威尔斯脱掉大衣，主动做了本应由威尔做的事情。

如果梅·埃奇利在少女时期名声比家里其他人都要好，那么后来她比谁摔得都要惨。"她本来是有机会的，但让她给弄丢了。"这样的话在整个小镇流传着。很显然，这个家族其他人不可能像她这样得到整个小镇的同情。莉莲的行为太出格，凯特也一样，只是没有那么过分罢了。凯特在佛恩思佰餐厅当服务员，几乎每天晚上都有人看到她跟某个出差的男人从那里走出去。她也会坐夜间列车去邻近的小镇，但当晚或第二天黎明会回家。她不像莉莲那么有钱，也厌倦了小镇沉闷的生活。二十二岁那年，她搬去了克利夫兰，还在一家很大的商店当服装模特。后来她走上了演员的道路，做一些低级的歌舞表演，再后来比德维尔的人就没有了她的消息。

至于梅·埃奇利，整个童年时期一直到十七岁，她都是好孩子的模范，所有人都这么说。跟埃奇利家族其他人不同，她身材矮小，皮肤黝黑，也不像她的姐妹那样打扮自己，她穿着朴素，干净得体。她在公立学校读书，学习成绩优秀，备受人们关注。莉莲和凯特都是很懒散的学生，她们成天只懂得向男生和男老师抛媚眼。梅从来不看他们一眼，每天下午只要一放学，就会马上赶回家到她妈妈身旁。她妈妈个子很高，看起来总是病恹恹的，很少踏出家门。

在比德维尔，汤姆·米恩斯是学校里的风云人物。他后来参了军，为准备世界大战操练新兵。他精通此道，最近在军队里获得了很高的军衔。汤姆为了得到西点军校的职务付出了很多，夜晚从不像其他年轻男子一样在大街上游荡。他只待在家里，专注学习。汤姆的父亲是位律师，母亲是肯塔基州一个英国男爵夫人的第三代表亲。汤姆渴望成为一名军人、一位绅士，渴望与知识分子为伍，瞧不起班上其他同学的智力。当知道梅成为他的对手，他感到愤怒而难堪。而这时，同学们却等着看热闹。日复一日年复一年，他和梅之间的竞争愈演愈烈，在一定程度上，整个小镇的人都站在了梅这边。在历史和英国文学方面，汤姆所向披靡，但在拼写、算术和地理方面，梅却轻而易举地战胜了他。上课时，梅坐在座位上，就像一只小猎犬守在装满老鼠的捕鼠器面前。老师每次问问题或在黑板上写下算术题，梅就会像小猎犬一样跳起来。她举起手，敏感的嘴唇抖动着。她猛地打了一个响指说，"我知道。"其实全班都知道她知道。她每次回答问题或者走到黑板前解题，下面几排孩子便会狂笑，而汤姆·米恩斯只是抬头盯着窗外看。梅回到座位，为她的胜利感到又自豪又羞愧。

跟俄亥俄州所有的沿路乡村一样，这个坐落在比德维尔西边的乡村也是以种植小果子和浆果为主。每到六月学校放假，镇上所有的青年、男孩、女孩和大部分妇女都去摘果。吃完早饭，小镇上的居民便立即成群结队到地里去。他们用篮子装上午餐，一直工作到日落才回家。

梅在浆果园同样引人注目。她不和其他女孩一起步行或骑车去工作，中午吃饭也不合群，但所有人都知道这是因为她的家族。大家步履沉重地走着，路上尘土飞扬，木匠的妻子轻声说道："我明白她的感受，要是我有这样的家庭，我也不想受到别人的关注。"

在农场主彼得·肖特的果园里，大概有三十个妇女、年轻男子和高大笨拙的男孩缓慢地前行，采摘着又红又香的浆果。在他们前面，唯独梅自成一行，自言自语。她的手轻快地穿梭在浆果藤中，就像有人走进树林时，松鼠的尾巴消失在树叶上一样。其他人悠哉地采摘着，偶尔停下来吃个浆果，聊聊天。要是有人摘得快了点，他就会停下来，蹲在那，等待其他人。酬金是根据他们白天采摘的多寡来结算的，可他们常说："酬金并不是一切。"浆果采摘是一种社交集会，在那些人中不乏有钱工匠的妻子儿女，难道他们会为了区区几美元而把自己累死吗？

但他们明白，对于梅·埃奇利来说情况就大不一样了。所有人都知道，她和母亲几乎不可能从她父兄那拿到钱，也不可能从姐姐们那拿到钱。莉莲和凯特只会用钱买衣服。她要想穿上像样的衣服，就得在假期利用课外时间去赚钱。后来大家都知道她想当老师。为了得到那个职位她必须穿着得体，勤奋刻苦，处事敏捷。

因此，梅不辞辛劳地摘着浆果。她灵敏的双手摘下的浆果装满了箱子，堆积成山。彼得·肖特带着儿子走到人群中去收集那些装满浆果的大木箱，装上货车，运到镇上去。他看着梅，眼里尽是赞赏。其他慢吞吞的采摘者则成了他嘲笑的对象。"你们这些长舌妇、大懒汉，真的太慢了。赛尔维斯特、艾尔，你们自己看看，一个小女孩摘得比你俩加起来还要多，你们都可以把她装进口袋带回家了，难道不羞愧吗？"

但是就在十七岁那年，梅在小镇的名声一落千丈。那一年，发生了两件极其重要的戏剧性事件。四月，她的母亲去世；六月，她以仅次于汤姆·米恩斯的成绩高中毕业。汤姆的父亲担任校董事会的董事已经有些年了，因此镇上所有人都不认同汤姆的排名在梅之前。在所有人眼里，梅才是真正的第一名。她来到果园，人们想起她母亲刚刚去世，即使是那些长舌妇也会对她的出身概不追咎。对于梅而言，在那一刻，似乎没有比这更重要的事情了。

然而令人意想不到的事发生了。比德维尔小镇上很多女人后来都这么跟丈夫说："遗传的基因终于显露出来了。"

　　一个叫杰罗姆·哈德利的男人，最先知道梅也是和她姐姐一样的人。那年，正如他自己所说的，只是为了找点乐子，他去了彼得·肖特的浆果园，然后他就发觉。杰罗姆是比德维尔棒球队的九号投手，在铁路当邮局办事员。结束了一场劳累奔波后，他有几天的休假。于是他就跑到浆果园去了，因为镇上空无一人。他看到梅独自摘果，向其他小伙儿使了个眼色，便跑到她身旁蹲下来，以梅同样的速度摘起了浆果，说道："加油，小女人。我是个收发员，我的手经常分信件所以很灵活。你来，咱们比比你是否赶得上我。"

　　杰罗姆和梅就这样在浆果园里来来回回比了一个小时。然后令整个小镇争吵不休的事情发生了。从来不跟任何人说话的梅，竟然和杰罗姆说话了，其他的采摘者纷纷转头看，很是好奇。她不再快速采摘浆果，而是一个人磨蹭着，停下来休息，挑几粒浆果放进嘴里。她腼腆一笑，说："不快点摘，你是不可能一天赚到七十五美分的。"

　　正午时分，其他采摘者找出了真相。人们累坏了，吃过午饭后，走到彼得房子旁的水泵边，然后又来到附近的果园坐在树下休息。

　　所有人都觉得，梅一定发生了什么事情。后来人们恍然大悟，她在六月的那个正午时分，终于冷静而谨慎地决定变成跟她两个姐姐一样的人，要到镇上寻欢作乐了。

　　采摘者还是像往常一样成群结队，女的坐在一棵树下，男的则坐在另一棵树下。彼得的妻子带来了热咖啡，装满了所有的锡杯。大家互相讲着笑话，惹得女孩们咯咯傻笑。

除了梅对杰罗姆的态度出人意料以外，没有人怀疑事态的发展会恶化。大家都觉得那不过是一个单身汉和一个未婚少女之间正常的游戏。浆果园里，打情骂俏总有发生。这些打情骂俏，纵情欢乐，而后就会像六月天空中的云彩一样轻轻飘走。到了晚上，年轻小伙儿把身上的尘土洗掉，换上最好的衣服，情况就大不一样了。女孩就要自己当心。如果她跟一个小伙子在树下或者乡间小路散步，那就什么都可能发生了。

但是在果园里，所有的老女人都在周围，看到一个男孩和一个女孩红着脸笑着一起干活，还要胡思乱想，那就误解浆果采摘季节的整个精神了。

很显然梅就被误解了。事后，没有人怪罪杰罗姆，至少没有一个年轻人这样。吃午饭时，梅坐得离人群有点远。那是她的习惯，而杰罗姆则躺在果园边的深草上，也没有与人群待一起。树下的人们突然变得紧张起来。梅从园里回来，并没有像其他人一样走到水泵那里，而是背靠着树坐下，一只手拿着三明治，手上沾满了早上摘果留下的黑泥。

突然，她站起来把装午饭的篮子挂在树杈上，眼里带着蔑视，爬过篱笆，经过彼得的谷仓，沿着小路走去。那条小路下坡后是一片草地，穿过一座桥，再往前走是一片波浪起伏的麦田，最后进入了一片树林。梅走了一小段路后停了下来，回过头去看了一下。其他人都盯着她，好奇怎么回事。随后杰罗姆也站了起来。他感到很羞愧，笨拙地爬过了篱笆，头也不回径直走开了。

所有人都断定一切都是安排好了的。那些女孩和妇女站起来看，梅和杰罗姆离开小路进到树林里去了。那些老妇女摇了摇头，大叫"哟，哟"，其他年轻小伙和中年男子则互相拍着背，神情怪诞昂首阔步地四下走着。

这简直令人难以置信。他们两个消失在众人视线前，杰罗姆的手就已经放在梅的腰间了，梅则把头埋进了他的怀里。所有年长的女人都认为，就在几乎所有人都要平等待她的时候，她却好像把丑陋不堪直接甩到了她们脸上。

杰罗姆和梅在树林里待了两个小时。他们回来的时候其他人都已经开始干活了。梅脸色苍白，看起来像是一直在哭。她像之前那样独自摘果。一阵尴尬的沉默过后，杰罗姆穿上外套，向小镇的方向走去。那天下午，梅装满浆果的箱子堆成了一座小山，但那些箱子从她手里掉下来两三次。溢出来的果子在黑棕色的泥土里红得发亮。

自那以后，就没有人在果园里看到过梅了，杰罗姆却有了可以吹嘘的资本。夜晚他混在那群年轻人中，就会开始讲他那天的经历，不放过任何细节。

他大笑着说："机会来了，我就得抓住，你们可不能怪我。"他详细地描述了树林里发生的一切，其他小伙则满心嫉妒地站在一旁。他说话时满是自豪感，同时，又为这件事引起了公众的关注而感到一丝羞愧。"轻而易举啊。整个镇上，再没有比那个梅更容易搞定的了。男的根本不用主动要求，就如愿以偿了，就是这么简单。"

第二章

自从和杰罗姆一起去了小树林，放纵自己打破了镇上的规矩后，梅就一直待在家里，做着母亲以前的家务活，洗衣做饭，铺床叠被。当时她觉得做这些卑微的活还挺美好，她把莉莲、凯特要穿的衣服，父亲兄弟沉重的工作服洗净熨好，竟有一种满足感。她心想："这样我就会很累，睡着了就不会去想任何事情了。"她一遍又一遍地和洗衣盆打交道，整理她那前一天晚上喝醉回来、睡得死气沉沉的哥哥们弄脏的床被，站在厨房热乎乎的火炉前，不断想起去世的母亲。"我好想知道她会怎么想。"她问自己，随后又补充道，"如果她没死就什么都不会发生了。哪怕我有一个人可以交谈，情况就会完全不同了。"

　　白天，家里的男人会随车队出门，而莉莲则要离开小镇。这时，梅就可以独自享有整个房子了。这是一栋两层木架房，坐落在小镇边缘的田野边上。它的外墙从前是黄色的，但久而久之，房顶上流下来的水使它原有的色彩褪掉了。而这栋老房子的边墙也变得斑驳破裂。房子建在一座小山上，从厨房的门那里开始，地板突然陡峭起来。山下有条小溪，小溪上的那片田野每年总有那么些日子变成沼泽地。柳树和接骨木沿着小溪生长。下午没有人的时候，梅会轻快地从厨房跑出去确认房子前的马路有没有人经过，如果海岸线清晰，她就会悄悄下山，溜进芳香四溢的接骨木和柳树中去。她想："我已经迷失于此，没有人看得见我或找到我。"这样的想法给了她巨大的满足。她的脸颊热得通红，于是她把柳树清凉的绿叶贴在脸上。路上有货车开过或有人从木板人行道上走过时，她会闭上眼睛，蜷成一小团。那些声音渐渐远去，某种程度上，她似乎已经逃离了生活。躲在柳树深绿的树荫里，她感到那么温暖而亲密。那些扭曲的树枝像手臂，但又不像杰罗姆的手臂，它们不会那么可怕，抽搐着用力去抓她。她躺在树荫里许久，没有什么前来惊扰她。她受伤的心灵才得以些许愈合。她告诉自己："我在世人眼中成了罪犯，但在这里却非如此。"

听说梅和杰罗姆在果园的事情后，莉莲和凯特都非常气愤。一天晚上，她们恰好都在家，趁着梅在厨房干活，说起了这件事。莉莲非常生气，她觉得要给梅灌输一些"她的想法"，她不禁问道："她到底想从那种货色身上得到什么？我一想到那件事就觉得恶心——是杰罗姆那样的人啊！如果她想放纵自己，怎么可以选这种货色？"

在埃奇利家族中，梅总被看作与众不同，老约翰和兄弟们对她有种天然的尊重。他们有时会咒骂莉莲和凯特，但从来不会那样骂她，在他们心里，她是一座桥梁，可以让他们通往一种更正派的小镇生活。梅的母亲虽然也备受尊崇，但她毕竟老了，足不出户，是梅让他们家可以抬起头来做人。兄弟俩都为梅在学校的成绩而感到自豪。他们俩都是工人，从未期待过什么。但他们会想："我们妹妹已经向整个小镇证明，我们家的人也可以在别人以为稳操胜券的游戏中获胜。梅比其他人都聪明，看看她是怎么吸引整个小镇的吧。"

至于莉莲，在梅发生那件事之前，也总是不断提起她。莉莲在诺沃克、弗里蒙特、克莱德和其他她去过的小镇有许多朋友。男人们都很喜欢她，他们经常会说，她是个值得信赖的女人。他们什么都可以跟她说，她都会守口如瓶。只要有她在，他们都会觉得无拘无束。在她的密友中，有教堂的人，有律师，有富商，还有名门望族的族长。当然，他们都是私下去见莉莲的，但她似乎需要理解尊重他们的欲望，以保守他们的隐私。"你不必对我毫无顾忌，我知道你得小心谨慎。"她说。

夏日的一个夜晚，她一如既往地去一个小镇约会。她晚上要见的那个男人一直等到天黑，才在马车行租了一辆马车驾往约定的地点。马车两侧的窗帘都拉上了，他们在寂静漆黑的乡间小路上行进着。夜色越来越浓，约会的炽热心境渐渐舒缓后，突然，一股自由感席卷男子全身。他心想："最好别跟其他年轻女孩或者别人的老婆鬼混。和莉莲在一起，既不会有人发现，也不会招惹麻烦。"

马车在偏远的小路上慢慢地走着，路上畅通无阻。他们驾车来到了一片田野。他们在车上坐了好几个小时，聊得很开心。男人们和莉莲聊天肆无忌惮，因为在他们认识的女人里没有可以倾诉的对象。莉莲很精明也很有点子。那些男人总会把自己的事告诉她，征求她的建议。"莉，换作是你，你会怎么想，你是买进还是卖出啊？"其中一个男的问她。

接下来的对话更私密。"呃，莉，我和我老婆还算好，相处得很不错，但我们不是如你所说的情人关系。"莉莲的一个临时密友这样说。"我抽烟抽得厉害或不想做礼拜时，她就会喋喋不休。还有你知道的，孩子的事让我们很忧心。我的大女儿整天跟小哈利·加弗纳混在一起，我老是问自己，'他有什么好的？'但我下不了决定。莉，你见过他，你怎么想啊？"

莉莲参与了很多这样的对话，便逐渐用梅来充当话资。她说："我懂你的感受，我对梅也是这样想的。"她不厌其烦地强调，梅和埃奇利家族其他人是不一样的。"她很聪明，"莉莲解释道，"我跟你说，她是比德维尔最聪明的中学生。"

莉莲无数次用梅来证明，一个埃奇利家族的人可以有多出色。

所以，她听到浆果园那件事着实很震惊。好几周她都没怎么说话。直到七月的一个夜晚，当时只有她俩在家，她才开口。她本打算像母亲一样严格、直率而和蔼，然而，她一开口声音就颤抖起来，也无法抑制心中的怒火。她俩坐在房子的前廊上，她开始了："梅，我听说你和一个男人在鬼混。"那晚很闷热，天空黑压压的，山雨欲来风满楼。莉莲讲完后是长久的沉默。梅双手抱头往前靠，开始低声哭泣。她的身体前后摇晃着，偶尔发出一声干涩断续的啜泣声，打破了寂静。莉莲想在眼泪夺眶而出之前结束这个话题，于是厉声补充道："梅，你已经彻底让自己变成了傻瓜。我从来没有想过你会发生这样的事情。我从未想过你会变成一个傻瓜。"

莉莲尽力控制着自己的不快，但却越发怒火中烧。她的声音依然颤抖着，为了冷静下来，她起身走进了屋里。她再走出来时，梅依然坐在门廊边的椅子上，双手抱着头。莉莲感动得心生怜悯。"好了，不要为这件事伤心了，孩子。我不过是年长一点的傻子罢了。不要太介意我的话。我想我和凯特也没为你树立好榜样吧。"她温柔地说。

莉莲坐在门廊边，把手搭在梅的膝盖上。她触到梅颤抖的身子，内心强烈的母爱觉醒了。"我说，孩子，"她又开口了，"每个女孩都有自己的幻想，我也一样。女孩觉得，她会找到一个无可挑剔的男人，多少会幻想一个实际上并不存在的男人。她想变好，但同时她又想成为另一种人。我想我明白你的感受。但相信我吧，孩子，那些都是白日梦。你看看我就知道了。我很清楚自己在说什么。我阅男无数，这点道理我还是懂的。"

莉莲第一次真正意义上把她的妹妹当作朋友看待，并想要给她点建议。可她万万没想到，此刻她要说的话比她生气更让梅心碎。她追忆着过去："我经常想起妈妈。她总是郁郁寡欢，三缄其口。我和凯特去卖淫她一个字不说。甚至在我还是个孩子时，晚上我和男人在外面乱跑，她也是一言不发。我记得我第一次跟男人去了弗里蒙特夜不归宿。我羞愧难当不敢回家。'我想我会下地狱的。'然而她还是什么都没说。对于凯特她亦是如此。我和凯特都觉得她和家里其他人一样，把希望都寄托在你身上了。

"爸爸和兄弟们见鬼去吧，他们根本不关心任何事情，只知道喝个烂醉，累的时候像猪一样睡去。他们跟其他男人一样，只是不那么固执己见罢了。"莉莲厉声补充道。

讲到这里，她又生气了。"梅，其实我很为你骄傲。但现在我不知道应该想些什么了。我曾夸奖过你千万次，我想凯特也是。只要一想到你那么聪明，却因杰罗姆那样的货色堕落了，我就感到痛心。我敢打赌他肯定没有给你一分钱，也没有承诺要娶你。"

梅从椅子上站起身，整个身子打着寒战。莉莲也起身，站在她身旁。莉莲准备要说重点了："你不会那样的吧，妹儿——你不会怀孕吧？"梅站在门边，靠着门柱。蓄势待发的暴雨终于落下来了。"没有，莉莲。"梅叫了一声，像个乞求宽恕的孩子一样伸出了手。一道闪电闪过，莉莲清楚地看到了梅的脸色惨白，惨白得像是要从黑暗中向她袭来。"不要再说了，莉莲，求你了。我再也不会那样做了。"梅苦苦哀求。

但莉莲很坚定。梅走到通往房间的楼梯处，莉莲也紧跟上去，想说完她觉得应该说的话。"梅，我不想你那样做，我不想。我希望我们埃奇利家族能有一个人可以走正道，可是你却走歪了，别犯傻了。不要和杰罗姆那样的货色交往，他只会给你甜言蜜语。如果你执意想那样走下去，尽管来找我。我会帮你介绍有钱的男人，我还可以帮你处理好，免得有麻烦。如果你真的要步我们的后尘，就不要自己傻傻地去，来找我吧。"

梅一生中从来没有和另一个女人成为朋友，尽管她经常渴望这样的可能性。她还在上学时，晚上经常看着其他女孩回家。她们手挽着手闲逛，得有多少私房话要说啊。走到拐角要分开时，她们简直不忍分离，其中一个说："今天晚上你陪我走一小段路吧，明天晚上换我陪你走一小段。"

而梅只能孤零零地回家，心中满是妒忌。毕业后，发生了浆果园的那件事，莉莲总把那件事说成是她的麻烦时光，她想和其他女孩成为朋友的渴望比以往更强烈了。

在她生命里的最后一个夏天，一个年轻女人从其他小镇搬到了她们家所在的街区。她的父亲在纽约、芝加哥和圣路易斯那条铁路上工作。比德维尔恰好是那条铁路某一段的终点。他经常不在家，他的妻子几个月前去世了。他的女儿，也就是莫德，身体不是很好，也不会和其他女孩子在镇上闲逛。一到下午和晚上，她就坐在房子的前廊上，梅有时迫不得已到一些小店去，总能看到她。比德维尔新来的客人高挑柔弱，面无血色，看上去病恹恹的，疲惫不堪。前一年，她动了手术，取走了一部分坏死的器官。她惨白疲惫的面容触动着梅的心。梅满怀希望地想着："她看起来像是需要一个朋友陪伴。"

莫德母亲去世后，她一个未婚的姑妈成了他们的管家。这位女管家矮小健壮，灰色的双眼透着冷峻，下颌透着坚毅。有时候她会和莫德一起坐着。有她在的时候，梅都走得很快，不多看一眼；但莫德自己坐在那儿的时候，她就会放慢脚步，狡猾地看着摇椅上莫德那苍白的面容和蜷曲的身形。有一天她朝莫德笑了一笑，莫德也投桃报李。梅逗留了一会儿。她靠在篱笆上说了句"天真热啊"。但对方还没来得及回答，她就惊恐地匆匆走开了。

那天晚上，家里的男人们都去镇上了。梅干完家务就到了街上。莉莲不在家，街上远处的人行道也空无一人。埃奇利家的房子位于街道的末端。在朝向小镇的方向，街道的同一侧，那里首先是一片空地，然后是一间曾用作铁匠铺的小屋，但现在已经废弃不用了，接下来就是莫德所住的房子。

时值夏季，柔和的夜幕降临，梅在街上走了一会儿，在那间废弃的小屋前停下了脚步。坐在走廊摇椅上的那个女孩看见梅站在那儿，她似乎明白梅是害怕她姑妈。于是，她站起身，打开门，往屋里看了一眼，确定没人发现她溜出来，才走过砖板路来到门口，沿着街道向梅走去，偶尔回头张望，确保没人注意到她偷跑出来。小屋前的人行道上有一块大石头，梅赶紧让这个新来的女孩坐在她身旁休息一下。

梅激动得脸都红了。"她认识我吗？她会知道我那件事吗？"梅暗暗思忖。

"我看你挺和善的，我想我应该过来聊聊天。"新来的女孩说道。"我听说了你的一些事，但我知道那不是真的。"她满怀着朦胧的好奇心继续说。

梅的心怦怦直跳，双手也在颤抖，心想："我又自陷麻烦了。"她多么渴望交到朋友，却没想到会造成这种局面，当时有种冲动使她恨不得跳起来，沿街逃跑，马上逃离那里，她几乎要站起身来，而后又坐了下去。她顿时发起火来，说话的声音无比坚定，义愤填膺啊。"我明白你的意思，"她厉声说道，"你是说我和杰罗姆·哈德利在树林里愚蠢的谣传吧？"新来的女孩点点头，说："我不相信，那是我姑妈从一个女人那里听来的。"

梅知道，她的风流韵事已经使得她在镇上无脸见人。既然莫德已经大胆地提到了这件事，梅突然感到自由、勇敢，能够应对所有可能出现的情况。她也想不明白到底是哪里来的勇气。其实，梅本来只想和这个新来的女孩交个朋友，给她一些友爱而已，不过现在这种冲动已经完全消失了，她的心里强烈地涌动着另一个念头。她想征服，想成功走出困境。带着和莉莲一样的胆量，她开口撒谎了。"事情不是你们想的那样。"她飞快地说着。和杰罗姆在林中发生的情景，就像黑暗中的光芒一闪而过，迅速在她心中改头换面。"我是和杰罗姆·哈德利一起去了树林里，知道为什么吗？可能我说了你也不会信。"她补充说。

梅开始为谎言做铺垫了。"他说他遇到了麻烦，想找个隐蔽的地方和我单独聊聊，"梅解释道，"我说，'如果你真碰到了麻烦，我们中午去树林里谈谈吧。'一起去树林里是我的主意。他说碰到麻烦，眼神显得那么忧伤，我根本无暇顾虑自己的名声或其他什么的。我只说我会去，结果也为此付出了代价。我想女孩要对男人好，总得付出代价的。"

梅想象着莉莲在这种情况下会怎么说，尽量让自己的相貌谈吐像个睿智的女人。"我一直都打算把杰罗姆·哈德利在那儿、在林子里的话公之于众，但我不能啊，"她郑重其事地说，"我不愿受他指使，后来他就造我的谣，可我得信守诺言啊，我不会跟你透露很多人的名字，但我告诉你，只要我愿意，我所知道的事足以让杰罗姆·哈德利入狱。"

梅看着她的同伴。对莫德来说，生活向来单调，可今晚就像看戏一样，甚至比看戏还好。这就像看戏，戏里的主人公是你的朋友，你坐在陌生人中间，却有一种油然而生的优越感，因为你知道他是个和你一样的人，他穿着天鹅绒长袍，身戴佩剑，叮当作响。"哦，大胆点儿，告诉我吧，我真想知道。"莫德说。

"他为一个女人而惹祸上身，"梅回答，"不久整个小镇就会查出我现在独自知道的一切。"她身子向前探了探，碰了一下莫德的手臂。撒下的这个谎让梅感到非常快乐而自在。就像阴天时，太阳突然穿破云层，照亮了万物生灵，她的想象力向前飞跃了一大步。她一直在编造故事拯救自己，一想到她还可以把这个心血来潮的念头编得更好，她就更乐在其中了。她还在上学的时候，脑子就转得又快又急。"听着，"她的话那么让人难忘，"你可千万不要告诉别人啊。杰罗姆·哈德利要谋杀镇上的一个男人，他爱上了那个男人的女人。他准备好了毒药，打算交给那个女人。那女人很有钱，她丈夫在比德维尔可是个大人物。杰罗姆本想把毒药给那个女人，然后她把毒药放进丈夫的咖啡里，丈夫死后，她便可以嫁给杰罗姆了。我阻止了这场谋杀，我阻止的。现在你明白我为什么跟那个男人一起走进林子里了吧？"

洋溢在梅身上的那种狂热兴奋感染了她的同伴，拉近了她俩的距离，现在莫德已经搂住了梅的腰。"他太大胆了，"梅大胆地说，"他要我把那包东西带去那个女人家里，还要给我钱。他说那个富婆会给我一千美金。但我嘲笑他:'如果那个男的出了什么事,我就告发你,你会犯谋杀罪上绞刑架。'我这样告诉他。"

梅描述着发生在树林深处的情景。她说她俩打了起来,持续了两个多小时,杰罗姆一直试图谋杀她。她本要马上叫人逮捕他,她解释着,但那样做的话,就要把整个毒药阴谋说出来,她答应过要救他,要是他能改过自新,她就不去告发。过了很长一段时间,杰罗姆看到她不为所动,既不参与谋杀也不许实施谋杀,他逐渐平静下来。后来,她俩一起从林子里走出来,他再次扑过去,想要闷死她。浆果园里几个采摘工看到了他俩撕扯,这些人早上一直跟她一起采摘浆果。

"他们开始散播我的谣言,"梅强调说,"他们看到我俩撕扯,偏说他在跟我做爱。有个女孩也在那儿,她自己爱上了杰罗姆,看到我俩一起撕扯,心生妒忌,开始散播谣言。谣言传遍了整个小镇,我羞愧难当,现在几乎都不敢露脸。"

梅站了起来,装得既无助又愤怒。"好了,"她说,"我答应他不会把谋杀目标的名字,或其他相关信息说出来,我不会说的。我给你说得太多了,但你得答应我不要说出去,这是咱俩之间的秘密。"说完,梅开始沿着人行道回家,然后突然掉头跑回女孩那里,她几乎要进家门了。"你什么也别说,"梅夸张地小声说,"你要说出去了,现在记住,你也许会把一个人送上绞刑架。"

第三章

一种截然不同的生活展现在梅的面前。浆果园风波后,一直到和莫德·韦利弗谈话前,她都觉得自己就像个死人。她在家里四处走动，做着日常家务，有时候她会在楼梯上或厨房的火炉边停下来，呆呆地站着，一动不动。她就这样站着，似乎有一阵风在围绕着她旋转，让她无法前进，吓得她全身发抖。甚至躲在小溪边的接骨木下时，这种感觉也会出现。在这种时候，柳树的树干和接骨木的芬芳能给予她些许安慰，但这还不够。她总感觉缺了些什么。它们太没有人情味，太过自我了。

每逢此时，梅整个人就像是囚禁在封闭的玻璃器皿中一样。阳光照着她，生活中各种声音从四面八方传来，但她自己却了无生机。她只是呼吸、吃饭、睡觉、醒来，如此而已，但她想要从生活中得到的东西似乎离她越来越远，直至消失。在某种程度上，自从她意识到自己的内心后，就一直是这样的状态。

她走在大街上，与人们擦肩而过，清楚地记得他们看她时的脸色和表情。特别是一些老人一直对她很和善。他们停下脚步，跟她说话。"小女孩，你好呀！"他们说道。为了她好，他们眼角上翘，嘴角扬起微笑，说着亲切的话语。这样的时刻对她来说，就像是生活巨大的河流向她打开了一个小小的闸门。这条河流在远处流淌着，在墙的外侧，在铁堆后面，就是看不见，听不着，然而几滴活水触碰到她，沐浴着她。理解她内心深处的秘密不是不可能的，它是真实存在的。

和莉莲谈话后的日子里，这个住在黄屋子里的困惑女人对人生思考了很多。她的脑子天生积极活跃，不会被动，但在当时，她不敢对自己和自己的未来想得太多，她只是抽象地思考。

她做了一件事，做得那么自然，又是那么奇怪。那天早上，阳光明媚，她在浆果园里干活，男孩女孩还有妇女在她身后的一排排浆果丛里有说有笑。她的手指忙着摘浆果，耳朵却在听着一个女人谈论水果罐头。"浆果太费糖了。"那个声音说道。有个年轻女孩喋喋不休地八卦着某对男女的风流韵事。还有人讲了个故事，说的是一辆装着干草的货车驶进乡下，故事里面净是些枯燥的"他说""我说"。

后来，那个男人从一排排的浆果中走过来，跪下来和她——梅·埃奇利一起干活。他是外地人，就那样来到她的身边。噢，人们都很友善啊，他们微笑着点了点头，然后又各忙各的了。

梅没有看到杰罗姆·哈德利向其他人狡黠地眨眼，把他冲动来到她身边当做是生活中一件简单而友好的事情。也许他跟她一样孤单。刚开始，两个人只是默默地一起干活，后来才慢慢开起了玩笑。梅没想到自己谈起话来居然可以从容自若，自由地跟他交换意见。她不断地取笑他，他虽双手熟练，但填满浆果筐的速度却没她那么快。

再后来，谈话的语调突然就变了。那个男人变得大胆起来，这反而让她很兴奋。他说的都是些什么话啊。"我好想把你抱在怀里，我想和你单独待一起，这样我就可以好好吻你了。我想和你单独去林子里或是别的什么地方。"其他人正在干活，此刻离他们很远，那些年轻女孩和妇女肯定也从男人嘴里听到过这样露骨的话。她们听到过这些话是事实，但对这些话的反应却和梅不同。正是对这些话的回应，女人才会恋爱、结婚，然后融入生活的河流。女人听到了这些话，心中就蠢蠢欲动，就像梅此刻一样。她就像一朵花，绽放迎接生活。奇特美妙的事情发生了，她的经历成了世间万物的经历，花草树木、其他女人，莫不如此。她心潮澎湃，潮起潮落，生活里禁锢她的那面墙终于倒塌了。她成了一个活生生的女人，接受生活，散发着生活的气息，无所不包。

那天早上在浆果园里听到这些话，梅仍然一如既往地干活。她的手指机械地飞快摘着浆果，却缓慢犹豫地放进筐里。她转向那个男人，大笑起来。她能这样控制自己，真是神奇啊。

但她的心思早已飘远。这到底是什么心思啊！一直都是这样——狂奔乱跳，有点失控。她的手指移动得更慢了。她摘下浆果，却放进那男人的筐里，还不时给他喂又大又圆的漂亮浆果。她意识到地里的人都朝她这里看，他们侧耳倾听，满心好奇，而她却愤懑不已："他们想干什么？这关他们什么事？"

她的想法有了新的转变。"被男人紧紧抱在怀里，让他的嘴唇紧紧贴着自己的嘴唇，那会是一种什么样的感觉？所有女人，只要是过来人都知道。她母亲有过这种经历，那些和她一起在地里干活的已婚女人有过，那些年轻女孩也有过，很多女孩比她年轻多了呢。"她想象着那双臂弯温柔而坚定有力，紧紧地抱着她，一起沉浸在朦胧美妙的情感世界。她渴望已久的生命河流，此刻已将她托起，带着她前进。生活的一切都变得多姿多彩。筐里的红浆果，多么鲜红啊！那绿色的藤蔓，多么翠绿啊！各种颜色融合在一起，一起向前，生活的洪流漫过它们，也漫过她。

对梅来说，那是多么可怕的一天啊。后来，她无法也不敢回首此事。和那个男人在树林里的真实经历十分残忍——简直是对她的强暴。她是同意了，但并没同意他干那事啊。她为什么要和他一起走进林子呢？呃，事实就是，她去了，而且还主动邀请他，催促他快点跟上，但她绝没料到会真的发生什么。

这是她自己的错，一切都是咎由自取。她从摘浆果的人群中站起来，怒目而视，愤懑不已。他们知道的太多，又不够多。她恨他们知道这些，恨他们这么机灵。她站起身，离开那些人，边走边回头看，期待他跟上来。

她期待什么呢？她的期待无法用语言来表达。她对于吟诗作对、绘画作曲一无所知。她只不过是俄亥俄州的一个普通女孩，埃奇利家族的一员，父亲是赶马车的，姐姐莉莲甚至还去卖淫了。梅渴望走进一个新的世界，新的生活，渴望沐浴在生活的活水里。那儿会有她想要的温暖、亲密、慰藉和安全。黑暗中，会有人愿意伸出手来，握住她那双沾满了红浆果和黄泥土的手。她会在那温暖的地方，得到紧紧的拥抱，然后像花儿一样盛开，纵情地芬芳四溢。

她到底怎么啦？她的生活观到底出了什么问题？梅千万遍地问自己，直到疲倦得无力再问，不想再问。她了解母亲——她认为自己了解，如果她不了解，埃奇利家族里就没人了解了。除了她，难道还有人在乎她母亲吗？她母亲曾遇到一个男人，被那个男人抱在怀里。后来她成了几个儿女的母亲，这些儿女各走各路，野蛮地活着。他们为了得到自己想要的东西，赤裸而野蛮，就像一群禽兽一样。而她母亲只是袖手旁观，视若无睹。真的，不知多久之前，她的心就已经死了。从那时起，她就只是行尸走肉般继续生活，做饭铺床，陪睡老公。

这分明就是她母亲的真实写照，肯定是真的。如果这不是真的，为什么她都不说话，为什么一直不开口。梅日复一日跟母亲一起干活。呃，那时候她还是个处女，年轻，温顺，而母亲从没亲过她，紧紧抱过她，也没跟她说过话。莉莲曾说过，她母亲指望着她，这不是真的。当莉莲后来还有凯特去卖淫之后，母亲的心就已经死了。心死了哪里还会在乎？死了就是死了！

梅怀疑自己是否也对生活失去了知觉，是否也已经死去。"也许是这样，"她心想，"也许我从未活过，我觉我活着只不过是脑子里的一种幻觉。"

"我很聪明。"梅心想。莉莲曾这么说过，她的哥哥们也曾这么说过，全镇的人都这么说，但她是多么憎恨自己的聪明啊。

其他人都为她的聪明感到高兴骄傲。全镇的人都为她骄傲，为她欢呼。因为她很聪明，因为她的思维比别人更快更敏捷，所以学校的女老师都对她微笑，所以街上的老人都跟她打招呼。

有一次，有个老人在一家杂货店门前的人行道上遇见她，拉着她的手走进店内，给她买了一袋糖果。那老人在比德维尔镇上经商，有个女儿在学校教书，但梅以前从未见过他，也从未听说过他的事，对他一无所知。他从虚无中向她走来，从生活的河流中向她走来。他曾听说过梅，听说她思维敏捷，总是打败班上其他同学，每次测试都名列前茅。她的脑海浮现出他的形象。

梅的妈妈曾经是长老会教徒，那时梅每周日早上都会去长老会主日学校，这是埃奇利家族的传统。她家的其他孩子都没去过，有一阵子梅经常去，他们似乎都希望她去。她记得那些人，主日学校的老师们经常谈论他们。有个老人叫亚伯拉罕，身材高大健硕，走起路来好像上帝一样。他肯定高大、强壮、友善。他的孩子多得如海滩上的沙子，但这却不是他力量的标志。这么多孩子！世界上所有的孩子都没有这么多！她想，那个拉着她的手、到杂货店给她买糖果吃的，就是另外一个这样的老人。他也肯定拥有很多土地，也拥有无数个孩子。毫无疑问，他会骑上一匹快马驰骋一整天，但却从未走出自己拥有的土地。他可能把梅当成他众多孩子中的一个了。

毫无疑问，他是一个有权有势的人。他看起来就像有钱人，却很羡慕梅。"我送糖果给你，是因为我女儿说你是学校里最聪明的女孩。"他说。她记得杂货店里还站着一个人，就在她用小手抓着那袋糖果跑开时，那个有钱有势的老人，对着他说了些什么。"除了她，其他人都是畜生，就是畜生。"后来她才明白他的意思，他指的是她的家族，埃奇利家族。

她老是独自往返于学校，想通了多少事情啊。她可以想事情的时间有一大把呢，比如傍晚帮母亲做家务的时候，在漫漫冬夜早早上床睡觉却久久不能入眠的时候。杂货店的那个老人称赞她思维敏捷——因此原谅了她是埃奇利家族的一员，畜生中的一个。她一直想呀想，一遍又一遍。即使还是个孩子时，她总是觉得备受禁闭，被围了起来，远离了生活。她挣扎着让自己挣脱这种禁锢，逃到外面的世界。

如今她已经蜕变成一个女人，历尽沧桑。她站在自家楼梯上或厨房壁炉旁，一言不发，聚精会神，强迫自己不要胡思乱想。另一条街道上，有一家人的房门砰地响了一声。她的听觉异常地灵敏，似乎能听到镇上男女老少发出的任何声音。她不禁又思绪连篇，再一次努力地想着，试图挣脱自我束缚。在另一条大街上，在另一座房子里，有个女人在做家务，就跟往常一样——整理床铺，洗碟煮饭。这个女人刚从一个房间走到另一个房间，门就发出"砰"的一声响。"嗯，"梅想着，"她也只是个人，想的东西应该跟我差不多，她也要思考、吃饭、睡觉、做梦，在家里走来走去。"

这个女人是谁无关紧要。是不是埃奇利家族的一员也没什么区别。对梅的这些思绪来说，任何女人都行。活着的人依然活着！男人也会到处走动，有自己的想法，年轻女孩也会大笑。她听说学校有个女孩，没人跟她说话，也没人留意她，却突然哈哈大笑起来，她在笑什么呢？

镇上的人以高人一等的态度对待梅，这是多么残忍，他们称赞她聪明，把她跟其他人区分开来。他们关心她只是因为她聪明。她思维敏捷，鹤立鸡群。她是埃奇利家族——"畜生"中的一员，那个满脸胡子的老人在杂货店里这么说过。

那又怎样？是埃奇利家的又怎样？为什么他们是畜生？埃奇利家的人同样也要睡觉、吃饭、做梦、闲逛。莉莲曾说过，埃奇利家的男人跟其他男人一样，只不过没那么固执己见。

为了在众人中实现自我价值，梅进行了激烈的思想斗争。她想要融入大家的生活，在生活中发挥作用，而不想变成一个聪明的另类，好像人们拍拍她的脑袋，朝她微微一笑，都只是因为她的聪明。

聪明是什么？在学校里，她能快速敏捷地解决难题，但是解决完每个问题，她就忘了，这对她毫无意义。一个埃及商人想要穿过沙漠运送货物，有三百七十磅茶叶还有三百七十磅干果和香料。其中涉及一道数学题。要用骆驼来运货，那么距离到底有多远？思维快速运转，她很快得出答案大概是十二或十八，比其他人都要抢先一步。这有个小窍门。就是要抛开一切，专注于一件事——这就是聪明。

但是用骆驼来运货关她什么事？这也许意味着，她能够理解某些事情，理解那个货主的灵魂，他要把货运到那么远的地方。要是她能理解他，要是她跟任何人之间能相互理解就好了。

梅默默地、聚精会神地站在埃奇利家的厨房里，足足有十分钟，甚至半小时。有一次，她拿在手里的一个盘子掉在地上，摔碎了，她突然惊醒过来。这种惊醒就好像长途旅行之后又回到了埃奇利家，在这场旅行中，她走得很远，跋山涉水——就像又回到了她想永远离开的地方。

她告诉自己："生活一直向前奔驰，别人依旧生活、欢笑、实现生命价值。"

后来，通过给莫德·韦利弗编造谎言，梅走进了一个无拘无束的新世界。这个谎言让她发现，如果她无法在现实的生活中生存，她就可以创造一种新的生活。如果她被墙围起来，无法融入俄亥俄州小镇的生活，被镇上的人痛恨畏惧，她可以离开这个小镇。这儿的人根本不会正眼看她，更不用说彼此理解了。

她撒下的那个谎言就是她新生活的第一块基石。在此基石上，她将构建出一座高塔，她要站在高塔的壁垒上俯视自己创造出来的新世界。如果她的头脑真像莉莲、学校老师和其他人说的那样，她会利用自己的头脑，让它成为手中的工具，把石头一块一块垒成高塔。

在埃奇利家中，梅有自己的一间小房，位于屋子后部。房间里有扇窗可以俯瞰田野。每年春秋，这片田野就变成了一片沼泽。冬天，有时候田野会结上一层冰，男孩们就在那溜冰。那天晚上，她对莫德·韦利弗撒了个弥天大谎，重编了她和杰罗姆在树林里的故事。之后，她匆匆跑回家，跑进房间，拉了把椅子坐在窗边。她干了件什么事啊！和杰罗姆的邂逅是多么可怕，她无法回想这件事，也不敢想，尽力不去想，却又几乎打乱了她的理智。

现在这件事已经过去了，整件事就真的从未发生过，所发生的是另外一件事，或是类似的事，无人知晓，真有一件蓄意谋杀案。梅坐在窗边苦笑着，"我把事情夸大了点，"她心想，"我的确是夸大了，但是极力说清原委又有什么用呢？连我自己都不知道发生了什么事，我还怎么去告诉别人真相呢！"

自从那天树林里出事后一连几个星期，梅一直被一个念头困扰着，她觉得自己已经不干净了，身体上很肮脏。她穿着印花棉料衣服做家务，她有好几套这样的衣服，一天要换两三次。她不能把脏衣服放进壁橱里，集中一起洗，而是换了马上就洗，挂在后院的晾衣绳上。看着洗干净的裙子在风中飘扬，她就感到很心安。

埃奇利家没有浴室或浴缸。那时候，镇上没几个人有这么奢华的生活附属品。澡盆一般放在厨房门边上的柴火间，要洗澡的时候就在澡盆里洗。除非有重大仪式，平时家里人不经常洗澡，要洗澡的时候，就从储水箱里灌满水，然后搬到太阳下晒暖。然后搬进柴火间，要洗澡的人进去屋子里，关上门。冬天，洗澡要在厨房里，母亲在最后一刻走进去，把一壶开水倒进澡盆的冷水里。夏天，就没必要加热水了。要洗澡的人脱掉衣服放在旁边的柴火堆上，洗澡水溅得到处都是。

那年夏天，梅每天下午都会洗澡，但懒得把洗澡水放到外面太阳底下晒。洗冷水澡多爽啊！周围没有人的时候，她经常把澡盆灌上水，在睡前再洗一遍。她小小的身体，又黑又壮，沉入了冷水里，她拿起一块高效肥皂，拼命擦洗双腿、双乳、脖子，所有被杰罗姆亲吻过的地方。她真希望能把脖子和乳房都擦掉。

她的身体消瘦结实。她全家人，甚至是她母亲，身体都很结实。除了梅，家里其他人都很高大，全家人的力量似乎都集中在了梅身上。她从不觉得身体劳累，就算那段时间她胡思乱想、夜不成眠，她的身体反而变得更加强壮。她的乳房增大，体形稍变，少了几分男孩子气，而正在慢慢蜕变成女人。

撒过那个谎后，梅觉得自己的身子，长得就像森林里她路过的那些树一样快。透过她的身体，生活变得明晰起来；她的身体就是她居住的房子，尽管全镇的人都有敌意，但是在这个房子里，生命仍在继续。"我不是行尸走肉，不像那些人，人死了身体还活着。"梅心想，这种想法给她极大的安慰。

黑暗中，她坐在房间里的窗边思考。杰罗姆·哈德利企图谋杀，历史上其他男女也肯定经常有过这样的企图，他们肯定经常获得成功。人内在的精神遭到扼杀。男孩女孩们长大后有许许多多的念头，都很勇敢。在比德维尔镇，像其他小镇一样，他们去上学，去主日学校。人们在说话，他们听到很多勇敢的话，但在他们内心，在他们自己的小房子里，所有生活都是不确定的，迟疑不决的。他们到处看，看到男男女女，男人留着胡子，女人友善强壮。多少人已经死去！多少房屋空荡荡的，经常闹鬼！他们的小镇已经不是他们过去认为的那样，将来有一天他们会发现这已不再是温和友好亲密之地。人们本能地感觉，生活难以预料，真理难以企及，人心涣散。在巨大的神秘面前，他们并不谦逊。人们用谎言来解决这个谜团，弃真理于不顾。他们肯定会制造巨大的噪音，掩盖一切。他们肯定会喧嚣躁动，炮火连发，锣鼓喧天，众声呐喊。内在的精神肯定遭到扼杀。"人们都是些什么样的骗子啊！"梅气喘吁吁地想着。

对她而言，似乎全镇的人都站在她面前，在某种程度上接受她的审判。而她的谎言，说出来就是为了打败普遍的谎言，但如今她这个谎言看起来似乎无辜而渺小。

她心里有一种非常脆弱微妙的东西，许多人都想扼杀——那是肯定的。人们对于扼杀脆弱的东西乐此不疲，男女都一样。首先，人们先扼杀自己心中的这种东西，然后再努力扼杀别人心中的，男男女女都害怕这种东西存在。

黑暗中，梅坐在自己房间里，冒出了这些以前从未有过的想法。今晚她似乎比任何时候都更有活力，因为她的守护神在外面四处奔走。埃奇利家的房屋只是一座破旧矮小的木板房，墙壁很薄。透过昏暗摇曳的夜光，她望向外面的田野。每年有段时间，田野就会变成一片沼泽，牛群陷在黑色淤泥中，没到膝盖。她知道，她的家乡只不过是这个国家偌大地图上的一个小点而已。没必要去旅行弄清楚这一点，在地理方面，她不是班上的尖子生吗？仅仅在她的国家就住着六千万、八千万，又或是一亿人口，她记不清了，每年都在变。建国初期，大草原上奔腾着数以百万计的水牛，而她就是其中的一头小母牛，来到一个小镇，住进一间黄色的木板房里，现在房子周围的田野没水了，长着高高的草丛。然而，那些小水池还在，青蛙生活其间，呱呱大叫，蟋蟀在没水的草丛里鸣唱。她的生活是神圣的，她住的这所房子，她坐着的这个房间，变成了一座教堂、一座寺庙、一座高塔。她撒下的谎言产生了一股新力量，她要住的寺庙正在建造之中。

思绪如同昏暗夜空中的大片乌云，飘过心头。泪水涌上双眼，喉咙似乎在肿胀。她把头趴在窗台上，不自觉地抽泣着。

她知道，那是因为她足够勇敢，机智敏捷才撒下这个谎，重塑了她内心的浪漫，这座寺庙的地基已经打好。

梅没有把所有事都想得那么清楚，也不愿想清楚。她觉得她知道自己的真相。听来的那些话，上学时课本看到的，在老师借给她的书里读到的，从那些主日学校薄唇平胸的年轻女老师那里听到的，那些话说得那么随便，毫无感觉。当时那些话似乎和她毫无关系，但此刻却在她心中造成了巨大反响。她身外似乎有一股庄严的力量，一遍又一遍向她重复着这些话，如同军队行军路上发出沉稳而有节奏的踏步声。不，它们就像是雨点落在她头上的屋顶上，这个屋子就是她自己。她一生都住在这个屋子里，雨水悄然降临。她现在依然记得曾经听过的话，就像是落在屋顶上的雨点，仍有微香残留。"建筑工人不要的那块石头如今变成了街角的基石。"

这些想法在梅的脑海里翻滚，她颤动着肩膀，不停啜泣，但她却莫名地开心，仿佛觉得自己身子里有什么东西在歌唱。那就像一首世界某处永富活力的歌曲，是一首生命之歌，如同蟋蟀的歌唱、青蛙粗犷的呱呱声。歌声飞出房间，穿过黑夜，穿越时空，飞到遥远的地方——这是古老而甜美的歌曲。

梅不停地想着建筑和建筑工人。"建筑工人不要的那块石头如今变成了街角的基石。"有人曾说过这话，其他的人也曾感受到她现在的感受——他们也曾有过像她这样难以言喻的感觉，而他们也曾试着将这种感觉表达出来。她在世上并不孤单。她走进的这条生命之路并不陌生，许多人都走过这条路，还有很多人正走在这条路上。甚至当她坐在窗边，如此奇怪地思考时，别的地方也有很多人正在和她一样坐在窗边，有着同样的思考。在这个世界上，很多扼杀掉自己内在的精神，被摈弃的那条小路才是真正的路，有多少人早已走过了啊！人们在道路两旁的树木上做了标记。有些人想给他人指路，便立起了指示牌。"建筑工人不要的那块石头如今变成了街角的基石。"

莉莲曾说过："男人都不是什么好东西。"很明显，她心底曾经的那种精神遭到了扼杀了。某个杰罗姆·哈德利灭掉了她的内在精神，让她逐渐对生活越来越愤怒，然后痛恨生活，抛弃生活。她母亲也是如此，一生沉默——行尸走肉般活着。"死人起身攻击死人。"

梅告诉莫德·韦利弗的故事并不是谎言，而是一个活生生的事实。杰罗姆曾试图谋杀，差点就得手了。梅行走在阴暗的死亡山谷。她现在懂了，当她与死神同步又想要活命的时候，她的姐姐莉莲向她走来。"你要想当妓女的话，我可以给你介绍些有钱的男人。"莉莲曾这么说。她的理解不止如此。

梅认定，她现在毕竟还不想和莫德·韦利弗做朋友。她会去看她，和她聊天，但目前还是得守住自己的秘密。她的内在精神已经受到伤害，需要时间愈合。那天晚上，她在柴火间的澡盆里洗澡，拍着水花，想清洗自己。在所有的感情中，那种强烈的情感，掠过她的身体，清洗了她的内心。有一种冲动得到了明确表达。"我要独自应对，我会的。"她在啜泣声中喃喃自语着。她坐在窗前，双手捂着脑袋，听着昆虫在黑暗的田野中甜美地歌唱，那是生命的赞歌。

第四章

"有个人一直躺在我们家里，奄奄一息，都好几个星期了。这段时间，我一直不敢睡觉，日日夜夜地提防着。晚上，我经常偷偷溜到那田野里，在深夜的黑暗中寻找着那个黑人，想看看他是不是还在追踪着。"

初夏，埃奇利家厨房后的田野里，梅跟莫德坐在树下，不断地构建着她的浪漫之塔。自从第一次在铁匠铺相遇，莫德就经常避开她的姑妈偷偷去埃奇利家，每星期都会去两三次。这位皮肤黝黑的女人，虽然个子矮小，却已经历过人生中如此多的浪漫冒险，这让莫德对她充满了崇拜与敬重。莫德已经准备好要去面对任何风险了，即使那样会惹怒她父亲那牙尖嘴利的管家。

她经常在晚上去埃奇利家。这样做的必要性，梅是懂得的，对此莉莲也许更加心知肚明。她们在铁匠铺相遇后的第二天，莫德的父亲就坦白地说出了对埃奇利一家的看法。那天晚上，韦利弗一家人正在吃饭。"莫德，"约翰·韦利弗发话了，严肃地看着女儿，"我不希望你跟这条街上的埃奇利一家人有任何瓜葛。"这个铁路工诅咒着自己的晦气，居然跟这种畜生住在同一条街上。他接着说，他的工友跟他说过埃奇利一家的传闻。"他们这种货色，"他愤怒地说着，"天知道他们为什么可以待在这里。他们应该涂上柏油插上羽毛，飞出小镇。哼，和他们同住一条街，就像住在一群畜生中间！"

那个铁路工严厉地看着女儿。对他来说，女儿是一个纯洁的女孩，但是有迹象表明她正踏上一条危险的生活轨道。黑暗的街道上，男人们铤而走险，雇用埃奇利那种女人，把无知少女诱骗到手。他有很多话想对女儿说，但是能够说出口的不多。男人之间能公开谈论埃奇利姐妹那种女人。她们是那种女人，嗯，说实话——几乎所有男人在年轻的时候，都会成群结队地去那种地方，去见识一下那种女人。去那种地方，需要喝点儿酒壮胆。这是常有的事。

几个年轻人一起到处喝酒。"我们顺着这条路线走吧。"其中一个说。他们两人一队，沿街散漫地走着。他们很少说话，对要做的事儿都感觉有点羞耻。接着，走到一栋房子前，那种房子总是位于又黑又脏的街道上，一个大胆的家伙，敲开了房门。一个胖女人，脸色冷峻，让他们进去。他们走进房间，傻乎乎地站着。"哦，姑娘们，有客人！"那个胖女人大喊着，接着几个女子走过来站在旁边，看上去无精打采的。

约翰·韦利弗本人也去过那种地方。呃，那时候他还是个年轻工人呢。男人总会在后来遇到一个好女人，然后结婚，试图忘掉其他女人，事实上也确实忘掉了。尽管他们做过那种事，但在婚后，大部分男人都改过自新了。他们要谋生，要养孩子，没有时间去理会那些荒谬的念头。这个铁路工经常跟工友谈论那些女人，他认为埃奇利三姐妹就是那种人。他说："我觉得，有那种地方也好，好让好女人不受滋扰。好女人永远都不该见到或认识那种畜生。"

在女儿和姐姐面前提及埃奇利姐妹的事，让他觉得很难堪。他盯着面前的盘子，偷偷瞥了一眼女儿的脸色。多白皙，多纯洁啊！"真希望我刚才什么都没说。"他暗暗想着，但是情境使然，他只能继续。"要是我什么都没说，我的莫德很可能就会不知不觉被埃奇利姐妹拉下浑水了。嗯，那个家庭有三个女人，全都一个德性。有一个在旅馆工作，接待男旅客，年纪最大的那个连工作都没有。还有一个，年纪最小，大家都认为她会是好孩子，她在学校表现出色，据说很聪明。大家都认为她会不一样，但是你知道了，她们并没什么两样。哎呀，她在浆果地里干着活儿，竟然光天化日之下，跟一个男人进了树林。"

"这件事我知道，我也跟莫德说过了，"铁路工的姐姐厉声说道，"不用再说了。"

莫德听着父亲的话，脸颊涨得绯红，他的话反而让她更想快点再去见梅了。自从来到比德维尔，她还没有在晚上离开过家，但是现在这个念头突然强烈起来。吃过晚饭，天已经黑了。她从走廊的椅子上站起来，冲着房里忙活的姑妈说："姑姑，我感觉比前几个月好多了，想出去散散步。医生也说我该多走走，白天温度太高了，不能出去。我就在住宅区附近溜达一会儿。"

莫德小心翼翼地沿着人行道向小镇的商业区走去，然后穿过马路，到了另一侧，偷偷摸摸地沿着草坪边缘走。多么激动人心的冒险啊！她感觉自己走进了一个奇异而浪漫的世界。对她来说，梅·埃奇利的故事已经成了实实在在的"金苹果"，为了尝一口，她甘愿冒任何风险。"那是怎样的一个人啊！"她一边想一边在黑暗中继续往前走，双脚在草地上一起一落，就像猫儿被迫走在水中一样，谨慎小心。她想起了梅在树林里跟杰罗姆的冒险经历。她的父亲太蠢了，比德维尔所有人都太蠢了！"哪里的人都是这样的，"她含糊地想着，"他们总认为知道发生了什么事情，其实他们什么都不知道。"她想到了梅·埃奇利，这个身材矮小的女人，跟一个男人——一个下决心要谋害她的黑心男人，独自待在树林里。这个男人手里拿着一个小袋子，装着白色粉末。只要放几粒在一杯咖啡里就可以要了一个人的命。一个男子，刚才还跟别人有说有笑、活蹦乱跳，顷刻之间就会变成一具白花花、死沉沉的尸体。莫德一生，曾有好几次都跟死神擦肩而过。她突然想象到一副场景。有个富翁，家里铺的地毯来自东方，用无价的材料编织而成，柔软无比。人走在这地毯上，连脚步声都没有。双脚舒服地陷进天鹅绒般柔软的材料里，轻声细语的仆人们走来走去。一个男子走了进来，坐下来吃早餐。那时，电影还没普及比德维尔，但莫德读过很多通俗小说，在韦恩堡时也去过几次电影院。

在这个富翁的家里，住着一个女人，这是对他不忠的妻子。她苗条纤瘦、婀娜多姿。啊，她做了件阴险的事。在莫德的想象中，那个男人正坐在桌子旁吃早餐，而她正躺在桌子旁的丝质睡椅上。壁炉里柴火燃烧着。女人的手伸了出去，偷偷往咖啡杯里放了些白色粉末，然后抬起白皙的手，轻抚男人的脸颊。她闭上眼睛躺回那张柔软的睡椅上。这个女人做事如此卑鄙，却丝毫不在乎。她甚至一点都不想知道那男人会如何死去。她打了打哈欠，等待着。

男人喝完咖啡，在房间里走来走去，突然脸色苍白。这很容易就看出来，因为他本来就面色红润，头发柔软灰白，一副威风凛凛的领袖形象。莫德把他想象成一个庞大铁路系统的董事长。她从没见过铁路董事长，但她父亲经常说起纽约、芝加哥和圣路易斯那条铁路的董事长，把他描述得高大帅气。

激情到底是什么东西，如此可怕怪异，大费周折，难以想象。那个女人，躺在丝质睡椅上，婀娜多姿却阴险毒辣，早就背叛了自己的丈夫——那个威风凛凛位高权重的领袖，转而强烈地迷恋上了一个铁路邮局办事员。

莫德见过杰罗姆·哈德利。韦利弗一家刚到比德维尔的时候，一个房地产商夫妇开车载着她和姑姑、父亲在镇里兜了几圈。他们驾着马车去找房子住，房地产商的妻子跟莫德以及莫德的姑妈一起坐在后面的座位。见到杰罗姆·哈德利正在街上走，她便指给她们看，低声讲解他跟梅·埃奇利进树林的风流韵事。那天莫德感觉不大舒服，没听她讲话。从韦恩堡到比德维尔的长途火车旅途已经让她感到很头疼了。

不过，她看到了杰罗姆。一副邋遢的样子，倾斜的肩膀，浅灰色的眼睛，沙色的头发，裤子松松垮垮的，走路迈着严重的八字步。就是为了他，那个躺在丝质睡椅上的女人，铁路董事长的妻子，准备谋杀亲夫。爱情就是这么莫名其妙奇怪无常！生活中爱情的弯弯绕绕不是人的思维可以理解的。

莫德脑海中的故事情节在自动展开。在那个富丽堂皇的房间里，那个强壮的男人用手捂着喉咙，站都站不稳。他步履蹒跚，身体左右摇晃着，抓住了椅子的靠背。终于，男人跌倒在地，头部撞到了桌角，鲜血染红了丝质地毯；而那个女人，躺在睡椅上，只是微微支起了身体，冷笑着盯着男人。好可怕的女人。她丝毫也不在乎，一抹无情的笑容慢慢浮现在脸上定格下来。接着，传来了奔跑的脚步声。仆人们正赶过来，他们跑着，拼命地跑着。女人又躺回睡椅，打着哈欠。"我最好尖叫着晕过去。"她心里想着，完成了上述动作，就像演员在疲倦地排练戏剧中某个知名角色一样。这一切都是为了爱情，为了所谓的神秘激情。她是为了杰罗姆·哈德利而做的，那样她就再不用跟他偷情了。

莫德·韦利弗蹑手蹑脚地走在草地上，遥望着她家的黑屋子，沿着比德维尔镇杜安街的另一边走去。这里和韦恩堡一点儿也不像。要不是梅·埃奇利，比德维尔会发生多可怕的事情啊！富人家里的场景慢慢褪去，取而代之的是另一个场景。她看到梅站在树林里，和杰罗姆·哈德利一起。他的变化多大啊！他警惕而坚决地站着，手里拿着毒药包，威胁着梅——一边威胁，一边恳求。他另一只手拿着钱，一大袋钞票。他把钞票猛地丢给梅，苦苦恳求着，接着又是发怒又是恐吓。

在他面前，站着娇小的女人，她吓得满脸苍白，但同样也异常坚定，嘴里吐出了两个字："决不。"此刻，男子把钱扔进树丛里，向她扑来。这个杀气腾腾的邮局办事员，用手死死掐着她的喉咙。他下手很重，把她按倒在地。

杰罗姆不是很敢掐死这个女人。太多人看到他们一起走进树林了。他站在她旁边，等她稍微恢复过来后，又开始威胁和恳求，但这个弱小的女人一直很坚定，她摇着头，勇敢说着"决不"。"有种就杀了我吧，"她说，"无论如何我都不会参与这场谋杀。我已名声扫地，在人们眼中，我就是一个罪人，但我仍然不会参与这场谋杀。如果你执意要做的话，我就揭发你。"

时值九月，夜晚温暖而晴朗，梅说着惊人的话语，事关一个陌生的男子，一个神秘的黑人，开始了她的冒险经历。星空闪烁，埃奇利家厨房门后的那片地里，小水池已全部干枯。自从第一次在晚上与梅相见，莫德就变了很多。如今，她们经常坐在田野的树下，或者梅房间的窗下——梅已经把她带入了浪漫之塔的高墙之上。她们穿过厨房门，沿着长有接骨木和柳树的小溪，踏着河床里的石头，跨过铁丝栅栏，来到野外。晚上的田野，远离城镇，多么孤僻寂静！比德维尔的马车和少数汽车在远处的公路上经过，柔和的灯光映射到夜空，仿佛在跟两个女人的心灵嬉戏玩耍。远处一条直通镇自来水厂的大街上，有一群年轻人在木质人行道上边走边唱。"梅，听啊。"莫德说。歌声渐渐远去，又传来了另一波声音。

杰里·海登，一个拄着拐杖送晚报的跛子，快速走过人行道，拐杖不断发出刺耳的笃笃声。他该是多么着急啊。"笃！笃！"拐杖不停地响着。

此时此地正适合谈情说爱。莫德心中悄悄萌生一个欲望，想要接触生活，掌控生活。一天晚上，她独自爬上浪漫之塔，告诉梅，一个韦恩堡青年想要娶她。"他父亲是铁路公司的董事长。"她说。这件事并不重要，她提起来，只是想表明男人都是一个德性。很长一段时间，他几乎每个晚上都去她家，没来的时候会送些鲜花和糖果。莫德一点儿都不喜欢他。他有一种气场，让她很厌烦。他似乎认为，在某种程度上，自己的血统比韦利弗家高贵。这想法简直太荒谬了。莫德的父亲认识他父亲，知道他父亲以前也不过是个铁路护路工而已。她很厌烦他的自命不凡，最后把他打发走了。

莫德在很多个夜晚，和梅谈起那个自命不凡终遭抛弃的虚拟年轻人，但在九月的那个晚上她突然想说点别的什么。有两三个晚上，她都差点说出自己的心事，可就是难以启齿。在昏暗的灯光下，她看着梅，那个心事在她心中颤抖着，就像一只野生小鸟被捉到、捧在手中一样。"她不会去的，我也不会让她去。"她暗想着。

去比德维尔之前，她在韦恩堡，刚刚中学毕业。那时候，她有一段时间走在爱情的边缘，有一瞬间差点被丘比特之箭射中。在韦利弗家附近，有一家食品杂货店，店主是一个四十五岁的鳏夫亨特，他身材矮小却机灵谨慎。莫德经常在那家店铺买东西回家，一天晚上，她刚走到杂货店，碰上他正要锁门过夜。他又打开门让她进去。"我不再开灯，你不介意吧？"他解释说，韦恩堡的杂货店老板们达成了协议，就是晚上七点钟之后不再出售任何商品。"要是我开了灯，人们就会看到我们在这里，就会过来买东西。"

在似有若无的光线下，莫德站在柜台边，杂货店老板为她包装货品。商店后面有一盏灯固定在墙壁支架上，散发着微暗的光。柔和的淡黄色灯光落在她的头发上，落在她那煞白的笑脸上；柜台后的老板在黑暗中摸索着，时不时抬头看她一眼。灯光下，她那修长而苍白的脸颊好美啊！他的心被搅乱了，手中的活儿也慢了下来。"我和妻子在一起并不是很幸福，但和我母亲住在一起我却很开心。"他心想着。他提着袋子，带着莫德一起走到门口，锁上门，走在她身边。"我跟你同路。"他含糊不清地说。他开始谈起童年时光，他生活在俄亥俄州的一个小镇，二十三岁结的婚，后来到了韦恩堡，他岳父在那有一间商店，现在是他的了。他跟莫德说着，好像她非常了解他似的。他说："嗯，我的妻子和岳父都去世了，留下了这家店给我——我现在混得不错。我在想，为什么我要离开我的母亲。我比世界上任何一个人都想念她，可是我却结了婚，离开了她，留她孑然一身，直到去世。"走到拐弯处，他把包裹塞给莫德。"你让我开始想念我的母亲了，你很像她。"他突然说了这么一句话，匆匆离开了。

莫德已经习惯了在晚上关门前去那家商店，要是她没来，杂货店老板就心烦意乱。他关闭店铺，走到附近的拐弯处，站在一个五金店前的雨篷下，望着莫德所住的那条街道，直到五金店也打了烊。然后他从口袋里拿出笨重的银手表，看了看。"唉！"他叹了一口气，沿着另一条街朝着他的公寓走去，在第一条街一步三回头不停回望。

时值六月初，他们一家已经在比德维尔住了四个月了。在韦恩堡居住的最后一年里，莫德经常生病，很少见得到杂货店老板，但现在却收到了他的一封信。信来自克利夫兰。内中写道："我在这儿参加炊事勤务会议，遇见了一个鳏夫，我俩住在旅馆同一个房间。我想在回家路上带着我朋友顺便去看一下你。你能带个女孩过来吗？那样大家就可以共度良宵了。要是可以，你就找一辆游览马车在下周五晚上来接我们，我们乘火车七点五十到。当然，马车钱我会付。到时候我们会去往乡下，我有很重要的事情想对你说。不知意下如何，望即见复至此地址。"

田野里，莫德坐在梅的身边，想起了这封信。要马上给他个回信。她回想着，仿佛看到了那个个子矮小双眸明亮的杂货店老板，就站在梅的面前，那个杰罗姆林中事件的英雄，那个过着浪漫生活的女人。莫德一样也渴望这样的生活。下午，她在邮局听到两个年轻人在谈论一个舞会，周五晚上在一个叫"露珠"的地方举办。一股大胆的冲动让她到车马出租所询问了那个地方。那个地方在桑达斯基海湾的海岸，离这里有二十英里远。"我们要去参加舞会。"她心里想着，还雇用了四轮马车和几匹马。现在她跟梅面对面待着。可是一想到那个小个子杂货商和他的同伴，她就感到害怕。

那个鳏夫弗里曼·亨特是一个光头，满脸花白胡子。那他的朋友会长什么样呢？阵阵恐惧让莫德不寒而栗，她想把计划告诉梅，却怎么也开不了口。"她不会去的，我也不会让她去。"她又在想。

"有个人一直躺在我们家里，奄奄一息，都好几个星期了。我一直不敢睡觉。"

梅·埃奇利正高高铸起她的浪漫之塔。听多了莫德想象着铁路董事长的儿子想要娶她，梅也虚构了自己的一个浪漫情人。她读过的书，记忆中儿时听到的爱情浪漫传奇，统统涌入她的脑海。"有个人，才二十四岁，却过着很优越的生活。"她心不在焉地说着。她好像陷入了沉思，沉默了好久。田野中间有一个小山丘，上面长着两棵大枫树，她突然站起来，跑了过去。莫德也跟着站起来，身体因为新的恐惧而颤抖着，把杂货店老板抛到九霄云外了。梅又返回来，坐在草地上。她说："我好像看到有人在那棵树后面窥探我们。一定得小心，这可关系着一个人的生死存亡。"

梅警告莫德，不管发生什么事情，都不要泄露下面这个秘密，而此刻她却要第一次说出来了，于是便开始讲起了自己的故事。在一个漆黑的晚上，下着倾盆大雨，树枝不停地随风摇动着，她在房间里，起床打开窗户，望着这场暴风雨。她无法想象她为什么这样做。她以前从来没有这样子过。事实上，外面好像有个声音在呼唤她、命令她。嗯，她推开窗，站在窗边往外看。风咆哮得厉害，复仇女神似乎在今晚出动了。整间房子都在颤抖，大树几乎被刮倒在地；天空时不时划过一道闪电，把窗外的世界照亮，如同白昼一般。"我竟然能把一棵棵树看得清清楚楚！"梅想，这肯定是世界末日了，但很奇怪，她一点都不害怕。她那天晚上的感觉，无法解释清楚。

嗯，她睡不着。有时候，黑暗之中好像有什么在呼唤着，朝她呼唤着。"这一切发生在两年多前，那时我还是个学生。"她解释道。

那天晚上，暴风骤雨，她趁着一道闪电划过，看到一个人拼命地在田野上奔跑，就是现在她和莫德静静坐着的地方。甚至在楼上房间，站在窗边，她也可以看出他是个白人，他的脸因为长途奔跑而疲惫变形了。在他身后，也许就十几步远，还有一个体形庞大的黑人，手里拿着根棍子。梅立即明白了，她明白了一切；知识涌入她的脑海，点亮了她的思维，就像闪电点亮田野中的那一幕场景。那个黑人体形庞大，手持木棍，正在追杀那个白人。她顿时意识到，她将目睹一场谋杀。那个白人是逃不掉的，黑人正大步逼近。又一道闪电划过，白人蹒跚了几步，倒了下去。梅撒开双手，大声尖叫。虽然她一直都觉得很丢脸，但这是不可否认的事情——她晕了过去。

这是个多么可怕的夜晚啊！甚至说起那个夜晚都会让梅不寒而栗，这种感觉甚至到现在还有。父亲听到尖叫，马上跑到她房间。她恢复意识之后，坐了起来，简要把她所看到的一切告诉了父亲。

嗯，你看，不知怎的她和父亲出去了，都还穿着睡衣，走到房子后面的柴房，父亲胡乱摸索着，摸到了一把斧头。在那里，这是唯一一件他能拿起来当武器的东西了。

他们就在黑暗中站着。没有闪电，大雨像山洪一样倾盆而下，风吹得树木似乎在互相咆哮着，像迷失在黑暗深渊中的朋友相互呼唤着对方的名字。

在那之后，梅和父亲又听到了很多叫喊声，但他们都不害怕——也许他们太兴奋，恐惧无法控制他们。梅不知道是什么感受，也许任何词语都无法描绘她那时的感受。

她和父亲一前一后跑下厨房后的小山，穿过小溪，绊了几下，摔了几次，然后又站起来继续跑。他们来到了田野边缘的栅栏。嗯，不管怎样，他们翻过去了。梅小时候经常在这片田野上玩耍，她觉得她认识这里的每一片草叶、每一个小池、每一座小山丘——可是，此刻这片田野变得好生奇怪，奇怪得让她感到异常陌生。他们已经跑遍了整片宽阔而无树的田野，以前他们在白天走过无数遍，可是现在好像跑了好几个小时都没跑出这片田野。哎呀，也许田野的地面是用橡胶做的，他们一边跑，地面一边延伸。后来，梅想起那天晚上的经历，才明白为什么人们会去写童话故事了。

他们看不到树，看不到任何建筑物——什么都看不到。有段时间，她和父亲靠得很近，拼命地跑，在一片虚无中，跑入了一堵黑暗的高墙之内。

后来，父亲被黑暗吞没，走散了。

咆哮声依然不断传来。在很远的地方，大树在相互咆哮着；而草叶似乎在聊着天，很激动地耳语着。

太可怕了！梅时不时能听到父亲的喊声。"真该死！"他不断叫喊着，咕哝着，咒骂着。

然后，她听到了另一个可怕的声音——那肯定是黑人的声音，试图谋杀的声音。梅听不懂他在说什么，他肯定只是用一种奇怪的外语胡言乱语而已。

梅停了下来，在一个小水池边坐下——她太累了，跑不动了。她的头发乱糟糟地贴在脸上。嗯，她并不害怕。所发生的事太大了，不能害怕。这就像在上帝的面前，谁都不会感到害怕——怎么可能会害怕呢？一片草叶在太阳升起的时候，并不会感到害怕。那就是梅的感觉——在无尽的黑夜中有一个小东西，你几乎看不到，什么也看不到。

她浑身都湿透了，衣服紧紧贴着身体。暴风雨依然肆虐着，所有的声音都还在耳边不断响起。她坐着，脚泡在小水池里，有些东西从她身边飞过，很多黑影奔跑着、尖叫着、咒骂着、说着奇言怪语。等结束了，她再次想起这一切，就觉得那个黑人和她父亲肯定从她身边经过了很多次，离她很近，也许一伸手就能摸到他们。

她在黑暗中坐在那里多久？她永远不知道，她父亲大概也不知道。后来他自己也说不清楚，他到底在黑暗中跑了多久，那时为了保命，他挥舞着斧头乱砍。一次他撞上了一棵树，就后退了几步，挥起斧头，用尽全身力气砍过去，结果用力太猛，斧头卡住拔不出来了。虽然他正处于精神高度紧张的状态，他还是忍不住笑自己傻。

梅双手抱头坐在那里，任由双脚泡在小水池里、头发粘在她赤裸的肩上，也许她在试着从那些奇奇怪怪的咆哮声中捕捉某个有意义的词语。嗯，她在想什么呢，她不知道。

然后她感觉有一只手，一只白皙有力的手碰到了她。它刚从黑暗中爬上来，好像是从她所坐着的地面伸出来的。有一件事是肯定的——就算活到一千岁，梅也想不明白她当时为什么没有尖叫、晕倒，然后再起来狂跑、用头猛撞东西。

在这温暖清新、星光灿烂的夜晚，两人坐在田野上。"爱情是件奇怪的东西。"她告诉莫德，声音颤抖着，"我知道，一个男人来了，让我至死不渝。"

梅一生中最奇怪、最刺激的一段时光才刚刚开始。她从来没想过她会告诉世界上的任何一个人，至少，在她结婚前、在她所爱的男人所面临的危险烟消云散之前，她是不会说的。

在那个可怕的夜晚，暴风骤雨依然在肆虐。那只手诡异而出乎意料地悄悄拉住她的手，却让她突然觉得平静安心。周围太黑了，那只手后面的人长得什么样，她也看不清，但不知为什么，她立即觉得他很帅气和善。她立刻就全身心爱上他了——这是真的。后来他告诉她，他当时也是同样的感受。他的手在一片咆哮漆黑之中抓住她的手，他也感受到了一股十分宁静安详的力量。

他们艰难地走出那片田野，不知何故，来到埃奇利的家，但他们没有开灯什么的，只是手拉手坐在梅房间的地板上，低声细语地聊天。很久之后，也许有一个小时，梅的父亲回家了。他走出了田野，在乡村小路上徘徊，走着走着，隐约听到身后有脚步声。黑人跟错了人，奇怪的是他没有杀死约翰·埃奇利。事情是这样的：约翰·埃奇利开始狂跑，进了树丛，甩掉了他的追命者。然后他脱下鞋子，光着脚设法找到回家的路。黑人追错人结果成了好事，在梅房间里的男子自由了，这是两年多来的第一次。

结果，那人受伤相当严重，那个黑人，兴奋之下直朝他的头部猛击，要是击准，他就完了。然而，那一棒只是擦头而过，伤了头部。黑暗中，他坐在梅房间的地板上，抓着她的手，诉说自己的经历，血一直往下流，扑通扑通地掉在地板上。当时，梅还以为是她头发上的水滴呢。这恰好显示了他是怎样的一个人——无所畏惧，一声不响忍受所有痛苦。后来，他病了，连续发烧了几周，梅寸步不离他的房间，照顾着他，逐渐帮他恢复健康和体力，但在比德维尔没有人知道他在那间房子里。后来在一个伸手不见五指的夜晚，为了自救，他离开了小镇。

这个男人的故事，梅从来都没有向任何人提起过——父亲冒着生命危险去救他，他都不知道这件事。梅之所以告诉莫德，是因为她觉得，至少要让一位好朋友知道整件事情的经过。

梅弯着腰，双手捂着脸，沉默了好久。草丛中，昆虫不停地歌唱着，远处街道上人们的脚步声也如在耳畔。莫德离开韦恩堡，竟来到了这样一个世界！印第安纳州跟俄亥俄州怎么能一样呢！连空气都不一样。她深吸了一口气，环视着柔和的夜色。要是一个人，她就不可能站在这里——听梅向她描述如此精彩的故事。此刻，田野里好安静啊。她轻轻伸出一只手，碰了下梅的裙子；她想思考，但思路含糊不清，好像游进了一个奇怪而陌生的世界。读书、看电影、听别人常见的冒险经历——在遇到梅之前，她的生活是多么地乏味无趣、平淡无奇啊。有一次，铁路上发生了一起事故，她父亲奇迹般地逃生，毫发无伤。每每有伙伴来访，他总是说起那次事故，车厢都挤在了一起，在细雨绵绵的黑夜里，他像倒栽葱一样，被甩得好高，落在了茂密的树林里，竟然是双脚先着地，毫发无伤，只是吓坏了。莫德曾觉得这个故事很刺激——她那时竟然笨到认为很刺激。现在，她对这种老生常谈的小事故已经不屑一顾了。认识梅·埃奇利之后，她的生活变化真的好大！

"你不准泄露出去。你发誓无论如何都不说出去！"梅的手紧紧抓住莫德的手，两人沉默而专注地坐着，激烈的情绪震撼她们，那情绪似乎经过了田野里的干草地，穿过了远处树木的枝丫，甚至影响到了天上的星辰。在莫德看来，星辰好像要从天上飞下来，靠近她们，说："小心点。"

即便生活在旧时代，生活在朱迪亚，获许走进耶稣及其门徒共进最后晚餐的那个房间，她也不会比此时此地更加恭顺感激。

"他贵为王子。"梅突然开口，打破了沉默——刚才的沉默是那么严肃，莫德紧张得几乎尖叫出来。"哦，他住在很远的地方。在他的国家里，他的父亲，也就是国王，决定让他和邻国公主结婚，而在同一天，他妹妹也要和邻国公主的弟弟结婚。他和妹妹都没见过邻国公主和王子。你知道的，王子公主们通婚前都不认识。他们的婚事向来都是这样安排的。

"他什么都不想，唯有一个强烈的欲望，就是要看看他未来的妻子和妻弟。嗯，一天晚上，他悄悄爬上一堵高墙，爬上塔楼的窗户，透过那个窗户，看到了他们。太丑了，太恐怖了。他禁不住哆嗦了一下。有一瞬间，他以为自己会抓不住墙上的石壁，放开手让自己坠落到底下的岩石，摔得粉身碎骨。他已经差点被吓死了，在乎不了那么多了。

"然后他想到了妹妹——那美丽的公主。不管怎样，他都要把她从这样一门婚事中拯救出来。

"于是，王子回到家，与父亲对峙。然后就出现了一幅可怕的场面——他父亲断言，这门婚事必须圆满。邻国的国王很强大，其王国幅员辽阔，这门婚事可以让这场婚姻所孕育的儿子，成为世界上最强大的国王。王子和国王站在城堡里，怒目而视，谁都寸步不让。

"有一件事情，王子很肯定，那就是——如果他不结婚，他妹妹也就不用结婚了。如果他离开这里，两个老国王之间肯定会有争吵。对于这点他是深信不疑的。

"不过一开始，他还是给了父亲机会。他坚持己见，郑重其事地说：'我不会娶她的。'并坚持己见。国王气急败坏地大喊：'我要取消你的王位继承权！'并命令儿子滚出他的视野，还说如果不接受这门婚姻就不用回来了。

"但国王万万没料到，他的儿子竟把他的话当真了——王子径直走出了城堡，走进了外面的世界。

"可怜的人啊，他的手本来像女人的手一样精致柔软。他从来不需要伸手去做任何一件事情，甚至连穿衣服都不用自己扣纽扣——王子从来不需要做这些事情。

"就这样，他逃走了。经过令人难以置信的重重困难，他终于成功地到达了一个海港城市，在一艘船上谋到了一份水手的差事，准备出国。船长和其他船员都不知道他是国王的儿子，也不知道一场大规模的抗议正在上演，而骑兵们正骑着马疯狂地满城跑，搜寻着失踪的王子。

"他逃走了，成了一名水手。而在城堡里，他父亲正暴跳如雷，把自己关在房间里，不想跟任何人说话，只是不停地咒骂着。

"后来，有一天，他把一个高大的黑人找来。这个黑人从出生起就一直是国王的仆人，也是他所有仆人中最强壮、跑得最快、最聪明的一个。国王大喝道：'去搜查！不管是大陆海洋，还是遥远国度、陌生人群，都去搜查！不把我儿子找回来完婚，你就别回来了！要是你找到他，而他不肯乖乖回来，迫不得已时就打晕他；但不要杀了他，打昏带回来就行。没完成我的吩咐，就别让我再看到你这张脸！'他将一把金子扔到黑人脚边——那是路费、住宿费和伙食费。"梅解释道。

"国王的儿子一直在未知的海域中航行。他经过很多冰山、岛屿和大陆，见过大鲸鱼，听过晚上野兽在陌生海岸怒号。

"他并不害怕，一点都不。这段时间里，他变得越来越强壮，双手也变得越来越结实，干活很勤快，船上几乎没人比得过他。船长几乎每天都要把他叫到身边，说：'哎呀，你是我最勇敢、最优秀的船员，我该怎样奖励你呢？'

"但这年轻的王子不想要任何奖励，能逃离那可怕国王的女儿，他已经很庆幸了。她长得也太丑了，满脸皱纹，憔悴不堪，牙齿就像象牙一样突出在外。

"然而，轮船在航行途中，撞上了一块从海底延伸出来而又隐蔽的岩石。船裂成了两半；除了王子，其他所有人都淹死了。

"他游啊游，最终游到了一个岛屿。岛上有座山，山上满是金子，却没人住在那里。很久之后，一艘船恰好在此经过，他便搭船离开了小岛，但并没对任何人提起过那座金山。他一直航行，终于来到了美国，便计划着赚钱买船，然后乘船去小岛取金子，再回自己的国家——到那时，他就够有钱了，就可以跟自己喜欢的几乎任何女孩结婚了。他拼命地工作存钱，但是那高大的黑人发现了他的踪迹。他设法逃跑，一而再再而三地逃跑，直到梅在田野里发现他奄奄一息。

"事情经过是这样的—— 一天晚上九点五十分的时候，有一列火车经过比德维尔，从火车上扔下了一个邮包，但火车并没有停下来。当时，他就在那列火车上，而那黑人也在。那时，火车正在暴风雨中飞速驶过比德维尔。王子打开车厢门，跳了下去，黑人也跟着跳下去了。紧接着，王子拼命地跑，黑人拼命地追。

"奇迹般地，他俩从火车上跳下来，都没受伤。然后，他们就跑进了一片田野。"——梅正是在那里看见了他们。

"我不知道那天晚上是什么让我失眠了。"梅说着，站了起来，朝着埃奇利家走去。"我们订婚了。等他挣够钱买船去运金子，他就会来找我。"她一本正经地说着。

她们来到铁丝篱笆，爬过去，回到了埃奇利家的后院。已经将近午夜了，莫德从来没有在外面待得这么晚。在韦利弗家里，姑妈和父亲既害怕又紧张，坐在那里等她回来。"要是她待会儿还不回来，我就报警了，怕是发生了不测。"

然而，莫德并没有想到父亲会在家里等她回去。其他一些更阴郁的想法占据了她的脑海。那晚，她来埃奇利家是为了邀请梅和那两个杂货商一起去露珠村玩的，但现在看来，是不可能的了。一个被王子深爱的人，一个和王子秘密订了婚的人，才不会跟一个杂货商一起出去抛头露面呢。她又不能自己去，可是，除了梅，莫德不知道她还可以邀请谁一起去。

整个计划只能放弃了。一想到这段旅程对她的意义，喉咙就禁不住哽咽。在韦恩堡，店主亨特能给她一种独特的感觉，别的男人都给不了。是，他是有点老，但他看着她，眼中有些东西，总会让她内心萌生一种奇妙的感觉。他写信给她，说有事要告诉她。但现在她永远听不到他要说的话了。

黑暗中，她们在埃奇利家转悠，来到前门。这时，莫德禁不住内心的悲伤，挣扎着想要说出内心的话。梅吃了一惊，急忙安慰她，焦急地问："怎么了，怎么了？"穿过大门，梅用手臂揽住莫德的肩膀，黑暗中两人拥在一起，来回抖动着，过了很长一段时间，梅设法拉她到了前廊，坐在她旁边。莫德跟梅讲了那个计划中的旅程，以及这段旅程对她的意义。她把这次旅程视为过去，视为毫无希望的残梦。"我不敢邀请你去。"莫德说。

十分钟之后，莫德才起身回家，而梅却依然沉思不语。她把王子的故事抛之脑后，心中所想的，是这个小镇，以及这个小镇给她带来的伤痛，要是有机会，还会继续带来伤痛。然而，那两个杂货商都来自其他地方，对她一无所知。她想到了一路到桑达斯基海湾的长途旅程。她知道这次旅程对于莫德来说意义非凡。梅快速地盘算着。她心想："我不能跟男人单独待在一起——我不敢。"莫德说过，她们会乘游览马车去，那样的话有些东西就可以利用了——她关于王子的故事。由于王子的缘故，她可以要求莫德不能让她跟其他男人独处，也就是那个陌生的杂货商，一刻也不行。

梅起身，走到前门，犹豫不决地站着，看着莫德走过大门。瞧她肩膀耷拉得！"呃，那个，我去，你安排吧。我会去，但是你绝不能告诉任何人。"莫德听到这话，惊喜不已，浑身发抖，可还没等她回过神来，梅就打开门，消失在了埃奇利家的房子里。

第五章

露珠村，莫德和梅要参加舞会的地方，在梅生前，乃至现在，无疑都是一个死气沉沉的地方。东西走向的铁路干线，穿过这里几乎直抵海边，然后转了个弯又向内陆飞驰而去。铁轨和海湾中间的狭长地带上建有几间大冰库。这些冰库的西边有四个小一些的楼房，但是同样粗陋难看。海湾在冰库的远处拐弯，把四个楼房甩在了后面。

矗立在铁路远处，那些楼房一年中十个月无人居住，窗户没有窗帘，像是死气沉沉的眼睛，盯着远处的水面。

这些楼房是一家总部在克利夫兰的冰业公司建造的，为的是在锯冰期间给员工提供住宿，上面的楼层要从外面的楼梯上去，每层楼的四周都有摇摇欲坠的阳台。工人们要经过阳台才能进入小睡房，每个小房间有一个床铺，紧靠着内墙铺满了稻草。

再往西就是露珠村了，这里有八到十个没有刷漆的小木屋，居民既打鱼又种点地，每个房子前面的海边都拴着一艘小帆船，到了冬天，这些小船就会驶向那风暴刮不到的沙洲去。

整个夏天，露珠村都是一片冷清沉寂，海湾的另一边是蓬勃发展的工业城镇桑达斯基，站在海湾的岸边，可以看到工厂烟囱里冒出团团烟雾，慢慢飘过地平线，随风而散。夏日里，渔夫们会开着渔船在漫长的海滩上查看他们的渔网，小孩子们会在海边的沙滩上玩耍。内陆的农庄不怎么富裕，黑色的土地，一年中总有几个季节，会部分淹没在污水里，从弗里蒙特、贝尔维尤、克莱德、帝芬、比德维尔到露珠的道路一般是无法通行的。

然而六月里，在梅·埃奇利生前，人们会沿着公路来到海滩参加舞会，村里小孩的尖叫声，女人的大笑声，男人的粗哑声随处可闻。他们会待上一天一夜才离开，在海滨的沙滩、树桩和灌木丛间到处留下瓶瓶罐罐、生锈的厨具和纸屑。

到了炎热的七八月份，这里就有了一丝生机。工人们把冰从冰库取出来装进车厢。他们早上来到这里，晚上才回去。他们寡言少语，有自己的家室，不会打破这个地方的宁静。

正午时分，他们会坐在冰库的一个阴凉处吃午餐，讨论些琐事，比如一个工人是租房子好，还是背上债务、分期付款从而拥有自己的房子好。

夜幕降临，一个大胆的女孩子在海滩上散着步，她是渔夫的女儿。多亏风雨的冲刷，海滩总是显得十分干净。冬天的暴风雨将巨大的树桩和原木卷到沙滩上，在风雨的滋养下，这些大树桩和原木多了些柔和宜人的色彩。月夜里，附着在树干上的老根像枯瘦的手臂伸向天空，在暴风雨中摇曳，让女孩感到满腔恐惧。她把身体靠在冰库墙上，细心地听着。在海湾的那边是桑达斯基重镇密集的灯光，而在她身后是渔村零星微弱的灯光。那天下午，一群流浪汉从货运列车上下来，打算在那空荡荡的工人公寓痛快地玩一晚上。他们撬开门链，从上边的阳台上把门扔下去，不一会儿，燃起了许多火把，一整夜，咒骂声和叫喊声不绝于耳，渔民们饱受煎熬。那个大胆的女孩在海滩上飞快地奔跑着，但还是没逃过一个流浪汉的眼睛。火已经点着了，他拿起一根火棒，朝女孩子的头部上方用力掷去。他大喊着"小兔子，跑快点"，接着火棒在天空划出一道长长的弧线，掉进了水里，发出嘶嘶的响声。

这是冬天来临的预兆，也是恐怖来临的前奏。难熬的一月份，整个海湾覆盖着厚厚的冰层，一个穿着皮毛大衣的胖男人，在冰库旁边下了火车，从火车前部的一个车厢里搬出许多大箱、小桶和笼子，扔到了铁轨旁边厚厚的积雪里。喧嚣的都市生活将会打破露珠寂静的冬天，这个穿着皮毛大衣的男人和他的助手们要在这儿搭建戏剧舞台，把成千上万吨冰块切成碎末储存在大冰库里，连续几个星期，这个僻静的小地方将会生机勃发。

宁静将被叫喊声、咒骂声和醉酒歌打破，开始出现打架斗殴、头破血流的状况。

那个胖男人艰难地走过雪地到了那四栋空荡荡的房子，开始四处查看。那一小簇当地民房上炊烟缕缕升起，向天空飘去。

他跟其中一个助手说："谁住在那些棚屋里？"他在露珠投资了很多钱，但每年只来这里视察一次，住上几天。他穿过宽敞的餐厅，沿着削冰工人睡觉的过道走，一路上轻声咒骂着。一年来，他的很多财产都损失掉了，窗户被打破，门从铰链上被扯了下来，接着他从口袋里拿出铅笔和纸开始计算维修费用。"我们今年得花上整整三百美元。"他深思着。想到这笔开销，他的脸一下子涨红了，又一次眺望着海滨那边的小木屋。几乎每年他都来到这，想做些所谓"兴风作浪"的事儿。门从铰链上被扯了下来，窗户被打破了，肯定是这些人干的，住在露珠的再没别的人了。不过他总结道："嗯，我想他们是帮粗暴的家伙，最好还是不要招惹他们了，明天我派两名木匠过来，把该修的修了。让削冰工人尽情喝啤酒，总比费钱给他们提供豪华住所要好。"

胖男人走了，其他人进来了。工人寄宿公寓的厨房纷纷亮起了灯火，木匠把门链重新安好，换上新窗户，露珠村即将重现紧张繁忙的景象。

渔民们全都藏得严严实实的。当第一批削冰工人来到这儿，一个渔夫就把家人聚集起来商量。他的女儿十五岁了，算得上是个标致的少女，她能在海湾有史以来最严重的暴风雨中驾着小船出海。他看着女儿，语重心长地说："我希望你们不要再抛头露面了。"一年冬天夜里，那些削冰工人最小楼房的餐厅突然着火了，渔夫和他们的妻子赶去扑火，不料发生了一件事，让他们永远无法忘怀。渔夫们在海湾的结冰处打了洞，提着桶取了水去灭火，这时一帮年轻的克利夫兰暴徒正试图将他们的妻子拖进另一栋房子里。尖叫声和哭喊声在寒冷的夜空回荡，渔夫们跑去保护他们的女人。于是，一场搏斗拉开了序幕。一些削冰工人站在渔夫这边，还有一些站在年轻暴徒一边，但是渔夫们却不知道有人在帮助他们。一片咒骂与大笑声中，他们拉着妻子逃回了家。但一想到万一没成功，后果将不堪设想，这让他们笼罩在一阵恐惧之中。"我希望你们不要再抛头露面了。"渔夫跟聚集在一起的家人说着，眼睛却瞅着女儿。他想象着她被拖到那个寄宿公寓的楼上，落在那些城里人手中，这些差点就发生在她母亲身上。他严厉地盯着女儿，眼神让人恐惧。"你，啊，你一定不要抛头露面。"他又强调了一次。"那些人正在找你这样的女孩。"渔夫走出房间，而他女儿就站在窗边。每到周日，有时在削冰期间，那些没时间到城里去的工人，会在午后沿着海滩在渔夫们的房前经过，她不止一次从窗帘背后偷看这些人。有时他们会停在一个房子前大喊，其中一个较为机智的人想要展示自己的风趣，大喊道："嘿，屋里有人吗，有没有女人想找一个混混当情人啊？"

那个风趣的人跳到一个伙伴肩上，用牙咬掉了那人头上的帽子。他转过身优雅地鞠了一躬，大喊道："我只是一个小混混，但是我很冷，让我爬进你的被窝吧。"

六月的一个晚上，两个鳏夫在克利夫兰参加完炊事勤务会议，返回途中，参加了露珠村举办的舞会，而同时，参加舞会的还有六个比德维尔男子。在一二月份，舞会在一个大房间举行，削冰工人可在此用餐喝酒。这次舞会是几个农场主的儿子举办的，克莱德独眼小提琴手拉特·古尔德，带着其他两个小提琴手在这儿演奏音乐。这次舞会对所有人开放，男的在门口交五十美分，女的则免费。拉特·古尔德曾在克莱德、贝尔维尤、卡斯塔利亚还有新开的酒吧上宣布了此事。这只是一个鬼点子。拉特主持的所有舞会上，几个星期前就已发出通告。他提高嗓门激动地说："下周五晚上开始，连续两个星期，露珠将举行舞会，我们会设个奖，打扮最好的女士会得到一件印花棉布连衣裙。"

参加舞会的比德维尔男子有三个都在铁路公司工作，是货运列车的跟车工。他们像约翰·韦利弗一样在纽约、芝加哥和圣路易斯那条铁路工作，他们分别是锡德·古尔德、赫尔曼·桑福德和威尔·史密斯。和他们一起参加舞会的还有哈利·金斯利、米歇尔·汤普金斯和卡尔·莫舍，这几个人都是比德维尔年轻的舞林高手。卡尔·莫舍在比德维尔火车站附近的克雷森酒吧当酒保，而米歇尔·汤普金斯和哈利·金斯利则是房屋油漆工。

这六个年轻人参加舞会都是出于偶然。六月初的一天晚上，他们在克雷森酒吧碰面，喝了很多酒。一周前，克莱德和比德维尔举行棒球赛，他们讨论着，谈及比德维尔的败北之事，六个年轻男子怒从心头起。"我们去克莱德吧。"卡尔·莫舍说道。

他们来到车马出租行，租了几匹马和马车，往车上装了许多瓶威士忌就出发了。他们决定痛快地玩一晚上。马车一直往特纳收费公路开去，从比德维尔到克莱德途中，他们在一排农舍前停了下来。"嘿，乡巴佬，上床睡觉去，挤完奶睡觉去。"他们大喊道。米歇尔·汤普金斯，大家叫他迈克，是他们中的才子，决定露一手赢得大家喝彩。他走到其中一家农舍敲了门，告诉前来开门的妇人，她有一位朋友在马路边，想要和她说话。那个妇女的丈夫是一个身体肥胖脸色圆润的农民，她大胆地走出来，站在路边的马车旁。迈克蹑手蹑脚地来到她身后，搂住她的脖子迅速往后拖。迈克亲着她的脸，那女人挣扎着发出尖叫声。接着，迈克跳上马车，和他的伙伴们一起捧腹大笑。他对着那个迅速跑回家的女人大声吼道："告诉你男人，你的情人在这儿。"卡尔拍了下他的背，羡慕地说："迈克，你干的事儿前无古人啊！"迈克用手拍着卡尔的膝盖说："有件事她可以说上十年八载了，迈克的吻足以让她说上十年八载了。"

在克莱德，这几个年轻人走进查理·树德酒吧，在那里遇到了麻烦。锡德·古尔德是比德维尔队的投手，上周和克莱德队的比赛中，他站在击球员区，一个快速的投球从一旁打了过来伤到了他的头部，导致他无法继续比赛。而那个顶替他上场的人球技很烂，所以比德维尔队输了那次比赛。此刻，站在查理·树德酒吧里，锡德不由得想起他所受的伤，于是扯开嗓门开始喧闹，故意挑衅酒吧另一边的几个年轻人。那里的酒保有些担忧了，冲着他们咆哮道："喂，不要没事儿找事儿，别在这没事儿找事儿！"

锡德转身对他的朋友说："瞧，就是这个胆小鬼击中我的头，我们队在镇里很受关注，大家对我们俯首帖耳。接连五局，他们连一分也没得。然后，他们做了什么呢？哼，他们安排那个懦弱的投手来击我的头，这就是他们干的好事儿。"

其中一个克莱德年轻人，是克莱德棒球队的外场手，那晚刚好在酒吧闲晃。趁着锡德还在叫嚣，他从前门溜了出去，迅速奔向一家家商店和酒吧，悄悄把消息散播出去。他个子高挑、双眼碧蓝、声音温柔，此时却显得格外兴奋。十多个年轻人聚在他身边，接着向树德酒吧进发。但当他们到达时，那几个比德维尔年轻人已经走在人行道上，从酒吧门口的栏杆上解开马，正准备离开。"呀，你们！甭想撒了谎还能溜之大吉，给我站好，看我们怎么收拾你们。"那个蓝眼睛的外场手大喊道。

克莱德的那场斗殴短促而又激烈，仅仅持续了三分钟，锡德就失去了两颗牙齿，他的两个同伴也是头破血流，最后挣扎着躲进马车里驱车而去。那个蓝眼睛的外场手，气急败坏地跳到马车踏板上大叫:"给我回来,你们这群胆小鬼。"马车在鹅卵石上发出咯嗒咯嗒的响声,几个克莱德年轻人在后头追赶。锡德·古尔德缩回手臂朝外场手的鼻子挥了一拳,把他打下了马车,马车的一个轮子正好在他的两条腿上辗过。锡德从马车里探出身子,洋洋得意地发出挑衅:"来比德维尔啊,一次来一个,我会把你们整个镇都灭掉。我就是要把你们这群家伙一个两个地慢慢干掉!"

到了克莱德以北时,赶马车的卡尔·莫舍停下了马车,讨论是要继续往弗雷蒙特方向走,去寻找新的也许更诱人的冒险,还是回比德维尔修补坏掉的牙齿、破裂的嘴唇和淤青的眼睛。伤势最重的锡德·古尔德最后做出了决定。"露珠今晚有个舞会,我们去那里逗一逗那群乡巴佬,对我来说,今晚才刚开始呢。"他说道,于是马车掉头北行。马车后座上,威尔·史密斯和哈利·金斯利不安地睡了过去,赫尔曼·桑福德和米歇尔·汤普金斯哼着歌,卡尔则对锡德讲着话。"我们要和克莱德那群家伙再比一次,你听着,我告诉你怎么干。你上球场比赛,煽动每个对手跟你较量八个回合。让他们丢人现眼,让那帮杂种狗丢人现眼。到了第九局,你开始攻击他们的头部。在比赛演化成打架之前,你可以布局攻击他们中的三四个人。如果打架了,我们会有自己人在场的。"

这六个比德维尔年轻人十一点到了露珠,舞会正热火朝天。其中一个寄宿大木屋餐厅的门窗已经敞开,地板被仔细打扫过,窗户和门口上方挂满了绿葱葱的树枝。这个夜晚真美好,皎洁的月光,白色的沙滩,二十英尺之外的地方,海水拍打着海岸,发出微弱的淙淙流水声。在舞厅一端的站台上,坐着拉特·古尔德和他的弟弟威尔,他弟弟个头矮小,顶着一头灰发,弹奏的低音提琴比他还要高大。还有另外两个人，他们和拉特一样是小提琴手，组成了管弦乐队。几乎每支舞蹈都是方块舞，拉特则是舞步提示的歌唱者，他刺耳的声音盖过了错乱的脚步和低沉的对话声。"与舞伴一起转，把头低下到地面；脚踩舞点，让她飞转，良宵美景，皓月当空。"

来自印第安纳州曼西镇的杂货店老板和他同伴梅·埃奇利坐在房间的角落里。那杂货店老板四十五岁，很笨重的样子。他的妻子在前一年去世了，自此以后，他第一次和女人待在一起，这让他兴奋不已。他的脸颊在渐渐涨红，一直红到头皮和头顶那圆圆的秃顶，那秃顶就像是沙滩上的浪花。梅身穿白色连衣裙——那是为了比德维尔中学的毕业典礼而买的；她戴着一项白色帽子，帽子上有一条长长的鸵鸟羽毛装饰着，其实就是柳叶羽的那种，这帽子是向莉莲借的，但是莉莲不在村里，还不知道这事儿。梅之前从没跳过舞，她的舞伴成年后也没跳过，但是在莫德·韦利弗的建议下，他们试着跳了个方块舞。莫德说："很简单，就是跟着别人跳就好了。"

然而，他们的尝试失败了，那个曼西胖男人又转又跳，其他舞者都咯咯地嘲笑他。他不是跳错方向，抓着别人的舞伴乱转，就是走错队形。他感到很窘迫，精神错乱，冲向梅，就像暴风雨突然来临之前一个人急冲冲地跑进屋子，拉着梅的手要跑下楼梯，想要消失在幸灾乐祸的人群视野之外，但这时拉特·古尔德对他大叫起来："回来，胖子。"那个杂货店老板不知所措，又开始带着梅乱转。她也大笑起来，抗议说不想跳了，但还没来得及说明白，他的脚下一伸滑倒在地，拉着梅也坐在他圆圆的大肚子上。

对于梅来说，那个晚上过得很糟糕，她迟疑不决，在舞会上就好比一把好久不用锈迹斑斑的长枪，带着沉重的罪恶感挨过每一分钟。马车从比德维尔出来，她一直感到莫名的害怕，一言不发，莫德·韦利弗也不说话。某种程度上，她倒希望梅没有来。在这样的夜晚和格罗弗·亨特单独在一起，她觉得她可能会说些什么，但是她的脑海里总是浮现梅模糊的影像，单独和杰罗姆·哈德利在树林里，挣扎着逃命，在另一个夜晚田野里抓着王子的手。格罗弗牵起她的手，也尴尬得一言不发。他们到了露珠一起跳了两个方块舞，莫德对梅说："我和亨特先生打算去散下步，我们不会走远的。"透过窗户，梅看到月光下两个身影沿着沙滩走去。

带梅来参加舞会的男人名叫维尔德，他也想和梅在月光下散步，但不敢提出这个大胆的请求。于是，他点了一支烟，将拿烟的手伸出窗外，偶尔吸上几口，把烟雾吐到窗外。他和梅聊起了克利夫兰举行的炊事勤务会议、代表们的乘车旅行以及克利夫兰商人为他们举办的宴会。"这是这座城市最隆重的活动之一。"他说道。市长来了，国会参议员也到场了。嗯，是有这么个人，是个胖家伙，说话风趣，笑得大家前仰后合。他是一位礼仪大师，整个晚上一直讲些诙谐的故事。至于那个曼西杂货店老板，根本吃不下饭，直笑到两肋发疼。维尔德尽力重现那个风趣的克利夫兰人讲过的故事。他开始讲道："有两个农夫，他们去费城参加教堂集会，但在同个时间和地方另一个酒会也在举行。他们两人走错了地方。"

梅的舞伴突然停了下来，脸涨得绯红，他向窗外探出身子猛吸雪茄。"哎，我记不得了。"他突然意识到，这个故事是不能讲给女人听的，他心想：我差点就要做错事，说漏嘴了。

梅的视线从她的舞伴转移到正在跳舞的男男女女身上，眼神暗含惊恐，心想："不知这里有没有人认识我和杰罗姆·哈德利。"恐惧像一只小老鼠啃食着梅的灵魂。两个脸色红润的乡下女孩坐在旁边的长凳上交头接耳。其中一个大叫说："噢，我不相信。"之后两人笑得全身发抖。梅转过头看着她们，心像被什么东西揪了一下似的。一个面色红润、脖子缠着围巾的年轻雇农跟另一个年轻人打了招呼，然后一起到外边的月光下散步，时而窃窃私语时而哈哈大笑。其中一个人回过头瞅了下梅苍白的脸，接着他们点上雪茄，走开了。杂货商维尔德讲着他在克利夫兰大会上的冒险经历，可梅却再也听不进去了。"他们认出我了，肯定认出我了。他们听说了那件事，今晚结束之前，我就会摊上糟糕的事儿。"

梅总是希望待在现在这样的地方，到处都是陌生人，她可以自由地在陌生人之间穿梭。在杰罗姆事件之前，她还没有放弃当一名老师，就想象着当老师要做的事情，一切都计划得十分周全。她会在某个远离比德维尔镇或埃奇利家族的镇上或乡村当个教师，在那里开始自己的生活和工作。那里没有出身的障碍，她可以自主自立。嗯，那可是个好机会。她的天资聪颖最终在关键问题上会发挥作用，到了一个新的地方，她就能去参加各种舞会及其他社交聚会了。作为一名教师，她会对他们孩子的将来负责，人们会乐于邀请她去他们家，她想要的就是这样的机会，可以默默无闻地出现在人们面前，他们从未去过比德维尔，也从未听说过埃奇利家族。

继而，她就会展现真实的自己。她会参加舞会，或者在家庭聚会里度过美好的时光。她会四处走动，跟人们谈笑风生，让人仰望。她思维敏捷，口齿伶俐啊！说出来的话可能就会成为她把玩的锋利小剑。她在心里幻想过多少个这样的场面啊。要是她发现自己成为万人瞩目的焦点，这并不是她的错啊，尽管她在任何聚会里都是鹤立鸡群，但她都会保持低调。毕竟，她不会说话伤害他人。的确，她不会那么做，没那必要。她做的一切都是令人愉快的。几个人正在一起聊天，她走过去安静地听一会儿，理清来龙去脉，然后说出自己的见解。嗯，会语惊四座的。她提出的观点往往比较新奇古怪，却又引人入胜，谁叫她思维敏捷，可以应对很多问题呢！

梅幻想着自己成为光彩夺目的社交人物，转而面向她的舞伴，他则被她明显的冷漠所困惑，正努力回想那个克利夫兰人在炊事勤务会议上所讲的滑稽故事。那个男人的许多故事是不能重复给女人听的，那是所谓的光棍晚宴。但有些故事还是可以随便讲的，就是所谓的"客厅故事"。他刚好记得一个，于是准备要讲了，可偏偏又忘了关键点，记不起故事的开头和结尾，这让梅很同情他。他开始说道："嗯，有一男一女在一火车上。故事发生在巴尔的摩和俄亥俄铁路上的一列火车上。不对，我记得那个男人说，是发生在湖岸和密歇根南部铁路上。也许他们的列车正在宾夕法尼亚铁路上驰骋。我忘了那个女的对那个男的说的话了。那大概是一条狗，另一个女人正要把它藏在篮子里。你知道的，乘客是不许带狗上客运列车的。有趣的事情发生了。那个男人讲的时候，我都快笑死了。"

梅心想："要是我讲那个故事，我会说得更好。"她想象着自己讲述那对男女和狗的故事。她可以补上几笔，稍加装饰。那个克利夫兰胖男人肯定说得很有趣，但要是委托她来讲这个故事，她坚信会说得比他还要好。她的脑海里开始重塑这个故事，但是整个晚上潜伏着的恐惧感卷土重来，她忘记了火车上那对男女和狗。她搜索着熟悉的面孔，每当一个陌生男人或女人走进来，她都会不由得颤抖。"万一今晚杰罗姆·哈德利也来这里的话……"她不安地想着。这是有可能发生的。杰罗姆是个年轻人，又是个单身汉，无疑会到处去——会去比德维尔歌剧院看演出，会去跳舞，而现在，他可能会随时走进这个房间，直接走到她面前。在浆果园里他已经够鲁莽了，也不在意自己会说出什么话来，要是他来这个舞会的话，他会直接走向她，可能还会拉住她的手臂，对她说："我要你，跟我出来。"

梅努力想着要是真的发生这种事，她要如何应付，是挣扎着拒绝跟他走而由此引起房里所有人的注意呢，还是静悄悄地跟他走到黑暗的地方再做挣扎呢？她心乱如麻。杰罗姆·哈德利确实对她干了一些很不好的事，还试图毁掉她的内在精神，但她终究还是向他屈服了。她已经和那个人躺到了一块儿，当然是满怀恐惧浑身发抖，但都已成事实了。从某种程度上说，她已经属于杰罗姆·哈德利，假如他再一次来要求她顺从，她拒绝得了吗？她已经不由自主地成了他的财产了吗？

她的头脑乱成一团，近乎疯狂地扫视着四周。如果是待在自己家的房间里，或者躲在小溪边的柳树旁，她已在心中建起了一座浪漫之塔，她可以住在里面透过窗户看待人生，努力理解人生，理解他人，然而这座塔如今已经崩塌了。很多双手坚定有力地毁掉了它。当她和莫德，还有两个杂货商坐着马车离开比德维尔时，她就感觉到了那些手的存在。这会儿，她在纳闷为什么要答应来参加舞会。嗯，她来这里是因为无论怎样莫德是唯一一个会和她亲近的人，她不想让莫德失望，她还在舞会里，而莫德已经走到了外面，融入黑夜之中了。她是跟一个男人一起离开的，而这本是不会发生的。全是因为那个白马王子，她的情人。就是因为王子，莫德才不会留下她一个人而和另一个男人单独相处。可如今，莫德却跟一个杂货商出去了，留下另一个杂货商坐在梅的旁边。

那些手撕毁了她的浪漫之塔，那可是她痛苦地一点一点筑起来的，在那里，她得以摆脱丑陋的现实，找到白马王子，找到一种生活的方式，找到幸福。四墙之外尘土飞扬。一大群男男女女，包括杰罗姆·哈德利，都朝这座城堡攻来，强奸谋杀随之而来，而她独自一人又怎能抵抗得了呢？王子走了，离她越来越远，侵略者们喧喧闹闹地翻过塔墙。他们会把她从塔墙上扔下去。塔内漂亮的帷幔、价格不菲的丝绸睡袍，还有那些从异国他乡运来的宝石，所有金银财宝都将毁于一旦。

梅沉浸在自己的世界里，想要尖叫起来。在房间里，舞会仍在继续，拉特·古尔德仍在尖声叫喊着，小提琴发出刺耳的声音，沉重的脚步伴着音乐在粗糙的地板上擦过。坐在她旁边的杂货商维尔德，仍谈论着克利夫兰的炊事勤务会议。来参加这个舞会，梅就像举起一把刀随时会插进自己的胸口。她站起身来想要走出去，走进黑夜里，逃离人群，但此刻她却犹豫不决地站着，一脸茫然，环视四周。接着，她重重地坐了下去。维尔德也站起身，脸涨得通红。"我搞砸了。"他心想，不知是否说了什么话冒犯了梅。"也许她不想我吸烟吧。"接着把剩下的烟头扔出了窗外。这让他想起了自己婚姻生活的点点滴滴。这种冒犯女人的感觉如同他的妻子重新回到他的身边，却不知道自己到底什么地方冒犯了她。

接着，六个比德维尔年轻人从前方的门走了进来。他们在外面待了一会儿，把他们放在裤袋里的酒全部喝完了，对酒的欲望已经满足了，另一个欲望开始涌上心头，他们想要女人。

卡尔·莫舍陪着锡德·古尔德走进了舞会大厅。从克莱德往北一路驶来，锡德脸肿得厉害，走路东倒西歪的。

他径直向梅走来，梅把脸转向墙壁想把自己藏起来。她看起来像一只兔子，被狗逼到了绝境，当她转过身半跪在座位上试图遮住脸时，莉莲白裙子的帽檐撞到了墙，帽子掉在了地上。她吓得浑身发抖，转过身捡起帽子，脸色煞白。

锡德·古尔德在埃奇利家可谓臭名昭著。梅的母亲去世前一年的一个夏夜，他和埃奇利家吵了一架。在酒精的作用下，他想要女人，这时凯特·埃奇利正和一个游客走过比德维尔大街，他冲着凯特大喊大叫，于是就和那个游客打了起来，结果，眼睛都被打得乌青。后来他被送到市长办公室，罚了钱，整个事件让埃奇利一家子心里美滋滋的，成了人们茶余饭后不尽的谈资。上了年纪的约翰·埃奇利和儿子们发誓，他们也要收拾下这个棒球运动员："要是我在哪里抓到他，我才不管什么罚款，直接打爆他的脑袋。"

在舞厅里，锡德·古尔德的目光锁定在了梅·埃奇利身上，想起自己挨了游客一顿打，在街上斗殴还得交十美元罚款。"哟，看这儿，"他转身对着同伴们喊道，他们正拖着疲惫的身子散漫地走进房间，"这儿有只埃奇利家的小鸡崽，离鸡笼可远了。"

"就是她，那只小鸡就躲在墙边。"锡德笑得弯下了身子双手拍打着膝盖，浮肿的脸庞使得他笑起来很诡异，看着有些可怕。锡德的同伴们凑了过来。"那就是她。"他说着再次摇晃着食指指着。"她是埃奇利家最小的一个，不久前开始卖淫，书读得真她妈厉害，杰罗姆·哈德利说她还不错，而我说她是我的，我先看到的。"

舞会里全安静了下来，所有目光都转向那个大笑的男人还有那个蜷缩在墙边发抖的女人。梅很想让自己大胆地站直，但是她的膝盖抖得厉害，很快又坐回凳子上。杂货商格罗弗·维尔德此刻全蒙了，他碰了碰梅的胳膊，打算问清楚她为何会做出如此奇怪的举动，但他用手指刚碰到她，她突然又跳了起来。她就像自动玩具，只要触碰到某个隐藏的弹簧，就会僵硬地做出相应动作。"怎么了，怎么了？"格罗弗·维尔德疯狂地问着。

锡德走到梅身边，拉住她的手臂往门口走去，梅变得很温顺，装作很端庄地走在他身边。他感到很吃惊，本以为她会挣扎一番的。他心想："嗯，我在凯特那里遇到了麻烦，但这个是不一样的。她知道该怎么做，我会和这个小可爱玩个痛快。"他记得那次审判，他第一次对风度翩翩的埃奇利之女产生了兴趣，为此他被迫交了十美元罚金。"现在我就要得到十美元的价值了，这一个，我一个子儿也不会给她。"他暗自想道。他转身对着混在他后面的同伴们大叫道："走开，去找你们自己的女人，这个是我先看到的，你们去找你们自己的。"

锡德和梅走出来，差不多到了海滩，一股力量涌上梅的身心。他们并肩走在白色的沙地上，往海滩的方向走去。"别害怕，小姑娘，我是不会伤害你的。"他说。梅紧张地笑着，他的手此刻松开了。

接着，她兴奋得大叫一声，从他身边跳开，迅速弯下腰抓起了一根沾满沙子的浮木。木棍在空中呼呼生风，砸在锡德的头上，把他砸得跪倒在地。"你……你！"他结结巴巴地说着，接着大叫了起来。"嘿，乡巴佬！"他喊道。一直站在舞厅门口的两个同伴向他跑了过来。她把木棍举到头部舞动着，从他们身边跑过，恐慌之下，又一次打中了锡德。她认为，某种程度上，刚刚发生的事跟她和杰罗姆在树林里发生的事有关，是一回事。锡德·古尔德和杰罗姆是同一类人，代表着同样的东西。他们是些奇怪可怕的东西，她必须面对，必须奋力反抗。他们代表的那些东西已经打败过她一次了，占了她的大便宜。她曾经屈服了，自己打开浪漫之塔的大门让他们进来，让他们走进自己神秘宝贵的生活。特别可怕的事情不知不觉间发生了，但一定不能再次发生。过去她只是个孩子，不谙世事，但这一刻她什么都明白了。她内心里有一样东西是绝不能让肮脏的手去触摸的。一股对人类的极度恐惧感席卷而来。莫德和莉莲，都想帮助她追求美好的生活，她曾想把莫德当作好朋友，莉莲曾想把她当作好姐妹。至于莫德，她一无所知，还只是个孩子，而莉莲很粗鲁，其实也是不谙世事。

在梅心里，她把所有男人都看成杰罗姆的同类。男人总是想着要女人，杰罗姆曾要过，现在锡德·古尔德也想要。他们都像埃奇利家的莉莲、凯特还有那两个男孩一样，总是粗鲁而直接地追求一些他们想要的东西。但这不是梅的处世方式，她决定不再理会这种人。模糊的灯光下，她沿着沙滩奔跑，不断地说着："我再也不回比德维尔了。"

锡德的同伴们从舞厅跑过来，他们不明白他怎么会让一个柔弱女孩打了呢，她刚被他带到暗处啊。他们听到咒骂声、呻吟声，看到他跟跟跄跄，尤其是梅再一次重击到他的脑袋，在酒精的作用下，他们还以为有其他男人来救梅呢。他们跑过来，看到梅手里拿着棍子疯狂地挥动着，并没有过多注意她而是立马寻找她的同伴。他们中的两个人沿着沙滩追赶梅，其他人则回到了舞厅。一群年轻的农民拥堵在门口，卡尔·莫舍大拳一挥击中了一个人，接着大吼道："滚开，我们要清场了。"

梅像一只受惊的兔子沿着沙滩奔跑，时不时停下来侧耳倾听。从舞厅传来了吵闹声，咒骂声、喊叫声打破了夜晚的宁静。在她的后面，那两个男人笨拙而又缓慢地追赶着，他们体内的酒精起作用了，其中一人倒了下去。不一会儿，梅跑到了一个地方，堆满了大树桩和原木，都是被冬天的风暴吹到这里的，同时她看到了莫德站在格罗弗·亨特旁边，他的手搂着莫德的腰。受惊的梅如此贴近他们，很可能都碰到了莫德的裙子，但他们对她的出现却浑然不知；至于梅，奇怪的是她竟害怕起了他们，但凡与人类有关的东西都让她害怕。"这一切都那么邪恶可怕。"她这样疯狂地想着。

梅沿着海滩在树桩间跑了将近两英里，奇形怪状为数众多的树根向上突出伸到空中，仿佛举起手臂向月亮祈祷。或许是那些干枯的老树竖起的手臂使得恐惧如影随形，锡德·古尔德的同伴不可能追她那么远。她一边跑一边拽着莉莲的帽子，我相信，那未经允许借的帽子，对她来说似乎是个美好的东西。良知和善良促使她拼命抓着这顶帽子，甚至当她手拿木棍痛打锡德时，她仍用左手抓着它以免弄坏。

她一边跑一边仍紧紧攥着帽子，此刻她感受到的恐惧已不再是抽象的了。新的恐惧席卷而来，这恐惧不仅仅包含那些似乎在月光下疯狂起舞的树根，也不仅仅包含锡德·古尔德、卡尔·莫舍、杰罗姆·哈德利，而是已经变成了生活本身，变成了她对生活的全部理解，变成了她获许看到的全部生活，此刻这恐惧重重地笼罩着她。

小梅·埃奇利不想再活下去了。几天后，一个男孩看见梅·埃奇利的尸体，吓得落荒而逃，靠着马槽瑟瑟发抖，一匹农场老马似乎对这个男孩说："对于那些即将走到生命尽头的人来说，死亡是一件亲切安逸的事情。"

那个可怕的夜晚究竟发生了什么？情况是这样的，梅飞快地跑着，不料进入了小溪与海湾的交汇处。溪口有很多钓鱼的好去处。溪口的水很开阔，从远处看小溪就像大河，但是如果沿着海滩跑来，比如在月光下，从西而来，几乎可以跑到东边浅滩上，那里的水浅得只到鞋头。

你可以这样奔跑，跑过浅滩，跑过干净的白色海滩——离东边的溪口似乎只有几步之遥，人会顷刻间陷入东边浅滩下涌出的狭长的深水流中，小溪的主要水量都会在这里汇入深水流。

梅·埃奇利从那里陷了进去，仍旧紧紧抓着莉莲的白帽子，白色的柳叶羽在激流中上下浮动，最后被冲进海湾。她的身体被漩涡卷住带了进去，绊在了水中的树根间，一直缠绕着，直到那个农夫和他的雇工意外发现了她，轻轻地把她放在农夫家马厩旁边的木板上。

小小的拳头牢牢地攥着那顶帽子——每当莉·埃奇利想打扮时就会戴上那顶奇特的帽子。我猜测，她是想让自己变漂亮。

梅可能觉得帽子很漂亮。她可能觉得，这顶帽子是她现实生活中见过的最漂亮的东西了。

当然我们不能说得太绝对，我只知道，即使那顶帽子曾经很漂亮，但几天之后，当我发现它沾满污泥，被一个溺水的女人抓在手里时，它已失去了往日的光彩。

芝加哥的哈姆雷特

第一部分

有一段时间，汤姆在死亡的边缘徘徊。那些天，他是如此地接近死亡，小命儿捏在自己手中，就像小男孩手里的球，只要手指一松，小命儿就没了。

那天夜里，他讲故事的情景我至今仍历历在目。那是十月初的一个湿冷的晚上，我们一起去一家小餐厅吃饭，这个餐厅带个小酒吧，就在现在的芝加哥威尔斯大街上。芝加哥的十月和十一月通常是一年中最吸引人的月份，但是那一年十月的前几周却阴雨连绵，湿冷异常。这时，所有住在大湖区工业城市的人们或多或少都有着呼吸道疾病，纷纷开始喷嚏咳嗽起来。我和汤姆进了这家餐厅，顿感舒适惬意。我们喝了些威士忌驱走体内的寒意，吃完饭，汤姆就打开了话匣子。

我们坐在那里，空气中弥漫着一种厌倦的气息。有时候，芝加哥人会对芝加哥无处不在的丑陋感到厌倦，每个人都萎靡不振。大街、商店、家庭，丑陋无处不在。大家都身体松弛，萎靡不振，一种呼喊似乎要在几百万人中破喉而出——"我们在这无尽的噪音、污浊和丑陋中受难。为什么要把我们置于此地？无法休息，总是没完没了疲于奔命。数百万人住在芝加哥西区，这里的街道一律地丑陌，无限向前延伸着，似乎没有起点没有终点，永远都没有停息的时候。我们累了！倦了！这到底都是为了什么？你为什么要把我们置于这样的境地啊，创世之母？"街上来来往往的人们似乎都在控诉着，也许有一天，那个芝加哥诗人卡尔·桑德堡会为之高歌一曲。哦，他会让你感到这些疲倦的声音是来自那些疲惫的人群。然后，我们可能就会传唱这首歌，想起那些我们早已遗忘的事儿。

但是，我话太多，扯得太远了。我还是继续说汤姆和威尔斯大街的这家餐厅吧。卡尔·桑德堡在一家报社工作，正在威尔斯大街上的编辑部撰写有关电影的文章。

餐厅里有两个男子站在吧台前和调酒师聊天。他们想要保持一种友善的谈话氛围，但空气中弥漫的气息让他们怎么也友善不起来。调酒师看起来就像人们在照片上常见的将军，他就是这种类型，胖胖的身材，红红的脸颊，灰灰的胡须。

两个男人面对着调酒师，脚搭在酒台扶手上，正毫无意义地争论着麦金利总统和他的朋友马克·汉娜的关系。是马克·汉娜控制了麦金利，还是麦金利只是利用马克·汉娜来达到自己的目的？其实这两个男子对此并不怎么感兴趣，可他们不在乎。那个时候，全国很多政治杂志和报纸都在争论同样的话题。应该说，版面该塞的都塞满了。

不管怎么样，两个男子谈论着这个话题，把它作为一种发泄他们对生活厌倦和厌恶的工具。他们把麦金利和汉娜亲昵地称为比尔和马克。

"我跟你说，比尔为人精明圆滑，弄得马克俯首帖耳的。"

"俯首帖耳，扯淡！马克口哨一吹，比尔准像小狗一样，屁颠屁颠地跑过来！"

他们疲倦的大脑中蹦出来的净是些毫无意义的恶毒话语和评论。其中一人突然发了怒："我告诉你，少这么看我，我可以忍受朋友很多事情，就是决不容忍这样的目光。我可没这么好脾气，小心我打碎你的下巴。"

调酒师掌控着现场的气氛，试着改变话题。"谁能打败菲茨·西蒙斯？这个澳大利亚人还要在我们国家为所欲为到什么时候？难道他们打算让那个澳大利亚人在我们国家为所欲为吗？难道就没人收拾一下他吗？"他激情满怀地说。

我双手托着头，坐在那里。"男人跟男人吵个不停！男人跟女人在房子里在宿舍里吵个不停，孩子们焦躁地哭个不停，疲倦的人们从工厂回到了芝加哥西区的家。"

汤姆拍了拍我的肩膀，然后用空酒杯敲了一下桌子，笑了起来。

"瓢虫，瓢虫，为何四处游荡？

瓢虫，瓢虫，赶快飞离家乡。"

他朗诵着，等威士忌到了，他向前探着身，对生活作了一番古怪而中肯的评论，他总是在出人意料的时候大发感慨。"我希望你可以注意一件事，"他开始说道，"你见过很多调酒师，如果你留意的话，就会发现这些调酒师的外表惊人地相似，他们看起来都像大将军、外交家、总统之类的人。我刚巧想明白他们为什么会这么像。是因为他们都在玩着同样的游戏。他们在生活中得和那些疲惫不满的人打交道，学会了变通的窍门儿，在乏味无聊的沟通方式之间来回转换。"那就是他们的游戏，玩多了长得就像了。

我会心地笑了笑。我发现，既然要写我朋友的故事，就很难真实地描写他多愁善感的一面。我已经忘了，有多少次，我跟他在一起的时候，他都无聊得难以言喻，那时他也常常好几个小时都在谈论这些毫无意义的事。他有时候说，那蠢透了，决不做一个死板的商人，他甚至断言，我俩都是傻瓜。用他的话说，我们俩最好都再警惕狡猾些。要不是傻，我们也会加入芝加哥运动俱乐部，打高尔夫球，开车兜风，捎上些浮华少女，顺路到旅馆晚宴，回到家，再编些无稽之谈安抚妻子，到周日做礼拜，大谈赚钱、女人和高尔夫，总之就是享受生活。有时他觉得几乎会让我相信他描述的那些人过着放荡而快乐的生活。

也有的时候，他的身体，仿佛在我眼前分崩离析。他那庞大肥硕的身躯变得松弛而软弱，他嘴上说个不停，却毫无意义。

接着，我就认定他重新走回了我和周围人都走过的路，那条路届从丑陋、沉闷、无聊，但这时意外就会发生。就像我描述的一样，他会这样说着，漫无目的地消磨漫漫长夜，等夜深了，我们道别的时候，他会在纸条上潦草写上几句，笨拙地塞进我的口袋。我目送他那笨重的身躯沿着街道慢慢走远，才去借着路灯看他那张小纸条。

"我好累啊！我并不像表面上那么蠢，只是太累了，我想弄清楚我到底是什么。"这就是他写下的话。

不过，还是回到威尔士大街的那天晚上。威士忌送上来了，我们一边喝一边坐着注视对方。接着他把手放在了桌子上，合拢手指，就像个茶杯，然后无精打采地慢慢松开。"我曾经就像这样，把自己的命攥在手里。我本来可以轻易地放弃，但是没有这样做，原因是什么呢，我自己也从未怎么搞清楚。我想不明白为什么老是把手握成酒杯的样子，而不松开。"他这样说着，前几分钟我还觉得他很不健全，此刻倒觉得算得上是有血有肉的人了。

他开始说起他年轻时，一天晚上发生的事。

故事发生时他只有十八岁，还在父亲的农场里，农场是租来的，在俄亥俄州东南部。那时刚好是秋天，他准备离开家去世界各地闯荡。我知道他以前的一些经历。

那是十月下旬，他和父亲正在田间挖土豆。我想他们的鞋子都是破破烂烂的，汤姆讲故事的时候，强调他们的脚很冷，泥土进了鞋子，弄得脚黑乎乎的。

当时天气很冷，汤姆身体不适，心情苦闷。他跟父亲都一言不发地拼命干活。父亲很高，面色萎黄，还长着络腮胡子，在我的印象中，他总是停下来，无论是在农场里漫步还是在田间干活，都会停下来用手紧张地捋着胡子。

至于汤姆，那个时候大家都觉得他是个好孩子，天生向往美好生活，只是没有机会满足罢了。

汤姆身体不适，可能是有点感冒发热，干活儿的时候一会儿冷得发抖，一会儿又浑身发热。他们已经挖了一下午的土豆，夜幕降临，他们开始捡土豆。他们把土豆放到篮子里，把篮子提到田垄地头边，再装进大麻袋。

汤姆的继母来到厨房门口，用她独有单调的嗓音喊道："吃晚饭咯。"这让她丈夫有点恼火。也许很长一段时间他都感受到了儿子深深的敌意。"知道了，装好马上就来，饭凉不了。"他回应着，声音里透着不耐烦。

父子俩疯狂快速地拾掇着，彼此都想超越对方。每次汤姆弯下腰，抓起一把土豆，都会头昏目眩，感觉就要栽倒。一种可怕的自尊心占据了上风，他使出全身力气，绝不让父亲超过自己，父亲虽然没有什么本事，但做起事来还是很干脆利索的。他们正在捡土豆，此刻的任务就是捡土豆——天黑前要把所有土豆都捡进麻袋里。汤姆不相信父亲，不管自己病成什么样，做任何事儿，都绝不会让这个没用的父亲超过自己。

这可能就是当时汤姆心里真实的想法和感受了。

夜幕降临了，霜寒袭人，土豆全装进了麻袋，放在农田尽头的篱笆旁。月亮悄悄爬上了山头，那些麻袋注视着极不协调的父子俩，就像一个个奇形怪状的人站在栅栏边，下垂臃肿，也像汤姆的继母，身躯灰白臃肿，眼睛黯淡无光。

两人穿过田野的时候，汤姆让父亲走在前面。他担心自己走不稳，又不想父亲看出他有任何不对劲。年纪虽小，他还是有点自尊的。汤姆想："他大概以为他还能累垮我呢。"月亮从远处升起，就像一个巨大的黄球，比他们的房子还要大，汤姆父亲的身影像是直接迎着月亮那黄澄澄的脸走去。

他们到了家里，几个孩子在四下站着，这些都是父亲二婚的妻子带来的，就像他们的老妈一样，统统塞给了父亲。汤姆离家后，唯一能记起的就是，他们的脸总是脏脏的，衣服总是烂烂的，最小的那个还是个婴儿，身体不太好，老是焦躁哭号。

孩子们正为迟迟不开饭跟母亲闹腾，见到两人进屋，便静了下来。敏锐的直觉告诉他们，这对父子之间有点不对劲。汤姆径直穿过小餐厅，打开门，爬上楼梯，朝房间走去。"你不吃点晚饭吗？"父亲问道。这是几个小时以来他们之间说的第一句话。

"不吃。"汤姆说着就往楼上走。此刻，他一门心思，就是不想让他们发觉自己病了，父亲没有再说什么就随他去了。没汤姆碍眼，全家当然更开心了。

他上楼进了房间，连衣服也不脱，蹬掉破鞋，爬进被窝，蒙上了被子。那是一张旧被子，不太干净。

他的脑子清醒了一点，房子很小，他能听见楼下的一举一动。此刻，一家人正坐在桌旁，父亲正在做餐前祷告。他一直有这个习惯，有时候，大家伙都等着吃饭，就他一个人在断断续续地祷告。

汤姆思考着，努力思考着。父亲那样祷告，到底是为了什么呢？他做祷告的时候，会忽略身边所有人的存在，就好像全世界只有他一个人对着上帝，周围的人都不复存在了。他就食物的事祈祷了一会儿，然后又奇怪地继续祈祷其他心事，大部分都是他自己无法实现的愿望。

终其一生，他都想成为一个卫理公会的牧师，但他未受过教育，从未上过学，没能获得任命。他根本没机会成功，但仍然坚持祈祷，他似乎有点认为，上帝有可能强烈地感觉需要更多卫理公会牧师，会突然从天而降，好像从法官席上下来，来到卫理公会的管理委员会或任何类似的地方，说道："你在这啊，瞎忙什么呢？让这个人当牧师，赶快地，别敷衍。"

汤姆躺在床上，听着父亲在楼下祷告。母亲还在世的时候，那时他还小，总是被迫跟着父亲，周日去教堂，周三晚上去祈祷会。父亲总在祈祷，假借着经文向那些四下坐着的愁眉苦脸的男女布道，他也坐着听，毫无疑问，他对父亲的仇恨在童年时就已萌生。那个时候，他们村里，教堂的牧师是一个还没有老婆、高高瘦瘦的年轻人，偶尔会说汤姆父亲的布道词雄辩有力。

有件事汤姆一直放在心里，那是他亲眼看见的一件事。有一天他独自穿过一片树林，那时，他正光着脚从镇上回农场，他从来没有告诉任何人他看见了什么。牧师在树林里，独自一人坐在木头上。汤姆觉得生命中一些圣洁美好的东西给冒犯了。他悄悄走开，没有让牧师看到自己。

此刻，他躺在床上，在昏暗的楼上，冻得瑟瑟发抖。楼下父亲正在祈祷，有一句话经常出现在他的祈祷词之中："把那份礼物给我，哦，上帝，把那份大礼给我。"汤姆觉得他明白那是什么意思："不就是给他个机会让他瞎扯吗？"

汤姆的床尾有一扇门，门外是另一个房间，就在楼上房子的前部。父亲和新婚妻子睡在那里，而三个孩子则睡在旁边的一间小房子里。最小的那个婴儿和他夫妻俩睡一起。人真是奇怪，有时候脑子里会出现多么可怕的念头。这个婴儿身体不好，每到晚上总是哭哭啼啼，长大后很可能也会跟他母亲一样，皮肤淡黄，目光空洞。如果，呃，只是假设，某个晚上，汤姆总会不由自主冒出这样的想法，爸爸或妈妈会不小心压到婴儿，给活活闷死了。

汤姆的思绪有点不受控制。他试图去抓住一些东西——那是什么呢？是他自己的生命吗？真是奇怪的想法。此刻，父亲祈祷结束了，一家人在楼下吃晚饭。屋里一片寂静。所有人，甚至那些脏兮兮病恹恹的孩子在吃东西时也会安静下来。多好啊，有时安静真是难得。

当时汤姆光脚走过树林，那个牧师就在那片树林里，独自坐在一块木头上。汤姆的父亲想成为一名牧师，他希望上帝能打破条规，随心所欲地帮他实现梦想。他这个男人几乎不能在农场生活，他做任何事情都很马虎，他觉得想要再婚，脑子一热就娶了个女的，带着四个病恹恹的孩子，连饭也不会做，家务也收拾不干净。

汤姆慢慢进入了无意识状态，静静躺了很长时间。也许他已经睡着了。

当他醒来或者说是重新恢复意识的时候，他的父亲还在祈祷，汤姆还以为祷告已经结束了呢。他静静地躺着听。父亲的声音响亮又热切，仿佛就在他耳边。房子里的其他人都很安静，没有一个孩子哭。

这时候楼下厨房碗碟嘎嘎作响，汤姆从床上坐起来，探着身子，透过开着的房门，看到父亲继母的房间，意识清晰起来。

晚餐总算结束了，孩子该睡觉了，那个女人安顿好三个大的，就在厨房里洗碗。汤姆的父亲走上楼，脱掉衣服，换上一件脏兮兮的长睡袍，准备睡觉。紧接着他走到房前的窗边，窗户开着，他便跪下来开始祈祷。

突然，汤姆感到一阵冷怒袭来，便毫不犹豫悄悄下床。此刻，他没并没感到不适而是极为强大。床脚，一根横木靠在墙上，圆圆的好似棒球棍，两头削得尖尖的，各配一个铁环。这根横木是父亲很久前丢在那里的，他这个父亲老是在些奇奇怪怪的地方乱丢东西。他就那么把横木丢在儿子房间的墙边，等到第二天赶马犁地要用的时候，又得着急乱翻，要找上好几个小时，还不停用手指捻着胡须。

汤姆拿起那根横木，光着脚悄悄走进父亲的房间。"他就是想要像树林里的牧师一样，他一直都在这样祈祷着。"从一开始汤姆心里一定就有一种专横的想法，呃，不信你看，他想要毁掉懦弱和懒惰。

他已暗下决心要砸死父亲，于是便悄悄走过地板，右手紧紧握着硬木棍。那个病恹恹的婴儿已经躺在床上，睡着了。他的小脸从脏兮兮的被子中露出来，清冷的月光洒进房间落在床上，映在父亲身上，此刻他正在窗边跪地祈祷呢。

在快要穿过房间时，他发现父亲的光脚从白色的睡袍中伸了出来。脚跟和脚趾下面的小肉球被田里的泥土弄黑了，但是脚掌中间却有一块地方是干净的，在月光下泛着淡黄的白光。

汤姆蹑手蹑脚退回了房间，轻轻关上了房门。说到底他并不想杀谁。他父亲觉得向上帝祈祷的时候没必要洗脚，于是上楼直接就睡觉了。

他的手在颤抖，身体也冷得发抖，他坐在床沿努力思考着什么。在他还小的时候，他跟着父母去教堂，听到了这样一个故事。一名男子在土路上长途跋涉，来参加宴会，坐了下来吃饭。一名女子来为他洗脚。随后她用贵重的药膏涂在他脚上，再用自己的头发擦干他的脚。

汤姆当初听到这个故事，倒不觉得有什么特殊的意义，但是此刻……他正坐在床上傻笑呢。很久以前，那个女人的双手在那个场合的作为，现如今人们能做得到吗？难道人们不能用自己的双手谦卑地服侍自己脏兮兮的双脚和身体吗？

这是很奇怪的念头，就是让自己纯洁正直。人生了病，就会有点歪曲事实。汤姆的房间里有一个锡质脸盆和一桶水，他每天早上都会自己去房子后面的水池里挑水回来。他一直都想着要好好照顾自己，或许在那个时候他觉得自己身上少了什么东西吧，又或许他在很久以后才意识到要把失去的找回来。他还很年轻，珍惜着自己身体的价值，感觉自己的身体就是一座神庙，或许有人会这样认为。

无论如何，他一定对童年的那个晚上有着这样的感受，他在威尔斯大街的餐厅告诉我这件事时，我永远也忘不了自己产生的错觉。在那一刻，好像有什么东西要从他庞大笨拙的身躯中喷涌而出，青春、坚硬、干净、洁白。

但我必须小心翼翼地继续走。也许我最好专心讲述我的故事，试着就像他那样言简意赅。

不管怎么样他还是下了床，脱了衣服，站在房中间，就是那个乱七八糟窝窝囊囊的房间。房间墙上的挂钩上挂着的一条毛巾也不怎么干净。

偶然地，他的确曾经有过一件白色的睡袍没有破损，他从立在墙边快要散架的衣柜里拿出来，粗鲁地撕下一块来当浴巾。然后他站起来，用脚边锡质脸盆冰冷的水认真洗澡。

不管我对他有过何种错觉，他当初讲故事的时候，就是威尔斯大街餐厅的那个夜晚，正如我描述的一样，他一定是那么地青春、坚硬、干净、洁白。毫无疑问，他的身体就像一座神庙。

之后他回到床上，将他的性命掌握于自己的手中，至于这件事，我就不太理解了。可能是他的叙述不清楚，又或许是我的理解出了问题。

我记得，在威尔斯大街时，他的手一直放在桌子上，手指张张合合的，好像那样就能解释一切。不管怎么样，我是理解不了，不知道你们能不能，可能你们在看这个故事的时候可以明白吧。

他说："我回到了床上，把自己的生命握在手中，想着自己是否还要抓住它。那一整个晚上我都这样握着，我的意思是，握着我的命。"有一些想法，很明显他想要解释清楚，那是超出他自身生命的，触碰不得，愚弄不得。那个很久之前的晚上，这个少年心里思考了多少东西，有多少是他在以后的岁月也同样思考着的，我不太清楚，人们理所当然，以为连他自己都不清楚。

看起来，那晚他的确就此问题思考了很久，在他父亲的再婚妻子上了楼，和父亲上床睡觉后，房子静下来，那是他认为生命握在自己手中的时候，他可以决定是要继续握着还是要丢弃，就像在芝加哥威尔斯大街的餐厅里他随意摊开桌子上的手指一样简单。

他说："我幻想着不要这样做，不伸出手指，不打开双手。你瞧，我感受不到生活有任何明确的目的，但是那个晚上我的确感觉到了什么东西。当我光着身子站在寒冷中洗澡的时候我就有这种感觉。也许我只是想再次拥有那种洗澡的感觉。你知道我的意思——在那个月夜，我真的在净化自己。

"于是，我回到床上，握紧了手指，就像这样，像个杯子。我把生命握在自己手里，当我想伸开手指让生命从指缝中溜走时，我就想起那次月光下沐浴的情景。

"所以我并没有伸开手指，就一直这样聚拢着，像个杯子。"他说着，再次慢慢地将手指合拢。

第二部分

多年来，汤姆为一家公司撰写广告，与我同在芝加哥工作。他已到中年，还没结婚，每到晚上和周日就坐在公寓看书或者弹着难听的钢琴。在工作时间之外他很少与人交往，虽然他年轻的时候历经磨难，但他还是想要活在过去。

我小他好多岁，忘年交多年，交往散漫超然，经常一起喝得半醉。

他总是透露些结局飘忽不定的个人经历，在我认识的人中，他给我提供的故事素材最多。他所说的要不是他的回忆就是他的想象，从来都不完整，而是零散的碎片，被风吹散，然后忽然落下来。

整个下午我们都一起站在酒吧里喝酒。汤姆越来越醉，谈到我们工作的时候，他开始说起广告撰写的重要性。那时他的观点更加成熟，让我有点疑惑不解。"我跟你说，你现在认真地写那么多广告是对的，你一定要认真写啊。还有一点十分重要，美国家庭主妇要买星牌洗衣皂而不是箭牌洗衣皂。还有，那个肥皂厂的老板，也就是那个间接雇用你的人，他女儿非常漂亮。我见过她一次。她现在十九岁，很快就大学毕业。倘若她爹发大财了，你说对她该有多大好处，会影响她一辈子呢！人家以后要嫁的人，说不定就跟你现在工作成不成功有很大关系呢！在某种意义上，你正在为她而战。就像古时候的骑士一样，举起武器，现在你就举起打字机好了，守护她，为她服务。今天，我路过你的办公室，看到你坐在那里，抓着头一副冥思苦想的样子。你是不是正在绞尽脑汁想着说'买星牌肥皂吧，质量杠杠的！'还是简单地说'买箭牌，你就赢'呢？哎，我打心里感到同情，同情你和那位你自己从没有见过或者以后都见不上的女孩。听我说，我很感动的。"他打了一个嗝，向前弯着身子，意味深长地拍了拍我的肩膀，微笑着补充道，"我告诉你吧，小伙子，我想起那些青年人，那些去朝奉神殿为圣女贡献的人，他们的工资可没有你这么多，我们的广告报酬已经很高了。如果我们光着脚丫，拿着拐杖，衣衫褴褛地到处游荡，我们广告业会更有面子呢。说不定我们的人拿着讨饭的碗还更加威风呢，呃！"

说到这里，他哈哈大笑起来，突然又停住了。他的笑声里总是夹带着一丝伤感。

我们走出了酒吧，他步履蹒跚地向前走着，就是他清醒的时候，他走起路来也是晃头晃脑的。生命在他的体内并没有充分地表达出来，他笨拙地摇摇晃晃，有好几次，他那肥硕的身子几乎把路人撞倒在路上。

我们在芝加哥的拉萨尔大街和湖畔大街的转弯处，站了好久。下班人潮在我们身边汹涌而过，高架列车也在头上呼啸着。妖风阵阵，把破碎的报纸屑和满地灰尘吹到我们的脸上，尘土袭击着我们的眼睛，搞得我们又紧张地哈哈大笑起来。

不管怎么样，夜晚对我们来说，才刚刚开始。我们还会四处游荡一下，晚点还要一起吃饭。他又钻进了我们刚离开的酒吧，不一会儿就出来了，口袋中就多了一瓶威士忌。

他说："这酒是个恐怖的东西，不过呢，这个城市更恐怖。你不能在这里喝酒，应该到欢声笑语阳光灿烂的地方去喝。"他觉得，在这个现代化工业城市里，我们两个男人住在这，醉酒是很有必要的。"你等着看吧，你就会知道接下来要发生什么了。总有一天改革的人会想尽法子从我们手上夺走威士忌的，那样的话，会怎么样呀？我们会垮掉的。看到没，我们到时候就变成了一个老太太，生了好多孩子。我们会一蹶不振，然后你看到了吧，没有了酒，我们生活的丑陋一览无余，没人能忍受。我敢说，谁也忍不了。我们所有的人都会变得空虚，空有一副皮囊，都会变成孩子遍地、无人关爱的老太太！"

我们穿过大街小巷，来到一座桥上。夜幕渐渐降临，我们伫立良久。在昏暗的光线中，河边的仓库和工厂变得奇形怪状起来。这条河流在楼房林立中穿梭，几只小船在其中穿行着。不远处还有其他几座大桥，电缆车从上面呼啸而去，就像星辰屡屡在紫色的天空一划而过。

汤姆时不时地举起酒瓶小小地喝上一口，有时也会让我喝一下，更多的时候他忘了我的存在，孤酒自饮。酒瓶离开嘴边，他就会把它举到眼前，轻轻地说："妈妈，我一直偎在你怀里，你不会给我断奶的，对吗？"

说着他生起气来。"那你干吗把我丢在这个鬼地方，你一个当妈的，丢也要把孩子丢到一个可以学本事的地方吧，这里算什么，就是一个满是高楼的荒漠！"

他又喝了一口酒，把酒瓶贴在自己脸上好一会儿，才递给我。他说："这酒瓶还真有点像女人。只要里面有酒，你就难离开它，把它递给朋友有点像邀请朋友一起分享自己的妻子。有人告诉我，在东方某些国家，他们会这样做——一个相当微妙的习俗。说不定他们比我们还要有教养，还有，你懂的，或许他们那的女人也喜欢这样。"

我也很想哈哈大笑，但是没能笑出来。虽然我在写我的朋友，但是我发现我的描写一点也不像他。

可能是在描述他的信息时我用了过多悲伤的基调。那种悲伤因素总是存在的，但是在他的身体中表现得很温和，而我在描述他的时候似乎很难调和这种因素。

首先，他并不是很聪明，但是我似乎正把他描述得很聪明。我们一起相处的那么多个晚上，他基本上是话很少的，也非常无趣，笨笨地走在路上一连好几个小时嘴里还喃喃说着办公室里面的事。还真有这么一件事漫长而不着边际。他曾经和公司的总裁到底特律拜访一位广告商。他超级枯燥单调地说起当时的情况，用的都是"他说""我说"。

　　或者有时他会讲在他进入广告业之前的故事，那是作为一个报社员工的经历。他曾经在芝加哥一家报社的编辑部工作，好像叫《论坛报》。人们逐渐适应了他内心稀奇古怪的想法。这些想法有时兜兜转转没有中心，又总会有耳熟能详的故事跳出来。有人走进报社办公室，是个记者，初出茅庐却握有重磅消息，实属独家新闻。不过没有人会相信他的报道，他还是个小屁孩呢。有一起谋杀案，搞得全镇戒备，初出茅庐的记者查出真凶，带到了报社。

　　那个危险的杀人犯就坐在那里。那个记者在酒吧里找到他，走向前去对他说："你不妨自首吧。他们迟早会抓住你的，如果你自首的话，结果会更好一些。"

　　于是，危险的杀人犯决定前来，在记者陪同下来到报社而不是警局。这可是一个大头条。但是那个时间段，新的报纸已经订好版样，准备开印了。截止时间马上就要到了，小记者急得在办公室里乱窜，不停地找人。他不停地指着那个杀人犯。那杀人犯看起来性格温顺，个子瘦小，双眼碧蓝，坐在长凳上等着。那记者几乎要发疯了。他手舞足蹈，大喊道："我告诉你们，默多克就坐在那里。你们这帮该死的傻瓜，我告诉你们，那就是默多克，他就坐在那里。"

　　这时，有个编辑从办公室经过，无精打采地，他跟那个双眼碧蓝的小个子男人聊了几句。顿时，整个办公室的气氛就变了。"天啊，是真的啊，全都给我停下手里的活，把头条换了，我的天啊，真是默多克！就在眼皮底下啊，我们几乎错失良机啊！我的天啊，真是默多克！"

这场报社风波一直留在我朋友的脑海里，在他思想的海洋里漂游着。他总是不断地回想这件事，也许是每六个月一次，他用同样的词语和语气一遍又一遍地讲着。他一说就兴奋起来。此刻，办公室里的人都聚集在默多克身边。他杀了妻子，妻子的情夫，还有三个孩子。然后，他跑到街上，碰上两人从他房前经过，便肆无忌惮地射杀了他们。他平静地坐在那里说着，而与此同时，全城的警察、其他报社的所有记者都在苦苦搜寻着他。他坐在那里，紧张地诉说着自己的经历。故事的内容不多。"人是我杀的，就是我杀的，我想我是昏了头了。"他不停重复着这句话。

"这篇报道必须详加分析。"那年轻的记者，在办公室里得意洋洋地走着，"我做到了！我做到了！这已经证明我才是这个城市最了不起的记者。"年长的记者们都大笑着："这个傻小子，傻人有傻福啊，要是不傻的话，也遇不上这样的事。哎呀，他逢人就问啊。'你是默多克吗？'他走遍整个小镇了进了酒吧见到男的就问，'你是默多克吗？'老天对傻瓜和酒鬼总是格外眷顾！"

我的朋友给我讲这个故事不止十次，丝毫没有察觉这早已是陈年往事。每次讲述报社里发生的情景，他总会发表同样的评论。"那真是个离奇的故事，呃，哎呀，那可是真的，我当时就在场。应该有人把它写出来交给杂志社。"

每当他讲这个故事，我都细细地看着他，随着我年岁渐长，不断接触凶杀报道及其他新闻，他也照旧重复着这个已经讲过无数遍的故事却不自知，我遂萌生了一个想法。"他是个讲故事的，却没有听众，"我想，"他是条溪流却遭到了阻塞，各种故事在他心头激荡盘旋，哦，他不是溪流遭到阻塞，而是溪流决堤了。"当我在他旁边走着，听着他再一次讲述年轻记者和杀人犯的故事时，我想起了在俄亥俄的一个小镇里，我父亲屋后的那条小溪。春天的时候，那条小溪伴着棕黄泥泞的溪水，在我家附近的稻田里不断地打着转。有人站在高地上将一根棍子扔进水里，不一会儿它就漂得很远，但过了一段时间，它又会漂回原地。

让我感兴趣的是，我朋友心中那些没说出没讲完的故事，似乎并未周而复始地出现。一旦一个故事成形，就得不断讲述，而那些没成形的片段，只满足于出现一次就隐退，从此再也不会出现。

那是一个春天的夜晚，我和他坐上电车，准备去杰克逊公园散步。下车时，电车突然启动，我这个笨笨的朋友还未来得及下车，便摔了下来，在满是灰尘的街上翻滚。司机、售票员还有几个乘客都下了车围了上来，看看他有无要紧。幸好，他没有受伤，不愿把名字和地址透露给焦急万分的售票员。他说："我又没有受伤，也不会起诉你们公司。见鬼去，要是我不在乎，你就是知道我的名字和地址又能如何！"

他摆出一副义愤填膺的样子，甚是威武。"假设我现在正好是个大人物，在国外旅游，也可以说是微服私访。假设我是一个王子或高官，看看我这身板儿。"他边说边指着自己圆滚滚的大肚子。"假如我透露了我的身份，估计会爆发一阵欢呼声。但是我并不在乎那些。你瞧，有我的话，事情就会不一样。我已经遇到过太多类似这样的事了，厌烦了。如果研究你们迷人的风土人情时，刚好发生这种事，从电车上跌落下来，那是我自己的事，我并不会怪罪任何人。"说完，我们离开了。搞得那些售票员、司机和乘客一头雾水。我听到一个乘客对另一个说："啊，真是个疯子。"

至于摔倒一事，倒把我朋友的灵感给摔了出来。之后，我们在公园的一个长凳上坐了下来，他时不时地聊到自己的一些过往片段，发人深省，就像一个熟苹果迎风摇晃，掉了下来。我想这正是他的主要魅力所在。

他开始聊了起来，有点支支吾吾的，仿佛在一间陌生的房子里，摸索着，走过黑漆漆的走廊。我从未见过他和一个女人待在一起，也很少听到他谈论女人，只是偶尔会有些俏皮而傲慢的动作。但是此刻，他要开始说起和一个女人的经历。

故事发生在他青年时期。那时他母亲逝世，父亲再婚，实际上，那时他已离家出走。

他在家里住得时间越久，他和父亲之间永久存在的仇恨就越发明显。但是我的朋友，作为一个儿子而言，却总是把这种仇恨埋在心里，从未说出口来，他对父亲很是厌恶，轻蔑他把自己的二婚搞得一塌糊涂。这个新来的后妈在家里仿佛是一个木讷的可怜虫。房子总是脏兮兮的，几个孩子，她前夫的孩子，总是在人脚下乱晃。父子俩在农田干活回来，那婆娘总把饭菜弄得难以下咽。

父亲仍然渴望着上帝神秘般地让他成为卫理公会的牧师。随着年龄的增长，儿子难以压抑对家庭生活的尖锐评论，想要表达出来。"卫理公会的牧师算个什么呀？"儿子正值青春狂少。父亲只是个农民，从未上学受过教育。他真的认为自己不努力，只要没完没了地祈祷，上帝就可以霎时改变他的命运吗？若他真想做牧师，为何不自己努力准备？他选择的是男欢女爱，结婚生子，而他的结发妻子逝世，还未入土为安，他就迫不及待地再婚。他再婚的女人是多么木讷的可怜虫啊。

儿子看着餐桌对面胆怯的继母。他们四目相视，继母的手就颤抖起来。"你要点什么吗？"她紧张地问道。"不要。"他回答着，开始默默地吃饭。

有一年春天，他和父亲在田间干活儿，突然就决定要出去闯荡世界。他们正在种玉米。因为没有播种机，父亲只好用自制的标杆来标记行列，此刻父亲正光着脚丢玉米种子，而儿子手里拿着锄头，跟在后面。儿子用锄头将土壤盖在玉米粒上，再用锄背拍一拍。这样土壤更实在，种子生根发芽前，乌鸦就不会飞来吃掉种子。

整个早上，父子俩都在默默播种，直到中午种完最后一行，才停下来休息。父亲走到栅栏的一角。

儿子惴惴不安起来，坐下后又起身四处踱步，恐惧笼罩着他，他不想朝栅栏角落张望。父亲无疑在跪地祈祷——他总会抽空干那事，而此刻他就那样。父亲就这样跪着默默地祈祷，儿子再次看到他赤裸的脚底从低矮的灌木丛中伸出来。汤姆不禁打了个哆嗦。他再次看到了脚跟和脚趾下两个球状的脚垫。脚垫黑兮兮的，但脚心却白得出奇——就像鱼肚一般。

在这，你们应该明白汤姆脑海里想的是什么了——是他的记忆。

他一声没吭，穿过农田，回到家中，收拾了些行李便不辞而别了。继母看到他离开却一言不发。直到他消失在路口拐弯处，她才跑向农田找丈夫，而他仍然在做着祷告，丝毫未察觉到发生的事。

她也看到丈夫的光脚板伸出灌木丛，尖叫着跑了过去。丈夫站起身，她便开始歇斯底里地大哭起来。"出大事了，天哪，我觉得太可怕了。"她啜泣着说。

"哎呀，怎么了，出了什么事了？"丈夫问着，可她什么也没回答，直往他的怀抱里钻。在灰色的天空下，他俩就这样站在黝黑新翻的田地上，像两袋奇怪的粮食拥抱在一起。他走到一片树林旁，站在那朝他们看了一会儿，便沿路消失了，从此之后就再也没有见过他们，也没收到过他们的来信。

关于汤姆与女人的交往，他只跟我说了些片段，就像我跟你们说他离家出走的事这般支离破碎。这个故事断断续续，他沉默良久才蹦出一句，就像我刚才讲的或者让你感受到的那个故事一样。我坐在那里，静静地看着我朋友说话，我承认有时我觉得这辈子再也不会见到像他这么厉害的人了。我想："他能无声无息地感知到更多东西，我认识的人，我这个时代的人，谁也无法像他那样洞察人类生活。"我被深深地搅动了。

此时，他正慢慢地走在南俄亥俄州的路上。他打算前往某个城市开始自学。在少年时期的一个冬天，他参加了一个乡村学校，但他找不到他想要的一些东西，首先是书。"从那时开始，我就知道书籍的重要性，我是说真正的书籍。这样的书籍世上只有少数几本，需要我们花很长时间才能找出来。几乎没人知道这些书是什么样的，而我至今未婚的一个原因就是，我不希望有女人妨碍我追寻这些真正有意义的书籍。"他总是用这样的小评论来打断他讲故事的思路。

整个夏天，他都在各种农场干活儿，有时待上两三个星期便继续前行。到了六月份，他来到辛辛那提以西约二十英里的地方。在那儿，他给一个德国人干农活，故事就发生在那里。这件事正是他那晚在公园长凳上告诉我的。

他当时干活的农场属于一个高大结实、年届五旬的德国人。那德国人二十年前来到美国，艰苦奋斗终于成功，获得了许多土地。三年前，他决定结婚，于是写信托德国的一个朋友为他找个妻子。他在信中写道："这些美国女孩我不想要，年纪大的也不行，我要年轻的。"他解释道，美国女孩都想控制丈夫，大多数还都成功了。"境况之严重，她们满脑子想的就是穿得花枝招展开车闲逛，要不就是跑去镇上不务正业。"他说。甚至他那些上了年纪的美国女佣，也是一个德性。她们没有一个人会在农场扎根，帮衬农活，喂养牲畜，欧洲农妇能做的事，她们一样都做不来。他雇了个女佣，她就做家务，仅此而已。

接着，她就坐在前廊上，做些针线读些闲书。"太荒唐了！你要给我找个好点的德国女孩，身壮貌美的。她能到这来做我的妻子，我便寄钱过去。"他在信中写道。

他把信寄给了一个旧交，如今在德国一个小镇经商。这个商人与妻子商量，决定将他二十四岁的女儿送过去。她本已订婚，但那男人在部队服役期间就已病故，父亲觉得她虚度了很多光阴。那商人叫了女儿进屋，夫妻俩坐在那里把决定告诉了她。女儿久久地坐着，沉默地看着地板。她会大惊小怪吗？一个荣华富贵的美国大农场主，是不容小觑的。女儿抬起手，摸了摸她那浓密乌黑的头发。毕竟，她人高马大身强力壮，不算欺骗丈夫吧。"好，我去。"她平静地说着，起身离开了房间。

结果，到了美国，这个女人各方面都不错，就是丈夫觉得她话有点太少了。她生活的主要目的就是，干一些家务和农活，喂养牲畜，整理丈夫的衣服，这样他就不用总是添置新衣了。即便如此，有时其他方面也会井然有序。干农活时，他时而喃喃自语。"一切都井然有序，该做什么就做什么，东西该放哪儿就放哪儿。"他自言自语。人有干活的时候，就有稍事休息的时候。有时，三五朋友来访，狂吃海喝，不亦乐乎。人们不会做得太过火，但是如果在聚会上有女人的话，有人就会把她逗得咯咯傻笑。有人会对"美腿"做一番评论——没什么太出格的。"腿就是腿，对于马匹和女人来说，腿是很重要的咯。"大家都会大笑起来，晚上就会多一分愉悦多一分乐趣。

　　他的女人过来后，他常常一边干活一边思忖她到底出了什么问题。她不停地干活，屋子也收拾得井井有条。嗯，她把牲畜给喂得压根用不着他再操心。她的烹饪技术更是了得。在家里，她甚至还会用传统的德国工艺酿造啤酒，口味醇厚。

　　唯一的麻烦就在于她话少，太少了。有人问她，她会规规矩矩地回答，但她不会主动跟人聊天。晚上睡觉，她也是悄无声息地躺在床上。那德国人想，这是否表示她快要怀孕了呢。"有了孩子就会不一样了。"他想着。他停下手头的活儿，向着农田对面的牧场张望。他的牛正在那儿静静地吃草。甚至奶牛也是安静的，奶牛当然安静啦，不过也有发飙的时候，有时也会恶魔附身。你正牵着它沿路走着，它会突然发疯起来，一不小心，就会冲过篱笆，把人撞倒，什么事都干得出来。它如饥似渴，疯狂地想要什么东西。就连奶牛也不会总是逆来顺受、沉默寡言。于是，这个德国人感觉上当受骗了。他想起了那位把女儿送给他的德国朋友。"啊，见鬼！他应该送个活泼点的。"他心里想着。

汤姆来到这个农场的时候，正值麦收季节。这个德国人种了几大块儿地的小麦，产量还不错。他还雇用了另外一个男子，那个男子整个夏天都在这儿干活，但是汤姆也能派上用场。汤姆只能睡在谷仓里的干草上，但他不介意，就立刻开始干活了。

认识汤姆的人，看到他壮硕而笨拙的身体，一定会意识到，汤姆年轻时可能非常强壮。一方面，他不会像后来那样作过多思考，也没多年坐在书桌旁。他与另外两个男人一起在地里干活，饭点时便一起进屋吃饭。他和德国人的妻子肯定有很多相同之处。汤姆心里想着很多事，想着他的童年，想着他的未来。呃，他一路西行，不停打工，赚点小钱，每一分钱他都攒了下来。他还没到过城市，有意避开斯普林菲尔德、代顿和辛辛那提这些地方，一直待在一些小地方和农场。

过段时间，他攒到足够的钱，就会到城市去学习读书生活。他对城市有着一番幻觉。城市，就是厌倦了孤独寂寞的人聚集的地方。他们意识到，只有齐心协力工作，才能拥有更好的生活。多人协作，便可造出美轮美奂的建筑；集思广益，便可创出清晰的思想；激情合一，便可沟通心灵，表达美好生活。

我要是让你觉得汤姆这个俄亥俄州农村男孩拥有上述清晰的理念，便是误导你了。他有一种感觉，有一种朦胧的希望。我敢肯定，他甚至还有别的什么，一股圣洁的谦逊，这是他后来一直保持不变的。作为男人，这是他的主要魅力。但是，这可能也妨碍他成为一个出色而坚定的男子汉，我们所有美国人似乎都如此重视这种男子气概。

无论怎么说，他就在那里住下了，还有那个沉默寡言的女人，年方二十七岁。三个男人坐在桌前吃饭，她就在旁边候着。他们在一个老式的大厨房吃饭，而她就站在火炉旁。桌上的饭菜吃完了，她就悄悄过来添加。

到了晚上，这些男人很晚才吃饭。有时夜幕降临了，他们才坐下来吃。这时，她就会点亮灯给他们带来。一些大飞虫用力地冲撞着纱门，几只蛾子飞进屋内，绕灯乱扑。吃完了他们便在桌旁喝起了啤酒，而那女人则刷起碗来。

那个三十五岁的农场工人，专为夏忙雇来的，耷拉着胡子，长得瘦骨嶙峋。他和那个德国人聊着天。德国人心想，嗯，真好啊，他的家可以不那么沉闷了。两人闲聊起来，什么马上要打麦啦，刚刚收完干草啦，一头奶牛下周要产仔啦，产期就要到啦，等等。那农场工人，喝了口啤酒，用手背擦了擦胡子，他手背上全是长长的黑毛。

汤姆把椅子往后拉到墙边靠着，静静地坐在那里。德国人忙着聊天，他却偷偷看着那个女人，而那女人也时不时边洗碗边扭头看他。

有时，他有一种莫名的感觉，或许她也有，但由于房间有另外两个男人，这种感觉不能说出来。可惜她不会说英语。或许，即使她会讲英语，他也表达不出内心的真情实感。但是，哼，他心里什么都没想，也没什么可以说的。有时，她丈夫用德语向她喊话，她就平静地应着，随后两个男人又继续用英语交谈。女人拿来了更多的啤酒。德国人感觉很豪爽，在家里畅谈是多么愉悦的一件事啊。

他怂恿着汤姆喝酒，汤姆便拿起就喝。"你也是个闷嘴葫芦，嗯？"他大笑着说。

事情发生在汤姆来后的第二个星期。农场里的其他人都已入睡，但是汤姆睡不着。他悄悄起身，拿着毛毯走出干草仓。那晚天气很热，四下一片静寂，没有月光，夜色倒也柔和，他走到谷仓门口的一小块草地上，铺开毛毯，靠着谷仓外墙坐了下来。

睡不着没关系的，他还年轻体壮。"今晚睡不着，明晚再睡。"他心想。他感觉，空气中仿佛弥漫着与自己相关的气息，使他如此清醒。他坐在门外，望着繁星点点，谷仓附近的苹果园里，能隐约看到稍远的果树。几百英尺外的农房也依稀可见。来到门外，他原来的焦躁不安开始烟消云散。也许只是他找到了与他相似的东西，也许是因为这寂静的夜晚。

突然，他察觉到黑暗中有什么东西在慌张地移动。农场院子和果园之间有道栅栏，栅栏旁边长着浆果灌木。那东西正沿着灌木丛移动着。是奶牛逃出了牛棚，还是风吹动了树丛？他做了一个乡下男孩都知晓的戏法。他站起身来，把一只手指放进嘴里，再把湿手指拿出放在面前。风会迅速地把温暖沾湿的手指的一侧吹干变凉。这样，人们就可以判断风力和风向。啊，没有那么大的风可以吹动树丛——根本没有风啊。他刚刚是光着脚，悄悄走到谷仓外的。此刻，他正背靠在谷仓的墙，安静地站在毯子上。

树丛中的动静越发明显，但那东西并不在树丛里。它正沿着果园和他之间的栅栏移动。沿着栅栏有个地方，是个旧围栏，没有树丛生长。此时它正悄悄穿过那片空地。

原来是那个女人——德国人的妻子。这是怎么回事？难道她也在懵懂地默默寻觅内心的共鸣？这些想法瞬间掠过汤姆的脑海，一种无言的欲望油然而生。他开始有点希望，这个女人是在寻找他。

后来，当他和我说到那晚发生的事时，他很确定，他当时的感觉并不是对女人的肉欲。他母亲多年前已经去世，父亲再娶的女人，对他来说，不过是家里的一个活物，没什么本事，一副骨架，一束枯发，常人能做的事她都做不好。"对于所有女人，我都像魔鬼般无法容忍。我过去可能总是这样，但现在我很确定，我只是一个古怪的乡巴佬，带点贵族派头。我觉得自己是这世界上的一个特殊物种。那个女人，甚至凡是我见过或认识的女人，比如像我父亲一样穷的那些邻居的妻子，还有些乡下姑娘。在我眼里，他们犹如我脚下的尘土，我根本不屑一顾。

"可是对于那个德国人的妻子，我却毫无这样的感觉。我说不清为什么，或许是因为我们同样都习惯于沉默寡言，而从那以来我就再没有这个习惯了。"

于是，汤姆站在原地等着。那个女人沿着栅栏，慢慢走着，一直躲在树丛的阴影里，然后她穿过空地，朝谷仓走来。

此刻，她正沿着谷仓外墙，径直朝这个小伙子走来。他站在浓重的阴影下，屏息凝神，等待着她的到来。

之后，每当想起此事，他都不很确定，她朝他缓缓走去时，究竟是在梦游还是神志清醒。他们语言不通，那晚之后他们就再也未曾见面。或许她只是感到焦躁难眠，起身离开丈夫，走出房间，根本不知道自己在干什么。

然而她来到他站着的地方，才清醒过来，又顿觉害怕。他朝她走了过去，她停了下来。他们的脸贴得很近，她的眼神充满了惊恐。"顿时她瞳孔张大。"说起当时情景时他这样说道。他坚定地盯着她的眼睛。"她的眼睛像是有什么东西跳动着。我很确定,我说这个并没有夸大其词。那一刻,我看得很清楚,仿佛我们大白天站在一起。可能是我自己的眼睛出了问题吧,嗯?很有可能的。我无法安抚她,无法跟她说'别怕,女士'。我什么都说不了,或许就让我的眼神表达一切吧。"

很明显,还是要说些什么的。无论如何,在那个不同寻常的夜晚,我那血气方刚的朋友就站在那里,与那女人的脸越发贴近。接着,他们双唇相触,他把她揽入怀里,拥抱了片刻。

故事就这么多,仅此而已。他们站在一起,一个是二十七岁的女人,一个是十九岁的乡下小伙子,青春年少、忐忑不安。这或许能解释为何没有发生点别的什么事儿。

对此,我解释不清。但在讲述这件事时,我有你们读者所没有的优势。我亲耳听着他断断续续地讲着自己的经历,而这正是我努力描述的。古时候的说书人,东奔西跑到各地讲述奇闻趣事,就有着我们这些印刷时代的人所没有的优势。他们既是说书人,也是演员。他们一边讲故事,一边调整音调,变换手势。他们常常仅凭三寸不烂之舌,能说会道,就可让人信服。我们所有现代人趋之若鹜的写作风格正是在试图做着同样的事情。

现在我要表达的是那晚我朋友在公园跟我说起这事时的一个感觉。这是俄亥俄州的一个谷仓外的黑暗处,两个人的结合。两人的结合并非是他们个人的,涉及两人的身体,同时与他们的身体又毫无关系。这件事需要去感受,而非用头脑去理解。

不管怎么说,他们站了有几分钟,可能五分钟吧。他们身体靠着谷仓外墙，双手握在一起，紧紧相扣。有时他们其中一人跨开一步，站着直视对方片刻。有人可能会说，这是欧洲和美洲在谷仓荫下相遇。有人可能会产生幻想，几乎什么都会说出口。但我所要说的是，他们就如我描述般这样站着，莫名其妙地面对着谷仓外墙，我想他们是本能地背对房子。有时他们其中一人会跨开一步，站着直视对方片刻。自从第一次相吻后，他们的双唇便再也没有接触。

接着就有了下一步。房内的德国人醒了过来，开始叫喊妻子。接着，他手上拿着灯笼，出现在厨房门口。正是他提着的灯笼结束了他妻子和我朋友的窘境。灯笼那朦胧的光晕照到了屋外，但德国人看不清外面，只是一个劲地喊着他妻子的名字凯瑟琳，既心烦意乱又心存恐惧。"噢，凯瑟琳，你在哪啊？噢，凯瑟琳。"他叫喊着。

听到喊声，我朋友即刻行动起来。他抓着那女人的手，沿着谷仓的阴影，穿过谷仓和栅栏间的空地，悄无声息地跑开了。他们两人就像黑夜里两道模糊的影子，沿着谷仓外墙一掠而过。到了栅栏旁的空地上，他把她抬起跨过栅栏，紧接其后他也翻了过去。然后，他穿过果园，来到房前的路上，双手放在她肩上，晃了一下。她似乎明白他的意思，便应了丈夫一声。随着灯笼晃晃悠悠照来，我朋友便退后躲进了果园。

这对夫妇向屋里走去，德国人大声说着，女人轻声应着，就像平时一样。汤姆满腹疑惑。那晚发生在他身上的事让他迷惑不解，直到很久之后他跟我说起这事，依然如此。后来，他想到一种解释，所有男人在这种情况都会这样做。但那是另外一个故事，现在还未到讲述的时机。

解释的核心是，我朋友当时有一种感觉，觉得自己完全拥有了那个女人。不仅如此，他还觉得她丈夫永远都不可能拥有她。他心头袭过一股强烈的柔情，想要保护那个女人，而绝不使她以后的生活更糟。

他迅速跑向谷仓，拿好毯子，悄悄爬上了干草仓。

那个有着一脸垂须的农场工人正在干草堆上酣然入睡，汤姆躺在他身旁，闭上了双眼。如他预料，此时德国人几乎立即就赶到了干草仓，点亮灯笼，照亮汤姆的脸而不是旁边的老工人。接着德国人离开了，汤姆躺在那里睡意全无，脸上尽是抑制不住的笑容。那时，他还很年轻气盛。对于德国人，他感到自豪，又心生仇恨。"她丈夫知道，但同时又不知道，我已经把他的女人抢了过来。"很久之后，他跟我聊起这事，这样说，"我不知道我为什么会这么开心，但我就是觉得开心。我原想只是因为我们俩都成功逃脱，但现在我知道并非如此。"

可以肯定的是，我朋友确实有种感觉。次日早晨，他走进房间吃饭。早餐已备好放在桌上，但那女人并未在旁候着。桌上已有食物，炉上有咖啡，三个男人默不作声地吃着。吃完饭，汤姆和德国人一起走出房子，像是预先计划好一样一起走进仓院。德国人毫不知情——那晚他妻子焦躁不安、难以入眠，便下床走到屋外的路上。而当时其他男人都在谷仓沉睡。他从来没有任何理由可以怀疑妻子，她就是他想要的那种女人——从不到镇上闲逛，从不花大钱买衣服，任劳任怨，不惹麻烦。他也不知道为什么会突然厌恶起他年轻的雇工。

"我想还是不干了吧，我最好还是继续赶路。"汤姆说得很快。

很明显，要是汤姆恰在此时离开，肯定会打乱德国人在那关键季节的麦收计划，但他没有反对，马上就应允了。汤姆原计划按周计酬，德国人就将他的工时算到上周六，想从中占点便宜，便说："我只欠你一周的工薪，嗯？"如果可能的话，人们完全可以扣除两天，不给工薪。

但是汤姆不打算就此妥协。"是一周零四天。"他回答道，故意加多了一天。"如果你不想付这四天的工薪，那我就多待几天做满一周。"

德国人只好进屋拿钱给他，汤姆就继续沿路出发了。

走了两三英里，他停了下来，进了一片树林。他在里面待了一整天，回味着到底发生了什么事。

或许他并没有想很多。他在芝加哥公园跟我讲述那晚的故事时，他说那一整天他脑海里都在想着某些人，他就坐在木头上，任凭思绪游走。他是否觉得他身上出现了一股对生活的冲劲，而这股冲劲再也不会出现？

他坐在木头上，想起了父亲、已逝世的母亲，还有童年时期俄亥俄州乡村其他人的模样。他们总在不停地做事、不停地说话。你们很清楚，我朋友这样一个讲故事的人，由于某些原因而从未说出他的故事，就如有人也会这么说。当然，这应该可以解释他在树林的那一天。他认为自己处在一种神志不清的状态，因为前一天晚上他没怎么睡觉。虽然他没说很多，但发生在他身上的事有些难以理解。

关于那天他做的梦，他告诉了我，有件事十分奇怪。有一个素未谋面的女人接连不断地出现在他的梦里，而从那以来就再也没出现过。但无论如何，他梦中的女人都不是那个德国人的妻子，他郑重其事地说。

他说："那是个女人的身影，我无法辨别她的年龄，她穿着带有黑色波点的蓝色裙子，离我越来越远。"她身材苗条，体格健壮，但形貌却支离破碎，的确如此。在梦中，他从未见过这样一个有着低矮山丘却树草不生的乡村。她走在小道上，只有低矮的灌木丛没到她的膝盖。有人会想，这是一个处于寒带的乡村，每年夏季只有几个星期。她把袖子卷到肩膀，这样她纤细的手臂便露了出来。她将脸埋在右臂的臂弯里。她的左臂耷拉着，像是骨折了，双腿也像骨折了，整个身体支离破碎。

"但是你知道，她就在灌木丛中的小道上一直这么走啊走啊，雄赳赳气昂昂地，翻过座座荒芜贫瘠的小山丘。这件事听上去似乎不可思议，说起来也很愚不可及。但是那一整天，我确实坐在树林里的木桩上，每每闭眼我就仿佛看见那女人很匆忙地走着。但是你知道，梦中的她已然支离破碎。"

男儿身女儿心

　　我父亲是镇里的一名药材零售商。而我们镇位于内布拉斯加州的边界，是一座极其普通的小镇，跟所有小镇一样，它没有任何特殊之处，在这里花费精力描述它，简直就是浪费你我的时间。

　　不管怎样，我成了药店的一名推销员。父亲去世后，母亲把药店卖了，拿着钱去了西部，投奔她远在加利福尼亚的姐姐，她给了我四百美元，我就这样开始了自己的人生，那时我才十九岁。

　　我来到了芝加哥，在这做了一段时间的药店推销员，后来我的身体状况突然变糟，便决定出去旅行，这在当时来说似乎是一种冒险，或许是因为我厌倦了孤独的城市生活，厌倦了药店的药物和药味。于是，我离开了药店，成了一个流浪汉，或者在街头闲逛，或者跟着货运列车来回穿梭，去看外面的世界。我甚至还在晚上到一些偏僻的小镇上行过窃，有一次拿走别人挂在晾衣绳上价值不菲的外套，还有一次在货车上拿了些没有鞋盒包装的鞋子——但我还是会时常觉得恐慌，害怕被人发现，抓去坐牢，于是我意识到，我确实没有天赋当一个成功的小偷。

　　那段时间里，我当过马夫，最愉快的经历就是遇到了一个年轻的小伙子，和我年纪相仿，后来他成了一名小有名气的作家。

　　而我说的这个年轻人已经在赛马场内当马夫了。他曾经说过，他希望可以通过自己的努力走向人生的巅峰。

那时他还没结婚，写作事业也不很成功。我想说的是他为人很自在，与我的秉性相投，那些在赛马场上闲逛的人，诸如票贩子、马夫、骑手、黑鬼、赌徒，这些人身上总有一些东西吸引他。如果你曾经在赛马场待过，你会知道这些人是多么华而不实、不可信赖的货了，他们是我见过的最会撒谎的人，他们更加不会存钱，没什么素质，就像大多数杂货店商和干货商人还有我父亲在内布拉斯加州的朋友一样，不会向人屈膝磕头，总是自认为位高权重、腰缠万贯。

我的意思是，他们是一群自由散漫、言行粗俗又酗酒成性的家伙。他们要是赌博"大胡"赢了钱，就视之为粪土。再没哪个国王、哪个总统、哪个大企业家比这群家伙更挥霍无度了，即使他带着家人到欧洲度假，将大钻戒等奢侈品挂满全身，也不及他们挥霍钱财的功力。

他跟我一样，反而觉得跟这群该死的粗鄙家伙待在一起更舒服。

有一次他临时照看一匹叫作笨笨乔的赛马，他竭尽所能地虚张声势，好让马儿乖乖听话。那匹马的主人名叫阿尔弗雷德，体形高挑，留着黑胡子。那会儿我们刚好被安排在同一个赛马场，就在宾夕法尼亚州西部的一个小山村里。时值秋季，在无数个天高气爽的夜晚，做完手头上所有的活计，我们就会一起散步，一起谈天说地，想来真是一段美好的回忆。

想象一下，在周一或周二的晚上，我们负责的马被牵走休息了，但是比赛要稍后才开始，通常情况下是在周三举行，这时我们会比较空闲。许多小镇都会有基督教妇女禁酒协会经营的饭馆，在那里我们只须花上二十五美分就能享用一顿丰盛的大餐，对此我们已经心满意足了。

我的这个朋友叫汤姆·米恩斯，我会想方设法参加这样的大餐，好能跟他坐在一起。吃完大餐，我们就回去看我们的那两匹马，刚好笨笨乔在马厩里乖乖地吃着草。阿尔弗雷德就站在边上看着，捋着胡须，看上去有点悲伤，就像一只病猫。

然而他并非真的悲伤。"你们这俩小鬼想到镇上泡妞了吧。唉，我老了，风华不再，现在是年轻人的天下了，你们去吧，留我这个老头儿帮着照看马吧。"他说。

于是我们出发了，但不是去镇上泡妞，那些姑娘应该会和我们交朋友，因为我们是陌生人，又在赛马场工作。其实我们去了乡下，有时我们到的乡村群山连绵，夜空总会挂着一轮明月。树叶纷纷飘落，铺成一地，我们一边走一边踢着路上的落叶，树叶便夹杂着尘土飞扬起来。

老实说，我想我是爱上了大我五岁的汤姆·米恩斯，不过当时我还不敢这样说。我发现，美国人往往羞于表达爱意，更别说要一个男人承认自己爱上另一个男人了。他们甚至不敢自我承认真实的情感。我想，要是承认了，他们担心会节外生枝，引起不必要的麻烦。

我们散着步，路旁的一些树已经落光了叶子，就像有人肃穆地站在路边，静静地听着我们谈话。只是我说得很少，大部分时间都是汤姆在说话。

有时候我们回到赛马场，已经很晚了，月亮西沉，周围一片漆黑。我们经常沿着赛马场一圈一圈地散步，有时会走上十几圈才爬进干草堆睡觉。

汤姆总离不开两个话题：写作和赛马，不过大部分是关于赛马的。赛马场上悠悠的回音，赛马身上的气息，还有所有跟马有关的东西，似乎都能让他兴奋不已。"噢，该死，赫尔曼·达德利，"他会突然喊出来，"别跟我说这些话。我知道自己在想什么。我走过的桥比你走过的路还多，什么样的人我没见过？这世上，就连圣洁的母亲也比不上马好，我指的是纯种马。"

有时候他会像这样说上很久，说他见过的那些形形色色的人。后来他想当一名作家，他说，如果真让他成为一名作家，他想要写马，写骏马狂奔的雄风，慢跑的身姿，踱步的优雅。我说不准他后来做到了没有，但他确实写了很多东西，而我却不是一个很好的评论家。但总的来说，我认为他还不算成功。

但是在马的描写上他绝对驾轻就熟、游刃有余。要不是他，我永远都不会对马有现在这种情感，也不会像现在这样，如此享受和马在一起。他常常会这样说上一个小时，说马的形体、马的思想、马的意志，仿佛马就是人。他总是抓住我的胳膊这么说："愿主帮助我们，赫尔曼，难道你的心不会提到嗓子眼里吗？我是说，一匹好马在最后冲刺路段的起始点表现平平，就像我照料的笨笨乔一样，突然那匹马向你冲来，你知道它心强体健，气势汹汹，不甘示弱，你难道不提心吊胆吗，赫尔曼？它是否像魔鬼一样让你提心吊胆？"

他谈起马来总是这副神态。之后，他偶尔会谈论写作，说到写作的时候他也会异常激动。他对写作有自己的见解，我从未考虑过那么多，但同样，他的话已经对我产生了重大影响，让我想要着手写下面的这个故事。

那段时间，在赛马场上我曾有过一段经历，内心一股强烈的冲动迫使我讲述这段经历。

哦，我不知道我为什么要讲，就是觉得不讲不行，就像是对虔诚的天主教徒进行忏悔，或者做个更好的比方，如同一个单身汉收拾自己住的房间，我自己也单身了这么久。房间凌乱不堪，床乱糟糟地很多天没有整理过，地板上到处散落着衣物，有些甚至跑到了床底下。然后你把一切都整理好，换上新床单，脱下衣服，趴在地上彻底清洁一番，随后出去散步，你再回到家，房子清新的味道令整个人从外而内都舒畅起来。

我是说，这个故事一直萦绕在我的心里，我常常会梦到故事里的细节，即使后来我和杰茜结了婚，生活得很幸福，这件事依然挥之不去。有时我甚至会在半夜惊叫起来，因此我告诉自己："我要写下这个该死的故事。"于是就有了下文。

秋日的早晨，我们从被窝中爬出来，展开双臂躺在马棚上方阁楼里的草堆上，探头出去四下张望，地上是一片晶莹的霜花。我们一醒，马儿也跟着醒了。你可以想象得到赛马道上是怎样的一幅景象——小马厩就像带有小阁楼的马棚，整齐地排列成一排，每个马厩都有两扇门，其中那扇矮门，只到马胸那么高，而顶部的那扇门只有在夜晚和天气不好时才会关闭。

早晨的时候，马厩上部的门会推开，然后从后面将门固定住，这时候马儿就把头伸出来，在灰色的椭圆赛道里，草儿结满了霜花。通常是每六匹或十四或十二匹马为一组，每组配备一个黑人负责给它们准备饲料，这些马睁着硕大漂亮的眼睛环顾四周，发出阵阵嘶声，一匹公马朝马厩门口张望，一匹母马正站在门外，一直对它暗送秋波，公马投桃报李，大声嘶叫着。这时候一个男人大笑起来，马场里没有女人的身影，女人也不会出现在这种地方，男人们很自由，想笑就笑。

这一切都很好，但直到我认识汤姆·米恩斯，听他谈了那么多，才明白这一切都好在哪里。

我现在要讲的故事是在汤姆离开我之后发生的。他的雇主阿尔弗雷德·克莱姆博格带笨笨乔去俄亥俄州的巡回展览会了，而自一周前，我在赛马场上就再没见过汤姆。

这匹四肢精瘦的棕色阉马还有些来历，它原来根本不叫笨笨乔，只是一匹替补赛马，因为去年在爱荷华州和整个西北乡村创下了最辉煌的比赛纪录，被克莱姆博格相中带了回去，秘密雪藏了一个冬天，后来又带到了宾夕法尼亚州的乡下，刷新了所有纪录，还起了个新名字。

我对此一无所知，也从未向汤姆提起过。而现在，笨笨乔和克莱姆博格都离开了。

我想，我会一直记得那段时光：在初秋的晚上，我和汤姆坐在马厩前，汤姆侃侃而谈，而克莱姆博格把饲料箱反过来坐在上面，捋着他长长的黑胡须，有时还会哼着一些歌词含糊不清的小曲儿。歌词大概是关于一口深井，有一只灰色的松鼠从井里沿着井边缓缓向上攀爬。他很少笑，也从未听他开怀大笑过，他深邃的灰色双眸，不是很灵动，却闪烁着一种更加柔和的目光。

其他人低声说着话，我和汤姆静静地坐着。只有我和他独处时，他才会说很多话。

如果他会看到我这个故事，为了他，我应该提及一件事——在我们曾参观过的宾夕法尼亚州雷德韦尔最大赛马场，我们见到了老波普·吉尔斯本人，那个了不起的赛马手。他的马圈养在远离赛马场的地方。我猜他这样的人会为自己的马选择最佳饲养地吧。

一天晚上，我们来到他的马厩，闲站在那儿，看到吉尔斯一个人坐在马厩前的箱子上，用马鞭轻轻抽打着地面。赛马场附近的人都管他叫"田纳西的闷葫芦"，那晚他也确实很安静。我们一直静静地站在那儿，盯着他看了大约半个小时才离开。那晚汤姆说起话来精彩极了，从没见他说得那么好。汤姆说，他的人生理想就是等到波普·吉尔斯死后，为他写一部传记，以此证明至少有一个美国人从未痴迷于追求财富，从未奢求拥有一个大工厂之类的。"我觉得他对自己现在的生活很满足，他就静静地坐在那里，等待着生命中那个重要时刻的来临，当他骑上一匹快马进入赛道的最后冲刺阶段时，他会全神贯注、全力以赴地冲向终点。"汤姆说着，激动得号啕大哭起来。

黄昏时分，我们沿着栅栏走在赛道的里侧，附近的树丛里，有鸟儿在啾啾鸣叫，或许只是些麻雀，你还可以听到虫鸣声，这时树丛中从西面射出一小缕白光，穿梭在树林间，尘粒在光亮中起舞。汤姆那样说着波普·吉尔斯，我觉得他其实是在说自己，借助吉尔斯表达自己的一些愿望，然后他走到栅栏旁边哭起来，而我也跟着他一起哭起来，尽管我也不知道自己为什么而哭。

但是或许我又知道为什么会哭。汤姆想在自己成为作家后能拥有这种感觉，正如波普的马转过一道弯，面临最后冲刺阶段，他要想凯旋，就得奋力一搏一样。汤姆是说每个男人都会对这种事情有感触，但是女人却不能理解这种情愫，除非这个女人智商超群。他经常这样评论女人，但是后来我发现他偏偏就娶了个弱智的女人。

回到我的故事中来。汤姆离开后，我和同伴们依旧在美丽的宾夕法尼亚州的县中心乡镇间游荡。我的雇主，来自俄亥俄州，性格很怪，容易激动，他赛马输了很多钱，但是总幻想，终有一天他会大有斩获，把输的钱都赢回来，而他那一年运气确实不错。我负责照看的那匹粗犷的小阉马，只有五岁，经常赢得比赛。于是我的雇主便拿出部分奖金买了一匹三岁大的黑色赛马，这匹公马名叫"哦，好家伙"。我的那匹阉马名叫"快点，宝贝"，因为每当它驰骋在赛道上，进入最后冲刺阶段时，我的雇主就会欣喜若狂，大喊"加油！快点，宝贝！快点，宝贝！快点，宝贝！"声音之大，数里之外的人都能听得到，所以他拥有这匹马后，便给起了那个名字。

那匹阉马确实跑得很快。赛道上的伙计们总是这样说："它能瞬间加速又能急速超越。"他是一匹天生的赛马，能马上加速到最大速度，而它的最大速度是与生俱来的，不需要训练。"你只要把他牵到赛道上，他就会像离弦之箭一样射出。"我的雇主经常这样向别人吹嘘。

可想而知，汤姆离开之后，每到晚上我都无事可做。之后，来了一个黑人，名叫伯特，负责照看新到的那匹三岁公马。

我挺喜欢他的，他对我也颇有好感，只是我跟他却不像我跟汤姆一样惺惺相惜。当然，我们成了朋友。我想，我们会为彼此做很多事，就连我和汤姆都没做过。

但跟黑人的友谊却无法像跟白人一样亲密。个中原委，你无法理解，但确是真实存在的。白人与黑人之间的区别，已经有了太多的讨论，而你们两个都很害羞，不管怎样，再努力也于事无补，我觉得伯特同样明白，所以我还是很孤独。

我还很年轻的时候，有件事在我身上发生了好几次，我一直都没明白其中的含义。现在我有时候会想，那全是因为我几乎长大成人，却从未跟过一个女人。我不知道自己怎么回事，又没有女人可问。我一生试过很多次，每试一次结果都是一样。

当然，我现在跟杰茜在一起，情况就不一样了。但在当时，我和杰茜还远没相识，在我认识她前，还有很多事情发生。

你可以想象得到，光顾赛马场的，大多是镇上那些马夫、骑手，或者是外地人，他们去到哪都有女人跟着。哪个镇里都有些时髦撩人的飞飞女到赛马场这种地来，我想她们是认为自己在玩弄这些生活浪漫的男人。这些女孩会来到马厩前，要是你这时恰巧看着她们，她们会装出一副对你的马宠爱有加的样子。她们用她们的小手搓着马鼻子，这时候就轮到你了——只要你不像我一样缺乏勇气——就会微笑着打招呼说："你好啊，宝贝儿。"然后吃完晚饭，就会选择其中一位到镇上约会。然而这些我做不到，上帝知道我已竭尽全力，常常如此。有个女孩会独自向我走来，她是那么娇小，向我抛媚眼。我努了又努，一句话也说不出来。后来遇见了汤姆和伯特，他们有时也曾嘲笑过我，但我觉得就算我能跟她们中的一个说上话，约上会，也不会有什么结果的。我们或许只是绕着镇子散步，没完没了，直到最后在小镇边上一个黑暗的地方停下来，她会用棍子把我敲晕，免得我继续往前走。

我就这样习惯了汤姆，习惯了我们之间的谈话，当然，伯特也有他自己的一群黑人朋友，我变得懒散起来，整天闷闷不乐，工作无精打采。

我就像这样，有时，一整天的比赛都结束了，人群散尽，我会在傍晚时分来到一棵大树下，然后静静地坐在那里。总有很多男人或小伙，他们没有自己的马参赛，但总会在赛后聚集在马厩前或站着，或坐着，闲聊。

我会听一会儿他们的谈话，随后他们的声音好像慢慢远去，我眼前的一切也逐渐模糊起来。我似乎看到一棵树就在不足百码之外，它从地下钻出，像蓟一样飘浮在空气中。它会越变越小，就在它即将消失之际，突然砰的一声，又回到了原来的土地上。然后我再次听到人们的交谈声。

有汤姆陪伴的夏夜总是那么美好。我们常常到处走，聊到很晚，然后我才爬回自己的小窝睡觉。我总是能从汤姆的谈话中获得一些难以忘记的东西，当我独自离开，蜷缩在自己的被窝当中，他的话也总能在我的心头萦绕。我觉得他总有办法将事物描述得栩栩如生，在我脑海里形成一幅幅画面，挥之不去，正如伯特说猪排时留给他的画面一样，让人回味无穷。"给我来份猪排，它们都粘在猪肋上。"伯特总是这样说，像汤姆的话一样富有想象力。汤姆会从你灵魂深处给你启迪，让你的思想在陌生的城镇里游走，看看那些新奇的景致，你渐渐坠入梦乡，好梦连连，早晨起床的时候也觉得神清气爽。

后来他走了，情况就不一样了，我陷入了刚才所说的困境之中，终日闷闷不乐，无精打采。到了晚上，我总是梦到女人的玉体、香唇什么的，早晨起床的时候就像遇见了魔鬼一样，感觉糟透了。

伯特非常照顾我。他总是帮我在赛后给"快点，宝贝"放松。他总是可以娴熟地完成工作，比如干净利落地包扎马腿，确保每次包扎都要到位，每个纽扣都要扣准，然后你的马就可以上跑道比赛了。

伯特知道我有些不对劲，就挺身而出，尽量保护我不让老板知道。老板在场时，伯特总是吹嘘我。"我在赛马场见过的最聪明的伙计。"他咧嘴笑着说，尽管我名不副实。

带马出去比赛是一件费时费力的苦差事。午后，你的马比完了赛，你得帮马洗身，牵出去，慢慢走几个小时，这样它才能放松，肌肉才不会失去韧性。伯特的马，赛后工作也是我来做，因为伯特要做更重要的事。这件事可以让他自由地跟其他黑人朋友聊天吹牛，或是摇色子玩一把，对此我并不介意。我更得意的是，那匹成年公马"哦，好家伙"，在一场艰辛赛事后，已经驯练得很温驯，即使附近有很多母马，它也镇定自若。

你牵着马沿着小小的圆形赛道走了一圈又一圈，马儿的头刚好就偎着你的肩膀，你觉得自己周围的每个生命都在延展着，但奇怪的是，你感觉你根本就不在其中。也许没有人会跟我的感受一样，除了那些尚未成年的男孩儿，他们和我一样从未跟女孩或女人接触过，真正地好过，我的意思是彻底的那种好。曾经我也想知道，年轻的姑娘们是否也有这样的感受，在她们结婚以前，或者是"到镇上闲逛"以前，是否能体会到我那种感受。

要是我没记错，我那时并没有想太多。我经常会忘记吃晚饭，除非伯特大喊大叫地提醒我，但有时他也会忘记，跟着他的黑人朋友去了镇上，我就真会忘记吃晚饭了。

我牵着马儿沿着赛道一圈一圈地走着，我们走得很慢很慢很慢。人们渐渐从赛场散去，有的步行离开，有的则是驾着马车或小汽车往农场的方向离去。灰尘如云般飘浮在空中，向西往镇上的方向飘去，夕阳西下，一团火球弥漫在灰尘中。就在几个小时之前，人们还激情四射，欢呼呐喊。试想，那天下午我的马正在比赛，我披着马毯，跟伯特一起站在观众席前看赛，当马儿们进入冲刺阶段，我的雇主用他最尖锐的嗓门开始大声叫喊，似乎盖过了所有观众的叫喊声。他如往常一样一遍又一遍地叫着，"加油，快点，宝贝！快点，宝贝！快点，宝贝！"我的心怦怦直跳，紧张得快要窒息。但伯特只是倾斜着身子，打响手指，咕哝着："加油，小甜心。再跑快点就可以回家了，你妈妈在等着你。再跑快点你就可以得到漂亮姑娘和美味大餐了，快点，宝贝！"

而现在，繁华落尽，喧闹散去，只留下缥缈的回音。而我牵着"快点，宝贝"慢慢地沿着赛道一圈一圈地走着，让它慢慢放松，我说过，它此刻已不像刚才那样勇猛。或许是因为它竭力冲向终点，早已筋疲力尽，而此刻变得非常安静，就像那段时间我整个人的状态一样筋疲力尽，只是我内心一点也不平静。

前面我说过我们经常沿着赛道一圈一圈又一圈地走着。我想我内心里某些东西也随着我的脚步一圈一圈又一圈地旋转，太阳是这样，树和灰尘也是这样。有时候我会想，不如我就稳住脚步，这样我就不会像个醉汉一样到处乱走乱晃。

一种难以言喻的有趣的感觉萌生心头，跟我和马的生活有关。接下来的几年，有时我会想，黑人应该比白人更能理解我想说的话。我是指人的事，动物的事，还有人和动物之间的事，这些事或许只会发生在一个失足白人的身上，就像我一样。我想或许许多爱马的人都会有这样的感觉。或许是诸如此类的东西——这种东西我们白人已经拥有，已经考虑很多，引以为豪，却毫无益处，对吧？

那种感觉就是我们心里对强大的渴望，对名利的渴望，却不许我们膨胀，就像小马或小狗或小鸟那样。就拿"快点，宝贝"来说，它那天赢了比赛，那年夏天它频繁赢得比赛，嗯，却不卑不亢，依然如故，依旧简单。而我似乎能设身处地地理解它。这就是"快点，宝贝"，我牵着它走在夜色渐渐弥漫的跑道上，能体会到它的感觉。我无法解释清楚，我进入了它的内心，它也进入了我的内心。我们时常走着走着就莫名地停下来，然后他会用鼻子蹭着我的脸庞。

有时候我真希望它是个女生，或者我变成女生，它变成男生。这种感觉说出来很荒唐，但我确实这么想过。我怀着这种想法跟它待在一起已经很长时间了，我们静静待着，我觉得心底里有些东西也在悄然发生着变化，正慢慢痊愈。通常，我牵着它散完步，总能睡得很安稳，不会做我曾经说过的那些噩梦。

但是这种心灵的治疗持续不久，也不可治愈。我的身体看上去安然无恙，跟以前一样健壮，但精神上却萎靡不振，无精打采。

秋色渐浓，我们在雇主安置马儿过冬前来到了最后一个站，他把马儿安顿在俄亥俄州边缘的家乡镇上，赛道在一个山坡上，也就是小镇上面的高地。

那并不是个好地方，马棚摇摇欲坠，赛道也很烂，特别是在转弯处。我们一到那个地方找到落脚点，天就开始下雨，整个星期连绵不绝，比赛不得不推迟。

钱越来越少了，许多马主悄然离开，但我们的雇主留下来了。集市主办方承诺不管比赛会不会下周举行，一切开支均由他们承担。

整个星期，我和伯特都无事可干，除了早上清洗粪肥，等着雨点小了，让马儿们在泥泞的赛道上慢跑几圈，把它们的身体清洗干净，然后用毯子裹住，安置在马厩里。

那是我最艰难的一段时间，伯特倒还算好，附近住着一二十个黑人，晚上他们会到镇上喝酒，很迟才回来，甚至在冰冷的雨天，还边唱边说，好不开心。

后来有一天晚上，那段经历让我全蒙了。

那是星期六的一个晚上，现在回想起那件事，好像除了我，所有人都离开了赛马场。傍晚时分，一个又一个马夫跑到我的马厩前问我是不是会留在这附近。我回答"是"，他就叫我帮他留意一下，以防他的马会出点啥事。他们会说："你只须时不时沿着跑道来回闲逛一下，呃，伙计，我到镇上只是一两个小时。"

当然，我答应了。天很快就黑了下来，在那个破烂的小赛马场里，除了我和那些马之外，没有任何活物。

雨中，我尽可能忍耐着，在泥泞的道路上来回走动。真希望我是别人而不是现在的自己。"如果我是别人，那我就不会在这里，而是跟其他人一起在镇上了。"我仿佛看到自己走进一间酒馆喝酒，然后可能会骑着马，去找女人。

我就这么沉思着，在黑暗中跌跌撞撞地走着，就好像我所想的真的正在发生一样。

只是我并没有跟市井的女人在一起，这类型的女人要是我有勇气会找得到。但是，当时我理想中的女人永远也找不到。她身材很苗条，长得像花儿那么好看。她身上似乎有着某种气质，你可以在赛马身上看到，我想，"快点，宝贝"在最后冲刺时就有那种气质。

那个女人一直在我脑海中萦绕着，我一直在想她，直到我近乎崩溃。"不管怎么样，我会做点什么。"我喃喃自语。

虽然我向他们保证说，我会待在这为他们看马，但是我最后还是下山去了。我一路下山，直到遇到了一个小小的低档酒吧，它不是在镇中心，而是在半山腰。这间酒吧曾经是一处住宅，也许是一户农舍。如果它确曾是一间农舍的话，我敢肯定那住在这里种地的农夫过得并不怎么样。这个农村看起来并非以农业为主，跟我在夏末秋季游历的县中心镇没什么区别。随处可见突兀的石头，树木大多数都又矮又粗，发育不良的那种。我的意思就是：这个城镇看起来既崎岖荒凉又杂乱无章。在山的更高处，就是那片平地上的露天赛马场周围，有几块田地和牧场散落在那，牧场里养着一些羊。在小镇最边缘处，在非终点直道处，曾经有着一个屠宰场，直到现在屠宰场的残壁还矗立在那。过去有相当长的一段时间里，田地里到处都散落着动物的尸骨，而且，那座败落的房子还会散发出一种阴森恐怖的气息，让你毛骨悚然。

和我们马夫一样，马儿们也讨厌这个地方。早上，我们会带马去泥泞的赛道上慢跑，好保持比赛状态。每当我们跑到非终点直道，就是那个旧屠宰场附近，"快点，宝贝"和"哦，好家伙"都会把鼻子扬起来。它们拼命挣扎着往后退，然后撒腿狂奔，直至摆脱那些腐烂的气味为止。伯特我俩都无法阻止。"这是小镇的炼狱，是一条地狱赛道，"伯特说道，"如果他妈的在这建个赛马场，有人非得在那放血死掉不可。"到底有没有建赛马场我不知道，因为我没有为了那个赛马场留在那里，原因我很快会告诉你的，但是伯特说得的确没错。马跟我们人不一样，它们不会为了生活而去忍受动物腐烂的尸骨和那股恶臭。

还是回到我的故事中来吧。我没有信守承诺，留在那儿帮大家看马，而是在黑夜中沿着山路往下走，冰冷的雨水已经浸湿了我的衣衫。我走到那间小酒吧，决定喝上一两杯。我之前就发现，两杯酒下肚我就八分醉了，走路也歪歪扭扭。不过在那天晚上，我可一点儿也不在乎。

所以我离开大路，踏上一条小径，往酒吧前门走去。这里还是一间农舍的时候，一定有着一间客厅，而且还有一条小前廊。

我开门之前，停下来四处张望了一下。从我站的那个地方，可以很清楚看到小镇的主街，就像在纽约、芝加哥这些大城市，在办公楼的十五层俯瞰街道一样。

山坡陡峭得厉害，山路必须建得蜿蜒曲折，否则根本没有人能够走出小镇，来到这个该死的旧时赛马场。

这不像平常我所见到的城镇——一条主干道，路边有不少酒吧和几间商铺，一两间小电影院，几辆小汽车，几乎看不到女的，男人倒很多。我试着像刚才一样想我的梦中情人，但在这样的地方，我根本做不到。那就像试图让"快点，宝贝"进入我当时的状态，而在这尸骨遍地恶臭无比的地方，它根本做不到。同样，我知道，这个小镇并不历历在目。在山坡的后面又或是环绕山谷的主干道的周边，肯定有各种各样的房屋，住着宾夕法尼亚的矿工们。我想，时值周六晚上，又下着雨，女人和孩子都留在家里，只有男人们会出来买醉。我也曾在其他矿业小镇里待过，我要是个矿工，必须跟其他矿工住在一起，或跟自己的妻儿住在那些房子里，我想我也会像他们一样跑出去买醉。

我杵在那里看，就像一条病恹恹的狗，或是一只老鼠掉进下水道，冷得瑟瑟发抖。我可以看到下面一团团黑影在动，主街的远处有一条河，就算站在我这么高的地方也可以清楚听到潺潺的流水声。河的远处铺设有铁轨，调车机车正在轨道上来回行驶着。我想铁轨和这些矿场有关。不管怎么说，我就站在那，一直看着、听着，时不时有雷鸣般轰隆隆的声音，许是一整车煤卸在煤车上的声响。

远处的山腰间，还有长长的一排焦炉。焦炉都有一个小门，门缝露出微弱的火光。它们一个紧挨着一个，看起来就像食人巨兽龇牙咧嘴，潜伏山间，伺机而动。

看到眼前的一切，甚至看到那些恶心的男人乐意继续住在这个鬼地方，我觉得胆战心惊，我想，在那个夜晚，我从心底无比地鄙视所有男人，包括我自己。从这件事看来，女人不会像男人那样受到谴责，因为一切并非由她们主宰。

然后我推开门，进了酒吧。里面有十几个男人，或者应该说是矿工。就在这间狭长肮脏的小房间里，他们正围坐在桌子旁打牌。房间的一侧有一个吧台，后面站着一个大个子男人，满脸红光，胡子拉碴的。

这个酒吧弥漫着一股气味。这种地方，工人们往往满身汗臭，从不洗衣服，睡觉连衣服都不脱，还穿着它到处晃。我想你要是去过城市，你会明白我的意思。雨夜里，工人们一股脑儿拥上电车，就是这种气味。当年我还是个流浪汉，就习惯了这股味道，但仍是非常厌恶。

我此刻已经坐了下来，手里拿着一杯威士忌。我感觉所有矿工都在盯着我，其实根本没那回事，就是觉得怪怪的。然后我抬起头，在吧台后那面裂开的旧镜子里看见了自己的脸。如果那些矿工确实在盯着我看，或者取笑我，我看到自己的样子，就不会那么惊讶了。

它——我说我的脸——看起来十分苍白，不知什么原因，那根本就不是我自己的脸。这就是我要告诉你的可笑之事。我知道你会怎么想我，所以你不必觉得我既无辜又难为情。我只是觉得奇怪。自那以来我想了很多，但还是想不明白。在那晚以前我从来没有遇见过这种事，以后也没遇见过。或许是孤独，仅仅是孤独而已，我就是孤独得太久了。我常常在想，女人是不是大多都比男人孤独呢。

关键是，那晚我喝着威士忌酒，目光从酒杯上移开，看到吧台后的那面镜子，里面根本不是我的脸，而是一张女人脸。我的意思是，那是一张小女孩的脸。对，确实如此。女孩的脸上写满了寂寞和恐惧，那样看来她还只是个孩子。

见状，吓得手里的酒杯差点滑落下来，我慌忙一饮而尽，放了一块钱在吧台上，又叫了一杯。"我现在一定要小心——碰上了从来没有过的事儿，"我暗暗想道，"要是这里有人盯上我，就麻烦了。"喝下第二杯，我又叫了一杯，暗忖道，"把这第三杯喝完我就得走了，在我喝醉出洋相之前赶紧上山回到赛马场去。"

然后，在我一边思考一边喝第三杯的时候，几个男人开始大笑起来，当然，我就觉得他们都在笑我。但其实并不是。这里根本没人真正留意我。

他们笑的是另一个男人，他刚刚进来，就站在门边。我从来没见过这样的家伙。他身材魁梧，一头红发像鬃毛似的挺立着，怀里还抱着一个红发小孩。那小孩跟他一样，我的意思是，超出其年龄的大块头和同样僵硬的红发。

他走过来，把孩子放在吧台上，离我很近，然后要了一杯威士忌。酒吧里所有人都朝着他们父子俩大喊大笑。他想知道到底都是谁在喊笑，不过他正眼看时，他们个个都静了下来，他一把头扭过去，他们又都大喊大笑起来。他们不停叫他"傻缝儿"。"旧锡盘的裂缝儿越来越大咯。"有人唱道，然后哄堂大笑。

你知道吗？我很疑惑，要怎样才能让你切身体会到我那晚的感受呢。我想，之所以努力着手去写这个故事，目的就在于此。我并不是说有能力告知你整件事，或者使你得到任何好处，只是尽力让你明白我的一些事，就像只要我有机会，就愿意了解你的事一样。无论如何，这整件该死的事，我是指那个周六雨夜发生的事，一点儿也不真实。我说过，我从吧台后面的镜子里看到了什么，不是我自己的脸，而是一个女孩惶恐的脸。嗯，昏暗房间里，那些人，那些坐在桌子旁的矿工，那个红脸酒保，还有那个男人，带着怪模怪样的孩子进来，凶神恶煞，身材魁梧，坐在吧台边。所有这些人都仿佛是戏中角色，一点也不真实。

那里还有我，但又不是我，我又不是什么仙女。任何认识我的人都再清楚不过了。

然后就是那个刚进门的男人。他身上散发出一种气息，从人类身上根本感受不到。他给你的感觉可能更像一匹马，只是他的眼神里没有马眼的那种稳重。如果你曾在夜里提着灯笼穿过一片树林，沿着小道走着，然后突然感受到一股奇怪的气息，你停了下来，前面某处有个小动物闪烁着双眼，穿过死寂的黑暗，盯着你看——那双眸熠熠生辉又平静如水。你不会害怕那小东西扑向你，你所害怕的是那双眼会扑向你——那正是你所担心的。

当然了，一匹马，你在夜晚到马厩，或者一只小动物，你在树林里惊扰了它，都不可能会说话了。而那个带着孩子来到这里的大块头会说话。那些矿工说笑的同时，他也一直在不停低声说着些什么，而我只能时不时地听懂几句话。让人害怕的是他说话的样子。他的眼睛在讲一件事，嘴巴却在讲另一件事。尽管他的眼睛和嘴巴属于同一个人，但却显得极不协调。

而另一方面，这男的太高大了，超乎寻常。他的双手、胳膊、肩膀、躯干、头部都非常大，就像你可能会在热带国家看到的树木和丛林那样。我没去过热带国家，不过我看过照片。只有他的眼睛是小小的，在他的大脑袋上显得像是鸟的眼睛。我还记得他的嘴唇很厚，像是黑人的嘴唇。

他没有留意到我或者其他任何人，只是一直在喃喃地说话，到底是自言自语还是和坐在吧台上的孩子说话——我也不清楚。

刚开始，他很快就喝了一杯，紧接着很快就喝了第二杯。我站在一旁盯着他，思绪飞转——其实我脑子里已经一片混乱。

我所想的肯定类似于这样："嗯，他这种人，你经常会在小镇里看到。"我的意思是说他这种人，脑子不好使。无论到哪个小镇，都会遇到一个，有时候会遇到两三个，到处晃悠。他走在大街上，喃喃自语，人们通常对他很不友善。他们表面上很善良，其实并非如此。镇上的男人跟小伙子们总喜欢戏弄他。他们找个性子好的笨蛋，让他傻乎乎去找一个圆形或正方形的十几个电线杆坑，或者在他背后系上卡片，上面写着"踢我"，或者其他诸如此类的事情。然后，他们就吵闹着，大笑着，仿佛做了什么有趣的事。

在那个酒吧里面也有这样一个脑子不好使的人。我能看出其他人想要在他身上胡闹找乐子，不过他们不太敢。他不是那种温顺的人，惹毛了他可不是小事。我一直看着那个男人和他的孩子，然后看着镜子中那奇怪而不真实的脸蛋儿。"老鼠老鼠，地里打洞——矿工就是老鼠，长耳朵小野兔。"我听到他对着表情凝重的孩子说。我想，他的脑子毕竟还算好使。

那个孩子就坐在吧台上，眼睛一眨一眨看着父亲，就像白天被抓的猫头鹰。此刻，他父亲还在喝，一杯接一杯下肚，一共喝了六杯，都是十美分的便宜货。他肯定有着钢铁般的内脏。

房间里有两三个人一直在嘻哈大笑，比起其他人，他们可能更害怕，只是为了掩饰自己的害怕，他们壮起胆来取笑那个大块头和他的孩子。其中有一个人笑得最厉害。他的样貌和后面发生在他身上的事让我永生难忘。

他确是那种哗众取宠的类型，就是他带头唱起"旧锡盘的裂缝儿越来越大"那首歌的。唱了两三遍后，他胆子大了起来。他站起来，开始在房间里走来走去，一遍又一遍地唱着。他就是这么一个喜欢炫耀的人，带着一副眼镜，穿着一件奇特的背心，背心上还有很多棕色的烟渍。每次他做出一些自认为很有趣的事，就朝其他人眨眨眼，好像在说："瞧，我才不怕这个大块头哩。"然后其他人也大笑起来。

店主肯定知道发生了什么，也深知其中的危险。他一直靠在吧台边，对着那个卖弄的男子说："嘘，别吵了。"但似乎并没起到什么作用。那人还是像只火鸡一样闹腾着。他歪戴着帽子，在大块头正后方停下，又唱起了旧锡盘裂缝儿的歌。那人就是不见棺材不掉泪，不过，没过多久他就遭殃了。

那大块头还是不停地跟孩子低声说话，喝着威士忌，好像什么也没听到。突然，他转过身来，大手一挥抓住了我，而不是那个炫耀的男子。他长臂一挥，把我拽到他跟前，然后猛地推我一把，我的胸脯紧紧顶着吧台，视线正好对着孩子的脸。紧接着他说道："现在你好好看着他，要是让他掉下去，我就宰了你。"听着他那平静的语调，稀松平常得就像跟邻居说"早上好"。

随后那孩子俯身抱住了我的头，尽管如此，我还是扭过头来，看到底发生了什么事。

此情此景我永生难忘。大块头飞速转身，正抓住那个炫耀男子的肩膀，我永远都不会忘记那男子脸上的表情。大块头在镇上肯定名声不好，尽管他被狠狠地取笑过。而那个取笑他的人，现在嘴巴大张着，帽子早已掉下来，吓得目瞪口呆。我还是个流浪汉时，曾目睹过一个男孩被火车活生生轧死。那时，他正在铁轨上走着，向其他孩子炫耀，在逃离轨道之前，他能多靠近火车头。接着火车呼啸而来，一个妇女在附近房子的门廊上看到此情此景，急得团团转，不停尖叫着。火车离那孩子越来越近，他越来越急于炫耀自己，接着就绊倒了。老天，我永远都无法忘记那孩子被撞死前一刹那脸上的表情。此刻，在这间酒吧里，另一个人脸上有着同样惊恐的表情。

我闭上眼睛片刻，全身难受极了。睁开眼睛的那一瞬间，大块头的拳头刚好落在炫耀男的脸上。那一拳彻底把他击倒在地，就像是一只野兽被斧头击中一样。

接着，最恐怖的事情发生了。那男子脸色惨白，正躺在地板上呻吟，大块头穿着厚重的靴子，他抬起一只脚朝那男子肩膀踹去。我可以清楚地听到骨头断裂的声音。这让我毛骨悚然，站都站不稳了。但我不得不好好站着抱住那孩子，不然下一个骨折的就是我。

那大块头似乎很平静，没有表现出任何的情绪起伏，只是不断地喃喃自语，就像他当初平和地站在吧台边喝威士忌一样。此刻，他再次抬起脚，可能这次会落在那个男的脸上，就像运动员和职业拳击手有时说的"让他永远消失"。我不断地颤抖，就好像着凉一样。但谢天谢地，那时那个孩子双臂缠着我，一只手揪住我的鼻子，第二天早上那些指甲留下的印子都还没消。谢天谢地，那时那个孩子开始号啕大哭。他的父亲懒得再去理会那男子，任由他躺在地上，而是转过身把我撞到一旁，又像他进来的时候那样，喃喃自语地抱起孩子，迈着大步走出酒吧。

我也走了出去，我跟你说，不是昂首阔步而是灰溜溜地，就像小偷或胆小鬼一样，可能我现在也是如此，不管怎么说，好也好不到哪里去。

黑暗中，我在外面走着。这晚无比地凄凉，衣服淋湿了，冷得瑟瑟发抖，周围乌漆墨黑。一想到那些人，我就心有余悸，都要吐出来了。我沿着一条泥泞的山路跌跌撞撞地上山，往赛马场走去。一路上浑浑噩噩，直到返回马棚见着"快点，宝贝"，我才回过神来。

那天晚上单独和马儿待在温暖的马厩里，没有比这更幸福更甜蜜的感觉了。我曾经跟其他马夫承诺我会时不时巡逻马厩，帮他们看着马，但此刻我全给忘了。我站在那里，背靠着马棚，想着人类到底能变得怎样卑鄙、低劣、混账、扭曲。就算是优秀的人，也随时都可能沦落至此，仅仅因为他们是人类，他们的思想并不简单，并不纯洁。他们内心深处可能和动物差不多。

在这种情境下，你可能会体会到一个人的感受。你可能会想到一些事情，那些你本以为已经忘了的怪异小事儿。曾经，你小的时候，跟你父亲在一起，他西装革履，可能是要去参加丧礼或国庆活动。他牵着你的手，沿街走着。你们经过火车站，遇见一个女人站在那里。她是个外地人，你从没见过这种穿着打扮，也从没见过这么漂亮的人。很久之后，你明白了，她对衣着品位很高，几乎很少有女人像她这么讲究的，你一定觉得她是一个女王。你读童话时，会读到女王的故事，一想到女王你就兴奋。那个女人的眼睛多么漂亮呀，她手指上的戒指多美呀！

你父亲从火车站里走了出来，可能是进去跟车站的时钟对表，然后他牵起了你的手，跟刚才那个女人相视一笑，都露出尴尬的神色，而你带着渴望的神情一直看着她的背影。那个女人走远了，你就问父亲，她是否真是一个女王。可能你父亲不太热衷于民主自由，也不愿废话连篇讨论别人的自由，他说，他希望她是女王，或许就他而言，她确是一个女王。

可能，当你感觉一团糟时，就像我当晚那样，我想不透关于自己或别人的一些事情，你为什么活着，你认识的人为什么活着，或许你想到的根本就不是人，而是其他所见所感的事情——就好像在冬日里，大概是在爱荷华州野外，天空飘着雪花，你在路上走着，听到路边马厩传来了温暖柔和的声音；或者又好像还有一次，那时你正在山上，日薄西山，突然，天空变成了一只色彩柔和的大碗，宝石作柄，闪着光芒，一位伟大的女王从遥远强盛的国度而来，可能在树下布置了一张巨大的桌子，每年总会邀请所有忠良仁爱的臣民共享晚宴。

当然，如果你像我那晚一样孤独，我也不知道你会想些什么。

可能你会跟我一样在想着女人，可能你会像我在路上遇到的一个男人，他对我说他感到孤独，什么都不想，只想钻进温暖的被窝，好好睡上一觉。他说："我不关心任何事，我也不会让自己想其他任何的事，如果我像你这样一直想着女人，有时候我就会发现自己会跟一个女人纠缠不清，她会让我的苦难加倍。接着，为了养活她和孩子，我的余生可能就得在某个工厂中度过了。"

不管怎么样，就像我说的那样，我在山上那个黑暗荒凉的赛马场里，跟那匹马单独待在温暖的畜栏里，一想到人类的德性我就浑身不舒服。

突然，我对这匹马的奇怪感觉又出现了，我曾经有那么一两次体会过那种感觉，我指的是我们之间的相互交流，这是一种无法解释的感觉。

这种感觉再次出现了，我走到它身旁用手抚摸着，我喜欢这种感觉，老实说，有时候，我会感觉自己在抚摸一个曾经见过的美女。我摸着它的头和脖子，然后顺着它圆鼓鼓的肚子两侧向下抚摸它的腿。我记得它肚子的两侧颤抖了，有一次，它转过头，它冰冷的鼻子卡在我脖子上，像是跟我开玩笑，轻轻夹着我的肩膀。这有点痛，但我不介意。

然后我穿过洞口爬上了阁楼，很开心那晚的事情就要过去了，但这种开心的感觉没有持续多久。

我的衣服全都湿透了，我们马夫是没有睡衣这种东西的，我得光着身子睡了。

但我们这有很多马毯，我钻进一堆马毯里，尽量不去想晚上发生的事。有"快点，宝贝"跟我在一起，就在我阁楼的下面，我感觉好了一点。

后来，我酣然入梦，接着就遭到了第二次重大打击，好像有人鬼鬼祟祟跟在你后面，拿棍子猛击了你一下。

我想，可能是我心情太糟了，忘了闩上"快点，宝贝"的门，两个黑人进来，以为那是他们的地盘，便穿过洞口爬上了我睡觉的地方。他们并没有喝到烂醉如泥，还有点清醒，我猜他们可能遇到一些烦心事了，而几个白人马夫要是口袋有些钱，就不会遇到那些麻烦。

我的意思是那几个白人马夫，在镇上把自己灌醉，然后在那狂欢作乐。他们要是想找女人，是可以找到的。我见过或听过的小镇，总能找到这么一些女人，当然酒保会告诉他们要去哪里找这些女人。

但是对一个黑人来说，那个乡下几乎没有什么黑人妇女，他要是想找女人，就很无可奈何，会遇到一些麻烦。

事情总是如此。我跟伯特，还有另外几个黑人都很熟，他们已经跟我谈论过这件事情很多次了。比如说，一个年轻的黑人，他既不是赛马场里的马夫，也不是流浪汉，或者其他低层次的人，这样说吧，他上过大学，言行举止得体，他在尽最大努力做正直的好人。他的遭遇也好不到哪里去，是吧？他要是赚了些钱，想去一流的餐厅，或去听美妙的音乐，或去电影院看一场精彩的影片，我们就会叫他"肮脏的粪叉"，在赛马场里，过去我们都是这么叫别人的。

甚至在如此下等的地方，就是人们口中所说的"烂房子"，规矩还是不变。白人马夫，还有其他白人，可以很快找到一个有黑人妇女的地方，事实上，他们也这样做了。但是，要是一个黑人马夫依葫芦画瓢，倒看看他有什么样的下场。

你看，现在我可以把整件事都整理出来了，坐在家中，一直在执笔写着，我的妻子杰茜正在厨房里做馅饼什么的。现在我可以告诉你们那两个黑人爬到楼阁那去，是有他们的理由的。我还可以告诉你们，这两个黑人在乡下像雏菊一样幸福地面对着这一幕，但是，那晚我可不是这么想的。

你也知道，他们那时喝得半醉，其中一人把我的毯子扯开，以为我是个女的。其中一个提着灯笼，脏兮兮的，烟雾缭绕，光线甚是昏暗。他们肯定看到我的身体很是白皙苗条，像是一个年轻女孩的身子，就以为是某个白人马夫把我带到那去。小镇到处都有那种女人，她们会在雨夜跟着马夫来到赛马场，其实长得并不漂亮。那种女人，我年轻的时候就见过很多。

我想，这两个大黑鬼以为哪个白人把我带到那里，又很粗心地撂在一旁，于是那么尖叫着，决定要把我抢过去。

"天呀，你躺着别动，亲，我们不会伤害你一根毫毛的。"其中一个一边说着，一边在咯咯地笑，似乎是笑里藏刀，让人不寒而栗。

更糟糕的，我无法说出一句话，甚至一个字也说不出来。我不知道为什么自己无法大声喊出"搞什么鬼"，戏弄他们一番，再把他们赶出去。我试着喊出声来，可是喊破喉咙说不出一个字，只能躺在那，盯着他们看。

从来都没有经历过那样的夜晚，我全蒙了。

我害怕了吗？万能的主啊，跟你说实话，我真的怕了。

这两个大黑鬼正凑前打量我，我能感受到他们满嘴的酒气喷在我脸颊上，那个黑熏熏的灯笼发着微弱的光亮，他们的眼睛在昏暗中闪闪发光，我曾说过，夜晚，你提着灯笼在树林里走着，然后你就从动物的眼睛里看到这种光芒。

我很是困惑不解！你们知道，我这一生中没有姐妹，也从没有心爱的女人，我一直梦想着女人，或许上帝会为我创造一个纯净无瑕的女人。男人就是如此，无论他们怎么吹嘘"看破红尘"，总会把这个想法埋藏在内心深处的某个角落。我想这只是那种自负男人的想法而已，但这种想法已经在他们脑袋里根深蒂固了。如今，总有些女人积极进取，会说："我跟男人一样厉害，男人能做的我也能做。"她们真要这样所谓的"自缚手脚"，那就走错道啦。

所以，我捏造出一个公主，她有着黝黑的头发、苗条的身段。我幻想着，她羞怯难当，把我当作唯一的倾诉对象。我幻想着，要是亲身遇到这样一个女人，我会坚强而自信，而她却胆小而怕事。

而此刻，我自己就是那个女人，或某些地方跟她很像。

我就像一条鱼，刚从吊钩取下来，扭动了一下。我接下来做的事并没有深思熟虑。我被抓住了，便不由自主地扭动起来，仅此而已。

那两个黑鬼双双向我扑来——但不知怎的，灯笼在他们行动的那一瞬间被踢翻弄灭了——呃，不管怎么样，他们扑了个空。

幸运的是，我的双脚碰到那个洞口，就是把干草放在里面，给下面马厩的马喂食的洞口，我们要钻进干草上的毯子里睡觉，也是从那个洞口钻过来的。我顺着洞往下滑，连梯子也懒得找就直接跳了下去。

一眨眼的工夫我就跑到了外面。外头一片漆黑，还下着雨，那两个黑人也顺着洞下来了，跑出畜栏，追了过来。

我想我永远也不会知道他们到底追了我多远、多久。此刻，外面漆黑一团，暴雨滂沱，狂风大作。当然了，我浑身白兮兮的，肯定会在黑暗中留下一抹淡淡的白影。我深知他们能够看到我，而我看不见他们。这使我陷入了万分惶恐之中。我感觉他们每时每刻都有可能抓到我。

你知道一个人陷入极度不安和惶恐中会怎样吗？就像我这样。我猜那两个黑鬼追着我跑了一会儿，穿过泥泞的赛道，跑进赛道内椭圆形的树丛，但很可能几分钟后，他们便不追了，回去他们的地方睡觉了。我之前说过，他们浑身酒气，或许仅仅是出于好玩罢了。

但是我不知道他们是否真的回去了。我跑的时候，各种声音萦绕在我耳边，雨水从枯叶上落下来的声音，风咆哮的声音，最让我恐怖的莫过于我光着脚踩断枯枝发出的声音。

还有一个古怪吓人的声音，连绵不绝，就像一个强壮的男人奔跑时在我肩旁发出的沉重喘息声。或许这只是我自己急促的呼吸声。我似乎还听到了那阁楼里得意的大笑声，让我毛骨悚然。我靠近的每一棵树都像一个男人站在那儿，试图抓住我，我一直躲避，却又撞到其他树上。就这样，我的肩膀不断撞到树上，皮肤都撞破了，每撞一次，我都以为仿佛有一只硕大的黑手从天而降紧紧攫住我，撕碎我的身体。

我也不知道跑了多久，可能是一个小时，也可能是五分钟。周围依旧漆黑一片，恐惧依旧如影随形，我也无法为了求救而尖声叫喊，或是发出其他声音。

我也不知道为什么喊不出来。或许因为那时我是男儿身却有着女儿心？或许是我羞于变成一个女人，而又害怕男人发出任何声音。我不明白，真的弄不明白。

但无论如何，我还是无法喊出来。我一遍又一遍地努力着，直到喉咙火辣辣地疼，仍旧无法发声。

之后过了很长时间，或许只是看起来过了很长时间，我从赛道包围的树林里出来，再次回到赛道上。我感觉那两个黑人还在追我，你知道吗，我跑起来像个疯子。

毫无疑问，像那样子沿着赛道跑，一定会来到非终点直道。不久，我便来到了那个荒废的屠宰场，就在赛道旁边的那片田野里。虽然我十分害怕，我还是从那股恶臭中判断出来了。然后，我设法跨过赛马场那高高的围墙，来到了田野里，屠宰场就在那里。

我一直想要大声尖叫，清醒地告诉那两个黑鬼我是男人而不是女人，但我做不到。紧接着，我听到在围墙那边有木板破碎的声音，便认为他们还在追我。

于是，我像个疯子一样在田野里乱跑，不料绊到什么东西，摔倒了。我告诉过你这个屠宰场那种白骨遍野的情形。那些尸骨在这儿有些年头了，全部冲刷得发白，都是些牛啊羊啊什么的。

我向前栽倒在地，正好摔在一堆东西中间，那堆东西静静地躺在那里，冰冷，惨白。

这或许是一匹马的骨架。在那样的小镇，他们会把年老体弱的死马拖到野外，剥下皮，换个一两块钱。这些马的过去已不重要，它们的下场通常如此。或许甚至是"快点，宝贝""哦，好家伙"，或者其他我见过认识的好马快马，都将落得这样的结局。

所以我认为这应该是一匹马的骨架，它肯定是仰躺着的。飞鸟和野兽早把它的肉叼光了，雨水把骨头冲刷得干干净净。

不管怎样，我向前栽倒在地，腰部划了一个深深的伤口。我的双手抓住了一样东西。我刚好跌倒在马儿的肋骨中间，似乎被那些骨头紧紧包住。我的双手向上一抓，刚好握住了死马冰冷的面颊，面颊骨被雨水冲刷得冰冷。包裹着我的是白骨，攥在手心的还是白骨。

我感觉一种新的恐惧感渗入我的心底，我的意思是我内心的最深处。那种震惊不亚于一只老鼠在谷仓里看到一只狗。那种恐惧感就像你走在海边，一个巨浪向你袭来。你看见巨浪袭来，拔腿就跑。你拼命朝岸上跑，迎面却碰上一个无法攀爬的绝壁。巨浪排山倒海迎面向你袭来，世界上没有什么东西能够阻挡得了。此刻，它已经将你击倒卷走，将你冲刷得干干净净，但你或许也已经死了。

这就是我的感受，我似乎快要死于这种盲目的恐惧。我的意思是，这就像上帝之手在我后背抚摸，随时要把我烧得一干二净。

同时，我变成女人的滑稽妄想也给焚烧殆尽了。

终于，我尖声叫了出来，身上的咒语破了。我肯定那喊声在数里之外都能听得见。

顿时，我感觉好多了，从骨堆中爬出，重新站了起来，我不再是一个女人或者女孩了，我此刻就是我自己，一个男人，我知道，从那以来我就一直如此。黑夜甚至也变得更加温暖有生气了，就像母亲黑暗中陪伴在孩子身旁。

只是，我无法回到赛马场了，我又哭又闹，把自己搞得像个傻瓜一样，多丢人啊。别人可能看到我，实在受不了，至少当时受不了。

于是，我穿过那片田地，此刻是漫步，而不是像个疯子那样狂奔了。过了不久我翻过一堵篱笆，来到另一片田地，我在一片漆黑之中碰巧发现，那里有一堆稻草。

那稻草堆在那里很久了，有些羊不断啃食，在一侧啃出了一个深洞，就像洞穴一样。我找到那个洞，爬了进去，那里有一群羊，十来只。

我四肢着地爬进去，羊群并没有大惊小怪，只是有一点骚动，随后又静了下来。

我在它们中间安顿下来。暖暖的洞内，羊群温和友善，跟它们在一起，感觉好极了，当时跟谁在一起也没这好啊。

我安顿下来，不久就睡着了。我醒来的时候天已经发亮，不怎么冷，雨也停了。云层正在散开，下周或许就有集市了。但我知道，就算真有集市，我也不会去的。

因为我所预料的事情真的发生了。我得穿过田野和旧赛马场去拿回我的衣服。光天化日之下，我却赤身裸体，当然，我知道有人会围上来，大呼小叫，接着每个马夫、每个骑手都会伸出头来大笑。

还会有成千上万的盘问扑面而来。如此羞于启齿简直令我抓狂，还怎么回答呢。或许我还可能当场哭出来，这会使我更加羞愧难当。

一切不出所料，只是吵闹哄笑响彻人群时，伯特从"哦，好家伙"的马厩里走出来。他看到我，却不知道发生了什么事。但是他知道事有蹊跷，且错不及我。

他勃然大怒，好一会儿都说不了话。随后他抄起一把干草叉，在其他马厩前奔波折腾，把那帮马夫和骑手挨个狠训一番，你从未听过他那样讲话。你应该听听他是怎样措辞的，真是太震撼了。

伯特训斥着，我悄悄溜进阁楼，开心得哭了，能听到他那样骂人我真的太高兴了。我穿上湿衣服，然后下了楼，在"快点，宝贝"的脸颊上吻了一下，便匆匆离去了。

在我生命中的那段日子里，我最后见到的就是伯特了，他还在训斥着，对着那个戏弄我的男子吼叫。他挥舞着手里的干草叉，有时还会朝一棵树或别的什么东西刺过去。他已经彻底疯了，周围已不见一个人影。伯特甚至没有看见我穿过一个篱笆门，下山远离赛马场，开始了我的流浪生活。

牛奶瓶

那年夏天，我住在一栋老房子顶楼的大房间里，那座老房子就坐落在芝加哥城的北边。八月的夜晚，热浪绵绵。我坐在灯下，直到半夜，也是汗流浃背。映着灯光，我绞尽脑汁，想要为我构思出来的几个人物创设各自的人生，而他们也正奋力融入我此刻苦苦耕耘的故事之中。

这个过程简直让我感到绝望。

渐渐地，我融入了这些虚构人物的奋斗中去，而他们也融入到现实中这个热得无法忍受的房间里来。事实上，尽管中西部地区的农民们都认为八月是种玉米的好时节，但是此刻的芝加哥就像地狱炙烤般难受得紧。我和我笔下虚构的人们正手牵着手，在一片森林中摸索前进。森林里，树叶都被烤化，树上光秃秃的。火烧的地面把我们的鞋子也给烤化了，我们也光了脚。我们一起努力地穿过森林，奔向某个凉爽迷人的城市。实际上，你一定清楚地知道，我已有点神志不清了。

我放弃了挣扎，站稳脚跟后，却看到房间里的椅子正到处乱窜。它们也和我们刚才一样漫无目的地跑过一片炙烤的土地，奋力向某个神秘的城市逃去。"我最好离开这儿，出去走走，要不跳进湖里洗个澡凉凉爽爽也好。"我想。

于是我下了楼梯，来到大街上。楼下房间里住着两个脱衣舞娘，她们应该是刚刚下了夜班回家，两人正坐在房间里说着话。我前脚刚走到街上，后脚一个重物便从我头上盘旋而过，摔破在石砌的人行道上，喷出一股白色的液体，溅了我一身。这时，我还清楚地听见其中一个脱衣舞娘的声音，从那间亮着灯的房间里传出来。"哦，真见鬼！这该死的生活，在这么个小镇工作，连狗都比我们活得强！而现在，他们竟然连酒都不让喝！在这么热的晚上，从这么热的剧院里下班回到家，我看见了什么！竟然是窗台上半瓶变质的牛奶！"

"我实在是受不了，气死我了，我非要把这一切都给砸了不可！"她嚷道。

我顺路朝着房子的东边走去，可以看到，男女老少纷纷从城市的西北边离开家门，前往湖边乘凉过夜。那边也一样闷热得让人喘不过来气，连空中都带有一种煎熬的气息。那儿先前是一块湿地，如今成了几百英亩的平地，有两百多万人为了能在这个凉爽之地睡个安稳觉，争得不可开交，但最后也没有成功。目光在昏暗的夜色中逡巡，视线越过水边的小公园，可以看到几座空荡荡的大房子竟成了漆黑夜空中的几个灰蓝色斑点。这些房子其实归芝加哥上流人士所有。我不禁心想："感谢众神！毕竟还是有些人能够离开这里，到山上、到海滨、到欧洲避暑。"

夜晚昏昏暗暗的，我不小心被一个女人的脚给绊倒了。那时她躺在草地上，正要试着入睡。她一起身，身边的小婴儿就开始哭了起来。我低声道歉，急忙闪到一旁，不料脚又撞倒了半瓶牛奶，霎时，牛奶在草地上四溢开来。"噢，真对不起，请原谅我的鲁莽！"我懊恼地喊道。"没关系的，这牛奶已经馊了。"那女人答道。

我沿着湖岸边，急切地在疲惫暴躁的人群中穿梭。这时，我遇见了一个同事，他高高的个子，背有点驼，头发也过早花白了。他是芝加哥一家广告公司的撰稿人，我有时也为这家公司撰稿。一开始，他并没有看见我，而我对他也感到好奇。其他人都是一副行尸走肉的样子，而他的身上却充满着生命的活力。附近街道悬挂的街灯在我脸上投下一束光亮，他便朝我这边扑了过来："原来你在这儿啊，去我那儿吧。"他突然尖声向我叫道，"我要给你看些东西，我正要去找你呢！"他一边催着我走，一边撒着谎。

我们俩朝着湖水和公园相反的方向，向他的公寓走去。一路上，我们看到德国人、波兰人、意大利人和犹太人，每家每户都带着脏兮兮的毛毯和半瓶牛奶——随处都可见半瓶牛奶——整装待发，去往户外过夜。人群中，只有那些美国人放弃了"凉荫之争"。他们这一小部分人缓缓地沿着人行道挪动，选择回自己闷热的房屋，睡滚烫的床。

来到同事的公寓，已过凌晨一点。公寓里又乱又热，他向我解释说，他的妻子带着两个孩子去了伊利诺斯州斯普林菲尔德附近的农场看望她母亲了。

脱掉外套，我们俩坐了下来。他突然脸颊发红，双眼闪光，说道："你瞧——"他刚开口就犹豫起来，笑得活像一个尴尬的小男生。"好吧，现在我告诉你，除了广告之外，我一直以来都想着写些真实的东西。我觉得自己挺傻的，但我就是这样的人。我总梦想着写些激昂宏大的作品。我想其他的广告撰稿人也应该有这样的梦想，是吧？现在我这么说，你听好啦——哎，你别再笑了。我想我已经写出来了。"

他说他的东西是有关芝加哥的，他认为，芝加哥可是美国中西部的首都和心脏。突然，他变得火冒三丈："人们从东部，农场和像我家乡那样的破地方纷纷涌入芝加哥，他们觉得把芝加哥夷为平地是个特别聪明的做法。""我要让他们看看真实的情况到底是怎么样的！"他又说道，一跃而起，在房间里紧张地走来走去。

他递给我好几张纸，上面尽是他匆忙写下的文字，笔迹潦草。我抗议说我读不懂，定要他读出来给我听。于是，他就站在那里，脸转向一旁，读了起来。我觉得他的声音在颤抖着。听着听着，我发现他描述的是一个我从未见过的神秘之城。他管那城市叫芝加哥，接着又用同样的口吻描述这城市里的景观：大街上七彩洋溢，高楼如鬼魅般耸入夜空，一条小河淌过金子铺就的小径，又向无边无际的西部流去。这就是那座城市！是我和笔下人物那晚苦苦追寻而不得的城市。那晚我实在是热得无法集中思想，再也写不下去了。在他笔下，城市里的人们个个都冷静勇敢，整齐划一地前进，共同追寻某种精神上的胜利。这个城市的实体外观其实早已预示着他们未来的成功。

如今，经过对自己性格中一些特点的精心培育，我已成功地增强了天性中蛮横的一面。可是即便如此，我还是做不到为了挤上街车，就把女人和孩子撞倒，更不会当着一个作家的面说他的作品糟透了。

"你说得对，爱德，简直是太棒了！你已经远远超过了倨傲多年的文学巨匠了！听起来，你写的芝加哥就和当年亨利·曼肯笔下的这个美国文学中心一样出色，而且你要知道，你是在芝加哥生活过的人，而他却从来没有。要是说真的还缺点什么，我想应该是关于牲畜栏的事情，你晚些再加上去就行。"我补充道，然后准备离开。

这时，我发现地板上靠近我椅子的地方有半打纸，于是随手捡起来，问道："这是什么？"便开始急切地读起来。我刚看完，他便支支吾吾地向我道歉，大步走到房间这头，把那些纸猛地从我手中抽出，一把扔出了窗外。他慌乱不安地解释道："真希望你没看见那些。那是我笔下的另一个芝加哥。"

"那天晚上热得要命，我就在办公室里，手头还有一份炼奶广告的任务。写着写着，我偷偷地溜回家，想写点别的什么。于是我挤上了街车，车上人多，汗臭味浓，太难受了。我忍了一路，到了家却发现我妻子不在，家里真是一团糟！这种情况叫我怎么写得下去！妻子和孩子都不在家，我在家里正好落得个清静，本来这是我写作的大好时机，可是这种状态下，我恼火得不行，实在写不下去。于是我决定去外面散散步。我想我是有些神志不清。后来，我回到家，就动笔写下了刚才扔掉的那叠东西。"

他说着说着又变得兴高采烈："噢，就这样，没事了。就是写那堆傻里傻气的东西我才振奋了起来，于是写下了刚才给你看的有关芝加哥的文章，那才是好东西！"

后来，我回到家躺在床上的时候，脑子里翻来覆去都是我刚才偶然发现的那点文字。不论好坏，我觉得那些东西才真正反映了这些城市和小镇里人们的生活面貌。那些文字中有时用散文的形式出现，有时是以鼓舞人心而绚丽多彩的歌曲呈现。这可能才是桑德博格先生和马斯特斯先生在炎热的夜晚外出散步后要做的事情。比如，他们常在芝加哥的西国会大街散步。

爱德的那个故事写的主题是半瓶变质的牛奶。故事的场景是这样的：天幕中一弯新月高悬，恰似金带，那半瓶牛奶伫立在窗台上，黯淡于金色的月光中。那晚与他一番谈话之后，我躺在床上，一夜无眠。我的这个朋友——这个广告撰稿人身上究竟发生了什么事，我是全弄明白了。

我确实不知道，广告撰稿人和新闻记者是否除了广告和新闻之外都想写点别的东西，但我知道爱德是真想写些别的什么。八月的那一天对他来说一定十分难熬，更别说那天晚上又热得要命了。他整天想的就是待在自己安静的公寓里进行文学创作，而不是在办公室里撰写广告。那天傍晚时分，他做完了手头所有工作，本以为能松口气了，这时老板走过来要他以炼乳为主题写一版广告，好刊登在杂志上。老板说道："我们要是能在这短时间里赶出点绝妙的好东西，就又有一笔钱了！我知道不应该在这么热的天气里把这个任务强加给你，爱德，可是机会就摆在眼前，我们不该错过呀！试试看你能不能再找回以前的激情，大干一场！快，现在行动起来，争取在你回家之前写出些不同凡响的漂亮玩意儿！"

爱德真的尽力了。之前他一直幻想着有这样一座美丽的城市，一马平川，热情洋溢，可为了正事——手头上的这个任务，他努力地把这些想法搁置一边了。于是他开始想着有关牛奶的事情。他脑海里出现了小孩子们，这些未来的芝加哥人喝的牛奶，还有每天早晨他们广告撰稿人咖啡里放的那一小点鲜奶油，那原料也是牛奶；他身边芝加哥的同胞们之所以身体强健，雄姿英发，那香甜新鲜的牛奶也是功不可没啊。其实爱德心里真正想要的是一大口清凉舒爽的好酒，再往里面加点大麻就更好了！可他此刻只能强迫自己想着：我要的是一口美味的牛奶。于是，他满脑子都是牛奶了，微黄的炼奶，还有孩提时期父亲刚从奶牛身上挤下的那热乎乎的鲜奶。就这样，想着想着，他就如同乘了一叶扁舟，在牛奶的海洋里扬帆启航。

于是在一切的想象过后，他写出了一则前无古人后无来者的广告。在他的脑海中，那片牛奶的海洋后来又变成了堆积如山的炼奶罐头，正是这种奇思妙想给了他下笔的灵感，于是他粗略地描绘起那幅心中的图景。他速描了幅草图，画中连绵起伏的绿草地上点缀着几座白色的农舍。在画的这头，奶牛正在山坡上安静地吃草；画的另一边，在一片美丽的土地上，一个光着脚丫的男孩正沿着一条小道，把一群泽西奶牛赶进一个大漏斗。那漏斗的末端竟是一罐炼奶。接着，爱德又在画上加了这样一个标题：买一罐惠特尼·威尔斯牌炼乳，你将收获整个乡村浓缩的精华——健康与活力。

写完广告，爱德就回家了。他想立即着手描绘那个美丽的城市，于是就待在家中搞定晚餐。他在冷柜里几番摸索之后找出了一些冷肉，做了个三明治。然后他又倒了杯牛奶，却发现牛奶馊了："噢，真该死！"他咒骂着，把牛奶倒进了厨房的水槽。

后来爱德这么跟我说道，那会儿他坐了下来，尝试写他真正想写的那些东西，可却无法进入状态。他说，想到自己待在办公室里的最后那段难熬的时间，回家途中又热又臭的汽车，加上嘴里还残存着馊牛奶的味道，他就烦躁得不行。事实上，爱德的本性相当敏感，极其平和，但这一切还是让他焦躁不安。

于是，他出门散步，理清思绪，可是不管怎么努力，头脑就是不受控制。爱德已近不惑之年，那晚他的思绪却飘回了年轻时在这座城市里度过的时光，然后一直停留在那个年代。和其他外来打拼多年的人一样，他也是从小地方来，他的家就在草原小镇边缘的一个农场上。当然，他也和那些从小镇和农场来的男孩一样，怀有一些懵懂的梦想。

他是多么渴望在芝加哥实现这些梦想。你可以想象他都干了什么。首先，他已结婚生子，现在就住在北边的公寓里。从青年时期到现在，十二三年弹指一挥间。要把他这些年生活的真实图景完全展现，非得写一部小说不可，但我的目的并不在此。

无论怎样，他散完步回到家，待在房间里继续写作。公寓里依旧闷热，四下安静，他怎么也写不下去。妻子和孩子都走了，一下子公寓就变得这样死气沉沉。此刻，他的思绪仍然停留在年轻时在城市里的那些往事。

记得那时候，一天晚上，和八月的那个晚上一样，出去散步。那时候，他还未娶妻生子，孑然一身。虽然看起来，生活简单明了，他还是有烦心的事。那天晚上，他待在房间里，焦躁不安，干脆外出散步。那时也是夏夜，他先是沿着小河走，那里正在装船运货，他又走到一处人流密集的公园里，许多年轻的男男女女也在公园闲逛。

他见到有一个女的独自一人坐在公园的长椅上，于是鼓起勇气，主动与她攀谈，而那个女的也让爱德坐在她身边。那时天色昏暗，那个女的又一言不发，于是爱德就开始自顾自地讲了起来。在夜色中，他变得多愁善感起来："人真是一种难以捉摸的动物，我真希望我能和某个人亲近一些。""噢，你继续说，你在干吗，你不是想开谁的玩笑吧？"那个女人问。

此话一出，爱德一跃而起，立马离开。接着他走进了一条长街，只见街两边排列着的建筑大楼显得阴暗沉寂，于是他停下脚步，四处张望。其实，他只是想确信，住在这些公寓大楼里的人都非常热爱生活，心怀远大理想，能够进行伟大的冒险。"这些人离我只有砖墙之隔啊，我们之间如此相近！"那晚，他喃喃自语。

突然，他的脑海中跳出了牛奶瓶的场景。那时，他正弯入一条小巷道，想要看看那些公寓大楼的背面是个什么样子，一抬头，也是一样皎洁的月色，洒落在窗台上那一排牛奶瓶上，瓶子里只有半瓶牛奶。

看到这，他心里觉得有点难受，赶紧从小巷里跑到大街上。这时，一对男女经过，在一栋公寓大楼的入口处驻足。爱德心想他们可能是情侣，就躲在另一栋大楼的入口处偷听他们谈话。

听着听着，他才发现原来他们是夫妻，正在吵架。爱德听见那个女的说："是你要来这儿的，你不能把责任全推到我身上来。你说你想出来散步，可我知道，你就是想出来消遣挥霍。我想知道的是，既然你手头有钱，怎么就不肯为我花点？"

这就是爱德身上发生的故事。年少时，他曾于夜晚在城里散步，不惑之年，他又一次走出家门，沉醉于幻想，勾勒美好的城市，于是往事重演。可能是写那则炼奶广告，可能是嘴里还残留着冷柜中那瓶馊牛奶的味道，他的情绪糟透了。但是，不论如何，牛奶瓶，好似歌曲的副歌，早已钻入了他的脑海。每一条大街上，每一座大楼里，每一个窗台上，那些牛奶瓶都似乎立在那儿嘲笑他。接着，他又把目光投向人群，他们从西边和西北边过来正要前往公园和湖畔。每一小群人前头都走着一个女人，手里抓着一个奶瓶。

就这样，八月的那个夜晚，爱德怒气冲冲，心绪不安地回了家，写下他眼中的这座城市。那个时候的他一门心思就想砸东西，就像我家楼下那两个脱衣舞娘一样。既然这个时候奶瓶也一并出现在他的脑海里，他就想把它们给砸了。"我可以抓住那个奶瓶的瓶颈，那个瓶子我抓在手里大小正合适，正好能用这样一个物件杀人。"他绝望地想着。

　　你瞧，那时他心情糟糕成那样，就连着写了五六页，也就是我后来看到的那些，写完后他感到心情舒畅了许多。接着，他又写下了那些鬼魅般的大楼，一幢又一幢被英勇冒险的人抛入夜空。还有那条河流，淌过金子铺就的小径，流入无边无际的西部。

　　想必你们心中也有了这样的结论，他在自己所谓"著作"中描绘的城市毫无生机可言，而他在情绪糟糕透顶那会儿，写的那些关于牛奶瓶的故事却让人难以忘记。尽管那时他怒气横生，或许正是他的怒气，为那篇文章注入了一种品质，美妙如歌。想到这儿，你们大概吓着了吧，可是事实就是如此——就在那几张满满的草稿处，奇迹发生了。当时怎么就没有把那几页纸塞进兜儿里呢，我真笨！那天晚上，我离开他的公寓之后，就到黑漆漆的小巷里找那几张纸去了。只见眼前那些公寓的后门，一个个的楼梯口前列着一长串锡制垃圾箱，成堆的垃圾多得溢了出来。而那几张纸就淹没在垃圾堆中，不见了踪影。

悲伤的短号手

对于威尔·阿普尔顿一家来说，这一年真是祸不单行。他们住在比德维尔边远的一条街道上，父亲是个房屋油漆工。二月初，厚厚的积雪覆盖着大地，刺骨的寒风抽打着房子，他母亲忽然就离世了。当时他十七岁，个子却格外高。

母亲死得毫无预兆，如同在夏日炎炎的房间里，人们昏昏欲睡随手打死一只苍蝇那般突然。二月里的一天，她把洗好的衣服晾在后院绳上，走进厨房，伸手靠近火炉，温暖着她那布满青筋的修长双手。然后，她羞涩地看着孩子们，脸上带着若隐若现的微笑。她常常如此，那三个孩子早已熟知。然而，世事难料，一周后，她的身体竟冰冷地躺在棺材里，家人含蓄地称之为"另一个房间"。

打那以后，夏天来临，全家艰难调整状态，适应变局，然而，另一场灾难却接踵而至。汤姆·阿普尔顿的业务正值旺季，事故就在这非常时刻发生了。那年，他两个儿子弗莱德和威尔准备跟着他打下手。

可以肯定的是，虽说弗莱德只有十五岁，但他灵敏利索的双手几乎能完成所有的任务了。比如，需要裱贴墙纸时，在父亲当场厉声指导下，他就能帮衬着将纸贴上糨糊顺利铺开。

从梯子上跳下来，汤姆直奔铺纸的长板。有两个小帮手在，他乐于干这类活。唔，你看，他有一种身居高位、总揽事务的感觉。

他从弗莱德手中一把夺过刷子，大声指导着："不要吝啬这么点儿糨糊，这样一把糊上去。要糊得均匀些，确保四边都糊到。"

三四月里，在房子里糊墙纸又暖和又舒服，让人心旷神怡。遇到天冷或下雨，在建的新房子里头会架起火炉，要是已经住人，屋主会从准备要糊纸的房间里搬出来，给地板上的地毯和残留的家具铺上报纸。屋外阴雨绵绵或大雪纷飞，屋内却暖和舒适，温馨惬意。

对阿普尔顿一家来说，母亲的死似乎拉近了他们彼此之间的距离。威尔和弗莱德都感觉到了这一点，而威尔的感觉更加强烈。家里捉襟见肘——母亲的葬礼花了一大笔钱，而弗莱德也获准辍学了，这倒让他很高兴。傍晚时分，小孩子们放学回家，经过弗莱德干活的房子，他们站在门口探进头来，羡慕地看着弗莱德用糨糊刷墙纸。他故意刷得很大声，背着他们，装作很认真的样子。"哈，学着点吧，小子们！"他心里乐滋滋的。这才是男子汉应该干的事情。威尔和他父亲站在梯子上，把刷好的壁纸小心翼翼地贴到墙壁和天花板上。"壁纸贴正了吗？"父亲厉声问道。"哦，行了，贴吧。"威尔答道。贴好壁纸后，弗莱德跑过去，用小木滚筒再铺开几张壁纸。这家的小孩子别提有多羡慕了。他们还要在学校待好些年才能像弗莱德一样干点男子汉的活儿。

晚上，走在回家的路上，一切还是那么美好。这两个小男子汉已经有了自己的一套工装服，衣服上布满了干糨糊和油漆点，看起来甚是专业。他们没有换衣服，而是直接将外套拿过来穿上，沾满糨糊的双手也变得僵硬起来。主大街道上，家家户户的灯都亮了起来，路人跟汤姆打着招呼，管他叫托尼。"你好，托尼！"一些店主大喊。这听起来感觉太糟糕了，威尔心里想，父亲这样子也太没尊严了。他太孩子气了。年轻的小伙子逐渐长大，变得越来越有男子气概，可不像自己的父亲这般幼稚。汤姆是比德维尔银色铜管短号乐队中的一名短号手，并不出色。他独奏时，更是一团糟。但是，乐队的其他队员都很喜欢他，谁也没说什么。于是，他高谈阔论地讲着音乐，如何用嘴巴吹奏短号，每个人都觉得他肯定很有道理。"他很聪明。"乐队其他队员总是这样津津乐道。

"哦，该死！人总该经历一事成熟一分。一个人老婆去世才没多久，走在大街上，最好还是自重一些。不管怎样，目前，至少应该这样。"

走在大街上，汤姆自有一套办法向路人使眼色，好像在说："嗯，现在我身边有孩子在，那我们就什么也不说。但我们上周三晚不是过得很愉快吗？别张扬，老伙计，一切闭口不谈。我们快乐的时光在后头呢。下次聚会时，一定要无拘无束，尽情狂欢。"

威尔莫名地愤懑起来。他父亲在杰克·曼恩牛排店前停了下来。"孩子们，你们自己先回去吧，告诉凯特我会带条排骨回家，我很快会跟上你们的。"他说。

买好了牛排，他会去阿尔夫·盖格酒吧，喝一瓶上等的烈性威士忌。他很迟才回家，满身酒气，如今也没人管了。这并非说，他想要喝酒时，他妻子就会责骂他。但你要清楚，家里有女人时，男人是什么感觉。"嗨，你好，比尔达·史密斯，怎么样了？来，和我喝一杯吧。那天晚上乐团聚会你在主街上吗，有没有听到我们演奏那首新曲？真是太厉害了。特尔奇·怀特把那首长号曲子独奏得好极了。"

他们已经离开了主街，威尔从工作服口袋中取出了一条弯曲的小烟管，点了起来。"我敢说，父亲不在，我一个人也能贴好天花板，只要有人能给我个机会。"没有父亲在他面前丢人现眼，让他难堪，这感觉好极了。而且，想抽烟就抽，不用搞得如此狼狈。母亲还活着时，回到家，她总要亲亲你，要是抽烟，你可得小心了。现在一切都不一样了。他已经成了一个堂堂的男子汉，承担起责任了。"抽烟不会让你觉得很不舒服吗？"弗莱德问。"嘿，才不会！"威尔轻蔑地说。

八月末了，秋天的工作已经安排妥当，前景一片大好，可新灾难也接着来了。珠宝商艾·普·里戈利刚在农场上建了一座崭新的大房子和一个仓库。农场是前年买下来的，坐落在小镇一英里外的特纳收费公路旁。

这份工作能让他们一家安然过冬了。新房子外侧要刷三层，还有室内全部工作，仓库也要刷两层。这两个小伙子同父亲一起干，也能拿到稳定的工钱。

光是想到完成房子内部的装修，汤姆就美滋滋的。他一天到晚净唠叨这事儿。晚上的时候，他喜欢坐在自家前院的椅子上，把邻居叫来，继续念叨，口里的油漆工行话滔滔不绝！门和橱柜会仿制成饱经风霜的橡树模样，前门仿制成卷曲的枫木，还有的会仿制成黑胡桃木。呃，镇上再没有哪个油漆匠能像他那样仿制各种各样的木材了。只须给他看下木材，哪怕只跟他说一下，只要说得出，你想要什么效果都没问题。无疑，干活的人肯定要有合适的工具，给他工具，放心离开就行，一切他都帮你搞定。真不简单啊！里戈利把这活交给他，他对这份差事表现得胸有成竹。

这活儿非常实用，意味着他们家不用再为过冬发愁了。毋庸置疑，工作要按照制订的计划执行。所有活儿都按日计酬，这两个小伙子也会领到自己的工钱。这意味着，两个小伙子会有新西装，凯特会有新裙子，或新帽子，整个冬天的房租都能付清，地窖里也会储存充足的马铃薯，可以安然过冬，一点不夸张。

晚上，汤姆偶尔会拿出工具仔细打量。厨房桌子上摆满了刷子和其他油漆工具，孩子们都聚在桌旁。弗莱德负责查看所有刷子是否干净，汤姆则用手指逐个抚摸刷子，然后在手掌上反复试用。"这可是用骆驼毛做的。"他说着，挑了一把软毛的好刷子，递给了威尔。"足足花了我四块八毛钱。"威尔也像父亲一样，用手掌反复检查着刷子。随后凯特也跟着拿起来检查。"摸起来就像猫背那样柔软呢。"她说。威尔觉得姐姐的话非常可笑。他期待着有一天，能够拥有自己的刷子、梯子和油桶，能够好好在人前炫耀一番。他脑海里回旋着父亲说过的行话。比如，要说刷子的"脚后跟"和"脚趾"，上漆的方式要说"浇"。威尔已然熟悉所有行业术语，说起话来头头是道，不会像某些生手，只有三脚猫的功夫。

悲剧发生的那天晚上，路对面的巴沙尔夫妇举办了一个惊喜晚会，他们与阿普尔顿家同住派尔迪山上。这是汤姆表现的好机会，无论什么事，他都喜欢插一杠子。"嗨，快来，我们好好热闹一场吧。饭后，他们都待在屋子里，巴沙尔先生穿好了长袜，他夫人正在洗盘子。他们一定想不到，我们所有人都打扮齐整，潜了进去，大声欢呼，我还会带上我的短号助阵。'天啊，到底发生什么了？'比尔·巴沙尔惊异道。我能看到他跳起来，开始咒骂，认为我们是群不懂事的孩子，故意来捣蛋，就像万圣节这类节日一样。你拿着食物，而我拿着两只大壶大声叫嚷。"

阿普尔顿家乱成了一团糟。汤姆父子三人在给仓库上油漆。那里距离小镇三英里，他们四点就歇工了，汤姆让农场主的儿子开车送他们到镇上。回到木屋里，他必须在浴盆里好好冲上一澡，刮刮胡子，收拾收拾，就像星期天一样。他忙活起来俨然就是一个小孩子。

全家一起吃过晚饭，收拾停当，才六点多一点，天不黑，汤姆不敢出去。让巴沙尔夫妇看见他穿得如此齐整是不行的。这是他们的结婚纪念日，他们会有所怀疑。他一直在屋子里面踱步，不时从前窗朝巴沙尔家看。"你这个小子。"凯特说着笑起来。她有时会用这样的语气跟父亲说话。随后，他走上楼，拿出短号，轻轻地吹起来，声音很柔，低得你在楼下几乎听不到。你不知道他吹得多差劲，正如乐队在主街表演时，他非得自己独演一段，太不合时宜了。他在楼上坐着，陷入了沉思。凯特嘲笑时，宛然他妻子又活了过来，双眸闪烁着同样的眼神，羞涩而尖刻。

唔，这是妻子去世后他第一次外出，有人觉得他留在家里会更好——至少表面上如此。他刮胡子时，划伤了下巴，血跟着流了出来。过了一会儿，他来到楼下，站在厨房洗涤盆上面的镜子前，用一条湿毛巾轻轻地擦掉血迹。

威尔和弗莱德就站在旁边。

威尔的脑子不停地转动着，或许凯特也是。"有没有这样一种聚会，只邀请老人——好像，除此之外总是会再邀请两三个寡妇到场。"

凯特可不想任何女人赖在她的厨房里，她已经二十岁了。

"希望别人别拿他们是没娘的孩子来胡扯。"汤姆会这样想，甚至弗莱德也会。孩子们对父亲心生一股怨恨。这股怨恨毫无声色，慢慢积蓄，就像是海浪轻轻地拍打着柔软的沙滩。

"寡妇经常光顾这些地方，待到回家时总是成双成对的。"凯特和威尔头脑里浮现的是同一幅画面：夜已深，他们在房子的前窗向外窥视，人们都从比尔家前门走出来，汤姆正站在那里，拉开门。他穿上礼服，晚上设法偷偷溜了出去。

男男女女成双成对走了出来。"就是那个女人，那个寡妇恰尔德斯夫人。"她结过两次婚，丈夫都去世了，现住在莫米收费公路旁。"都这么一把年龄了，她怎么会做出这样愚蠢的举动？一个女人亲手埋葬两任丈夫，竟然还能保养得那么细皮嫩肉、风姿绰约，真是见鬼。有些人常常这样议论她，甚至她上一任丈夫还在世时，也不避讳。"

"然而先不管那是不是真的，她的言行举止到底为什么会如此愚蠢？"此刻，她的脸正对着灯光，跟老比尔说话，"睡得轻，睡得香，今晚甜甜入梦乡。"

"自己的父亲毫无尊严，你别无选择。此刻，老傻瓜汤姆像个小孩子一样从巴沙尔家蹦蹦跳跳地跑向恰尔德斯夫人。'我能送你回家吗？'他说道，而其他人心照不宣地笑了起来。看到这样的事，真让人不寒而栗。"

"喔，先装满一壶开水。凯特，让我们打开这些老咖啡壶，那帮家伙很快就会到了。"汤姆在屋子里忙得团团转，冷不丁很不自然地大叫了一声，驱散了屋子里一群人的遐想。

当时的情形是这样的，天渐渐黑了下来，所有人都来到了他家前院，汤姆回屋，绞尽脑汁想要同时拿上他的短号和两大壶咖啡。为什么就不能待会再拿咖啡呢？黄昏下，人们站在屋子外面，叽叽喳喳，或窃窃私语，或低声嗤笑。然后，汤姆从门里探出头来，大喊着："让她走！"

他肯定很抓狂，匆匆跑进厨房，一把揪起两个大咖啡壶，同时挂在短号上，跌跌撞撞地冲进黑暗里，在外面的小路上跌倒了，不用想，那两壶滚烫的咖啡全都浇在了他身上。

情况很糟糕。滚烫的咖啡在他厚厚的衣服下面冒着热气，疼得他躺在那里尖叫。一片混乱！他满地打滚，尖声号叫，周围的人在一片昏暗之中慌得团团乱转，宛如热锅里的蚂蚁。这就是疯狂的汤姆在最后一刻所能开的玩笑吗？他这个家伙就是能折腾。"周六晚上，有时候你能看到他在阿尔夫·盖格尔那里，模仿乔·道格拉斯的样子，爬到高枝上，在他与树之间的地方锯起来，树枝要断裂时，还模仿着乔的表情。可是你尖叫着，看他模仿，看着看着你就笑不出来了。"

"这可怎么办啊？天哪！"凯特边哭边尽力扯开父亲的衣服，威尔使劲撞开人群。"哎呀，他受伤了！这可怎么办？天哪！快点去叫医生来。他给烫到了，很严重！"

十月初，威尔坐上了从克利夫兰到布法罗的日间火车的吸烟车厢。他的目的地是宾夕法尼亚州的伊利市，在俄亥俄州的阿什塔比拉市登上了这列客车。至于为什么选择伊利作为终点，他自己也解释不清楚。总之他要到那里去，在工厂或码头谋一份差事。他决定去伊利也许只是心血来潮。伊利不像克利夫兰、布法罗、托莱多或芝加哥这些大城市，而他本可能会到这些大城市找工作的。

在阿什塔比拉，他溜进了一个车厢，找了个位子坐了下来，旁边是个老头，个子矮矮的。他全身都湿透了，衣服皱巴巴的，头发、眉毛、耳朵沾满了煤灰，黑乎乎的。

片刻间，一股对家乡强烈的厌恶感涌上心头。"哎呀，你在那里是找不到工作的，冬天根本找不到工作。"父亲出事，打破了整个家庭的计划。九月份的时候，他想办法在各种农场里找活儿干。有一段时间，他跟着一群人打谷脱粒，后来又去砍玉米。一切都还过得去。"一个人一天赚一美元，包伙食，还提供工作服，不用穿自己的衣服。不过，能在家乡赚钱的时候已经过去，而父亲的伤势严重，可能会卧床好几个月。"

威尔踏着沉重的脚步穿梭于各个农场之间，仍然找不到活儿，于是有一天，他下决心出去闯荡一番，回到家，就把这个想法告诉了凯特。"真该死。"他本不打算马上匆匆离去的，原想可能会待上一两周。哦，晚上他会到镇里去，穿上最好的衣服，到处逛。"嗨，哈利，今年冬天你有什么打算？我想我可能会到宾夕法尼亚州的伊利市去。那里一个工厂给我提供了一份工作。我会去很久，所以会有很长一段时间不能和你见面了。"

凯特似乎无法理解他的想法，但是又好像急着让他走。真遗憾啊，她没能多一点同情心。但是，她并没错，只会瞎担心。谈话过后，她只是说："好吧，那样最好，你还是去外面闯一闯吧。"说完，她就去帮父亲换大腿和背部上的绑带。父亲躺在前门的摇椅上，身边搁了很多张枕垫。

威尔上了楼，把他的东西，几套工装服，一件 T 恤衫收拾好，打成一捆。然后他下楼出去散步，沿着乡间小径一直走，在一座桥上停了下来。多年前，他和其他孩子常在夏天午后来这附近嬉水游泳。脑子里忽然浮现出一件事。有时候，周六晚上，在波西珠宝店工作的一个小伙子会来找凯特，一起出去散步。"凯特想要结婚吗？"若是的话，那他现在离开就不会再回来了，然而他以前从没想到这一点。那个下午，威尔突然觉得外面的世界是那样广阔，令人恐惧。他眼里闪动着泪光，但是他硬是把泪水逼了回去。那时他张开嘴巴又奇怪地闭上，就像你从水中捞出一条鱼，将之托在手上，鱼嘴张张合合的。

晚饭时间，他回到家心情好了很多。他把那捆衣服放在厨房的凳子上，凯特仔细地重新打包好，又添进一些遗漏的东西。父亲把他叫到前房。"这样就对了，威尔。每个小伙子都应该出去闯荡一番，见见世面。像你这般大时，我也出去闯过。"汤姆略带自负地说。

晚餐里有苹果派，这是一家人在当时的境况下很难得的美食了，但威尔知道凯特下午就已经在烘焙了——这很可能是凯特向他表达心意的一个方式。两大片苹果派下肚，他已经心满意足了。

时间飞逝，不知不觉已经十点，他该启程了。他要偷乘一辆货运列车出镇，刚好十点钟就有一辆开往克利夫兰的慢车。弗莱德已经上床睡觉，父亲躺在前房的摇椅上睡着了。他拿起了包裹，凯特戴上了帽子。"我送送你吧。"她说。

沿着大街，威尔和凯特静静地走着，一直走到惠利商店，在商店的阴影下，又一直等到货车出现。后来，他想起了那晚的情景，不禁变得喜悦起来，凯特大他三岁，可他的个头比姐姐还高。

后来所发生的一切，都无比清晰地印刻在他脑海中。火车驶了进来，他爬上一节空煤厢，拱着身子坐在角落里。抬起头，他就能仰望天空。每次火车驶进小镇站台，刚好旁轨位置都空着，列车进站，接着又离开了。火车制动员提着灯笼，沿着铁轨旁的车厢走动着，不时相互叫唤着。黑暗中，透出微弱的灯光。

"这天空阴沉沉的！"不久，便下起了雨。"他的外套应该又脏又乱。他终究没办法直接问姐姐是否打算结婚。如果凯特结婚了，父亲可能也会再婚的。像凯特这样一个年轻女孩想要结婚的话，很正常；但要是四十岁的男人想结婚的话，就真是太可恶了！为何父亲就不能多点尊严呢？话又说回来，弗莱德还小，家里有个女人做母亲，对孩子来说也是不错的。"

坐在货运列车上，威尔整晚都在想结婚的事，思绪混乱，相当含糊，就像丛林里的小鸟，飞来飞去。这些男女之事，离他还有点远，反正现在还不是时候。要是有个完整的家，又另当别论了。你努力奋斗打拼，有人会在背后默默支持你。平时，你到一个农场干活，晚上就需要找个地方休息，而阿普尔顿家就是一个好去处。它就像是一幅画一样浮现在你的脑海里，凯特在家里来来回回忙活着。她从镇上回到家，此刻正往楼上走。汤姆在厨房里忙着琐事。以往睡觉前，他总喜欢吃点东西，此刻他要径直上楼回房。睡觉前，他吸几口烟，偶尔拿出短号来吹上几曲，旋律柔和而悲伤。

在克利夫兰，威尔下了货运列车，上了一辆有轨电车，在市里穿行。工人们正乘车去工厂，他趁机混入其中。他的衣服又脏又皱，他们的也没好到哪里去。他们都沉默着，不是盯着地上看就是望着车窗外。电车行驶中可以看到街道旁一排排的工厂。

他还算走运，八点的时候，赶上了由柯林斯伍德出发的货运列车，但到了阿什塔比拉，他认定，要是下了货车，换乘客运列车就更好了。他要是想在伊利生活，就应像个绅士一样付上车费，体面地到达那里。

他坐在吸烟车厢里，烟雾缭绕，并不觉得自己像个绅士。他的头发沾上了煤屑，雨水从头上顺着脸颊而下，留下了一道道又黑又脏的水渍。他身上的衣服脏得厉害，需要换洗了，而装衣服的那个纸包裹也破破烂烂了。

车窗外，天空灰蒙蒙的，无疑，晚上天气要变冷了。可能还会下一场冷冰冰的雨。

奇怪的是，列车所经过的小镇，那些房子看起来都是冷冰冰的，令人心生畏惧。"真该死！"在比德维尔，父亲还没出事时，家乡的房子看起来总是那么舒适温馨。走在街道上，还能吹吹口哨。晚上，柔和的灯光从窗户里透出来。"运货马车车夫大约翰·怀亚特就住在那里，他妻子脖子上长了个粉瘤。那边的马厩里，老医生马斯格雷夫养着一匹白马，又老又瘦，看起来就像魔鬼，但它的确能跑。"

威尔在座位上局促不安地扭动着身子。坐在他旁边的是个老人，又瘦又矮，跟弗莱德差不多。这老人穿着一件怪里怪气的西装，棕色裤子，黑灰方格图案相间的外套，脚边放着一个小皮箱。

早在这个老人开口说话前，威尔就知道接下来会是怎样了。对方肯定会说他是吹短号的。他虽上了年纪，但身上没有一点尊严。威尔想起父亲和乐队一起走过比德维尔主街时的情景。那是一个盛大的日子，也许是国庆节吧，所有人都聚在一起，托尼·阿普尔顿登场亮相，以欢快的节奏吹着短号。是否所有人都知道他吹得有多糟？是否那些成年人早就商量好了不准笑话？尽管威尔自己境况不甚乐观，他脸上还是浮现出一丝笑容。

旁边矮小的老人也回笑了一下。

"看。"他开始了，没有任何停顿，直接就讲起了自己人生不如意之事。"呃，小伙子，坐在你面前的是个勇敢的男子汉。"这个老人本想自嘲一番，但显然没有达到效果。他的嘴唇哆嗦着，突然说道："我回家还得像条狗似的，两腿夹着尾巴。"

老人在两股冲动之间徘徊，寻找平衡。他在火车上遇到这个小伙，他那么渴望同伴，要想跟别人相处首先就该开朗，也许还得带点热情。一般人在火车上遇到陌生人都会先讲个故事——"还有呢，先生，我前天又听到件事——我想你没听过吧——有个阿拉斯加矿工，他很多年都没见过女人哩。"一般人会这样开始聊天，然后才可能会聊到自己和一些私事。

但是老人想直接就切入自己的故事。他说着伤心泄气的话，眼睛却始终带着一种奇怪而恳切的笑意。他的眼睛似乎在说："如果我说的话让你觉着生气或无聊，那你不必理会我的话。我老了，没什么用了，但我真的是一个快活的人。"他那双淡蓝色的眼睛，水汪汪的。那样一双眼睛嵌在一个老人头上，真是奇怪，他们本该属于一条流浪狗。

他那笑容其实并不是真正的笑容。"年轻人，别踢我。如果你不能给我吃的，那就挠挠我的头吧。这样，我至少知道你是个好心人。我已经挨踢够多了。"很明显那双眼睛在传达着自己的语言。

威尔发觉他自己露出了同情的微笑。没错，这个小老头身上的确有类似狗的地方，威尔暗喜自己这么快就捕捉到这一点。"毕竟，一个人要是可以透过眼睛看穿别人，他或许就能在这个世界混得好呢。"他想。他的思绪从老人身上飘离。在比德维尔有个老妇人自己一个人生活，养了条牧羊犬。每到夏天她都下决心要剪掉那条狗的毛，然而到了最后一刻，这时实际上她已经动手剪着了，她又改变了主意。哦，她紧握着一把长长的剪刀，从那只狗的胁腹开始剪起。她的手微微颤抖着："我应该继续吗？还是就此停下？"两分钟的挣扎过后她放弃了，"剪了会让它太难看了。"她想，为自己的怯懦辩护着。

后来天热了，狗耷拉着舌头到处转，这个老妇人再一次拿起了剪刀。那条狗耐心地站在那里，等待着，她在狗背厚重的毛上剪出一道又长又宽的沟壑，但随后又停了下来。从某种意义上，在她看来，剪去它华丽的外套就像剪掉它身体的一部分，她下不了手。"现在你瞧，这样它就更难看了。"她嘟囔道。她坚决把剪刀拿开，于是整个夏天那条狗就这样四处晃悠，看起来有些困惑羞愧。

威尔不停地笑着，想着老妇人的那条狗，再看看他火车上的同伴。老人的这套色彩斑斓的西装使他看起来就像那条剪了一半毛发的牧羊犬，二者有着相同的困惑与羞愧。

现在威尔开始利用这个老人了。他内心有件事需要面对，但至今还不想面对。自从他离开家，事实上自从那天他从乡下回来，告诉凯特他想出去外面闯荡，他就在躲避着什么。要是他想着这个小老头和那条剪了半边毛的牧羊犬，他就不会再想自己的事了。

在比德维尔，夏日的午后，人们总会想到那个老妇人，她站在房前的门廊上，她那条狗早就跑到门口去了。到了冬天，它的毛又长了回来，就冲着街边路过的小男孩狂吠不止。现在它又开始狂吠咆哮了，一会儿就停了下来。"我看起来就像一个恶魔，再这样叫会引来不必要的关注的。"这条狗似乎突然拿定了主意。它疯狂地跑到门口，张开口吼着，然后，又突然改变了主意小步快跑回到房子去，两条腿夹着尾巴。

威尔沉浸在自己的思绪里，一直面带微笑。这是他离开比德维尔后第一次感到这么开心。

现在这个老人在讲着自己的事，但威尔并没有在听。小伙子内心产生了两股对立的冲动，他好像默默站在房子的走廊上，听着远处传来的两个声音。分别来自两个相隔甚远的房间，他不知道要听哪一个。

毫无疑问，这个老人是个短号手，跟他父亲一样。他的短号就放在车内地板上的一个又小又破的皮箱里。

老人到了中年，第一任妻子就死了，他就又娶一个小他十五岁的女人。他一时糊涂，就把自己的那点财产全交给了第二任妻子。妻子拿了钱，在伊利的工业区买了套大房子，开始招纳房客。

老人感到怅然若失，觉得自己在家里毫无地位。但这个想法转瞬即逝。房东必须要为房客着想，满足他们的需求。他的妻子有两个儿子，现在几乎已经成年了，都在工厂里工作。

呃，这样也好，一切都很公平，两个儿子都付了房租，就得考虑他们的需求。晚上睡觉前他喜欢吹一会儿短号，但这可能会影响到房客休息。他在家里沉默寡言，到处转悠，生怕妨碍到别人，内心非常痛苦。去工厂找活儿，人家又不要他。他灰白的头发暴露了他的年龄，没人愿意用他。有一天晚上，他想他可以去一个乐队工作，也许可以去电影院试试。但这最终没能如愿。现在他要回到伊利，和妻子一起生活。他之前写了封信，妻子回信让他回家。

"在克利夫兰，他们拒绝我，并不是因为我老了，而是因为我的嘴唇不再像年轻时那么灵活了。"他解释说，干瘪的嘴唇还在哆嗦着。

威尔依旧在想着老妇人的狗，尽管如此，看到老人的嘴唇哆嗦，自己的嘴唇也不由得跟着哆嗦起来。

他这是怎么了？

他站在房子的走廊里，耳边是两个声音。他是想关掉一个声音吗？是他之前日夜都在努力想要闭耳不闻的那个声音吗？跟他结束故乡生活有关吗？那个声音是在嘲笑他，说他现在就是在空中摇摆，无处落脚吗？他是在害怕吗？害怕什么呢？他曾经那么渴望成为一个真正的男人，一个顶天立地的男子汉，而现在，他是怎么了？他是在害怕成为一个男人吗？

此刻，他在拼命地挣扎。老人眼里含着泪水，威尔也开始了默默地哭泣，他觉得自己真不该这么做。

老人一直说呀说，讲自己的烦心事。但威尔却听不进去。他内心的挣扎越发强烈，他的思绪依然徘徊在他的少年时代，徘徊在故乡的生活。

想想弗莱德，他当时沉醉于想象之中，自己做着成人的工作，别的男孩投来羡慕的眼光，自己眼里满是得意的神情。威尔的脑子里浮现出一幅幅画面。他和父亲、弗莱德一起给仓库上漆。两个农家男孩在路上经过，看到弗莱德站在梯子上刷漆，停了下来。他们大声叫着，但弗莱德不愿理睬。弗莱德洋洋得意——他不慌不忙地刷着油漆，然后转过头来，朝地上吐一口唾沫。汤姆·阿普尔顿注视着威尔，父子俩眼角里都绽出笑意。父亲和哥哥就像是两个工友，有着共同有趣的小秘密，他们都亲切地看着弗莱德，眼神好像在说："保佑他吧！他觉得自己已经是个男子汉了呢。"

那时汤姆·阿普尔顿正站在自家厨房里，他的油漆刷就放在厨房的桌子上。凯特便拿着刷子在手掌心上来回刷着："这刷子简直跟猫背上的毛一样柔软呢。"

威尔的喉咙好像给什么哽住了。犹如梦境一般，在一个星期天的晚上，他看到姐姐凯特跟一个珠宝店的年轻职员走在大街上，正要做礼拜。她和他走在一起意味着——哦，可能意味着一个新家庭的开始，也意味着她在阿普尔顿家庭生活的结束。

在吸烟车厢里，坐在老人旁边的威尔准备离开座位。车厢里几乎一片漆黑。老人还在滔滔不绝地讲着他的故事："我还不如没有家。"威尔是要在这陌生的火车上，当着这么多陌生人面号啕大哭吗？他努力地想要出声，发表一些惯常的评论，然而他刚要开口，就像一条鱼从水里捞出来一样紧紧闭上了嘴巴。

此刻火车已经开进车棚，车厢里一片漆黑。威尔手摸着黑在空中晃着，最后落在了老人的肩膀上。

突然，火车停了，威尔和老人站着几乎抱在了一起。列车制动员点上了车顶的灯，清晰地映出威尔的泪水，但正因为这泪水，世界上最幸运的事情发生了。老人看到威尔的眼泪，以为威尔同情他生活中的不幸境遇，水汪汪的蓝眼睛里满是感激。当然，这也是他生活中很新鲜的事情。老人刚开始讲自己的人生经历时，威尔提到过要去伊利的工厂找工作。于是正当两人下车时，老人拉住威尔的胳膊说："你不妨到我家来住啊。"老人的眼睛里突然燃起了希望。

要是他能把这个小伙子带回家，带到他年轻的妻子面前，成为他们家的房客，他这次回家之旅也算是有了一点安慰。"你来吧。这是再好不过的了，就住我家。"他恳求着，拉住威尔的胳膊不放。

两周过去了，表面上，在外人看来，威尔已经在宾夕法尼亚州的伊利安顿了下来，当上了工人，开始了他新的生活。

突然在一个周六的晚上，他一直害怕的事情终于发生了，自从在比德维尔惠利商店前坐上火车，他就已经不自觉地预料到了这一点。凯特寄来了一封信，告诉了他一件重大的事。

他那天晚上和姐姐分别后，并没有立刻就在空煤车那个灰暗的角落里安坐下来，而是探身出去快速望了姐姐最后一眼。她站在商店的阴影中，沉默着，一直到火车要开动了，才向他走来，远处街灯的一道光亮照在她的脸上。

威尔向窗外看着，她并没有跑向威尔，威尔看不清她的脸，但在昏暗的灯光下还是能看到模糊的轮廓。

她的双唇一张一合，是想要对他说什么吗，还是只是远处模糊晃动的灯光产生的错觉？在劳苦民众的家庭里，至关重要的时刻都是在沉默中度过的。即使是生死时刻，也只是只言片语。产妇产下宝宝后，丈夫就会走进产房。她在床上守着襁褓里的新生命，而丈夫只是笨拙地在旁边站一小会儿。他们之间没有眼神的交流："照顾好自己，孩儿他妈，好好休息。"他说完就匆忙离开了。

在比德维尔商店的阴影下，凯特朝威尔走了两三步便停下了。在商店和铁轨中间有一小片草地，她就站在那里。那一刻她的嘴唇颤抖着，是最后告别言犹未尽吗？威尔脸上掠过一阵恐惧，无疑，凯特感觉到了同样的恐惧。那一刻她成了真正的母亲，在孩子面前，而她内心想要说出的话很快咽了回去。她多想说出来，可是她不能。她的样子在黑暗中忽隐忽现，在威尔的视野里逐渐变小，变模糊。"再见了。"他向黑暗的远处低语着，也许她在说着同样的话吧。但表面看来，他们之间只有沉默，而她一直望着，直到火车声消失在尽头。

而现在，这个星期六的夜晚，威尔从工厂回来看了凯特的信，信中她道出了离别那天晚上她无法说出的话。周六工厂五点就下班了，他穿着工作服回到住处，看到噼啪作响的油灯下，前门那张坏掉的桌子上有封信，他拿在手里爬上了楼梯，回到自己的房间。他急切地读着信，就像在等待一只手从房间空荡荡的墙壁中挣扎着伸出来。

父亲的身体慢慢康复了。需要这么长时间才能痊愈的深度烫伤现在终于要痊愈了，医生也说他已经过了伤口感染的危险期。凯特找到了一种新的止痛药。她把光滑的榆树皮浸泡在牛奶里，一直泡软，然后敷在父亲的伤口上，这样他晚上就能睡得安稳些。

至于弗莱德，凯特和父亲认定不妨让他回校上学。让这么年轻的孩子失学也太可惜了，况且也找不着什么工作。或许他可以找一份兼职，只在周六下午去店里干活。

一个妇女救济团的成员鼓足勇气到阿普尔顿家来问凯特是否需要帮助。哦，凯特尽力按捺住自己激动的心情，显得客气而有礼貌。然而要是让对方知道她澎湃的心声，对方的耳朵一定会因此发痒上一个月。这是多好的提议啊！

威尔很懂事，一到伊利找到工作就给家里寄了一张明信片。至于寄钱回家——当然家里人会很欣慰收到他的心意——但不许他太苦了自己。"我们在各个商店的信誉好着呢，一切困难都会过去的。"凯特坚定地说。

然后她在信尾添了几行字，说出了那天晚上分别时没能说出的话。事关她自己和她的打算。"你离开的那天晚上我想要告诉你一件事，但我想，当时说就太傻了，时机还没到。"但不管怎样，威尔现在知道她打算来春就结婚了。她想让弗莱德与她夫妇俩住一起。弗莱德可以继续上学，也许她们还能让他上大学呢。家里总该有个人接受体面的教育。既然威尔已经开始了新生活，那她也没有必要再做漫长的等待，该为自己打算了。

威尔坐在他的小房间里，手里拿着那封信，他的房间位于这栋大木屋的顶部，而这栋大木屋现在已经归那个老人的妻子所有。他的房间在顶楼三楼的一侧，旁边是另一个小房间，老人自己住在里面。威尔选择这个房间是因为房租低，这样每个星期交完房租、饭钱、洗衣费，给凯特寄上三美元，他还能留上一美元零用钱，可以买点烟，偶尔看个电影。

"哦！"威尔读着凯特的来信，嘴里咕哝了一下。他穿着满是油渍的工作服坐在椅子上，信上手指所经之处，留下一块污渍。他的手有些颤抖。他站起身来，把水罐的水倒进白碗里，开始洗手脸。

他还没穿好衣服，就有客人来了。老人拖着疲惫的步子从走廊上走来，胆怯地在门口探了探头，眼睛里仍然是流浪狗一般恳切的神情。此刻，他在筹划着稍微反抗一下妻子的房主霸权，希望得到威尔的精神支持。

这一个星期以来，他几乎每天晚上都到威尔的房间里私聊。他想要争取两个权利：一个是有时晚上他可以坐在房间里吹号子，再一个就是他口袋里要弄一点小钱晃荡晃荡。

他觉得威尔，这个新房客，是他自己的客户，而不是妻子的。老人经常谈到很晚，直到威尔疲倦地合上了双眼，小声地打起呼噜。房间里，威尔坐在床沿，老人坐在椅子上话当年，不免自诩起来。威尔的身子靠倒在床上睡着了，老人就起身在房间里走动，步履轻盈如猫。他一定不能发出太大的响声。威尔已经睡着了吗？老人挺起胸，轻声而大胆地说起来。说真的，他以前在钱这方面真是愚蠢。是他自己把钱交到妻子手上的，要是妻子借此占他便宜那也不是她的错。现在他落到这步田地，除了怨自己还能怨谁？从一开始他最缺的就是勇气。男人就要像个男人样儿，长久以来，他都在想——喔，他的房子租出去赚了钱，当然就该有他一份。他的妻子是个好女人没错，但是他仔细想想，似乎所有女人都忽略了男人在生活中应有的地位。

"我得跟她谈谈——是的，我要直截了当跟她谈。我的话可能会有点刺耳，但是经营这房子用的钱可是我的，赚的钱就该有我一份。我现在不会再傻了，告诉你，把钱交出来。"老人低声自语着，眯起水汪汪的蓝眼睛，用余光凝视着床上熟睡的威尔。

此刻，老人又站在威尔门口，急切地往里面张望着。铃声不停地响着，晚饭很快就要上桌了。他们都下楼去，威尔走在前边。饭厅里已经有几个人坐在长餐桌边等着了，楼梯上又传来了阵阵脚步声。

年轻的工人们坐成两排，默不作声地吃着晚饭。周六的晚上，就这么吃着。

在这个特别的夜晚，这些年轻人吃过饭就一溜烟跑到镇上灯红酒绿处了。

威尔坐在那里，紧紧抓着椅子两侧。

周六晚上，男人们闲不住。一周的工作告一段落，口袋里有钱叮当作响。年轻小伙们默默吃着，一个个匆忙离席，赶着到镇上去。

威尔的姐姐凯特来春就要结婚了。她和那个珠宝店里的年轻店员在比德维尔大街上散步，如今已修成正果了。

星期六的晚上，宾州伊利工厂的年轻工人穿上他们最好的衣服，在灯红酒绿的大街上闲逛。有的到公园去，有的站着跟女孩子聊天，有的跟女孩在街上漫步，还有的走进酒吧喝酒。他们在吧台边站着，嘴里骂道："该死的领班，见鬼去吧！再给我叨叨，小心我打爆他的下巴。"

宾州伊利的寄宿公寓里，这个来自比德维尔的年轻人坐在桌边，面前是一盘肉块和土豆。饭厅的光线不是很好，昏暗一片，灰色的墙纸上还有条条黑纹。各种阴影映在墙上。威尔身边坐着其他年轻人——静悄悄急匆匆地吃着晚饭。

突然，威尔从饭桌边起身，出了门口，朝大街走去，但其他人并没有注意他。他想不想吃肉块土豆跟他们没关系。年轻人刚刚吃饭时，房东太太在一旁候着，现在去了厨房。她沉默寡言，一脸严肃，总是穿着黑色裙子。

对于房子里的其他人——除了老短号手外——威尔是去是留根本没有什么差别。他是一个年轻的工人，在这样的地方，年轻工人进进出出都习以为常了。

一个年纪稍大点的男子，有着宽厚的肩膀，蓄着黑色的胡子，确实从饭碗里抬起头来，瞥了他一眼。他用肘轻推了一下旁边的人，然后竖起大拇指，在肩膀上猛地晃了一下，笑着说道："那个新来的家伙这么快就给钓走了，嗯？他连吃一顿饭的时间都等不及了。天啊，他这约会也太早了吧——不知道哪个石榴裙在等他呢。"

老短号手就坐在威尔对面，一直看着威尔出去，目光里带着惊慌。他本指望着和威尔谈上一个晚上，讲讲年轻时的事，温和迟疑地小小吹嘘一番。而此刻威尔已经到了门口准备上街，老人不禁热泪盈眶。又一次，他的嘴唇哆嗦起来。老人总是泪眼汪汪的，嘴唇动不动就哆嗦。难怪他没法继续在乐队里吹号了。

此刻，威尔站在屋外一片漆黑之中，对老人来说，这个夜晚是白费了，人去楼空，冷冷清清啊。今晚，他本来打算跟威尔推心置腹袒露真言，他特别想换一种新的方式，从妻子那分得一部分钱。跟威尔商量能给他带来新的勇气，让他胆大起来。哦，既然当初是他的钱买的房子，现在房子出租，租金就该有他一份。这房子现在肯定赚钱。不赚钱为什么要出租？他妻子又不傻。

男人再老口袋里也得有点钱。哦，一个老人，像他这样，也有自己的朋友，就是那个年轻人，有时他也想能够对朋友说："来啊，朋友，我们一起喝一杯，我知道有个好地方。我们去喝一杯，再去看场电影，我请客。"

老短号手也吃不下去。他只是茫然地盯着其他人的头顶，过了一会儿，便起身向自己的房间走去。他的妻子跟着到了楼梯口，问道："你怎么了，亲爱的——病了吗？"

"没有，"他回答着，"我只是不想吃。"他没有回头看妻子，拖着沉重的脚步慢慢爬着楼梯。

威尔在街上急匆匆地走着，但并没有走向街上灯红酒绿的地方。他寄宿的房子坐落在一条工业街，他往北转，穿过几条铁轨向码头走去，就在伊利湖沿岸。有些事是要他亲自去面对和解决的。他能处理得了吗？

他向前走着，刚开始走得很急，后来才慢了下来。眼看就到十月底了，寒风刺骨，仿佛空气都结霜了。街边的路灯相隔有些远，他沿着路边走着，一会儿到了光亮处，一会儿又到了阴暗处。为什么周围的一切突然间变得这么陌生，这么虚幻？他把外套忘在比德维尔了，还得写信给凯特让她给寄来。

此刻，他快到码头了。不只是夜晚，连他自己的身体，他脚下的人行道，遥远天际的星辰，甚至是他此刻经过的工厂建筑也变得那么陌生和虚幻。就像把手伸进尘雾或烟雾里一样，人们似乎可以直接伸出手臂，把手插进墙体中。威尔途中遇到的所有人似乎都很奇怪，行为都很怪异。这些黑影突然从黑暗之中向他涌来。厂房墙边站着一个人，一动不动。这些人的一举一动，以及此人此时此刻的怪异，都让人觉得是那么不可思议。威尔离那个一动不动的男人仅有几英寸之遥。这是一个人还是墙上的影子？此刻，威尔独自面对的生活，已经变得怪异而可怕。也许生活都是那样，浩瀚而空虚。

他来到码头船只停泊处，对着高墙般的船身，站了一会儿。船身看起来漆黑而荒凉。他回过头，看见一对男女沿路经过。他们踩在厚厚的尘土上，没有发出任何声响，他无法看清楚也听不到他们说什么，但是他知道他们就在那里。女人裙子白色的那部分依稀可见，而男人，在黑夜之中，就是一团黑了。"来嘛，不要怕，"男人低声说着，声音沙哑，"你不会有事的。""给我闭嘴。"女人回答，随后又很快笑了几声。两个人影在黑暗之中慢慢消失。"你都不知道自己在说什么。"女人又说道。

他收到了凯特的来信，就不再是一个男孩了。一个男孩，自然地，没有什么责任，总是与家里牵连在一起——而现在这份牵连已经断了。他已经被推离巢穴，离开了家，这已经是个既定事实了。现在的难题是，虽然他已不再是个小男孩，但他并没有成为一个真正的男子汉。他像是悬在半空，无处落脚。

他站在黑暗的船影中，肩膀不自然地微微摆动着，这肩膀现在几乎是一个男人的肩膀了。现在无须去想在老家的那些晚上，姐弟站在一旁，父亲把漆刷摆满餐桌的场景；也无须去想凯特和她的职员男友深夜散步回家后上楼梯的脚步声。想着俄亥俄州小镇上有一条牧羊犬，一个胆小的老妇人颤抖着双手把狗弄得滑稽可笑，把这个当作自娱自乐的消遣有什么好处？

他此刻正面对着成熟，独自一人面对着成熟。但愿他可以脚踏实地，克服那种凌空飘落、从无尽空虚中飘落的感觉。

"成年"——这个字眼在他的脑海中奇怪地回响着。它究竟意味着什么？

威尔尽力把自己想作是一个男人，在工厂里干着男人的活儿。现在干活的工厂里没有他的落脚之处。整天他站在一台机器前，给铁块钻孔。一个男孩把小小的、毫无意义的铁片装在盒子似的推车里，给他送过来，然后他就一片一片地拿起来，放在钻孔下。他拉起一根杠杆，之后钻孔机就会朝下运动，给铁片钻孔。看到一股烟雾升起，他就给钻孔喷点油。然后往上推开杠杆。孔钻好了，这时他就把那毫无意义的铁片扔进另一个盒子似的推车里。那铁片跟他毫不相干，他跟那铁片也毫不相干。

正午时分，他稍微活动活动，走出厂门，在阳光下站一会儿。工厂内，工人们坐在长凳上捧着饭盒吃饭。有些人吃饭前洗了手，而有的则对这种小事毫不在意。他们正一声不响地吃着。有个高个子男人朝地上吐了口痰，然后用脚搓去。到了晚上，他就从工厂回到住处，同样一声不响地跟其他男人坐在一起吃饭，再然后就是那老头走进他的房间来自吹自擂。他躺在床上聆听着，但不一会儿就睡着了。人就像铁片一样——在上面钻个孔，随后扔进一个盒子状的推车。他真的跟他们毫不相干，他们跟他也毫不相干。生活就这样日复一日地过着。

"成年。"

成年是意味着一个人离开一个地方，然后走进另一个地方吗？青年和成年是两间不同的房子吗？人在不同的阶段是住不同的房子吗？显然，他的姐姐凯特就要开启她人生的重大阶段。起初，她是个年轻的女子，跟父亲和俩弟弟，一同住在俄亥俄州比德维尔小镇的房子里。

然后有一天她就会变了。她结了婚，住在另一个房子里，有了丈夫。也许，她很快就会有孩子出生。显然，凯特已经抓住了什么，她已经伸出双手，抓住了某个实在的东西。她已经离开巢穴，然后马上，她的双脚踏在了她人生的另一个树干上——成年。

威尔站在黑暗之中，喉咙好像被什么哽住了。他的内心又在挣扎，但他又在挣扎些什么呢？像他这样的人并不是搬出一间房子住进另一间。他住在一间房子里，突然之间，房子就倒塌了。他站在家巢的边缘，向四周张望着，一只手从温暖的巢穴伸出来把他推向另一个空间。他没有落脚之地，只能悬在半空。

他高大威猛，身高近六英尺，却在黑暗的船影下，哭得像个孩子！他迈着坚定的步伐，沿着工厂的街道逐渐从黑暗中走出来，走进一条民房小道。他经过一个杂货店，向里面瞧了瞧，墙上有一面钟，已经是十点了。两个醉汉走出一间房子，站在一个小门廊上。其中一人扶住门廊的栏杆，另一人拉住他的手臂。"让我一个人待会儿，一切已成定局了，我只想一个人待会儿。"那人靠在栏杆上咕哝着。威尔走进他的住所，拖着疲惫的身躯爬上楼梯。见鬼——人要是有点预见性该多好啊，他就什么都不怕了。

进了房间，他开了灯，坐在床边。老短号手一下子向他扑来，就像森林路边匍匐待猎的小动物般急切。他带着短号进了威尔的房间，眼神里满是坚定。他苍老的双腿坚定地站在房间中心，郑重其事地说："我就是要吹，管她说什么，我就是要吹。"

他把短号放到嘴边，吹了两三个音符，声音极其微弱，威尔坐得这么近都几乎听不到。之后他的眼神黯淡了下来。"我的嘴唇不中用了。"说着，他把短号塞给威尔，"你来吹。"

威尔坐在床边微笑着，忽然想起了什么，让他聊以自慰。此刻，站在他面前的这个男人毕竟还是算不上真正的男人。他是个孩子，就像威尔一样，总也长不大。他无须过于害怕，这样的孩子到处都是。要是一个孩子迷失在一个浩瀚空旷的地方，至少他可以和其他孩子聊天。他们可以聊天，或许还能够理解彼此永恒的童心。

威尔的想法并不很清晰，他只是突然在这公寓顶层的小房间里感觉到了温暖和安慰。

此刻老人又在为自己作解释了，他想要维护自己的尊严："我待在这儿，不下楼和妻子睡，是因为我不想。这就是唯一的理由。

我想下楼睡就下楼睡。她有支气管炎——别告诉任何人。女人不喜欢让人知道。她人并不坏，我想做什么就可以做什么。"

他一直催着威尔把短号放嘴边吹，语气中带着强烈的渴望："你无法真正吹出什么音乐——你也不知道怎么吹——但是没关系的，你要做的就是吹出响声，吹出一大串声音，吹它妈个惊天动地！"

威尔又一次感到想哭，但是，从他在比德维尔搭上火车那个夜晚以来，一直伴随他的那种空虚和孤独感已经消失。"哎，我不能永远做个孩子。凯特有权利结婚。"他心里想着，把短号放在嘴边，轻轻地吹了两三个音符。

"不，我告诉你，不是这样！大胆吹！不要怕！我告诉你，我要你大胆吹，吹他妈个惊天动地！我告诉你，这个房子是我的。我们不用怕。只要我们高兴，我们做什么都可以。继续吹！吹他妈个惊天动地！"老人不停地恳求着。

威尔逊的故事

威尔逊谋杀案审讯期间，一个身材矮小头发稀疏长相怪异的家伙颤抖着双手，供认了罪行，随后，威尔逊沉冤得雪。在此过程中，他坚持不懈想要解释清楚某些事情，我观察着他，深感好奇。

他一直沉浸在那件事当中，完全不去理会对他的控告。无论最后的审判结果如何，法院是否依法控告他谋杀，是否执行绞刑，这一切他似乎都毫无兴趣。在他的生命中，没有法律这回事儿，他拒绝和谋杀案有任何瓜葛，就像有人拒绝抽烟一样。"谢谢，我跟一个朋友打赌说我可以戒烟一个月。所以，我现在已经不抽烟了。"

这就是我想表达的，真的让人很费解。说实在的，如果他有罪，想逃命的话，他真的没有比这些更好的选择了。你是知道的，刚开始的时候，大家一致认定他就是杀人凶手；我们都百分百确信这一点，可是随后，大家却因为他淡漠中散发出的强大气魄而想要解救他。所以，当知道那个矮小疯狂的舞台工作人员供认罪行的时候，大家都欢声雷动。

最后，他无罪释放，可他的态度却一点儿都没有改变。在某个地方，应该有那么一个人能领会他所要表达的意思，找到那个人聊一聊就显得异常重要了。有一段时间，在审讯期间或者审讯刚结束不久，常常见到他，我心里涌出一种特别强烈的感觉，觉得他现在这个样子就好像在黑漆漆的地板上寻找一根细针。嗯，他就像一个老人，翻遍了身上所有的口袋也找不到老花镜，露出一脸的无助。

我们所有人的心里都有一个疑问——"一个在外人看来，完全铁石心肠蛮不在乎的男人，有没有可能在最亲近的人将死之时，展现出他温柔而敏感的一面，而这也是他性格中的一部分？"

不管怎样，这只是一个故事，偶尔男人会喜欢直截了当地讲故事，不带任何报刊术语，里面没有美艳动人的女继承人、冷血无情的杀手以及诸如此类的荒唐故事。

当我听到这个故事的时候，我的感觉是这样的——

主人公叫威尔逊，全名埃德加·威尔逊，他从西部的某个地方来到芝加哥，或许是来自大山里吧。在遥远的西部，他可能曾经是个牧羊人，身上有一股独特、无形的气场，唯有经过许多相互冲突的故事才能捕获，与他在一起一段时间后，人们又会本能地抛却过往。

"那个恶徒，那个男人，怎样称呼都无所谓了，他不可能会按照大家的意愿来坦白事实的，随他去吧！"一个人自言自语。众所周知的是，他从堪萨斯州的一个小镇来到芝加哥，而且，他是跟一个有夫之妇从堪萨斯州逃跑出来的。

关于她的故事，我知之甚少。我想，她曾经也是个端庄的女人，有着高大强健的体格。可是，在遇到威尔逊后，她的人生变得混乱不堪。在堪萨斯州毫无特色死气沉沉的小镇上，生活往往会无缘无故变得丑陋肮脏。你想不到这其中的缘由，就随它去吧。这里就是如此地丑陋肮脏，人们根本就不相信作家在西部童话中描写的生活画面。

让我们更确切地了解这个特别的女人——在她的少女时期，父亲惹上了麻烦。他是某部门的小官员，可能给一个快递公司做旅行代理人，后来涉嫌公司资金丢失而被捕。审判前，他在狱中开枪自杀了，而女孩的母亲也已经去世。

在一两年内，她嫁给了一个老实巴交的家伙，不过，据说，日子过得相当无趣。他原本是个药店柜员，勤俭节约，没过多久，他就自己买下了一间药店。

那个女人，正如我所说的，本来身体强壮健美，现在却变得消瘦而憔悴。尽管如此，她举止文雅，带有一种独特的韵味，对于男人，可谓是致命的诱惑。在这个乌烟瘴气的小镇里，有好几个男人都被她迷得神魂颠倒，纷纷写信给她，试图让她晚上偷偷溜出来约会。你知道这些信是怎么写的，它们都没有署名。"你如果愿意跟我聊聊天，请手拿一本书于周五晚上到某某地来。"

然而，她犯了个愚蠢的错误，把收到其中一封信的事告诉了丈夫。他愤怒不已，夜深的时候，手拿一把猎枪，气冲冲地赶去幽会的地点。结果并没人出现，他回到家里，开始大发牢骚。他试探性地说了些尖酸刻薄的话。"你肯定是在哪里和那个男的见过面了，在大街上，那男人走过你身边，你一定含情脉脉地看着他。除非你给了他暗示，一个男人怎么会这样明目张胆地调戏一个有夫之妇呢？"

丈夫一直对这件事耿耿于怀，不停地抱怨，自此，他们的生活渐渐地阴郁起来。渐渐地她变得沉默寡言了，再加上他们本来就没有小孩，屋里也越来越死气沉沉。

然而这时，埃德加·威尔逊出现了，他一路向东，中途在这个小镇上停留了两三天。那个时候他身上还有点小钱，于是便在一家工人小公寓里寄宿了下来，就在火车站附近。有一天，他看见那女人走在街上，于是跟着来到了她家，邻居们看见他俩站在门前聊了一个钟头。第二天，他又来。

这一次，他们聊了足足两个钟头。随后，她进到房内，拿了几件行李就与他一同朝火车站走去。他们坐火车到了芝加哥，在那里同居下来，很明显，他们过得很快乐，直至她遇害——至于她是如何遇害的，容我稍后细讲。无疑，他们不能结婚，在芝加哥生活的三年里，他无所事事，没有为他们的共同生活挣过一分钱。他们刚来的时候，威尔逊只有那么一点点钱，几乎不够他们从堪萨斯州小镇到芝加哥的路费，穷得可怜。

我认识他们的时候，他们住在北区，那一带都是些三四层楼高的砖房，曾经是所谓上流人士的住所，但后来都破败了。那一带多年荒草遍野，如今已经焕然一新了。那里都是些老宅，后来改造成公寓，窗边的花边窗帘脏得难以置信，有的还是完全破烂不堪、摇摇欲坠的木屋——威尔逊和他的女人就曾经住过其中一间。

那个地方可谓一道风景了！我想，房东也够精明的了，知道像芝加哥这样的大城市，没有哪块区域会一直受忽视，总会有所发展。那家伙在心里肯定这样想："嗯，我就让这房子维持着现状。将来有一天，房子所在的地皮一定会升值，而房子本身是不值钱的。所以，我就放着它便宜出租，也不作任何维修。也许，等到地皮升值的时候，我就有足够的钱来缴税了。"

所以，那个房子多年没上过漆，窗户都变形了，屋顶板也所剩无几了。通过一段户外楼梯可以上到二楼，楼梯的扶手已经泛着奇特而油腻的灰黑色，在芝加哥或匹兹堡那样烧烟煤的城市，那些木头就会变成黑色。要是手碰到栏杆，马上也会变黑；楼上的房间看起来死气沉沉的，毫无生气。

前面有一个大房间，里面有一个壁炉，很多砖块都已脱落，而后面就是两个小卧室。

威尔逊和他的女人就住在这里，就在那个时候，那件事情发生了，我马上告诉你们。他们从五月份搬到这里来，我猜他们并不那么介意住在阴郁寒冷、家徒四壁的大房间里。房间里有一张床坏了一条腿，那女人就用集装箱上拆下来的木棍代替。房里还有一张餐桌和两三把不值钱的椅子，还有那张餐桌也让威尔逊拿来当写字桌用了。那个女人设法找到一份工作，在伦道夫大街的一个剧院当服装保管员。他们就靠这份工作过日子了。据说，她能得到这份工作是因为剧院或者公司的某个男人来这儿表演，对她有意思，但是人们总是对任何在剧院里工作的女人编造这类故事，从女清洁工到明星，无一例外。

不管怎样，她在剧院里一直都是安静出色地工作。

至于威尔逊，他写的诗歌类型是我之前没见过的，尽管像大多数的报社工作者一样，我偶尔也会写诗歌，包括押韵诗还有新型的自由体诗，不过我更喜欢古典诗歌。威尔逊的诗歌，于我来说简直就是火星文。好吧，现在深究这些好像没什么必要。

我拿了整整一大捆稿子回家，在房间里挑灯夜读的时候，真感觉有点头晕眼花。他的诗歌全是关于墙、深井还有大碗的描写，一棵小树笔直地矗立于碗中，想方设法盖过了碗的边缘去寻找阳光和空气。

每行诗都怪诞不经，却在某种程度上引人入胜。你进入了一个全新的世界，有着全新的价值观。我认为，这种价值观便是对诗歌的全部诠释。诗歌里有着现实世界——我们都认识或者我们认为我们都认识——这个世界里有许多住宅和中西部农场，农场里有铁丝篱笆围着田野，福特森拖拉机在田野里穿梭往来，还有城镇里许多的中学和广告板等，总之，这个世界包含一切生活要素——或者我们所认为的生活要素。

这是一个我们都行走的世界，然而，这也是另一个世界，我把它看作是威尔逊的世界，至少在我看来是个遥不可及又近在咫尺的阴暗世界。那里有着奇形怪状的事物，人们内心的另一面清晰地展现了出来。眼睛看的、手指摸的都是些新奇而古怪的东西。那是个主要由墙砌起的世界。我幸运地获得了威尔逊的整个诗集。发现那个女人尸体的时候，我恰好是第一个走进现场的记者，里面全是他的诗，认认真真地写在一本儿童抄写本上。当时，两三个愚蠢的警察站在那里。趁他们不注意，我把那本书藏到我的外套里。威尔逊审讯期间，我们出版了其中几篇比较容易理解的诗歌。这是报社最好不过的题材了——诗人杀死情妇。

"他没有穿着紫色的大衣，

因为血液和葡萄酒是红色的。"

整个芝加哥都喜欢这两行诗。

回头再看看诗歌本身。我只是想解释一下，整本书下来，都反映了这样一个意象：人，总会在他们周围筑起高墙，他们也许就注定永远站在高墙的背后，又用拳头或是任何他们能找到的工具不断地敲打着那堵墙。你懂的，他们试图打破某些东西。你无法百分百地确定到底是只有一堵高墙还是很多单个的小墙。威尔逊有时候这样描述，有时候又那样描述。人们自己建起了一堵堵墙，站在它们的后面，隐隐约约知道墙外是温暖、阳光、空气、美丽和实实在在的生命。可是事实上，与此同时，因为内心的疯狂，墙不断地越建越高，越建越固。

这个意象有点吓人，对吧？不管怎样，对于我来说是这样的。

然后就是一种关于深井的意象，人们无处不在挖井，越挖越深，也让自己在深井里陷得越来越深。你知道的，他们也并不想这样做，也没有谁要求他们必须这么做，但是，他们仍然日复一日地挖。这就是为什么井变得越来越深，远处传来的声音越来越微弱，生活的温情渐渐消失，我想，这一切都是因为人们盲目地拒绝相互理解。

刚一接触时，一切都古怪难懂，我指的是威尔逊的诗。这是他其中的一首诗。该诗与高墙、大碗和深井并没有直接的联系，但是，正如你将看见的，那是我们在审讯过程中在报纸上发表的那首诗，喜欢它的人不在少数，必须承认，这其中也包括我。把这则内容放在这里讲，让你自己亲身感受男主人公的陌生感，或许会让我的文章更具说服力。诗集里，有一首诗就命名为"第九十七首"，如下：

　　我的手指紧紧地夹住薄薄的烟纸，表明我现在十分冷静。有时候又不是这样。每当焦躁不安，我都虚弱得很；而每当沉着冷静，好比现在，我又无比强壮。

　　刚才，我穿过城里的一条街道，在一家门前停下，来到我现在待的这儿，躺在床上看着窗外。猛然间，一个想法涌上心头，我觉得我能随心所欲地握住座座高楼大厦的四侧，正如我掐着这根烟一样容易。我能把大厦玩弄于指间，把它放在我的唇边，吐出缕缕烟雾漫过大厦，吹散所有困惑。我能将一座高楼楼顶吹起,把上千人吹至空中,吹向那个未知的世界。正如我能把烟盒里的香烟一根一根地抽完,我也能摧毁一座又一座的大厦。然后,我能把座座城市的灰烬隔着我的肩膀扔出窗外。

我很少有现在这样的状态,那么平静,那么自信。每当这种感觉袭上心头,我都会变得直率简单,因而也会爱上自己。这个时候,我都会忍不住强烈赞美自己。

我正躺在窗户旁的沙发上,可以叫上一个女人或是男人来陪我共赴梦乡。

我可以拿起街上的任意一排房子,把它们翻转过来,倒出里面的人,把这些人合成一个人然后爱上它。

你看到这只手了吗?想象它拿着一把刀,能切断你所有的虚伪,能砍倒所有的高楼房屋,而里面成千上万的人正在酣然入睡。

要是握在这只手上的刀能切断剥落附在百万人身上的丑陋外壳,那该是一件多么有意义的事啊。

对了,你知道,某些概念、某种力量也可以很温柔。下面,我再引用他的一首诗,更温柔。在诗集中的标题是"第八十三首"。

我是一棵树,生长在墙边。我一直往上生长着,遍体鳞伤,饱经沧桑,却不忘一直向上攀爬,努力爬到墙的顶端。

我渴望把我的花朵和果实撒向墙外。

我会滋润干燥的嘴唇。

我的花儿会洒洒而下，越过墙头落在孩子们头上。

我将用那些落花轻抚人们的身体，他们住在离墙更远的地方。

我的枝干向上伸展着，新的树液也越过墙底下黑暗的土地不断地注入我体内。

直到我的果实从我的枝干上落下，越过墙头，落入他人的怀中，这才真正算是我的果实。

现在让我来谈谈，威尔逊和他女人在老木屋楼上大房间里的生活。幸运的是，我最近在他的诗行中发现了一些线索。

他们搬进房子之后，也就是去年春天，那女人之前工作的那家剧院在很长一段时间生意不景气，他们的生活相比以前就更加拮据了。于是她想办法赚点额外的钱，好帮衬着交房租。我猜，她出租了两间附属的小房间。

形形色色的人住在狭小的黑洞里，那儿没有任何家具，我也不知道他们是如何生活的。在芝加哥，还存在所谓的"失败区"，在那打地铺只要花五到十美分，他们受到的照顾远比那些体面人所知道的还要多。

我发现了一个女人——她不太年轻还瘦小驼背，你很容易就把她想象成一个女孩，她曾在其中一间小房子里住过几个星期。她在一家小型的洗衣店工作，负责熨衣服，有人还给了她一张便宜的折叠床。她出奇地多愁善感，跟很多残疾人一样双眼受伤，还有，我感觉她爱上了威尔逊。无论如何，我成功地从她那获得许多信息。

在此谋杀案中，那个舞台工作人员坦白了自己的罪行，而威尔逊也因此换得了一身清白。案件过后，我常常独自一人走去那间威尔逊曾居住过的房间，有时候去得很晚，我得等到把当天的工作做完。我们的报纸是午报，所以下午两点过后，大家应该都比较空闲了。

有一天，我看见那个驼背女孩站在房子的前面，于是我走上前和她搭起话来，我发现她就是个情报金库。

我曾经跟你说过她的眼神，既感伤又敏感。我就和她攀谈起来，接着开始聊到威尔逊先生。她立刻告诉我她住在后面的一间小卧室里。

有几天，她在洗衣店里，突然感到筋疲力尽，再无法正常工作了，于是就待在房间里躺在床上。剧烈的头疼持续了好几个小时，她完全不知道自己怎么样了。后来，她恢复了意识，但是很长的一段时间，依然虚弱得很。我想，她并非那种长寿的人，不过我觉得她也不会在乎自己是否长寿。

病了几次之后，她的身体十分虚弱，不管怎样，她就住在那个小房间里，开始对前屋的那两个人产生好奇。她从小床上下来，穿着袜子轻轻走到两间房之间的门前，跪在肮脏的地板上，透过门上的钥匙孔窥视他们的生活。一开始，她就被那个房间里的生活深深地吸引住了。有时威尔逊一个人待在房间里，坐在餐桌旁写东西，然后再把那些诗歌摘抄到我之前偷藏的那本诗集中，写的就是我之前提到过的；有时那女人也在家的时候，他仍旧一个人待着，并不写作。然后他总是在屋里来来回回走个不停。

他们俩都在房间里的时候，要是男人正在写作，女人就会一动不动、安安静静地坐在窗边，双手交叉放在腿上。有时他写了几行诗，就来回走个不停，时而自言自语，时而跟那个女人说话。他说话的时候，那个女人只是用眼神回应，那个残疾女孩这样描述道。这一切是残疾女孩所说的还是我自己想象的，坦白说，我已经分不清楚了。

不管怎样，我所得到的以及我通过自己的方式尝试传达给你的，是他们两人之间的陌生感。无论如何，这并不是个普通的家庭，就是运气差了点而已。我想，他正试图解决诗歌创作所遇到的难题，而那个女人也在以自己的方式助他一臂之力。

当然，我并不怀疑你是否读懂我之前引用的那些诗，它是关于人与人之间的关系——不仅仅适用于特指刚好出现在那个房间的男人和女人，也适用于任何人之间。

威尔逊这家伙对这种关系的理解有点模糊，在他认识那个女人之前，他完全茫然到处寻找人生的同伴。后来在堪萨斯认识了她，至少他觉得，对他来说，所有的事情都已经豁然开朗了。

是的，他明白了这个世界上任何一个人都无法独立思考或感受任何事情，独立思考或其他类似的活动只会让人们遭遇麻烦，之后他们在自己周围建立了一堵堵的墙，把自己封闭起来。这里的所有事物都表现得那么地不协调，万物就像在相互争吵一般，刺耳的声音接连不断。在真正的生命之歌开始之前，似乎必须有人飙高音，好让所有声音都一起唱出来。请注意，我不是在讲述我自己的观点。我努力想做的是把我的一些感受传达给你，这些感受是我从威尔逊作品里获得的，我一点点开始了解他，看到他的性格对他人造成影响，才悟出了这些感受。

他也十分肯定地认为，世界上没有一个人可以独立感受和思考。还有，他觉得人如果只是空想却不付出行动的话，他的生活一定会是一团糟。真正有意识的生命会建得像一个金字塔。首先，爱人的身体和思想必须深入你的思想和感受，然后，世界上所有其他人的身体和心灵都必须以某种神秘的方式进入，就像一阵狂风什么的席卷而来。

读了威尔逊的故事，你们会不会觉得有些思绪混乱呢？可能不会，你的思绪可能比我更加清晰明了，我觉得很难懂的东西你可能轻而易举就理解了。

我潜入了威尔逊的思想海洋，我承认，自己并没有确切地理解他的所有想法，但是，我想做的只是把我目前所理解的东西传达给你，仅此而已。

那个驼背女孩的感受（还是我自己的幻想粉饰了她的感受呢？），无关紧要，重要的是埃德加·威尔逊到底在想什么。

我想，他觉得在诗歌领域，直到他遇到这样的一个女人，他才能表达出他从未表达的东西，她能够以一种奇特彻底的方式向他呈现出一个真实的世界。然后这就会形成婚姻，美丽的爱情就会呈现在世人面前。我想他不得不找到有这种力量但又不被自己的欲望而玷污的女人。我想他不得不找到拥有这样一股力量的女人，而这种力量必须是纯洁无瑕不受任何污染的。可以看得出，威尔逊是一个典型的自我主义者。他觉得从堪萨斯药剂师的妻子身上找到了他想要的东西。

他找到她了，给她施加了某种影响。具体是什么影响，我也不是十分清楚，只知道她跟他在一起，常常沉默寡言，好生奇怪，却无比幸福。

要谈论威尔逊及其对别人的影响，就像是走钢丝一样，钢丝横挂在两栋拔地而起的高楼之间，底下还有密集的人群。地面传来哭喊声、大笑声、汽车的喇叭声，掉下去就粉身碎骨。简直是荒谬可笑。

似乎，他想把两人的肉体和灵魂都浓缩到自己的诗歌之中。你也许会记得我曾经引用过他的一首诗，他提到想把整个城市的人浓缩成一个人然后爱上他。

你也许觉得他是一个有魔力的人，强大得可怕。你读到他的诗歌，就会知道他是怎样让我感受到他那无比的力量，然后服从他的意志。

他把那个女人牢牢地控制在手掌心之中。他想相当彻底地占有她，大概就像其他男人一样，他们对自己的女人想完全占有却又不敢完全占有。反过来，也许她也一样深陷于自己的私欲中，无法自拔。无论昼夜，无论聚散，他都在和她做爱。

我坦承，整件事我全都糊涂了。我正努力表达我感知到的某些东西，不是对自己的感受，也不是那个驼背女孩对我说的话。我转身离去，留她一人跪在地板上，趴在门上，透过钥匙孔窥视。你看，她跪在那，看着那一男一女，驼背女孩也拜倒在他的魄力之下。毋庸置疑，驼背女孩也爱上了他。她在又黑又脏的房间跪着，地上一定铺满了厚厚的一层灰。

那个女孩说的话，就算她没说，她本人也会让我这样觉得：威尔逊要么就在房间里面创作，要么就在那个女人面前走来走去，像在思考着什么，每当这个时候，那个女人就不会做其他事情，只是安静地坐在椅子上，脸上眼中都有一种神情——

他时时刻刻都在和她做爱，这种抽象的做爱，是在和所有人做爱吗？有可能吧，因为这个女人纯粹是肉体的，而他却恰恰相反。如果你觉得这些都是瞎扯，根本没有任何意义可言，至少对那个驼背女孩来说是有意义的——她明显没有受过教育，也从不会自命不凡地认为自己拥有任何特殊的理解力。她跪在满是灰尘的地板上，聆听着，全神贯注地注视着那个钥匙孔，最后她开始感觉那个男人也在和她做爱，虽然她从没出现在他面前，他也从没碰过她的身体。

她确确实实感觉到了，极大地满足了自己的生理需求。完全可以说这满足了她，她就是这样一个人，觉得有了它，她的一生足矣。

这个房间发生许多值得一谈的小事。

例如，六月份一个闷热的雨天，那个驼背女孩像往常一样，跪在房间的地上，窥视着威尔逊和那个女人。

威尔逊的女人在洗衣服，但是她没法把它晾在外面，就在房间里拉了一条绳子，把衣服晾在上面。

她晾好衣服后，雨还没停，这时威尔逊正好从外面回来，坐在桌子旁开始写作。

他写了几分钟，起身在房间里走来走去，走着走着，一件衣服打到他的脸上。

他没停下来，一边走一边对她抱怨，抓起所有的湿衣服，直直走到外面楼梯顶的小平台，把它们全部扔到楼下泥泞的院子里。那个女人就坐在那里一动不动，什么也没说。直到他回到桌子旁边，她才下楼去捡那些衣服，把衣服又洗一遍，等到她把所有衣服全部洗好，开始晾衣服时，他才似乎意识到自己刚刚做了什么。

重新洗好衣服，他又出去散步。听到他上楼的声音，驼背女孩马上跑到钥匙孔前。他走进房间，她跪在那里，恰好能看清他的脸。"那时他就像一个一脸茫然的小孩，虽然什么都没说，眼泪却开始从脸颊流下来。"她说道。这一幕发生时，那个女人正在重新晾衣服，她转过身，看到了他。她把满手臂的衣服统统扔在地上，向他跑去。驼背女孩说，那个女人半跪着，抱着他的身体，抬起头望着他的脸，请求道："不，不要难过。相信我，我都知道。请不要难过。"

现在说说那个女人是怎么死的，这事儿发生在那年的秋天。

在她偶尔工作的地方，也就是剧院，还有一个男人，就是那个身材矮小近乎疯狂的舞台工作人员枪杀了她。

他爱上了她，就像堪萨斯州她家乡的那些愚蠢男人一样，他也写了几封信给她。只是，在威尔逊面前她对此只字未提。信写得不是很好，其中几封最令人恶心，或许是他的内心早已扭曲，竟然假冒威尔逊的署名。之后，在那个女人身上又找到两封信，审判过程中这两封信被带到现场，作为指控威尔逊谋杀罪名的证据。

夏过秋来，一天夜里，剧院要服装彩排，她就叫威尔逊陪她一起去。芝加哥的秋天有时阴冷潮湿，整座城市笼罩在一片浓雾之中。

但是彩排没有如期进行，可能是哪个明星病了。威尔逊和他的女人在那个寒冷空荡的剧院里坐了一两个小时，有人通知她可以回去了。

她和威尔逊在大街上走着，然后停了下来，在一家小饭店吃了些东西。他一言不发，陷入一种莫名的情绪之中，这对于他来说是常有的事。毋庸置疑，他正在想他的诗，该如何表达诗意，就是我已经跟你解释过的那些诗。他沉浸在自己的世界里，完全没有意识到陪在他身旁的那个女人，还有那来来往往的人群。他自顾自地走着，而她呢？

毫无疑问，她像平常一样，沉默不语跟在其后，觉得只要能跟他在一起就心满意足了。他的所思所想，一点一滴都是关于她的。此时此刻流淌在他身体中的血液同样也是她的血液。他让她产生了这种感觉。他自顾自走，而她虽一言不发却也满足于与他在一起。他走在她身边，而他的思绪已经穿越了高墙和深井。

他们从鲁普区的那家饭店出来，跨过一座桥来到北区。一路走来，他们彼此没有说过一句话。

他们快要到家了，这时，那个舞台工作人员，也就是那个写过求爱信的小个子男人，颤抖着双手，不知从哪里冒了出来，突然就出现在雾中，开枪射杀了那个女人。

事情就是这样了，就这么简单。

就像我说的那样，他们在路上走着，此时一个头影闪现在了那个女人的面前，飘在迷雾之中，一只手迅速伸出，突然响起一声清脆的手枪声。之后，那个舞台工作人员转过身，撒腿跑了，那人长相干瘪，满脸皱纹，犹如一个虚弱无力的老太太。

正如我之前所说的，威尔逊沉浸在自己的世界里，这一切，在他的脑海里并没有留下任何印象。他还是自顾自走着，好像什么也没有发生似的，而那个女人眼看就要倒下，使出浑身力气挺住，一声不吭地继续跟在他的身边。

他们大概又走了两个街区，终于来到了他们住所外部的楼梯口，突然一位警察跑了过来，那个女人对他撒了一个谎，告诉他，她看见两个醉汉在打架，手指着舞台工作人员逃离的反方向，把警察支走了。

那时，他们正身处在黑暗和浓雾中，上楼梯时，女人抓住了她男人的手臂。他还是没有意识到发生了什么事——目前，我只能按照这样的逻辑来分析，尽管他身处案发现场耳闻目睹了一切，但他竟然没反应过来那是枪声，也没有意识到她已经奄奄一息了。后来负责这起案子的医生们说，她控制心脏运作的某块肌肉或血管什么的被枪击中，最后导致死亡。

据我推测，她那时正处于生死两界。

无论如何，二人走上楼，进入房间，接着，就发生了真实、可爱而又戏剧性的一幕。有人希望场景的所有内涵能够在舞台上演绎出来，而不是通过文字表述出来。

两个人走进房间，一个将死之人却不承认这种毫无特色毫不可爱的死亡，也就是说，一个呢，将死未死，另一个呢，虽然活着，却像死人一样麻木不仁，对所发生的一切毫无知觉。

他们走进房间，里面漆黑一片，靠着动物的本能，女人穿过房间走向壁炉，而威尔逊站在距离房门十英尺的地方，用他那古怪深奥的方式思考着。壁炉里堆积了许多垃圾、烟头，要知道，他是个十足的烟虫——还有一些他用过的草稿纸，这些垃圾总是围绕在威尔逊之类的人身边。壁炉里的都是易燃物，把这些都烧了足够他们抵御寒秋的第一夜。

于是她走到炉边，在黑暗中摸到一根火柴，点燃了这堆东西。

有一幅画面会永远留在我的记忆里——在一个空荡荡的房间里，那个男人像瞎子一样杵在那里，而那个女人则跪在地上，点燃她生命的最后一缕美丽的火花。微弱的火苗跳跃着，蔓延着，在墙壁上舞动着。火光下，那个男人站在地板上，犹如站在一口黑暗的深井里，心无旁骛地思索着该如何更好地表达自己的诗意。

那堆废纸屑燃烧着，瞬间，房间明亮起来，那个女人在炉灶旁站了一会儿，火光并没有映在她的身上。

接着，她脸色发白，摇摇晃晃，穿过壁炉的火光，犹如穿过舞台的聚光灯，轻轻地、默默地向他走去。难道她还有话要说吗？永远不会有人知道，当时的情况是她什么也没说。

她向他走去，就在走近他的那一刻，她倒在地上，死在他的脚边，而与此同时那堆废纸所发出的微弱火苗也熄灭了。如果她死之前还有挣扎，那她一定在地上是默默地挣扎，周围寂静无声。她倒在地上，躺在威尔逊和房门之间，就是那扇能通往楼梯和外边街道的房门。

就在那时，威尔逊完全没了人性，让我难以理解。

火苗熄灭了，他爱的女人死去了。

他就站在那儿，眼神茫然，一片虚无，心里想着，上帝才知道他心中到底在想什么，或许想的正是虚无。

他仍站在那里，一分钟过去了，又是五分钟，或许十分钟。在他遇到这个女人之前，他深陷疑海不能自拔，根本无法表达内心的诗意。或许他只是从一个地方游荡到另一个地方，看着人们的脸，疑惑不解，想要接近别人却不知如何是好。而那个女人，却能在那深不见底的大海里找到他，把他拖出海面，让他看见蔚蓝的天空，沐浴和煦的阳光。她温暖的身体给了他爱，好似海上搭载他的一叶扁舟，如今这扁舟沉没了，而他也只能重坠海底了。

所有的这些都发生在他的眼前，然而他却浑然不知。也就是说，他处于知与不知两界之间。

他是个诗人，我想或许那时一首新诗正在他的脑海成形。

就像我刚才说的，总之他在那站了一会儿，然后他一定是感应到该行动起来，这样也许能阻止那即将降临的灾难。

他有一股冲动，想走到门口，跑下楼梯，冲上街去，但是那个女人的尸体就横在他和房门之间。

他后来说，那时他做了一件别人听起来都觉得十分残酷的事，他把那个女人的尸体当作漆黑的森林深处一棵树倒在了地上，他先是试着用脚把尸体踢开，发现似乎行不通，便笨拙地从尸体上跨了过去。

他的脚后跟正正地踩在那个女人的一只手臂上，后来人们在尸体上发现了那褪色的脚印。

他差点跌倒，然后站稳了继续向外走，走下摇摇晃晃的楼梯，来到了大街上。

碰巧的是，夜色清朗了，气温降低，一缕寒风驱散了浓雾。他无动于衷地走了几个街区，就像是你们读者和朋友吃完午饭去散步那样，若无其事地走着。

事实上，他甚至停下来在一家商店买了些东西。我还记得那家店面名叫"鞭子"。他在店里买了包香烟，点上了一支，站了一会儿，很明显，他是在听店里几个懒汉闲聊。

随后他又开始瞎逛，一边走一边抽着烟，无疑还在想着他的诗歌。然后，他来到了一家电影院。

或许那个地方触动了他。他也是一个陈旧的壁炉，装满了陈旧的思想，一些尚未写出的诗歌片段，上帝才知道那是什么样的垃圾！以前，他晚上经常去那个女人工作的剧院接她一起回家。此时人们正从这家小型的电影院中走出来，他们刚刚在里面看了一场戏剧，名叫《世界之光》。

威尔逊走进了人群，一脸迷茫，抽着烟，摘下帽子，焦虑地环顾四周片刻，突然间开始大喊大叫起来。

他站在那里，嘶吼着，试图说出发生的事情，但他也不太确定自己话的真实性，犹如一个人在努力回忆梦中的情形。他喊了一会儿，接着，沿着人行道跑了一小段路，停下来又继续讲发生在他身上的事。他急冲冲地沿着街道往回跑，爬上摇摇晃晃的楼梯，来到那女人尸体躺着的地方，围观人群好奇地跟着他。随后，警察就来了，逮捕了他。

一开始，他似乎很兴奋，但随后又安静下来。他的辩护律师在法庭上试着为他辩解，说他是精神错乱，他对这一说法嗤之以鼻。

正如我之前所说，在审判期间，他似乎对这起谋杀及他自己的命运漠不关心，让我们所有人备感困惑。后来真凶认罪，威尔逊似乎对他也没有任何怨恨。他有自己想要的东西，与凶杀案毫无关系。

你们知道，在他找到那个女人之前，他一直在这个世界上漫无目地游荡着，不断挖井，越挖越深，在他自己和别人之间砌起一堵墙，越砌越高，就像他诗歌中所讲的那样。

他知道自己在做什么，但却无法停下来。因而不断地给人们讲着，不断地恳求他们。这个男人从疑海中挣脱出来，握着那个女人的手，过了片刻，他浮出了海面，但片刻之后他感觉再一次沉入了海底。

他滔滔不绝地讲，拦住路人讲，走进别人家里讲。我猜，他这么做是为了不让自己永远地沉入海底，我敢说，这是一个行将溺水之人的垂死挣扎。

不管怎么说，我给你讲完了他的故事，或者是在某种力量的驱使下被迫讲述。他有一种力量，征服了我，也征服了那个堪萨斯女人，和那个不知名的驼背女孩，吸引她跪在布满灰尘的地板上，透过钥匙孔进行偷窥。

自从那个女人死后，威尔逊在困惑和麻木的海洋中越陷越深，我们全都努力着把他解救出来，但无济于事。

我被迫讲述他的故事，可能是希望借此机会使自己加深理解。难道就没有可能，通过加深理解，汇集力量，伸手入海，把威尔逊重新拉回到海面上来吗？

俄亥俄异教徒

第一章

  汤姆·爱德华兹,出生于俄亥俄州北部,是托马斯·爱德华兹的后裔。托马斯是威尔士著名的诗人,在他那个年代被称为"图奥尔南特"——用我们的土话说就是"河谷或溪谷的汤姆"。先辈托马斯·爱德华兹在历史上曾是威尔士人民伟大的精神领袖。他写了很多鼓舞人心的间奏曲,生死、大地、水火等无所不包,更重要的是,对于坚强而酷爱音乐的同胞,他无比友爱,爱其一切,爱其所爱。他咏唱的诗歌美妙,而在人生篇章中更谱写了美妙的诗歌。在威尔士流传着一个充满传奇色彩的故事,这个故事还被托马斯写进一本书里,讲的是他如何带领一个马队将一艘大船从陆上搬到海里,而在这之前,三百个威尔士人都没有成功做到。他教导威尔士伐木工人运用吊车和滑轮搬运巨大的木材。他还曾跟一个恶霸殊死搏斗,那恶霸在威尔士可是臭名昭著,人称"冷血战士"。他的后裔汤姆·爱德华兹就出生在俄亥俄州,离我的家乡比德维尔镇很近。他原本不姓爱德华兹,在他出生那年父亲就去世了,母亲出于爱德华兹血统的骄傲,便给他取了这个姓。到了六岁的时候,母亲也去世了,一个爱好运动的农场主哈利·怀特海德把他带到家里领养,他的父母都曾为哈利打工。

怀特海德夫妇身形高大，哈利体重二百七十磅，他的妻子比他还重二十磅。收养小汤姆不久，哈利迷上了赛马，便搬离了他的三个农场，到我们的镇上居住。

在比德维尔小镇有一座老旧的木房，以前是个木桶板厂，但已空置多年，窗户早已没了，像双眼睛注视着大街小巷。哈利低价买了下来，改造成一个极好的马厩，铺上了木制地板，分割成两大排单厩。在克利夫兰市的一次纯种马销售会上，他买回二十匹小雄马，一律是天生的赛马，随之便开始训练起来。

其中有一匹黑马叫作布西法拉斯，原意为亚历山大大帝的战马。这个名字是哈利从我们镇上的一个诗歌爱好者约翰·特尔弗那儿得到的。特尔弗说："有个大人物的骏马也曾叫这个名字。"这让哈利很满意。

小汤姆授命作为布西法拉斯的特别看护员，而这匹拥有田纳西州帕特契斯强者血统的黑色公马，很快成为整个马厩的佼佼者。布西法拉斯天性暴躁，就像歌剧明星一样变幻无常，从一开始就麻烦不断。只有怀特海德和小汤姆敢走进它的马厩。他俩驯服这匹骏马的方法迥然不同却同样有效。一次，大块头哈利手执一条又长又粗的马鞭走进马厩，关上所有的门，把那匹马的缰绳松开任由它放纵，想着要跟它一决雌雄。最终，哈利胜出，从此只要他一走近，那匹马就会很温顺。

小汤姆的方式就不一样。他喜欢布西法拉斯，淘气的布西法拉斯也喜欢他。不管日夜，汤姆都睡在马厩里的一张简易床上，哪怕有母马在，他也敢毫不畏惧地走进布西法拉斯的分隔厩。有时候那匹马暴躁起来了会堵住汤姆的出路，喘着粗气，金属的马蹄铁碰着马厩地板嘎嘎作响，这时汤姆会大笑着拿出一条简易的缰绳套住马头，带它出去清洗或套上马车去我们镇上一条半英里长的赛道跑步。于是就出现了这样一幅壮观景象——一个血管里流淌着图奥尔南特血液的小男孩牵着一匹拥有帕特契斯纯正血统的骏马奔跑。

六岁的时候，布西法拉斯在俄亥俄州哥伦布市举行的大型春季赛马会上大获全胜。当时大个子哈利坐在单座二轮马车里，在大会最激烈的自由竞跑中，它赢了前两轮，接下来就止步不前了。一匹名叫"东方闪电"的骗马在下一轮比赛中超过了布西法拉斯。汤姆，这个十六岁的小伙子，也坐在马车上，与布西法拉斯一起迎战那匹骗马还有一匹栗色的母马，这两匹默默无闻的赛马突然像旋风一样加速狂奔。

最终，这匹高大的公马和这个纤瘦的小伙子赢了。伴随着人群的谩骂、叫喊，对手骑在马背上抽打着马鞭，这个苍白的少年驾着这匹黑马如离弦之箭射出，他往前倾着身子跟黑马低语，"跑呀，伙计！跑呀，伙计！"少年的声音在比赛里一次又一次响起。布西法拉斯创下了二点零六的纪录，而汤姆·爱德华兹也成了报纸争相报道的英雄。他的照片出现在《克利夫兰领军人物报》和《辛辛那提询问报》上，他回到比德维尔的时候，我们所有小男孩都嫉妒得泪流满面。

然而，后来汤姆·爱德华兹却一落千丈。他高高的个子，几乎有着成年男子的体形，在他六岁到十三岁期间，每到冬天他都住在怀特海德农场，这几个月里他就在一所乡村学校上学，学会了读书、写字和算术，除此之外，他就没有接受其他教育了。这天下午，一个头发花白、身材消瘦的男子来到怀特海德农场的马厩，他是比德维尔的训导员，同时也是周日浸会学校的负责人，他告知汤姆如果再不去上学，他跟他的雇主都会有大麻烦。

哈利和汤姆怒火中烧。汤姆这样一个又高又瘦的小伙子，那年秋天打败了俄亥俄州北部和印第安纳州所有的赛马胜利归来，期间他在格兰德巡回马赛的混战赛中带领布西法拉斯以二点零六的成绩，击败了对手。

你能想象这样一个小伙子坐在教室里手捧一本愚蠢的教科书，读着关于人们如何处理黄油、鸡蛋、土豆和苹果的琐事，被迫弄清楚那些无关紧要又复杂琐碎的业务知识吗？你能想象这样一个小伙子坐在教室里，在一个女教师的眼皮下，跟一群年龄只有自己一半又不谙世事的小男孩混在一起吗？

这简直无法想象。哈利·怀特海德说，法律是没错的，目的是不让那些没用的孩子在街上游手好闲，但这与他自己有什么关系呢？汤姆无法理解。那个训导员离开后，只剩下汤姆和他的雇主站在那里，神色忧伤，四目相对了好长时间。接受教育没有错，但汤姆觉得他的教育程度已经足够了。他能读会写懂计算，一个马术师还需要什么别的书本知识吗？雨夜里，没有人坐在马厩的门边高谈赛马的时候，书本还是有用的。或者一个人去陌生的城镇比赛，比如周日到达，但比赛要下周三才开始——这时，箱子里带上一本书还有一张马毯，就是不错的选择。当你在一个秋天的午后做完了所有事情而天气又很好的时候，其他马夫包括黑人和白人都会去镇上。那么就可以带上一本书，坐在一棵大树下，读着那遥远陌生而又迷人的生活，犹如自己的生活一样。汤姆已经看过《鲁滨孙漂流记》《汤姆叔叔的小屋》和《圣经故事》，这些都是他在怀特海德农场找到的。比德维尔的校监雅布·弗里德曼也很热衷于赛马，借给他别的书，准备在冬天看，一本《格列佛游记》，一本《摩尔·弗兰德斯》，都放在他的箱子里。

而现在，法律却要求他必须放弃当一个马术师，每天到学校里做那些简单又愚蠢的计算题。他已经证明自己是个男子汉了，他之前干过的大事，学校里的那些男孩子又都知道什么呢？他难道没跟世界上的几个大人物见过面说过话吗？他们都是驱马破纪录的人，难道他们不尊重他吗？他要成了一名骑手，波普·格尔斯、沃尔特·库克斯、约翰·司普兰、墨菲那样的马术师不会问他读过什么样的书，或者多少英尺为一杆，多少杆为一英里。在哥伦布的马赛上他作为一个马术师赢得了荣誉，这足以证明生活已经给了他所需要的教育。驾着那匹"东方闪电"骗马的人在第三轮比赛中恐吓他但没有得逞。那人身材魁梧，畜着黑色的胡须，一只眼睛已经不见了，这让他看起来又凶恶又丑陋。到了终点前最后的一段黑暗的直道，两匹马的速度不相上下，角逐冠军的最后时刻到了，就在这时，汤姆驾着布西法拉斯一溜烟跑到了前面，那人凶狠地盯着他大吼："你这不知死活的小子，再不退回来小心我把你踹下马车！"

接着他又用马鞭粗的一头去打汤姆，不过也许不是真的要打，因为他避开了汤姆的头。而汤姆目光坚定地看着自己的马，抓住关键时机，奋力向前冲，超过了对方。

后来他也没有把比赛中发生的事告诉哈利，他模糊地觉得这本身也与他骨子里真正男子汉的品格有关。

而现在他们却要把他扔进学校跟一群小孩子在一起。当时，他正蹲在马厩地板上，为一匹修长的小马擦腿，布西法拉斯正在马棚里，即将参加下周一印第安纳波利斯的深秋赛事，然而，天有不测风云。哈利来回走动着，咒骂着闲坐在马厩门边椅上的两个男子。"你们那也叫法律，嗯？就能夺去小汤姆已经得到的机会吗？"他在他们鼻子前甩着马鞭质问，"我从来没见过这样的法律，我认为上帝该摧毁这样的法律。"

汤姆把那匹小马驹牵回去，然后走到布西法拉斯的畜栏里。它很温顺，转过去要汤姆擦它的鼻子，不过汤姆走上前，把脸埋进它宽大的脖子里，久久地站在那里，身体颤抖着。他原以为哈利会让他骑布西法拉斯参加下一个季度的所有比赛，而现在一切都结束了，他就要被扔回童年时光，只能像个小孩一样待在学校里。"我才不干呢。"他突然下定决心，眼睛里闪着一股倔强的光芒。他想要以后做赛马手看来是泡汤了，但这种耻辱才是最无法接受的，他决定不告诉怀特海德夫妇，而是要做出自己的行动。

"我要离开这里。在他们把我弄进学校之前我要逃出这个小镇。"他对自己说，同时伸出手轻轻抚摸着布西法拉斯柔软的鼻子。这可是帕特契斯纯正血统的马啊。

当晚，汤姆就离开比德维尔，坐着货运列车往东走了，从那以后就再没人看到过他。整个冬天他都住在克利夫兰，在一个工人聚居区驾着马车到处送牛奶。

然后又是一年春来临，过去关于春天的回忆也一幕幕浮现——雷电轰鸣，大雨瓢泼，雨水冲刷过的田野里，小麦从黑色的泥土里悄悄冒出了嫩绿的芽儿，一切都那么生机盎然；新犁的田野散发着沁人心脾的芳香，在比德维尔北部的怀特海德农场里，牲畜嘶鸣起来，在这儿你还能闻到它们的味道。农场生活的那段日子真是记忆犹新啊，后来，他住在比德维尔，每天睡在马厩里，早上起来就骑着马儿，绕着比德维尔赛马场那半英里长的赛道一圈又一圈地慢慢小跑着。

那才是真正的生活！一圈又一圈地跑着，小马驹伴随着小少年一起跨越时光慢慢成长，他们从没思考过人生却一直热忱地与人生相伴而行，一路上风声相随，小少年就在这如梦如幻的世界里长久地驰骋着，既有勇敢美好相随，又有恐惧不测相伴。小镇边缘的这片乐土上，赛道围起的空地长满高高的树木，在树上，松鼠嬉戏着，打闹着，巢居的鸟儿啾啾地叫着，地面上，蜜蜂嗡嗡地采着含苞初放的花朵，小虫子吱吱叫着，躲在草丛里不出来。

可城市街道的生活和春景是那么地不同！在汤姆看来，简直就是臭气熏天。他在寄宿处一个小房间里住了几个月，这地方正好处在一条恶臭无比的街道上，同住的还有六个甚至八个或十个年轻人。这些年轻小伙子全都未婚，薪水也不错，每逢冬天晚上或周日，他们就换上一身像样的衣服出去逛，喝个半醉回来，坐在房间自吹自擂、高谈阔论上好几个小时。汤姆很羞怯，常常一个人待着，城市的所见所闻让他震惊、害怕，其他人都不和他来往。他们都有点儿看不起他，只当他是个乡巴佬。每到傍晚下班，汤姆经常独自一人去散步，穿梭于工房之间冷清的街道，呼吸着烟雾弥漫的空气，听着偌大工厂里嘈杂的机器声。其他时候他都是吃过晚饭就回到房间，带着对生活的恐惧和莫名怪异的忧虑，病恹恹地躺在床上。因此，他在十七岁的初夏离开了这个城市，回到了俄亥俄州北部的一个湖边乡村，在一个叫约翰·伯茨福德的男人那里找到了一份活计。这个人有一台打谷机，在俄亥俄州的各个农场里给人干活。这个曾经瘦弱的小男孩，当年策马挥鞭驾着布西法拉斯赢得了最高的胜利，跑出了它赛马生涯里最快的速度，如今已长成为一个高大威猛的年轻人，棕色的眼睛，冷静的大手——忧郁沉重的外表之下，仍有着极大的活力。现在他驾着农场那群灰马，沉闷地苦干着，给打谷机的引擎加油加水，再将田里脱粒好的谷物运到农场主的谷仓里。

伯茨福德满脸胡须，肩膀宽阔，虽已年届花甲，依然体格健壮。除了汤姆之外，他的三个成年儿子都在给他打工。他过去是个农民，在一块租来的地上干了一辈子，存了些钱，都给他拿去买那个打谷机了。这五个男人白天像奴隶似的苦干，晚上就在农场主畜舍里的干草堆上睡觉。现在这个湖畔乡村正值雨季，伯茨福德打谷的工作刚刚开始，进展并不顺利。

老打谷人很是担忧。干打谷这一行已经花光了他所有积蓄，弄不好就负债累累了。他是个虔诚的教徒，晚上他感觉别人都睡着了，就会从高高的干草堆里爬出来，到畜舍的地板上祈祷。

汤姆身上发生了些变化，这让他第一次开始思考人生，思考人生的意义。他爱这个乡村，爱这阳光沐浴的金色麦田，远离喧嚣和肮脏的城市生活。在这还有一个小伙子，和他一模一样，从深层意义上说，是他的一个兄弟，这小伙子不停地向外界的力量呼喊着，这些力量在阳光里，在云朵里，在夏雨相伴的轰鸣雷声里——这些力量存在于这些事物中，同时也在控制着这些事物。

这给这个年轻的打谷学徒留下了深刻印象。在这段下雨的日子里，只要没活儿干，他就溜出去雨中漫步，四处游荡，等待着夜幕降临，其他人都进了干草棚准备就寝，他却睡意全无，思维和听觉都开始活跃起来。他想到了上帝，想到了上帝可能在人们的各种活动中所起的作用。伯茨福德最小的儿子就躺在他身边，他是个胖乎乎乐呵呵的家伙，他俩爬进干草堆就开始低声聊天或大声说笑。这个胖乎乎的男孩皮肤很敏感，干草秸末端的许多碎屑钻进他的衣服，撩得他痒痒的。他咯咯地笑着，扭动着身子，乱踢着双脚，汤姆看着他，也给逗笑了。关于上帝的种种遐想也随之烟消云散。

畜舍里一片静寂，每逢下雨，雨滴击打着屋顶，宛若低沉的鼓声萦绕在头顶。汤姆能听到牛马在下面走动的声音。四周的气味真是好闻，特别是奶牛的气味，让他兴奋沉醉，这感觉就像是在喝烈酒，身上的每个细胞都活跃起来了。其他两个年长的儿子像父亲一样，一本正经的。他们一动不动地躺在那儿，脚深深地埋进干草堆里，一股温热的霉味夹杂着干体力活所留下的汗水味，从他们的衣服里散发出来。很快，独自睡在别处的老伯茨福德小心翼翼地起身，脚上穿着袜子，跨过干草堆，沿着梯子爬了下去，汤姆竖起耳朵听着。那个胖乎乎的男孩已酣然入睡了，不过他很确定其他两个跟他一样睡意全无。下面的每个声音都被放大了。他听到一匹马在蹬畜舍的地板，一头奶牛正用角顶着食槽。老伯茨福德热忱地祈祷着，呼喊着耶稣的名字，祈求他帮助自己渡过难关。汤姆没办法听清所有的话，但有一些还是听得十分清楚，其中有些话像叠句一样从他口中流出来。"慈悲的耶稣啊，"他说道，"赐给我们些晴朗的日子吧，让晴朗的日子快点到来，看看这片土地，赐给我们些晴朗温暖的日子吧。"

温和晴朗的天气到了，汤姆很惊讶。每天早上日上三竿的时候，安排好所有的机器给堆积如山的麦子脱粒，汤姆就会驾着马车去到远处的小溪或池塘给水箱装水。有时候他不得不到两三英里外的湖泊运水。路上尘土飞扬，马儿慢吞吞地走着。他走进一片小树林，沿着一条林间小道走下去，进入一个小山谷，看到了一处山泉。他想起老伯茨福德在黑暗寂静的畜舍里祈祷。他把自己想象成耶稣的样子，一个年轻的上帝，四处巡视着地上的一切。这个年轻的上帝穿过一条条小路和绿荫遮蔽的地方。马蹄踏着路上的尘土发出一声声闷响，森林深处也传来了回音。汤姆向前俯着身子侧耳倾听，脸颊开始有点儿苍白。此刻他不再是一个成人，而又回到了那个天真敏感的孩童，在一片愤怒声中驾着布西法拉斯取得胜利。第一次，那个图奥尔南特老诗人的血液在他身体里觉醒。

这个为脱粒工人运水的男孩骑着马儿帕伽索斯穿过俄亥俄州伊利县的农舍后面的小路，来到小溪边，在那里他必须要把打谷车的水箱装满水。在这片森林柔软的土地上，还有年轻的耶稣在行走着。在小溪边，出生在"海洋"之泉的马帕伽索斯用马蹄不停地踏着地。那些慢悠悠的农场老马停了下来。汤姆眼里满是茫然，他从马车座位上站起来，把抽水管放进水里，给箱子加水。耶稣挥了挥手，召唤着快乐的日子离开了。

汤姆的眼睛里闪过一道光，随之而来的魅力也驻进了他日趋成熟的强壮身躯。新的冲动也在他心中激起。随着打谷队到处游走，穿过道路与村庄，不断转换工作地点，妇女和姑娘们都目不转睛地看着他微笑。有时候他从畜舍所在的农田出来，马车上满载着一袋袋小麦，农场主的女儿就会走出农舍，站在那里直勾勾地盯着他看。汤姆看着她，一股欲望慢慢爬上心头。到了晚上，老伯茨福德和儿子们坐在畜舍边的地上聊天，汤姆就会焦躁不安地走来走去。

那个胖乎乎的男孩对他们的聊天也不感兴趣，汤姆给了他一个暗示，两人就一起去到附近的田野里或路上散步。傍晚有时候他们会漫无目的沿着乡间小路走，一直走到小镇灯火通明的街道上。在商店的灯光下，年轻的女孩四处走动。这两个男孩站在高楼的阴影下看着她们，等到他们在黑暗中往家返时，那胖小子就会说出二人的共同感受。他们经过一条黑暗的林间小道，寂静的森林里青蛙呱呱地叫着，栖息在树上的鸟儿被这两个不速之客惊醒，扑腾着翅膀四处飞去。胖男孩穿着笨重粗糙的工装连衣裤，两条胖腿互相摩擦着发出怪异的沙沙声。他激动地说："我要抱住一个女人，紧紧，紧紧，紧紧抱住不放。"

周日，老伯茨福德带着他所有员工去了教堂。他们在一个叫卡斯塔利亚的村子附近干活，不过他们没有进村而是到了一个白色木制教堂，这个教堂坐落在村子以北一英里处的一片树林，附近路边还有条小溪。他们上了汤姆的运水马车，马车原本配有水箱，可他们把水箱扛起来，放了木板当座位。汤姆驾着马车。

教堂附近的小树林里，很多人成群结队地坐在树荫下，几个陌生人——农场主和他们的儿子们——三五成群地站着讨论时下的庄稼。天气很热，但一股清风晃动着他们头顶上的树叶，教堂的后面，林间的溪水拍打着石块儿，传来连绵不断的潺潺声，盖过了人群的嘈杂。

教堂里，胖男孩坐在汤姆身边，一有村子里的女孩进来就瞪大了眼睛看，等到讲道开始，他就睡着了，而汤姆则是热切地听着。牧师上了年纪，蓄着胡子，身体强健，在汤姆看来，跟伯茨福德没什么两样。

牧师讲了玛丽·玛格达莱尼的故事，有人发现玛丽与人通奸，一群忘记自身罪孽的人对她处以石刑，就在这时，耶稣降临，拯救了这个女人。汤姆兴奋得心怦怦直跳。接着牧师讲耶稣站在山顶上如何被恶魔诱惑，但他已经心不在焉。他身体往前倾了倾，望着窗户外面的田野，牧师的话传到他耳边只剩下只言片语。汤姆把高山上的引诱误认为是玛丽跟随着耶稣，要奉献自己的身体。那天下午，他们回到农场准备第二天早上打谷，他把胖男孩叫到身边询问他的意见。

两个人走过一片麦茬地来到一个小树林，坐在一根木头上。汤姆从来没有想到过女人会诱惑男人。他一直以为只能是相反的，就是男人诱惑女人。他说："我一直以为是男人先开口，现在看起来有时候是女人开口，要是这发生在我们身上那该多么好啊，你说呢？"

两个男孩起身在树林里散步，黄昏的阴影开始在他们的脚下出现。汤姆开始滔滔不绝，不停地问问题，这让胖男孩觉得有点尴尬，虽然他经常去教堂，但耶稣的形象在他脑海里已经没什么真实感了。他觉得这种话题不应该以这种方式随便拿出来讨论。汤姆还一门心思想象着耶稣被女人追逐和诱惑，胖子咕哝着表示反对。汤姆一遍又一遍地问："你觉得他真的拒绝了吗？"胖男孩费力地解释着："他有十二个门徒，总是围在身边，这种事不可能发生，这样，你看，她根本就没有一点机会。无论耶稣走到哪里他们都跟着，听他传道。后来其中一个把他出卖给了军人害死了他。"

汤姆很疑惑："这怎么可能？这样的人怎么会被出卖呢？"他问道。"因为一个吻。"胖男孩回答道。

那天晚上是汤姆·爱德华兹一生中第一次也是最后一次进入教

堂，当时天下起了小雨。这个威尔士男孩跟着约翰·伯茨福德打谷队干了三个月了，这是遇到的唯一一场雨，这场小雨根本没有影响到他们的工作。这场阵雨来得快去得也快，几分钟就没了。星期天不用开工，这些人就都聚在畜舍里，大开着门，向外张望。两三个男子从农房来，和他们一同坐在畜舍地板的箱子和木桶上。这对乡下人来说很平常，几乎不说什么话。他们从口袋里拿出小刀，在地上的垃圾中摸起小木棍开始削起来，而老伯茨福德则双手插在裤袋，焦躁不安地四处走动。汤姆坐在门边，雨滴不时吹落到他的脸颊上。他有时看看雇主，有时看看外面飘着细雨的田野。有个农夫说，雨季来了，会有好几天不适合打谷，老伯茨福德却一言不发，汤姆见他的嘴唇动了动，灰白的胡子上下跳动着。他感觉老伯茨福德想反驳，却不想用语言来表达。

当他们开始在乡间四处干活时，雨下在了北部、南部和东部，有几天一整天头顶上都笼罩着乌云却没有一滴雨落下来。每到一个新地方，就有人告诉他们三天前就下过雨了。有时候当他们离开一个农场，汤姆就会站在运水马车的座位上回望，看着自己收割过的田野，望着天空。"现在可以下雨了，小麦都颗粒归仓，就算下雨我们的劳动也不会付之东流了。"他心想。

周日晚上汤姆跟其他人坐在畜舍的地板上，很确定一场阵雨就要来了，不过很快就会停的。他觉得他老板一定和耶稣很亲密，耶稣掌控天庭所有事务，而到现在都没有一场连绵雨，是因为老伯茨福德不想要这样的雨。他深陷幻想，不能自拔，老伯茨福德走了过来站在他身边。打谷人头靠着门框，望着外面，汤姆仍能看到他的灰色胡子在动。他在祈祷，裤腿近得都碰到汤姆的手。老伯茨福德夜晚在畜舍地板上祈祷的情景一幕幕浮现在脑海。在那天的早晨他才刚刚祈祷过。那时天蒙蒙亮，老伯茨福德爬过干草堆下梯子，脚碰到了汤姆的手，把他弄醒了。

　　跟往常一样，汤姆非常兴奋，想要听清老人的每句祷辞。他紧张地躺着，听着下面传来的每一个声响。一束微弱的光透过畜舍的一道缝隙射到干草堆上，公鸡喔喔鸣叫起来，旁边猪圈里的猪也咕噜噜地大声哼叫着。它们听到老伯茨福德走动的声音，叫唤着要吃东西，还有马儿和奶牛时不时在下面躁动不安地走动，这些声音都扰乱着汤姆的听力。但他还是听出了老板在感谢耶稣最近赐予他们好天气，还申明他并不想自私地祈求这种日子能继续。他说："耶稣啊，我们爱您，您要愿意，今天趁我们不在田里干活的时候就赐一点阵雨吧。让明天转晴，但是今天，在我们从在屋子里做完礼拜回来后，请下点雨滋润一下这片大地吧。"

　　汤姆坐在门边的一个箱子上，看到耶稣给老伯茨福德的回答如此贴切，就知道雨不会持续很久。在他看来他的雇主非常接近上帝的宝座，因此他抬起那只被伯茨福德裤腿碰过的手，伸到嘴边，偷偷亲吻了一下。当他再往外看的时候，一阵风吹散了田野上的乌云，傍晚的太阳出现在天边。他觉得，那个年轻俊美的上帝耶稣一定近在咫尺，可以听到他的声音。汤姆告诉自己："他就站在果园里一棵树后面。"雨停了，他悄悄离开畜舍向农房后面的一个小苹果园走去，正要越过篱笆的时候他停了下来，心想："要是耶稣在那里，他是不会希望我找到他的。"他转身背对着畜舍，看到了田野那边一座绿草茵茵的小山丘。他认定耶稣毕竟不在果园里。夕阳又斜又长的光线落到了山顶和绿草上，雨点压弯了草茎，在那一刻，这座小山丘仿佛戴上了一个缀满珠宝的皇冠。无数细小的水滴倒映着光芒，山顶好像宝石满似的闪闪发光。"耶稣就在那儿，"他自言自语，"他就趴在那片草地上。他正在山脊上看着我呢。"

第二章

老伯茨福德带着所有员工来桑达斯基镇给一个大个子农场主巴顿干活。天朗气清，风景如画，打谷的季节已经接近尾声。这个乡村给汤姆留下了不可磨灭的印象，他永远不会忘记那年夏天最后几周在巴顿农场的所见所闻所想。

拖拉机冒着烟，拉着红色的打谷机，轰隆隆、慢吞吞地沿路行驶了数英里，几乎要到了伊利湖，吸引了很多狗和孩子兴奋的目光。汤姆和老伯茨福德的胖儿子坐在运水马车的座位上，跟在冒烟的拖拉机后面，他们每到一个新地方就会待几天。他坐在马车上，看到桑达斯基小镇的工厂上升起一缕缕烟雾，弥漫在清晨清新的空气里。

雇用老伯茨福德的人有三个农场，一个在海湾的小岛上，他就住在那，还有两个在大陆上。面积较大的那个农场小麦堆积成山，就位于谷仓旁的一片田地里。那个农场位于一个宽阔的盆地，这里土壤肥沃，一条小溪流过此地奔向桑达斯基海湾，小麦堆放在地上，还有一些放在了小溪上游的高地上，一座座低矮的小山丘从那向外延伸。站在这些田野上，可以看到海湾里的水在秋日耀眼的光芒下粼粼发光，一艘艘蒸汽船从桑达斯基开到度假胜地杉点公园。风不知从北部还是西部吹过来，到了中午时分打谷工作暂停，他们背靠着干草堆休息，耳边传来了一支乐队的声音，那是某艘蒸汽船上的乐队在演奏。

这一年的秋天来得很早，一条条道路沿着小溪顺流而下，路旁的森林里，树叶开始变黄变红。每每午后，汤姆来到溪边取水，跟马儿并排走着，干枯的树叶在脚下噼啪作响。

这个季节收获不错，老伯茨福德决定让小儿子在这个秋季和冬季去镇上读书。他新买了一架砍柴的机器，这工作就由他和两个年长的儿子干就行了。他告诉汤姆："我们得把木头从树林里拉出来，拖到放锯的地方，你要愿意就和我们一起干吧。"

接着，老伯茨福德开始跟汤姆讲起读书的用处。"你这个冬天最好去个小镇找所学校读书。"他严厉地说。他激动起来，在运水马车边走来走去，冲着马车座位上的汤姆说："上帝给了人肉体和思想，要是因为疏忽而导致它们腐烂，那就是犯罪。我一直留意着你，觉得你寡言少语但却经常思考。去学校吧，看看那些书本说些什么，要是书本说的是谎话，你也不必尽信。"

伯茨福德一家人住在一个租来的房子里，这房子面对着一条石路，距离贝尔维尤小镇很近，大约距离他们工作的地点有十八英里，胖男孩就打算去这个小镇，步行。在出发的前一夜，他跟汤姆道别，一起出了谷仓到外面的路上边走边聊。

他们在昏暗的秋夜里走着，各怀心事，来到了一座小桥，坐在栏杆上，桥梁架在从山谷里流出的小河上。汤姆倒没什么想说，但他的伙伴想谈女人却又觉得尴尬，夜幕降临，这种尴尬也慢慢消失，他开始肆无忌惮地说起来。他说，这个冬天在贝尔维尤小镇读书期间，他一定会和女人交往。"我决不会放过这次机会的。"他解释道，进镇里读书，父亲离得很远，他会自己挑地方寄住。

这个胖男孩浮想联翩，说出了自己的计划。"我不会跟年轻女孩交往，"他狡黠地说，"那只会把男人给捆住了，他可能不得不跟她结婚。我会跟一个寡妇住在一个房子里，我就打算这么干。到了晚上，我们两人孤男寡女共处一室，然后我们开始聊天，我就用手抚摸她，这会让她兴奋起来。"

说完，胖男孩跳起来，在桥上走来走去。他很紧张又有点难为情，想为自己刚才的话解释点什么。他觉得，自己所渴望的事情有了可能，已经成功了一半。他站到汤姆面前把手放在他肩膀上。"晚上我就到她房间去，"他说道，"我事前不会告诉她，趁她熟睡我再偷偷溜进她的房间，在她的床边跪下来，吻她，狠狠地、狠狠地吻。我会紧紧抱住，她是逃不掉的，我一直吻她的嘴，直到她心甘情愿随了我。然后整个冬天我都会住在她家，没人会知道。就算她不愿意就范，我也只须离开，肯定没有后顾之忧。要是她告发我，也不会有人相信。我不再是个孩子了，告诉你吧——我像一个男人一样高大威猛，我要做男人该做的事，这才是我。"

这两个年轻人回到畜舍里准备睡在干草堆上。他们现在的雇主是个有钱的农场主，有一座大房子，他给老伯茨福德和两个大儿子提供了床，但这两个年轻小伙仍睡在畜舍的干草仓里，昨夜也就盖着一张毯子而已。自桥上的谈话之后，汤姆感到很不舒服，那个坚定的小男子汉伯茨福德同样觉得尴尬。方才回来的路上，保罗，也就是小伯茨福德，一直走在汤姆的前面，回到畜舍也各自分开找一处地方躺下。他们各怀心思，此刻都不想让对方打扰。

平生第一次汤姆的身体如此煎熬，渴望女人。他躺在那里，透过畜舍一侧的裂缝，可以看到外面，起初他的脑海里全部都是动物。他从下面的马棚里拿到一张马毯，爬进毯子里侧躺着，眼睛靠着那道裂缝，心想着牛或马交配的情形。那些都是他在怀特海德家干活时看到的，此刻又涌上心头，一阵奇怪的肉欲流过全身，腿都僵硬了。他躺在干草堆上辗转反侧，不知道为什么，他的肉欲变成一种愤怒，他讨厌保罗。他想爬过干草堆用拳头狠揍他的脸。在保罗谈到寡妇的时候，他没有看保罗的脸，但他可以感觉到保罗说这番话是带着胜利的味道。"他以为他已经比我厉害了。"小爱德华兹心想。

他再次滚回到裂缝处，凝视着黑夜。一轮新月挂在天空，暗淡的月光描出了田野的轮廓，通向桑达斯基镇的道路旁，一排排树木像乌云一样笼罩着这片大地。不知为何，月光下这片黯淡恬静的土地消融了他所有的怒气，他想到的不是眼里充满淫欲的保罗爬进贝尔维尤一个寡妇房间里的情形，而是上帝耶稣，他爬到了山顶上，带着他的女人玛丽亚。

他的伙伴想趁一个女人睡觉时悄悄溜进房间占有她，在他看来就是完完全全的卑鄙，那强烈的嫉妒感到后来转变成怒气和怨恨，此刻统统烟消云散了。他尝试想象着上帝，这个为打谷带来晴朗日子的神，会对一个女人做什么。

汤姆仍旧欲火中烧，控制不住各种淫秽的想法。一阵风起，云朵之后的明月浮现出来。现在夜色尚早，桑达斯基小镇里寻找娱乐的人们渡船抵达海湾彼岸的度假胜地，风儿带着那儿的乐声，拂过海湾的水面，沿着盆地里的小溪传到了汤姆耳边。畜舍旁的小丛林微风轻拂，树枝倒映在地上，黑影四处游动。

保罗在不远处的一堆干草上睡去，现在已经开始打鼾了。汤姆腿上的僵硬感逐渐散去，入睡之前，他带着一点儿羞涩说了几个字，一半像是祈祷上帝，一半像是恳求这黑夜的精灵，他轻声地说："给我一个女人吧，耶稣。"

畜舍外的田野里，风吹得更大了一点，卷起几根麦秆在麦茬林立的地里打转，一声低沉柔和的呼哨传来，似乎是神灵们在回答他的祈求。

汤姆枕着胳膊躺着，透过裂缝可以看到外面月光皎洁的田野，睡梦中，内心的呼喊，不停地重复着。神秘的上帝耶稣听到后满足了老伯茨福德的祈求，汤姆深信自己的愿望也会得到理解照顾。"赐给我一个女人吧，我需要她，耶稣啊，给我一个女人吧。"他不停对着黑夜恍恍惚惚地念着，接着意识迷离，陷入了梦境。

保罗离开之后，汤姆的工作发生了变化。打谷队到了一个地方，有着很多大农场，那里的小麦都从田里收割完毕，堆在谷仓旁边了。充足的水源也在附近。所有的工作变得简单起来。打谷机被拉到谷仓门前，脱粒好的谷物直接装箱。负责把成捆麦子放进打谷机旋转齿轮里的不是汤姆，而是老伯茨福德的两个大儿子，所以汤姆这个车夫很清闲，没什么活干。有时候负责操作机器的老伯茨福德因为要安排下一站的工作而离开半天，汤姆之前已经学了点技术，就会代替他的工作。

其他的时间，他根本没有活可干，头脑也空空的，就开始给自己找点乐子。早上，他喂完拉马车的几匹马，再把农场里几匹灰色的老马刷洗得跟赛马一样油光发亮，之后就会离开畜舍进到一个果园。口袋里装满熟苹果，他来到一个栅栏旁，侧着身子往里看，田野里几匹小马驹在玩耍。他把苹果拿在手上，轻轻呼唤着，小马驹小心翼翼地靠近，警惕性地停下片刻又一点点往前移，直到其中一匹大胆点的吃掉了他手中的一个苹果。

这几天秋高气爽，温暖宜人，汤姆感觉到大自然的一切似乎都充满着躁动。农场上的林地里，树木伸长了手臂慢慢变成耀眼的红色，谷仓旁一片低矮的小枫树，宛若一群少女漫步在斜坡的田野上，她们看着谷仓前的空地上男人们在忙碌地劳作，突然惊慌地停下脚步。汤姆站在那里望着这些树。一阵微风拂过，树枝摇曳，树林里两匹马儿互相靠近，一匹轻轻咬咬另一匹的脖子，头靠着头互相磨蹭。

他们一行人来到另一个大农场，这将是这个秋季的最后一站。"等把这份工做完，我们就回去干自家的农活。"老伯茨福德说。周六到了，老伯茨福德带着两个儿子驾马离开了，他们回到自家过周末，留下汤姆一人。"我们会早点回来的，就在下周一早上。"离开的时候老伯茨福德说。周日独自一人待在一群陌生的农夫中间给了汤姆一次特别的经历，这天结束以后他决定不再等到打谷季结束，就要马上辞掉工作，几天都等不及，他要到城里，向学校屈服。他想起雇主的话："看看那些书本说些什么，要是书本说的是谎话，你也不必尽信。"

周日早上，他走在田间的小路上，越过草地，跨过山腰上的农场，那也是桑达斯基海湾，他不停地想着他的朋友保罗，保罗要在贝尔维尤待过秋冬两季，很好奇他的生活在那里会是怎么样呢。他自己曾经也住过类似的城镇，就在比德维尔，可他很少离开哈利的马厩。在这样的小镇会发生什么事呢？镇里的房子晚上又会发生什么样的事呢？他想起保罗的计划——如何在夜里进入一个寡妇家，溜进她的房间紧紧把她搂在怀里直到她也欲火焚身。"我怀疑他没那个胆量，啊，我怀疑他没那个胆量。"他自言自语。

保罗离开后很长一段时间里，汤姆没有人可以聊天，他的思想发生了些新变化。他走在森林里，脚下的枯叶沙沙作响，摇曳的树影映在宽阔的田野，路边篱笆旁的干草堆里昆虫轻声低吟，夜晚畜舍里牛马发出低沉的声音，这一切对他而言，都已不再美妙。那个年轻的上帝耶稣也不再伴他左右，躲在低矮的山丘后面或者是干枯的河床里不见踪影。他身体里某些一直沉睡的东西此刻正在苏醒。从田野散步回来之后，他想着保罗在贝尔维尤跟寡妇在一起，有点希望自己也能如此，在老伯茨福德面前他感到有些羞愧，后来他没有听他的祈祷就睡着了。一伙从邻近的农场过来帮忙打谷的人相互嬉笑着，有的把麦秆抛进高高的麦垛上，有的把麦子装入袋子放进储物箱。他们的妻女都跟了过来，此刻正在厨房做饭，同样传来欢声笑语。女孩和妇女们陆续从厨房走出来到谷仓前的空地上，有的女孩高高笨笨的，有的女孩胖胖的脸红扑扑的，妇女们则是面容瘦弱苍老，双乳下垂。似乎所有男女都各有所属。

他们一起谈笑风生，心领神会。只有他孑然一身，没人能让他感觉温暖亲近，也没人可亲近。

周日那天，伯茨福德父子三人离开之后，汤姆去野外逛了整整一个早上，回来之后就和一群人在一个很大的农舍餐厅吃饭。为了给接下来几天打谷的工作做准备，许多人都等着吃饭，几个女人早已过来帮忙准备食物。农场主的女儿已经结了婚，住在桑达斯基镇，跟她的丈夫过来了，三个妇女也从邻近的农场过来。汤姆没有看他们，默默地吃着饭，一有时机就匆匆离开餐厅，到畜舍去了。

他走进一个长长的工棚，在一架废弃很久沾满灰尘的货运马车车头坐下。燕子在梁上盘旋，工棚顶部分明有一个鸟巢，还有黄蜂在昏暗之中嗡嗡作响。

农场主的女儿抱着个婴儿从嘈杂的房子里走出来。哺乳的时间到了，她在工棚里找了个箱子坐下来，解开裙子，并没有看见汤姆。从车厢的裂缝看到女人的乳房，汤姆感到又尴尬又着迷，他抬起双腿，低着脑袋，偷偷看着，直到那个女人回到屋子。他再次来到田野，连晚饭也没回去吃。

那个周日下午，汤姆——这个威尔士诗人的后代体验了很多新的感受。某种程度上，他开始理解保罗说过要做的那些事，这在不久之前让他觉得恶心的事情，此刻也可能发生在他身上了。在过去，他一想起有关女人，总是激起健康而动物本能般的欲望，现在变成一种新的形式了。那种无法用身体表达的激情现在进入他的脑海并开始以视觉的形式出现。女人变成了大自然中最特别的东西，比大自然中的任何东西都更有吸引力，与此同时，大自然的一切都变成了女人。谷仓旁果园里的苹果树变成了女人的手臂。树上圆圆的苹果就像女人的乳房。苹果就是女人的乳房，他爬上一座小山丘，栅栏圈着田地，其轮廓成了女人的身体，就连天上的云朵也是如此。

他沿着一条小路向下走到小溪旁，跨过溪上的木桥。他爬上另一座山，这是整个乡野的最高点，此刻，俘获他的那股狂热反而更加汹涌。一种奇怪的倦怠感席卷全身，他躺在山顶的草地上闭上了双眼。他安静地躺着，半睡半醒，也没有坠入梦乡，过了很长时间才又睁开了眼睛。

女人的幻象再次浮现在他面前。在他左边是海湾，清风吹过，水面浮起层层褶皱，在远处，两艘帆船分明在朝着桑达斯基市的方向竞赛。船桅上缀满装饰品，但在辽阔的水面上这两艘船似乎静止不动。在汤姆眼里，那海湾就像一个女人的头和身体，而那两艘帆船就像她的眼睛一样在盯着他看。

那个海湾就是一个女人，头躺在桑达斯基市。蒸汽船停泊在码头上，一缕缕烟雾从烟囱中升起，成了她浓密的黑发。农场里，他打谷的地方，有一条小溪穿过，流经他身下的山脚。这条小溪就是那个女人的手臂。她的手伸入大地，下半身不见了，消失在遥远的北方，在那里海湾就成了伊利湖的一部分，但她的另一只手臂依稀可见，那是海湾更远堤岸的轮廓。她抬起另一只手臂，手贴着脸。她的形体因痛苦而扭曲，但同时这个巨大的女人也在微笑，就像工棚里的女人给婴儿哺乳，嘴角不经意露出的笑容。

汤姆把视线从海湾转向天空。一朵硕大的白云伏在南面的地平线上，化成了一个男人巨大的脑袋。汤姆看着那朵白云慢慢飘过天空。那巨人的脸上似乎透露出一种高贵和安宁，他的头发洁白无瑕，浓密得像六月肥沃田野里的麦子，增添了它的高贵。只露出了这张脸，在肩膀下面是一堆没有形状的白云。

接着这堆无形的白云也开始变了。一张女巨人的脸出现了。女人脸压向那张男人脸。男人的肩膀开始长出两条手臂紧紧抱住那个女人。两张脸融为一体。汤姆的脑袋突然灵光一闪。

他挺直腰板坐起来，既不看着海湾，也不看着天空。夜幕降临，柔和的夜色开始笼罩大地。在他下面就是农场，还有谷仓和房子，他所在的这座山下面还有两座小山丘，现在看起来就像一个女人丰满的双乳。两只白色的绵羊出现了，站在那里啃咬女人乳房上的青草。它们就像受哺的婴儿。仓库附近果园里的果树就是她的头发。他下午跨过那条小溪上的木桥来到这座山上，那条小溪流进海湾，小溪的一条支流在那两座小山之外，横穿一片草地。这条支流变宽成了一个池塘，而池塘成了那个女人的嘴巴。她的眼睛是两处黑暗的洼地，这洼地的草都被猪拱没了。洼地里的积水仿佛晶莹的双眼诱惑地看着他。

这个女人也在微笑，但此刻她的微笑是一种诱惑。汤姆行色匆匆，快速跑下山，偷偷摸摸越过谷仓和房屋，来到一条大路上。整夜他都走在星空下琢磨新的想法。"我太想要女人了，这想法把我迷住了，我最好还是去城里读书，看看我能不能改造自新，配得上拥有自己的女人。今晚不睡了，等明天老伯茨福德回来，我就辞职进城。"他边走边盘算着。连老伯茨福德这样的好人都能拥有自己的女人，他可以吗？

这个想法令他兴奋不已。此时此刻，他似乎只须进城，上一段时间学，把自己打扮漂亮，再让一个漂亮女人爱上自己。在这几近狂喜的状态中，他忘记了那年冬天他在克利夫兰几个月的城市生活，忘记了那一条条冷峻的街道，那一排排监狱般的黑暗工厂，忘记了那份孤独。此时此刻，他走在月光下，走在尘土飞扬的道路上，忽而觉得美国的城镇就是一个美丽又醉人的冒险之地，专为所有像他一样的人而生。

Death in the
Woods and Other Stories

第四部
横死山林故事集

横死山林

一

这位老太太，住在我们镇附近的农场。在所有的乡村小镇里，人们都见到过这样的老太太，但对她们了解并不多。她常骑一匹体弱无力的老马或是挎着篮子徒步来到镇上。她也许养着几只母鸡，有鸡蛋可卖。她把鸡蛋放进篮子带去卖给杂货商，换些咸猪肉和豆子，然后，还会买些面粉和一两磅糖。

再然后，她会去肉店要些狗粮。她可能会花上十或十五美分，但等真要花钱了，她还会白要些其他东西。以前，屠户会把动物的肝脏送人，谁想要都可以带走。以前我们家就老吃这种东西。有一次，我的一个哥哥从镇露天市场附近的屠宰场带回了一整头奶牛的肝脏，直吃到我们恶心为止。这东西从不需花一分钱。从那以后，我一想到肝脏，就觉得恶心。

老太太要了些肝脏和一份汤骨。她从来不去拜访任何人，一得到她想要的就匆匆赶回家。这么一篮杂货对于她衰老的身躯有些超负荷。没有人会顺路搭她一把，人们开着车径直驶过，从不会注意到这么一个老太太。

那是一年的夏秋之际，就有这样一个老太太常常经过我家到镇上去。那时我还很小，患上了所谓的急性风湿病。晚点儿的时候这个老太太就背着一个沉重的大包回家去，身后还会紧跟着两三条骨瘦如柴的大狗。

老太太并没有什么特别之处。她是一个几乎没人认识的无名氏，却走进了我的脑海。过了这么多年，我现在才突然想起她，想起当时发生过的故事。她姓格里姆斯，跟丈夫和儿子一起，住在一间没有上漆的小房里。他们的房子坐落在离镇四英里远的一条小溪边上。

她的丈夫和儿子都很粗暴。儿子才二十一，就已经入狱服过刑了。人们私下传言，她丈夫偷了别人的马，然后赶到其他县。时不时地，一匹马失踪了，他也就跟着消失不见，没有人抓住过他。有一次，我在汤姆·怀特海德家的马厩闲逛，那个男人也去了那儿，坐在前面的长凳上。那里还有两三个人，但没有一个跟他说话。他坐了几分钟，然后就起身离开了。他一边起身离开，一边转过身瞪着那几个男人，眼神中透着藐视。"呃，我已经主动示好了，是你们不愿搭理我。无论我走到镇上的哪个角落都遇上这种情况。要是有一天，你们的一匹好马不见了，呃，那又会怎样呢？"他其实什么都没说，而是眼神在传递信息，"我要打碎你们的下巴。"我仍然记得，他的眼神让我不寒而栗。

这个老家伙曾经家境殷实。他的名字叫杰克·格里姆斯。现在这一切都很清晰了。建国初期，他的父亲约翰·格里姆斯曾经拥有一个锯木厂，赚了很多钱。随后，他开始酗酒，追女人。到他死的时候，财产也剩不了多少了。

杰克接着把剩下的钱都挥霍完了。很快，就没有木材可锯了，而他的土地也所剩无几。

有一年六月，他帮一个德国农场主收割小麦，就在那儿，他得到了他的妻子。当时，他妻子还是一个年轻的姑娘，吓得要死。你知道，农场主对她图谋不轨，我想她是个包身工，而农场主的妻子也心生怀疑。农场主不在时她就拿这女孩撒气。然后，等妻子到镇上买东西去了，农场主就又追着她纠缠不清。她对年轻的杰克说，其实什么都没有发生，但他不知道是否该信。

他第一次与她约会就轻易地得手了。要不是德国农场主要他收手，他是不会娶她的。一天晚上，他在打谷场打谷，接着就带她坐马车出去兜风。第二个星期天晚上，他又来找她一次。

趁着雇主没看见，她设法从屋内出来，但是就在她进入马车的时候，雇主露面了。那时天都快黑了，他突然从马面前冒出来，抓住马笼头，杰克取出了马鞭。

他们大打出手，一决雌雄。那个德国人非常粗暴。也许他根本就不在乎他的妻子是否知道。杰克打中了德国人的脸和肩膀，但是马儿开始受惊失控，他只得下车。

接下来，两人全力以赴，大干起来，而女孩并没有看到。马开始狂奔，沿路跑了一英里远，女孩才让马停下来。然后她设法把马拴在路边的树上。（我诧异自己是怎样知道这件事的来龙去脉的，肯定是从我孩童时期那些小镇传说里了解到的。）杰克收拾完德国人，到那里找到了她，她蜷缩在马车座位上哭泣着，吓得要死。她告诉杰克许多事，那个德国男人是如何企图得到她，如何追着她进了马厩，还有一次，刚好只有他俩单独在房里，他把她的衣服从前胸撕了个精光。她说，要不是听到他老婆驾车到了门口，那一次那个德国佬就得手了。他老婆去镇上购置日用品了。嗯，她要把马拴在马厩里。德国人趁他老婆没看到，偷偷溜进地里。他跟女孩说，要是说出去就杀了她。她能怎么着呢？她撒了个谎，说她在马厩喂牲口时，不小心撕破了衣服。我现在记起来了，她是个包身工，不知道自己的父母在哪里，或许她压根儿就没有什么父亲，你知道我的意思了吧？

这种包身工往往遭受残酷对待。他们这些孩子没有父母，其实就是奴隶。那时候极少有孤儿院。他们就被合法地限制在某个家庭里。结果如何，纯粹要靠运气。

二

她嫁给了杰克，生了一对儿女，不幸的是女儿夭折了。

从此，她就开始认真喂养牲畜，那就是她的工作。还住在德国人家里的时候，她也是要给他们夫妇俩做饭的。德国人的妻子是个大屁股的彪悍妇女，整天都跟丈夫在田里干活。她喂养他们，喂养畜棚里的奶牛，还有猪、马、鸡等等。她年轻时，无时无刻不在喂养着什么。

之后，她嫁给了杰克·格里姆斯，就得要喂养他了。她本来就很瘦，结婚三四年，生了两个孩子，柔弱的肩膀就开始驼了。

杰克有一群大狗，守在房子周围，那房子坐落在小溪附近荒废的锯木厂旁边。杰克不偷东西的时候常在贩马，他的很多马都瘦骨嶙峋的。他也养了三四头猪和一头奶牛。它们全在老格里姆斯留下的几亩地里吃草，杰克几乎什么也不干。

他因为一台脱粒机欠了很多债，经营好几年也没赚钱。人们不信任他，怕他晚上偷粮食。他得跑到很远的地方去找活干，到那儿的旅费又太高了。到了冬天，他打猎或是砍点柴，拿到附近的镇上去卖。儿子长大了，就跟他老子一样。他们还经常一起喝醉。他们回到家要是发现没东西吃，这个老家伙就会打破他妻子的头。她自己养了几只鸡，就得马上杀一只煮给他们。要是这几只鸡都给杀了，她再到镇上就没鸡蛋可卖了，到那时，她该怎么办呀？

她的一生都在想着要怎样来喂养一些什么，要把猪养肥，到了秋天就可以杀了。杀猪的时候，她丈夫会把大部分的肉拿到镇上去卖。要是他不先这么做，他儿子也会这么做。他们有时候还会打架。他们一面打，老太太一面站在旁边瑟瑟发抖。

不管怎么说，她已习惯了沉默，那已经定型了。她开始显老的时候，还不到四十岁。有时候，丈夫和儿子都出去了，贩马、喝酒、打猎或者偷东西，她就在家里或畜舍前的空场地上，四下转悠，喃喃自语。

如何才能养活全部禽畜呢？这就是她的问题了。狗要养，马跟奶牛也要养，但家里没那么多干草。她要是不养鸡，怎么能下蛋呢？没有蛋卖，她怎么去镇上买东西呢？不买东西，又怎么维持家里的生计呢？谢天谢地，以某种角度来看，她不需要喂养她丈夫。他们结婚，孩子们出生后，那种状况便瓦解了。丈夫到哪儿远游，她一点都不知道。有时候，他一出去就是好几周，儿子长大后，他们便一起出去。

他们把家里的一切都留给她打理，但她没钱，谁也不认识，没人搭理她。冬天来了，她就得捡树枝生火，还得用极少的粮食养活所有禽畜。

畜棚里的家畜饿得直朝她叫唤，那几条狗也跟着她打转。母鸡到了冬天就极少下蛋。它们在畜棚的角落里蜷缩一团，她就这么不停地看着它们。要是母鸡下了个蛋，而你没发现，就会冻裂的。

冬天里有一回，她带着几个鸡蛋到镇上去，后面跟着几条狗。快到三点了，她才出发，那雪下得正紧。她已经不舒服好几天了，一路上都在喃喃自语。她穿得很单薄，双肩佝偻着。她带着一个粮食袋，把鸡蛋藏在最下面。没有多少鸡蛋，但在冬天可以卖个好价钱。她会用鸡蛋换点肉，或许还能换点咸猪肉、糖和一些咖啡。屠户还可能会给她一片肝脏。

她到了镇上卖鸡蛋，几条狗就躺在外面的门旁。她做得相当好，得到她需要的东西，甚至比她希望的还多。然后她就去屠户那里，他给了她一些肝脏还有些狗粮。

很长一段时间了，这是第一次有人这么友善地跟她说话。屠户一个人待在店里，看到她进来，很是生气，他怎么也想不到这么个病恹恹的老太太还要在这么冷的天气出来办事。这天刺骨地冷，雪在下午小了一些，此时又下了起来。屠户说起她丈夫和儿子，咒骂起来，老太太盯着他，眼里透露出些许惊讶。他把肝脏和带有肉片的大骨头放进她袋子里，说，要是她丈夫或儿子来要这些东西，那就先饿着吧。

饿着，呃？哎呀，凡是生命都得喂啊。丈夫儿子得喂，马没有多大好处但或许可以卖掉，还有那头可怜的奶牛，瘦得都三个月不产奶了。

马，牛，猪，狗，人。

三

这个老太太必须尽可能在天黑之前赶回去。她背上系着沉重的粮袋，几条狗紧跟其后，鼻子不停嗅着。她走到小镇边，在一个栅栏前停下了脚步。她从衣袋里取出一条绳子绑紧了背上的包裹。这条绳子就是为了这个而带来的。这样背着会容易些。她的双臂酸痛。她要爬过这些栅栏很难，有一次重重地摔到了雪地上。狗儿们四处搜寻嬉戏。她不得不挣扎着再次站起来，幸好她做到了。爬过这些栅栏的意义在于，翻过一座小山，穿过一片树林，有一条近路。其实她可以沿着公路走，但这会多走一英里，她怕天黑到不了家。另外，家畜也得喂养。还剩下一点干草和玉米。也许她的丈夫和儿子回家的时候会带回一些。他们驾着仅有的一辆马车出去了，马车都快散架了，上面套着一匹瘦骨嶙峋的马，还有两匹瘦骨嶙峋的马套在缰绳上。他们要去贩卖马匹，尽可能挣点小钱。他们可能喝得酩酊大醉才回家。他们回来，家里有点囤积会好些。

她儿子和一个住在十五英里外县城的女人好上了。那是一个既粗鲁又野蛮的女人。有一次，在夏天，她儿子把那女人带回家里。两个人都喝得醉醺醺的。杰克·格里姆斯不在家，他们两个对老太太呼来喝去，就像仆人一样。她并不太介意这些，已经习惯了。不管发生什么事她都不会有一句怨言。这就是她的处事方式。从在德国人农场当姑娘，到嫁给杰克以后，她就已经是这样逆来顺受地活着了。那一次，她儿子把那女人带回家，他们整晚待在一起，就像夫妻似的睡在一块。这并没有吓到老太太，没太吓着。她年轻的时候已经受过惊吓了。

她背着沉重的包裹，沿着一片开阔的田地痛苦地行走着，蹚着厚厚的积雪，一步步地走进了树林。

那里有一条小路，但是很难走。越过山顶，在树林最稠密的地方，有一小片空地。有没有谁想过在那里建一座房子呢？这处空地就像镇上建筑用地那么宽阔，足够建造一座房子和花园了。那条小路穿过空地的边缘继续向前延伸。她到了空地，坐在一棵树下休息。

这是个愚蠢的选择。她坐稳当了，背袋靠着树干，真是太舒服了，但要再站起来该怎么办呢？她为此担忧了一会儿，随后便静静地闭上了双眼。

她一定睡了一段时间。当你觉得很冷的时候就感觉不到更冷了。下午的时候暖和了一点，而雪也比之前更厚了。过了一会儿天气转晴了，连月亮也出来了。

有四条狗随着格里姆斯太太来到镇上，它们全部都是瘦骨嶙峋的。杰克父子之类的人总是养着这样的狗。他们踢打虐待它们，但它们就是不走。这些狗为了不挨饿，必须自个儿去外面寻找食物。老太太在空地上背着包裹靠在树下睡觉的时候它们就去外面觅食了。它们在树林里、在附近的田地里追兔子，追着追着，又引来了三只农家犬。

过了不久，这些狗都回到了空地上。它们莫名地兴奋起来。这样的一个夜晚，清冷晴朗，明月高悬，对狗产生了作用。很可能是狼身上遗传下来的古老本能，狼群在树林捕猎的古老本能，重新回到了它们的身上。

这些狗已经抓到了两三只兔子，暂时缓解了饥饿，回到了空地上，站在老太太面前。它们开始嬉闹，在空地上绕圈跑着。它们跑了一圈又一圈，每一条狗的鼻子都抵着前一条狗的尾巴。在空地上，在白雪皑皑的树下，在寒冬的月亮下，它们形成了一幅诡异的景象。它们无声地绕圈奔跑着，踩踏着柔软的雪地。这些狗没有发出任何声响，只是一圈一圈地奔跑着。

有可能老太太在死去之前看到了它们的奔跑。她可能醒来过一两次，用模糊苍老的眼神看着这诡异的景象。

她此刻不会感到很冷，只是昏昏欲睡。生命维持了很长一段时间。可能老太太只是神志不清。她可能梦到了自己的少女时代，在那个德国人家里，还有在那之前，她还是个小孩的时候，母亲就匆匆离开了她。

她的梦不可能很愉快。没有多少愉快的事情发生在她身上。不时地，会有其中一条狗停止奔跑，来到老太太跟前站着。它把脸猛地凑近她的脸，耷拉着红色的舌头。

群狗的奔跑可能是一种死亡的奠礼。有可能是狼的原始本能，在这个夜晚，通过奔跑，在狗的身上唤醒，让这些狗莫名其妙地害怕起来。

"现在我们已经不再是狼了。我们是狗，是人类的忠仆。精神着点儿，伙计。人死了，我们也就又变成狼了。"

一条狗来到老太太倚树而坐的地方，把鼻子猛地凑向她的脸，感到很满足，就重入狗群奔跑起来。那天晚上她死之前，所有格里姆斯家的狗都曾停下来，把鼻子猛地凑向她的脸。长大成人后，这些我全都知晓了，有一次在伊利诺斯州的一个树林里，在另一个寒冷的冬夜，我看见有一群狗也像这个样子不停地绕圈狂奔。这些狗在等待着我的死亡，如同我小时候的那个夜晚，它们等待着老太太的死亡一样，但这些发生在我身上的时候，我还是个年轻人，根本没有任何死的打算。

这个老太太静悄悄地死去了。格里姆斯家的一条狗来到她身边，发现她已经断气，所有的狗都停了下来。

它们把她围了起来。

哎呀，她现在死了。还活着的时候，她会喂养这些狗，那现在呢？

她的背上还有一个包裹，这个粮食袋里还装着一片咸猪肉，屠户送她的肝脏、狗粮、汤骨。镇里的屠户，突发怜悯之心，把她的粮食袋装得沉甸甸的。对于老太太来说，这可是超负荷。

现在，倒成了这些狗的负荷了。

四

突然，格里姆斯家的一条狗从狗群中跳了出来，开始撕咬老太太背上的粮袋。这些狗若真的曾经是狼，那一条就会是这群狼的首领。它做什么，其他的就跟着做什么。

它们全部都咬着粮袋。

它们把老太太的尸体拖到空地上。她那破旧的衣服很快从肩膀上扯了下来。一两天后，有人发现了她的尸体，她身上的衣服已经完全被撕扯到了臀部，但狗并没碰她的尸体。它们只是把肉从粮袋中扯出来，仅此而已。人们发现时，她的尸体已经冻僵。窄窄的肩膀、瘦瘦的身躯，看起来像是一个迷人的年轻女孩。

我还小的时候，中西部小镇附近的农场上，经常会发生这种事情。一名猎人在外捕猎兔子的时候发现了她的尸体，但他并没有碰。积雪覆盖的小小空地上，一条被踏平了的圆形小道，寂静的气息笼罩在这里，群狗撕扯老太太的尸体试图拖走或撕开粮袋，此情此景，使猎人惊慌失措，仓皇逃回小镇。

那时天快黑了，我正和一个哥哥在大街上。他是镇上的报童，正往各个商店派送下午的报纸。

那个猎人走进杂货店，把事情说了一遍。接着他又去了五金店和药店。人们开始在人行道上聚集起来。然后，他们沿路向树林事发地点走去。

我哥哥本应该忙着派送报纸的，但他并没有。每个人都要去树林。殡葬承办人和镇执法官也去了。几个人坐上一辆马车沿大路出发了，接着又沿大路的一条小岔路向树林里驶去。但是他们的马并没有都装上锋利的蹄铁，在光滑的路面到处打滑。他们并不比我们步行的人走得更快。

镇执法官身材高大，他的脚在内战时受伤了。他拄着手杖，沿路一瘸一拐地快速往前走。我和哥哥紧随其后。我们向前走着，其他人，甚至一些小男孩也加入到了我们的行列。

我们走到老太太离开大路的地方，天都黑了，不过月亮出来了。镇执法官怀疑可能发生了谋杀案。他不停地询问着猎人。猎人双肩扛着猎枪往前走，一条狗紧跟在他屁股后面。一个打兔子的能这么露脸的机会并不多，于是他充分抓住这个机会，跟镇执法官一起带领着这支队伍。"我没有看到任何伤口，她是一个年轻漂亮的女孩，脸埋在雪地里。不，我不认识她。"事实上，这个猎人并没有凑近看那具尸体。那时他已经非常害怕了，猜想她可能是被谋杀的。他怕凶手突然从树后跳出来，把他也一同杀了。在黄昏的树林里，树木全都光秃秃的，地面上白雪皑皑，四周一片寂静，一种毛骨悚然的感觉就会悄悄爬上你的心头，侵蚀你的全身。此时，要是有什么怪异或神秘的状况发生，你唯一能想到的，就是使出吃奶的力气拔腿跑开。

队伍来到老太太穿过田野的岔口处，然后继续往前走，跟着执法官和猎人，爬上小斜坡进入了树林里。

一路上，我和哥哥一直没有说话。他的肩膀上挂着一个袋子，里面有一捆报纸。他回到镇上，回家吃晚饭前，还得继续分发报纸。要是我跟他一起分发，他当然早就决意让我一起分发，我们两个都会到家很晚。母亲或姐姐就得帮我们温饭。

哎呀，不过我们可有得讲了。这样的机会对于一个男孩来说并不多。我们很幸运碰巧在杂货店遇到了那个猎人。他是一个乡下人，我们俩以前都没见过他。

现在，所有人都来到了那片空地上。冬天的傍晚，黑暗总是降临得很快，但是一轮圆月却使得一切清晰可见。我和哥哥站在那棵树旁，树的下面就是老太太的尸体。

在月光的照耀下，她看起来并不老，只是躺在那里，冻上了，一动不动的。有个男人把她从雪地上翻过身来，我看到了一切。一种很怪异的神秘感觉袭上心来，我不禁战栗了一下，我哥哥也是一样。可能是因为寒冷吧。

我们以前都没看过女人的身体，而眼前这副躯体，看起来是那么洁白，那么美丽，就像晶莹的大理石，也许是雪花粘在躯体上的缘故吧。没有一个女人从镇上跟来。队伍中有一个男的，是镇上的铁匠，把外套脱下来，盖在了尸体上，然后把她抱起来开始返回镇上，所有人都安静地跟着。那个时候，没有人知道她是谁。

五

我看到了一切，看到了雪中的椭圆形，就像一个微型跑道，狗在这里绕圈奔跑着，看到了人们露出困惑的神情，看到了那白花花赤条条娇嫩嫩的臂膀，听到了人们的窃窃私语。

除了困惑没有人能理出个头绪。他们把尸体带到殡仪馆，铁匠、猎人、执法官和其他几个人进去后就把门关上了。父亲要是在，也许可以进去，但我们这些孩子是不能的。

我只好和哥哥去发完他剩下的报纸。回到家，是哥哥讲述的故事。

我没有作声，早早地上床去，可能是对他讲述的方式不满意吧。

后来，在镇上，我肯定又听到了老太太故事的其他片段。第二天，有人就认出了她，调查便随之展开。

很快就找到了她的丈夫和儿子，带到了镇上。人们试图把他们和这位老太太的死联系在一块儿，但是没有用。他们有绝好的证据表明当时没在犯罪现场。

然而，镇上的人都很反感他们，他们只好离开，至于去了哪里，我从来没有听说过。

我只记得树林里的那幅画面：一群男人四下里站着，那少女般裸露的身躯，面朝下埋在雪地里，周围是群狗绕圈奔跑留下的痕迹，头顶寒冬晴朗的天空。雪白的云片在空中飘过，迅速掠过树林间的小小空隙。

林中这一幕，在不知不觉中成为我想要讲的这个真实故事的基础。你是知道的，在事情过去很久后，很多记忆片段只能慢慢地捡起。

这样的事情时有发生。当时我还是个小伙子，在一个德国人的农场上干活。有一个女佣很怕她的雇主，而农场主的妻子却很讨厌她。

在那里，我目睹了类似的事情。后来，在一个月光清冷的冬夜，我和群狗在伊利诺斯森林有过一次近乎诡异神秘的冒险。当时我还是个在校学生，在炎热的夏天，我和一个小伙计从镇上沿着小溪走了几英里，来到了那位老太太以前住过的房子。自从她死了以后，再也没有人住过这个房子。门的铰链坏了，窗灯也都坏掉了。我和那个伙计站在外边的路上，两条狗，很明显是农场里的流浪狗，从房子边的一个角落窜了出来。这两条狗高高的，瘦得皮包骨头，透过栅栏恶狠狠地盯着我们。

随着岁月流逝，这位老太太的死，以及整个事情的来龙去脉，就如从远方隐隐约约飘来的音乐，每一个音符都需要慢慢地辨清，理解起来颇费周折。

这位死去的老太太这辈子注定是喂养动物的命。总之，那是她一直做的事情。她还没出生，还是个孩子，在德国人的农场干活，结婚之后，年老体衰，直至死亡，这一生当中无时无刻不在喂养动物。她喂牛，喂鸡，喂猪，喂马，喂狗，还有喂人。但她的女儿在孩童时就夭折了，剩下一个儿子跟她关系冷淡。她死的那天晚上，正在匆忙的归家途中，身上还背着喂养动物的食物。

最后她在林中的一块空地上死去，就算她死后还是在继续喂养动物。

你看，很可能是这样的，那天晚上我们回到家，母亲和姐姐坐着听哥哥讲这件事，我认为哥哥并没有说到点子上。他和我一样，太年轻了。一个如此完整的故事该有它独特的魅力。

我并不想强调这一点，只是想解释当初乃至一直以来我为什么不满意。我讲这些只是为了让你明白，为什么我被迫再一次试图去描述这样一个简单的故事。

衣锦还乡

十八年了。当年离开中西部小镇去纽约生活的时候，他才二十二岁，这次回来，都已经四十了。他衣着得体，一表人才，身材结实而不肥胖。哦，他还开着车——一辆豪华的跑车，从东部一直驶向那个小镇，中途在十英里外的另一小镇停下来吃午餐。

母亲去世后，他离开了卡克斯顿。他曾经常给家乡的朋友们写信，但几个月后，回信却越来越少。那天，他坐在十英里外的小旅店吃午饭，突然想到回乡的原因，感觉羞愧难当。他问自己："我这次回去，跟当年写信的原因一样吗？"有那么一会儿，他觉得可能不往前走了，还有时间回头。

旅店外面，小镇的主要商业街道上，人来人往。太阳散发出温暖的光芒。尽管在纽约住了那么多年，但在他内心深处仍隐藏着对故乡的那份渴望。前一天，他马不停蹄开车穿过俄亥俄州东部的乡村，跨过一条条小溪流，翻过一座座小山谷，看见大路旁边的白色农舍和红色大谷仓。

沿着围墙的接木骨依然花开鲜艳，男孩子们在河里游泳，小麦已经收割完毕，玉米也长到齐肩高了。处处听得到蜜蜂的嗡嗡声；沿路一块块林地却笼罩在一片沉寂和神秘之中。

然而，他此刻却想起了别的事情。羞愧感悄然向他袭来。"最初离开卡克斯顿的时候，我写信给儿时的朋友，但都是在讲述自己。一写信就说我在那个城市里做了什么，交了哪些朋友，将来怎么样之类的，可能会在结尾的时候才附上几句，诸如'近况如何，一切顺利'之类的话。"

这个返乡的本地人名叫约翰·霍顿，此刻已经变得焦躁不安了。十八年后，他似乎可以看到当年写的一封信摆在自己面前，那时他才第一次踏入那个陌生的东部城市。他母亲的兄弟，纽约一个成功的建筑师，给了他如此这般的机会——在剧场看戏把曼斯菲尔德看成布鲁特斯；和舅妈搭乘夜船沿江而上去往奥尔巴尼；当时船上还有两个健美的女孩儿。

一切肯定都在相向而行。舅舅给了他难得的机会，而他也把握好了这个机会。终于，他也成了一名成功的建筑师。在纽约市，有些雄伟的建筑，两三栋摩天大楼，几个大型的工业厂房，许多美观豪华的居民楼，都是出自他的设计。

想当初，约翰·霍顿不得不承认，舅舅并没那么喜欢他。只是碰巧舅舅舅妈没有孩子。他在办公室里小心谨慎地工作，在设计方面独树一帜，相当出众。舅妈反倒更喜欢他些，总是视如己出，有时还直呼为儿子。舅舅去世后，他偶尔会闪过奇怪的念头。舅妈是个好女人，但有时候他觉得，她宁愿让他时不时更邪恶放荡一点。他从来没做过对不起她的事。她大概很渴望能有机会去原谅他吧。

奇怪的想法，呃？嗯，能怎么着呢？人只有一次生命，你得为自己想想啊。

讨厌！

约翰·霍顿十分期待重回故乡，实际上他那种下意识的期待更加强烈。那是一个阳光明媚的夏日，他开车翻过宾夕法尼亚山脉，穿过纽约州和俄亥俄州东部。格特鲁德，他的妻子，前一年夏天去世了，而他的儿子，已经十二岁，也去了佛蒙特州少年夏令营。

他突然想："我要开车在乡间漫游，慢慢享受沿途风景。我需要休息，需要时间思考，真正需要去做的是重访故友。我会回到卡克斯顿，待上几天，看看赫尔曼、弗兰克和乔，然后再去拜访莉莲和凯特。"多有意思啊，果真如此！或许，他到达的时候，卡克斯顿球队正在进行比赛，比方说，对手是耶灵顿队。莉莲可能会跟他一起去。他心里隐约觉得，莉莲一直都没有结婚。他怎么会知道呢？已经好多年没有打听到卡克斯顿的消息了。球赛可能会在海弗勒运动场举行，他会跟莉莲一起去，沿着特纳大街在枫树下散步，经过老夹板厂，越过尘土飞扬的马路，走过锯木厂的旧址，进入运动场。他会为莉莲撑起遮阳伞，而鲍勃·弗兰奇会站在门口收取二十五美分入场费。

噢，应该不是鲍勃，可能会是他儿子了。想着莉莲跟老情人一起去看球赛，这种感觉真美妙啊。烈日下，男女老少，有一大群男孩，有年轻男女情侣，有头发灰白的妇女，那是球员们的母亲，还有他和莉莲，踏着尘土，穿过牛栏门进入海弗勒运动场，坐在摇摇晃晃的看台上观看比赛。

曾经有一次他跟莉莲就这样坐在一起，那感觉多么美妙，都难以集中精力看球了。总不能问旁边的人，"现在谁领先，卡克斯顿还是耶灵顿？"莉莲的双手放在大腿上，多么白皙娇美、富于表情啊！有一次，他跟莉莲一起去球场，就在随舅舅去纽约之前、母亲去世一月之后的那天晚上。他还很小的时候，父亲就过世了，镇上再没什么亲人了。对莉莲来说，晚上去球场是件很冒险的事，要有人发现，她的名誉就会受损，但她似乎很乐意。你也知道那个年龄的乡镇女孩是怎么样的。

她的父亲在卡克斯顿拥有一间零售鞋店，是一个善良可敬的人。而霍顿一家——约翰的父亲曾是个律师。

那个晚上，一定是过了午夜了，他们才从球场回来，就坐在她父亲房前的门廊上。他一定懂得。一个女孩儿那样跟一个小伙子疯玩了大半个晚上！他俩紧紧挨着，有种奇怪而强烈的情感吸引着对方，他俩也不理解吧。她直到凌晨三点之后才回去，还是他坚持让她回去。他原本不想毁了她的名声。哎呀，可能已经毁了……一想到他要离开，她就像个受惊的孩子。那年他二十二岁，她也一定有十八岁了吧。

十八岁和二十二岁加起来有四十岁了。而约翰坐在十里外的旅店吃午餐的那天，刚好也是四十岁。

他觉得，现在他大概能够颇有成就感地带着莉莲穿过街道到球场去。其实你也懂得这是怎样的感触。人得接受这样的事实，青春已逝。如果真有一场球赛，莉莲还愿意跟他去，他就把车停在车库，然后邀她步行过去。电影里经常会有这样的一幕—— 一个男人回到了阔别二十年的故乡；旧时的美人已为新的美人所替代——或是其他类似的场景。春天，枫树上的叶子令人赏心悦目，而在秋天，显得更加可爱迷人，颜色就像火焰一般，那是成熟男女的颜色。

午饭后，约翰觉得不是很舒服。去卡克斯顿的路程，以前骑马或坐马车要近三个小时，而如今呢，不费吹灰之力，二十分钟之内就可赶到。

他点了根雪茄，开始散步，不过不是在卡克斯顿街上，而是十里外的小镇。如果他晚上到达卡克斯顿，比如说恰好黄昏之际，哎呀……

约翰内心一阵苦闷，他意识到自己需要的是黑夜，是夜晚那柔和的灯光。还有莉莲、乔、赫尔曼等等。十八年了，对于他们如此，对于自己何尝不是如此。此刻，挣扎着把对故乡的恐惧转变成了对人的恐惧，这样或多或少让他感觉好一些。但是他马上就意识到自己在做些什么，再一次感到了不舒服。你留意变化，新人，新房，中年变老年，青年变中年。不管怎样，至少他此刻正思索着另外一个事。其实，十八年前写信的时候，他也并非只是想着自己，"那我现在呢？"值得怀疑。

实在是个荒谬的处境。他竟如此快乐地长途跋涉，穿过北纽约州，跨过西宾夕法尼亚州，越过东俄亥俄州。人们在田间、在城镇工作，农夫们开着车驶进城镇，滚滚的尘土在远处道路上飞扬，这些景象在一个山谷里一览无遗。有一次他在一座桥边停下车，沿着小溪散步，小溪蜿蜒穿过一片树林。

他此刻多想与人交往啊。哎呀，他以前从未花这么多时间去想他们这些人和事。"我没时间。"他心想。他常常意识到，他虽是个很好的建筑师，但美国是个瞬息万变的国度，新人不断涌现。他不能永远都依赖着舅舅的名誉，人总要时刻警醒。幸运的是，他的婚姻曾助了他一臂之力，为他建立起很多珍贵的人脉。

他在路上两次搭载行人。有位小伙子，十六岁，来自东宾夕法尼亚州某个小镇，沿路搭便车西行，想要到太平洋海岸进行夏日探险。约翰载了他一整天，十分开心地听他讲故事。这才是年轻一代。那男孩有一双漂亮的眼睛，举止热情友善。他会抽烟，有一次汽车爆胎，他的反应很快，很希望能够帮忙换轮胎，所以他说："先生，我来吧，不要弄脏了您的手，我换轮胎的速度如同闪电一般。"事实的确如此。男孩说，他打算横跨大陆走到太平洋海岸去，在那里他可以找一份海运的工作，这样的话，就可以环游全世界了。"但你会讲外语吗？"男孩并不会。一幅幅画面闪过约翰的脑海，炎热的东部沙漠，熙攘的亚洲小镇，荒芜而近乎原始的山区。作为年轻有为的建筑师，舅舅去世前，他曾用两年的时间在国外游历，到许多国家学习建筑，但他并没有把这些告诉那个小伙子。小伙子环游世界的宏伟计划纵情而稚气地浮现在约翰的脑海。他年轻的时候也曾尝试着从舅舅家——市中心东八十一大街一路走到贝特雷公园尽情游历。"我怎么会知道——也许他会吧。"约翰心想。与男孩相伴的这一天过得相当愉快，他已准备好第二天继续载他一程。可惜那小伙子已经搭上了更早的车起程了。为什么不邀他一起住宾馆呢？等想到这个问题的时候已经太晚了。

年轻，这么狂野不羁，肆意妄为，嗯？我在想为什么我从来没做过，也从来没想过去做？

那天晚上，他跟莉莲在一起，要是能够表现得再野蛮轻率一点，或许……"要是只涉及你自己一个人，怎样不顾后果都行，但已经涉及别人了，特别还是个乡镇女孩子，你理应迅速离去……"他清楚记得那一夜，很久以前，他跟莉莲坐在她父亲房前的走廊上，他的手……那天晚上，就算他想做任何事情，莉莲仿佛都不会拒绝的。他已经想过了——对，他已经想过这些后果了。女人需要男人保护，或者类似什么的。他离开的时候莉莲似乎颇为惊讶，即使已经是凌晨三点了。她看起来很像是在火车站候车的乘客。那儿有一块黑板，一名陌生男子突然走出来在黑板上写着"第二百八十七次列车已终止运行……"之类的话。

哎，其实这已经无所谓了。

后来，四年之后，他跟纽约一户好人家的女孩结婚了。哪怕是在纽约，人口这么多的大城市，她的家庭也是很显赫的，社交甚广。

婚后，有时候他真的很好奇。格特鲁德常常看着他，眼里透着奇怪的光芒。那天，他跟搭便车的小伙子聊天的时候，小伙子眼里也流露出同样奇怪的神情。要是知道小伙子第二天早晨是故意避开你的，你一定会很沮丧。格特鲁德有个表哥。就在结婚之后，有一次约翰听到谣言，就是格特鲁德曾想和这位表哥结婚。当然，他什么都没跟她说。他为什么要说呢？她可是自己的妻子！他也听说过，家里十分反对她嫁给表哥。据说，他很狂妄，又赌博又酗酒。

有一回，她表哥凌晨两点钟来到霍顿公寓，喝得酩酊大醉，要求见格特鲁德。于是，格特鲁德迅速地穿上一件晨衣，下楼见他。当时两人就在公寓楼下的走廊。几乎任何人都可能走进来看到她。事实上，电梯男服务员兼门卫就看到了。她站在楼下的走廊和他聊了近一个小时。到底聊什么呢？约翰从没直接问过，她也从没跟他说过。她再次回到楼上睡觉，约翰躺在自己的床上，浑身发抖，但还是一言不发。他担心一旦出声，肯定会说些粗鲁的话；因此，还是按兵不动为好。她表哥后来不见踪影。约翰怀疑格特鲁德后来给了他些钱，他去了西部某个地方。

如今格特鲁德也不在了。她看起来一直都很健康的，但突然染上了一种棘手的慢热病毒，一病就几乎一年。有时她看起来好点了，然后发烧突然又严重了，可能是她压根就不想活了吧。多么奇怪的念头！她死的时候，约翰和医生一直陪在她的床边。这种感受似曾相识，和当年一样，他那天晚上和莉莲去球场，就感觉莫名地头脑发蒙。毫无疑问，这两个女人都曾微妙地指责过他。

指责他什么呢？舅舅、舅妈总是以一种含糊莫名的方式指责约翰。舅舅、舅妈是把财产留给了他，可……舅舅好像说过，很久以前的那个晚上，莉莲也好像说过……

他们说的是同样的话吗，是他妻子临死时说的那些话吗？他记得当时妻子微笑着："亲爱的约翰，你总是把自己照顾得那么好，不是吗？你遵守规矩，从不会为自己或别人冒任何风险。"是的，有那么一刻，她确实很生气对他说过这种话。

十里外的那个小镇，连个散步坐坐的公园都没有。要是待在旅店附近，可能会有卡克斯顿老乡进来："嘿，你在这干什么啊？"

这要解释起来可就麻烦了。他想要傍晚时分柔和的光线，不仅为他自己，也是为他就要重逢的故友们。

他开始想起儿子来，如今已经是个十二岁的小伙子了。"嗯，"他自言自语着，"他的性格现在还没开始定型呢。"在儿子身上，呈现出很多不良迹象，目中无人，自私散漫，不顾他人感受，极为争强好胜。约翰想到这有点害怕了，他这些缺点是该马上改了。"我必须马上给他写封信。这种恶习在小时候形成，长大了就根深蒂固，再后来就无法摆脱了。世界上，像这样的人多着呢！每个人，无论男女都有自己的见解。成为有教养的人，就是要为他人着想，顾及别人的希望，别人的快乐，还有别人对生活的幻想。"

约翰·霍顿，现在正沿着俄亥俄州小镇住宅区内的街道走着，构思着给儿子的信，儿子正在佛蒙特州参加夏令营活动呢。他可是每天都给儿子写信的，"我认为这是一个男人应该做的，"他心想，"他应该记住，如今这孩子没有母亲了。"

他来到了一个偏远的火车站。车站很整洁，旁边有块草地，草地正中有个圆形花坛，长着花花草草。有个人，可能是车站管理员兼电报员吧，与他擦肩而过，进了火车站。约翰跟着进去了。候车室的墙上挂着一个框起来的火车时间表，约翰站在那仔细研究着。有一列火车，五点钟去卡克斯顿。另外有一列火车七点十九分从卡克斯顿驶出，七点四十五分到达此刻他所在的小镇。车站商务区的一个工作人员推开滑板门，看了看约翰。两人都看着对方，什么也没说。随后那人又关上了门。

约翰看了看表。两点二十八分。六点左右，他就可以开车去到卡克斯顿，然后在那里的旅店用餐。吃完饭，就到晚上了，人们会出来逛街。接着就差不多七点十九分了。约翰还是小伙子的时候，他，乔还有赫尔曼，经常还有其他几个小伙子会爬进行李车厢或邮政车厢的前部，偷乘顺风车到他此刻所在的小镇。一帮人在一片漆黑之中蜷缩着，车厢摇来摇去的，多令人兴奋啊。每当春秋时分，夜幕稍微降临，锅炉工就会打开火箱，把煤扔进去，照亮轨道两边的田野。有一回，约翰看到一只兔子在刺眼的光芒下，沿着轨道奔跑，他本可以探下身去，用手抓住它的。来到临近的这个小镇，小伙子们泡酒吧，打台球，喝啤酒。他们可以搭上当地货运的便车回家，大概十点三十分就到卡克斯顿了。记得一次大冒险之旅，约翰和赫尔曼都喝倒了，乔不得不把他们扶上一个运煤的空车厢，到了卡克斯顿再把他们弄出来。赫尔曼感到不太舒服，到卡克斯顿下车时，跌跌撞撞的，差一点点就跌倒被火车碾过。约翰醉得没他厉害。趁没人注意，他把几杯啤酒倒入了痰桶里。到了卡克斯顿，他和乔陪着赫尔曼走了几个小时，最后约翰回到家的时候，母亲还没睡，十分担心。他只能对母亲撒谎："我跟赫尔曼开车去乡下，一个轮胎坏了，我们只能走回来。"乔之所以酒量那么大，是因为他是纯正的德国人。他父亲在镇上卖肉，家里的桌子上就摆着啤酒。难怪他不像赫尔曼和约翰那样轻易醉倒。

火车站的旁边，阴凉处有张长凳，约翰在那儿坐着，一直坐了很久——俩小时，仨小时。他为何不带本书呢？幻想中他写了封信给儿子，信中提到了卡克斯顿镇外路边的田野，提到了他对那里朋友的问候，提到了他幼年时所经历的事情，甚至还提到了他以前的心上人莉莲。此刻想好信中要说的话，等他到了卡克斯顿的旅店，几分钟就可以把信写完，用不着再停下来想什么。跟小男孩说话，你不能老那么吹毛求疵。真的，有时候，你应该推心置腹，让他走进你的生命，成为你生命中的一部分。

六点二十分，约翰开车进了卡克斯顿，来到旅店，完成登记，由服务员领着来到一个房间。约翰开车进入小镇时，在大街上看见了比利·贝克尔，比利年轻时有一条腿瘫痪了，常拖着腿在人行道上走路。他现在越来越老了，满脸皱纹，面无光泽，看起来像一个干瘪的柠檬，衣服前部也满是污迹。人们，即便是病人，在俄亥俄州的小镇上都很长寿。真让人惊讶，他们是如何熬过来的。

约翰已经把他那辆豪华的汽车停在了旅店旁边的车库里。以前，约翰年轻时，现在的车库曾是个马房。马房前面小小的办公室墙壁上，挂着一些马的照片，有的驰骋飞奔，有的信步而行，形态各异。当年经营马房的是老戴夫·格雷，他拥有自己的赛马，约翰还时不时去他那租用成套马车。他租了一套马车，载着莉莲，沿着洒满月光的小路，一起到乡下去。他还记得，经过一间人迹稀少的农房时，房里一条狗对着他们汪汪直叫。有时候，他们会驾着马车，行驶在窄小的土路上，路两侧种满了接骨木，他们便停下马车。一切都那么安静啊！这种感觉太奇异了，他们竟说不出话来。有时候他和莉莲两个人坐着，一言不发，彼此靠得很近，很久很久。有一回，他们下了马车，把马拴在栅栏上，向一个干草场走去。新收割的干草都扎成了小堆。约翰本想与莉莲一起躺在那些圆锥形的干草堆上，但他始终没敢开口。

约翰在旅店里静静地吃着晚餐。餐厅里连个旅行推销员都没有，过了一会儿，老板娘走了过来，站在桌子旁跟他聊起天来。这个旅店平时旅客很多，但时下正是淡季，生意比较冷清。老板娘夫妇俩是从匹兹堡搬过来的。丈夫是个移动车司机，就买下了这个旅店让她打理，好让她一个人在家，生活能多点乐趣。

约翰用过晚餐后，上楼回到自己的房间，很快，老板娘就跟了过来。通往大厅的门刚好开着，她就站在门道里。确确实实，她挺好看的。她上楼就是想确认下房间里的所有物品是否齐全，他有毛巾、肥皂可用，他所需的一切都有就好。

她在门口待了一段时间，谈论着小镇。

"这是个不错的小镇，赫斯特将军就埋葬在这里。你应该开车到他的墓地去，瞻仰一下他的雕像。"他想知道，赫斯特将军是谁，参加了哪场战争。很奇怪，竟然想不起来。镇上有一家钢琴厂，还有一家辛辛那提的钟表公司，正讨论着在此建立工厂。"他们认为在这样的小镇，出现劳动力问题的可能性不大。"

老板娘不情愿地离开了，一边走，一边还停在过道里，回望一眼。有点奇怪，他俩都显得很不自在，"希望你住得舒服。"她说道。一个四十岁的男人回到家乡，并不是为了开启一段⋯⋯跟一个移动车司机的妻子，呃？哎呀！哎呀！

七点四十五分，约翰去主街散步。一出门就看到了汤姆·巴拉德，汤姆马上就认出了他，着实喜出望外。汤姆开始吹嘘了："无论是谁的脸蛋，只须经我这一瞄，他就是化成灰我也认得。哎呀！哎呀！"约翰二十二岁那年，汤姆肯定也就十五岁左右。汤姆他爹是小镇一流的医生。汤姆拉着约翰，朝着旅店的方向往回走，一路上不停地感叹："我一眼就认出您了，您还跟当年一样，变化不大，真的。"

现在汤姆也成了一名医生，只是有一些关于他的⋯⋯很快约翰猜到了那是什么了。两人回到约翰的房间，约翰从包里取出一瓶威士忌，给汤姆倒了一杯。想想汤姆接过酒时那猴急的样子，活灵活现呢。然后他们开始聊起天来。汤姆喝完酒坐在床边，手里依旧拿着约翰递来的瓶子。赫尔曼现在以赶马车谋生。他娶了柯媞·斯莫尔为妻，两人有五个孩子。乔则在国际收割机公司上班。"我不清楚乔现在有没有在镇上。他是个故障检修员、一流的技工，好人一个。"汤姆如是说着，又喝起酒来。

至于莉莲，提起她时，约翰装作漫不经心的样子。约翰当然知道，莉莲结过婚，后来又离婚了。那个男人也有一些麻烦，后来他又结了婚。现在她跟母亲一起住，而她父亲，那个鞋商，已经去世了。汤姆小心翼翼地说着，像是在维护自己的朋友。

"我估计她现在过得还好，做人规规矩矩什么的，好在她从没有孩子。她有点神经兮兮的，很古怪，容颜大不如前了。"

二人下了楼，沿着主干道走，然后坐进了医生的车里。

汤姆说："我带你去兜会儿风吧。"但是，他准备将车从路边开出来的时候，回过头去，冲着约翰微笑，"你衣锦还乡，我们该庆祝一下，喝一杯怎样？"

约翰递给他一张十元的纸钞，然后他就消失在附近的药店了。回来的时候他大笑着说：

"我用了你的名字，他们竟然没认出来。我在药方上说你最近情绪不稳，需要时间恢复，建议你一天吃三勺。天啊！我的处方簿都快用完了。"那间药店的店主叫威尔·贝奈特。"你可能记得他，他是爱德·贝奈特的儿子，跟嘉丽·怀亚特结了婚。"这些名字在约翰的脑子里都很模糊。"这个人快醉了，他要把我也灌醉。"他心想。

他们驶出主干道，进入核桃大街，中途他们将车停在两个街灯之间，然后又开始喝起来。约翰手握着酒瓶，放在双唇上，舌头却堵着瓶口。他记得，他跟乔和赫尔曼一起喝酒的那些夜晚，就曾悄悄把啤酒倒进痰桶。他觉得冰冷而寂寞。核桃大街是他过去常走的街道，他总是很晚才从莉莲家回来。他还记得住在这条街上的人们，那一长串名字开始在他脑海中闪过。通常他记得那些人名，但是却想不起人们的样子，就只是些名字而已。他希望医生不要把车开进那条自家曾住过的大街。莉莲住在小镇的另一边，就是人们所说的"红房区"。约翰也不知道人们为什么这样称呼它。

一路上车都静悄悄地行驶着，越过一座小山丘，朝南开到了镇边上，停在了一栋房子前。那房子显然是约翰年轻时就建起的。此时，汤姆摁响了车喇叭。

"露天市场以前不是就在这里吗？"约翰问。医生转过身，点了点头。

"是的，就在这里。"他一边说着，一边不停地摁喇叭，然后一男一女从房子里走了出来，站在车旁的路上。

"把穆德、阿尔夫还有其他人全都叫上，一起去利尔斯海角。"汤姆说。约翰简直是被拖着走的，他曾想汤姆是否会介绍他。"我们搞了些烈酒，来见见约翰·霍顿，我们多年前的老街坊。"以前在露天市场，一个叫戴夫·格雷的马夫常在清晨训练赛马，那会儿约翰还是个毛头小伙子呢。赫尔曼对马很狂热，梦想着有一天能够成为一个马术师，常常一大早就去约翰家，然后两个小伙子连早餐也不吃就一起前往露天市场。赫尔曼会带上些三明治，是用他母亲食品室里的面包片和冷肉做成的。他们抄近路过去，一边吃三明治一边爬围栏。他们需要穿过一片草地，草地上露水很大，百灵鸟就在他们面前飞起。赫尔曼现在离他的少年梦想至少很近了：他仍然与马一起生活，还有一辆运货马车。不过约翰的心中还是有一点疑虑。或许赫尔曼开的是一辆大卡车呢。

那对男女坐进了车里。女的与约翰一起坐在后座，而她丈夫在前座与汤姆坐一起，接着他们开车去了另一座房子。约翰认不出他们经过的街道，偶尔会问那个女的："我们现在在哪条街上？"随后，穆德和阿尔夫也坐进车里，跟他俩一起挤在后座。穆德二十八或三十岁的样子，身材苗条，金发碧眼。她似乎一上来就要讨好约翰，"我占的空间不会超过一英寸的。"她大笑着说，然后把她自己往约翰和之前那个女人的中间挤。那个女人的名字约翰后来记不得了。

　　他很是喜欢穆德。他们沿着碎石路行驶了十八英里，下了车，来到了利尔斯农舍，那个农舍现在已经改造成了一个小旅社。穆德一路上都比较沉默，但坐得离约翰很近。他正觉得寒冷孤单，很感激她单薄的身子传递的温度。穆德偶尔会低声跟他说话："天哪！良辰美景啊！我喜欢夜里这样出行。"

　　利尔斯海角在萨姆森河的弯道处。约翰还小的时候，偶尔跟父亲远足，去到那里钓鱼。后来他又跟一群朋友去过几次，同去的还有他们的女朋友。他们开着格雷的老巴士，来回需要几个小时的时间。晚上回家的时候，他们会一路兴奋地高声歌唱，吵醒了熟睡的农民。偶尔有人会从巴士上下来步行一段路程。对于小伙子来说这是亲吻心上人的大好时机，别人是不会看见的。只要动作快一点，他们能轻易赶上巴士。

　　利尔斯的主人是一个面带愁容的意大利人，名叫弗朗西斯科，里面有一个舞厅和一个餐厅。要是你知道秘诀的话就能喝上酒，而很明显，医生和他的朋友们都是老熟客了。他们立即宣布，约翰不要买任何东西，事实上，还没等约翰主动提出，他们已经宣布了。"可别忘了，你现在是我们的客人，到时候我们去你的地盘，你再付钱也不迟。"汤姆说着大笑起来，"想起来了，我忘了你的零钱了。"他边说边递给他一张五美元的纸币。在药店买的威士忌已经在路上喝光了，除了约翰和穆德，大家都喝得很痛快。"我不喜欢那些东西，你呢，霍顿先生？"穆德一边说一边咯咯地笑。旅途中，她的手指两次都悄悄靠近，轻轻触碰约翰的手指，而每次她都赶紧道歉："哦，实在不好意思！"约翰此刻的感觉，就跟晚上早些时候一样，那时旅店老板娘站在他房间门口，似乎迟迟不愿离去。

到了利尔斯海角，他觉得浑身不舒服，一下子沧桑怪异了许多。他不停问自己："我跟这些人到这里干吗？"到了灯光下，他偷偷瞄了一眼手表。还没到九点呢。门前还停着其他几辆车，医生解释道，大部分都是从耶灵顿来的。喝了几杯淡淡的意大利红酒之后，除了穆德和约翰，大伙都去舞池里跳舞了。医生把约翰叫到一边悄声说："离穆德远点。"他急忙解释说，阿尔夫和穆德一直在吵架，好几天都没跟对方说话了，尽管他们同住一屋，同台吃饭，同床共枕。汤姆解释说："阿尔夫觉得她跟男人太放荡了，你最好注意点。"

房前面的草坪上，他俩在树下的一条长凳上坐了下来。其他人跳完舞，出来又拿了很多酒。汤姆又喝了些威士忌。他郑重其事地说："这是私酿的，但酒相当不错。"明净的天空中星光熠熠，大家都在跳舞，约翰转过头来，在道路对面，透过两岸的树木，看到群星倒映在萨姆逊河中。从屋里透出的一缕光落在了穆德脸上，多么可爱的脸蛋啊，但仔细一看，脸上透露着刁蛮的神情。"就是一个被宠坏的孩子。"约翰心想。

她开始问他在纽约生活的情况。

"我曾经去过那里，不过只待了三天。那是我在东部上学的时候。我认识的一个女孩住在那里。她嫁给了一个好像叫特里甘的律师。我想，你应该不认识他。"

这时，她脸上露出一副渴望而不满的神情。

"天呐！我多想住在那样的地方啊，而不是这个鬼地方。还没有人能像你一样吸引我。"她说着又咯咯地笑了起来。那天晚上，他俩曾穿过灰尘四起的马路，在河边站了好一会儿，但在舞会结束前又坐回了长凳上。穆德就是不肯跳舞。

十点半，大伙都已经喝得有点醉了，于是便开车回镇上，穆德又一次紧挨着约翰坐下。阿尔夫在路上睡着了。穆德用她苗条的身体挤着约翰，不过，她挤了几下约翰都没反应，便索性大胆地把手放在约翰的手里了。另外一对夫妇跟汤姆闲聊他们在利尔斯见到的人。"你觉得范尼和乔之间关系正常吗？我不这么认为，我觉得她很正直。"

十一点半到达约翰的旅店，跟他们道了晚安之后，约翰便上楼了。阿尔夫已经醒了，就要分别时，他探出车外，仔细地看着约翰，问道："你说你叫什么名字来着？"

约翰走上一段黑漆漆的楼梯，然后回房坐在床上。莉莲已经失去往日的容颜。她结了婚，丈夫又跟她离了。乔是个故障检修员，在一家国际收割机公司工作，一流的技工。赫尔曼是个货运马车车夫，育有五个孩子。

约翰隔壁房间有三个男人在玩扑克牌。他们有说有笑的，声音清晰地传了过来。"你这么认为，是吗？我会证明你是错的。"一场小小的争吵开始了。时值夏天，房间窗户开着，约翰站在一个窗户边向外看。月亮出来了，他能看到下面的小巷。有两个男人从大街上走出来，站在小巷里悄悄地说话。他们走了之后，有两只猫沿着屋顶爬过，开始交配。隔壁房间打牌结束了。约翰能听到过道里的声音。

"哎呀，算了吧，我告诉你们，你俩都错了。"约翰想起了在佛蒙特州夏令营的儿子，深感内疚，"我今天还没给他写信呢。"

他打开包，拿出纸，坐下写，但试了两三遍，又放弃了，把纸扔到了一边。利尔斯海角的长凳上，与那个女人坐在一起，是多么美妙的时光呀。此刻那个女的却和丈夫躺在床上，谁也不理谁。

"我能不能这样做呢？"约翰问自己，那天晚上他的双唇第一次露出了笑意。

"为什么不呢？"他心想。

于是，他手拿着包，走下那段黑漆漆的过道，到了旅店办公室，开始用力敲打桌子。一个胖墩墩的老头，不知道从哪里走了出来，他一头稀薄的红发，睡眼惺忪的。

约翰解释说："我睡不着，想继续开车去匹兹堡，睡不着，不如开车上路。"于是便付了账单。

然后他让那个店员去叫醒车库里的人，还多给了他一美元。他问道："如果我需要汽油，哪里的加油站会开门呀？"很显然那个店员没听见，或许他认为问题很可笑。

月光下，他站在旅店门前的人行道上，听着店员咚咚地敲门。不久，他就听到了声音，也看到了车前灯在亮。汽车出现了，开车的是个小伙子，看起来十分活泼机灵。

"我看见你到利尔斯海角去了。"他一边说，一边很自觉地就去检查油箱。"放心好了，还有八加仑的油呢。"他确信地说着，约翰已经进了驾驶室。

多么友好的汽车，多么友好的夜晚！约翰并不是喜欢开快车的人，可是他却以极快的速度离开了小镇。"你直走两个街区，向右转，再走三个街区，就会遇到水泥楼。然后再往东直走，不会找不到的。"

约翰正以飞快的速度转弯。到了郊外，有个人在黑暗中朝他大喊，但他并没有停下来。他迫不及待想驶进那条向东的公路。

"我会叫她出来的。天哪，太有趣了，我会叫她出来的。"他想着。

她在那儿——洗澡呢

无所事事，浑浑噩噩，又一天就这么过去了。真让人发狂。今天早上我像往常一样来到办公室，晚上也在往常的时间回到家。我比妻子年长十岁，一起住在纽约市布朗克斯的一座公寓里，膝下并无儿女。我们的公寓是在二楼，楼下有条小小的走廊供整座公寓的人用。如果我能判断出我到底是不是一个傻子，是不是突然有点精神错乱，还是我的名声早已受损，那也相当不错啊。办公室发生了一些最不寻常的事情，我今晚回到家，决定把一切都告诉妻子。"我会告诉她，然后观察她的脸色。要是她脸色煞白，那就证明我所有的怀疑都是真的。"我心想。在过去的两周，我的一切全都变了，我不再是以前的我。比如说，我以前从来就没有用过"煞白"这个词。这个词有什么含义吗？要是我不知道有什么含义，我又如何辨别妻子的脸色是否煞白呢？这个词一定是我小时候在一本书上见过的，或许是一本侦探故事书。但，等一等，我知道这个词是怎样突然跳进我脑子里的了。不过，我并不准备告诉你。我已经说过，今晚，我爬上楼梯回到了公寓里。

我回到家里，大声地跟妻子说话。"亲爱的，你在干吗呢？"我的声音听起来怪怪的。

"洗澡呢。"我的妻子回答。

所以，你知道啦，她正在家洗澡呢，就在那儿呢。

她总是假装很爱我，但是你现在看看她。她心里还有我吗？她的眼里还有柔情吗？她穿过大街小巷的时候还会想起我吗？

你看她正微笑呢。有个年轻小伙刚从她身旁经过。他个子高高的，留着一撮小胡子，抽着香烟。我现在问你，他是不是跟我一样，在某些方面，也在维系着各方面的日常生计人情世故呢？

以前，我认识一个男的，是惠斯特扑克牌俱乐部的主席。嗯，他是有点能耐。人们想学怎么玩惠斯特，就会写信询问"如果三张牌出了以后，我右边的人还有三张牌而我只剩两张该怎么办"等等这些问题。

我的朋友，就是我现在说的人，就会查出这个问题，"根据第四百零六条规则就可以知道，等等等等"，他信中会这样回复。

我的意思是他对世界有点贡献。他有助于推动世界进步，我敬重他，过去常跟他一起吃午饭。

但我现在有点离题了。我现在正在想的这些年轻家伙，走在街上对着女人挤眉弄眼的——他们在干什么？他们捻着胡子，拄着拐杖。竟然还有老实巴交的人在背后支持他们。那傻瓜就是他们的父亲。

就是这样一个家伙正走在街上。他遇着一个像我妻子那样没太多人生经历的老实女人。他微笑起来，一个温柔的表情映入了他的眼里。如此地奸诈，如此地幼稚荒谬。

而那些女人又怎么会明白这些呢？她们就像小孩一样，一无所知。有那么一个男人在办公室埋头苦干，维系着各方面的日常生计人情世故，可她们会想到他吗？

事实就是那个女人受宠若惊了。那只对丈夫才应有的温柔神情丢掉了。没有人知道会发生什么事。

但是，哼，如果要我讲这故事，那就开始吧。到处都有喋喋不休讲废话的男人。我恐怕要成为那类人了。我已经跟你说过，晚上我从办公室回到家，站在公寓走廊里，刚踏进门。我问妻子在干什么，她说在洗澡。

好吧，就当我是个傻瓜吧。我要到公园里走一走。不坦率地面对一切，瞎想也没用。坦率地面对一切，就可以把一切都搞清楚。

啊哈！我现在已经恶魔上身啦。我说我会保持冷静镇定，但我真的冷静不下来。事实是我正变得越来越生气。

我个子是很矮，但我告诉你，一旦激怒我，我也会出手打人的。我小时候就在校园里跟另一个男孩打了一架。他打青了我的眼，我打松了他的牙。"来，接招吧。现在我已经把你按在墙上，我会扯乱你的胡子。给我那根手杖，我会打爆你的头，等着手杖折断吧。小子，我不打算杀了你。我只想捍卫自己的尊严。不，我不会放过你的。来，接招吧。下次在街上看到哪个体面的已婚妇女规规矩矩去商场，别骚扰她，别用你温柔的眼神看她。最好找份工作。到银行谋个差事干，努力往上爬。你说我是老山羊，但我会让你知道老山羊也会用头撞你。来，接招吧。"

好吧，你正在读这篇文章，也认为我是个傻子吧。你看着我，或大笑，或微笑。你在公园里沿着这儿散步，遛狗。

你的妻子在哪呢？她在干吗呀？

好吧，就假定她在家里洗澡。那她在想什么呢？如果她在想着，那她一边洗澡，一边想谁呢？

你正在遛狗散步，也许，你没有理由怀疑你的妻子，但是我会告诉你，你现在的处境跟我一样。

她在家里洗澡，而我却一整天都坐在桌前，想着这些东西。在这种情况下，我永远不会这么冒失这么冷静地去洗澡。我真是钦佩我的妻子。哈哈，如果她是无辜的，我佩服她。当然，这是身为丈夫应该做的。如果她不是无辜的，我甚至更加佩服她。一副漫不经心的样子，真是胆识过人。仅这一次，她对我的态度就显得有些高贵，甚至有些英雄气概。

对我来说，今天就像平常一样。嗯，你看，我用手托着脑袋，整天坐在那里想啊想，然而在我这样做的时候，我妻子已经四处走动，过着正常生活了。早上她起床，坐在她丈夫，也就是我，对面的位置上，吃着早餐。她的丈夫已经离开家去办公室了。现在她正在和我们的女仆说话。她要去商店。她正在缝纫东西，或许是为我们公寓的窗户做新窗帘。

这就是你的女人。罗马失火，尼禄弹琴作乐。他身上就有这个女人的气质。

妻子对丈夫不忠。她欣喜地离开了，比如说，傍在另一个年轻人的怀里。他是谁？他跳舞抽烟，跟狐朋狗友混在一起开怀大笑。他说："我有一个女人，不是很年轻但却死心塌地爱我，这多实惠啊。"我曾在列车的吸烟车厢听见这些家伙这样说过。

这就是她的丈夫，像我这样的。他镇静吗？他沉着吗？他冷静吗？他的名声可能正在受损。他坐在桌子旁，吸着烟。人们进进出出，他思考着，思考着。

他在想什么呢？都是她。"她仍然在家，在我们的公寓里，"他想，"现在她在沿街走着。你知道你妻子的私生活吗？你知道她的想法吗？嗯，你看。你吸着烟，手插进口袋里。你生活得很不错，幸福快乐。你跟自己说着：'那有什么关系，我妻子正在家里洗澡。'在日常生活中，你是一个有贡献的人，我们姑且这么说吧。你出版书籍，经营店铺，策划广告。有时你会对自己说：'你正在帮助别人减轻肩上的负担。'这样让你感觉很好。我同情你。我想，假如你允许，假如我们是在日常职业的正式交易场合遇到的话，我们很可能会成为非常要好的朋友。嗯，我们会一起吃午餐，不一定经常，但时不时会。我会跟你说一些房地产的交易，你也会告诉我你最近的业务。'很高兴我们能相遇！电话联系，走之前抽根烟。'"

我就很不一样，例如，我一整天都待在办公室，但却没心思工作。一个叫奥尔布莱特的先生走进来，问我："呃，你要不要出手那个房地产呢？"

他说的房地产是什么意思？他在说什么呢？

你能够明白我处于什么状态了吧。

现在我必须回家了。等她洗完澡我们就可以吃晚餐了。关于这些东西，我一丁点都不会跟她说。"约翰，你怎么了？""啊哈，没什么呀。我有点担心生意上的问题。奥尔布莱特先生进来找我了。我要不要把它卖掉呢？"我脑子里想的东西绝对不会提。我会有点紧张。一紧张就会把咖啡溅在桌布上，或者把甜点打翻。

"约翰，你怎么了？"我已经说过，一副漫不经心的样子，多么冷静啊。

怎么了？事大了去了。

一个星期，两个星期，确切来说只是十七天前，我一直很幸福。我照常处理公司事务。早上我搭地铁上班，但是，如果我愿意，很久之前我就可以买辆汽车了。

但事实并非如此，很久之前，我和妻子都觉得不该这么浪费。老实告诉你吧，十年前我生意失败，然后我不得不把部分财产转到我妻子的名下。我带了些材料回家给她签字，她也照签了。事情就是这样。

"那，约翰，今后我们就不买汽车了。"那是发生在这次乱子出现之前。我们一起在公园散步。"梅布尔，我们买辆车好吗？"我问。"不行，不要买。"她说过无数次，"我们的钱，会让我们以后的日子过得舒坦些。"

确实是舒坦。现在事情都发展成这种地步了，还怎么舒坦？

就在两个星期前，不，准确来说是十七天前，我像今晚一样下班回家，走过同样的街道，经过同样的商店。

那个奥尔布莱特先生问我要不要卖掉房地产，让我很疑惑。我并没有明确地回答他。"我考虑一下。"我说。他指的是什么房地产呢？我们之前一定谈论过这个问题。如果仅仅是一面之缘的人，绝对不会一进门就漫不经心地，或者可以说熟门熟路开门见山就跟你谈房地产的事情。

你都看到了，我仍然有点迷惑，尽管我现在正勇敢面对着问题，我仍然有点迷惑。今天早上我像往常一样在浴室刮胡子。我一般都会在早上刮胡子，而不是晚上，除非我和妻子要出门。我正刮着胡子，突然剃须刷掉到了地板上。我蹲下去捡，我的头撞到了浴盆。我说这些只是想告诉你我当时的状态。我的头上肿起了一个包。妻子听到我的呻吟就问我怎么了。"撞到头了。"我说。当然，一个人头脑清醒的话，明明知道浴盆在那里，是不会撞到的，谁会不知道自家的浴盆在哪里呢？

　　但现在我又在想究竟发生什么事情了，是什么让我那么不安呢？那天晚上我正要回家，就是十七天前。嗯，我沿路走着，什么也没想。我来到公寓楼，走了进去，就在那儿，面前小走廊的地板上，有个粉红色的信封，上面写着我妻子的名字，梅布尔·史密斯。我一边捡起来一边在想："奇怪。"信封上面还有股香水味，上面没写地址，只写着梅布尔·史密斯，这应该是一个男人写的，胆子还不小。

　　我不由自主地打开，读了起来。

　　十二年前，我在韦斯特利先生家的聚会上第一次见到我妻子，那时我和她之间没有任何秘密；至少，直到十七天前在走廊的那个晚上，我从来没想过我们之间有什么秘密。我总会打开她的信件，她也总是打开我的。我觉得这应该是夫妻的相处之道。我知道有些人不同意我的观点，但我一直认为我是对的。

　　我同哈利·塞弗里奇一起去参加聚会，后来，送我妻子回家。我提议叫一辆出租车。"我们坐出租车回去好吗？"我问她。她说："不，还是走路吧。"她父亲是一个家具商，后来就去世了。每个人都以为他会留下一些钱给她，但事与愿违。他在大急流城一家公司欠下了债务，所有的钱几乎都用来还债了。有些人会为此感到不安，但我没有。在她父亲去世的那天晚上，我告诉她："亲爱的，我娶你是因为我爱你。"从她父亲的房子走回家，布朗克斯的天下着蒙蒙细雨，但我们身上并没有太湿。"我娶你是因为我爱你。"我是这么说的，也是这么想的。

　　还是回到便条这件事上吧。便条上写着："亲爱的梅布尔，星期三等那个老山羊走后，到公园里来，在动物笼子旁的板凳那儿等我，就是我们以前见面的地方。"

署名是比尔。我把它放进口袋上了楼。

我走进家门，听到一个男人的声音，催促我妻子做什么事情。我进门的时候那个声音变了吗？我大胆地走进我们的前房，我妻子跟一个年轻男子面对面坐在两张椅子上。他个子高高的，有点小胡子。

他假装向我妻子推销一个专利地毯清扫机，我在角落里的椅子上默默地坐了下来，他俩都变得有点不自然。实际上，我妻子断然激动起来。她站起身，大声喝道："我告诉你，我不想要任何地毯清扫机。"

年轻男子站了起来，走到门口，我也跟了过去。他自言自语："嗯，那我最好还是离开这儿吧。"他原来是打算留一个便条，告诉我妻子星期三在公园跟他见面，但最后，他还是决定冒险来趟我家。他可能是这样想的："她的丈夫可能会回来，从信箱拿出便条。"然后他决定来看看我妻子，很意外的，把便条落在了走廊上。这家伙现在很害怕。任何人都能看出来的。我这样的人虽然个子小，但有时也会出手打人的。

他匆匆朝门口走去，我一直跟到走廊。我看见又有一个年轻男子从楼上下来，手里也拿着一个地毯清扫机。这可真够老谋深算的，手里拿着地毯清扫机作掩护，这些年轻人竟想出这样的鬼主意，我们这些男人虽老，也不至于会被这假象蒙蔽了双眼。我一眼就看穿了里面的猫腻。这第二个男子是第一个男子的同伙，他躲在走廊为了把风，等我回来了好通风报信。于是，我上楼的时候，第一个男子就假装是在向我妻子推销地毯清扫机了。也许这第二个男子在我上楼之前已经用清扫机的把手敲了楼上的地板，给他们报了信。现在想起来了，之前的确听到了敲击的声音。

然而，当时我还没理清头绪。我背靠墙站在走廊上，看着他们走下楼。其中一个还转身冲我笑，但我什么都没说。我以为我会尾随他们下楼，挑战他们，然后打上一架，可是我没有。我当时想的是："我不会这么做。"

我一开始就怀疑，我敢肯定，那个坐在我家的年轻人是假意推销清扫机的，也正是他丢的便条。他们走到了公寓楼前的走廊上，那个被我抓到和我妻子在一起的男子用手伸进口袋去摸。当时，我就靠在楼上的栏杆上，看见他在走廊上四处张望。他大笑起来。"嘿，汤姆，我口袋里有一张给梅布尔的便条。我本打算到邮局贴了邮票再邮寄，但我把街道号码给忘了。我想，'哦，好吧，那就去见见她吧！'我本不想撞见她丈夫的，那个老家伙。"

"你已经撞见他了，"我心里想着，"现在我倒要看看最终谁会胜出。"

我走进公寓，关上了门。

过了很久，大概有十分钟吧，我就那样站在公寓门口，思绪不断，我最近一贯如此。有两三次我试图跟妻子说话，把她叫过来，质问她，查出那个残酷的真相。但我的喉咙还是哽住了。

我不停地问自己——我该怎么办？我是不是该冒着人身侵犯的风险，走到她面前，抓住她的手腕，逼她坐在椅子上，让她自我坦白？

"不，我不会这样做。我要巧施妙计。"

我站在那儿想了很久。我的世界在我耳边塌陷了。我想说话，却怎么也说不出来。

最后我终于很冷静地开口了。我身上还是有点男子汉气概的。躲无可躲，就无须再躲了。"你干什么呢？"我用平静的腔调问妻子。"我在洗澡啊。"她这样回答。

然后我就出了门，到公园这里来想事情，就跟今晚一样。那天晚上，我刚走出前门，就做了一件我从小就没做过的事。我是个十分虔诚的教徒，但我却说了脏话。我和妻子有过很多次争论，就是该不该与那些，呃，那些说脏话的人做生意。"我不会因为一个人说话粗鄙而拒绝卖东西给他。"我经常这么说。"不行，你得拒绝。"妻子回应道。

这只能说明，女人对做生意实在是不开窍。而我一向都坚持认为自己是对的。

我还坚持认为，我们男人必须保护家庭的完整。在第一天晚上，我一直散步到晚饭时间，接着回家。我决定暂时不说什么，只是保持安静等待巧施妙计，但到了吃饭时间，我的手抖了起来，还把甜点撒到了桌布上。

一周后，我去见了个私家侦探。

但首先就发生了意外。到了周三——我是周一晚上发现字条的——我实在忍受不了再坐在办公室了，想着那个傲慢无礼的小子此刻可能就在公园约会我妻子呢，于是我就亲自去公园了。

很肯定的是，我妻子正坐在靠近动物笼子的一张石凳上，还织着毛衣呢。

起初，我认为自己可以隐藏在一些灌木丛中，但我没有这样做，而是直接走上去，坐到了她旁边。"多好呀！什么风把你吹来了？"妻子微笑着，惊讶地看着我。

我该不该告诉她呢？真是举棋不定。"不，"我心想，"还是不要告诉她，我会去找私人侦探。我的名声毫无疑问已经受损，我要查明真相。"我天生的机智挽救了我。我直勾勾地看着她的眼睛说："有一份文件要签名，直觉告诉你会在公园这里。"

我话刚出口，差点把舌头给闪掉。然而，她并没有注意到什么，我从口袋中抽出一份文件，递给她一支钢笔，叫她签名。她一签完字，我就急忙离开了。起初我觉得自己会在不远处徘徊着，也就是说……但不行，我决定不那么做。毫无疑问他会有同伙监视着我，我告诫自己。

于是第二天下午，我去了那个侦探的办公室。那位侦探是一个魁梧大汉，我把我的想法告诉了他，他笑了，说道："我明白，我们接过很多这样的案例，一定会揪出那个家伙来的。"

所以你看，事情就发展到这个地步了。一切都已安排妥当。这个花销不菲，但我的屋子会被监视，到时我手上会有一份关于所有情况的报告。老实说，一切都安排妥当了，我又感到羞愧难当。那个侦探——办公室里站着好几个人——把我送到门口，用手拍了拍我的肩膀。不知道什么原因，反正那让我很恼火。他不停地拍着我的肩膀，好像我是一个小孩子。"不要担心，一切都会安排好的。"他如是说。没关系，只是一单交易而已。不过，莫名其妙地，我就是想朝他脸上挥拳猛击过去。

你看见了，这就是我现在的状态。我分不清自己到底是谁。"我是一个傻瓜呢，还是人中龙凤呢？"我不断地问自己，但始终得不到答案。

我跟那位侦探谈妥之后，就回家了。漫漫长夜，我却无法入眠。

说实话，我开始希望自己从未发现过那张纸条。我想我错了。这或许让我更不像个男人，但这是事实。

所以，你看到了，我失眠了。"要是我没有发现那张纸条，无论我的妻子在干什么，我都不会失眠的。"我心想。简直糟透了。我对自己做的事情感到羞愧，与此同时，也为自己的羞愧而感到羞愧。我做了任何一个美国男人都会做的事，就是这个样子。可我睡不着。每天晚上回到家，我都在想："那边树旁站着的那个男的，我敢说一定是个侦探。"我不停地想着那个家伙在侦探社拍我肩膀，越想起他，我就越发愤怒。很快，我对他的厌恶，就超过了那个假装推销清扫机的小子。

随后，我做了件愚蠢之极的事。一周前的一个下午——我想起一件事儿。我在侦探社见到了几个男的，站在那儿，但没人认识我。"既然如此，"我想，"我就假装去拿报告，要是我约好的人不在那儿，那我就找别人。"于是，我还真就这么办了。到了侦探社，我约的那个人果真出去了。看到另一个家伙靠桌而坐，我便向他示意。我们走进了里面的办公室。"听我说，"我低声说道，"你看我已下定决心要把自己装扮成自毁家庭、自取其辱的人了。你明白我的意思吗？"

是这样的，你瞧——嗯，我总得睡会儿觉，对吧？就在前天晚上，妻子对我说："约翰，我觉得你最好给自己放个小假，单独离开一段时间，别去想生意了。"

要是平时她这样说我倒开心，但现在只让我心情更糟。"她就是想我走，别妨碍她。"我心里想着，然后一度冲动，差点跟她摊牌。我还是没有。"我会保持沉默，巧施妙计。"我想。

好一个妙计。结果，我又到了侦探社，请了第二个帮手。我干脆利落地装作是我妻子的情夫。我像傻子一样不停地嘀咕着，那个人也频频点头。嗯，我告诉他，一个叫史密斯的家伙在那个侦探社请了人监视他的太太。"由于私人原因，我希望他得到一份报告，证明他太太是无辜的。"说着，我把桌上的钱推给了他。我已经不在乎什么钱了。"这里是五十美元，他从你办公室拿到报告后，你再来找我，我会再给你两百美元。"

我已经想好一切。我告诉第二个帮手，我的名字叫琼斯，和史密斯在同个办公室做事。"我和他有业务往来，不过是隐名合伙人，你懂的。"

然后我出来了，当然，他和第一个侦探一样，跟着我走到了门口，拍了拍我的肩膀。这是世界上最难以忍受的事情，但我还是忍了下来。人总是需要睡眠的。

当然，今天这俩人五分钟内一前一后到了我的办公室。果然，第一个进来说我的妻子是无辜的。"她就跟小羔羊一样纯洁无瑕，"他说，"恭喜你，有这么个忠贞的妻子。"

于是我付钱给他，急忙后撤，免得他又拍我肩膀。他才刚关了门，另一个人就进来了，说是要找琼斯。

于是，我又得见他，还给了他两百美元。

然后，我决定回家，于是就在路上了。自从和妻子结婚后，我每天下午都要经过这条街。我爬着楼梯回到公寓，一切就像我之前所描绘的一样。我不知道自己是傻了，是疯了，还是名声受损了。

但不管怎样我知道了，附近不会再有侦探了。

我想的是回家把一切告诉妻子，告诉她我的怀疑，然后观察她的脸色。就像我之前说的，我打算观察她的脸色，看她听到我在楼下走廊上发现字条时脸色会否煞白。我之所以会想起"煞白"这个词，是因为在我还小的时候曾在一个侦探故事里面看到过，我也曾和侦探们打过交道。

于是我试图逼视她，迫使她招供，但你知道结果怎样吗？我到家时，屋里一片寂静，刚开始我猜是没人在家。"她是和别人跑了吗？"我心想，倒是我自己的脸色煞白了一点。

"你在哪呀，亲爱的，在干吗呢？"我大声喊道，她说她在洗澡。

于是，我就到公园这里来了。

但现在我得回家了。得吃晚饭了。我正在琢磨着那个奥尔布莱特先生心里想的到底是什么房地产。到时我和太太坐在一起吃饭，手肯定会抖。我会紧张得把甜点都给撒了。没有人会一进来就突然谈论房地产，除非之前已经谈过。

遗失的小说

他说一切都像是一场梦。他那样一个人——一个作家，哎呀，月复一月，甚至，年复一年地创作一本书，可是却连一个字都没写下来。我的意思是说，他的头脑一直在不停地构思，等到快要构思完了，他又给毁掉了。

在他的脑海里，那些生动的人物形象总是在不断地闪现着。

啊，有件事我忘说了。我要说的正是这个知名英国小说家的经历。

有一天，我跟他一起在伦敦散步，走了好几个小时。我记得我们来到了泰晤士河畔，他跟我说起了那部遗失的小说。

那晚他早早来到我住的旅馆。一来，他就说起了我的一些往事："有时候你几乎就要领悟到了些什么。"

最后我们都认定，其实没有人真的可以领悟到。

要是有人曾经领悟到了，要是他真的直击本垒或命中靶心，再去做其他事情，还有什么意义呢？

我跟你说，有些老家伙离领悟已经很近了。

济慈，嗯？还有莎士比亚。还有是乔治·保罗和笛福。

我们花了半小时来仔细琢磨那些人名。

随后我们停止讨论，一起去吃饭，接着去散步。他身材矮小，皮肤黝黑，神色紧张，一撮乱蓬蓬的头发从帽子底下冒了出来。

我开始谈论他的第一本书。

但首先我想简单交代一下他的经历。他来自英国农村的一个贫穷人家。跟其他作家一样，他一开始就想要写书。

他没有受过教育，二十岁就结婚了。

她肯定是个可敬的好姑娘，我没记错的话，她父亲是英国国教的牧师。

就是那种他本不该娶的女孩，她上过女子大学，接受过很好的教育，社会地位也在他之上。但是谁又能说得清谁该爱谁、谁该娶谁呢？

我毫不怀疑，在她眼里，他是个无知的人。

"她也觉得我很可爱，真是见鬼，我可不可爱，我讨厌可爱。"他说。

我们是那样地亲密，一起在伦敦的夜里散步，还时不时地去酒吧里喝上几杯。

我记得，我俩一人拿着一瓶酒，生怕谈话还没结束酒吧就关门了。

至于我的经历，我不记得当时讲了些什么。

关键是他想让妻子成为生活的异类，这怎么可能呢？他们可是有两个孩子的呀。

后来，他突然文思泉涌，开始写了起来——真正的写作。

你知道像他那样的人，要写，便会认真地写。他在老家镇上有工作，我想是售货员吧。

他专注于写作，自然就忽略了工作和妻儿。

他喜欢晚上到田间散步。妻子为此怪罪他。她几乎都要崩溃了——没有女人可以忍受一个男人——自己爱的男人，完全沉浸于写作，如此决然地把自己晾在一边。

当然，我说的是艺术家。他们可能极度狂热情有独钟。

同时他们又会绝情地把自己的爱人扔在一旁。

你可以想象那种家庭生活。他说他还在那个英国小镇的时候，住处的楼上有个小卧室。

一下班回到家，他就直接上楼，把门锁上。他经常写到连饭也不吃，有时甚至都不跟妻子说话。

他写了又扔扔了又写，如此反反复复。

后来，他丢了工作。"见鬼！"他咒骂道，当然，一副毫不在乎的语气。对于他来说，工作又算得了什么呢？

那妻子和孩子又算得了什么呢？这世界上总有那么几个人如此无情无义。

很快，家里就几乎没什么吃的了。

他在楼上的房间里不停地写。小小的屋子里充斥着孩子们的哭声，"小淘气鬼！"他骂道，当然他并不是真的在骂。我懂他的意思。妻子常常坐在门外的楼梯上，背对着门，放声大哭，怀中的孩子也哭得厉害。

"真是一个有耐心的人，嗯？"那位英国小说家对我说，"也是一个好人，让她见鬼去吧！"

你瞧，他开始写关于她的事了。她是他第一部小说的素材。时间会证明那是他最好的一部小说。

关于她的困难、她的缺点、她所受到的随意虐待，他理解得多么细腻啊。

呃，要是我们还心存良知，那还是有价值的，对吧？

最后，他们只要在一起就没有不吵架的时候。

有一天晚上，他动手打了她。他写作时忘了闩门，她突然闯了进来。

那时，他刚好领悟到一些有关她的事情，也理解了她真实的一面。每个作家都能理解他的困境。于是，盛怒之下，他冲了上去，把她打倒在地。

从那以后，她就离开了他。为什么不呢？不过，不管怎样，他总算完成了这部书，一部真正意义上的书。

但是，现在来谈谈他那部遗失的小说。他说，妻子离开以后，他就来到伦敦独自生活。

要知道，他当时已经得到了认可和赞扬。

第二部小说正如第一部一样难以下笔。

也许是因为他真的筋疲力尽了。

当然，他也很愧疚，愧不该如此对待自己的妻子。他尝试着写另一部小说好让自己不一直想着那些事。他告诉我，在那接下来的一两年里，他所写的文字僵硬呆板，毫无生气。

月复一月，情况无所改观，于是，他逐渐远离人群。呃，那他的孩子们怎么样了呢？他寄钱给妻子，还跑去见了她一面。

他说，她跟娘家人一起生活，所以他就跑去她父亲那里找到了她。他们在田野里走着。"我们无法交谈，"他说，"她开始哭，说我是个疯子。然后我就拿眼瞪着她，就像上次打她时那样的眼神，她转身跑回了父亲家里，我也就回来了。"

他已经写过一部十分精彩的小说，当然就想写出更多作品。他说在他的脑海中已经形成了所有故事情节和人物形象。他常常坐在桌前，一写就是几个小时，然后出门在街上闲逛，正如今晚跟我一起闲逛一样。

他不会得到任何收获。

他有着自己的一套理论，说第二部小说就在他身体里，像个尚未出生的婴儿。对妻儿的伤害使他的良心受到深深的谴责。他说，他很爱她们，但不想再见到她们。

有时候，他反而觉得自己又很讨厌她们。他说，有一天晚上，经过那样的挣扎和长期的离群索居之后，他写了第二部小说。情况是这样的。

他一整个早上都坐在房间里。那是他在伦敦贫民区租住的一个小房间。他早早起床，没吃早餐就开始写作。而那个早上，他写的东西照样不让人满意。

大概到了下午三点钟，他习惯性地到外面散步，随身还带着一堆稿纸。

"这样子，我在任何时间有了灵感都可以开始写作。"

他去了海德公园散步。他说那天天空清澈明朗，人们都在休闲地散着步。他就在长凳上坐了下来。

自从前一天晚上以来，他什么东西都没吃呢。他坐在那里，玩起了一个小把戏。后来，我听说巴黎一群年轻的诗人也开始玩那玩意，并且深以为然。

这个英国人玩起了所谓的"自动写作"。

他把铅笔放在纸上，然后让铅笔自行在纸上写字。

当然，铅笔只能在纸上画出一些混乱古怪的荒谬字符。于是他便放弃了。

他坐在长凳上，盯着过往的行人看。

他累了，就像是一个男人久久爱着一个永远也得不到的女人。

我们知道那是困难重重的。不是他结婚了就是她结婚了。他们满眼期望地看着彼此，但什么都没有发生。

等待，再等待。大部分人的生命就在等待中流逝。

后来突然间，他说他开始写了起来。当然啦，主题是关于男欢女爱的——情人。这种人还能想出其他什么主题吗？他告诉我他一定是想了许多关于他妻子的事，他对她那么残忍。他写啊写，傍晚过去了，深夜来临了，值得庆幸的是，那晚皓月当空，他仍笔耕不辍。他说那是他所经历的最有热情的写作，这也是他一直期望的。几个小时过去了，他就像个疯子一样坐在长凳上不停地写着。

他一口气写了一部小说，然后便回家去了。

他说这一生中他从未感到如此开心和满意。

"我想，我对妻儿已经仁至义尽了，对任何人任何事都仁至义尽了。"他说。如果他们不知道，或许永远都不会知道——可这又有什么区别呢？

他说他所有的爱都融入了这部小说。

他把小说稿件带回家，放在了桌子上。

完成这件事，叫人多愉快多惬意啊！

接着，他走出房间，找到了一个通宵营业的地方，在那里他可以弄点吃的。

吃完东西后，他绕着小镇走，也不知道走了多久。

然后他回到家睡觉。那时已经天亮，接着睡了整整一天。

他说，他睡醒的时候想要看看自己写的那部小说。他说："我一直都知道小说不在那里。毫无疑问，桌子上，根本就没有什么小说，只是一堆白纸而已。"

他说："不管怎样，我知道，我再也写不出那样优美的小说了。"

他一边说着一边大笑起来。

我相信，世上不会有太多人真正明白他在笑什么。

但是，为什么要这么武断呢？说不定有一打人会明白呢。

大打出手

　　客人从花园走向房子的门廊，拖着肥胖的身躯，拉着单调平稳的腔调，马上开始喋喋不休地讲起来。

　　房屋的主人叫约翰·王尔德，他尽可能装得很专心。"现在我必须听着他喋喋不休的鬼话，他正装模作样故作客套呢。"

　　客人说的话无关痛痒。他谈到夕阳，房子的门廊面向着夕阳。没错，没错，是有夕阳。花园的尽头有一堵灰色的石墙，再往远看是一座山，山腰上有几棵苹果树。

　　这位客人也姓王尔德——阿弗雷德·王尔德，是约翰·王尔德的堂兄。

　　他们看起来都很结实。约翰·王尔德是律师，他的堂兄则是科学家，任职于另一个城市的一家大型制造公司，负责做些科学实验。

　　这两个堂兄弟好几年没见面了。阿弗雷德的妻子和女儿正在欧洲避暑。

　　他们都是在美国中西部一个小镇出生的，小时候住在同一条街上，已有多年没有联系了。

　　他们之间总是有些问题，从小总想打架。

　　但是从来都没打起来过。他们各自的家里还有别的小孩，堂兄弟姐妹们总是一起玩。圣诞节的时候还互赠礼物，好像彼此之间真有兄弟姐妹情谊，总有人这么认为，真是傻瓜！

　　有一次，圣诞庆祝活动是两家一起举办的。约翰要给阿弗雷德准备礼物，而阿弗雷德也要给约翰准备礼物。

　　在约翰·王尔德家中的那天，年近半百的堂兄弟二人，一个在夕阳的话题上喋喋不休，而另一个则在回想着年轻时的圣诞节。

　　那时候街上有个男孩，他的狗生了几只小狗崽。这个特别的朋友就给了约翰一只。他满心欢喜，就把它带回家。

　　但他的母亲不喜欢狗，不让他养。他怀抱小狗，泪眼汪汪地站着。母亲命令说，小狗哪里来就回哪里去。但在最后关头，他灵机一动计上心来。

　　约翰的母亲知道阿弗雷德想要狗。约翰可以把小狗养到圣诞节，再把小狗当成礼物送给堂兄。这是个多好的主意啊！他就是突然心生一计，从不打算真正把狗送掉。

　　他会把小狗养在身边，母亲迟早会喜欢它。说到要把小狗送给堂兄，他就像暴风雨中的船长一样，开足马力，驶进最近的港湾，抓住机会去拯救船只，或者说是小狗。

　　他在深秋时节得到了这只小狗，把它养在屋后的谷仓里。

　　他每天至少去看二十次，甚至夜里有时也偷偷爬出被窝去看。

　　母亲对此漠不关心，跟小狗的关系也没什么进展，于是，他又心生一计。他打算先跟小狗玩熟了，到了送人的时候，小狗就会不愿留在堂兄家里。

　　小狗会不停地回来，最后，母亲就会妥协。

　　约翰听说过很多关于小狗感情的故事。你一旦赢得小狗的感情，它就永远不会离开你。要是你死了，它会在你的坟前哀嚎。

一想到堂兄就要得到这只小狗，约翰就伤心得要死，他真的想过要死。

要是他死了，那是对母亲的惩罚——呃，幼小尸体深埋雪中！落雪铺满墓地，忠犬横尸坟上。小狗是因为伤心过度而死去的，他一想到这个场景便忍不住落泪了。

前面不是已经提示了吗，约翰是在秋天的时候得到那只小狗的，圣诞节就得送给阿弗雷德了。阿弗雷德给了他一只带有手链的便宜手表。其实，那算不上是他的礼物，还得要他父亲付钱。

阿弗雷德把小狗抱回了家，约翰就等着，但是小狗并没有回来，他就对小狗产生了恨意。

他认定，阿弗雷德肯定是把小狗锁起来了，所以就去一看究竟。那时堂兄不在，去溜冰了。

然而，小狗却在院子里。约翰叫小狗过来，可是小狗并没有听他的话，只是原地站着，摆动着尾巴，接着就吠叫起来，好像约翰是陌生人似的。

约翰走开了，开始讨厌那只小狗。约翰觉得，对堂兄的恨意总让他本人觉得莫名其妙，常常会为此而羞愧。

小狗渐渐长大了，成了一只牧羊犬。

十六岁那年，有一天，约翰在小镇附近的牧场上，拿着他父亲的枪在狩猎兔子。

他从小树林突然就看到了，那只狗待在附近牧场里。它此时已经长成一只毛发凌乱的大狗了，约翰觉得好丑啊。牧场上还有很多绵羊。那只牧羊犬正沿着栅栏悄悄接近羊群。

约翰听说过狗咬死绵羊的传闻。那阵子，小镇附近的牧场上就有几只绵羊在夜里给咬死了。

约翰沿着栅栏向狗靠近，狗把他认出来了。狗的名字叫作谢普。它看到约翰，开始摇动尾巴。

毫无疑问是的，狗的脸上出现了内疚的表情，这让约翰变得严肃起来。作为一个好市民，必须要把一只会咬死绵羊的狗杀死。约翰从未想过公民的义务，直到那一刻，他突然满脑子都是这种想法，于是就开枪射杀了那只狗。那是一支双管枪，他还得连开两枪。第一枪打瘸了狗的腿，狗带着剧痛嗷嚎，但是第二枪就结果了它。

眼睁睁看着它死去，约翰有一种莫名的快感，可这种快感反而让他羞耻。

他感到羞耻同时又很高兴，高兴自己找到杀狗的理由——它要攻击羊群。当然，他并不十分确定。反正没有人知道是他杀了那只狗，他也没有告诉任何人。后来有人发现它死在那片牧场里，当时人们正在放牧羊群。至于阿弗雷德嘛，他对那只狗已经有了很深的感情，得知消息后真是痛不欲生啊。

但那并不是因为阿弗雷德特别喜爱那条狗——约翰知道那一点。阿弗雷德只是不断絮叨，成心炫耀。

阿弗雷德喜欢那条狗，只是因为他心里明白，约翰并不愿意把狗送给他，他就是那么个人。

但是约翰并不像他那样。他记得阿弗雷德送给他的礼物，准确来说是他伯伯送给他的礼物。不久约翰给搞丢了，表链没有系牢，大概是从口袋滑落出去的。当然，这块手表并不值钱。

他本来会留着这块表的，就可以当着阿弗雷德的面，时不时从口袋里掏出来。他们两个都不想送对方礼物，但是没办法，是父母要求的。

那样掏出表，就会刺痛阿弗雷德。

约翰觉得，丢了表，在某种程度上，反而显得自己宽容大度。然而，他从不吹嘘自己的宽容大度。

他只知道阿弗雷德一点也不大度。约翰圣诞节送给他小狗后，狗就病了。要不是阿弗雷德格外地照料，小狗很可能就死了。他甚至带它去看兽医。"这仅仅说明有些人就是那么做作。"约翰心想。

两个男孩在一个小镇上长大，但从来没有打过架。他们离开小镇后去了不同的大学，毕业后各自去了不同的城市打拼。

他们依旧憎恨着对方。年岁渐长，迫于家庭原因，他们又不得不联系，但总是格外客气。

每当约翰在仕途中取得一点成就，比如，他得以在国会工作一阵子，阿弗雷德就会写信去祝贺他。约翰也会投桃报李。但是二人结婚的时候，却没办法去参加对方的婚礼。

那时他们恰巧都身体不适。这只是个巧合。约翰总是很庆幸首先生病的那个是他自己。他时常心想，要是他先结婚而阿弗雷德装病，那到了阿弗雷德结婚的时候，只要他还没死，能从病床上爬起来，他就得硬着头皮参加堂兄的婚礼。

我绝不会让他知道我病得有多重，或者，至少要想出别的借口。

这就是问题所在，彼此都不愿意让对方知道自己的真实想法。

随着年龄渐长，这个问题变得更加难解。他们已经多年没有联系了。

之后，阿弗雷德来探访约翰。约翰的房子在芝加哥的郊区，而阿弗雷德刚好也在芝加哥有业务。

他只是想去约翰家随便看看，但约翰执意让他留下。

他越讨厌阿弗雷德，就越是执意让他留下，因为他感到很愧疚，他恨自己那么蠢。

碰巧，约翰的妻子还挺喜欢阿弗雷德堂兄。有时候他们坐一起待上几个小时。他们都喜欢音乐。约翰却不喜欢。他的妻子会弹钢琴。有时她会给阿弗雷德弹上一整晚，可能时不时还会跟阿弗雷德聊聊天。等到阿弗雷德的妻子从欧洲回来，约翰的妻子就让阿弗雷德夫妇俩来他们家长住一段时间，还要带上他们的女儿。

而约翰夫妇俩并没有儿女。

听到妻子邀请阿弗雷德一家人来做客，约翰感到一阵厌恶。他相当确定，阿弗雷德的女儿是个放荡粗俗的女孩。

约翰正坐在椅子上读书，阿弗雷德则和妻子在另一个房间。约翰握紧双拳，他对阿弗雷德的憎恨有时让他哭笑不得，说不出原因。"就是无聊啊。"约翰心想。

一天晚上，约翰的妻子出去了，空留这两个男人单独待在门廊上。他俩提前一个小时就把晚饭吃完了。阿弗雷德来访几近结束，再过两三天就要回去了。

他依旧说着夕阳无限好之类的话，约翰依旧点着头。

接着，两人都沉默了，沉默了好一阵子，气氛变得凝重起来。

"我们去走走吧。"阿弗雷德说。

约翰不想去，但又不知道该干什么。他的妻子去参加什么妇女俱乐部聚会了，可能要待上一整晚。约翰讨厌那些妇女俱乐部。

约翰的家坐落在一个陡峭的悬崖上，往下通往一个湖泊。花园墙外有个阶梯，直达湖滩。

两人一路从山上走下来，到了湖滩上，夏天的夜晚有很多年轻男女在这里游泳。

他们沿路下来都没有说话，到了沙滩上，依旧是沉默。短短的几分钟仿佛过了好几个小时。

其实也不是什么难以忍受的事，至少他们两个人都沉得住气。

然而，他们终究忍不住了，沿着湖滩走了一会儿，便坐了下来。

时间一分一秒地过去。他们心里都在想："我真是蠢透了。这是我的堂亲啊，好好的，他有什么不对劲儿吗？或许我该说：'到底是我哪根筋搭错了？'"

他们真的想打架，本该在年少轻狂的时候打，但他们现在都是年过半百、受人尊敬的人了，竟然还想着打架，真是太荒唐了。沙滩上的年轻人很快都走开了，就剩下他们两个。

约翰站了起来，阿弗雷德也跟着起身。沙子可能有点滑，他摔倒在约翰身上。

约翰狠狠地把他推了个四脚朝天，他本来没有打算这样做，但还是做了，他的手不听使唤。

当然，阿弗雷德不知道约翰是无意的。他没有很好的判断力去弄明白这件事。作为科学家，是不需要以律师的思维去判断事情的。他只是经常跟一大堆化学制品之类的混在一起。

一个人失手了，你也看到了，那么容易造成误解。后来约翰告诉自己，阿弗雷德就是那么一个人，他缺乏理解力。

说到底，那是他的问题，也是约翰讨厌他的原因。

阿弗雷德从沙滩上跳起来，挥拳向约翰打去，当然约翰也予以回击。一场沙滩之战便在黑暗中上演了。

两人都过了打架的年龄，一边打一边哼唧成一片，结果约翰的眼睛被打得青一块紫一块。不过他也把阿弗雷德的鼻子打出血了，还撕烂了他的衣服。

好在没有其他人在场，他俩都参加了各自城市的体育俱乐部，看过职业拳击赛，都试图打得更有套路，过后看到对方把自己弄得一团糟，不禁都大笑起来。

他们撑不下去，很快就气喘吁吁的，只好停下来。

他们的关系跟打架之前一样，没有任何变化，打架没有解决任何问题。

他们沿着阶梯回到了约翰的家，谁也不说话。然后阿弗雷德走进自己的房间换了衣服。他收拾好行李，打电话叫了一辆出租车。

他尽力镇定下来，约翰认为他只是做做样子而已。

阿弗雷德下楼时，约翰还在卫生间里护理眼睛，把冷水敷到眼睛上。阿弗雷德叫他，他只得出去，两人见面不禁又笑了起来。

然而，他们继续憎恨着对方，嘲笑着对方。

阿弗雷德提议道："你告诉你老婆，说我收到一封电报，得马上离开。"

他说"你老婆"时的那种口气让约翰火冒三丈。她不比阿弗雷德能找到的任何老婆差，而他竟然还假装喜欢约翰的老婆，真是卑鄙。

随后，几乎转眼间，出租车来了，阿弗雷德走了。

房屋顿感舒服多了。当然了，约翰得编造个故事来解释他的眼睛。妻子回来了，他说他和阿弗雷德去了湖滩，上来时，摔倒弄伤了眼睛。"我估计就是这样。"他妻子说。

然后呢，阿弗雷德收到电报，得马上离开，刚够时间赶火车。

约翰的妻子相当难过。她说，她已经非常喜欢阿弗雷德了："真希望有一个堂兄。"

她说，要是阿弗雷德的妻子和女儿从欧洲返回就好了，她会邀请他们来此长住。

"是啊。"约翰说。尽管红肿着眼睛，他还是非常乐意同意任何事情。他尽快躲开妻子，独自在房子里走来走去。

阿弗雷德走了，他感觉房里的空气使他的肺部舒服多了。

至于这场架，他很肯定自己占了便宜。不可否认的是，阿弗雷德的眼睛没有淤青，但是约翰却狠狠给了他上身几拳。

"他明天早上一定会很疼的。"他得意地想着。至于下次来访，哎呀，就是来也不会待很久的。阿弗雷德要识相的话，估计是不会来了。

可是，约翰有点担心。阿弗雷德可能会带妻子和女儿来找他算账。

他的妻子可能会对约翰的妻子有好感。

约翰自己也可能会喜欢阿弗雷德的女儿，他喜欢年轻女孩儿，一想到这，又觉得痛苦不堪起来。

"会是一团糟，不是吗？"

拥有迷人的妻子和女儿，才是阿弗雷德的做派。这会是一种炫耀的资本，让人相信他自己有多优秀。

约翰觉得，阿弗雷德从来就不优秀。他希望，阿弗雷德挨的那几拳会很疼，疼得他早上下不了火车铺位。

女王风范

关于美的谈论不计其数，可究竟什么是美却仍无定论，也仍一直萦绕在不少人的心头。

现在对于大多数女人来说，身材很重要，当然，还有脸蛋、嘴唇、眼睛。肩膀上方的脑袋是否端正。

而一个女人在房内走动时是否婀娜多姿有可能才是最重要的。

我曾在最意想不到的地方遇见过美丽的女子。许多男士也有过相同的经历。

我想起之前在芝加哥的一个朋友。他有点儿精神失常，就去了密苏里州调养。我想，他应该是去了那里的欧札克山区。

有一天，他在山路上散步，途经一间小木屋。那地方显得很是荒凉破败，院子里几条狗瘦骨嶙峋的。

一大群孩子脏兮兮的，一个女人邋里邋遢，一个少女从小木屋走出，向院子里的柴堆走去。

她抱了一捆柴，正往屋里走。

我朋友当时就站在路上，抬头看见了她。

一切都是机缘巧合：时间、地点、他当时的心情。因此十年之后他仍不断说起这个少女，说起她非同寻常的美貌。

还有一位男士也有类似的经历。他来自伊利诺斯州中部地区，在一个农场里长大。后来，他去了芝加哥发展，成了一名出色的律师，儿女成群。

他小时候见过最漂亮的女人，是跟几个贩马商在一起。当时，那个女人和贩马商正经过他所住的农庄。一天晚上，他醉醺醺的，跟我说，他所有的梦，所有那种男女之情的梦，总与她有关。他说，关键在于她走路的姿态。不过，奇怪的是，她的一只眼睛是淤紫的，她还可能是其中一个贩马商的妻子或者情妇。

那天天气寒冷，道路泥泞，她却光着脚。贩马商驾着马车走在前面，后面跟着许多瘦骨嶙峋的马儿。他们途中经过年轻男子干活的田地，但并没有跟他说话。你能想象到这些人盯着人看的眼神。

而她却一个人沿路走着。

对年轻男子来说，这也许是另外一个珍贵的瞬间。

他说，当时他手里拿着工具，是一把玉米砍刀。那女人看着他。贩马商回头看，然后哈哈大笑。砍刀从他手上脱落下来。留下那种印象，让男人如此忘情，女人们一定懂得其中的含义。

三十年后，她仍存留在他的记忆中。

所有的这些都让我想起了爱丽丝。

她过去经常说，人生所有的问题都在于如何打发所谓"中间时光"。

我不知道爱丽丝如今处于何种时光。她身材粗壮，曾是一名歌手，可后来嗓子哑了。

我们初识，她红红的脸颊上布满青筋，留着一头灰白的短发。她似乎永远没有提过她的长袜，任其耷拉在鞋子上。

她双腿粗壮，肩膀宽厚，越长越像男人。

这样的女人很能叱咤风云。她曾是个小有名气的歌手，赚了一大笔钱，花起来也大手大脚的。

首先，她认识很多有钱人，银行家之类的。

在儿女的事情上，他们对她都会言听计从。有一次，一个小伙子闯了祸，嗯，他跟服务员或仆人之类的女孩纠缠不清。他父亲就把爱丽丝请了过来。小伙子是既气愤又坚决。

那个女孩子可能倒没什么，不过之后他们又开始交往了。

爱丽丝站在了女孩这边，对银行家说："喂，看着我，你一点都不了解普通百姓。那些对普通百姓感兴趣的人，不会像你这样有钱。"

"你也不了解自己的儿子，他已经恋爱了，牵涉到他最美好的感情。"

爱丽丝轻易地就把银行家夫妇俩的顾虑给打消了。"你们这些人啊！"她一边说一边大声笑着。

当然，他的儿子也不够成熟。爱丽丝看起来确实很了解普通百姓，还拉着小伙子的手带去见那个女孩。

她有过许多这样的经历。首先，不能让那男孩觉得自己是个傻瓜。那些有钱人的孩子，一旦觉得有些事情值得去做，也会跟其他年轻人一样，有时候会不顾一切，上大学读书。

这些有钱人的家庭生活相当糟。对此，爱丽丝心知肚明。有钱人可能出去鬼混找情妇，女方则会找情夫。这种事经常发生。

这些人仍然不算坏。富人有很多类型，穷人和中产阶级同样也有很多类型。

在我们成为朋友之后，爱丽丝时常开导我。那时我总是为了挣钱而烦恼，她却取笑我："你把钱看得太重了。"

"钱不过是权力的一种象征罢了，"她说道，"富起来的那些人深谙其道。他们不怕钱，就可以赚到钱，赚很多钱。"

穷人或是中产阶级去银行总是畏首畏尾，这是绝对不行的。

如果你拥有他人所没有的能力，不妨大方亮出底牌，让你自己领域的人害怕你。

比如，你会写作，而那些有钱人可不会。

那就完全可以施展自己的权力，要相信自己。

如果有必要让他怕你点，那就采取行动。

你可以这么做，可以展示自己的权力，让他对你感到局促不安，比如你揭露他的私生活。

一般的有钱人都有他腐败和脆弱的一面。

但看在上帝的分儿上，别忽视了他善良的一面。

如果你愿意，你可以把这样一个有钱人当成傻瓜去理解，我的意思是，用尽各种成见，你就可以揭露他的腐败、扭曲，毁掉他的虚荣心。

比如，你这样的穷人、小商家，或是律师，对女人可没什么诱惑力，而富人就有。他们身边会有一大群的女人献殷勤，当中也不乏一些面容姣好者。

穷人或是中产阶级到处谴责有钱人，认为他们生活糜烂，但他们内心有什么糜烂呢？

在他温和而平凡的面孔下，又潜藏着怎样不为人知的欲望和贪念呢？

在银行家的儿子与那女孩的纠缠中，爱丽丝也某种程度上确实探究到了事情的真相。

就此而言，我想她理所当然地认为，人整体上总是要比想象中好一些。她让这种观点合理得似乎超出想象。

也许爱丽丝真是一个智者，我极少遇到像她这样的人。

大多数的人太过片面，太过专业——或是会赚钱，或是会打拳击，或是会画画，又或是外表迷人，能以此吸引那些蛊惑人心的漂亮女人。

又或者他们仅仅是一群平庸的笨蛋，这样的人可谓是无处不在了。

爱丽丝并不去理睬那些笨蛋，她有时就像是寒风般残酷，从不会为他们所困扰。

她需要钱的时候就会有，住的都是豪宅。

她曾给过我一千美金，那时我在纽约，破了产，在纽约第五大道晃荡。

你知道作家写不出东西会是怎样的境况吧？那几个月我就是处于那种境况。我没钱，所写的东西都如一潭死水。

我显得有些落魄，头发很长，人也很消瘦。

我写不出东西，不止一次想过自杀。每个作家都会有这样的时候。

爱丽丝把我带到一栋办公楼去见一个人："你给他一千美金。"

"搞什么鬼，爱丽丝？为什么？"

"叫你给你就给。你能赚钱，可他能写作，他有这样的天赋，只不过现在很沮丧，穷困潦倒，对生活、对自己失去了信心。看啊，这可怜的傻瓜连嘴唇都在发抖。"

她说得很对，我当时的状态很差。

我对爱丽丝的爱意瞬时膨胀。这样一个女人！霎时，我觉得她是如此之美。

她跟那个男的说："我对你仅有的价值，也就是时不时帮你做这样的事了。"

"什么样的事？"

"告诉你一千美金该用在哪儿，怎么用才理智。"

"用给一个跟你一样优秀甚至更优秀的人，只不过他暂时沮丧颓丧、意志消沉而已。"

爱丽丝来自东田纳西州。可能你不会相信，爱丽丝二十四岁，正值歌唱事业巅峰时，看起来身材高挑。我之所以提起这件事，是因为我认识她的时候，似乎又矮又胖。

我曾看过一张她年轻时的相片，显得有些粗俗，但又不失可爱。

她是一个出自大山的歌手。一个老男人，她的一个相好，跟我说，爱丽丝二十四到三十岁的时候，很有女王风范。

"她走起路来很有女王风范。"那男人说。她穿梭于房间或舞台的身影让人经久难忘。

她当红的时候，情人成群。

之后她经历了一段困难期，连续两年，酗酒赌博。

她觉得生活毫无意义，开始自暴自弃。

但有自信的人，别人也不会对他们失去信心。那些爱过爱丽丝的人从来没有忘记过她，也永远不会背弃她。

他们说，她让他们获益匪浅。

我俩相识，她已经六十岁了。她曾带我到过阿迪朗达克山区。一个黑人司机开着一辆豪华大车，载着我们到了一座奢华的宅院。我们颠簸了两天才到达那里。

整个豪宅都是一个富翁的。

那时，爱丽丝在纽约遇到了我，说她很落魄："在你落魄的时候我帮过你，现在你跟我来。"

她所指的落魄并不是指金钱，而是精神上的空虚。

就这样，我们两个来到一栋豪宅里住了下来。这里有几个仆人，一直养着，我不知道是如何养的。

我们在那里住了一个星期，爱丽丝一直没怎么说话。一天晚上我们出去散步。

这是一片荒野，宅院背山而面湖。

那个夜晚，寒冷清朗，明月当空，我们走在乡间的小路上。

走着走着，我们就开始爬起山来。我还记得爱丽丝粗大的双腿，还有她那慢慢滑落的长袜。

她也有些气促了，时不时停下来呼哧呼哧地喘气。

我们就这样默默地坚持着往上爬。她自己一个人的时候，很难安静下来。

我们完全爬上山顶她才开始说话。

她讲什么是空虚，讲它是如何击中打垮人们的。房子变得平淡无奇，人们变得没有生气，生活变得索然无味。她说："你觉得我有勇气，勇气个鬼啊，我都不如一只老鼠。"

我们在一个石头上坐下来，她开始告诉我她的经历。这是一个零散复杂的故事，由一个老太太断断续续地讲出来。

整个经历是这样的。她年轻的时候，走出田纳西州的山区，来到首府纳什维尔。

在那儿，她与一个歌唱老师交往，他知悉她的唱歌天赋。"嗯，我把他当作情人，他人还可以。"

那个男人在她身上花钱，也引起纳什维尔某个有钱人的兴趣。

那个有钱人可能也成了她的情人。爱丽丝没有说，她的情人多了去了。

其中有一个情人——肯定是最差劲的一个。

她说，他是一个年轻的诗人，思想有些扭曲，做过一些见不得人的勾当。

那时她三十几岁，他二十五岁。她失去了理智，也无可避免地失去了他。

就是在那个时候她开始酗酒、赌博，继而导致破产。她声称她之所以失去他是因为太爱他了。

"但是为什么他如此一无是处，你还会爱上那种人？"

她不知道为什么，但就是爱上了。

肯定正是这样的经历才使她现在心如止水。

但是我在谈论人们的美，谈论美是一个怎样奇特的东西，是怎样出现、消失，再出现的。

那天晚上，我们从山上顺路而下，正往宅院走，我在爱丽丝身上不经意看到了这份美。

我们爬上一个小山坡，矮胖的爱丽丝走在前面。一段泥巴小路出现在我们面前，接着是一片树林和一片空地。

月光洒在开阔的空地上，我还在树林里，在丛林的幽暗处，不过距空地也只是几步之遥。

她穿过我面前的空地，美就在那儿出现了。

这样的美转瞬即逝。那些爱丽丝认识的有钱有势的男人，他们给她钱，在她需要帮助的时候帮助她，同时从她身上获益匪浅。我想他们也必定看到了我此时所看到的那份美。这便是山间木屋旁那个男人在女人身上所看到的美，也是另一个男人在贩马商的女人身上看到的美。

爱丽丝说自己空虚，其实并不是空虚，而是要摆脱这段失败的爱情经历。

她正穿过这段洒满月光的空旷小路，犹如女王一般。她那个情人也曾经说过，她像女王般穿过房间和舞台。

此刻，她儿时走出来的群山，定深深地印在她的脑海里，还有这月光和夜色。

就那么一瞬间，我自己也疯狂地爱上了她。

有没有人的爱会比这更长？

爱丽丝轻轻地摇了摇头。也许是月光引起了我的错觉。她似乎大步流星地走着，显得越发高大年轻了。我记得自己停在林中凝视着她。就像刚才提过的那两个男人一样，我手里的拐杖，也掉到了地上。如他们两个一样，我也找到了美。

如此修养

忘了是六年前还是八年前，我在巴黎遇到过郎曼。他夫妻俩在拉斯帕埃大街有一套公寓。公寓没有电梯，爬上去很费劲。

我不太确定第一次见到郎曼是在哪里了，可能是在 T 女士的工作室里吧。T 女士是美国人，来自印第安纳波利斯，或许是代顿？

不管来自哪里了，据说她曾是西班牙诗人萨拉森的情妇。很多人跟我说过这个。那时萨拉森已经是垂垂暮年了。

但萨拉森又是谁啊？我之前从来没有听说过这个人物。我就跟梅布尔·卡瑟斯说了。梅布尔来自芝加哥。她当时很恼怒："你怎么能这样，居然不懂西班牙语？！"

事实就是事实，我确实不懂。

我怀疑 T 女士患有甲状腺肿。她脖子上总是缠着一条黄丝巾。那整个夏天我都在游手好闲，和梅布尔在一起我是这样的啦。我待在 T 女士的工作室里，总会想起一首歌，是我年幼时在俄亥俄小镇上经常唱的：

"她的脖子上系着黄丝巾，

日日夜夜，不曾解下，

人们问她不舍解下的原因，

她说是为了远方的恋人。"

T 女士穿着精致讲究的长袍。只要你像她那么有钱，就算你有甲状腺肿，也无所谓了。

听说萨拉森年迈时 T 女士对他的照顾关心无微不至、爱意绵绵。这年老昏聩的文学巨匠啊！多希望等我老的时候也能有那样的一个伴儿。我这样告诉梅布尔。我和梅布尔住在同个小旅店里。我猜她的老公在芝加哥的家里。"但是你现在不是巨匠啊，以后也不可能是啊。"她笑眯眯地说。她笑得如此甜美可人，我也不在乎她说什么了。

恰那时候，还有一首歌曲经常萦绕在我的脑海，是这样唱的：

"白天，她一直在那里，

夜里，她又会在哪呢？"

我记得的就这么多了。

我是没有机会跟得上梅布尔了。她不会法语，却没日没夜地满巴黎跑，也因此变得有见识有修养，这就是她出行的目的。她亲口跟我说的。我喜欢这样的梅布尔。

但尽管如此，我确实在 T 女士的工作室里见过亨利·郎曼。这间工作室位于左岸。我早已忘记那条街道的名字了，法文名字从来不会留在我的记忆里。左岸那儿有个院子，跟新奥尔良旧式房子里的那种差不多。新奥尔良人称之为"天井"。工作室占据了整个一楼。第一次是拉尔夫·库克带我去那里的。你不认识拉尔夫，哦，无所谓啦。

T 女士购买了很多欧洲画作，都是很值钱的，像塞尚、凡·高那种大家的作品。我记得她也收藏了莫奈的画作。

库克也收藏了些莫奈的作品。他的父亲是一位美国富豪。

库克在牛津念过书，我想，他的学位是在那里拿的。回来时他还带了个英国青年。

那个英国青年面色红润、身强体健，终日笑声朗朗。生活对他而言像是一场宏大的演出。其父是一位英国勋爵，他自己也有爵位，却对此只字不提。我发现了他的身份，他却恳求道："看在上帝分上，不要告诉任何人啊。"

这个青年很喜欢美国人。我和他、库克、梅布尔一起去 T 女士工作室。楼下大客厅的墙上挂着各式画作，很多人聚在那里，大部分都男不男女不女的。这将是一个午后诗会。

从敞开的窗户望出去，是一个小小的院子。角落上有个石砌的小建筑物。一只石雕鸽子栖息在上面。有人告诉我们说，这是爱之神殿。

这个英国青年很喜欢这座建筑物，它的构想更使他兴奋不已。他想拉上库克和梅布尔一起到外面祈祷。"快来，"他小声说道，"咱们一起去跪拜那座神殿吧，宣称爱神已经降临到我们身上，大家即将见证！"

梅布尔说，这可是轻率随意的事。她后来跟我说她并不喜欢这个青年。"他对待圣洁的事情太轻佻了。"我估计，梅布尔本想成为像 T 女士那样的人，只不过她没有那么多钱。

"什么爱神呀？"库克咆哮着。库克来自得克萨斯州，身材高大、肩膀宽阔，在牛津的时候成绩优异。

而那个英国青年也是个聪明勤奋的学生。我觉得他似乎太过轻浮，可是库克说他很厉害。"他的观点有时候能点亮牛津大学整个演讲厅。"

一天下午，我们去了 T 女士的工作室，那里刚好在搞庆典。这时一个女人起身读了一首诗。诗中讲了一大堆关于鸽子的东西，但是我并不完全理解它到底象征着什么。"鸽子有什么象征意义吗？"我问梅布尔，但她也不晓得。我想她应该为自己的无知而感到难为情吧。后来库克告诉我说，英国的上流社会经常有大量类似讨论。"嗯，这就是修养，是吧？这不就是你所追求的吗？"我对梅布尔说道。对于我的质询，她显得很是蔑视。

那位英国青年跟库克的关系不错，还跟他讲了很多关于这方面的东西。英国青年说，他跟库克同在牛津读书的时候认识，很快便熟悉起来了，后来就经常一起散步，一起谈论有关这方面的话题。

那位英国青年告诉库克，他觉得，能有这样的认识是因为在一个地方待久了，英国人一直住在英国，法国人一直住在法国，德国人一直住在德国。"而俄罗斯人和美国人仍然是原始民族。"英国青年说道。这话戳中了梅布尔的痛处。对于我和梅布尔来说，这似乎是对我们祖国的一种羞辱，库克如是解释道。

英国青年曾对库克说，欧洲人活得实在是太累了。

在他看来，人们是这样子的——他们似乎十分相信，要是能搬到一个新地方去住，他们的生活将会更加美好。很多欧洲人到了美国后都这么认为的，美国人仍然喜欢到处迁移，对于我和梅布尔来说也是如此。

他们认为通过政府改革可以拯救民族危亡。"革除各种各样的腐败！"英国青年这样对库克说。你知道吗，我和梅布尔都是从库克那儿得知这一切的，自从离开得克萨斯州，他肯定学到了很多东西。

英国青年认为，美国人完完全全是个原始民族。他们仍然可以信任政府，在他们心中，天堂就是另一个更加强大的美国。例如，他们对禁酒令这类事情深信不疑。

虽然有时表面似乎如此，其实不然，那不仅仅是喜欢干涉别人的生活，他们更深信，所有人都会得到拯救。这种幼稚的信念已经在人们脑海里根深蒂固了。

但是，他们所谓的"得到拯救"是什么意思呢？

"他们说这些话的时候是严肃认真的。他们含糊地认为，找到一个优秀而强有力的领导，就可以带领他们走出这种茫然的生活。"

"就像摩西带领以色列人出埃及一样？"

"可他现在又不是在说犹太人。"梅布尔说道。之后，她反反复复地说，那天下午真是充满了智慧，充满了思想，真真是好极了。像这样的谈论还有很多——比如说克拉夫特·艾宾——所有这些我都没能明白，而我知道梅布尔也不明白。我想，处在这些愤青的世界里，对他们的一知半解使我们都听漏了一些什么东西。

不过，我跑题太远了，现在马上来讲讲亨利·郎曼。

他来自俄亥俄州克利夫兰市。那天下午在 T 女士那里我们一眼就看到了他，至少我是第一个看到他的。他在那里显得有点奇怪，首先是因为他的老婆随同他一起来，在 T 女士的庆典上，那本身就显得很奇怪。

库克和那个英国青年似乎是猛扑向他的。我刚才说过，他住在拉斯帕埃大街一所小型公寓的最顶层。

这栋公寓有六层楼，也就是说他们得爬六层楼梯。

亨利的老婆，金发碧眼，皮肤白皙，身材丰硕，而他呢，也是牛高马大，一张脸肥嘟嘟、红通通的。库克设法打听到了他的背景。

他是在克利夫兰结婚的，他父亲是当地的糖果制造商。

他丈人同样很有钱。

两位父亲都是从年轻时就勤勤恳恳干起来的，终于在美国社会出人头地，成了大富翁。

他们的儿女对文化如饥似渴，这令他们既自豪又羞愧。那女人在大学获过诗歌大奖。而这首诗在当时美国一家高端杂志上刊登过。

后来她嫁给了这位小伙子，也就是她父亲朋友的儿子。他们搬到了巴黎去住，在那儿经营着一间画廊。

他们住的这栋旧公寓里不见一个电梯影儿，而且还住在最顶层，不过没关系，这对他们来说，似乎更有艺术气息。

他们想尽办法招徕那些法国佬，当然，他们肯定来啦，为什么不呢？那儿吃的喝的，应有尽有，不来白不来。

郎曼跟他老婆的法语都很差，总是学不好，跟我和梅布尔有的一拼。

郎曼就希望我们把他看成英国的上流人士。

他含糊其词地暗示他出身贵族血统，我猜，是后来家道中落了。那个英国青年问梅布尔："那怎么可能呢，他那么有钱？"那个英国青年一直对梅布尔有点意思。我一直跟梅布尔讲："他觉得你原始而有趣呢。"我也知道如何恶心人。郎曼的父亲给了他一大笔钱，他丈人也给了一些，有了这么多的钱，他们还总想装穷。郎曼的老婆总说："我们欠了一屁股债呢。"

她说这话的时候，我们正坐享着法国最名贵的葡萄酒。

他们有一帮朋友，跟他们一样，喜欢请人吃吃喝喝。

酒端了进来，打开，为金发碧眼的老婆倒上一杯。她通常在喝第一口的时候微微皱一下脸，然后尖声对老公吼道："亨利，我觉得这酒有点木塞的味道。"梅布尔自认为这是一个高雅的表演技巧。这也是金发女郎经常挂在嘴边的一句话。每当她说这句话的时候，她的老公就会马上跑过去。当时我们所处的工作室很大，是专门为一位画家而建的。屋顶是玻璃制的，角落处有个简陋的水池，就是你在美国的小旅馆见过的那种。她的老公一脸惊恐，连忙跑去把酒倒进水池。

昂贵的葡萄酒就那样流掉了。我能够看见梅布尔在颤抖。"我敢打赌，梅布尔在家一定是个精打细算的主妇。"库克在我耳边说。

郎曼开始高谈阔论，他喜欢让人觉得他在巴黎是有重任在身的，比如说是为了英国政府，为了唐宁街。当然，他没有确切地这样说出来。

然后他提到一本书，你会以为这是他正在写或者已经写好的，反正我没搞清楚。他没有明说，只是提到"我的拿破仑式生活"或者"我的唐宁街秘史"。不过他是怎样让人理解的呢？他总给人一种清晰的印象，就是他已经写了几部作品，他就像一个作家，只是过于谦虚而不直接讲自己的作品。

日复一日，月复一月，我们就对他逐步有了所有的那些了解。

来自克利夫兰的美国人总是把自己包装成大人物，他们的客人也莫不如此。

这些来宾，假装有重要原因才待在巴黎，满口谎言，川流不息。

何乐而不为呢？我跟库克、梅布尔还有那个英国青年去过好几次这样的场合，这类的情形每晚都在上演。

有时，我们三个有点厌烦了那个英国青年，梅布尔就直接告诉了他，这对于他和库克来说有些为难，库克只得选择是要跟我俩还是要跟英国青年黏在一起。最后他选择了我俩，当然，是因为梅布尔。

他说，看到梅布尔把一些人从我们当中剔除出去，是多么公平合理。

我们确实形成了一个小圈子。这圈人都是住在廉价的左岸酒店。库克就住在那儿，我们大概还有三四个成员，都是男的，你几乎可以肯定。

我们都经常去郎曼那里。他那儿既有美酒佳肴，我们也喜欢听郎曼老婆说酒里的那股木塞味儿。我们到了之后，她总是品尝第一瓶的第一口酒时说出这句话。再有人来，她故伎重演。梅布尔说，她很遗憾美国有禁酒令，本来是要在国内突然向民众提出倡议废除禁酒令的，不过就是太费钱了。

她说，跟我们一样，她来到欧洲，是为了提高文化修养，她自己也的确在提高。我、库克还有其他人，都尽力帮她提高。

她说，问题就在于，她变得越有修养，就越喜欢芝加哥；四五个美国男人开始跟我们在旅馆一直厮混后，她从中获得的修养，几乎跟在芝加哥没什么两样。

"就算在芝加哥，我也可以学到所有这些修养以及我所需要的一切，还能为我老公省下这一大笔钱呢。"整个夏天，她都在唠叨这句话。

独在异乡

一天早晨，在一个陌生的乡村小镇。一切都很安静。不，还是有声音的，可以感受到声音的存在。一个男孩在吹口哨。我站在火车站这里可以听到。我已离开家乡，来到这陌生的地方。这里没有所谓的安静。以前，我曾去过乡下，住在一个朋友家里。"你知道，这儿无声无息，万籁俱寂。"我朋友这样说，是因为他已习惯了这细碎的声音：昆虫的嗡嗡声，涓涓细流声；远处有人用机器搅动干草的咔嚓声。他早已习以为常，听不到这些声音了。如今我站在这里，听到了拍打声。有人正拍打着晾在晒衣绳上的地毯。远处还有一个男孩在大声叫喊着："啊——吼，啊——吼！"

四处走走真好。你来到一个陌生地。铁轨的对面是条街道。你提着包裹从火车上下来。有两个行李搬运工争先恐后要为你服务。你在自个儿家乡也见过类似情景。

你站在火车站，可以看见许多东西。你看见火车站对面街上的商铺开市了，人们进进出出，很是热闹。一位老人停下脚步观望。"哎呀，早班车到了。"他心里想着。

人们的内心总是在想着这类事情。"当心。"我们正要浮想联翩，却立马就此打住。

我们大多数人生活得像蟾蜍，在蕉叶下静静地坐着，一动不动，等待着一只苍蝇飞来；然后，迅速射出舌头，捉住苍蝇。

仅此而已，开始享用。

但有多少需要问的问题我们却从不过问。苍蝇从哪里来？又飞向哪呢？

那只苍蝇也许是去约会心上人的，但被一只蜘蛛截获吃掉了。

我所搭的火车，慢悠悠的，时不时停下来。好吧，那就去帝国大厦，好像我很在意似的。

这个小镇，就是你了，我来了。不管怎样，我在这肯定会感到不舒服的。这里肯定会有廉价黄铜床，跟我上次无意间去的那个地方一样，床上或许还有小虫呢。隔壁房间会有个旅行推销员很大声地说话。他会对他的朋友、另一个旅行推销员说："生意很清淡！"另一个会说："是啊，非常糟糕。"

有时还会悄悄提及女人，有一搭没一搭的听不清楚，总让人生厌。

但我为什么选择在这么个小镇下车呢？我记得有人跟我说过这儿有个湖，有人在钓鱼。我想我会去钓鱼。

现在想起来了，我可能是想游泳。

"搬运工，帝国大厦在哪儿？哦，砖砌的那一幢啊。好的，走吧，我很快就会跟上的。你告诉服务台，给我留个房间，最好带浴室。"

我记得当时是怎么想的了。自从那件事之后，我的人生就偏离了原来的轨道，开始了现在这样的冒险之旅。人有时候就想独自清静。

独自清静并不意味着周围没有人，而是那些人你全都不认识。

那里有一个女人在哭。她年事已高。嗯，我自己也不再年轻了。看看她那双疲惫的眼睛。她的旁边跟着一个年轻女人。总有一天，这个年轻女人的容貌会和她母亲一模一样的。

她依旧会有耐心顺从的容貌。她现在丰满的脸颊，也终将下垂。这对母女都长着大大的鼻子。

还有一个男的跟她们在一起。他很胖，脸上红色的血管清晰可见。不知什么原因，我想他肯定是个屠夫。

他具备屠夫那样的双手，那样的眼神。

我很确定他是这个女人的哥哥。女人的丈夫死了。他们正将一副棺材搬上火车。

他们是无足轻重的人。人们漫不经心从他们身旁经过。没有人来车站陪他们度过这困难的时光。我想知道他们是否住在这里。是的，当然是的。他们住在小镇的边陲或是镇外一间很小很破的房间里。你可以看出，哥哥是不会跟这对母女一道走的。他只是来送行的。

她们要带着尸体回到丈夫生前居住的地方。

这个屠夫长相的男人挽起了妹妹的手——非常亲切。只有家庭成员中有人逝世，人们才会做出这种动作。

阳光明媚。列车乘务员沿着火车站台走着，与站长侃侃而谈。他们一边开着玩笑，一边哈哈大笑。

那位乘务员爱开玩笑。就像俗话说的，他的双眸闪闪发亮，熠熠生辉。一路上，他喜欢和每个站长、每位电报员、每位搬运工、每位快递员开玩笑。火车上，有着形形色色的乘务员。

你瞧，他们从妇人身旁路过，停止玩笑，收起笑声，不再说话。

这个穿着黑色衣服的女人，和她的女儿，还有她肥胖的哥哥，所到之处，无不鸦雀无声。从他们家开始，沿着街道一直到火车站，一路上都很安静。这份安静会延续到火车上，直到他们的目的地。他们本是无足轻重的人，但突然间变得重要起来了。

他们是死亡的象征。死亡是一件重要、庄严的事情，不是吗？

当你身处这样一个地方，一个陌生的地方，面对完全不熟悉的人，你就可以非常容易地理解人的一生。一切情况都如你在其他小镇一样，毫无迥异。生活是由一系列小小的境遇拼成的，反反复复，周而复始，无论乡镇，城市，还是所有国家，都是一样。

而这种生活又变化无穷。去年我在巴黎，参观了卢浮宫。那里墙上挂着先前绘画大师的作品，有许多男女，正在临摹，他们都是专业的临摹师。

为了能毫无瑕疵地仿制那种艺术品，他们不辞辛劳，精心钻研。

然而，任何人都不能完美复制一个杰作。杰作是无法复制的。

世界上任何一个地方都不存在两个相同的微小境遇。

你看，我现在已经走进了这个陌生小镇一家旅馆的房间。这是一家乡村旅店，苍蝇好多。我正写下这些印象的时候，刚好就有一只落在纸上。我停下笔看着它。在这世上，肯定有数以亿计的苍蝇。然而，我相信，没有两只是完全一样的。

它们生活的境遇也不尽相同。

我觉得，为了一个明确的目标，我必须离开自己的家乡，像现在这样，开始一段旅程。

在家乡，我的房子里，住着我的家人，仆人，还有我家人的亲友。我是镇上一所大学的哲学教授，无论是在镇上还是大学里，我都有着稳定的地位。

日复一日的客套交谈，一遍又一遍的音乐，嘈杂的人群进进出出我的房子。

而我自己，每日来往固定的办公室，进入固定的教室，教着固定的学生。

我对这些人有所了解，可能那就是我的困扰所在，我有所了解，但又不够了解。

看着他们，我的思绪，我的幻觉，变得迟钝。

我太了解他们了，但又不够了解。

这就像街上我住的一栋房子。我家乡那条街道上有一栋很特别的房子，以前我很是好奇。不知是什么原因，住在里面的人就像隐士一样，很少走出房子，几乎不曾走出院子到大街上去。

嗯，那又怎么回事呢？

我的好奇心给勾起来了，如此而已。

出于莫名的好奇，我过去常常经过那房子。我已经弄明白了很多事情。那儿住着一个长胡子的老头和一个脸色苍白的老太。有一次我透过他们高高的篱笆看进去。那个老头在树下的一点草坪上焦急地走来走去。他双手时而扣在一起，时而分开，反反复复，喃喃自语。这间神秘小屋的门窗都紧紧关闭着。我看到那个脸色苍白的老太把门打开一个缝，朝老头看去，随后又关上，一句话也没说。她的眼神里是含着爱意还是怒气？我怎么知道？我根本就看不到。

还有一次，我听到了一个年轻女子的声音，可我从未看到过这附近有年轻女子。当时是在晚上，那个年轻女子正在唱歌，嗓音很是甜美。

就是这样，故事讲完了。生活总是出乎你的意料。我们能想到的就是这些奇怪琐屑而碎片化的结局。过去我总是精神抖擞满心好奇地走过那个地方，享受着那个过程。我的心有点怦怦直跳。

我听得更加清晰，体会更加深刻。

我甚至会好奇地沿街向朋友打听人们的情况。

朋友会说："他们都是怪人。"

嗯，又有谁不是怪人呢？

关键是我的这种好奇心逐渐消退了。我慢慢接受了那栋房子的奇怪生活，它渐渐变成我这条街道生活的一部分，我慢慢变得麻木了。

每日面对一样的房子，一样的街道，一样的学生，让我变得麻木了。

"我在哪里，我是谁，我从哪里来？"谁还会问自己这样的问题？

还是那个女人，我看到她带着丈夫的尸体上火车。在我来到这家旅馆，走进这个房间（再普通不过的房间）之前，我看见她不过一小会儿，但是，现在我坐在这里，满脑子却想着她的事。我重构着她的生活，想象着她的余生。

我经常做类似这样的事情，像这样，独自离开去一个陌生的地方。"你要去哪儿？"妻子问。"洗澡。"我说。

我的妻子也觉得我是个怪人，不过她已经慢慢习惯了。谢天谢地，她是个有耐心、好性情的女人。

"我要在那些我一无所知的陌生人生活当中沐浴自己。"

我会坐在旅馆里直到厌倦，然后就会走到陌生的大街上，看着陌生的房子，陌生的面孔。人们也会看看我。

他是谁？

他是陌生人。

真不错，我喜欢。有时候，就只想做个陌生人，去个陌生的地方，没有任何目的，只是走一走，想一想，将自己沐浴在陌生的气息之中。

　　希望这里的人也会和我一样，内心泛起一点点波澜，因为对于他们来说，我也是个陌生人。

　　曾经，那时我还是个小伙子，就很想跟一个女孩搭讪。在陌生的地方，我会无法抑制猛烈的心跳想和她在一起。

　　但现在我不这样做了。倒不是因为俗话所说忠于妻子，也不是因为我现在对陌生的漂亮女人不感兴趣。

　　而是其他原因。也许我被生活弄得有点脏了，才会来到这里，来到这陌生的地方，让自己沐浴在这陌生的生活里，来获得心灵上的净化。

　　所以现在我走在这个陌生的地方，尽情地让想象飞驰。现在我已经走在大街上，穿过一条条陌生的街道。我拄着拐杖，慢慢走着，时而停下，看看街边的商店，透过房子的窗户瞧瞧里面的情景，看看人家的花园，让自己的各种奇思妙想从脑海里涌出，你知道，与此同时，我在别人内心也激起了同样的好奇。

　　我已经喜欢上了那个样子。今天晚上，这个小镇上的各家各户会有话题可聊了。

　　"这儿有个陌生男人，举止古怪，真想知道他是谁。"

　　"他长什么样呀？"

　　他们会尽力地探究我、描绘我。他们脑海里会呈现出各种画面，也会像我一样涌现着各种奇思妙想。

　　我坐在这儿，在陌生的小镇，在这个旅馆的房间里，很奇妙地感到神清气爽。我已经在这里美美地睡过一觉。现在是清晨，一切都很安静。今天的某个时候，我很可能就会踏上另一列火车回家。

而此刻，我正在回忆。

昨天在这镇上，我去一家理发店剪头发。我讨厌剪发。

"现在我身处一个陌生小镇，无事可做，就去理个发吧。"我一边想着，一边就走进了理发店。

一个男子给我理发。他说："一周前下雨了。""是啊。"我答道。那就是我们俩全部的对话。

然而，理发店里，其他人却在交谈着，各种的交谈。

有一个男人来到镇上，他收到了一些假支票。其中有一张十美元的支票是以一位理发师的名义写的。

收到支票的男人不是当地人，就像我一样。那边又有一些议论了。

一位长得很像库利奇总统的男子走进了理发店，把头发剪了。

随后又有一个男的来刮脸。他年纪老迈，脸颊凹陷。不知为何，我总觉得他看起来像水手。或许只是个农民，这个小镇根本不靠海。

大家开始议论纷纷，没完没了。

我陷入了沉思。

呃，就我自身而言，事情就是这样的。刚才我谈到我有个习惯，会突然出发去陌生的地方。我说："自从那件事之后，我就一直如此。"我使用了"那件事之后"这样的字眼。

嗯，那件事是什么事？

其实也不是什么大事。

有个女孩被一辆汽车撞死了，她曾是我班上的一名学生。

对我来说，她其实没什么特别的，只是我班里的一个女学生，不，确切地说，是女人，她死的时候我已经结婚了。

她过去经常到我的房间，我的办公室。我们常常坐在那里聊天。

我们坐下来，谈论一些我上课的内容。

"你是这个意思吗？"

"不，不是很准确，应该是这样的。"

我想你知道哲学家的谈话方式。我们几乎有着自己的一套语言。有时候我甚至觉得那简直是胡说八道。

我开始对着那个女孩——那个女人——讲话，喋喋不休，没完没了。她的眼睛是灰色的，脸上的神情甜美而严肃。

你知道吗，有时候，我那样和她聊天（事实上，我很肯定，那全是废话），嗯，我觉得……

我对着她说话，有时我发觉她的眼睛睁得更大一些。我觉得她没听清楚我在说什么。

其实我不太在乎。

我开口，那样我就有话可说。

有时候，在大学教学楼我的办公室里，我们像那样一起相处，会产生莫名其妙的沉默。

不，那不是沉默，我听到了声音。

就在教学楼里，有个男子在外面的走廊上行走。每当这个时候，我就会去数那个人的脚步，二十六、二十七、二十八。

我看着那女生——这个女人，而她也看着我。

你知道，我是个老男人了，已经结过婚了。

我不是个很有魅力的人。可是，我的确觉得她很漂亮。还有很多年轻的小伙子围着她转。

我现在记得她就那样跟我在一起。她走后，我有时会单独在办公室坐上几个小时，就像我此时此刻坐在这个陌生小镇的旅馆房间里一样。

我坐在那里，脑子里空空如也。突然间有一个声音在我脑袋中出现，我记起了童年的很多事情。

我记起了我求婚和结婚的情形。我就这样默默地坐着，久久地坐着。

我沉默着，但我又比以往任何时候都要清醒。

就在那时，我的妻子得知我有一点怪异。我常常默默无语地与那个女孩、那个女人坐了很久，然后才回家。回到家，我就更加沉默了。

"你怎么不说话呀？"妻子问。

"我在思考。"我答。

我想让她相信我在思考我的工作与研究，可能我真的是吧。

嗯，这个女孩，这个女人，死了。她在过马路时被汽车撞倒了。人们说她心不在焉，直接在一辆汽车前面穿过。当时我正在办公室，坐那儿，一个男教授进来告诉我说："她快咽气了，人们扶起她时，已经快咽气了。"

"嗯。"我相信他肯定认为我态度冷淡，没有同情心，呃，一个学者居然这么铁石心肠。

"那不是司机的错，不该怪他。"

"她直接在汽车前面穿过？"

"是的。"

我记得那时候我在用手指拨弄着铅笔，一动不动。我就那样呆呆坐着，肯定有两三个小时。

接着，我出去散步。走着走着，看到一列火车，于是就上去了。

后来，我给妻子打电话。我已经记不起当时说过什么了。

她倒没关系。我编了些借口。她是一个有耐心、好性情的女人。我们养育了四个孩子。我相信她把所有精力都放到孩子身上了。

我之后去了一个陌生的小镇，在那闲逛。我强迫自己观察生活中的小细节。那一次我在外面待了三四天才回家。

从那时开始，我时不时就会做这样的事情。因为在家里，我会对琐事感到麻木。身处这样的陌生地方，我的思维更加清晰，精力更加充沛，我喜欢这样。

所以，你明白了，此刻正值清晨，我身处这个陌生的小镇，我不认识任何人，这里也没有任何人认识我。

昨天早上，我来到镇上，去旅馆房间的途中，听到了声响。街上有个男孩在吹口哨，还有个男孩在远处大声喊着"啊——吼"。

街上有些奇怪的声音，就在我的窗子底下。有人，在镇上什么地方拍打地毯。我听到火车到站的声音。太阳正笑得灿烂。

我可能会在这个镇上多逗留一天，或者会继续前往另外一个小镇。没人知道我在哪里。我正沐浴着生活的芬芳，你知道，等我享受够了，便会神清气爽回家去。

山野村夫

我曾在弗吉尼亚西南山区住过一段时间。等回到北方，就有人常常问起那些山里人。每次我到市里，他们都会问我。你知道人们就是这样，他们总喜欢把一切事情都贴上特定的标签。

富人是这样这样的，穷人是那样那样的，政客是这般这般的，西岸的人是那般那般的，就好像你画出一幅图说："就是它，就是这样。"

山里人就是山里人，首先他们是人，其次是穷苦的白人，当然意味着他们又穷又白，还是山里人。

工厂开始在弗吉尼亚、田纳西和北卡罗来纳的乡下出现后，很多山里人就进入到工厂去做工，携家带口地住进厂区。有一段时间，周围的一切都很平和安静，随后就爆发了罢工。所有读报纸的人都知道这件事情。报纸上报道了很多关于这些山里人的消息，其中一些还挺犀利。

但是，在此之前，曾有许多报道是关于他们传奇故事的。那类报道从未给任何人带来过多少好处。

于是，我就独自一人，来到了山里，进入了一个当地俗称的"山谷"，然后就迷了路。我误入了一条山路，就一直待在山涧溪流边垂钓鳟鱼，又累又饿。汽车会很难穿过那条路。"这里应该是酿造威士忌的好地方。"我想。

沿着山谷里的道路我来到了一个小镇。其实你很难称之为小镇，这里只有零星几间未上漆的小木屋，在十字路口的地方还有一家杂货店。

这些破旧的小房子上方，群山绵延，道路两旁都是些壮丽的山峰。置身其中，你就会明白为什么人们称其为"蓝岭"了。它们总呈现出蓝色，壮丽的蓝色。伐木工人来临之前，这是片多么迷人的乡野啊！住在我附近的山里人经常在谈论昔日的云杉林。他们很多人都在伐木营地里工作，时常谈论着那几乎及膝的苔草，静谧的森林，高壮的树木。

肥美的森林现在已经消失不见了，只有小树在生长。这片乡野将主要种植树木，别无他途。

我站在店前，店门已关，但是门廊前坐着一位老人。他说店主也负责送信，此时正在路上，一两个小时后会回来开门。

我原以为可以买到一些奶酪、饼干或一罐沙丁鱼。

门廊上的老人，看起来有些邪恶，留着灰白的头发和胡子，大概有七十岁了，但看得出他身体很硬朗。

我问他从大山回到主干道的路，就开始动身离开山谷，这时他叫住我："从北部搬来，在这儿建房子的，就是你吧？"

我无法照着山里话再说一遍，我并不擅长。

老人邀请我到他家去吃东西。"你不介意吃豆子吧？"他问。

我很饿，有豆子吃就已经很满意了。此刻的我能吃下任何东西。他说家里没有女人，老伴儿已经去世了："来吧，我想我可以让你填饱肚子。"

我们沿着小路向上走，过了半座山，进入另一个山谷，大约有一英里。真是不可思议，这么个苍老的人，皱纹布满了脸庞和脖颈，双腿细弱身子单薄，但却走路生风，我走得直喘才能跟上。

那一天，山里炎热安静，一点儿风也没有，我就只见到这么一个老人。要是还有其他人，那就是躲起来了。

他的房子坐落在另一条山涧的边上。那天下午和他吃完饭，我在溪流里钓了很多肥美的鳟鱼。

但这个故事与钓鱼无关。

我们到了他的房子，房子又脏又小，摇摇欲坠。

老人很脏，双手和脖子都是厚厚的污垢。我们进了房子，一楼只有一个房间，他径自走到一个小壁炉旁，说道："火灭了，你介意吃冷豆子吗？"

"不介意。"我答道。这时我已经不想吃什么豆子了，真后悔来到这儿。这个山里老人看起来有点儿凶神恶煞。那些瞎编故事的人从他身上找不到多少素材了。

除非他们在南方人的热心好客上做文章。他邀请我到那儿，我很饿，而他只有豆子。

他用盘子盛了些豆子放到我面前的桌上。桌子是自制的，上面铺着一方红油布，已经破旧不堪了，烂了好几个大洞，洞口边粘满了污垢和油斑。他用外套的袖口擦了擦盘子，再把豆子放上去。

但是你可能没有吃过山里人自制的豆子。豆子是那儿的主食，没有豆子就不会有人住在那一带山上。要是山区女人煮的豆子，热乎乎地端上来，通常是美味的。我不知道她们放了什么在里面，也不知道她们是怎样煮的，可她们的豆子就是独一无二，其他地方是找不到的。

就像史密斯菲尔德火腿，要是正宗的史密斯菲尔德品牌，味道就跟其他品牌不一样。

但这些豆子又冷又脏的，盘子还用外套袖擦过⋯⋯

我坐在那儿四处看了一下，房内有一张床，脏脏的，我们就坐在上面；还有一个楼梯，没安扶栏，直通楼上房间。

似乎有人在上面赤脚走动着，一下子传来脚步声，一下子又是一片沉寂，然后又响起。

你肯定能想象这样一个画面：在山丘之间一处炎热寂静的地方，正值六月，这位老人沉默寡言，正盯着我，可能是想试探我是否在蔑视他的好客之道。我用脏勺子开始吃豆子。方圆数英里之内，我实在是人生地不熟。

这时又传来了刚才的响声。我记得老人告诉过我，老伴儿去世了，他是一个人住的。

我怎么知道楼上是个女的呢？反正我就是知道。

"上面有个女人吧？"我问道。他咧嘴一笑，满嘴见不着一颗牙，露出一副邪恶的笑容，仿佛在说："噢！你想知道？呃？"

接着他怪异地咯咯大笑起来："她可不是我的！"

我们坐着，又开始一段沉默，直到那个声音再次响起。那是赤脚走过木地板的声音。

这时脚步声随着简陋的楼梯逐渐靠近，突然出现两条腿，是少女瘦弱的双腿。

看上去不过十二三岁。

她往下走，到了差不多楼梯底部，坐了下来。

她是那么脏，那么瘦，简直就是一个野孩子。我从来没有见过一个生灵如此狂野的。她双眼闪着光，就像野兽的眼睛一样。

她的脸上有某种东西，许多年轻的山里人脸上都有这样难以解释的神情，是教养，是贵族气息。我不会用其他言语来表达这种神情。

她就有这种神情。

此刻，他们俩坐在那儿，我尽力吃着豆子。我想把这些脏豆子扔到门外，然后说："我吃饱了，谢谢！"但是我不敢。

可能他们的心思根本不在那些豆子上面。老人开始讲起女孩的故事，好像坐在十尺远的女孩并不在那似的。

"她不是我的。她爸爸死了，也没有其他亲人，就来我这了。"

我正笨拙地模仿他的话。

他又在咯咯笑了，满嘴见不着一颗牙："她吃不下东西的，就是只母老虎。"

他伸出手拍着我的胳膊，说："你知道吗？她是只母老虎，不会理睬你。她得找个男人调教调教，还真就有一个。"

"她结婚了吗？"我悄声问，不想让她听见。

他觉得很好笑："哈，结婚？"

他说，那个年轻小伙来自更远的山谷，"他来这和我们一起住。"老人一边笑一边说，女孩站起身开始返回楼上。她什么都没说，但是那稚嫩的双眼盯着我们，充满了敌意。她在楼梯上走着，老人不停地嘲笑她，笑声怪异而尖刻，着实是哈哈大笑。"哈哈，她吃不下，使劲吃就是咽不下。她以为我不知道原因。她就是只母老虎，会有男人调教她的，现在还真就有一个。"

"现在她饭都吃不下。"

下午我到山谷的小溪里钓鱼，傍晚时分就开始钓到鲑鱼了，都是那么肥美，共有十四条。天黑之前，我翻过一座大山回到了主道上。

我不清楚是什么原因让我重回山谷。也许是那女孩的脸庞令我着魔了。

其次，那里可以钓到肥美的鲑鱼，至少那条小溪里的鱼还没有钓完。

我回去的时候口袋里放了二十美元。"嗯。"我在想——我几乎不知道自己在想什么。但我脑子里的确是有些想法的。

那女孩非常非常年轻。

我心想："她或许是被那老头儿囚禁在那儿的，还有那个年轻的山里莽汉。对她来说，这可能是个机会。"

我认为我会把二十美元给她，"这样的话，她要想逃出去，就有机会了。"在大山里，二十美元可不是小数目。

又是炎热的一天，我再次到了那儿，那时老头不在家。一开始我以为没有人，房子孤零零地伫立在一个忽隐忽现的小路边，临近就是小溪。溪水清澈而轻快地流淌着，发出潺潺的声音。

我站在房前小溪旁，犹豫不决："我要干涉的话……"

好吧，就让我承认吧，我的确有点儿害怕，觉得回到这里，就跟个傻瓜一样。

接着，那女孩突然从房子里出来，直接走向我。这一点并不用怀疑，她的确是向我走来，当然，仍然未婚。

假如我的二十美元给了她，至少可以买些衣服。她现在穿得非常脏非常破，腿脚还赤裸着，女孩儿是在冬天出生的吧。

一个男子从房里出来，是个年轻高大的山里人，看上去很粗鲁。"就是他。"我心想。可他什么也没有说。

那青年蓬头垢面，就跟那个老人和女孩一样。

不管怎样，她看起来并不怕我。"喂，你回来了。"她说着，声音非常清脆，眼神中依然是敌意。

我问了钓鱼的事："鲑鱼容易上钩吗？"她此刻慢慢走近我，那个年轻男子无精打采地走回房里。

我再一次感到茫然，不知道怎么模仿她的山里音，这声音很特别，意蕴丰富。

她的声音冷淡而清脆，充满了敌意。

"我怎么知道？他（她做了个手势，暗指那个回房的懒人）太他妈懒了，连鱼都不钓。

"他太他妈懒了，什么事都不做。"她怒冲冲地瞪着我。

我想："嗯，我至少会设法把钱给她。"于是，把手里攥着的钱递给她，"你需要些衣服，拿去买些衣服吧。"

我可能触碰到了她山里人的自尊，我又怎么知道呢？她眼里的敌意似乎更加强烈了。

"你去死吧，滚出这里，永远别让我再见到你！"她说。

她一面说着一面狠狠地瞪着我。如果你不曾了解这些人（有些时候你可以在城市租赁区和那些幽静可爱的大山里看到他们，正如我们作家所说的，他们处于"生活的最边缘"），那就过来看看这一幕，一个孩子，怪异的眼神中透视出与年龄不符的成熟……

这样的眼神让你不寒而栗。这样的孩子知道太多但又涉世不深。回房之前，她转过身再次冲我说话，是关于我的钱。

她叫我把钱塞进某个地方。至于是塞进哪里，反正我是说不出口。最最前卫的作家也必须慎用此字。

　　然后她走进房内。整个故事就是这样。于是，我离开了。不然我要做什么呢？毕竟一个男人需要照顾到自己的脸皮。尽管山谷鲑鱼肥美，我再也没去钓过了。

感伤之旅

　　我的朋友大卫和他的妻子米尔德丽住进了山里。他妻子是个纤弱小巧的女人。以前我常去他们租住的小木屋。虽然大卫是个读书人，他却和年长得多的山里人乔结成了朋友。一天晚上，我第一次见到大卫，坐在他们的小屋里，他就给我讲了关于乔的故事。那时乔不在那儿，米尔德丽则在厨房里忙活着。

　　乔是个很瘦的山民，四十岁，却有着小伙子一样的身板，挺拔而结实。大卫讲起了他第一次遇见乔的情形。他说："我记得他吓得我胆战心惊。那是在去年秋天，我们第一次来到这，我骑着一匹灰马往山上走。

　　"那时我有点紧张，你知道怎么回事吧。我脑子里不断浮现一些传奇故事的画面——山民们躲在树后或林木繁茂的山腰间射杀陌生人。突然，他从一条小道上出现了，那是一条破旧的木质小道，若隐若现地通往山上。

　　"他骑着一匹枣红马，瘦骨嶙峋步态优美。对于马儿健美的体形，我自是赞不绝口，可对于它的主人，我却望而生畏。

　　"这人看起来好凶啊！故事中，一条寂寥无人的路上，像他那样的家伙，会把有些人当作联邦特工而误杀，这样的情节突然变得真实起来。他的脸又长又瘦，嵌着一只大鼻子。他瘦削的脸颊已经好几周没有刮过了。我记得，他戴着一顶破旧的宽边黑帽，帽檐压得低低的，刚好遮住了那双灰暗冰冷的眼睛。那双眼直勾勾地盯着我，就像头顶上方那片灰暗的天空一样冰冷无情。

"乔刚从那山腰间下来，在茂密的金褐色树林里，我看到几道薄烟浮上天空，'他在那儿有个蒸馏器。'我想，顿时觉得自己处境危险。

"乔从我身边经过，一言不发。我的马在路上站着一动不动。我一直盯着他看，视线不敢离开半会儿。'他会从后面射杀我。'我这么想。这个念头真是愚蠢至极！我的手一直颤抖着，心头念着：'嗯。''你好。'这时，乔开口说话了。

"他停住枣红马等我，然后一起往山坡下走。他对我很好奇。至于丛林里他是否真的藏着蒸馏器我就不知道了，我也不曾问起。毫无疑问，他有。

"于是，乔，那个山里人，就骑着马来到了我的小木屋，就建在溪岸边。米尔德丽正在屋里准备着晚饭。他在我旁边骑马走了半个小时，一声不吭，到了小溪的桥上，我看着他他也看着我。'下马吧，进来吃点东西。'我们跨过桥朝着房子走去。夜里，天气渐渐变冷。进房前，他用瘦削细长的手指轻轻碰了碰我的胳膊。他示意让我停下，从他的大衣口袋里掏出一个酒瓶。这酒是新酿的，我呷了一口，顿感喉咙一阵灼热。而乔似乎一口就喝下了半斤的酒。'这是新酒，他会喝醉，在我家发酒疯的。'我想。我为米尔德丽担忧，她身体一直不好。正因为这个原因，我们才来到这里，住进乡下。

"那时我们就坐在这儿，在火炉旁边，从这儿可以透过门直视室外。吃饭的时候，米尔德丽显得焦虑不安，眼神惶恐，不停盯着乔看。那儿有一扇门开着，乔透过门远眺着他的那片山。黑暗迅速笼罩着整座山，山上刮起一股凛冽的风，但并没有刮进这个山谷里来。天空中飘着或黄或红的树叶。屋里却弥漫着浓厚的深秋气息，还有私酿威士忌的气味，那是乔的呼吸。

"他对我的打字机和墙边书架上那一排书很感好奇，而我们住的这个破旧的木制小屋又让他感到放松。我们没有装饰得多么豪华。你知道的，一般山里人不是很善于交流的，但乔恰恰非常健谈。他很想说话。他说，很久之前他就想来看我们。有人告诉他，我们来自遥远的地方，见过大海，到过国外。他本人一直很想去外面偌大的世界游荡一番，但却心存疑虑。他竟然也有害怕的事儿，似乎太可笑了。听到这话，我瞟了一眼米尔德丽，不觉都微笑起来，顿感舒适了些。

"此刻，乔开始向我们讲述他的一段经历，有一次他试图走出这些大山，到外面的世界闯荡。但那次并没有成功。他是山里人，从小在这里长大，没有上过学，不会读书写字，与群山已有不解之缘。他站起来，好奇地用手指拨弄着我的书，然后又坐了下来。我心想：'噢，天哪，他真是幸运。'我刚刚读了他摸过的那本书，护封上大肆吹捧和宣传，读起来却是强烈的失望。

"他告诉我们，他十六岁的时候就结婚了，还模糊地暗示这里头是有原因的。我猜想，对于山民来说，通常是有原因的。虽然他还年纪轻轻，却已经是十四个孩子的父亲了。群山后面，有一小块地，大约二十英亩，种着玉米。大多数的玉米，我猜，都酿成威士忌了吧。膝下十四个孩子，就二十英亩的地，这日子够捉襟见肘的了。我想，禁酒令的颁布和私酿威士忌的涨价对他是个极大的帮助。

"与我们第一次相处的那个夜晚，他打开了思想，融进了世界。

他谈及他曾经的一次旅程，那时他想要逃离山林。

"当时他刚结婚不久，只有六个孩子。不知道哪里来的念头，他突然决定走出山林来到外面广阔的世界去。他把妻子和五个孩子留在山间木屋里，出发了，带着他最大的孩子，一个七岁的男孩。

"他说他之所以这么做，是因为他的玉米收成不好，两头猪也死了。那只是借口，他就是想出去闯荡闯荡。他有一匹马，瘦筋巴骨的，他坐在马上，后面坐着他的儿子，就这样翻山越岭出发了。我估计，他带着这个男孩是因为害怕在广阔的世界没有家人相伴他会太寂寞。那时已是晚秋，孩子却连一双鞋子都没有。

"他们翻过一座座山，穿过一片平原，然后又翻过一座座山，终于到了一个主要从事煤矿业的镇子，镇里也有一些工厂。那是个大地方。乔几乎马上就得到了一份采矿的工作，收入不菲，肯定是个丰收年了。他从未赚过那么多钱，他告诉我们，一天可以赚到四美元，仿佛那是一个很惊人的消息。

"他和儿子睡在一个矿工小屋的地板上，生活开销不大。他们睡的那个小屋原来肯定是意大利人的。乔谈及和他同住的那些人，管他们叫'大利人'。

"而乔，这个山里来的男人，在一个偌大的世界里感到惴惴不安。乔和儿子都习惯了大山里的幽静，而晚上，房子里总是有些响声。是屋子的另一个房间传来的。每逢夜晚，男人们都坐到一起聊天。他们喝酒唱歌，时而打架。乔和儿子觉得他们又怪异又可怕，就如我和米尔德丽初次见到乔一样的感觉。夜晚放工后，乔从矿场回家，经过商店买了些食物，和儿子坐在长凳上吃。儿子的眼睛里满是孤独的泪水。乔没有让任何一个孩子上学，感觉很惭愧。他留在采矿区，就是为了赚钱。他对外界的好奇心完全消失了。那些远山如今在他眼里是多么可爱啊！

"在矿区小镇的街头，人们成群地走着。一家大型工厂的四壁阴森凄凉。里面的噪声真大，没日没夜地响着。污浊的黑烟充斥着整个天空。乔和儿子躺在地板上，身上盖着从家里带来的被子，上面全是补丁。屋子的一边，货运列车在旁轨上永不停歇地来回跑着。

"冬天到了，下雪了，结冰了，接着又是下雪。山里有些地方的雪现在会有十英尺深了吧。乔渴望着山里的白雪皑皑。他在矿里干活，可他说并不知道如何在周末领取薪水。他不好意思开口问。一般是要去办公室，那里有一个花名册，上面有你的名字。但是乔说他不知道在哪儿。

"最终，他搞清楚了。那简直是一笔巨款！乔把钱紧紧攥在手中，径直奔向矿工的房屋找到儿子。他之前把马留给了一个身材矮小的农民，穿过平原，就在那群山脚下。

"那天晚上他们就蹚着厚厚的积雪，冒着刺骨的寒冷，来到了山脚下。我问乔有没有帮儿子准备鞋子。他说没有，收拾好要回山里的时候天已经黑了，商店都关门了。他估算着这些钱足够买头猪和一些玉米了。他可以回去酿造威士忌了，可以回到群山的怀抱了。父子俩都欣喜得几乎发狂。

"他把一条被子拆开，裹住儿子的脚。乔坐在我们的家中，随着夜幕降临，娓娓叙述着那段旅程。

"乔是有讲故事的天赋的。他的描述既奇异又富有戏剧性。其实他无须如此匆忙上路的，大可等到大雪过后，道路开了再走。

"唯一的解释是，他实在等不及了，儿子也厌倦了那样的孤独。

"他从小就想要看看外面的世界，而如今他看过了，只愿回归山林。他说，在深夜中蹚着厚厚的积雪，他和儿子甭提多高兴了。

"他的妻子就在八十英里外的群山之中。她现在怎么样了？家里没有一个能读书写字的。说不定她开始断柴了？那太荒唐了，像她这样的山里女人，个个都像男人一样能砍能担。

"乔也知道自己多愁善感了。半夜的时候，他和儿子就赶到了那个存马的小木屋，于是，骑上马整夜地赶路。他们怕骑在马上时间太久会冻着，于是又下马艰难地步行前进。乔说，这样就暖和起来了。

"他们就这样一路往家奔。偶尔，他们会遇到山舍，里面生着火。

"乔说，这趟旅行花了三天三夜，他迷了路但是一点睡意都没有。不过他儿子和那匹马得稍作休息。在某地，他儿子就睡在一个山舍火堆前的地板上，而那匹马也在马厩里吃草休息。乔和另一个山夫坐着玩牌，从午夜直到凌晨四点。他说他赢了两美元。

"一路上山舍里的所有人都欢迎他，只有在一个山舍里他遇上了麻烦。他看着我和米尔德丽，笑眯眯地谈着那个晚上。事情发生在他迷路的时候。那时他下了山，来到了一个山谷。那个山舍里住的是外地人而不是山民。我猜他们是怕乔，就跟我和米尔德丽一样，他们吓得不敢开门，就想把乔和他儿子关在门外。

"乔停在屋外的小路上朝屋里呼叫，这时一个男人把头伸出窗外叫他们走开。乔笑着说，那时是凌晨两点，他儿子都快冻僵了。

"他只好用双臂抱着儿子走到小屋前，用肩膀把门撞开。空荡荡的屋里只有一个小壁炉，乔穿过屋子来到后门捡了些木柴生火。

"乔说，那个男人和他的妻子，穿得，就是说，像个城里人，很明显穿着晚上的衣服，好像是睡衣，来到卧室门口看着他。他站在那里，那顶旧帽子盖着他的脸，火光映着他那消瘦的长脸和冷酷的眼神，看起来就像……你也许可以想象得出来。

"他和儿子在屋里待了三个小时，烤火暖身子。他走到马厩里喂了马。那屋子的主人看了乔一眼，就匆匆返回卧室关门上锁，再也没有出来过。

"乔觉得很奇怪。他说那房子很大，我估量比我的房子还要大。他说，屋子里的所有摆设，看起来就像一件豪华的大家具。他在厨房里找到了食物，却不愿意碰它。他估计房子主人应该比我们还要高雅。主人高雅得让乔不想去动他们的食物。乔看着米尔德丽笑着说，他不知道房屋的主人在这样的一间农房里做什么，但有些山谷，总有些像我们这样高雅的人士住进来。

"总之，就如乔说的，那个大屋子里的人吃的的确比他有时在家吃的还差。他很好奇，曾到我们的厨房和食品室里参观。我看着米尔德丽，很高兴他好像很喜欢吃我们的食物。

"乔和儿子都暖和起来了，马也喂饱了，于是就离开了。就跟之前所发现的一样，那两个外乡人，依旧关门上锁，躲在房里瑟瑟发抖，他们可能也曾听过或看过危险山民的传说吧。

"乔说，他们在第二天晚上很晚的时候才到自己的家，肚子已经饿坏了。雪越下越大，第一场大雪过后，又下了一场雨夹雪，紧跟着又下了一场更大的雪。路过几处山口，乔和儿子不得不走在马前面，扫雪开路。

"终于到家了，乔倒头大睡了两天。他说儿子还好，也是蒙头大睡。乔试图跟我们解释，他拼命地从矿区往家赶，是担心妻子，怕她在家里没柴生火，但他说着说着不由得笑了起来。

"'嘁，'他不好意思地咧着嘴笑道，'家里的柴火多着呢。'"

陪审案件

三个人合伙买了蒸馏器，在山上私自酿酒，他们个个长相粗鲁。

我的意思是说，他们并不是任人愚弄的傻子，至少其中两个不可小觑。

首先是哈维·格罗夫斯。他父亲老格罗夫斯在三十年前就来到这片山区，买了很多山地。

当时，老格罗夫斯身无分文，土地上收成也少。

很快他就开始私酿威士忌。他那种人，不管用什么东西，都能酿成相当不错的威士忌。他们用土豆、荞麦、黑麦、玉米以及任何可能得到的材料酿酒——那样的人总是有办法。他们把其中一种威士忌送往监狱。采用西梅干酿酒，他竟也称之为威士忌，是提供给囚犯作为早餐用的。老格罗夫斯过去常在木材厂兜售他的威士忌。布莱尔涛普山那儿正进行大规模的伐木。

他们把木材从山上运到一个叫兰博威尔的小镇。

老格罗夫斯将威士忌卖给伐木工人，而工厂的经理却因此大发脾气。他把老格罗夫斯叫到办公室，试图对他进行说教。

老格罗夫斯却反过来给他讲起道理来了。那经理扬言要揭发老格罗夫斯。他的意思是要派联邦人员追捕他。而老格罗夫斯却警告经理，要是联邦人员出现在山上，他会把兰博威尔高高堆积的木材给一把火烧了。

他这么说，就会这么干，工厂经理也知道他说得出做得到。

老头说完就走了。他继续待在他的山上，养了一大家子人。家里的都是男孩子。这儿的每个人都谈论着格罗夫斯的女儿们，而她们究竟发生了什么我却不得而知。她们已不在这儿了。

年轻的哈维·格罗夫斯身材高大，骨瘦如柴，在一场斗殴中弄瞎了一只眼。他很小就开始酗酒，在山区为非作歹。老爸因癌症过世后，老妈也死了，土地分给了儿子们或者卖掉，他得到了自己的那份财产，紧接着就在赌博酗酒上挥霍一空了。

他二十五岁就私自酿酒。卡尔·隆和乔治·斯默也加入进来。他们合伙购置了那个蒸馏器。

如今他们可以在一个小蒸馏器里酿制威士忌了——这就叫"一夜成材"——大概有十四加仑的产量，一晚就能酿这么多。

酒卖得很快，很多人都想要，卖到开采煤矿的乡下，这酒相当地带劲。

入伙哈维的卡尔·隆身材高大，体壮如牛，留着一缕胡子。他脾气坏得不能再坏了。平时看起来还很平和，但他一沾上酒，你可要小心了。他总是随身带着一把长刀，不少人被其重伤，为此他曾入狱三次。

第三个合伙人便是乔治·斯默。他过去经常来我家串门，在我家待过一段时间。他年纪轻轻个子矮小，看起来神经兮兮的，直到去年夏天，他都在巴克利老头的农场里干活。去年秋天，有一回我坐在一座桥下钓鱼，这时，乔治从巴克利公路上走来。

我从未察觉他那时有什么问题。

我安静地坐在桥下，他就这么走来，手上做着奇怪的动作。他干搓着双手，嘴巴还不停地念叨着。那条路在桥的另一边是向右拐的，他距桥半英里的时候我就看到他要来了。我在桥下，可以看到他，他却看不到我。他走着走着，我就听见了他的声音。"哦，天哪，这事别叫我干。"他嘴里不停地说着。他在前一年春天就已经结婚了。他也许和妻子闹矛盾了。我记得她是一个红头发的小个子女人。我曾经看到过他们两个在一起。那时乔治抱着他们的孩子，停下来跟我说话。那女人便走开了一点。她害起羞来，跟大多数山里女人一样。乔治让我看他的孩子，那孩子还不到两周大，小脸儿满是褶皱，似乎比自己父母还要老很多，我站在那儿看着孩子，乔治露出了相当自豪的表情。

他是怎么跟哈维和卡尔这伙人扯到一起的，我搞不懂，而他俩又为何肯要他，我一样不解。

我总觉得乔治是个乡下精神病人。那种人你在城里常能看到。他与这些山里人也总显得格格不入。

他也许是受卡尔·隆的影响。卡尔这种人总是喜欢欺负别人，身体连着心灵一并伤害。

路德·福特跟我说了一些关于卡尔和乔治的事。他说，一年冬天晚上，卡尔到了山上一个摇摇欲坠的小棚屋，就是乔治的家，然后把乔治叫了出去。二人一起去镇上喝醉了酒，凌晨两点才回来，站在乔治的屋前。关于乔治的妻子，我已经提及了一些。路德说，那时她正生着病，很快又要生孩子了。是一个邻居告诉路德的。那是一种很奇怪的举动，类似这样的事发生在乡下，令你不由得毛骨悚然。

他说，这两个人站在路中，面对着屋子，诅咒着里面生病的女人。

　　小个子乔治一边紧张地在雪地里沿路来回走着，一边咒骂妻子，卡尔在一旁煽风点火。乔治像只小公鸡昂首阔步地走着。这一定是很奇怪的场面，还会让你感到有点恶心。路德说，单单是听到这种情况都让他反胃。

　　这个春天早些时候，这三个人合伙私酿威士忌。

　　卡尔和哈维之间就像狗咬狗，窝里斗。他们一起买了个蒸馏器，费用均摊，但生产销售两批酒后，一天晚上，哈维把蒸馏器给偷了。

　　当然，卡尔要出发去找他。

　　要是去追某个人，他和乔治可没有什么法律可以诉诸，或者其他诸如此类的正当途径。

　　卡尔用了一个星期的时间终于找到哈维的藏身之地，发现他还在那经营蒸馏器。接着，卡尔就去找乔治。

　　他想要抓住哈维，但他也想得到蒸馏器。

　　他到了乔治的家，大踏步走进去。乔治正坐在那儿，看到卡尔来，吓得浑身都僵了。乔治的妻子，生完第二个孩子更加瘦削了，病恹恹地躺在床上。这些大山里的小木屋通常只有一间房子，做饭、吃饭、睡觉，全在里面，往往还是一大家人挤在一起。

　　看到卡尔，乔治的妻子开始哭起来，乔治很可能也想要哭。

　　卡尔在一张椅子上坐了下来，从口袋里掏出一个瓶子。乔治的妻子说，他一直在喝酒。卡尔一边紧盯着乔治，一边把酒递过去，乔治只好接了。

　　乔治喝了四五口烈酒，没再回头看卡尔或他那躺在床上呻吟哭泣的妻子，卡尔从没说半个字。

突然，乔治跳了起来——他的双手不再干搓着——开始咒骂起妻子来。

"你闭嘴，该死的女人！"乔治大声叫喊。

然后他做了件奇怪的事。屋子里仅有两把椅子，卡尔坐一把，乔治坐另一把。卡尔站了起来，乔治就把椅子拿起来，一次一个，走到外面对着屋子的一个角落将椅子砸得粉碎。

卡尔见状大笑，然后让乔治去拿他的猎枪。

乔治真的就拿了猎枪，它就挂在屋里的钩子上，我想已经上了膛，然后两人就一起走进树林里。

哈维·格罗夫斯胆子大了起来。他一定认为他把卡尔给唬住了。那就是这些粗汉的弱点。他们从不认为还有人会跟他们一样强硬。

哈维把蒸馏器放进一间摇摇欲坠的小房子，明目张胆地在白天酿酒。那破旧的房子位于曾经属于他父亲的土地上。

他有两把枪放在那里，但从未有机会使用。

卡尔和乔治肯定潜伏在深深的草丛里，悄悄地接近那座房子。

他们接近了，乔治手中拿着枪，哈维走到房门前。他可能已经听到他们。这些山里人从小就犯法，耳朵和眼睛都灵着呢。

那肯定是非常可怕的一刻。我跟路德·福特几个人谈起过这件事。当然，我们都替乔治难过。

路德，有些剧作家的气质，他喜欢描述这种场景。他的版本啊，当然咯，都是瞎编的。他讲故事的时候是跪在草坪上的，手里端着根棍子。他开始颤抖，棍的末端晃动不止。他把远处的一棵树假想成哈维，此刻已经死了。他讲着这个场景，把人物形象塑造得可笑至极，不过我们全都四下站着，紧张得有点喘不过气来，他继续了大约五秒钟，棍子晃动着，显然是彻底地无助与恐惧，随后，他的身影似乎突然变得越发僵硬。

要是路德个子没那么高，身板没那么灵活，他本是可以表演得更好的，我刚才就说过，那个悲剧角色乔治是那么地矮小紧张而又呆笨。

但路德竭尽所能，低沉地对我们站着看的人说道："现在，卡尔·隆摸到了我的肩膀。"

你明白的，路德的想法是，这两个人在傍晚时分悄悄爬向山上那座偏僻的小屋。乔治手里端着装满子弹的猎枪匍匐向前，他确实是被卡尔指使的。卡尔紧跟着他爬着。路德解释道，这个男人对乔治来说确实太强悍了，在他们面对哈维的致命关头，我想，他们只能开枪，不然就会中枪。乔治优柔寡断了，卡尔就拍了拍他的肩膀。

这一拍，你明白，如路德想的，就是命令。

这道命令说："开枪！"接着，乔治身体僵直，子弹就射出了。

他也射得很准。

房门前铺着一块铁皮。它在那儿干什么用的，我也不清楚。可能是被盗蒸馏器的零件。在那生死攸关的一瞬间，哈维·格罗夫斯将它抓了起来，试图举到身前。

这一枪打响，刚好射穿金属片，射穿哈维的头颅，射穿他脑袋后面的一块木板。乔治从家里出发前可能还没装上子弹，很可能是卡尔装的。

不管怎么说，哈维·格罗夫斯如今已经死了。路德说，他的死，就像洞里的老鼠，前倾，然后轻轻扑通一声倒下便死去了。我不清楚，一只老鼠在洞里死去，会发出多大的扑通声。

之后，当然，卡尔和乔治跑了，但在逃跑之前，卡尔从乔治的手中夺下了枪，扔在草丛中。

那只是为了表明到底是谁的枪杀的人，路德说道。

他们跑了，当然，藏了起来。

事情本来没那么快暴露。在那么个荒凉的地方，他们射杀了哈维·格罗夫斯，可能几天都不会暴露。但他们离开住处后，乔治的妻子非常紧张，跑到了镇上，像个小傻瓜一样，紧握双手哭喊着冲进各个商店，逢人就说她丈夫和卡尔要去杀人了。

那当然弄得人心惶惶。

镇里肯定有人知道卡尔、乔治和哈维在一起过，还知道他们都做过些什么。

第二天早晨，人们就发现了那具尸体——这起枪杀案大概发生在下午四点钟——第二天下午他们就抓获了乔治。

卡尔原来跟他待在一起，后来厌烦了，就丢下他，自己跑了。很多人认为，永远也不会抓到卡尔。"他太狡猾了。"路德说。

他们抓到乔治的时候，他正坐在山另一侧的马路边上。他说，一辆福特车经过，卡尔把一直放在口袋里的左轮手枪掏出来，拦下了司机。

他们甚至还没找到那辆福特车司机。也许司机认识卡尔，正心惊胆战。

不管怎样，他们抓到了乔治，把他关在了县中心的监狱里。他告诉所有人，自己就是凶手，然后坐在那呻吟，还搓着那双滑稽的小手，反复说着："天哪，别叫我干。"就跟那天他跨过桥我在桥下钓鱼时所见所闻的一样，那是他卷入这场麻烦很久之前的事了。我想，到了审判的时候，他们会对他处以绞刑或者电刑，无论是处以何刑，在这个州，他都必死无疑。

他的妻子发高烧倒下了，精神已经彻底崩溃，路德说。

路德只要能逮到观众，就会把整个事件戏剧化地毫无保留地表演出来，他颇有几分预言家的才能。然而，他却出人意料地说，如果必须要从县里召集陪审团来审判乔治的话，就算所有证据都对他不利，陪审团也会视而不见，判他无罪。

他说，不管怎么样，他都会坚持这种预测。其他人看到路德演绎了事情的整个过程，也会这样说，这些人在县里住的时间比我长，是看着卡尔、哈维和乔治长大的，当然比我更了解他们。

这可能会成真。至于我自己——我这个样子，听到看到了这一切……

我怎么知道我是怎么想的呢？

这个问题，当然，只能由陪审团来裁决了。

再娶一妻

　　他觉得必须说些特别的话，告诉她，他懂她，爱她，要她。他想，或许她也想要他，否则就不会在他身上浪费那么多时间。他其实并不谨慎。

　　毕竟，他已经足够谨慎了。他确信以前肯定有好几个男人喜欢过她，她至少跟其中几个交往过，这也不是不可能的。但这些都是想象。光是看到她就足以让他心脏狂跳，想入非非了。"我年轻时，早早跳进婚姻生活，义无反顾，而她这个阶层的现代女性则不同，习惯了奢侈，生性敏感，不会错过任何一段恋情。"他想道。原罪的概念对于他而言，或多或少是出自那类事情。"你要是个有点品位的现代女性，就要多动脑筋。"他这样想着。

　　他四十七了，比她大十岁。他的妻子也已经去世两年了。

　　从上个月开始，她就习惯了从母亲的农舍出发去他的小木屋，每周有两三个晚上都是这样。她本来可以邀请他到山上的农舍去，更频繁地邀请，但她宁愿和他，还有他的患者们待在小木屋里。她的家人完全将整件事都丢给她，让她独自处理。她和母亲还有两个未婚的妹妹一起住。和她们待在一起挺愉快的。那是他去乡下的第一个夏天，买了木屋之后就遇见了她们。他在几乎半英里远的旅馆吃饭。晚餐早早就准备好了。晚饭后，他直接回家，要是她决定朝他家的方向散步，他就能确保自己在家等她。

在她母亲家中，跟她和她家人在一起，当然很有趣，但却总有不速之客。他想，她的妹妹们喜欢撮合他俩，以此取笑他们。

这纯粹是幻想，只是他的看法。她们凭什么要去关注他呢？

那个夏天，那个女人，在他内心激起了轩然大波。他时时刻刻都记挂着她，别无他事可做。噢，他是来乡下休养的。他唯一的儿子也在一所暑期学校里。

"就这样，我来到这里，实际上是一个人。我让自己掺和进来干什么？她或她的家人要想结婚，可能早就跟更适合的男人结婚了。"两个妹妹对她是极尽体贴的。他俩在一起，妹妹们总会表现出温柔、尊重，但也有取笑他俩的时候。

各种细微的想法不断涌进他的脑海。他来到乡下，正是因为藏在内心的某些东西已经放下了。他的人生已经过去了整整四十七年。像他这样的男人，从小生活清贫，后来工作努力进取，终于当上了小有名气的内科医生。噢，一个人总怀揣着自己的梦想，拥有丰富的追求。

他四十七岁了，很可能，随时遭遇惨败。

工作和生活中，你想要的，不会得到一半，甚至连三分之一都得不到。那这样继续下去还有什么用呢？这些老年人，像年轻人一样努力拼搏，他们怎么样呢？真是有些幼稚而不成熟啊。

一个伟大的人也许会那样继续下去，直到苦难的结局，直到死亡的边缘，但凡任何有理性、有头脑的人，有谁想要做一个伟大的人呢？那些所谓的伟人只是人们心中的幻象。谁会想要成为一个幻象呢？

正是那样的想法，驱使他逃离城市——来到这儿寻求休养。天知道，她要不在那里，这会是一个怎样的错误。而他偏偏遇见了她，她又偏偏不管不顾，在漫漫夏夜频繁去小木屋看他，在此之前，这片乡村，是多么死气沉沉让人生畏啊。

"或许，她来我这只是因为无聊吧。像她那样的女人，肯定认识很多男人，他们都很优秀显赫，都很爱慕她。然而，她为什么会来找我呢？我并不是那么欢乐啊。她也肯定不会觉得我机智优秀。"

她三十七岁了，已经有点穿不下连衣裙了，至少是有点发胖了。然而生活似乎并没有让她安分下来。

他的木屋在小溪边，面对着乡村小道。她来到他的木屋，一屁股坐在门边的睡椅上，点燃一根烟。她有一双可爱的脚踝，的确是很漂亮。

屋门开着，屋内点着一盏油灯，他坐在桌旁的椅子上。屋门就那样开着，村民们在门前来往经过。

"来乡下休养，这一切实在太愚蠢了，麻烦在于，人会胡思乱想。病人们进进出出，问题不断，一个内科医生，忙着给人看病，根本没有时间啊。"

已婚和未婚的女人都会经常来找他。有个女的，已经结了婚的，经他治疗三年后，写了一封长信给他，告知他，她和丈夫去加利福尼亚了。"既然我离开了你，再也不会相见，那我就坦白告诉你，我爱你。"

多么荒谬啊！

"这三年来你一直对我很有耐心，让我跟你谈心。我把我生活中所有隐秘的事都告诉了你。你总是有点冷漠而睿智。"

简直是废话！他怎么好阻止她的亲密谈话呢？信中还有很多类

似的事。这个医生并不觉得他对这个女病人有多睿智。他实际上是怕她。她所认为的冷漠其实是害怕。

然而，他还是把这封信保留了一段时间，不过最后还是销毁了，他可不想这封信意外落入他妻子手中。

男人喜欢觉得，自己对他人是有分量的。

比如说，这个医生在小木屋中，而旁边坐着这个新来的女人，还抽着烟。当时正值星期六的晚上。人们——男人、女人，还有孩子，都沿着乡村小道往山区小镇赶。不久，农妇和孩子们就会回来，身边却少了那些男的。到了星期六晚上，几乎所有的山里男人都会喝得烂醉。

你来自城市，而这里山清水秀，所以你认为山里人心地肯定也是清澈而亲切的。

此刻，小路上的村民们都在盯着木屋里的女人和医生看。在之前的一个星期六晚上，午夜过后，小路上醉酒的吵闹声就把医生吵醒了，气得他浑身发抖。他真想冲到路上把那些醉汉揍一顿，但是他都四十七了……而路上都是些年轻力壮的家伙。

其中一个大声说，此刻坐在沙发上紧靠医生的女子是个放荡的城里人。他用极其轻蔑的字眼形容那个女人，并向同伴们发誓，要在夏天结束之前，得到那个女人。

这些只是粗鲁的醉话。那家伙说完这些，自己都笑了，同伴们也跟着笑起来。

这是醉鬼在寻找乐子。

医生旁边的女子要是知道这些，医生要是告诉她，会怎样呢？她会一笑而过。

医生满脑子都是她，想来想去还是她！他认定她从不太在乎别人的看法。他们就这样坐着，她在享受着她的饭后香烟，而他在思考着，虽然只是几分钟的事。有她在身旁，总让他思绪飞舞，浮想联翩。他并不习惯如此地思绪纷飞。他在镇上行医，有很多事情需要考虑，而不是女人、跟女人谈恋爱这些事。

跟他的妻子在一起，他从来都没有这种感觉。除了最初身体上的接触，她从未让他兴奋过。随后，他接受了她。"世上女人很多，而她是我的。她确实挺不错的，做好了分内的工作。"就是这样一类态度。

她去世后，他的心里留下了一个大大的缺口。

"或许那就是我的问题所在。"

但他眼前的这个女人无疑是另外一个类型，她的穿着打扮，她与人相处的从容淡定。这类人，一出生就有着稳固的社会地位，从不缺钱，从不畏惧，我行我素，自信满满。

医生在想，是他早年清贫的生活教会他许多喜闻乐见的事情，同时也教会了他一些阴暗面。他们夫妻俩总是活在淡淡的恐惧之中，总会害怕别人，担心别人会怎么想，忧虑自己的职业地位。他妻子同样出身贫困。结婚前，她是个护士。此刻跟他坐在一起的女人从沙发上站了起来，把烟蒂扔进壁炉，说："我们走走吧。"

他们上了路，离小镇和她母亲的房屋越来越远。要是后面路上还有人，看到他站在木屋和小镇之间，可能会觉得他很尊贵高尚。她身材不够高，显得有点过于丰满，相反他长得又高又瘦，行走起来轻松自在，手里还拿着帽子，浓密的灰发增加了他的高贵。

山路变得越来越崎岖，他们走路靠得很近。她正试图告诉他一些事情，而他也决定在这样一个特别的晚上告诉她一些什么。是什么呢？

是加州女人信中愚钝的表白；如今正值他全无戒心、休养生息之际，也遇到了同样的状况，眼前的这个女人孤傲冷漠，可望而不可即，但他发现自己已经爱上了她。

要是她有那么一丁点显露出她也喜欢他，他一定会向她表白的。

归根结底，这都是愚蠢的念头。医生的脑海中浮现了更多的想法。我不能表现得过于热情。待在这个远离我诊所的荒野，本身就是愚不可及的。我的业务在他人的掌控之中，有许多情况，外乡人是无法理解的。

我的亡妻没有太多的奢望。她曾是一位护士，在一个贫困的家庭中长大，经常要去工作！然而这位新认识的女人……

医生本以为自己会讲出些废话来。在这之后，他会回到镇上，回到他的工作上。"我最好马上离开，什么也别说。"

她在跟他说一些她自己的事情，或许是在说一个和她相识相爱的男人。

他是从何得知她有好几个情侣的呢？其实这仅仅是他的猜测，嗯，她这种女人，从不缺钱，身边又总是些风采优雅的男士。

她年轻的时候，曾想成为画家，还在纽约和巴黎学过绘画。

她在给他讲述一个英国人，一个小说家。

真是见鬼，她是怎么知道他的想法的？

她在责备他，他都说了些什么？

她在谈论跟他一样的人，她称他们为单纯直率的好人，他们在生活中勇往直前，话语不多，埋头苦干。

然后，她跟他一样产生了幻想。

"像你一类的人都有着同样的想法，愚蠢的幻觉。"

此刻，她又将话题转到自己的身上。

"我过去很想当画家，曾对艺术圈里所谓的大人物抱有这样的幻想。作为一个医生，一个没有很大名气的医生，你肯定也会对所谓的大医生大外科专家，抱有各种各样的幻想。"

她正讲诉着她的经历。她在巴黎邂逅了一个英国小说家。那时候，他已经小有建树，似乎对她很着迷，她感到异常兴奋。

小说家写过一个爱情故事，她也读过。这个爱情故事有特定的氛围。她一生中所追求的爱情无非就是那种氛围。于是，她尝试着跟那位作家相爱，但结果完全不是那回事。

天渐渐暗了下来，夜幕笼罩着马路。山坡上长满了月桂和接骨木。在昏暗中，他能隐约看到她在微弱地耸着肩，很是悲伤。

在他的想象中，上层社会里她那些卓越睿智的情侣，是不是都像那样的呢？突然间，又有一股冲动向他袭来，就像那晚那个醉汉在路上胡言乱语时一样。他想挥拳揍人，特别想揍小说家，最好是英国小说家，或是画家或是音乐家。

他从来就不认识这类人。他的身边也没有这类人。他一边暗笑一边心想："那个乡下醉汉胡言乱语的时候，我也只是静静地坐着由他去说。"他的业务只与富商、律师、厂主以及他们的妻子和家人相关。

此刻，他的身体在颤抖。他们来到了一座小桥上，桥下溪水潺潺，接着，突然间，他不由自主地抱住了她。

他有一些事情想要告诉她。是什么呢？是他自己的一些事。

"我不再年轻了，可给你的不会很多。你这么年轻，认识那么多名人，机智杰出的男人都爱你，我给不了你的。"毫无疑问，他有类似想说的愚蠢念头。此刻，他怀抱着她站在黑暗的桥上。空气中弥漫着夏天的气息。她有点胖——他刚刚抱得过来。很明显，她很喜欢他这样抱着。他认为，实际上，她有可能喜欢他，但同时又带有一种轻蔑。

此刻他亲吻了她，她也喜欢那样。她靠得更近了，回了一个吻。他靠在桥上，有这样一个支撑物真是不错。她的体格健壮。他的第一任妻子在三十岁以后已经变得很丰满了，但是这个女人竟然更重。

此刻他们再次上路散步。这是最让人惊奇的。有些事情他都想当然了。那就是他想娶她。

他真想娶她吗？他们沿路朝他的木屋走去，他感觉既愚蠢又愉悦，好像是一个男孩第一次单独和女孩在黑夜中漫步。他迅速地回忆着往昔，回忆着那些夜晚，浑身充满了活力。

对于那种事，人会变老吗？像他这样的人，一个内科医生，对于那些事应该了解得更多。他在黑夜中暗笑——感觉很愚蠢，很害怕，很高兴，但明确的话一句也没说出来。

在木屋里说会更好。她是多好的一个人啊！为了见他，不怕传统的限制，也不会因为见他而觉得自己愚蠢。她真是一个好人。两人单独坐在黑暗的木屋里，他知道，不管怎样他们都成熟了——长大了，知道自己在做什么了。

是这样吗？

他们回到小木屋的时候，天色已经很黑了，他点上一盏油灯，屋内迅速亮堂起来。她看着他，像之前那样坐下来，又点了支烟。

她的眼睛是灰色的，灰色智慧的双眼。

她完全意识到了他的尴尬。这双老练的眼睛微笑着，似乎在说："男人终究是男人，女人终究是女人。这种事，你永远搞不清是怎样发生或什么时候发生的。你是男人，觉得自己很实在、缺乏想象力，但你实际上就是个青葱少年。某种程度上，任何女人都比男人老练，这个原因，我懂。"

别管她的眼睛在说什么。医生很显然有些慌乱急躁。他原本有话要说。可能，他一开始就知道，他慌乱得手足无措了。

"哦，天呐，我现在还是别说了吧。"

他结结巴巴地想说些他妻子的事。

他连问都没问就设想她会嫁给他，这似乎有点轻率。他自己都没想清楚这类事，竟然还在假设。一切都混乱如麻。

他妻子的事——像他这样的人——普通的业务——都不那么令人满意。刚开始从医那会儿，他真的在想，将来有一天他会功成名就，成为一名专家。

可如今——

她的眼睛一直在微笑。如果说他心乱如麻，那她显然不是。"有些女人，身上总透着明确和坚定，她们似乎知道自己想要什么。"他想。

她想要他。

她说得并不多："别这么傻了，我已经等了很久，只是为你。"

就这么一句话，一锤定音——也让人非常尴尬。他就去吻她，表现得很是笨拙。她此刻世俗的神情，曾经那么让他尴尬。也许是她的抽烟方式，她那非常大胆却无疑很高的衣着品味吧。

他的前妻从不关心衣服，也不懂其中的诀窍。

嗯，他再次带她走出小屋，可能是她带他出去的。他的第一任妻子在结婚之前是个护士。可能当护士的女人不该嫁给医生吧。她们对医生有太多的尊重，她们所受的教育就是要尊重医生。而这个女人，他确信，永远不会有太多的尊重。

医生完全领悟了，一切都那么好。他前进了一大步，似乎突然觉得脚下的土地坚实了。原来是那么容易！

他们沿路走向她母亲的房子。天很黑，他看不到她的眼睛。

他在想——

"她家里四个女人。一个女人将会成为我儿子的母亲。"她母亲上了年纪，灰色的双眸却安静敏锐。她的一个妹妹有点男孩子气，另一个妹妹很端庄，却唱着黑人歌曲。

她们很有钱，说到这一点，他自己的收入，也是相当充足的。

能成为两个妹妹的姐夫，成为老太太的女婿，会是多好的一件事啊。哦，天啊！

她走到母亲家门前，再次让他亲吻。她的嘴唇温暖，她的呼吸芬芳。她沿着小路向房门走去，他站在那里，依然尴尬。走廊上有灯光呢。

毫无疑问，她丰满健壮。他的念头可真荒唐！

好了，该回自己的小屋了。他感到年轻得可笑，愚蠢，害怕，高兴。

"哦，天哪，我有妻子了，是另一个妻子，新妻子啊。"他沿着黑暗的道路走着，自言自语。他依然是那么高兴，那么愚蠢，那么害怕！再过一段时间，他会缓过来吗？

知音难觅

他那敏感而单薄的嘴唇上带着绅士般的微笑，跟我诉说着飞机不幸坠落的经历。这种事情确实时有发生，他大可以谈及其他类似事件。我喜欢他说话的语调，也喜欢他这个人。

这件事发生在新奥尔良，我曾经在那里居住。他来找我朋友弗莱德，弗莱德恰巧出去了。我强烈渴望进一步了解他，于是就提议他当晚留下来。从我房间走下楼，却发现他是个瘸子。那轻微的颠跛，时不时浮在脸上的痛苦，那假装欢快的微笑，这一切都意味着有个故事即将展现在我眼前。我现在就要把它写下来。

我想："我应该带他去见见莎莉阿姨。"并不是每一位来访者都有机会见到莎莉阿姨的。但是，要是她情绪好，喜欢那位客人，她就会极尽热情，无人能比。莎莉阿姨在新奥尔良住了有三十年了，但她却是土生土长的中西部人士。

不过，我的故事讲得有点太仓促了。

首先，我得介绍介绍我的客人，为了方便，我叫他大卫。我当时马上意识到他该是需要喝点什么。在新奥尔良——这个拉美人珍爱的城市，这个夜晚炎热的城市，即使在禁酒令期间，人们还是能设法弄到酒喝的。我们弄到了几瓶酒，喝了之后我的脑袋就开始感觉摇晃了，但是对大卫却毫无影响。夜幕即将降临，光亮渐渐退去，夜晚袅袅的炊烟悄然来袭，这是亚热带城市的特点。这时他从后袋里拿出一瓶酒。那酒瓶那么大，我惊呆了。他身材矮小柔弱，为什么装着这么大的酒瓶却没有看起来很怪？我想："可能他的身体就像袋鼠一样，天生就有口袋装日常用品。"晚上出去散步，他走路的样子真的会让人想到袋鼠。我边走边想着达尔文和禁酒令的奇迹："我们是个伟大的民族，我们美国人。"我们两个人脾气都很好，也开始深深地喜欢起对方来了。

他说起了那瓶酒，是他父亲亚拉巴马州农场的一个黑人酿造的。我们坐在一栋空房的台阶上，这栋房子坐落在新奥尔良古老的法国人聚居区——维雅克·嘉丽。他解释说，他父亲并无意要违反法律，也就是说，只要法律是合理的。"那个黑鬼专门为我们酿威士忌，我们也是因为这个目的才把他留下的，除了酿酒，他没别的事情可干。要是他擅自出售任何一滴酒，我们就会对他大发脾气。我相信要是爸爸抓到他做任何违法的勾当，一定会一枪崩了他。当然，吉姆，就是我们的黑鬼，也是知道这一点的。"

大卫接着说："不过，他的威士忌酿得不错，不是吗？"他谈起吉姆，语气温馨友好，"天啊，他总是和我们在一起，生来就是如此。吉姆为我们酿酒，他妻子为我们做饭。要是看谁的酒酿得最好，我想吉姆一准会赢。他的手艺日益娴熟，嗯，我想，比起食物，我们一家人肯定更喜欢威士忌。"

你知道新奥尔良吗？你在那里住过吗？你经历过那里酷热的夏天，阴雨连绵的冬天，还有宜人的深秋吗？尽管现在有所改善，人们还是对这个地方嗤之以鼻，会有一种羞耻感，觉得它既不像芝加哥也不像匹兹堡。

然而，这座城市却很适合我和大卫。大卫腿不好，我们走得很慢，穿过旧城区的大街小巷。黄昏中，那些黑人妇女在我们周围谈笑着，阴影笼罩着破旧的房屋，孩子们尖叫着在走廊上追逐打闹。这座旧城曾经几乎都弥漫着法国风情，现在变得越来越有意大利韵味了，然而却始终保持着拉丁气息。人们都生活在户外，一家人坐在一起吃晚饭，能看到整条大街的景象，门窗都打开着。一对夫妻正用意大利语争吵着，一座旧房屋的后院里，一个黑人女性唱着法语歌曲。

我们穿过狭窄的小巷，在阴暗的大教堂前喝了点酒，在一个小广场前又喝了一点。那儿有杰克逊将军的雕像，他总是摘下帽子，向那些冬天来访的北方游客致敬。在他骑的那匹马蹄下刻着："联邦政府务将永垂不朽。"我们喝着酒，庄严地为那宣言致敬，将军似乎把腰弯低了一点。"他肯定是一个自豪的人。"大卫一边说着，我们一边走到黑暗的码头，坐了下来，看着密西西比河。所有善良的新奥尔良人每天至少要去看一次密西西比河。这就像在夜晚，爬进一间黑暗的卧室看着熟睡的孩子，我的意思是，类似这样的情形，给你一种同样温馨的感觉。大卫是个诗人，因此在黑暗的河边，我们谈起了济慈和雪莱，所有善良的南方人都喜欢这两个英国诗人。

你要知道，这一切都发生在我带他去看莎莉阿姨之前。

我和莎莉阿姨都是中西部的人，不过是这里的过客，但是从某些奇妙的方面来说，也许我们都属于这座城市。这种归属感与日俱增，我不知道何至于此。

很多北方人像我们一样南下，等他们回到北方，都会写一些关于南方的情况。秘诀是写一些关于黑鬼的故事。北方人喜欢这些故事，太有趣了。黑鬼故事最著名的作家之一不久前来过这里，我认识的一个南方人去拜访他。那位作家看起来有点紧张："我对南方以及南方人知道得不多。"我朋友说："但是你很有声望啊，你写的南方和黑人故事闻名遐迩呢。"

那位作家以为来人在戏弄他，说："听着，我并没有自诩高雅，我本身是个商人。在老家北方，我通常都是跟商人打交道，休息时就去乡村俱乐部。我希望你明白，我并没有觉得自己多了不起。"

我朋友说，他好像生气了，那位作家傻傻地问道："我只是给他们想要的东西而已，那么现在，你喜欢什么样的故事呢？"

然而，此刻我没有在想写黑人故事的北方作家，我想的是这位南方的诗人，他手里紧紧抓着酒瓶，和我一起坐在黑暗中，面对着密西西比河。

他详细地讲述了他喝酒的本领："这不是生来就有的，是逐渐培养出来的。"慢慢地，他就讲到了他的脚是如何弄瘸的。你要记住，我的脑袋有点摇晃。深邃而威猛的密西西比河水正缓缓流向海湾。整条河流似乎离我们而去，悄无声息地溜进了黑暗之中，像一条开阔的移动人行道。

今天下午他一来找我，刚开始去散步，我就注意到他拖着一条腿，还不停地用瘦小的手捂着同样瘦弱的脸颊。

他坐在河堤边，解释着，样子就像一个小男孩，在解释跑下山时为什么会踢到脚指头。

世界大战爆发的时候，他去了英格兰，设法入伍成了一名飞行员。我猜，他当时精神亢奋，就像一个乡巴佬到了城里观赏夜间演出。

英方自然非常乐意接收他，这样会使人数再增加一个。当时，任何人加入都会让他们乐意万分。大卫身材矮小，但体形优美。入伍之后他成了一流的飞行员，跟着英国飞行中队穿梭于整个战争过程。但不幸的是，在最后，他遇上撞机事件，飞机连同他本人就这样坠落了。

此次不幸导致了他的双腿骨折，其中一条腿更是断了三处，头皮也是严重裂开，脸部的部分骨头甚至裂成了碎片。

他们把他送到战地医院进行包扎。"如果治疗不彻底那就是我的错，"他说，"你看，这是一家战地医院，就像一个人间地狱。所有人都被撕成碎片，到处是呻吟声和垂死的景象。后来他们把我送到后方医院，但也好不到哪里去。我邻床的病友为了逃避上战场，用枪对着自己的脚开火。他们中有很多人都这样做，但是，我就想不明白，为什么他们就喜欢挑着脚部开枪呢？这明明就是一个危险的部位啊，到处都是细小的筋骨。要是你打算朝自己开火，千万别挑选那么一个部位。不要再为难你的脚了。我跟你讲，这个主意很糟糕。

"可是医院里的那个人老是大吵大闹，他和那个地方都让我感到厌烦。等腿好了点我就装作没事了，声称自己的腿并没有伤到神经。当然，我是在撒谎。腿上和脸上的神经痛楚从来就没停歇过。我估摸着要是告诉他们事实，他们大概会把我完全治好。"

我明白了。怪不得他的酒量这么大。我领悟到这点，就想和他一直喝着，一起待着，直到他厌倦我为止，就像他当年厌倦法国后方医院的那个病友一样。

关键是他从来就不睡，除非是在酒意微醺的时候，他都无法入睡。"我是个难对付的家伙。"他笑着说。

我们去过莎莉阿姨家后他才真正打开话匣子。我们去的时候莎莉阿姨已经睡下，但是我们按了门铃，她还是起来了，一块儿到了她房子后头的庭院里坐下。莎莉阿姨个子高大，双臂粗壮，腆着一个大肚子，身上穿着好笑的少女薄睡袍，外面只披了件浅花晨衣。这个时候月亮已经出来了，外面古老的法国人聚居区——维雅克·嘉丽——狭窄的街道上，有三个来自河上船只的醉酒水手，正坐在路边唱歌：

> 我一定要得到它，
> 你一定要得到它，
> 我们都要得到它，
> 趁着我们青春年华。

他们的嗓音悦耳稚嫩，每唱完歌词及其副歌就集体尽情大笑。

莎莉阿姨的庭院里种着许多阔叶香蕉树，还有一株楝树，在砖地上投下了紫色柔和的影子。

至于莎莉阿姨，对我来说，此刻的她就跟大卫当初一样陌生。我们在庭院的小桌子旁坐下来，她跑进房里，不久便带着一瓶威士忌回来了。她好像瞬间就理解了大卫，无须多余的语言就知道，对这个一直生活在痛苦黑房子里的南方人来说，威士忌是有益的，至少可以暂时减轻他神经的抽痛。我可以猜想莎莉阿姨会说："说起那件事，一切都是暂时的。"

我们坐在那里一时相对无言，大卫已经转变了拥护对象，转而从莎莉阿姨的酒瓶里喝了两杯。不久他就站起来在庭院里走来走去，在树影斑驳、轮廓优美的砖地上来回穿梭。"真没事了，这腿，"他说，"是什么把神经给压住了，仅此而已。"我有种沾沾自喜的感觉，这件事我做对了。我将他带到了莎莉阿姨这里。"我把他带到了一位母亲身边。"自打我认识莎莉阿姨以来，她总是给我那种母亲般的感觉。

接下来我要讲讲莎莉阿姨了。这并非易事。新奥尔良整个地区都盛传着她的故事。

莎莉阿姨是在旧时来到新奥尔良的，那时候这里还是完全开放的荒凉小镇。没有人知道她来之前做过什么，但是不管怎样她开垦出一片土地。那是很久很久以前的事了，那时连我自己还只是一个远在俄亥俄州的小伙子。我之前已经说过莎莉阿姨来自中西部地区的某个乡村。她竟然跟我是同乡，这让我模糊而微妙地感到受宠若惊。莎莉阿姨修建的房子是在法国人聚居区一个比较古老的地方，她接手这个房子的时候，就有一种预感。莎莉阿姨并没有把这个地方改造得很时髦，或是把房子分成若干间小房子之类的，她只是让其保持原样，花钱重建了倒塌的旧墙，修补了蜿蜒宽大的老楼梯、有着高高天花板的暗淡老屋和色彩柔和的旧大理石壁炉台。毕竟，我们似乎都有罪，而这里却有很多人忙着掩藏罪恶。看到有人另辟蹊径当然很好啦。要是利用莎莉阿姨的优势把这个地方搞得很时髦，也就是说，她当时从事的正是那样的业务，那就更好啦。要是几个古老的房间、宽广的旧式楼梯、古老的壁灶等所有这些不能方便黑夜情侣偷情，至少它们会别有一番用处。她开了一间店，既能赌博又能喝酒，但无疑会有女人偷偷溜进来。"我真是利欲熏心。"莎莉阿姨曾经这样跟我说。

她靠经营这个地方赚钱，然后又把赚来的钱花在这个地方。修葺坍塌的墙壁，使它再次笔直挺立，完好无损；种植香蕉树，使它扎根庭院；培育楝树，使它安然度过生长期。在墙上，可爱的蒙大拿玫瑰鲜花怒放。在墙角，一簇簇一团团马缨丹芳香馥郁。

　　到了春天，那长在庭院中心的楝树开始迎接阳光，周围溢满了它的芳香。

　　十五、二十年来，密西西比河岸的赌徒和赛马手在楼上的大房间里倚窗而坐。毫无疑问，这房子在四十年代的繁荣时期曾经是某个种植园土豪的市内住宅。夜幕降临的时候，妇女们就悄悄地进入这个地方。这里也有酒水出售。莎莉阿姨从赌博中抽取一些赌资，据为己有，相当不留情面。

　　在夜晚，能从情侣们那里赚得好价钱。毫无疑问，酒水的利润也相当丰厚。女飞贼摩尔·弗兰德斯可能已经跟莎莉阿姨合体了。她们是多般配的一对啊！楝树正渐渐长得茂盛，马缨丹开得正艳，还有秋天的蒙大拿玫瑰。

　　莎莉阿姨牟取暴利，再用钱把那栋旧房子修葺完好，还总会虚报些账目以饱私囊。

　　中西部一个慈母般灵魂的明智女人，对吧？曾经有个赛马手，留下两万四千美金给她就不见了。没人知道她得了那些钱。据说那个男子已经死了。他在法国市场的某处杀了个赌徒，然后遭到追踪，他就想办法溜进莎莉阿姨的房子，留下了那笔赃款。不久以后，人们在河里发现了一具浮尸，经确认是那位赛马手。然而事实上，他在纽约的一起电话窃听案中被抓捕，直到六年以后才从北方监狱里逃出来。

一经逃出，他自然而然就溜到新奥尔良。毫无疑问，他还是有点虚弱。她收留了他。一旦告密，随之而来的就是对他的谋杀控告，他将脑袋难保。他到达时已是晚上，莎莉阿姨马上走进厨房，从壁灶里面拿出一个袋子。"就在这里了。"她说。对于她而言，在那些时日里，这整件事只是她日常工作的冰山一角。

赌徒们围聚在楼上房间的桌子旁，偷情的情侣们蛰伏在老旧庭院芬芳的草木之后。

莎莉阿姨到了五十岁，就赚足了钱，也花光了钱。她没有在罪恶这条路上走得太远，也从没沦落太深，就像摩尔·弗兰德斯那样，所以她始终保持安然美丽。"他们想的就是赌博，喝酒，玩弄女人。当然，那些女人也喜欢跟他们厮混。我从来就没见过哪个女人满怀抗议地走进来。最糟糕的是，他们早上离开的时候，看起来既羞怯又内疚。既然如此，当初为什么还要进来呢？我要是找男人，当然就是需要他，而不是胡闹骗人或无所事事。

"我对他们所有人都有点厌倦了，这就是事实，"莎莉阿姨大笑着说道，"但那是在我得到我所追求的东西之后了。哦，呸，在我赚够钱足以安身立命后，他们占去了我太多的时间。"

莎莉阿姨现在六十五岁了。如果你喜欢她而她也喜欢你，她就会让你坐在她旁边，和你一起在她庭院里闲聊以前的那些时光，那些在密西西比河畔的时光。嗯，也许你会看到，新奥尔良还残留着一些法国的影响，一种对生活合乎实际的态度。我刚才想要说的是，如果你认识莎莉阿姨，她又喜欢你，而你的太太刚好又喜欢夜晚庭院里鲜花的芳香——确实，我有点扯远了。我只是想说这个六十五岁的莎莉阿姨并不难相处，她是一个慈祥的人。

那个南方诗人，莎莉阿姨，还有我，我们三个坐在花园里聊天，或者说，他们俩说，我一个人听。大卫的曾祖父是英国人，当时还是个年轻的小伙子，来到这里想通过种植园发财，做得很成功。他和他的儿子们曾经拥有几个大农场和众多奴隶，但是现在大卫的父亲只剩几百英亩地了，就在阿拉巴马州其中一栋旧房子周围。很大程度上，这些土地都拿来做了抵押，大部分都荒废多年了。很多黑人流失到芝加哥，黑人劳动力变得越来越昂贵，效果越来越不尽如人意。他的父亲和一个哥哥待在家，又不怎么会耕作。"我们不够健壮，也不知道如何耕作。"这位诗人说。

那个南方人来新奥尔良，是想看看弗莱德，跟他讨论诗歌，但是弗莱德不在镇上。我只能陪着他到处走，和他一起喝他自家酿制的威士忌。我差不多喝了十几杯了，明天早上会头痛的。

大卫和莎莉阿姨说着话，我打起精神听着。楝树已经很多很多年了，她提及楝树，就像在诉说着自己的女儿一样。"它小的时候，得过各种各样的病，不过它还是挺过来了。"有人在她庭院的一边砌了一堵很高的墙，结果那些攀缘植物得不到足够的阳光。而如今，这些香蕉树长得很好，楝树又高又壮，无须担心了。她不停地给大卫加威士忌，而他继续说着。

他告诉她，在他的腿和左脸颊上，有些东西，也许是块骨头，压迫着神经。皮肤下已经植入了一块银片。她用她那臃肿而苍老的手指摸着那个地方。月光柔和地洒在庭院的地面上。大卫说："除非在户外的一些地方，不然我无法入睡。"

他解释道，在父亲的种植园里，他不得不整天想着夜里是否能够睡得着。

"我上床不一会儿又得爬起来。在楼下的桌上总是有一瓶威士忌，我会喝上三四杯，然后就走出房门。"经常会有美妙的感觉出现。

他说："秋天最好，你会看到黑鬼们在制作糖浆。"在这个地方，每间黑人木屋后都会有一小块地，种植甘蔗，到了秋天，黑人们就会用来制作糖浆。"我手上拿着酒瓶，趁着黑鬼们不注意，偷偷溜进田里。就那样随身带着酒瓶，我会喝很多，然后躺在地上。蚊子叮了我几次，但我并不是很在意。我想我是因为喝多了才不在意的。这种小疼痛和着大疼痛——就像诗歌一样抑扬顿挫。

"在一种小木屋里，黑鬼们正在制作糖浆，也就是把甘蔗榨出汁来，再煮稠。他们一边干活一边唱歌。估计几年后，我家就不会有任何土地了。银行如果愿意，现在就可以收走。但它们不愿要。我想，是因为他们管理起来会有很多麻烦。

"在秋天的夜晚，黑鬼们在榨甘蔗。那些黑鬼基本上就是靠糖浆和玉米渣生活的。

"他们喜欢在夜里干活，我也乐意他们这样做。有一匹老骡子绕着压榨机一圈接一圈地转，旁边堆着甘蔗渣。黑鬼们，男女老少，都出来了，他们在小屋的外面生起火堆。那匹老骡子一圈接一圈地转着。

"黑鬼们唱着歌，大声说笑着。有时候年轻的黑鬼们会和他们的女人在甘蔗渣堆里做爱。我听得到嘎嘎作响的声音。

"我走出了大屋子，带着我的酒瓶，蹑手蹑脚地挨近地面爬着，直到贴着地面，就在那躺下了。我有点醉了。这总会让我开心。黑鬼在唱歌，没人知道我在那儿，就那样躺在地上，我还能睡上一会儿。

"在这些砖头上我才能睡得着。"大卫指着香蕉树的大叶子所投射出来的最大最浓密的阴影处说道。

他从椅子上站了起来，一瘸一拐地，拖着沉重的脚步缓慢而吃力地穿过了庭院，在那些砖头上躺了下来。

很长一段时间，我和莎莉阿姨都一言不发地坐着面面相觑，随后她用她那臃肿的手指打了个手势，我们就蹑手蹑脚地走进了屋内。她说："我会让你从前门出去。你让他就在那儿睡吧。"尽管体形庞大，年事已高，她还是蹑手蹑脚地穿过庭院，轻柔得就像个小猫似的。站在她旁边，我感到笨拙得手足无措。我们走到室内，她跟我细声细气地说话。她说她有一些陈年香槟，藏在那间老房子里。"我打算在他回家的时候送一瓶大的给他爸。"她解释道。

有他在那儿她似乎很开心，他喝醉了，在庭院的砖头上睡着了。她说道："以前也常有一些好男人会来这里。"我们穿过厨房门走进那间屋，我回头看了看大卫。他现在已经在那个树阴浓密的墙角下睡着了。毫无疑问，他也很开心。自从我带他到了莎莉阿姨面前，他就一直很开心。他蜷缩一团，躺在砖头上，在夜空下，在香蕉树浓密的阴影下，看上去身材多么短小啊！

我走进屋内，从前门出去，走进了一条又黑又窄的街道，思绪万千。哎，毕竟我是个北方人。莎莉阿姨来到这里这么久，可能已经彻底成了南方人了吧。

我记得在她的一生中最值得夸耀的事情，就是她曾和约翰·劳伦斯·沙利文握过手，还有就是她认识费尼尔司·泰勒·巴纳姆。

"我认识戴夫·吉尔斯。你该不会告诉我你不知道戴夫·吉尔斯是谁吧？哎呀，他可是我们这个城市最大的赌徒之一啊！"

至于大卫和他的诗歌，是以雪莱的风格创作的。"要是能写出雪莱那样的诗歌，我会很高兴的。我不会在乎我身上发生过什么。"刚入夜我们散步时，他曾这样跟我说。

我继续一边走着一边沉醉在自己的思绪里。街道很暗，时不时地我会大声发笑。突然有个想法不停地在我脑海里打转，让我回味无穷。它跟莎莉阿姨还有大卫这种贵族人有关。我心想："老天啊，也许我确实理解他们一点了。我自己来自中西部，似乎我们也能够创造出自己的贵族。"我不停地想着莎莉阿姨以及我的故乡俄亥俄州。"老天啊，真希望她是从那儿来的，但是我觉得最好不要深究她的过去。"我轻轻一笑，走进了那烟雾弥漫柔和宜人的夜色之中。

思潮泛滥

他是一位大学教授，正准备写一本有关价值观的宏伟巨著，任务非常艰巨，恰逢此时，思潮突然泛滥起来。

在他之前，已经有很多人写过这个主题，但现在他也要试一试。

他说，把能找到的所有相关资料都读过了。

他花了好几个月的时间坐下来阅读那些书。

他在小镇的边上有一栋房子，而他任职的大学就在这个小镇上。但那一年，他正在休假，准备花上一年的时间来创作这部巨著。

"我想，我会去欧洲吧。"他说着就想起了一个安静的地方，比如地处诺曼底的小镇。他记得曾到访过这样一个小镇。

那个地方必须非常安静，没人认识他，也没人能打扰到他。

他已经把大量的笔记写进了小小的笔记本里，整洁地捆扎着，放在长长的工作台上。他身材矮小、机警敏捷，头发几乎都谢光了。他结过婚，不过妻子离开人世了，他跟我说，多年来他非常地孤独。

这些年来，他就一个人住着，没有孩子，只有一个老管家，还有一个用墙围成的花园。

老管家不在他家里睡觉，早上一大早来，晚上再回自己的家。

他说，一度一连几个月生活毫无波澜，就那样过了几年。

他很孤独，真切地感受到孤独，他也不太懂如何与人相处。

我想，在那个夏天之前，他已十分渴望跟人交往了。"我妻子生前，是个开心果。"他诉说着他的孤独。我从没见过他的妻子，从他和其他人那里得知，她似乎非常地轻浮。

她是一个无忧无虑的小女人，喜欢饰边，棕色的发丝在风中飞舞。像她这样的人总是会喋喋不休，对谁都热情。我的朋友、那位学者很爱慕他的妻子。

之后她死了，他就变成了这样。他手臂夹着书快速走在街上。在有大学的城镇你会经常看到这样的人。他们径直走着，用冷漠的眼神注视着人们。要是你跟这种人说话，他们会心不在焉地敷衍你，好像在说"请不要打扰我"。然而，他一直都在怨恨自己不能对别人更好些。

他告诉我，妻子还在世的时候，他经常在自己的书房里，潜心读书，誊写笔记，就是所谓的陷入沉思，准备着写作关于价值观方面的宏伟巨著。

这种时候，她会经常进来，一只手轻轻地挽着他的脖子，靠近亲吻他，另一只手则按着他的肚子。

他说，她常常拽着他，让他在草坪上打槌球或者帮着收拾花园。建房子，花的都是她的钱。

他说，她总叫他老木头。

"老木头，快来亲我、上我吧。你对我或任何人没有多少用处，但我只有你。"她有时会这样说。她会请大家，请所有的人进来做客。这个身材矮小的男人会站在满房子熙熙攘攘的人群当中，满心困惑，捕捉着他在价值观上的思绪，回忆着他孤独之际难得的灵光一现……他觉得，所有人的思想，特别是美国人的思想，已经扭曲了，"堕落"了。独自一人无人打扰的时候，他有时有一种感觉，一瞬间，专注的心会抽离出来，他变得冷漠，不可触碰……"我有时几乎以为，我领悟到了一些东西。"他说。

"对所有的价值观，都有一些神圣而悬而未决的部分。"

可以肯定的是，你得到的这种关于土地、金钱、财产等方面的价值观是粗略的，大家都明白的。

然后你知道更多的细微的价值观，感觉就来了。

你得到了一幅画，假定是伦勃朗的作品，以五万美元的价格卖给了有钱人。

这笔钱足够养活十多个贫困的家庭了，或者会为美国增加五六十个国民。

这些国民，比如说，都是些杰出的人士，对美国毫无疑问很有价值，都是价值的创造者。

然后你得到了伦勃朗的画，把它挂在墙上，假如说是挂在有钱人的家里，他请人们到他家，他会站在那幅画的前面，夸夸其谈，好像是他自己画的一样。

"我能得到它可是使了些手段呢！"他会讲述买画经历，另一个有钱人也曾想买。

他谈论着画作，就像谈论股市上娴熟地操控某个行业。

同样，在某些方面，那幅画给那位有钱人的生活增加了一种价值。

那幅画，就悬挂在墙上，除此之外，它什么实际的东西都制造不了，制造不了食物，制造不了衣服，制造不了这个物质世界里的任何一项东西。

而他自己本质上却是这个物质世界的一份子，有钱嘛，就那个样子。

同样的……

我认识的那个学者，想要公正。不，不对，他说他只想要真理。

他思绪飞扬，有时候捕捉到了一点东西，或者他自认为捕捉到了一点东西，便记录下来，准备写自己的宏伟巨著。

他爱慕自己的妻子，但有时候，常常，他会说很讨厌她。她常嘲笑他说："你那老掉牙的价值观。"他似乎围着这个主题转了几年啦。他常在一些哲学社团朗读文章，继而这些社团就把他的文章印成小册子。没人读得懂，甚至是他的哲学家同事也读不懂，但他还是朗读给妻子听。

"吻我，用力吻我，"她会说，"别磨叽，快点。"

他说他有时真想杀了她，但又爱慕她。

她去世了，留下他孤单一人，有时孤独极了。

那些仍记得他妻子的人，有段时间来看望他，但他很冷淡。这是因为他沉浸在自己的思绪中。人们跟他说话，他却漫不经心地应和着："是的，是这样的，也许你是对的。"诸如此类的话。

他说，他仍然需要他们。

后来思潮就泛滥起来了，他说，你无法对一场思潮泛滥做出解释。

他问："讲悬而未决的那点价值观有什么用？没有什么悬而未决的价值观。"

他没法解释休假那年夏天发生的事。他对生活有一种理论，我以前听说过。

"生活中的一切事情都如巨浪洪流般袭来。整座城市，成千上万甚至上百万的人都身陷其中。"他说道。

"他们全都，比如说，呆头呆脑的，全都愚不可及，全都粗俗鲁莽。

"他们全都厌倦生活，厌恶彼此。

"不仅仅是城市，有时整个国家都是那样。

"那么，战争，你又怎么解释呢？

"有时候整个社区，整个城市，整个国家都变成了别的东西。它们失去宗教信仰，然后突然地，没人能解释清其中的原因，它们又恢复了宗教信仰，他们时而傲慢，时而谦卑，时而满怀仇恨，时而充满爱心。

"那些试图标新立异的人，总是失败，最终淹没在洪流之中。

"于是，一生的工作和思想瞬间就给冲洗掉了。

"这是些小悲剧。它们是悲剧呢，还是只是一种逗乐呢？"

我的朋友，那个学者，正如我所说的，正在寻找一种悬而未决的客观而微妙的价值观。

在孤独时，那会转录成语言，他那一生的宏伟巨著，也就会顺理成章地问世了。

现在，他妻子再也不会把人拽进房里打扰他了。

他妻子再也不会冲他喊："快点，老木头，快点来吻我，趁我还想要，快，就现在。"

"把握机会，给你机会就好好把握。"

当然，那类事情，把他从思想的顶峰猛地扔下去，砰的一声发出巨响。

然后他就得苦苦挣扎好几天，试图重新回到原来的状态。

那年夏天，他一个人待在家里，几乎捕捉到了那个东西，那个悬而未决的完美思想。

他说他整个冬天、春天和早夏，都在苦苦挣扎，很多年了，都没有人来看他。

突然，他妻子的妹妹，来了。她甚至一年都没给他写信了，然后打电报说她要来。好像她当时正开着车去某个地方，他也不记得是哪里了。

她带来了一个年轻女人，她的表妹，跟她一样地轻浮。

然后，这位学者的弟弟来了，他弟弟身材高大，是个夸夸其谈的年轻商人。

他只是来待一两天，像那位学者一样，老婆也没了。他迷上了这两个年轻的女人。

他为了她们继续待了下去，她们也许是因为他才继续留了下来。

他有一辆豪车，把其他人也带到家里。

突然之间，这位学者的家里挤满男男女女，喝了很多杜松子酒。

人群像洪水般袭来。学者的弟弟带了一台留声机，还想安装一个收音机。

从此，夜夜笙歌。

甚至连一直沉默、呆板、阴郁的老管家都产生了兴趣。一天晚上学者说，他挣扎了一整天，那天下午，他独自待在房间里，关上门，外面的声音仍然传来，粗俗的声音，女人的笑声，男人的喊声。

据学者说，来到这里的两位年轻女士已经见过镇上的人了。他相信她们是为了他的弟弟而留下的，而他弟弟也是因为她们才留下的。满屋子都挤满了人。

不过，尽管这么嘈杂，他几乎捕捉到了他苦苦思索的东西。

"我发誓我真的快想出来了。"

"想出什么？"

"哎呀，我对价值观的定义啊。我专著的核心总得有些什么东西啊。"

"对对，那是当然。"

"我的意思是，在我书上有个地方，一切都要界定清晰。要用简洁的语言，让所有的人都明白。"

"当然。"

我永远也不会忘记这个学者，他告诉我这些的时候，眼神是那么困惑，那么伤痛。

学者说，房子里的人甚至让他的管家也变得疯狂起来。"连她也喝杜松子酒了，你觉得怎样？"

那天下午，房子吵得震天响。

而他却独自一人待在楼上的房间里，待在自己的书房里。

他们让那个呆板、阴郁的管家也疯狂起来了。他说，弟弟非常能干。他们很快就让管家伴随着留声机的音乐跳起舞来。学者的弟弟，那位自大狂妄夸夸其谈的生产商，此刻正与那个呆板、阴郁的老管家跳舞呢。

其他人都围了过来。

留声机仍然播放着音乐。

当时的情况是这样的，我从学者口中得知，结合其他人对她的评价，可以推断出，学者的妻妹，是他亡妻的袖珍版，也许有人会说是一个新版本……

她好像冲到楼上，闯进了学者的房间，大笑着，金发在空中飞舞着。

"我差不多就捕捉到啦。"他说。

"什么？哦，对了，你的定义。"

"是啊，就是那个我苦苦思索多年的定义。"

"我正要把它写下来。它包括了所有我要说的东西。"

这时，她突然闯了进来。

我想，这个小妹肯定至少有点爱上这个男人了，而这个男人毕竟不想让他那个自大狂妄夸夸其谈的弟弟得到她。他也承认了这一点。

她冲了过去。

"快点啊，你个老木头。"她对他说。

他说他尽力跟她解释："我在苦思冥想。"

他从桌旁起身，试图跟她理论。她已经完全把自己当成了这里的主人。

他试图解释自己正在忙什么。他站在桌子旁，试图跟她解释这一切。也是在这个地方，他坐着，跟我讲述的这一切。

学者跟我讲这些的时候，我觉得他有点庸俗。

"你没做什么事情啊。"他从她口中得到这样的措辞。

她大声取笑他，就如他妻子一贯的做法，但她是不会亲吻他的。

她也不会说："快点吻我，老木头，趁我还有感觉，快点。"

我猜，她是把他拽下楼的。他说他跟着她走，非常无奈，又不能对她动粗，那可是他妻妹呀。

他跟着她走，就看到了他呆板、阴郁的老管家那疯狂的举动。

管家似乎并不在意他是否看到了。她已挣脱束缚，整个房子的人都彻底放开了。

所以到了最后，我认识的那位学者，也不在乎了。

他说："我深处思想的洪流之中，可这又有什么用呢？"

他有点担心，要不采取些措施，他那夸夸其谈的弟弟，或者像他弟弟那样的男人，可能就会得到他的妻妹。

他不希望这样的事发生。所以那天晚上，他跟她单独在一起的时候，就向她求了婚。

他说她叫他老木头。"这是家庭成员之间的称谓。"他说。他这样说的时候，身上又有了些学者的气息。

他曾深陷于思想的洪流之中，但却自动放手了。

他向妻妹求婚，就在他房子后面的花园里，在槌球场旁边的苹果树下，然后她说……

他没告诉我她说什么了。但我想她说的是："老木头，我愿意。"

"趁我还有感觉，快点吻我。"她说。

那，至少给我的故事提供某些悬而未决的部分。

然而，学者却说，哪里有什么悬而未决的部分呀。

有的只是洪流，一股接着一股，仅此而已，他说。

我跟他讲着这一切，他显得有点沮丧。

然而，他似乎又很开心。

婚姻之缘

不断有人结婚。很显然，人们心中的希望是永恒的，大家报之一笑。每当去观看演出，总有喜剧演员抨击婚姻制度，博得大家欢乐开怀。这种时候，看着那些已婚夫妻的表情总是很有意思。

但是我想跟你聊聊威尔。威尔是一个画家，我要聊的是那个晚上在他家的谈话。每个已婚的男士或女士有时肯定都会好奇，自己怎么会跟对方结婚。

"结婚就得跟对方亲密生活。"威尔说。

"是啊，的确如此。"他的妻子海伦说道。

"有时我感到特别厌烦。"威尔说。

"我不也一样吗？"海伦说。

"我更难受啊。"

"不，我可比你难受多了。"

"呃，天哪，我倒要听听你的高论。"

威尔说："我当初在纽约上学。"他跟海伦在这片小小的婚姻海洋里，你争我吵，波涛汹涌，不过很明显，如今他已经从这场争论中清醒过来，正要将他们的故事娓娓道来。这种时候总是妙趣横生。

威尔说："嗯，我刚说过，我当时在纽约，是个年轻的单身汉。我去上学，接着就毕业了。我找到了一份工作，其实也算不上什么工作啦，每周有三十美元的收入，工作内容是设计广告图，由此我结识一个人，名叫鲍勃。他每周赚七十五美元。想一想，海伦，你为什么没选他呀？"

"但是，亲爱的，你现在赚的钱，他永远都赚不到呀，"海伦说，"威尔如此地可爱温柔，只要看他一眼就知道了。"她走过房间，握住了丈夫的手。

我说："那种可爱温柔，有时你也说不清楚。"

海伦微笑着说："我清楚啊。"

她当时肯定很可爱，有着灰色的大眼睛，身材苗条，优雅庄重。

威尔说，鲍勃有一些亲戚住在费城附近。海伦说，鲍勃是一个大块头，双手白皙，多愁善感。

所以，威尔和鲍勃就去那边度周末。威尔的家人住在堪萨斯州。鲍勃的亲戚在费城的郊区，那里有两个女孩，是鲍勃的表妹。

威尔说，那两个女孩都挺不错的。他一面说，海伦一面微笑着。他说，她们的父亲是个广告商。"他们欢迎我们到家里去，还让我们睡豪华的大床。"威尔开始讲述他的故事了。

"我们是在周六下午五点左右到那儿的。那位父亲名字叫杰·吉·斯莫尔，有一辆很酷的汽车。

"于是这位老人就在家，看着我们，眼神分明在说，两个小伙儿在讨好自己的女儿。刚开始他看着你，好像在说，'哎呀，年轻真让我羡慕啊。'然后又换成另一种眼神，'傲慢无礼的小子，在这瞎逛啥呢？'

"一个周六晚上，吃过饭，我们弄到一辆汽车，不如说是女孩们弄到的吧。我跟其中一个女孩坐在后座。她的名字叫辛西娅。

"她身材高挑，表情沉重，双眼乌黑。不知道为什么，她让我窘迫不已。"

威尔有点偏题了，不再讲男女之间的这种尴尬场面。"有些人就是让你生气。"我觉得他作为画家，话说得有点粗俗，"她们觉得，应该想方设法为自己找个男人，可能还猴急猴急的。当然，她们总是扭扭捏捏，也让你扭扭捏捏。

"自然地，我们会做爱。大家好像都期待做爱。鲍勃和她的妹妹就在前排座位上做。这种事现在人人都做，我很高兴能有这个机会，同时也希望我做的时候更自然一点——我的意思是跟那个女孩。"

威尔是坐在纽约公寓的沙发上跟我说这些的。当时，我跟他夫妻俩刚吃过饭，海伦就挨着他坐在沙发上。他谈到其他女人，海伦便悄悄往他身边挪了挪，漫不经心地说，只是偶然的机会，她，而不是辛西娅，得到了威尔。她说这样的话，让人难以置信。我怀疑她是否真的想让我相信。

威尔说，真的很难亲近辛西娅，而辛西娅也从来没有做到他所说的"柔情似水"。坐在前排座位的那家伙，也就是他的朋友鲍勃，做起这种事来通常都很轻松快活。他的两个表妹中，他似乎总更喜欢格蕾丝，长得身材瘦小，肤色黝黑而又开朗活泼。他有时会把车停在费城外黑漆漆的乡间小路上，跟格蕾丝相互调情。

这个叫格蕾丝的女孩能说会道，令人惊叹。威尔说，她时常对鲍勃骂骂咧咧。要是觉得鲍勃表现"放荡"了，她还会拳脚伺候。有时，鲍勃会停下车，跟格蕾丝出去散步，一去就会很长时间。剩下威尔和辛西娅坐在后座。他说她的手像男人的，"看起来很能干。"他想。她的年纪比格蕾丝大，在城里找了份工作。

但是很明显她在做爱这方面不怎么能干。威尔还以为格蕾丝和鲍勃永远不会回来了。就会绞尽脑汁想话题和辛西娅聊天。一天晚上他们去跳舞，就在费城附近一个旅馆里。

那一定是个乱糟糟的地方。威尔说，的确如此，但他一说出口，海伦却笑了。"你在那儿究竟搞什么鬼呢？"威尔突然问，转身怒冲冲地盯着她，好像第一次想到要问这个问题。

"我在追男人啊，结果如愿以偿，就是你啊。"海伦说。

当时，她跟一个小伙儿去跳舞，那小伙儿跟鲍勃表妹同住一个郊区。海伦从威尔那里接过故事，解释说，威尔、鲍勃和格蕾丝、辛西娅一走进舞池，她当即就注意到了威尔。"那人是我的。"她对自己说。而他们几乎还没进门她就被介绍给威尔了。他俩立刻就舞在了一起。

那天晚上肯定真有一些恶棍在那间小旅店里作恶。威尔说，他正跟海伦跳舞，有一个家伙，体型庞大，素质低下，长相粗野，总想要"勾引"海伦。威尔开始跟我讲，突然想到了一件事，"嘿，看着我，海伦，"他转过去看着妻子说，"你难道跟那没关系吗？对他抛过媚眼没？是不是在勾引他？"

"那是当然啊。"海伦说。

她解释道，像她这样一个女人，为了找到如意郎君，正确的做法是让追求者有个竞争对手。你得好好利用手上的资源啦，对不？你是艺术家，整天说的都是艺术，应该懂那些啊。"

当时眼看就要闹起来了。威尔就把海伦带到鲍勃和格蕾丝、辛西娅坐的那张桌子旁。那个粗野的家伙大摇大摆地走上去——他有点儿兴奋，要求跟海伦跳舞。

海伦激愤起来，像是受惊了，威尔感觉应该挺身而出，但他是不擅长应对这事的。威尔那种人，面对紧急情况相当没用。

他开始发抖，感到后背刺痛，原以为自己会冷静坚决地应对，但他很没用，还可能会在那大喊大叫，把事情搞得更糟糕。结果还是海伦把这事摆平了。她对威尔已经有点心疼体贴了。

"你怎么做的？"我问，"我能理解你当时的愤愤不平。"

她回答说："我是很生气，但我把事情摆平了。我站起来跟他跳舞。我很开心，他跳得不错。"

和格蕾丝、辛西娅一样，海伦晚上开了父亲的车。他们离开那个乱糟糟的地方，那个跟她一起来的小伙儿和辛西娅坐在另一辆车的后座上，而威尔则和海伦同坐一辆车。辛西娅对此不是很满意，但也几乎毫无办法。

于是，他们就那样开始了。过后，威尔依然和鲍勃一起去费城度周末，不过在这对姐妹家里，气氛却大不如前了。威尔说："不像以前那么温馨愉快了。"海伦总是突然来访，不久，他们就开始把地点改在费城的一家旅馆中。其实，鲍勃对海伦也是有意思的。他们没什么钱，住在一家便宜的旅馆里，海伦过来看他们。威尔说，她径直走进他们的卧室。他开始回想这段往事，用一种惊讶的眼神看着海伦。"我想我们两个，你本来可以随意挑选的吧。"他这样说着，声音透露着敬畏，很明显是在羡慕自己的妻子。

"至于鲍勃，我就不是很确定了。"海伦说。

他们在纽约工作，她就同时给他俩写信，周末他们到了费城，她就会跟过去。她总是设法把父亲的车弄到手。周六晚上大家一起去跳舞，她很晚才回到郊区家中，周日一大早又赶回城里。

一天，她的父亲察觉到了，震惊而气愤，偷偷跟着她，到了一家低等旅馆，看到她走近两个男人，直接进了他们的卧室。

她必须做出抉择。她受不了家里的生活，决心要嫁给其中一个人。我推断，家里的气氛正变得非常紧张。她可是独生女啊。她说，母亲哭个没完没了，父亲暴跳如雷。"我当时必须对他们强硬起来。"她解释道。她就像个外科医生，准备对着一个恐惧的病人做手术，威逼利诱软硬兼施。父亲坚决反对，她就撂狠话摊牌，"我二十一岁了，你要干涉，我就离家出走。"

"但你怎么生活啊？"

"别傻了，爸爸，女人总是可以活下去的。"

她直接跑到车库，取了父亲的车，开到费城。旅馆的房间里，她审视着两个男人，最后让威尔陪她下去，来到车旁，说："进去。"他们驱车开出了旅馆。"我不知道要开去哪里。"威尔说。

他们就一直开啊开啊。威尔谈到了她那晚的心情。他爱上了海伦。我听他讲着，感觉他仍然处于热恋当中。"那晚，繁星当空，清爽柔和。"说到这，他握起了妻子的双手。

"我们结婚吧。"那晚，海伦说。"但什么时候呢？"他问。她觉得最好马上就结。"但是想想我的工资啊。"威尔担忧地说。"我在想啊，不多，是吗？"他那微薄的工资似乎没有改变她的决心。"我等不及了。"她回答道。她说，他们兜了整整一晚上的风，第二天一大早就结婚了。

他们真就结婚了。而她的父母——那个医生和他妻子，都给吓坏了。

威尔夫妇第二天就去他们那儿。"他们待你如何？"我问。"很好啊。"威尔回答。他说，不管她跟谁结婚，那医生夫妇都会很开心。海伦接着说："你想想看，在我的安排下，他们陷入了一种绝境，婚姻似乎无疑成了他们的救赎。"

兄弟之殇

　　有两个橡树桩，普通人的膝盖那么高，横切得方方正正，引得两个小孩甚是好奇。他俩目睹了树木的砍伐过程，但在砍倒的时候却跑开了。他们没想到这两个树桩会保留下来，甚至都没有去看一眼。后来，泰德对姐姐玛丽说起了这两个树桩，"不知道它们有没有流血，就像外科医生切掉男人的腿那样。"泰德总是在听战争的故事。一个男子在世界大战中失去一条胳膊，有一天，他来农场看望一位雇农，站在一个畜棚里给大家讲。那个独臂男子在仓库说话的时候，玛丽不幸没在那儿，很是嫉妒。听泰德这么说，她马上大声抗议起来。她说，"为什么不是女人或女孩的腿？"泰德郑重其事地说，她这个想法很愚蠢，"女人和女孩的四肢是不会切掉的。""不会？我就想知道到底为什么不会。"玛丽不停地追问。

　　泰德说，砍树的那天他俩要是没跑开，那就大不一样了，他们可能去触摸那个地方，他指的是树桩。它们会变暖吗？会流血吗？他们后来真的去了，也摸了树桩的切口，但是那天很冷，树桩也是冷的。泰德坚持自己的观点，只会切掉男人的手臂和腿，可是玛丽想到了车祸。"你不能只考虑战争，车祸也有可能。"她大声说着，但就是说服不了泰德。

　　他俩都是小孩，但有些事却使得他们莫名地老成。玛丽十四岁，泰德十一岁，但泰德身体虚弱，玛丽总是让着他。他们的父亲约翰·格雷是一个富裕的农场主，住在位于弗吉尼亚东南方的蓝岭山区。那里有个宽阔的山谷叫"里奇山谷"，一条铁路和一条小河从山谷中间穿过，还可以看见南北两边延绵不绝的高山。泰德八岁时患过严重的白喉病，后来转化成了心脏病，类似身体损伤之类的。他身体瘦弱，但却活泼得出奇。医生说他随时可能死去，随时可能倒地而亡。这使得他跟姐姐玛丽尤其亲密，也唤醒了她强烈而坚定的母性。

整个家庭，左邻右舍，山谷里附近的农户，甚至在校舍上学的其他孩子，都意识到了他俩之间的异常。人们说着："看，他们往那边去了，看起来玩得很开心，但是他们太严肃了，这么小的孩子，太沉重了。不过，我仍然觉得他们的关系挺自然的。"当然，大家都了解泰德。这对玛丽有一定的影响。十四岁的玛丽既是一个女孩又是一个女人，她那女人的一面经常在不经间跳出来。

玛丽感觉到泰德被一些事情困扰着。这是因为他就是这个样子，心脏随时都有可能会停止跳动，置他于死地，就像砍倒一棵幼小的树苗一样。格雷家的其他人，也就是说年纪较大的，母亲、父亲和十八岁的哥哥唐，意识到有什么东西是属于这两个孩子的，好像只是在他们两个之间，但是这种意识并不是很明确。你自己的家人有可能随时会对你做出一些奇怪的事情，有时甚至会伤害到你。你不得不密切注意着他们。泰德和玛丽就发觉了那一点。

唐像父亲一样，十八岁几乎是个成人了。他就是那种人，人们提到他会说："他是个好人，会成为一个可靠踏实的好人。"父亲年轻的时候滴酒不沾，从不拈花惹草，也从不肆意妄为。当年这一带的狂野少年可是多了去了。他们有些人继承了大型农场，却又在赌博、酗酒、赛马、追逐女人中失去了。这几乎是弗吉尼亚的传统，但是约翰·格雷是个地主，所有格雷家族的人都是。山谷里到处都是格雷家族的大型养牛场。

人人都说约翰·格雷天生适合养牛。他熟悉用于出口的大肉牛，知道怎样挑选和喂养它们来获得牛肉，知道怎样以及去哪儿获取优良的幼畜放到自己的牧场里去。再直接从牧场送到市场。这个山区到处都是小青草。格雷农场面积超过一千二百英亩，大部分都盛产小青草。

父亲是个庄稼人，对土地渴望无限。他是从养牛开始发家的，那时仅从他父亲那里继承一小块土地，大约二百英亩，与阿斯平瓦尔大家族接壤。一旦开始，他从没停止攫取，不断蚕食阿斯平瓦尔家族的土地。阿斯平瓦尔家族爱马如命，骄奢淫逸。他们热情好客，赛马成群，挥金豪赌，自以为是弗吉尼亚的贵族，毫不谦虚地说着自己家族的悠久传统。约翰·格雷不断蚕食他们的土地，先是二十亩，然后是三十亩、五十亩，直到最后得到了他们的旧宅院，并娶了一个并不年轻，并不是最好看的阿斯平瓦尔女孩。从那时起，阿斯平瓦尔家的土地便缩小到了不到一百英亩，但是他仍年复一年，小心谨慎，精打细算，充分利用每一分钱，从不浪费，慢慢地积累成了现在的格雷家族。阿斯平瓦尔的宅院是个很大的旧砖房，所有的房间都有壁炉，非常舒适。

人们好奇为什么露易丝·阿斯平瓦尔会嫁给约翰·格雷，但他们好奇的同时也会心地笑了。阿斯平瓦尔家族的女孩都受过良好的教育，都到外地上大学，但露易丝并不是很漂亮。她在婚后变得好看些了，一下子变得几乎漂亮了。大家知道，阿斯平瓦尔家族的人天生敏感，他们是真正的上等人，但是家族里的男人们都无法紧紧守住土地，而格雷家族的人却能。在弗吉尼亚那个地区，所有人都赞扬约翰·格雷的为人。他们尊敬他，认为："他很诚实，就像马一样诚实。他对牛有鉴别力，的确如此。"他用手摸着肉牛肚子，几乎可以准确说出它的体重，或者看一眼牛犊，说"它行"，它就一定行。肉牛就是肉牛，他最擅长的就是做牛肉了。

唐是格雷家族的长子。他显然注定要成为格雷家族的一员，颇具其父之风。他长期以来是弗吉尼亚那个县四健俱乐部的明星，甚至十来岁时就在鉴别肉牛比赛上获奖。他十二岁的时候，在无人帮助的情况下，独立经营，玉米的亩产量超过本州所有其他男孩。

对于玛丽·格雷来说，所有的这些都只能算是小小惊喜，甚至感到有点怪异。她作为一个女孩如此清醒，如此成熟稳重，却又不失稚嫩可爱。这是老大唐，他遗传了父亲高大而又健壮的体形。还有就是弟弟泰德。通常来说，作为一个女生，日常生活里，对哥哥有着小女孩的倾慕本应是再正常不过的了，但是她却没有。不知何故，唐对她来说几乎没有存在感。唐总是外在的，而从未深入她的内心，而泰德——这个家里貌似弱小的人，却是她的全部。

然而，唐却是一个客观存在，身体健硕，文质彬彬，自信满满。他们的父亲，还是一名年轻的牧牛人的时候，仅拥有两百英亩的土地；如今，他已经拥有一千二百英亩的土地了。父亲的创业在前，那唐·格雷要如何开创自己的事业呢？虽然唐什么都没说，但他知道自己想要开创一番事业。他想经营生意，自己做老板。父亲曾想过送他去农学院学习，但是唐不愿意去，说："不，在这儿我会学到更多东西。"

这已然成了父子之间的较量，双方都在暗中较劲。无论是做事方式，还是拍板决定，都成为他们较量的内容。然而，败下阵来的却总是儿子。

这个家族大团队中，似乎出现了一些不和谐的小团体。因妒忌而暗生恨意，此后就暗暗地进行较量。这样的小团体散落在格雷家族的各个角落，有玛丽和泰德，唐和父亲，还有母亲和另外两个较小的孩子，一个是六岁的女孩格拉迪斯，尤其迷恋哥哥唐，还有一个是两岁的男孩哈利。

至于玛丽和泰德，他们生活在自己的世界里，没有共同的抗争就形成不了共同的世界。这里的关键是泰德，他患有严重的心脏病，脆弱的心脏随时都会停止跳动，因此泰德总能得到大家的精心照顾。只有玛丽知道，这样的特殊照顾让泰德感到很愤懑，深深伤了他的自尊心。

"不，泰德，我不会那么做的。"

"喂，泰德，一定要小心哦。"

唐、父亲、母亲，所有人都不断那样子对待他，有时让他气得脸色发白、浑身颤抖。泰德想要学着开家里任何一辆车，或是爬树去找鸟窝，或是和玛丽赛跑，无论他想做什么，家里人都是如此。待在农场上，泰德自然就想要自己亲手驯服一匹小野马，骑上马鞍，跟它一决雌雄。"不行，泰德，不能这么做。"泰德从农场工人和乡村学校小男生那儿学会了骂人。"该死！讨厌！"他对玛丽说。只有玛丽理解他的感受，可她从不用言语明确表达出来，甚至自己都没意识到。这也是其中一点让她过早显得成熟，也让她站在了全家人的对立面，使得她坚决得出乎寻常。"不许他们这样，"她发现自己不断自言自语，"不许他们这样。"

"如果他的生命只剩下几年，就不许他们破坏他应得的快乐，他们凭什么一遍又一遍、一天又一天地提醒他快要死了呢？"其实，她的想法并没有变得如此明确。她对其他人非常不满，就像个士兵，誓死保卫着泰德。

这两个孩子离他们的家庭越来越远，而在自己的世界里越陷越深。只有一次，玛丽感到浮出了世界表面，跟母亲有关。

那是初夏的一天，泰德跟玛丽在雨中玩耍。他们待在屋子廊檐的一边，雨水正倾盆般地沿着屋檐滚下。廊檐的一个角落，有一股很强的水流，泰德和玛丽依次冲出去，再冲进走廊，两人的衣服都湿透了，水沿着湿透了的头发往下流。冷水滴在身上，流到衣服里，这凉凉的感觉让人感到一丝丝快感。他们尖叫着，大笑着，直到母亲来到门口。母亲看着泰德，声音里充满着恐惧和焦虑。"噢，泰德，你知道你不能这样的，你不能这么玩儿。"只有这些，其余的全都暗示出来了，没有一句话是说给玛丽的。永远都是："噢，泰德，千万不要，不要跑得太快，不要爬树，不要骑马。一点点惊吓都可能出事。"都是些老掉牙的话了，泰德当然明白。他面色苍白、浑身发抖。为什么别人不明白这些话会百倍地伤害到他呢？就在那一天，泰德没有回答母亲的话，他冲出走廊，冒着雨水径直跑向畜棚。他想要躲避每一个人，玛丽知道他的感受。

她突然变得十分老成、气愤。母女俩对视而立，母亲年近五十，而孩子却只有十四岁。整个家庭仿佛都颠倒了，玛丽感觉自己必须做些什么。"妈，你理智点儿行不行？"她的脸也变得苍白，一副认真的样子。"你可千万别再这么做了，千万别做了。"

"做什么，孩子？"母亲惊讶地问，语气略带些生气。"总是暗示他。"她想哭，但忍住了。

母亲明白了。一时间，异常地紧张，随后，玛丽冒着雨走出廊檐，向畜棚冲去。并非一切都如此明白，想着玛丽胆敢如此无礼，母亲直想冲过去推她一把。一个孩子竟敢擅做决定，责骂自己的母亲！她的言外之意非常丰富——宁愿让泰德迅速突然地死去，也不要一次又一次地向他提起死亡以及死亡的危险。这个孩子还暗示着生命的价值观："生命的价值是什么？死亡真的是最可怕的吗？"母亲转身默默地回到了房里，而玛丽跑去畜棚，一会儿就找到了泰德。他呆呆地站在一个空荡荡的马厩里，目不转睛，背对着墙壁。没有任何解释。过了一会儿，泰德叹了口气："唉！"玛丽回应道，"没事啦，泰德。"玛丽觉得非常有必要做些更冒险的事儿，甚至比在雨中玩儿还要冒险。雨已经停了，"我们脱掉鞋吧。"玛丽说。对泰德来说是严禁光脚走路的。此时他们脱掉鞋子，丢在了畜棚里，然后进了果园。果园里有一条小溪，向下蜿蜒汇入大河，而此时，溪水快要泛滥了。他们踏入溪水，有一次，玛丽故意摔倒在水中，这样，泰德就不得不要来拉她了。随后她一脸严肃的样子对泰德说："我跟妈妈说了。"

"说什么？"泰德问，"哎呀要不是我，也许你就淹死了呢！"他又补充道。

"你当然救了我，"玛丽说，"我跟她说，不要再管你的闲事。"她突然变得激动起来，"他们——所有人，都不许管你。"

这是一个契约，泰德成了其中的一方。他想象力丰富，能想出很多冒险的事儿做。也许妈妈给爸爸和哥哥唐说了。于是，家里出现了新的苗头，就是放手让这两个孩子自己发展，而这似乎给他俩释放了新的生存空间。好像什么东西已经打开了。总是在创造一个小小的内心世界，每天都在重新创造，都在增添新的安全感。他们无法用语言表达自己的感受，但他们待在自己创造的世界里，似乎有一种新的安全感，可以突然看看外面的世界，以一种新的方式看看别人的世界正在发生着什么。

这是一个需要思考、需要观察的世界，也是一个戏剧性的世界，一个家庭、一个农场、一个农舍里，上演着各种各样的人际关系大戏，而这一切与他俩的世界没有关系。农场里，小牛、肉牛开始长膘了，又肥又壮的肉牛要送到市场上去了，小马驹也得干活或上鞍了，羔羊在晚冬诞生了。农场上，人性更加难以揣测，孩子常常无法理解，但就在下雨那天走廊上跟母亲谈话之后，在玛丽看来，她几乎要和泰德组建一个新的家庭了。农场、农舍、畜棚里的一切都变得更加美好起来。这是一个自由的新世界。两个孩子沿着乡间小路散步，傍晚一块儿放学回家。路上还有其他孩子，他俩就设法落在后面或者赶在前面。他们开始谋划人生。"我长大了要当护士。"玛丽说。她可能还模糊地记得，有个女护士，从县城来到家里照顾重病的泰德。泰德说，他会尽快——就在比唐此时还小的时候——离开家乡，到大西部去，很远很远的地方……他想成为牛仔或驯蜓师，要是不行，就当铁路工程师。里奇山谷里蜿蜒而下的铁路，在格雷农场的一个角落经过，下午站在路上，他俩偶尔可以远远看到火车冒着浓烟驶过。可以隐约听到隆隆的噪声，天气放晴的时候，还可以看到发动机飞转的活塞杆。

至于屋子附近地里的两个树桩，是橡树初秋砍断的时候留下的，孩子们熟识这两棵树。

格雷的家宅曾是阿斯平瓦尔家族的所在地，宅子后面有个走廊，顺着走廊的阶梯向下，直通一个石质的泉水房。泉水就从那片土地里冒出来，形成一条小溪顺着农田的边缘流淌，经过两个大畜棚和一个大草甸，汇入一条小河，在弗吉尼亚这条小河名叫"支流"。那两棵橡树就并排长在泉水房和围墙的远处。

橡树很茂盛，深深植根在肥沃而总又湿润的土壤里。其中一棵有一个很大的枝干，几乎垂到地面上，泰德和玛丽就能爬上去，再从另一棵树的枝干上爬出来。到了秋天，泉水房周围的其他树全都落光了叶子，只剩下这两棵橡树，血红的叶子仍在摇曳。天气灰蒙蒙的时候，树叶看上去就像血干了一样，要是有阳光，树叶就和远山相互映衬，火红一片。风一吹，这些叶子沙沙作响，仿佛和风儿诉说着什么。

约翰·格雷已经决定，要把树儿砍掉，一开始并不是明确的决定，"我想我会把它们砍掉。"他大声说着。

"可是为什么呀？"他的妻子问道。这些树对她很重要。她说，她的爷爷把它们种在那个地方，内心是有一定感触的。你知道，到了秋天，你站在后廊上，这些树与群山相映，多美啊。她说，这些树是从遥远的树林里移过来的，当时已经很大了。她的母亲也常说起这件事。她的爷爷对这些树有着特殊的感情。"阿斯平瓦尔家的人就这德性，"约翰·格雷说，"泉水房这四周的院子够大了，树够多了。它们又不为泉水房和院子提供阴凉，阿斯平瓦尔家的人为了些树就耗尽心思，把它们种在本该长草的地方。"他突然下了决心，刚才还没下定的决心突然坚定下来。阿斯平瓦尔家族和他们的处世方式，他或许听得太多了。这番对话是在午饭桌前说的，玛丽和泰德全都听到了。

对话一开始是在饭桌前，随后又在房子后的小院子继续。妻子跟着丈夫出去了。丈夫总是快速起身，一声不吭，突然离开桌子，然后重重地摔门而出。"不要啊，约翰。"妻子站在走廊上，向着丈夫大喊。那天天气寒冷，但是太阳出来了，两棵橡树映着远处灰色的田野和群山，像两堆篝火一样通红。年轻的唐，他们家的长子，无论外表还是举止都很像他的父亲，带着泰德和玛丽，跟着母亲出了门。他起初没有说什么，直到父亲径直走向畜棚，不理母亲的抗议，他才说话，显然很坚定，可也更坚定了父亲的决定。

其他两个孩子，站在一旁看着听着——要出事了。孩子有孩子的世界："别管我们的闲事，我们也不掺和你们的闲事。"只是没那么明确而已。很久之后，玛丽已经长大成人，才明确地意识到那天下午在院子里发生的事。那是一瞬间的感觉，一种孤独感突然冲击着她，就像一道无形的墙横亘在她俩与外人之间。可能甚至在那时，就要用全新的眼光看待父亲，看待哥哥和母亲。

有一种严重破坏性的东西存在于生活中，存在于人际关系中。所有这一切在那天都朦胧地感觉到了，她总是相信，她和泰德都感觉到了，不过，要到很久之后，泰德病逝了，她才想明白。那个农场是父亲从阿斯平瓦尔家族手中精打细算一点一滴抠来的。在这个家庭中，私下总是有些对父亲的议论，也逐渐形成了对父亲的印象。父亲是个成功人士。他获取了土地，拥有了财富。他是一个有能力去履行自己意志的指挥官。他的权力不仅覆盖到他人的生活，他人的冲动，他人的愿望与渴求……可能连他自己都没意识到，他的权力远远不只如此，很奇怪，甚至包括生与死的权力。那时候，玛丽·格雷想到过这些吗？不可能的。还有她自己独特的情况，她和弟弟泰德之间的关系，而泰德将不久于人世了。

所有权赋予了奇怪的权利和支配力——父亲之于孩子，成人之于土地、房子、田产、城市里的工厂等等。"我会将果园里的树木砍掉，它们产的苹果类型不对，那种苹果不再赚钱了。"

"但是，先生，您明白吗，看，那些树映着小山，映着天空……"

"荒唐无聊，感情用事。"

然后手足无措。

要是认为玛丽的父亲没有感情，那完全是胡扯。他的一生都在辛苦奋斗，可能，年轻的时候，顾着奋斗，而忽略了自己需要而又极为渴望的东西。有人一辈子都得艰苦奋斗。财富就意味着权力，意味着话语权："做这""做那"。假如你为一件事儿长期努力奋斗，那它就会变得无限甜蜜。

在格雷家里，父亲和长子之间会有芥蒂吗？"你也渴望权力，就像我一样。不过现在你还年轻，而我慢慢老了。"钦佩情与恐惧感交织在一起。如果你要留住权力，就不能容许恐惧。

唐跟父亲像得出奇，下巴有着相同的纹路，一样的眼睛，一样肥胖的体形。他已经有着跟父亲一样的走路姿势，也会重重地摔门而去。他们都出奇地缺乏敏锐的思想和机智——那种艰难完成使命的凝重。约翰在迎娶露易丝的时候，已经是一个接近成功的成熟男士了。这种男士不会年纪轻轻就草率地结婚。如今他已年近花甲，儿子也跟他一样，有着同样的实力。

他们两个同样都狂热地爱着土地和财产。"这是我的农场，我的房屋，我的马牛羊。"很快，再过十年，顶多十五年，父亲就要死了。"看，我的手已经有点滑脱了，所有这一切都会脱离我的掌控。"他约翰也不是轻易就获得这些财产的，而是花费了很多耐心和毅力。没有人比他自己更清楚了。五年、十年、十五年的打拼和积累才逐渐得到阿斯平瓦尔家族的农场。"那群白痴！"他们喜欢将自己想象成贵族，今天二十亩，明天三十亩，后天五十亩，逐渐扔掉自己的土地。

养出来的马竟然从不会耕地，连一英亩也耕不了。

他们其实也是在掠夺土地，从不回报，从不施肥，从不建设，竟会这么想："我是阿斯平瓦尔家族的后裔，是个绅士，是不会屈尊弄脏双手去耕地的。

"那群白痴，不知道拥有土地、财产、金钱的意义，就是责任，他们才是平庸之辈。"

他拥有一个来自阿斯平瓦尔家族的妻子，结果也证明，他的妻子是这个家族中最优秀最聪明也是最漂亮的一个。

而此刻，他的儿子，正站在母亲旁边。他们已经下了走廊。对于已有的身份、将来的身份，由现在这位来拥有财产、发号施令，会是很自然很合适的。

当然，其他孩子也拥有各自的权利。如果你有本事（约翰觉得唐有），你就有办法实施管理，可以收买他人，操办各类事宜。还有泰德，他命不久矣，还有玛丽和两个小孩子。"如果你得自己奋斗，那就更好了。"

所有这一切，这对父子之间陡然争执的含义，到了后来才为玛丽所理解，那时她才不过是个孩子。这出戏是在种子落地发芽的时候就上演呢，还是开花结实的时候才上演呢？这就是格雷家族的品质——沉着、节俭、干练、坚定、忍耐。在里奇山谷，他们怎么就取代阿斯平瓦尔家族了呢？阿斯平瓦尔家族的血液同样也在两个孩子玛丽和泰德身上流淌着。

有一个阿斯平瓦尔老人——叫作"弗莱德叔叔"，是露易丝的一个哥哥——有时会到农场来。他相貌惊人，身材高大，满脸尖须，有些衣衫褴褛却又气度不凡。他和女儿住在县的中心镇上，女婿是个商人。可在妹夫约翰面前，这个礼貌而庄严的老人却总是会变得异常沉默。

那年秋天，唐站在母亲旁边，玛丽和泰德则远远站着。

"不要啊，约翰。"露易丝又说道。约翰朝着畜棚走去，又停了下来。

"嗯，我想我会的。"

"不行，不准你。"唐突然说道。他的眼神怪异而坚定，充满着活力，是两个男人之间的争夺。"这是我的"……"迟早是我的。"父亲转过身，严厉地盯了儿子一眼，便不理会他了。

过了一会儿，母亲继续恳求道：

"但这是为什么，为什么呀？"

"树荫太大，长不了草了。"

"可是草多的是啊，那么多土地，都是草啊。"

约翰一边回答着妻子，一边又看了看儿子。父子之间，你来我往，尽在不言之中。

"这是我的，这里我说了算。叫我别砍，你什么意思？"

"哈，是吗！现在是你的，可很快就是我的啦。"

"我会看着你先下地狱的。"

"你个傻瓜，还没到时候，还没到时候呢！"

上述那些话，当时一个字儿都没说出来，事后玛丽一点也不记得两人说过什么了。唐的脑海突然闪过一个决定，也许是因为突然决定站在母亲一边，也许是别的什么东西，是阿斯平瓦尔血液在他身上产生的情感，此刻，对树的热爱取代了对草的热爱，尽管草能养肥肉牛。

四健会奖的得主，一流的玉米种植才俊，肉牛鉴别师，狂热的土地财产爱好者。

唐又说了一句："不准你。"

"不准干吗？"

"不准砍树。"

那一刻，父亲没再多说什么，就离开他们几个，朝畜棚走去了。太阳依然猛烈地照射着。微风中带着凛冽的寒意。两棵橡树就像是两堆篝火一样映着远处的群山。

此时正值中午时分。有两个年轻的男雇工，在畜棚的那一边租了一间小房子。其中一个有些豁嘴，已经结了婚的，还有一个沉默帅气的小伙，和他一起搭伙吃饭。他们刚刚吃过午饭，正一同朝畜棚走去。此时正是秋初，刚开始收玉米，他们正要一同前往远处的田野砍玉米。

父亲去了畜棚，把那两个雇工一同带了回来。他们带着斧头和一把长剖锯。"你们把那两棵树砍了。"约翰·格雷这个男人身上有着某种气息，是一种盲目甚至愚蠢的决断。而这一刻，他的妻子，孩子们的母亲……孩子们绝不会知道她经历过多少次这样的时刻。

她嫁给了约翰·格雷，就是他的人了。

"父亲，你要是砍……"唐·格雷冷冷地说道。

"按我说的做！砍掉那两棵树！"这是说给那两个雇工的。豁嘴雇工笑了起来，听起来像是驴叫。

露易丝·格雷喊道："别。"她这次并没冲着丈夫喊。她走到儿子身边，一只手放在了他的胳膊上。

"别跟他作对，他是你爸。"还是孩子的玛丽·格雷能领会吗？要领会生命中发生的事情是需要时间的。生活的真谛是要慢慢领会的。玛丽此刻站在泰德身旁，他稚嫩的脸颊苍白而紧张。死亡近在咫尺，随时降临。

"这种事儿，我都经历过一百次了，这就是你爸成功的秘诀，没有什么能阻止他。我嫁给了他，跟他有了你们。"

"我们女人只能选择顺从。"

"唐儿，这是我的事，跟你无关。"

女人总是紧紧守住自己的东西——家庭，她自己的家庭。

儿子没有站在她的角度看事情。他甩开母亲的手。露易丝比丈夫年轻，但如果他现在年近花甲，那她也年近半百了。这一刻她看起来是那么地脆弱。这一刻，她的仪态举止之间有着某种特质……阿斯平瓦尔家族血液中真的存在着这种特质吗？

此时此刻，玛丽可能的确模糊地领会到了。女人跟她们的男人。当时对于她来说，只有一个男人，那就是泰德。后来，她记起了泰德当时稚嫩的脸颊上那极为严肃老成的表情。后来她想，那种表情甚至是他对父兄的一种蔑视。好像他在自言自语，他不可能真的这么说，他太年轻了。"呃，咱们走着瞧。这很重要。我的父亲哥哥，这些愚蠢的家伙。我没多久可活了，但在我活着的时候，倒要看看我能干些什么。"

唐走到父亲旁边。

"父亲，你要敢砍……"他再次说道。

"嗯？怎样？"

"我就离家出走，永不回来。"

"好吧，走啊。"

父亲开始指挥两个雇工，他们已经开始砍树了，一人选择一棵。豁嘴的年轻人不停大笑，听起来像是驴叫。"闭嘴。"父亲厉声喝道，笑声戛然而止。唐走开了，毫无目的地向畜棚方向走去。他走近其中一间畜棚停了下来。母亲现在脸色煞白，小跑着冲进屋里。

唐顺着房屋的方向向回走，从这两个小孩子身边经过，连看也不看他们一眼，也没有进屋。父亲没有看他。唐犹豫地沿着房前的一条小道走，穿过大门，进入了一条大道。这条大道穿过山谷向前延伸数英里，然后，转了个弯，翻过一座大山，直通县城。

后来，只有玛丽看到了唐返回农场。那三四天是非常紧张的。或许，儿子和母亲一直都在保持秘密联系，屋里有一部电话机。父亲整天待在田里，到了家里也是默不作声。

那天玛丽正在一个畜棚里，唐回来遇见了父亲，相当尴尬。

玛丽后来一直在想，唐进来的时候非常怯懦。父亲走出马厩。他给马扔了些玉米。父子二人都没看见玛丽。正好有一辆车停放在畜棚那儿，玛丽钻进驾驶座，把手放在方向盘上假装正要开车。

"哎。"父亲说道。他就是感觉得意，也不会表现出来。

"呃，我回来了。"儿子说道。

"嗯，好啊，"父亲说着，"他们正在砍玉米。"他边说边走向畜棚门口，然后停了下来。"现在这一切都快是你的了。"父亲说，"到那时，你可以说了算。"

他再也没说什么，两人就都走开了，父亲走向远处的田地，儿子走进了屋里。玛丽后来很确定，他们那天再没多说什么。

父亲是什么意思呢？

"到时候，都是你的了，你就可以说了算。"这对于一个孩子来说是很难理解的。后来她慢慢弄懂了，这话意味着：

"你会掌控一切，到时候，也该轮到你维护自己的权威了。

"像我们这样的人不能玩弄微妙的东西。有些人注定要掌控一切，而有些人就必须服从。到时候，就该轮到你让他们服从了。

"有一种死亡。

"在你拥有和掌控一切之前，你内心的某些东西必须死亡。"

很明显，不仅仅只有一种死亡。对于哥哥唐来说，是一种死亡，对于弟弟泰德来说，现在很快，就可能会是另一种死亡。

那天，玛丽冲出畜棚，急切地想跑到灯光下，后来很长时间，她都不想弄明白那天到底发生了什么事。不过，在泰德病逝前，她俩倒经常讨论那两棵橡树。他们在一个大冷天去那里，把手指放在树桩上，但树桩冰凉冰凉的。泰德一直断言，只有男人才会砍掉四肢，而玛丽却提出反对。他俩继续做那些不准泰德做的事情，但却没有一个人阻拦。一两年后，泰德病逝，他夜里死在了自己的床上。

但是，玛丽后来想，他在世的时候，总有一种不同寻常的自由感，他身上的这种特质，让人感觉很好，跟他在一起就是一种巨大的幸福。她最终领悟到，那是因为，他必须要以自己的方式死去，而从不必像哥哥那样妥协以拥有财产、成功与控制力——也从不必面对像哥哥那样更加微妙更加可怕的死亡。

Other Stories

第五部
新编故事集

我的姐姐

夜晚时分，那个年轻的艺术家走进我的房间跟我聊天。她正是我的姐姐，只是在很久以前她便忘了我们之间的关系，而我也给忘了。

我与姐姐都没有跟父亲住在一起，在众多的兄弟姐妹中，我只在意她。其他兄弟姐妹都在城里工作，晚上才回到我和姐姐儿时曾经住过的房子里。父亲年迈，双手总会不自觉地颤抖。他对我不怎么关注，但对于姐姐独自住在北迪尔伯恩街一间房子里，却深感苦恼。

姐姐走进我的房间，在靠门的那张矮睡椅上坐了下来，跷起二郎腿，开始抽烟。每当她来，情况总会这样——她觉得尴尬，我也跟着尴尬。

姐姐从小就不同寻常，不听管教，像男生那般调皮，喜欢爬树，还常常因此扯破衣服。从那以后我们就注意到了她的怪异行为。日复一日，她总会偷偷从家里溜到街上闲逛。后来，姐姐突然学习认真起来，取得了长足的进步，但这却成了母亲的心病。说实话，母亲是一个肥胖而无趣的人，却整天担心她。母亲断言，姐姐终究要毁于脑膜炎。

十五岁那年，姐姐向家里宣布她要交男朋友了。那时，我刚好外出，踏上一段向往已久的奇妙旅程。

家人正围着桌子坐着，姐姐进了屋，站在门边，说是决定要跟邻家的十六岁男孩过夜了。

然而，邻家男孩却一点也不知道我姐姐的想法。那个小伙子身材高高的，双眼碧蓝，性格也很温和。他刚从大学回来，满脑子只热衷于橄榄球。姐姐眼里闪着光芒，兴奋得直跺脚，她向家人解释说，要把自己的想法告诉那男孩。

屋后的马厩里停放着一辆马车，父母亲每逢周日就驾着它在郊区的大街小巷闲逛。父亲拽着她的胳膊到了马厩，抽出马车上的黑色长鞭套抽打她。过后，父亲病了一场。

奇怪的是，我怎么会对于姐姐挨打的所有细节记得那么清楚？父亲跟姐姐都没有告诉过我这件事。可能是某个时候，我坐在椅子上发呆，母亲会对我絮叨这些吧。这可是母亲一贯的作风，但我记忆混乱，从来不会从她的絮叨中记起她的模样。

在马厩挨打后，姐姐改变很大。本来家里人都很安静地坐在桌旁，气氛凝重，但姐姐却笑着进屋，上楼直奔房间了。接下来姐姐规规矩矩地消停了好几年。到了二十一岁，她分得了一些遗产，便独自一人在迪尔伯恩街住了下来。我总感觉是家里的墙壁告诉我姐姐挨打这件事的。打那以后，我再也无法待在家里，就搬到了我现在的住所。

姐姐时常来这儿看我，而今她又来了，我们都觉得尴尬。我没看她，而是转过身开始胡乱狂躁地写作。现在的情形却是，她坐在我椅子的扶手上，手臂搭着我的脖子。

我只是个凡夫俗子，而姐姐却是这片天地一个年轻有为的艺术家。我害怕这个世界会毁了她。我爱她如此痴狂，就连她手碰我一下都会让我颤抖不已。

姐姐才不会像我这样写作呢。要是看到她从事任何这样的工作，那该得有多奇怪呀。她从不给任何人哪怕一丁点的建议，就算你就要死了，而她的建议刚好可以救你一命，她也绝不会吭声的。

　　她是世界上最出色的艺术家，但她要跟我在一起，我就会忘了这一点。有时她谈到自己冒险的事，我会突然从椅子上蹦起来，嘴里厉声嚷嚷着，在房间里来回转动。昨天我看到她跟一个贼眉鼠眼的陌生家伙一起遛街。一想到那家伙可能搂着她，我就气得两眼昏花。她的身体对我来说是神圣的，她要遭受侵犯，我想我会发疯自杀的。

　　当晚，姐姐离开后，我就不想再写了。我把睡椅拉到窗边，挪好位置躺下，然后就开始有点理解她了。她是适合在外闯荡的艺术家，为了冒险甚至可以自我毁灭，而我，只是个凡夫俗子，此刻正躺在沙发上面，眯着眼睛遥望窗外的繁星点点。

那一抹白影

一

如今的他，已年届花甲，老态龙钟，然而故事刚开始的时候，他才二十五岁。他的父亲是个经销商，专做家禽、黄油和鸡蛋的买卖，在芝加哥市的南水街有一个自己的店铺。

他娶了一个体面商人的女儿，在郊区买了一栋白色的木屋。之后他接手了父亲的生意，一段时间里一切都还算正常。后来情况发生了变化，他厌倦了经销黄油和鸡蛋，厌倦了在郊区的生活。他的灵魂深处，似乎有一些东西彻底改变了。自此，他那纯真的蓝色双眸变得阴沉忧郁。他每每穿梭于那条喧嚣拥挤的大街，听到人们为了一批黄油的价格讨价还价、争论不休，他总是怒不可遏，气得浑身发抖。他开始讨厌店铺里的其他人。街道又窄又脏，路边停满了货车，车上的食品杂货堆积如山。看到此景，他一怒之下逃出了那条街道。跑到拐角处，他气喘吁吁地在湖畔路和州立大街的高架铁路下方停了下来，瞪大眼睛打量着周围的一切。在州立大街，他看见数以千计的男女老少都在冲进商店买衣服。

"这个世界太疯狂了，"他低声自言自语，"人们不考虑衣服，就讨论食物。难道我这一辈子耗费在这愚蠢的生意上，就只是为了看人们能饱食三餐吗？"

这个年轻人，名叫布什内尔，弄不明白自己到底怎么了。他试图和妻子讨论这事，却怎么也说不清楚，妻子根本搞不懂他在说什么。体面的郊区里住着成千上万的年轻人，他们都是出于情感上的饥渴而结婚，布什内尔和他的妻子也不例外。他们是在一个共同认识的朋友举办的晚宴上相识相爱的。此后，这个年轻人发现自己对她朝思暮想，难以忘怀，于是他毫不犹豫地向她求了婚。结婚之前，他们已在夜晚约会过无数次，每每约会，他们都只是静静地坐在一起，眼里充满对对方的深深爱意。然而婚后，他们却发现彼此并没有什么共同话题。

就在婚后的第三年夏天，年轻的布什内尔的灵魂深处发生了翻天覆地的变化。晚上，从办公室下班回家，他坐在高架火车上，把脑袋探出窗外想要清醒一下，弄清自己内心变化的原因。

"人人都得工作，"他想，"至于做什么工作，并没有多大区别。"

火车疾驶着，看着窗外那些排成长排的冷峻砖房，他想一定有数百万像他一样的人在这昏暗丑陋的地方工作。

"生活就是这个样子，谁也改变不了。"他喃喃自语。

他认为，整个城市都被丑陋吞噬了，和他一起坐火车的人，同样生活沉闷单调，思想丑陋。那些坐车回家的男女谈论着他们的生活琐事。在年轻的布什内尔看来，女人似乎总在讨论衣服，而男人关心的则是食品买卖。一想到要回家坐在桌旁，他就不由得心生恐惧。他害怕妻子会唠叨买菜做饭的琐事。他家所在的街道绿树成荫，他很喜欢在树下散步，但他断定自己并不喜欢住在房子里的那些人。

布什内尔住的郊区叫埃文斯顿。那里的白色房屋里住着许多新婚夫妇，布什内尔夫妇也成了他们的一员，晚上经常一起打发时间。在他们当中，有一个男子住在街道对面，以做广告为生。他总是想着在市场上推出一些新的食品，这是他的专职，每当有新的项目，他都会咨询布什内尔的意见。

"你本身就是卖食品的，给我透露点儿内参吧，"他恳求道，"人们的餐食品味，你比我懂啊。"

布什内尔很讨厌这个广告商，也很讨厌那个零售商、那个律师，还有那个搞房地产的，就是因为房地产商才会有了附近的社区。每当晚上这些人带着他们的太太来到他家，他都想大声呵斥，叫他们滚出去，永远别再来。但实际上他什么也没有说，因为他实在想不出一个恰当的理由向他们解释为何突然无缘无故发怒。

与往年不同，那年夏天热得异乎寻常。布什内尔烦透了。他总想要大喊大闹一场，以此来宣泄情绪。一天，他妻子的表妹来到他们家做客，那个女孩在东边的某个城镇教书。那个女孩刚来时，布什内尔完全没有理会她。过了两三个星期之后，他才开始注意到，那个女孩总是很安静，慢慢就对她产生了好感。

晚上，每当那些邻居在他家前边的走廊和他夫妻俩聊天时，布什内尔总是不出声，偷偷地注视着那个老师。他深觉这些人发出的说笑声就像夜晚池塘里的青蛙，呱呱乱叫，令人心烦。他仔细地审视着他们的脸，厌恶得打了一个寒战。随后他又转脸审视那个教书的女孩，她穿着白色的裙子，始终一言不发，静静地待在那里。他突然很想知道她在想些什么。

一天晚上，他的妻子和朋友们正毫无意义地闲扯，他从椅子上起身，悄无声息地溜进了房间里。他一时性起，蹑手蹑脚地上楼然后偷偷溜进那老师的房间。他站在黑暗的房间里，想要弄清楚自己到底想干什么。他打开衣柜的门，看见了那个女孩穿过的白色裙子挂在里面。这时，他昏暗的内心浮现出一道白影。他双膝跪下，用脸颊贴着这件柔软的裙子，顿时热泪盈眶。他从未过多考虑过婚姻这个话题，不过他相信结发妻子是不会明白他此时的所作所为的。想到这一点，他就莫名地怨恨。黑暗中，他喃喃嘀咕着这件事。接着，他紧紧抓起那条白裙贴着自己的脸颊，他终于明白，自己已经爱上了那个缄默不语总是穿着白裙的姑娘。

"她是一个自顾自怜的美人儿，"他想，"她总是静静地站在那里，让人只能远观，不能近赏。"她的自尊让她不聒噪于衣食住行这些琐碎话题。有她在这里，知道她在想什么，真是好极了。

二

时过境迁，子承父业的布什内尔已然成为南水街的那家食品经销公司的老板。如今他年届花甲，生意兴隆，父亲也已经去世。总的来说他是够幸福的了。他和妻子在婚后多年终于生下了一个女孩，现在东部的学校读书。从前他对做食品生意的那些奇怪念头已烟消云散。不仅如此，他现在已经成了埃文斯顿那个教堂的重要成员，在那个体面的郊区拥有崇高的地位。

至于他妻子的表妹，就是那个曾经来过他家的老师，他只是偶尔会想起一次，就连她的名字都记不起了。

有时业务特别繁忙，他就会加班至深夜，待在店铺打理账本。晚饭也是去餐厅吃，之后又匆匆赶回店铺。尽管他的事业已经达到高峰，他还是像大多数人一样，屈居在芝加哥南水街的那个小店铺，这是储藏室上面的一间又小又脏的房间。这个小房间的后面有一扇窗户，望出去便是芝加哥河。

深夜里，布什内尔走在黑暗寂静的大街上，触景生情，就唤醒了他心中曾经对于买卖食品的那种感觉。如今的他，老态龙钟，步履有些蹒跚，头顶上的头发也掉光了。神经疾病导致他的头扭曲到一侧。他走着走着，忽而瞥向那无际的黑暗，不由得颤抖起来。

当时的南水街，是个拥有数以百万计人口，有着稳定消费群体的食品商业街，是芝加哥最繁荣的地段，然而到了夜晚，却是死寂一片，让人备感孤单萧肃。无数的叫卖声渐渐散去，那些白天堵了一路的装满大箱小包货物的货车，现在也不见了踪影。昏暗的人行道旁，堆满了装着腐烂果蔬的铁罐。一股刺鼻的气味迎面扑来。蓬头历齿的老妇人们在昏暗中四处游荡，她们慢慢地走着，手臂上挎着篮子，里面装着冻坏的土豆，变质的香蕉、苹果和橘子。

布什内尔走进店铺，埋头于账本，尽量不去想其他事。夏天的夜晚酷热难耐，他只好打开窗户透透风。好不容易把工作做完，他穿上外套，凝视着黑夜，站了好一会儿。当年他一个年轻俊朗的小伙儿，时间全耗在了食品生意上，想到此，他不禁打了一个寒战。

灰暗的芝加哥河从大湖的源头流出，蜿蜒曲折于广袤的内陆，其上横跨着众多破旧的小桥，如今到了晚上却改变了模样。有时夜色不太朦胧，还能遇到晚风习习，轻轻拂过河面，当真是一幅极美的画面。然而，在将美景尽收眼底后，一种可怕的神秘感却悄然爬上了这个老人的心头。在那一刻，他忘了老伴儿，忘了女儿，觉得自己似乎重回年轻，依旧孤身一人，自由自在。一艘小船自黑暗的河面漂过，留下了一道白影，这时他猛然想起了当年那个白衣姑娘，在他家走廊的嘈杂人群中总是缄默不语。他忽然很想把脸颊贴在那条小船上，就像当年他脸颊贴在那条柔软的裙子上一样。在那一刻，他发觉自己多年来平静而坚定的心境，全给打乱了。他在店铺里走来走去，握紧拳头，随后又放松张开。那条河就在眼前，和臭气熏天的黑暗街道近在咫尺，面容可怕的老妇人们在街上来回游荡，如今这一切对他而言都美好得近乎梦幻，让他感到既遥远，又不真实。

"它就是这样，遗世独立，让人只能远观，不能近赏。"他喃喃自语。

他努力想摆脱这些古怪的想法，告诫自己，这不过是一条臭水沟而已，自己不应该把对那姑娘的爱意都寄托在上面。

"我变得又老又蠢，连路都走不稳了。"他边想边关上窗户，转身匆忙离开了。

尽管如此，伊人在他心头依然挥之不去，他还是觉得她是他这辈子最美好的风景。深陷于这种情绪，他四下走动着，自言自语，声音时大时小。他决定不顾一切地去找到那个白衣姑娘，向她表白自己的爱意，可当他走到那条灯火通明的街道，从商店窗户上看到自己的模样，他那满腔激情，突然消失殆尽了。他如此地老态龙钟，扭曲憔悴，就像他在街上遇到的那些捡烂果子的老妇人一样。

然而即便如此，纵使二十五年没见，在这个老人心里，那个姑娘依然容颜未老，恬静迷人。她是他人生黑暗时出现的一抹白影，映照着他，她就是这个样子，时而远离，时而陌生但又不失吸引，她就是他的梦啊，让他魂牵梦萦，却又不曾照进现实。

那一个夏夜，这个老人失魂落魄地走上了回家的路。他很颓丧，但是但凡在埃文斯顿大街上见到他的人，和他说话都带着敬意。此时，他从店铺带出来的情绪被风吹散了。那晚再次出现的白影像是昙花一现，不再笼罩在他的心头。然而，此后数日，每每想起他那身材肥胖，头发灰白的老伴儿及在校读书的女儿，他就多了些温柔体贴。

泥沙淘尽

这一年来，我一直在想着写一本书。"嗯，明天我就会领悟到的。"我总是这样想。每天晚上我躺在床上，就会想起这本书，书中的人物就会浮现在我眼前。我住在芝加哥市，一到晚上，卡车从我房子外面的道路上驶过，马达声轰轰作响。房子不远处还有一条高架铁路，每天午夜过后每隔一段很长的时间就会有一列火车经过。以往，我会在这个没有火车驶过的时间段睡觉，但现在，- 我一心盘算着写书，无法入眠。

首先，很难把整部书设定在我所在城市的背景下。我不知道你们中没尝试过写书的人能否理解我的意思，也许你们能，也许你们不能，这挺难解释的。这就好比你们读者，某个晚上或下午在读我的书，读烦了，就放下书，出门走到大街上。这时阳光灿烂，你遇见了熟人。生活中你肯定会遇到一些跟我一样的事情。假如你是个成年男子，你从家里出发来到办公室，坐到办公桌前，拿起电话，开始跟客户洽谈业务。假如你是个诚实的家庭主妇，售冰人会突然送货上门，或者你突然想起昨天操持家务时是不是有些细节做得不好。一些外来的小小念头在你脑海里一闪即逝，我也会这样。比如，写完上面这个句子，我又会觉得奇怪，为什么我会写出"诚实的家庭主妇"这样的字眼呢？我想，家庭主妇也会跟我一样不诚实的。我想说明的是，作为一名作家，我会遇到跟你们读者一样的问题。

我想通过这本书表达一种陌生感，这种陌生感自我不再是小孩子以来就有了，而且越来越多地渗透到我日常生活的感受里。倘若我写关于中国一个内陆城市或非洲森林的生活，那都是一件轻松简单的事情。我的一个熟人最近跟我说起这样一件事——有一个人想写一本关于巴黎生活的书，但是他又没钱去巴黎体验一下那里的生活，就跑去新奥尔良，因为新奥尔良人是法国人的后裔。这个人心想："新奥尔良人的生活保留着的巴黎韵味，足以让我感受。"那个熟人告诉我，那本书结果非常成功，巴黎人津津有味地阅读着那本书的法语译文，把它当作法国生活的研究性专著。不过，遗憾的是，我无法如此机械地效仿他的做法。

　　最重要的是，我写这本书的意愿来源于一个稍稍与众不同的想法。我笑着想："如果我能清楚地把一切都写出来，或许我就能对所发生的事有更透彻的理解。"这些日子以来，我经常无缘无故地傻笑。这让周围的人迷惑不解。他们会问："你到底在笑什么？"而回答这个问题，就跟我要着手写书一样费劲。

　　有时候在早上，我坐在书桌前，开始写作，以我童年时代某个场景为主题。比方说，我正从学校回家。我出生在内布拉斯加州西部一个毫无生气的偏远小镇，在这里长大成人。此时我想象自己正走在小镇的街上，看到一个牧羊人坐在一家店铺前的边石上，他把羊群丢在离镇很远的西部山区底下的山麓上，漫无目地来到我们这里。牧羊人没戴帽子，满脸的络腮胡，他坐在那儿，嘴巴微微张开，上下打量着这里的街道，飘忽无常的眼神透着肆无忌惮，让我不寒而栗。一种从来没有过的恐惧感注入我的五脏六腑，吓得我匆匆离开了。老人总喜欢夸夸其谈，也许只有小孩子才真正明白孤独的可怕之处。

你也看到了，我已尽力把我生活中的某个场景引到我的书里，开始了写作。我心想："如果我能准确地捕捉到孩童时代那个下午的真实感受，读者就可以找到打开我心灵的金钥匙。"

我的计划并没有奏效。我写到才几百字、上千字，就停下笔，往窗外看去。这时街上一个男子驾着一群马套着运煤的货车，嘴里还不断咒骂着另一个开着福特汽车的人。于是，这两个人都把车停在街上，对骂起来。马夫的脸让煤灰弄得黑黢黢的，此时又气得满脸通红，一时间他的脸变成了暗棕色，活像一个黑鬼。

我从打字机前起身，嘴里叼着烟，在房间里走来走去。手不时地拿起桌上的小玩意，随后又放下。

我紧张得就跟一匹赛马一样，小时候有段时间我经常和赛马在一起。赛前，这些马在众目睽睽之下给带到跑道上。比赛还没开始，它们的腿就在颤抖了。有时候甚至比赛开始了，那马还在抖，彻底歇菜了。这时我们就会说："瞧瞧那马，连腿都拔不动了。"

我现在就处于这种状态。我跑到打字机前写了一会儿，又紧张地走来走去。才一个早上我就抽了整整一包烟。

随后，我突然再次把所写的东西撕得粉碎，"这样写不行。"我自言自语。

在这本书里，我并不是想向你们诉说我的生活经历。"生活有什么好写的？所有人的生活都一样啊。人就像分叉的萝卜一样到处乱跑，写些独立宣言啦，自欺欺人啦，白日做梦啦，时不时吹嘘些所谓的崇高伟大啦，如此等等。"一个生命来到这世上，按一定的轨迹走完一生，而后又离开这世界，如此周而复始。这是我的一个熟人一天晚上对我说的话，事实的确是这样啊。甚至就在我写这些话的时候，街上还来了一辆灵车。两个年轻女孩，还有两个小伙子，抬头看着灵车，停笑了片刻，我猜他们可能要一起去郊区的田野散步。但是没过一会儿，他们就忘了灵车这回事，又开始大笑起来。

"生命就是这样，它如此地易逝。"我喃喃自语着，又撕掉了我写好的纸，抽着烟来回踱步。

如果你觉得我会因此感到伤心，会感慨生命的短暂和无足轻重，那你就错了。在我的世界里，这些都无关紧要。"不过，泥沙淘尽，总有些东西会延续下去的。"我心想，"有人可能会把话说得清楚一点。有人甚至会想象一个黑人，哼着小曲穿过市区街道。另外一个人听到了，第二天也哼着这首歌。于是，这段小曲就犹如山上高处的一股小溪流，开始向下流淌，流向广阔的平原，滋润着田野，城市闷热的空气也变得清新起来。"这些日子我撕了又写，写了又撕，老是摆脱不了这种状态，于是，我便离开房间，出去散步。

我遇到一个爱我的女人，我们已经走在一起了。在这以前，没有女人爱过我。有女人在的时候，我总是感觉手足无措。也许是我对女人过于敬重，也许是我太缺女人了。两种都有可能。或许吧，不过不管怎么说，对于她的出现我还不至于太紧张。

她有一定的自控力，这对我来说挺好的。我和她在一起的时候，始终保持着微笑，常常想："哪天她看穿我是怎样一个人，那可就闹笑话了。"

她向别处看时，我端详了她一会儿。她似乎很喜欢我，这让我感到很惊讶，而这份惊讶又让我痛心不已。我变得谦卑起来，然而我也不喜欢自己的谦卑。"她到底图什么呢？她那么可爱，为什么要在我身上浪费青春呢？"

我永远不会忘记和她一起度过的时光。那是一个星期天的午后，我坐在她公寓的一张椅子上，手托着脸，身体微微前倾。与她见面前，我精心打扮，穿上一套最好的衣服，头发梳得整整齐齐，眼镜也稳稳地架在我那大大的鼻梁上。

我坐在她公寓昏暗角落的椅子上，手托着脸，严肃得像一只苍老的猫头鹰。我们散过步后就来到这个房子，之后她就走开，剩我一个人坐在那儿，这我在上文提到了。她的公寓周边一带有很多外国人居住。我坐在椅子上，头稍转往下面看，可以看到街上熙熙攘攘，到处都是意大利人。

暮色渐浓，但我还能看到街上的行人。如果说我记不了发生在自己和其他人身上的事，我却能一直记得我曾经有过的感受，或者我认为的别人对我的感受。

街上行人的脸黑不溜秋的，衣服上多少都有点颜色。年轻人都打着鲜红的领带，大摇大摆地走着。街上天色已黑，但街道的远处，一缕阳光透过两栋高楼，洒在一栋小红砖房上，反射出刺眼的光线。这让我浮想联翩，幻想着街道也打上了红领带，或许街道上还有人赶在星期一早晨之前调情做爱呢。

我坐在那里望着窗外，脑海中浮现过这些想法。这条街上行走的女人几乎都用深色头巾遮住脸。道路上到处都有孩子们的身影，他们时不时地发出银铃般的笑声。

我把我想象的画面不自觉脱口而出，开始幻想我这会儿身处意大利某个城市。那些跟我一样哪也没去过的美国人都喜欢这样幻想。我猜外国人是不会理解这种幻想对我们生活有多必要，但美国人都会明白。美国人，特别是中年美国人，会像我刚刚那样坐着，幻想着自己来到了意大利或西班牙的小镇上，那里有个皮肤黝黑的人骑着一匹瘦马在街上走着。又或者幻想一个满脸络腮胡子的人用雪橇把他载到了俄罗斯大草原上。这种关于俄罗斯人的幻想来源于报纸上的漫画，不过它满足了我们的需求。草原的远处，一群狼跟在雪橇后面。我以前的一个熟人告诉我说，美国人很擅长这种变戏法似的遐想，因为我们没有属于自己的古老故事和神话，所有的古老故事和神话都来自海外。

对此，我自己也说不清。我也没认真思考过美国人的性格或者其他这类奇怪、重要事情的成因。

但是不管怎么样，就像我告诉你的，我正坐在美国城市的一个意大利人聚集地，想象着自己在意大利的生活。

说实话我并不孤单。像我这样遐想的人远不止我一个。我正坐在那遐想，那个和我一起度过下午时光的热恋女友，从我和窗户的中间走过，挡住了我的视线。她穿着面料柔和的紧身衣，苗条的身形在落日余晖的映衬下显得格外迷人。

嗯，她就像一棵山上的小树，随处可见，或许还在风暴中摇曳着呢。也许你能猜到，我把她带入我的梦乡，一起来到了意大利。

在我的梦乡中，她马上变成了这片陌生国土的美丽公主。我依稀记得，此番情景或许在我之前读过的某本小说里出现过，也可能是某个游客所讲述的意大利城市生活。我小时候，在西部小镇上，母亲所在的长老会教堂集会开始之前，曾有游客在那里讲述过。

公主的城堡位于一座山上，山上生长着葱葱郁郁的树林，我的公主便沿着树林旁边的小路向我走来。夜色朦胧，她走在花香四溢的树下，一些花朵落在了她那乌黑的秀发上。意大利夜晚的芬芳萦绕在她的发际。那种奇想潜入我的脑海，正是我想表达的意思。

但现实的情景却是，她看到我正陶醉在梦幻之中，就走近我，把我的头发搞得一团糟，弄歪搭在我大鼻梁上的眼镜，然后大笑着走出房间。

我说出这件事是因为那天晚上，我对正在写的那部书又没了想法，在那里坐到凌晨三点，写着另外一本书，我的女友成了该书的主角。"这将是一个古老的故事，故事里满是月亮星辰，那古老的土地上，朽木散发着芬芳。"我这样想着，但是我写了很多页后，又把它们撕掉了。

"我出事了，或者我压根就不应该满脑子想着写这本书。"我一边自言自语，一边走到窗前，看着窗外的夜色。某一天的某一刻，某个地方，发生了某件事，已彻底改变了我整个的人生轨迹。

我当时心想："我要做的就是开始写一本书，尽我所能把那某个时刻的心灵感悟清晰地讲述出来。"

他没站稳

　　阿朗索·芬克豪泽是格里弗—沃顿广告公司的副总裁，身高约一米八九，显得人高马大。其实他并不胖，没有啤酒肚，不过块头确实很大。就读哈佛大学的时候，他曾是橄榄球明星，得益于此，后来在芝加哥等中西部地区招揽了很多广告客户。这个哈佛毕业生，没什么臭架子，世界大战中发了横财，那年他四十八岁。

　　他有卡利科卡车公司等十来个老主顾，突然之间，全都获利颇丰，卡利科盈利尤为惊人。他们忙得不亦乐乎，为沙俄政府制造卡车，所有的订单都有担保，先是英国政府担保，后来则是美国政府担保。

　　此乃胜券在握，他们要价很高，但都得如所愿。你知道战争时期是如何做生意的吧，怪不得有些人喜欢战争。天呐，暴利啊！不妨翻一下黑帮老大阿尔·卡彭的发家史呀。

　　接下来肯定是收入所得税，不过这并不像看上去那么糟。你可以在利润中合理支出一笔钱投入公司的运转，这笔钱，就可以花在广告上。

　　广告是一种暴利的行当，也虚伪地善待了很多美国青年，把他们吹嘘得纯洁无瑕。

　　阿朗索是个演讲高手，经常到广告商、制造商、出版商之类的协会做演讲。阿朗索的儿子在大战中丧生了。此后多年，他每次做演讲无不提及亡子。

"我们这些遭受痛苦的人啊，战争已经降临到我们身边……还有我自己的儿子……今天我站在你们面前，依然可以看到他的身影。

"好像他就站在那里……就在房间远处的那个角落（他边说边用手指向那个地方），好像他才刚刚迈进大门。"

比利·穆尔是个瘦小黝黑的爱尔兰人，在格里弗—沃顿公司编辑部工作，与阿朗索同岁。不过他酗酒成性，很难专心撰稿。他一般三个星期出去逛一次，一去就是三四天。这个天主教徒，家里有好几个女儿。虽然笔下功夫了得，但却不善言辞，也就不可能通过发表演说来渡过炼狱般的磨难。他对于戏剧见识深刻，本该当剧作家的。他嘴上老说着，总有一天，他会成为戏剧家。如今他一把年纪，却沦为酒鬼，总是丢掉饭碗，害得全家屡屡陷入绝境，真是可怜。不管战时还是战后，各种各样的撰稿人都能够轻易找到工作，比利也是如此。

他说："我要离开这个该死的广告行当，在我闭眼之前至少要写出一部好剧本来！"

"是什么内容的呢，比利？"

"哎呀，关于广告圈儿的啊。不管怎样，我起码要对此羞辱一番。"

阿朗索成了大人物后，所有的演讲稿都是比利写的——就连那个用手指着某个方向的动作，也是比利想出来的。"……此刻，他好像就站在那里。"

"停一下，把手甩出去，就这样。"

"好的，我明白。"

"然后，他们的脑袋跟着转过来的时候……"

比利从骨子里讨厌阿朗索，阿朗索也同样地讨厌比利。

阿朗索常常这样站着，表演比利写的演讲稿。他的形象很好，演讲结束时总会提及儿子在法国的牺牲。

"这小杂种真的死了。"比利以前经常跟公司里的其他撰稿人这样讲。

"德国佬炸掉了他那该死的小脑袋。"其实他从来都没有见过那个男孩。

每当有什么大型宴会，要在很多生意人面前做演讲，阿朗索总是夸夸其谈。

"我站在这里，站在你们所有人面前，看见了我的儿子，就像我在他生前最后一次所见的那样。他好像就站在你们后面，正从那个门进来……看！"他甩出手臂指着那个方向，这个动作，比利教过他的。

"一个纯洁可爱的美国男孩。"那些商人，广告商、出版商、制造商们全都惊讶地转过头去看。

"一个纯洁的卷发男孩。"

在宴会上或者其他发表演讲的地方，总有一群秃顶的男人，怎么有那么多人秃顶啊。

"他儿子应该找生发素厂家为他索要广告费的，"比利说，"我的天啊，他真是一个一流的广告代言人。"

战争时期，卡利科卡车公司赚了很多钱，财源滚滚而来。不过他们必须把钱投在广告上，否则政府会拿这些钱去填补战争的开销。他们常常用长途电话催促阿朗索。总有一方粗心大意。

"我们的进度已经落后了，"他们说，"你必须在接下来的十天之内花掉三十万。"

"好的，不过……"

"不过什么？"

"复印费、报纸发放费等等，你们同意吗？"

"怎么可能？！见鬼！"

比利·穆尔总是坐在那里盘算，越想越眼红，他知道阿朗索和格里弗—沃顿公司的协议是五五分成。

"让我们算算，十天一单生意，三十万的百分之十五，那就是四万五千了，它的一半是……"他在这方面显得尤为孩子气，那样子就像某个高中生在计算著名演员贝比·鲁斯每工作一个小时能赚多少钱。这三十万只是一眨眼的工夫而已，还有常规的流动资金，好几宗生意，运营都非常顺利，连续运营了三四年。"嗯，阿朗索乱七八糟的业务，运营这几年，每年都有二十五万美元的收入啊。"可比利没有儿子，战争中也没失去任何亲人啊。

每次发表演讲，阿朗索都要就这个话题讲好久。

"我能看见我的儿子，他就站在那里，我们是父子，更是朋友。"所有的商人都转过头去看，他们回头再看阿朗索的时候，他也总是恰好在放下泪巾。正是因为他的真诚，商人们才这么喜欢他。阿朗索有点犹豫地对比利说，今年的夏天，他去了一趟法国，他儿子就埋在那里。

"来点新鲜素材怎么样，比利？"

"你的意思是？"比利反问道，他最近过得很糟，妻子对他也颐指气使的。阿朗索不好意思说出来，但他在广告界已经成了大人物，也的确热衷于演讲。

"你也知道，我去了孩子坟前。当时我没有让他们把尸骨运回国。我写信给国会议员说，'在哪里倒下，就让他在哪里安息吧。'"

"你的意思是？"比利说，他有些懂了，"嗯，我想是得改改演讲稿了。"

"你知道吗，比利，"阿朗索说，"你让我真正感受到我儿子的逝去，真正感受到其中的意义，要是没有你，我永远都不会领悟到这些。"

"是吗？"

"照旧，我们应该改头换面。"比利站在阿朗索的办公室里，陷入了沉思。

"比利，你觉得，说说孩子的坟墓怎么样？比如说，就在那里，就在战场的边上，在夜幕的深处？"

"天哪，真是个好主意！"比利说，他站在那里，对阿朗索是满腔的仇恨。有时他会异想天开地觉得，他不再仇恨阿朗索。他紧靠在大红木桌子边缘喃喃自语，阿朗索也上前来静静细听。

比尔说着："那么假设，现在你就身处在那个法国的小镇，正值仲夏之夜，大地仿佛撕裂开来，万千枝条散落一地，一片凄惨狼藉。"

"对对。"阿朗索应和着。

"某些奇怪的东西控制着你的灵魂。"

"自从美国退伍军人协会干政以来，战争的主题不再那么好了，"阿朗索说道，"比利，就算你写了战争题材的戏剧，也出版不了。"

"这个不行，总还有别的，比如说大家都喜欢幽灵之谈，这个怎样？……你想啊，你来到一个法国小镇，那里就在战场的附近。正值夜幕降临，你住在旅馆里久无法入睡。就在这时，仿佛有人在呼喊你的名字。小镇如同死一般寂静，但你却好像出现了幻听，枪声四起。你立刻从床上弹起来，穿好衣服，悄悄溜出旅馆。"

"对对。"阿朗索再次应和着。

"你径直走向那片阴森恐怖的树林，林里闪着昏暗的火光，一会儿出现在这里，一会儿又出现在那里！似乎有个声音对你说：'告诉他们，告诉他们。'"

"对对，对对，对对。"

比利迸发出一个好点子，是一种直觉，难道优秀的广告撰稿人会不懂其中的含义吗？这种好点子不是每天都会有的。好点子逐渐成形，阿朗索跟着连声附和。比利可能是因为醉酒后妻子骂他太惨了，心里的怨气排解不去，就在阿朗索又要开口应和时，他突然冲着阿朗索下巴猛击一拳。比利从没想到下手会如此之重，阿朗索从椅子上摔了下来，脑袋正好撞到了桌角，顿时血流如注。

"我猜我拉他的时候，他没站稳。"比利事后总是如此解释。

所有人都涌进办公室，速记员、其他撰稿人、联络员，还有公司的其他员工。毋庸置疑，比利被炒鱿鱼了。公司老总乔治·比·沃顿当众解雇了他，不过后来又让他回来了。比利的妻子向沃顿先生求情，阿朗索也坚持让他回来。

"你们想想看，比利有一大家人要养活，况且他那天还喝醉了，一定要让他回来。"阿朗索说。他们与他争论不休，说比利回来工作会打击公司员工的士气，但是阿朗索拒不让步。其他人都觉得阿朗索心胸宽广得像个傻帽儿，但他在公司举足轻重，处事方式也很有个性。后来，他们不得不通知比利重新回来工作。

"我猜我拉他的时候，他有点没站稳。"比利反复就是这么一句话。

我已倾尽全力，无以为续了

四个广告人到斯库利饭店就餐。立特·吉尔说："这家饭店很小，我们能清净些。"弗兰克·布兰迪不知道有什么可清净的。

这里是芝加哥，弗兰克从办公室出来，刚好碰到其他三个。他们说："一起去吧！"那是一个阴冷的夜晚，下着蒙蒙细雨，弗兰克有些闷闷不乐，也没想好要去哪里吃饭，于是说道："好吧。"他走在吉尔的旁边，吉尔和他一样都是广告文字撰稿人。看着走在前面的三个人，他想道："天啊，人们可以做多少事情啊。"

"可以创造整个文明啊。"他想着。他情绪低落，想着自己和其他几个人，想着他们是如何生活的，如何相处的，如何进行广告创意的……有些人画画，其他人写稿。产品要卖得出去。这是一件多么重要的事。如果你写本书，除非它卖得出去，不然它有什么用呢？杂志、报纸、汽车轮胎、衣服、鞋子、帽子、食物等所有的产品都是得卖出去才行。卖出去，卖出去，卖出去。

"天啊，我最好想点别的事儿。"吉尔跟他走在一起，什么话也不说。有时候他就寝前，就是这个样子。

弗兰克现在单身，他结过婚，但他老婆跟他离婚了。结婚的真正意义可能是……晚上有人和你躺在一起，你可以和她吵架、做爱什么的，你也可以把责任推到她身上。

如果独自躺着，你就会想很多，可能会读一本书，一位犹太老人在贫民窟的辛酸苦辣！你开始思考他。读到一个章节的中间部分，你停了下来，尽力思考着故事的后续内容。

任何让你浮想联翩的事情，那就是书的意义所在，也是人们写书的原因所在，不是吗？你怎么知道这不是男人与女人结婚的真正原因呢？

你把自己想象成是在中世纪贫民窟里的那位犹太老人，靠放债为生。正如卡尔·库利奇所说过的："借钱给他们。"他们借了钱，不是吗？让他们还更多，让他们还利息。压榨他们！报复他们！睡觉之前想想这些事，睡醒又是新的一天。

他们进入斯库利饭店。为什么要叫斯库利呢？店主又矮又胖，皮肤黑黝黝的，粗糙的头发又短又黑，看上去浑身油腻腻的。不过，他妻子却是高高的身材，温柔的双眸，端庄非凡。带他们来这个饭店的名叫巴德，是位广告画家。他很可能在想："我要把她画下来。"他曾碰巧来过这儿，想到要画她，于是带上吉尔，就回来了，两人聊了起来，巴德说："看，吉尔，我想把她画下来。多么曼妙的身姿啊！纤纤玉臂，修长美腿，玉骨削肩！仿佛你亲手抚摸着她的肌肤，那种感觉是多么地强烈而美好，耐人寻味，经久不息。你懂了吗？"吉尔不会有什么兴趣，说道："当然啦，巴德，这主意不错。"他知道巴德永远都不会这么做，他得设计广告。

四个人坐在饭店后面角落的一张桌旁。第四个人的名字叫艾尔，长得胖胖的，红色的脸颊上青筋暴出。他吃得很多，喝得也很多，就是不说话。他是售货员，在广告公司中称作联络员。

除了弗兰克，其他三人都在忙着新业务……女士鞋……优质昂贵的女士鞋。巴德从其他广告公司探听到了这项业务。弗兰克看着他。那天晚上，艾尔温和得就像一头牛，或者更准确地说，像一头阉牛，但弗兰克猜测，要追踪一单生意时，艾尔就会活跃起来，蓄势待发。他会猛喝一两口酒，然后全力以赴，讨论，讨论，再讨论。优质女士鞋，密苏里州圣路易斯制作。啊，为什么不订购些呢？圣路易斯有什么不好的呢？

但是，我不明白了。我常常在想圣路易斯，它在我的心里是这样的：肥胖的德国人，还有他们肥胖的妻子；热气炎炎，泥泞的密西西比河，每个人都在出汗。

晚饭之后，这三个人会回办公室设计广告，撰写广告词，吉尔要构思撰写广告词，巴德要具体设计绘画。弗兰克看着桌子对面的吉尔。吉尔的手平放在桌子上，软软的，莫名的小手，就像小女孩的手一样。他有些害羞，你看他，他就会脸红。

他们就在桌旁开始讨论新业务，怎么通过杂志或报纸广告出来，吸引鞋商——典型的广告行话。巴德对弗兰克说："你怎么了，弗兰克？你怎么不说话呀？"弗兰克回答道："哦，我不知道，我就是这样子。"其他人笑了起来，只有艾尔不笑。他们都明白，这就是他们的性格。艾尔从裤袋里拿出了银色的长颈瓶，里面盛着很多烈酒，他给每个人都倒点儿。弗兰克看着巴德，又看看艾尔，心想："他喝太多了，不过他喝多了，关我什么屁事？"艾尔把老板娘叫到桌前问道："你们这里有柠檬吗？"她说没有。"哦，你可以给我买一点吗？"

当晚饭店里只有这四个食客。老板戴着一顶油腻腻的小白帽，穿着脏兮兮的白围裙，从厨房里走过来。饭店位于批发区的一条侧街上。吉尔刚刚说过：我们能清净些。但是弗兰克在想：有什么好清净的。艾尔给了老板二十五美分硬币去买柠檬，他们不必再喝这种乏味的烈酒。

老板娘可能是意大利人、希腊人或者是叙利亚人。她长得很端庄，还不错……她和老板说话都不流畅。四个人点完餐，她便稍稍退后一点，走到柜台前，站在那里。很快，她拿了把椅子坐了下来。从她坐的地方，只能看到弗兰克一个人，她就这么坐着直到他们离开。老板伺候这几个人就餐。他们点的食物都一样，牛排，结果有点硬了，还有炸薯条和罐装豌豆。他们还要了同样的派和咖啡……不管怎么说，大家的生活都是这样。弗兰克心想："我书读得太多了，想得太多了。"莎士比亚那句话是什么来着："可能会做梦，啊，这就是障碍啊。"

这就是障碍啊，嘀咚咚……

这就是障碍啊，嘀咚咚……

弗兰克决定想一想吉尔，他就坐在对面。弗兰克想：我最好别看他，他会害羞的。想着另一个男人就像是在读一本书或者是跟一个女人在一起。这会让你浮想联翩。这就是你想要的啊。在接下去的整个晚上，他就开始摹画吉尔的生活状况。

他会与巴德、艾尔一起回到办公室。艾尔不会工作，他为什么还要工作呢？他是售货员，弗兰克笑着心想："除非你把它卖出去，不然这个产品还有什么价值呢？"艾尔会坐在那里，叼着雪茄，看着报纸，然后吉尔会走过来说："这个主意怎么样啊？"他会拿给艾尔看。艾尔就得去卖掉它。艾尔会伸伸懒腰，从嘴巴里拿出雪茄说："相当不错，吉尔。"吉尔只不过在提一些粗略的建议。如果艾尔认为这些建议可行的话，巴德就会迅速画出草图，然后吉尔就会写成文案。然后就是协商。艾尔随后可能要出去进行展览，他会搭乘凌晨一点钟的火车前往圣路易斯。

"艾尔你看，构思就是这样……"吉尔会制作出规划方案，女人匀称的大腿。这是一个有创意的想法，展示女人的大腿。

"嘿，这种游戏，创意越少越好，别苦思冥想。你觉得谁会看广告，会是些高级知识分子吗？"

女人的脚穿在鞋子里，踏在紫色的天鹅绒上。这个主意不错。紫色天鹅绒代表高贵。"高贵的美国美人儿总是很挑剔。"看，鞋子就像小小的船儿，在紫色的大海里游弋。

小船在紫色的海洋中去游弋，去冒险。嘿，小鞋子，你们要把那些可爱的脚丫儿——那些可爱姑娘的长腿……丰臀、美乳、削肩、玉臂带往哪里去呀？……哇，小女人，你们的购物袋里装的是什么呀？

> 海伦，你的美对我而言
> 就像昔日尼西亚的船舸……

人们读书、散步、睡觉、吃饭、背诵诗歌，多么奇怪啊……总是在想，这到底是为了什么，到底要到哪里去……

当然，不仅仅要能写鞋子广告。弗兰克所在的格里弗—沃顿公司位于芝加哥市的塔顶大厦，其中一个广告撰稿人，曾经对弗兰克说："我已倾尽全力，无以为续了。"

"是吗，你最近都做了些什么呢？"

"我读了拉尔夫·沃尔多·爱默生的作品。有一篇散文，叫《论自立》，对我影响很大。"

"然后你再回头读了一遍，是吗？"

"当然了。"

对于吉尔，弗兰克以前从来没有想太多。天啊，你每天要见多少人啊，摩肩接踵熙熙攘攘的……

哈，我们出发，向前看，齐步走！出发！你从没想过他们。你怎么能想起他们呢，人那么多……

那天晚上，弗兰克和巴德、艾尔、吉尔一起就餐，也没什么重要的。你读过很多书，对吧？你也不会再去想它们，不是吗？很可能，作者殚精竭虑地写那本书，对，那是他自作自受，当作一文不值扔了吧，再给我换一本。这只是一个下着雨的晚上，弗兰克不想回家去看书。他只是和其他人坐在饭店里，静静地享受晚餐，欣赏饭店漂亮的老板娘，巴德一直想要画她呢。她坐在那里，别人谁也看不到她，只盯着弗兰克看，弗兰克也谦逊地投桃报李。她不是很年轻了，三十三四岁的样子，皮肤黝黑柔滑，眼睛又大又黑。丰满的双乳，宽厚的肩膀，双腿强健而匀称。

她就那样坐在椅子上，双腿微微叉开，弗兰克心想："赫拉克勒斯之门。"

> 黄金从派洛斯冲出来，
> 猛袭赫拉克勒斯之门。
> 夜半山林猛虎卧
> 目似星燃燎原火……

弗兰克脸上慢慢浮现出一丝微笑，那个女人脸上也浮现出一丝难以察觉的微笑。弗兰克任凭自己的思绪飞扬。他想起了巴德。巴德并不想当广告画家，他记得那天晚上，有人在办公室说过的话……

巴德喝得太多，快不行了。他现在连一年前的一半都不如。他的画对他们不再有任何活力。真是吹毛求疵！巴德对弗兰克很了解，认为弗兰克很聪明，出类拔萃，见多识广。"人就该这样。"我要主宰自己的命运，主导自己的灵魂。"尽是鼠辈啊。"弗兰克想着，不过他仍然觉得巴德是个不错的人。

巴德与吉尔聊天的时候，他想出了什么样的诗篇啊。喔，对了。"看，吉尔，纤纤玉臂，修长美腿，玉骨削肩！仿佛你亲手抚摸着她的肌肤，那种感觉是多么地强烈而美好，耐人寻味，经久不息。"巴德会对吉尔这么说。

我想男人和女人就是这样开始的，任何男人女人都一样。威廉·詹姆斯的宗教观点是什么？……音乐在心灵的深处，这就对了。你们不会一直深究下去的，想深究的人连十分之一都不会有。怎么可能呢，这一切有什么关系呢？

关键是，弗兰克突然发现吉尔是同性恋。人们怎么就突然发现这种事了呢？你坐在那里，一无所知，然后，你继续坐在那里，你就什么都发现了。

你并不想知道。这伤害的不是你，而是他。那人的情感已经开始决堤，应该表示同情吧？可怜的人儿。

当天晚上，四个人一起就餐，什么事情也没有发生。他们吃了牛排、薯条、罐装豌豆。不，我们没有吃别的蔬菜。每个人四十美分。艾尔付了钱，老板娘来收拾盘子时，艾尔还另外给了她四十美分小费，那个女人拿了钱，微微笑了笑。弗兰克没有说话，心想：一个人就应该这么做，像读书一样。书名是《芝加哥雨夜》……《神秘故事》。芝加哥雨夜犹如埃及尼罗河之夜一样神秘——不是吗？或者像非洲的史丹利……非洲最黑暗丛林里的史丹利……雨水、热病、腿疼、黑夜丛林里的动物……

夜半山林猛虎卧
目似星燃燎原火……

关键是，弗兰克正与那黝黑皮肤的高个女人互送秋波——你可以这么说，这时，弗兰克突然抬眼，与吉尔的眼神相遇。她的双眸一直在脉脉传情，女人对自己心仪的男人都会如此。天啊，如果人都可以坦诚点的话，活在这个世界上该会多幸福啊。

你，作为一个男人，从未曾拥有过女人……"得啦，就这样决定了，现在我的心总算放下来了。"……而女人，一个真正的女人，也从不会从任何一个男人身上获得那种神情的。

但是，弗兰克，突然环视四周，从吉尔的眼中获得了同样的神情。

什么？你是说，你从男人身上也获得那种神情？

哦，是啊，如果吉尔还算是个男人的话。

对弗兰克来说，那晚和那三个人一起吃晚饭，这是一件伤感情的突发事，震撼伤害到了吉尔……伤害到了他那渴望期许的眼神……弗兰克脸上肯定浮过一道阴影，把他的心绪泄露无遗。弗兰克想起了一件事，转瞬之间，他全明白了。有一次，吉尔生病在家，弗兰克和巴德去看他。他记得有两个妹妹和一个老母亲。老母亲白发苍苍，温和而恬静。父亲已经过世，她们都要依靠吉尔养活。有些时候，你可以洞见未来。你在黑暗之中，犹如是在黑暗的时光隧道里，你向前看，顺着隧道遥望远处的出口，可以看到未来所发生的事情。吉尔在生意上要仰仗像艾尔这样的人，艾尔正坐着跟巴德聊天。突然，弗兰克听到艾尔和某个人在五或十年前的对话。

"你还记得那个立特·吉尔吗？他曾在格里弗—沃顿工作。"

"当然记得啊，怎么了？"

"哦，在底特律一家旅馆大厅里，有人把他撞倒，把他扔出了旅馆。"

"那他肯定把工作给丢咯？"

"肯定啊。"

"那他现在到底在哪里？"

"我怎么知道？哎，我从来就受不了那些人。有人曾对我说起这件事，我把他狠揍了一顿。"

这类事不常发生在弗兰克身上，却给他一种异样的感觉。吉尔的手和嘴唇都在颤抖，他的脸就像一个年轻的小女生涨得通红。吉尔迅速移开视线，但弗兰克还是捕捉到了一些东西。吉尔别开脸的时候，眼睛里涌上一丝丝的恐惧。

艾尔和巴德继续聊天。"是谁去把耶稣从十字架上取下来的？"弗兰克心想，"我记得他们把他钉上去，是谁把他取下来的呢？哦，我现在记起来了。是约瑟夫，那个年轻的富家子弟。"

和三个人吃完饭后，弗兰克·布兰迪独自在雨中飘零。他在斯库利饭店门口向他们道别，他们就回到格里弗一沃顿的办公室了。雨很冷，弗兰克没有约会，也不想看书，就决定走着回家。他家住在南边很远的地方，但他还是徒步走着……

穿过黑鬼的街道

白人的街道

繁华的街道

贫穷的街道

他经过有轨电车的车库，想起一些事情。"记得那些偷电车的人吧，我希望在这条黑漆漆的大街上，能有人冲出来拦路挡道，我想揍人。"

吉尔会在格里弗一沃顿的办公室里工作。弗兰克在斯库利门口与其他人道别时，吉尔已经悄悄躲开了。从现在起，他永远都会有点害怕见到弗兰克。他现在应该在工作，在努力想着怎样给女鞋做广告创意。巴德也会在那儿，他可能出去参加广告展览。

"吉尔，再喝一口我的烈酒吧？"

"谢谢，不用了，艾尔。"

"你的想法都挺棒的，继续加油。"巴德喝得太多了。他几乎每天晚上都把自己打扮得漂漂亮亮。如果一个像他那样的家伙想要绘画，那他为什么不尽情画呢？假如他挨饿了？那又怎样？你就开始想某人，想巴德，想吉尔，这就像是在读一本奇怪的书。你开始想一座城市，比如芝加哥，或者想一个广告公司，或者是教会里的人，这就像一本书……一本疯子写的小说。

吉尔此刻可能会在办公室里，独自待了片刻。"我把自己的情绪泄露给他了吗？"他知道他确实是泄露出去了。我尽力了，尽力了，要是真泄露了，我也爱莫能助了。

我已尽力掩饰，心力交瘁了。

吉尔会用手捂住他那女孩般的小脸儿，低声啜泣起来。弗兰克在雨中走着，想道："哭吧哭吧，小可怜，哭出来就好了。"

"但是，他们会抓到你的，他们会抓到你的。"

"他们会识破你的。"

"他们会查清真相的。"

"他们会查清真相的。"

弗兰克回到家里，又湿又累，他给自己调了杯酒。然后又洗了个热水澡。哎呀，我得找些东西看。我得把这些情绪都清理掉……他在床边看到一本新书。勒索与诈骗。聪明的少女，愚蠢的银行家……但这都没有用。于是，他关上了灯。"立特·吉尔，"他又开始想了，"他怎么样了？……天啊，我最好还是想点别的事情吧。"

乔的医生

乔先生刚来我们乡下的时候，大家都有点怕他。我们有些人曾在报纸上看到过他的事迹，例如他的非凡历程和离婚状况等等。很显然，他是想找个清净的地方。于是就在离小镇几英里外的丘陵地带，买了个农场。帮他建房子的工人，不管是镇上的，或是村里的，都很喜欢他。

乔先生很纯朴，你会不自觉地喜欢上他。我要在此报上他的大名……他在百老汇出版剧本那么成功，时而与这个时而与那个成功的女演员结婚，然后离婚。不管怎么说，他就是这样的人，你会不自觉地喜欢上他。

乔先生寡言少语，喜欢到处闲逛，从不强出风头，却总是想着给工人多发点工资。

是乡村医生哈格蒂带我去乔先生家的，他是一位很特别的医生，一个腼腆的单身汉，自他从医学院毕业出来就一直在这里行医。这地方四处都是穷乡僻壤。我不知道他是怎样靠行医来养活自己的，也许养活这样一个人花不了多少钱。他治各种疾病，做各种手术，难度高风险大……在冬天偏僻山路的小木屋里……病人很可能被大雪困住……除了那又小又旧的医药箱和外科手术必备的几件工具之外，他一无所有。

哈格蒂医生，身材瘦小，头发稀落，鼻梁微微上翘，手特别灵活敏捷。他有一个爱好，就是喜欢玩槌球，以前每个下午都会跟一位年迈的格拉芙法官切磋球艺，那法官也是个单身汉。后来格拉芙法官去世了，乔先生就来到了这里，在斯威夫特河边买了农场，建了房子。

乔先生肯定是第一眼就喜欢上了哈格蒂医生。身为纽约人，他本不会热衷于槌球。但是他却花很多钱建了槌球场，推倒小山，买进草皮，几个工人一起浇水压平，奋战数日，这个槌球场才总算竣工。的确，仿佛每一片叶子都是工人细心料理过。在镇上的药店里，我们都在讨论着这件事，"哎，有钱就是好啊，剧本写得成功就是好啊，像那样来钱就是好啊。"银行的出纳员告诉我，"真是财源滚滚呀。"

球场对我们那个小巧害羞的哈格蒂医生来说非常重要。这个夏天，哈格蒂医生和乔先生这两个腼腆的男人几乎每天下午都黏在一起。也就是说，只要这个身材矮小的医生没有驾驶他那辆寒酸破旧的汽车翻山越岭出诊，我敢打赌，他们经常，有时一整夜都待在一起。无论他多忙，都会抽出些时间待在乔先生那里，或白天或晚上。有时他们会在晚上玩槌球，乔先生为此建了一堵高高的石墙，将槌球场和道路分隔开来。他还安上了电灯。哈利·汤普森是住在那里的一个农民，他告诉我说他很好奇，夜里去了那里两三次，坐下来观察，可每当这时，他们的运动就会戛然而止。乔先生走进房间打字，而哈格蒂医生则开着他那辆旧车离去。

我很高兴他们不介意我坐在一边观看。他们在运动中就像两个小孩子。哈格蒂医生已年过花甲，可在和乔先生一起玩槌球时，他就像个孩子。他们的关系很微妙，微妙得可笑。有时你可以在一对婚姻美满的夫妻身上体会到这种微妙。

但故事的关键是：去年夏天，纽约一位著名的外科医生过来看乔先生，这件事有点怪。对我们来说，村里的每个人都很普通。哈格蒂医生这几年来都和我们一起住在这里，穿着格外寒酸，开着一辆快要散架的汽车，有谁会认为他很特别呢？

这个外科医生，从城里来这看望乔先生，开着大型的进口车，特别有范儿。他的衣着举止都透露出独特的气质，在一英里之外看到他，你都可以断定他是个成功人士。

这位外科医生也马上喜欢上了哈格蒂医生。他进去时我正好在那里，他本来计划只在这里待一天的，可他马上就和哈格蒂医生开始攀谈起来。哈格蒂医生在他面前一点都不害羞，不一会儿，他们就一起开车出去了，但开的不是那辆大型进口车，而是哈格蒂医生那辆破旧不堪的小车。

原来他们是去看望哈格蒂医生刚刚提到的病号弗里德曼夫人。她是一个可怜的寡妇，和儿子住在一个小木屋里，木屋坐落在山丘后面那个贫瘠的农场里，大车开不进去。他们去了整整一个下午，第二天他们接着去。

这时你会想，谁会料到像弗里德曼夫人这样一个妇女生病，竟会引起一位大牌成功的城市外科医生的特别兴趣呢？这似乎就是个手术的问题。我们乡下没有医院。他们为弗里德曼夫人做了手术，也就是说，哈格蒂医生做手术，外科医生在旁看着。

这是外科医生告诉我的。那时他在这里已经有四五天了。我在乔先生家，哈格蒂医生和乔先生正在玩槌球，而我和外科医生坐在低矮的石墙上观看。我觉得这件事足以让我大开眼界，就把来龙去脉都写了下来。我之前很害怕这个衣着考究的城里人，但是现在已经好点儿了。

他开始跟我说哈格蒂医生，语气中带着一种好奇和尊敬，让我大惑不解。

"那个男人。"他边说边用头示意，他指的是那滑稽矮小的哈格蒂医生。此刻，哈格蒂医生正趴在那里，瞄准着乔先生的球。接着外科医生就说起了一些事，让我大惑不解。

他说："假如我有哈格蒂医生那样的机遇，我或许也会过得很好。"

唉，生活真把人搞糊涂了。这个城里人陷入了沉思。

他对我说："你知道吗？我觉得这个瘦小的家伙或许有一种自卑情结。这难道不是很好吗？这种情结或许拯救了他，可他却觉得自己没有一丁点儿特别之处呢。"

"比方说，你看看，看看他的手，多么细腻，多么灵巧，"他说道，"天哪！他的人生是多么精彩啊！"

这位大牌城市医生的品质必然会让他大获成功，但他却好像觉得自己白活了。他把我逗乐了，真把我逗乐了。

他叹着气，说："这就是我，可我算什么呀？只不过是一个愚蠢的专家罢了。"

如今身为成功的大城市外科医生，他却似乎认为自己是在浪费生命。我大笑起来，不知道该说些什么。

反正，我当晚就和哈格蒂医生开着车回到镇上了。我现在写作的时候，似乎还能闻到那辆破车的味道，似乎还能听到那车在嘎吱作响。哈格蒂医生那晚显得特别谦卑。

他说："我感到很羞愧。"

"羞愧什么呀？"我问道。

就像我前面提到的，他在那位城市医生的眼皮底下为弗里德曼夫人做了手术。他为自己手术中使用的工具感到羞愧。他想要城市医生做这个手术，但是他不肯。他告诉哈格蒂医生，他只想在一旁看着。

哈格蒂医生说："他鼓起勇气对我说，他对弗德里曼夫人的诊断是错误的，而我是对的。"显然哈格蒂医生不相信他的话，说："我猜他是想让我放松下来。"

我问道："是你为弗德里曼夫人做的手术吗？手术很棘手吗？她能活下来吗？"

"能啊。"他说。他语气跟那位好奇的城市医生一样，好像病人没什么可重要的。我认为这是必然的。他在乎的是那位城市医生。他用他那滑稽稚嫩的小眼睛望着我，说："在他面前，我很羞愧。"

"你的意思是？"我问道，此刻我给逗乐了。

"我是说我没有什么像样的设备。"

那位城市医生曾同样带着真诚的赞美甚至嫉妒的语气说："那人只用一把小折刀，竟能做成这样的手术！"

哈格蒂医生说："我年轻时但凡有点勇气，就该到城里去，接受教育，学点儿东西，成为一名专家。"

"我可能会取得某种成就，了不起的成就。"那天，哈格蒂医生开着他那辆破旧的汽车，对我这样说，一路上遗憾着，就像那位城市医生一样在后悔他人生中所失去的机会。

播种玉米

周六是个好日子。农民来镇上赶集，他们是小镇生活的一部分。孩子们常常要到镇里的中学上学。

哈奇·哈钦森也不例外。别看他的农场小小的，离小镇有点远，三英里左右，那可是我们这儿出了名的农场，打理最好，产量最高。哈奇上了年纪，个子矮小，满脸皱纹。他家在苏格拉奇碎石路旁，跟边上其他残旧的农场比起来，他家的农场格外引人注目。他经常给房子粉刷新漆，果园里树干的下半截都涂上了白石灰；他还时不时翻修谷仓棚屋，地里的庄稼也都一排排的，看起来井然有序。

哈奇已近古稀之年，人生起步较晚。这个农场本是他父亲的，父亲参加南北战争时受过重伤，多年来一直不能过度操劳。哈奇是家里的独子，只好待在家里，经营农场，直到父亲去世。

他快五十岁的时候，才娶了一个四十岁的教师，生了个儿子。这个教师身材也很娇小，就跟哈奇一样。婚后，他们一起在农场埋头苦干，他们看起来与农场生活是那么地和谐，就像有的人穿着非常合适的衣服一样。我发现，在一段美满姻缘里，夫妻的性格会变得越来越像，最后甚至连长相都一样了。

他们的独子威尔·哈钦森个头不高，身体却非常强壮。他是我们中学的棒球队员，开朗活泼，聪明伶俐，大家都喜欢和他一起玩。

有一点值得注意的是，他还小的时候，就展现出绘画天赋，他画的小鱼、小猪和小牛很有趣，能让你想起某个熟人的样子。真没想到，人竟然和牛马猪鱼长得这么相像。

中学毕业后，威尔进了芝加哥的艺术学院，他母亲的一个表兄住在那里。他的另一个同乡，哈尔·韦曼，也在芝加哥，比他早两年到，就读于芝加哥大学。大学毕业后哈尔回到家乡，做了我们中学的校长。

他俩原本交情并不深，哈尔比威尔长几岁，在芝加哥的时候，他们开始走得越来越近，甚至很多晚上都待在一起，相约看剧，促膝长谈。这些都是哈尔后来告诉我的。

我从哈尔那里得知，在芝加哥的时候，威尔还是像小时候一样人见人爱。

他长相帅气，艺术学院的女孩儿们都喜欢他。他个性坦率，男孩儿们也喜欢和他交往。

哈尔告诉我，威尔几乎每晚都出去参加聚会，很快就开始兜售那些引人发笑、小巧可爱的图画。他的画大多用于广告上，给他赚了很多钱。

他甚至开始往家里寄钱了。哈尔回到镇上后，常去看望威尔的父母。他会在午后或者夏夜步行或驱车前往，与威尔的父母坐下闲聊，而主题永远都是威尔。

哈尔跟我说，他们夫妇如此依赖着儿子，嘴里说着他，心里想着他的未来，这种亲情每每让他忍不住动容。他们从来不与镇上的人走动过多，甚至连邻居的门都很少串。他们一天到晚就是工作。有时候晚上有月光，老妇人收拾好晚饭后，他们还会到田地里继续干活儿。

就像之前说的，老哈奇已近七十，他妻子也六十了。每当哈尔去农场看望他们，这对老夫妇都会放下手头的农活儿，同他坐下聊天。他们可能在某块田里干活儿，看到哈尔站在路边，他们就快步迎过去。威尔又来信了，他每周都会写。

　　老妇人跟着丈夫一起跑来。"我们又有信啦，韦曼先生！"哈奇常会大声喊着。老妇人一边气喘吁吁，一边跟着喊："韦曼先生，我们有信啦！"

　　他们会立刻把信拆开，压制不住兴奋大声读起来。哈尔说，威尔会在信上点缀些幽默的小插图，读起来总是那么地耐人寻味。画上有他见过或是相处过的人，有密歇根大道川流不息的车辆，有十字路口执勤的警察，也有匆匆走进办公大楼的年轻速记员。这对老夫妇没有离开过小镇，对儿子的城市生活感到特别好奇与向往。他们很想知道这些小插图的含义，哈尔说，他们就像两个小孩子，急着挖出他记忆中关于威尔在大城市生活的点点滴滴。他总会鼓动他们到儿子那儿看看，一聊就是好几个小时。"当然了，我们去不了，怎么能走开呢？"老哈奇说道。

　　他从小就没有离开过这个小农场。他还年轻的时候，父亲就残疾，他就得料理家里的一切。要是好好打理，一个农场也会很费劲的。你得不停地除草，还得喂养牲畜。

　　哈奇说："谁来给我们的奶牛挤奶呢？"

　　一想到外人要碰他的奶牛，哈奇就觉得难受。只要他还活着，就不想让任何人耕他的田、种他的玉米、照看他的谷仓。他对农场有种特殊的感情，无法解释，哈尔说。他似乎很懂这两位老人的心。

　　那是一年的春天，哈尔深更半夜跑来找我，告诉我那个噩耗。

我们镇有个电报员，在火车站值夜班。电报其实是发给哈奇·哈钦森的，但电报员却把它转给了哈尔。威尔·哈钦森死了，遇了难。原来，威尔和几个同伴在一个聚会上喝了很多酒，后来发生了车祸，威尔就这么死了。那个电报员想要哈尔把这个噩耗转告哈奇夫妇，而哈尔就想着要我和他一起过去。

我提出要开我的车去，哈尔拒绝了，说："还是走路过去吧。"我看得出来他是想缓一缓，于是就走着过去。那时正值早春，每一刻我都记得：我们走路时无声的脚步，刚从树枝上冒出来的嫩叶，我们越过的小溪，月光照耀下波光粼粼的溪水。我们磨磨蹭蹭，也不说话，根本不想往前走。

不知过了多久，我们终于到了，我站在路边，看着哈尔朝大门口走去。我听见远处一阵狗吠，还听到孩子的哭声。哈尔没动静，杵在门口，足足有十分钟，不敢敲门。

他终于还是伸手敲了门，敲门声异常难听，就像阵阵枪声般急促。老哈奇打开门，然后我隐约听到哈尔开始说话。这个噩耗还是传到他们耳朵里。哈尔一路走来，边哭边酝酿着该怎么委婉地把这个噩耗告诉他们，但到他真要说了，就全乱了套，冲着老人的脸，一股脑地道了出来。

就这样，老哈奇一声没吭。门开着，月光洒下来，他穿着一件古怪的白色睡袍站在那里。哈尔说完之后，门砰的一声又关上，哈尔被晾在那里。

他站了一会儿，往我这边走来。"唔。"哈尔叹息了一下。"唔。"我也无言以对。我们静静地站在路边，留意着他们家，但我们什么声响也没听见。

接着——大概十分钟又或者三十分钟之后，我们站在那里静静地盯着，不知道该做些什么，但我们知道我们不能离开……突然，哈尔压低嗓子说了一句："我想，他们需要更多时间来接受这个事实。"我懂他的意思。估计这对老人常常想的都是儿子会怎样生活，从没想过他会在异乡突然死去。

我们一直关注着他们家，又过了一会儿，哈尔突然用手臂撞了我一下，低声说道："你看！"

有两个白色的身影从屋子里出来向谷仓走去。其实，哈奇一整天都在耕地。谷仓附近那块地已经犁好耙好了。

二人走进谷仓，很快又出来了，往田里走去。我和哈尔蹑手蹑脚地穿过农舍庭院来到谷仓，躲在一处隐秘的地方，继续观察。

不可思议的事情发生了。老人从谷仓里拿来了一部手动的播种机，老妇人则拿着一包种子。在那个月夜，他们听到噩耗之后，居然开始播种玉米！

这真让人毛骨悚然，太恐怖了。他们还穿着睡衣，在地里一行一行地播种玉米，一步步接近我们所在的谷仓阴暗处。每种完一行，他们就会并排跪在栅栏旁边沉默一阵子。他们就这样无声无息地播种着。

那是我平生以来第一次领悟到了一些事。我现在却远远不能肯定是否能够记下那个晚上的感受。我的意思是指，人与土地之间的联系——一种无声哭泣的眼泪，滴到土地上；就像这两个老人，把玉米埋进土地里。他们把每一粒玉米都种到地里，仿佛人的生命也可以像玉米一样重新发芽。

他们肯定也在追问大地。但那又有何用呢？老人们的所作所为，是不是说明大地里面的生命跟他们儿子的生命有着什么神秘的关联？我们只能意会，不能言传。我只记得我和哈尔站了很久，后来又悄悄地溜回了家。

老哈奇夫妇那个夜晚肯定收获了一些什么，后来哈尔跟我说，那天早上他又去看他们了，安排运送尸体回来的事情，这对老夫妇出奇地平静，哈尔觉得他们控制住了自己的悲痛情绪。他还说，他们从大地找到了某种释怀："至少他们还有农场，还有儿子长年累月寄来的信啊。"

藏怒宿怨

　　从小到大，约翰·兰普森和戴夫·里弗斯一直都是好朋友。然而，有一天他们突然大打出手，后来，约翰就死了。那次打架后，戴夫没有去找约翰重修旧好，因此而羞愧不已。又过了很长一段时间，恼羞成怒的他把气都撒在了约翰的儿子身上。

　　他们年轻的时候，曾一起离开田纳西州东部的山区，到西弗吉尼亚煤矿做工。他们有着同样的心思，那便是在矿场挣到足够的钱就回山区买农场，而不是一辈子当矿工。很多山里人都这样，趁着年轻，就去矿场或者工业小镇打工。他们努力工作，省吃俭用，把钱攒起来，然后回归乡土。山里人毕竟是山里人，他们不愿背井离乡，到外面生活。

　　你或许知道矿工是如何工作的，就是两个人一同待在矿井深处狭小的空间做工。这份工作很危险，需要搭档之间相互信任。只要一方稍有闪失，都有可能使双方丢了性命。

　　这种工作环境使得矿工之间产生深厚的友谊。"我们在一起工作，日复一日，彼此生死相依。"这使得两个人关系更为亲近。戴夫和约翰，这两个健壮未婚的小伙子之间就有着这样一段情谊。

　　可不久之后约翰和戴夫就打了起来。起因是他们在西弗吉尼亚小镇遇到的一个女人。关于这方面的事，我就不太清楚了。准确地说，约翰和戴夫打过两次架，井下一次，矿区的大街上又打了一次。正因如此，他们谁都没能和那女人在一起。她嫁给了另外一个矿工，离开了那个小镇。

这两次架，每每都是戴夫赢，然后他们双双辞了工，但还是待在同一个小镇上。

后来他们回了家，在同一个街区买下各自的农场，成家立业了。可巧的是，他们的妻子竟是表姐妹。我心想，他们双方都想重归于好却谁都不肯迈出第一步。"他先动手的。"戴夫心想。而约翰则说："他下手好狠。"结果是怨恨越积越深。他们的妻子不断地劝解，可他们就是固执己见。

可这个故事主要讲述的不是这两个人，而是约翰的儿子吉姆和戴夫的女儿埃尔维拉，一个身材苗条、长相可爱的山里女孩儿。

在山区，女孩儿通常十六岁就结婚。而那个年龄的男孩儿，就要出去闯荡世界了。吉姆身体纤瘦，性情敏感，开始追求埃尔维拉。

我刚好知道这段恋情，原因有二。一是我喜欢独自在山上散步，一天夜里，我看见他俩手牵着手漫步于山间小路。二是吉姆有时会过来向我借书，他亲自告诉我他和她父亲的恩怨。他述说着，连声音都在颤抖。

吉姆和埃尔维拉坠入爱河，他决定大胆一点。一个周日，他来到戴夫家。穿戴整齐的戴夫刚好就坐在屋前门廊那里。

"你想干什么？"戴夫冲着年轻的吉姆粗声问道。

吉姆说，戴夫甚至都没有让他进院子。他就站在门口，而此时距他父亲去世刚过一年。他像一匹野马迫切想要挣脱缰绳。

吉姆站在路边，告诉戴夫他想进屋找埃尔维拉。而此时此刻的埃尔维拉，正在父亲身后的门道里，驻足倾听着。戴夫突然暴怒起来。我敢肯定，他大发雷霆，是因为他没有跟吉姆父亲和好，未能赶在挖煤老搭档生前就和好。他恨自己，却将气撒在吉姆身上。

他开始冲着吉姆咆哮咒骂，随后跑进屋里拿出了枪。他挥舞着手中的枪，不停咒骂："你给我滚出去！王八羔子，滚出去！"

这一切太荒唐了，我敢肯定戴夫的枪连子弹都没装。

吉姆不是那种聒噪的人，不过吉姆跟我说起这件事的时候，仍是怒不可遏。那天，他站在路边，听戴夫不断地诅咒自己和父亲，气得脸色煞白，颤颤巍巍地走开了。

这事发生在秋天一个周日下午，当晚我碰巧出去散步。那时也许已经是晚上十点了，天空中明月高挂。我沿着山路往下走，听着夜晚美妙的声音，嗅着夜晚独特的气息，多么美好的夜晚。戴夫的家就在陡山脚下，较高处沿着路边有一片树林。树林的边缘距离房子不到一百码。此时，门开着，戴夫就坐在门口。

我躲进篱笆旁的树林里，想起那天下午吉姆跟我说的话。"我去找戴夫谈谈。"我暗下决心。我不怎么了解戴夫，但我知道他说吉姆父亲的话皆属口不对心。我将这一想法透露给吉姆，希望他能平静下来。

"我明天找戴夫谈谈。"我曾对吉姆说；但此时此刻我心想："最好现在就去吧。"可我又犹豫了。戴夫身后的房间里点着一盏灯。他此时正像我一样，在享受着这良辰美景。我猜测，他在想着自己对兰普森父子的所作所为吧？

我站在那里，迟疑不决。人都有本能，不去掺和他人的争吵。"可我得去啊。"我心想着，但已经太迟了。这可能是因为我听到一点声响或是某种天性驱使我转过头来。

路上，二十英尺处，吉姆无声无息地出现了，他手端着枪正瞄准戴夫。戴夫四周灯火通明，要瞄准他不是件难事。

如斯情景，会让你从头到脚，不寒而栗。我不知道为什么我没有冲着吉姆大喊，或跑过去阻止他。我只是僵硬无语地站在那里。此时此刻，一个正常的人又能够做出什么样的反应呢？难道我眼睁睁地看着戴夫中枪身罹祸事吗？我不仅是此事件的目击证人，同时犯案人吉姆也是我的忘年交。难道我应该事后跑去向警长报案吗？然后镇上的法庭就会进行审判，也正是我的证词将吉姆送上绞刑架。

但谢天谢地，这一切都没有发生。吉姆站在那儿，手摸着扳机；我隐身在树后；戴夫坐在门道，抽着烟斗，对这一切毫无察觉。随后吉姆放下枪，站了一会儿转身离开了……

发生了这种事，我的感觉，你可想而知。"我现在就找戴夫谈。"我心想。

"不，我不该这么做。我该沿着小路回去找吉姆。"

吉姆和他母亲住在一个农场里，就在山后的三英里处。母亲只有他这一个儿子，而戴夫则有埃尔维拉和两个小儿子。

我站在路上，再一次陷入犹豫，和往常一样，我再一次放弃了。"还是明天吧。"我心想。回到家，我无法入睡，第二天，我就去了戴夫的家。

秋季傍晚时分，我来到了戴夫的家，戴夫正在屋后的猪圈忙活。

现在正是杀猪的好时节，戴夫正一个人在那里忙活。

夜里转冷，看来要下雪了。猪圈旁有条小溪，小溪两侧长着红漆树。戴夫的妻子儿女站在旁边看着。戴夫抬起头，对我哼了一声。

水壶底下的火还在燃烧着，戴夫已经把猪放进桶里，桶里装满滚烫的开水。我还记得戴夫身后的那座山，树木染上秋色，光秃秃的，黝黑的树干开始显露出来，两个男孩儿在迷人的秋色中手舞足蹈，还有埃尔维拉和她那纤细苗条的身影。

"今天一定会下雪。"我心想。

我该怎么开口呢？对于我试图介入他们的争吵，他会怎么想呢？他脾气粗暴，不是那么好对付的。

"嘿。"他看着我粗鲁地叫道。他抓着猪腿，把猪翻转过来。待宰的猪总是分外沉重……

紧接着……昨晚那一幕又出现了。

吉姆端着枪，自漆树丛中走来。他顺溪而下，绕过猪圈，径直走向戴夫。他脸色煞白，已下定决心要在大庭广众之下杀了戴夫。

吉姆径直走向戴夫；戴夫站在那儿，盯着他。我看见埃尔维拉双手盖住眼睛，嘴里发出轻声的哭泣。而此时，戴夫的妻子正奔向戴夫，吉姆举起了手中的枪。

我心想："快闪开！快！"这是一种发自内心的呐喊。我发不出声音，死亡之手扼住了我的喉咙。

然而死亡没有降临到戴夫头上。我看见戴夫厚实的肩膀在抖动，他想迅速把猪从桶里捞出来，不料却摔倒了。他和那头猪都倒在地上，四肢朝天。

他就躺在那里。可就在他摔倒的当口，不小心打翻了那桶滚烫的开水，开水浇在他的身上，痛得他满地打滚。

这一切发生得太突然了，出乎所有人的意料。妻子正跑向她的丈夫。我看见埃尔维拉放下双手。吉姆把枪扔在一旁，从口袋掏出小刀。而我依旧无助地站着。

"不，不。"我自言自语。有一瞬间，我以为吉姆是想用小刀刺死戴夫，但马上，我就知道自己错了。

吉姆跪在戴夫的身边，疯狂地忙活起来。他正割开戴夫的衣服；而刚刚还疼得满地打滚的戴夫，现在却异常安静。我看到他的眼睛正注视着吉姆。

他就像个孩子一样，任凭吉姆摆弄。我们把戴夫弄进屋里后，我就骑着他的马去镇上请医生。我欣喜若狂地大喊着，用帽子拍打着马肚子。戴夫躺在地上任凭吉姆割开衣服，我看到了戴夫那熠熠闪烁的眼神，那一刻，我知道横亘在他和兰普森父子之间的宿怨，终于烟消云散了。

哈利的人生突破

一九二九年，经济大萧条重创美国，哈利对此已做好了准备。他可能在芝加哥街头徘徊着，正想方设法去寻找专业写广告的一职半位。他四处奔波，找不到工作，不过也没有太悲伤。儿子吉姆每隔一段时间就会塞给他二十多美元生活费，时间捏得很准，像是有一种天赋能感应到父亲什么时候会花掉最后一美元，精准到哈利从来不需要主动向儿子要钱。有一次，他对弗兰克·布朗迪说，他很喜欢弗兰克但不怎么理解他。"你还没经历过人生的巨变吧，弗兰克？"弗兰克喜欢哈利也很敬重他，就是听不懂他的话。于是哈利试着解释说，美国人和美国人的生活都有些怪异。大萧条前的广告行业一片繁荣景象，哈利效力于另一家广告公司，却经常去弗兰克的办公室闲聊。他总是遢遢遢遢地出现在弗兰克的公司，又胖又笨拙得出奇，进来的时候老是撞到门框，往椅子上坐的时候，你会担心他不慎坐空摔到地上去。

哈利很爱读书，他向弗兰克解释说："晚上我在家里除了读书还能做些什么呢？"他已经结婚了，住在一个很体面的郊区。他年轻的时候娶了一个大他好几岁的卫理公会教徒。表面上他一直醉心于中上流社会，也使得自己的家庭在城郊的教堂里占有一席之地。这样一个男人，一个星期至少有三四个晚上要待在家里。"如果你不想去看电影或听收音机，那除了读书还能做什么呢？"作为一名广告撰稿人，他收音机都听腻了。他说："我都能猜到接下来会播放什么。""马上他们就会邀请小说家、诗人、演员，更不用说美国的参议员了，一起参加由某个面霜公司或者汽车轮胎公司举办的夜间访谈节目，而我们则负责他们的讲话稿和介绍词。播音员紧接着就会播放下面的内容：'参议员考海德以前只是个穷小子，而现在却是美国参议院重要委员会——黄瓜委员会的主席，地位如此显赫，完全是靠他自己的努力。他不矜不伐，说自己没有什么过人之处，他能够功成名就是因为美国生活中到处都是机遇。他今晚要借助无尘洗洁布的平台来与大家见面。这里是来自芝加哥未来之音广播电台的邦克访谈秀。'"

哈利说："弗兰克，你应该多读些有关美国生活的书。"他说，新发行的书很多都不错，"我们美国人似乎一直都在追逐梦想。按照这些人说的，我们天性如此，当初发现这个大陆的时候，它就是如此美丽、广袤而富饶。所以我们都有这样的梦想，都想发财。那不很了不起吗，弗兰克？你我所知道的有钱人都是了不起的人物。他们都很快乐，不是吗？所以我们有了这样的梦想，但是梦想破灭了，而我们难以释怀，变得像孩子一样。弗兰克，你知道我们得到了什么吗？是落后的文化风尚。"

"我们得到了地狱。"弗兰克说。

"是的，确实如此；但我们也得到了很多其他东西。这些我都在书中读到过。你知道的，我晚上待在家里就读这些东西。但是有哪个男人会跟一个虔诚的卫理公会教徒谈论地狱呢？何况这人还是他的妻子？""是的，我们像孩子一样到处乱逛，希望自己可以无忧无虑，家财万贯，任性妄为，就好像电影中那些国王和王后之类的。我们七老八十了却还是老样子，这个国家到处都是'老男孩'——而不是成年人。你知道吗，弗兰克？……"

"我们得改变一下生活了，明白吗？我的生活就有了改变。"

弗兰克不明白哈利在说什么，花了很长时间琢磨他的话。有时候哈利会来聊些妻子的事。她叫苏，弗兰克从来没有见过。"苏在一次重感冒后，身体就开始越来越差了。"哈利接着说，"我五十，她五十七，她已经诚诚恳恳地当了五十年的教徒，死后肯定能上天堂的。不觉得挺好的吗，弗兰克？这老女孩也快要走到那一天了。"

哈利育有二子三女，他告诉弗兰克，他那几个孩子都是道德高尚、品性纯良的好公民，只有吉姆除外。就剩吉姆这一个孩子没结婚了，他读过法律，好不容易找了个律师的工作，却接手了芝加哥一个黑帮的案子。吉姆因此而中饱私囊，这个"囊"就是哈利住的房子。哈利说："他妈妈并不理解他，但我理解他，他也知道我理解他，这让我们两个在家时不会那么不自然。"

弗兰克琢磨着哈利的话，感觉这个男人有段时间总为吉姆心痛。芝加哥各个帮派间时有枪战谋杀，吉姆总是出现在法庭上，他的名字也常常出现在报纸上。这倒不是因为他做了违法的事——吉姆那么聪明圆滑，他们不能把任何东西推在他身上——正义就是正义——即使是穷凶极恶的罪犯也有权利申诉。

同样地，他的名字也常常与这些人联系在一起。吉姆总是向他母亲承诺会改过自新。她说她知道吉姆不会做错事或违反基督教教义，但是哈利……

那时候的哈利正值事业有成。有一次，他让吉姆辞职，后来，他告诉了弗兰克这件事。"吉姆，快辞职吧。找个实在的工作，比如说，和生意人打交道。你需要多少钱我都可以给你。吉姆，你精明能干，说不定会成为下一个首席大法官查尔斯·埃文斯·休斯呢。"

但吉姆只对着父亲大声一笑，说："爸，别蹚这潭浑水，否则，你会陷进去的。"

于是哈利在他四十七岁时，经历了所谓的人生巨变，他决定自杀。之后他又跟弗兰克说起这件事，但哈利没有把事情的全部告诉他，有一部分他只是暗示了一下。

那是一个速记员，红头发的高个儿女人，弗兰克猜想。"哦，爱情啊！哦，浪漫啊！"他说，"她是我的秘书却不懂我的心，我不知道是解雇她还是死了算了。"他说，整个下午都在下雨，他走在西区的霍尔斯特德大街上，像傻瓜一样大哭着。

那是初秋的一个雨夜。他买了一支大型左轮手枪，然后回到郊区的家里与妻子共进晚餐。当时吉姆不在家。

晚饭后他偷偷溜了出去，手枪上满了子弹，装在雨衣的口袋里。

他说，他在郊区最好的地段上有一栋极好的大木屋，比较偏远，一出门就是空旷的大草原。他真的去了。他说他跟踉跄跄地走着，穿过一片玉米地，不时地滑倒在泥巴里。弗兰克对此表示理解，他想哈利大概是他见过的最笨拙的胖子。

他得吃力地爬过一些倒刺铁丝围栏，设法来到一条小河边，每逢星期天下午，家里只有他和妻子两个人，有时候难免会觉得厌烦，于是他就会一个人去河边散心。但是那个夜晚，有一个想法在他脑海里浮现出来。他在想，假如他在人行道上走，有人开着一辆车突然停下来，跳下车夺走了自己的手枪，甚至还制服了自己，把自己带回家或送进监狱。

然后报纸上就会出现一则荒诞可笑的新闻："杰出的芝加哥广告人——哈利·威尔斯自杀未遂。"诸如此类的。

他在泥泞的田野里跟跟跄跄地走着，沿着车辆来来往往的马路，最终走到了小河边。这并没有用很长时间。他到的地方在一个水泥大桥附近，这里有一条公路横跨小河，这座桥离他拐向小河的地点只有大约五十码远。

那时下着雨，岸边的斜坡草地上湿漉漉的，他在岸边坐了下来。

他告诉弗兰克，他的计划是在没有汽车经过时往自己的脑袋开一枪，然后，他设想，他圆滚滚的身体会从光滑的草坡上滚下去，滚进雨水不断上涨的小河里。第二天尸体会在下游某处被人发现，尸体的头部还会有一个弹孔。"又是一宗帮派谋杀案。著名的斯米尔克斯帮派的律师詹姆斯·威尔斯的父亲——哈利·威尔斯，突遭横死。"这会让吉姆反思，也许还能让他走回正路。

"这不是什么新鲜的事，也不是什么福音，但是你能理解的。"哈利说。

"我还想错了一点，吉姆面对这种事只会无奈地耸一耸肩，就过去了。他只会认为我是看小说或电影走火入魔。"从哈利的谈话中可以看得出，他内心是特别偏爱吉姆的。

至于那天晚上，在雨中的河岸边，在小桥的附近，他一切准备就绪后却发现雨衣口袋里的手枪不见了，也许是翻越铁丝网时漏掉了。

于是他又坐下来重新考虑，他说他一直害怕冷水。况且这里没有任何证据可以证明他是被黑帮谋杀的。

于是他决定回家，也许换一个晚上再试一次，但这时却发生了意外。他坐在湿滑的斜坡上，感觉自己正往下滑。幸运的是，附近有两棵小树，树干大约有鱼竿大小，但是他的雨衣太滑了，他时时刻刻都在往下滑，仰面躺着伸出了双手。他的右手刚好抓住了一棵小树的树干，很快左手也抓住了另一棵。

他就那样躺着。他说，此刻大雨倾盆，冰冷刺骨。即使他大声呼救，驾车经过的人也可能听不见他的声音；不过他并没有喊。他想爬上岸，接着想要站起来，但无法做到。

"于是我想到了别的办法。"他说。他决定翻过身来，肚子朝下，费了好大劲才把身子翻过来，但那时他的头脑依然混乱不堪。每当他想爬上岸，想要用手和膝盖撑着身体站起来，他的脚总会打滑或和雨衣下摆缠在一起。"你知道吗？我就那样，身体的一部分往上爬，一部分甚至可能直立起来了，接着嘭的一声，倒了下去，撞到了肚子。你想想那是什么感觉，我是说肚子。每到那时，我都差点喘不过气来。"

他说这样重复了十几次，然后趴在那里，尝试调整呼吸，倾盆大雨打在他的身上。那些人可敬可靠，驾着封闭舒适的汽车从他身边疾驰而过，也许是去餐馆吃饭也许是进城看电影，也许是和他们夫妻俩同属一个教会或郊区，他们离他如此之近却又如此之远……

他敢肯定，他那肥胖却不怎么强壮的双手，写了那么多的广告词，按他的话来说，"为建设现代文明贡献那么多力量"，此时就快要支撑不下去了。他会滚下河岸，像一头肥猪掉进滚烫的水桶里。他说他一点也不会游泳。

他突然大笑起来，对弗兰克说："这就是我的人生剧变，就发生在那个雨晚，那条河的岸边。"

就在他几乎筋疲力尽时，他终于爬上了岸，然后，沿着宽阔的公路径直大步走回家，毫不在乎浑身泥泞，狼狈不堪。

他说，妻子因为头痛上楼睡觉了，他换上了干衣服，走到她的房门前大声喊道，他接到了一个长途电话，得到镇上坐夜班列车去底特律一趟。

"但是你笑什么呢，哈利？"她问道，可他没有回答。他乘车进城，进了一家酒店，叫了些威士忌。"当你的生活急剧变化时，你得喝点酒。"他说，就跟服务员要了一瓶。他在包里放了一本书，是关于美国文明及其问题与原因的；他躺在床上，一边喝酒一边看书，大笑着，好不惬意。

大萧条到来后，他一切都还好。他工作丢了，但是吉姆还在。吉姆有一种直觉，能感应到爸爸什么时候快要喝西北风了，然后塞给他二十块钱，也许还会多给一两倍呢。吉姆会说："为了文明哈，爸爸？"然后两人都会大笑起来。

大萧条到来后，哈利一直想要找份工作，但并不是很迫切。他每天到镇上到处转悠，哪里有广告商的晚宴之类的，他都会到场。他说，能够融进广告人的圈子，听他们聊天和演讲，已经成了他人生中的一大乐事。

有时他走在大街上，一个比他更落魄的人拦住他，说："先生，赏点零碎小钱吧？"他会停下来，看着那人，摇头大笑。他会对着那个芝加哥街头的乞丐说："不要向我要，我给不了你。你需要的不是零碎小钱，而是洗心革面。"然后他又大笑起来，心想自己正经八百从事广告撰稿已经很久了，现在重新拾起了笑容。

患难夫妻

医生跟我聊起这件事，话语平静，神情却很认真。我和他很熟了，他的妻子和女儿我都认识。他说我肯定知道，像他这种工作，免不了会密切接触到很多女人。跟很多男人一样，他跟女人也有过故事。

首先我得说，我的这位医生朋友身材高大，长相英俊；他有一双深邃的灰色眼睛，浓密的卷发在岁月的蹉跎下稍显灰白。他一直住在乡下，我就在那里认识了他。他父亲也曾是乡村医生，现在他子承父业了。我在那儿只待了一个夏季，我们很快便熟识起来。我随车去看望他的病人、走访整个乡下，遍及各个山谷、丘陵和平原。我们都喜欢钓鱼，那个地方有好几条河都能钓到鲑鱼。

除了钓鱼，我们还有其他共同爱好。他也喜欢看书，就像所有爱看书的人一样，总有那么一两本书或一两篇故事让他爱不释手。

他大笑着对我说："你知道吗？我曾经很认真地想过要当个作家，最后也只是想想而已。我发现一拿起笔就不知道要写什么，整个人也变得很不自在。我知道俄国有个作家叫契诃夫，他也是个医生。你知道，我们做医生的会晓得很多事情。"我当然知道，哪个作家不羡慕乡村医生呢？他们有机会去到别人的家里，倾听别人的故事，帮助别人渡过难关。哦，那些隐匿在偏僻农舍里的故事，讲述了富人、穷人和中产阶级的生活，其间不乏爱恨情仇。然而，聊以慰藉的是，这些故事从未挖掘出来。故事倒是很多，真要讲起来可就难了。

"我拿起笔就不知道要写什么。"多蠢的人啊。我走后他曾经写过很长的信给我，他现在也写，不过不太频繁了。信里都是些精彩的小故事，记录了他不同时刻的心情，比方他开着车在乡下四处转悠的时候。有时他也会描写春天的繁花似锦，秋天的落叶纷飞。他的情感总是那么丰富而真实……言语之间透露出他的涵养……他还写到了病人们身上发生的小事。他不像是在写信，反而像在和我聊天。

我得说说他的妻子和女儿。女儿是个残疾人，像美国总统罗斯福一样得了小儿麻痹症，手脚很不灵便。要不是因为这个病，她可是一个非常漂亮的女孩儿。我认识她父亲的第四年，她就去世了。至于他的妻子，我记得她叫玛莎。她们母女两个，我都不太了解。

他开始讲了："我跟你说……我有自己的家庭生活，忠于妻子女儿，但这并不是生活的全部。我不是不想跟你说这些隐私，但是……你肯定会理解的……我们有幸遇到了彼此……尽管我们不是同行。"

男人之间也会有交心的时候，男人之间的深厚友谊，有时就像爱情一样不断地生根发芽。"爱情"这个比喻有点荒唐……它没能很好地表达我的意思。

男人们有时会有相似的经历和感觉……就像医生那样心猿意马，我们男人……我不知道是不是所有的美国男人都这样。我时常觉得，我们男人太依恋女人了。这种半带羞怯的依恋，源自我们内心对彼此的渴望。

我不知道在人类历史上，有没有这样的两个男人：他们的友谊深厚到一定程度，聊起天来都忘了女人的存在。我敢说女人之间也会这样。他就不怎么说他妻子。她是一个美丽的女人，个子小巧、皮肤黝黑。她的美，在我看来，是属于那种历经沧桑的美。

他本来就有男人味儿，很快就跟人们打上了交道，深受人们欢迎，尤其是女人。他情感细腻、丰富，却不滥情，不然他的诊所早就挤满了一大群神经质的女人。他最受不了那些浪荡的人，农场、小镇、城市，无处不在。"我绝不会成为那种人。"他恨恨地说道。平时他也只对这部分人态度粗鲁，他会毫不客气地说："我治不了你的病，请你马上出去，再别来了。"

我们曾聊过男女之间的关系，总有一些女人啊，喜欢苦苦纠缠，让人难以摆脱。他就扯到过一段往事，说那个女人就把他折腾得够呛。当时他到一个山区出诊，那个地方在夏季会有大批人从城市来。那里的女人大多是单独在家的，很有钱，她们的男人都在遥远的城市工作，只有这个时候才回来度暑假，有的甚至只度个周末。缠上他的那位是个有钱的主儿，从家里继承了一些财产，她男人又给了她很多钱。说到她男人，他在两百英里开外的城市做保险。我想他应该是那家公司的总裁，个子矮小，但眼神却像雪貂一样犀利得很，眼珠子快速地转动着，什么都逃不过他的小眼睛。那女人劝我朋友去城市发展。"你可以发一笔大财呢。"他不愿见那女人，她就写信，每天都寄花到诊所给他。他说："我一点都不稀罕，这里除了女人还是女人。"那些花，准确来说是玫瑰花，成箱成箱地从城市寄过来。通常来说，他都是直接把花扔到窗外，任由它们散落在巷子里。"这件事搞得满城风雨，人尽皆知，连我妻子都晓得了。纸是包不住火的，特别是在小镇里。还好我妻子是个冷静的人，她知道我是不会迷上那种女人的。"

说着他给我看了其中一封信。可能你不信，那个女人居然提出要给他十万美金，随他怎么用。她说，她并不觉得这样做是对她男人的不忠，那是她自己的钱，她说她相信他的才能一定能让他成为出色的医生。而她的男人根本不需要知道这一切。她并没有要他委身做她的情人，只是为他提供一个机会，让他搬到城市里来，选一块好地筹建医务室，当一名私人医生，专为富家女人看病。他就写信回她，拿她当病人，开始每天接见她。

他说："见鬼，我又不是学徒，多年的从医经验早把我锻炼成一名优秀的乡村医生了。"

那女人还在信里写道："我只有一事相求，你必须保证，你不做我的情人，也不能做别人的情人。"我猜那女人希望他保留这份纯洁。

医生生活很拮据，女儿是他婚后唯一幸存下来的孩子，原本有两个儿子也是患了小儿麻痹症，早些年相继夭折了。

女儿那时十七岁，风华正茂，却已经在轮椅上葬送了自己的青春。如果钱够的话，他也许可以送她去欧洲寻名医，就像那个女人信里建议的那样……这样一来，他女儿就有可能治愈了。

"哎呀！"他是个存不了钱的人，有了钱只会一个劲儿地乱花，所以家里的账是他妻子在管。但有很多电话他没有汇报给她。他经常忘了，很多时候是故意的。

"我女人不需要知道这一切。"

"真是这样吗？那个男人眼神如此犀利，啊，他可是一辈子从未赌输过钱的。"

他把信拿给妻子看，她读完只是莞尔一笑。我前面说过，她自有一种独特的美，当然，这种美并不十分显眼。她经历的事太多了，丧子的伤痛让她变得消瘦，即使是休憩的时候，她那双唇、那双灰绿得出奇的眼睛也隐约透着冷峻。也只有微笑时，她的那份美才浮现出来。多么神奇的转变啊。"这辈子我只爱她一个，我的妻子，无论贫穷富贵，无论苦难安逸，不离不弃。"他郑重其事地说。

这医生说："有时候也不是这么容易。"说这些事时，我们正坐在树下纳凉，就坐在山泉旁边一块平整的石头上。我们是下午出来的，打算钓鱼来着。我们还带了几瓶啤酒，放在篮子里冰着。"这段故事你可能不会感兴趣。"我早说过他很爱看书。"现在的人好像对人际关系都不感兴趣，那东西已经过时了。你要写关于资产阶级和无产阶级的文章，就得从经济学的角度去剖析事件，经济学才是王道！"

我刚刚说过他妻子的微笑，他却很少微笑，他更多的是发自内心的大笑，笑起来头和身子都跟着晃动，笑声能把鲑鱼吓跑到一英里开外的地方。他倒是很享受这种畅怀大笑。

"下面是一个老掉牙的爱情故事咯？"

这次是另外一个女人。那时我跟他相识已有两三年了。那年夏天，有一家人来到小镇上，他们也算是中产阶级，唯一的女儿就像他自己的女儿一样，是个残疾。他说他们并不是特别有钱，但还算可以，至少一开始他是这样想的。那家的男主人是某种商品的生产商。"我只见过他两次，彼此都很欣赏对方，但我们没有过多的交谈，他说他很忙，工厂运营出了点问题。我注意到了他脸上的淡淡忧虑。"

"家里有他的妻子、女儿、一个保姆，另外他们还为女儿请了个护士。护士是个强健的波兰人。他们约我定期到家里。他们已在这买了房，就在郊外，离镇子有三英里。他们的城市医生建议，希望有一个医生能够随叫随到，防止突发事件。

"于是我就去了。"我已经讲过，那时已近黄昏，我们就这样坐在一起钓鱼。

生命中总有那么些人，比如就像这个医生，和他们一起度过的时光，总是经久不忘的。按照专业术语，那可谓是一种发自内心的欢笑。"他们受得起。"这些人身上都有独特的气质，是别人没有的，也许是智慧，也许是成熟……你会从不同人身上体会到这种感觉。

说到笑声，我这里刚好有一个故事：有一个农夫，身材矮小，数年来辛苦耕作，没出一点差错。但是我们都晓得老天爷的反复无常，有时候干旱一来，农作物都枯萎了；或者天降冰雹，幼苗都被冻坏了；要不就是暴发虫害，田里的作物全军覆没。世间所有一切都是这样的。你想啊，这个人挣扎了半辈子，为的可能只是赚点钱，好供他的孩子读书，弥补他自己的遗憾。为此，再苦再累，他都挺直了胸膛，埋头苦干。

然后一切化为乌有。我们想想看，他那个样子，就在秋天的日子。他对那片土地已经产生了感情，就像所有热爱自己工作的人一样，可如今就要卖掉了。可以想象，在炎炎烈日下，他独自在田里劳作。他的老伴，神情疲倦，家务活磨粗了她的双手……此刻正在劝他振作起来。"别担心，约翰。我们可以从头再来，一切都会好起来的。"孩子们一脸严肃。她真想一个人躲在房间哭，却不停地劝着丈夫："我们会渡过难关的，嗯。"

"只剩下地狱了，难关是渡不过了。"

他并没有说出这样的话，而是穿过了田地，向树林走去。他或许会在树林边站一会儿，望着田野。

然后他开始发笑，发自内心的大笑，而不是悲伤。笑完，他开始自言自语："又不是我一个人遭殃，很多人也像我一样啊。全世界的人都在倒霉，就像我现在这样。相信战争不会爆发的人，最终会被迫卷入战争；正直有涵养的犹太人，会在酒店里或大街上无故受到侮辱；学识渊博的黑人学者，会遭无知的白人吐口水。"

唉，人生在世，生活就是这样。

但我不会背弃生活，相反，我已学会笑着面对，不吵闹、不喧嚷、不痛苦，我只是碰巧被命运挑中，就只会默默地笑着面对它。

"为什么呢？"

"为什么？因为我会笑啊。"

世界上肯定有成千上万的人，这些人性最灿烂的花朵，都会懂得这种笑声，懂得这其中的奥秘。这就是美国人会那么崇拜亚伯拉罕·林肯的秘密，他就是这种人。

"然后呢？"

"然后我就去了他们家。"我朋友，乡村医生，接着讲述他的故事，"他妻子温和大方，居然跟我的妻子有几分相似。我跟你说过，我和那个女孩的父亲谈过话。

"而那个跛脚女孩可能注定一辈子都要生活在床上，或者在轮椅上费力行走。无疑她什么都没干过，那个被称为上帝，或者大自然的，随便你怎么叫，它本该对她如此。让一些自负的人来解释世界上这些神秘的事情难道不是一件极好的事吗？这是思想家的工作，对吧？"

说到那个波兰女人，他脸上浮现了一丝笑容，令人琢磨不透。他说他们之间突然萌发情愫，来得没有一点征兆。那时他四十七，那个波兰女人大概三十岁，他没跟我说过她的名字。我之前说过这个医生体格健壮，非常性感，让人浮想联翩。像他这样的男人时而带有非常直接而强烈的性冲动，就像暴风雨降临在宁静的田野一般强烈。他看见那个波兰女人，就有这种感觉，后来发现她也有这种感觉。

他进去的时候，她正坐在靠床的一张椅子上，陪着女孩。她站了起来，四目相对的瞬间，我猜他们都有了那种异样的感觉。"我就是那个医生。"他开口道。

"您来了。"她应了声"嗯"，她的语调里，即使是一个简单的英语单词，都带着一种轻微的外国口音，他觉得那种口音，让她的话变得更加悦耳。有好长一段时间，他们就这样静静地站着，注视着彼此。她是个挺壮实的女人，肩膀宽厚，胸脯丰满，他说，每一个方面都显得她身体丰满、圆润。他说她的脑门很大，天庭饱满。他特别谈到她脸的上半部分：她眼睛的样子，她白皙的宽额，整体的头形。"真怪，她走了之后，我就记不起她脸上其他部位的样子了。"他开始讲起女人的美。他说："你们这些作家对女人魅力的描绘都是废话。这就像少女的双唇，爱神丘比特的弓箭；女人的眼睛，闪烁着热情的红、少女的粉和迷人的紫或是深邃的蓝，男人的蓝可就恶心了。而你知道我妻子的非凡魅力并不在于她眼睛的颜色、嘴巴的形状。"我感觉，他一边说着，一边在进行完美的雕刻，突出外表美，在脑海中勾勒出一个线条优美的波兰女人。"而我妻子的美偶尔才会浮现出来，但那是多么耀眼啊。我相信你已注意到，她的美源于那珍贵而又意味深长的微笑。"

他站在那个屋子里，面对那个跛脚的小女孩还有波兰女人。

"不知道过了多久，我就这样一动不动地站着，无法把视线从她身上移开。我的天啊，现在想起来真是太疯狂了。"她就那样站在我面前。一种我从未听过的波澜在我内心汹涌着，后来我察觉她的内心也在心潮澎湃。这种冲动真是奇怪。"哎呀，你来了，你终于出现了。"

他说道："你得记住，我爱我的妻子，我们历经多少磨难啊，两次共同承受丧子之痛，现在一起抚养身患残疾的女儿。我们一起度过那么多日日夜夜，她对我真的很好。你知道我是怎样的人。我这个人老是忘记还钱，老是欠债，花费无度，幸亏有她为我打理一切。要不是她，我早就贫困潦倒至死了。

"但是，你知道，我站在那里，竟猝不及防地爱上了那个波兰女人，哈！理智的人怎么会懂得这种爱？

"哎呀，这纯粹只是一种性欲而已。我和她初次相见，萍水相逢，连名字都不知道，但内心就是有一种强烈的欲望，原来她也一样，我能感应到。后来她告诉了我，我也相信她之前从不了解男人，圣经里就喜欢这样形容。

"我们就这样站着，注视着对方。"突然间，他意识到那个孩子也在场，就像被一股无形的力量驱使着，他终于回过神来。"就在那么一瞬间，我感觉当着那孩子的面，已经占有了这个女人，她就是我穷尽一生、倾其所有也要寻求的人，你明白吧。"

他的思绪在游走，讲述这一切时，他的语调并不高昂激动，反倒格外低沉平静。我还记得我们当时驱车一百英里来到小溪边,此情此景历历在目:溪水拍打着水中的石块,溅起了层层水花,湍流而下;月光洒下来,笼罩在远处的山林……我们还在湍流溪水里钓到了几尾肥美的鲑鱼。

他的思绪顺着潺潺的流水漂到了另一个夜晚,那是他小儿子入土后的第二天,他一个人去山里钓鱼。他站在水里,抛出鱼饵,湍急的溪流不时拍打着他。月光照在水面,照在他身上,却照不见溪流尽头那一片漆黑的树林。

一整晚,他都在同自己搏斗,以免自己被痛苦击垮。这是一个不同寻常的夜晚:"我仿佛进入了无人之境。"

突然,鱼竿猛地往下一沉,像是有鱼上钩了。一边是拼命挣扎、试图逃生的大鲑鱼,一边则是经验丰富、志在必得的垂钓者。

他原本难以言表的痛苦,在这场人跟鱼的较量中慢慢消散。

他和波兰女人之间也是这样的吗?他说他最终确实设法让自己逃离了那紧迫的窘境。城市里的那个医生写了封信给他,不禁让他觉得这是一个心思细腻的人。信里写道:"听说你自己的女儿也得了这种病,很遗憾我们医术有限,我也找不到病因,没能帮上忙。我们对这个病了解得很少,也许我们也无能为力。我不明白为什么有一些愚蠢的人似乎很喜欢我们这些医生在他们身边,可以随叫随到。"我的这个乡村医生,第一次就诊约在那天,那时他正在去的路上。

当他第一次看见她的时候,他在想:"她是他们家的护士。"接下来的一个星期,他过得糟糕极了,备受嫉妒的煎熬。"我不相信这世上有哪一个男的,能抵制像她这样的女人。"他甚至怀疑起那个男主人来:"那个生产商,一定是她的情人。"医生笑着说:"至于我的妻子，有段时间她完全从我生命中消失了。

"我并不是说不尊重她，呃，尊重这个词用得多好啊。我甚至告诉自己：我是爱她的。我的日子过得糊里糊涂的：我忘记要出诊去看望病人，忘记接电话……这让我的妻子很不安。

"我想她应该猜到了什么，人跟人之间是撒不了谎的。"

那个星期，他还去跟那家的男主人见了面、聊了天。他去到那儿是希望能再次碰到她，可惜没见到，至于那个男主人……我一直愚蠢地怀疑着……现在我一直在想，那个时候我是不是知道他们有多傻。

"后来我得知，那个生产商遇到了大麻烦，他毕生的事业将付诸东流。但为了他的家人，他必须重头再来，也许当一个工人，做工人的活儿，拿工人的钱。而他的女儿，这辈子很可能都要接受医生的治疗。"

他们走到了院子里，我猜那家的男主人急着要和他说心里话，却没听到他激动的心跳声——他想到了那个护士！"她就在房间里！离我很近！我应该马上去找她，告诉她我的想法！这才是一个真正的男人应该做的事！我感应得到，她一定也和我一样！她一定也想见到我！"

那家的男主人还在滔滔不绝地说，于是他随意地附和道："是啊是啊，可以啊。""医生，对你而言，我只是个陌生人，现在又遇到了麻烦，可能没办法付钱给你。但如果你能过来的话，我会很感激的。"

"啊，天啊！我还巴不得来呢！"他当然没有说出这些心里话，而是回答："这些我明白。放心吧，我会来的。"

几天后，他又去见了那个护士。当时他在家里，躺在床上睡觉。突然就有了这个念头。于是他站起来就走。从家里出去需要穿过他妻子的房间。他说："一个男人和他的妻子分房睡是一个极大的错误。两个人每晚贴着彼此睡觉是非常自然而有益的事，跟一个和你宣誓过的伴侣是不应该分房睡的。"但我猜，医生和他妻子并没有睡在一起。他穿过妻子的房间，他妻子正好醒着，就问道："是你吗？哈利？"

是的，正是他。

"你要出门吗？我没听到电话响啊，我一直没睡着。"

那是一个月光皎洁的夜晚，与当年他第二个儿子夭折，他绝望地在山间的小溪上涉水的那个夜晚一样。

月光照进他妻子的房间，洒在她的脸上。今晚罕见得很，她显得那么地迷人，真是莫名地美。

"我当时已下了床，都想好了接下来要怎么做了。"

他打算去到后跟那家的女主人说："我那边有一个急诊，需要一个护士帮忙，可是找不到人。"

他要让那个波兰女人坐上他的车。

"她一定也跟我一样，在床上忍受着煎熬。不知道为什么，我就是很确定。"

事实上对他来说，她只是个一面之交的陌生人而已。"她需要我，我知道她需要我。"

他已经走到了他妻子的房间里。"你知道吗？每当晚上出诊前，我都会亲妻子一下再走，如此简单的事情，但那个时候我却做不到了。

"我知道那个波兰女人正等着我，跟我一样饥渴难耐，备受煎熬。我会把她带进车里，开到树林里，在那里，在月光下……

"男人本性如此，没办法。和她在一起的时候，这种感觉就会越发清晰。"

于是他急着穿过妻子的房间：

"是的，亲爱的，没有电话。"

"我感觉有一个声音在呼唤着我。是那个女孩，那个像我们的凯蒂一样残疾的女孩。"凯蒂是他们女儿的名字。"我跟你说过的，我必须去看看她。"

"我撒的谎多蹩脚啊，还是对我妻子说的。"

"好吧，我相信你。"他妻子应了一句。"其实是那个声音，那个陌生女人的声音在向我召唤，而她只跟我说过一句话。"

穿过这个房间，下了楼梯他就能出门了。他女儿就睡在同一楼层另一个房间，房间里还有一张小床，那是给他们家的用人睡的。这个用人在他们家已经待了几年，是个黑人。就在他穿过妻子的房间，走下楼去的时候，他妻子突然喊起来：

"可是哈利，你忘了一件事，你还没亲我呢。"

"哎，当然了。"他说着又折了回去。她就躺在那里，睡意全无。"我要去找那个女人，我不知道会发生什么，但我必须去，必须去！她会就范的……

"这件事可能会变成我的丑闻，但我就是控制不了自己。有些时候，人就是克制不了自己。

"这究竟是怎样的一股力量？如此强而有力，令人费解？为什么男人会突然对一个女人产生兴趣而对其他女人兴致全无？为什么有时女人也是如此？

"就是这股力量，把我整个人都征服了。我早就过了不惑之年，如今也事业有成，但在它面前，我竟如此不堪一击。

"房间里的床上躺着这个女人，我的妻子，月光洒在她的面庞上，显得格外美丽，她正殷切地望着我，但我却不想亲吻她。"他走到床边，弯下身子，心里却想着，"我要去找那个女人，我要去，我要去！"

他已经凑到妻子面前，准备亲她，又突然转身走开了！

"玛莎，我不能亲你，我不知道为什么，今晚不行，晚点我再跟你解释。"他匆匆地说。

"等等！等等！"

他不管妻子的呼喊，急急忙忙地离开，下了楼，开车走了。他来到了那一家，见到了那个波兰女人："我跟她做了解释，她很乐意。"后来他觉得，她整体上都很好，很坦白地告诉他，他当初的感受，她也有。

她直截了当地说："我不是个脆弱的人，我今年三十了，还是个处女，但我绝不是纯洁无瑕的。"

医生说，她近乎神秘地说她一直都知道，那个满足她内心强烈冲动的男人总有一天会出现在她面前："那个人就是你。"

我猜他们是边走边说的。她告诉他，第一次见到他后，她便试图去了解他，知道了他的事：包括他两个夭折的儿子、患病的女儿和美丽的妻子。"但是我不希望你背叛自己的妻子。"

这个医生解释说，他们把车停在路边，然后到乡间小路上散步，那个女人对他说了所有的这些事情。那是个美丽的夜晚，路的两边都种上了树，月光穿过叶子，斑驳地投射在路面上。他们就这样走了一个小时、两个小时，甚至都没有触碰对方一下。有时他们会停下来，久久地站着，默默不语。他说有好几次他都伸出了手想碰她，但还是收了回来。

"为什么？"

他问自己："她就在我面前，触手可得。"他说他认为这个护士永远都是这个世界上最漂亮的女人。

"但事实并非如此，也对也不对。

"如果我碰了她，哪怕只是指尖轻轻地接触，故事可能就会完全不一样了。她很美，美得异乎寻常，深深地吸引着我，哦，深深地，但与此同时，我知道有个人此刻正躺在家里的床上，睡意全无，那便是我的妻子。"

他觉得他妻子是个聪明的女人，可能在他出门一个小时后，她就猜到会发生什么。他们没再往前走，那个护士再次转身对着他，就像那天在屋子里一样，沉默良久，说道："我不要你选择我。

"我是一个三十岁的女人了，从来没有一个男人需要我。我也从来不希望男人需要我，直到遇见你。

"也许从今以后再也不会有男人需要我了。"

他说他没有回答，要说什么呢？他感觉这是他人生的重要一刻。他用了我曾经说过的词汇："自那一刻起，我以为我已经有些成熟了。"

他没再往下说，但我还是忍不住问："到最后你都没有碰她一下吗？"

"没有，我把她送了回去。等我再去看望那家人的女儿时，她已经不在了，另外一个女人顶替了她的工作。

"我想，那家男主人毕竟没有失败。"

我们又沉默了一阵子。我心里想："毕竟是他主动跟我讲起这个故事的，我没主动要求。我想我现在可以斗胆问一个问题。"于是就大胆地问道："那你妻子呢？"然后是一阵我很喜欢的大笑声。在我的观念里，这笑声只会来自成熟的男人和女人。

"回去之后，我补回了那个吻。"

我不满意，继续问道："但是……"他又大笑起来，说："如果我不想告诉你，就不会跟你讲这个故事了。"我们从坐着的平坦石头上站了起来，等待着最佳的钓鱼时机，所有的渔夫都知道，这最佳时机就是那短暂而激动人心的黄昏之际。医生走在我前面，跨过一块平整的斜石来到水池边，我们都钓到了两尾肥美的鲑鱼。"那个波兰女人从来没有真正和我相爱过，也没有像我妻子那样跟我共过患难。我深爱着我的妻子，直到那时，我们才真正炙热地相爱。

"后来，我们还是一起生活，同甘共苦。"

医生不再说话，但没有看我，他正在挑选鱼饵。"你知道，我妻子叫马莎。

"那天晚上，我亲了她之后，她捧着我的脸对我说：'我们再一次经受住了考验，是吗？'说完她放下手，把脸转向别处。'过去的一两个星期，我一直在想，我们已经失去对方了吧，我也不知道为什么会有这种感觉。'她补充道，然后便大声笑了起来，这是她有生以来最美的笑声，发自肺腑的笑声。"这个医生讲完他的故事，说："我想，所有经历世事的人都知道这种笑声很容易失去。"他钓到一条鲑鱼，专心地逗起鱼来。

惺惺相惜

约翰·韦斯科特，身材矮小，留着一绺小胡子，是鲁道夫和弗莱德的父亲。生活于他总是困难重重，但正是这些磨砺，造就了他一身精明，凡事也总能应付得过来。他结巴得厉害，脸上时时挂着微笑，讨好周围的人。他骨子里有一种谦卑温和，人们都很喜欢他。公司的其他人，还有认识他的芝加哥商人，想起这个结巴的小个子，常常都会微微一笑。但最终，他也总是有一套自己的方法跟他们相处。他没有接受过正规教育，也飞黄腾达了。而在他取得成功之后，直到患上了阑尾炎，他才让自己歇下来……在他妻子猝死之后，日子过得颇为心烦意乱……他总是觉得自己已经错过了一些非常重要的东西。男人如他，不会去谈及什么好的生活。他是不会那样说的。

"我跟你说，教育才是根本。"他会这样说。

或许他这种对于教育的想法是源自妻子克莱拉。他身材矮小，其貌不扬，竟然能娶到像她妻子这样的才女，自己都一直感到惊奇。他认为妻子很美，无时不这么认为。她上过大学，拥有硕士学位，游历过欧洲，掌握法德两门外语，有一定的口头和阅读能力，会看一些他连想都没想过的书籍。有时候他会跟他的生意伙伴说起这件事。

"她都看些什么书啊，有一次我偶然捡起一本，我想我这辈子都搞不清楚那个人到底在说些什么。"

对于他的妻子愿意甚至是急着嫁给他，约翰·韦斯科特一直感到纳闷儿。在他妻子去世后的某个晚上，他跟一个朋友说起了这件事。这是他平生第一次这么做。事实上，约翰·韦斯科特由于生意的缘故，这一生必须不断接触人，与人交谈，不过他仍旧一直都很腼腆，就跟他的小儿子一样。

然而，他也有发现。约翰·韦斯科特并不嗜酒如命，但暗地里他也有了酒瘾。他总会在办公室的抽屉里锁上一瓶。他不会经常喝，只是偶尔用来提神壮胆。他发现每当要跟那些房地产大亨、商界地位更高的人会谈，他总会本能地肃然起敬而不知所措了，于是他就会小饮一下。

他发现在这种情况下，要是会见一个大人物，小饮一两杯会让他神清气爽。他的腼腆就会消失殆尽，甚至话语间也多了几分英气。

妻子逝世之前，也总是在夏天——那时他自己已经开始算得上是富裕，不再那么需要岳父的资助了——妻子带着两个尚小的儿子出去避暑，每当这时约翰就会把自己精心打扮一番。

他这么打扮，总是要见同一个男人，他的一个密友。那人高大肥胖，稚嫩的脸庞圆圆的，是一家广告代理机构的老板。

他俩是在一笔房地产生意之后成为朋友的。有一次约翰销售一块地皮给他朋友，格拉布，那人要在时尚的郊区建房子。在两个人洽谈的时候，友谊就萌发了。格拉布的合伙人都知道他叫 "A.P."。约翰·韦斯科特从不知道他还有其他名字。有一次，约翰得知自己要跟这个有钱有势的大公司老总会谈，就喝了两杯酒，到了 A.P. 的办公室。商谈这单生意，约翰一直艾艾难言。随后，A.P. 越过桌子，用肥胖的手指戳了一下他的胸口。A.P. 总是那个样子，非常热情友善。

他说："瞧，韦斯科特，我要马上谈妥这单生意。我已经跟我那小个子老婆商量过了，但是你看，不喝几杯我就没办法好好思考。"

这两个人离开 A.P. 办公室所在的芝加哥摩天大楼，到了附近的一间酒吧。他们都喝了两杯，提议就喝两杯，约翰·韦斯科特坚持要继续喝。这一次，约翰在一个小时之内就喝了四杯，他努力保持着清醒，他也的确做到了。生意终于谈妥，A.P. 从不知道约翰这次有点儿喝大了。约翰有一个习惯，每当要见成功人士时都要喝一两杯酒来振作精神，然后再吃一包咸花生米。有人这么对他说过，在喝了酒之后吃花生米是清新口气的首选。

约翰·韦斯科特跟 A.P. 成了好朋友。也只有对 A.P.，约翰才会毫无芥蒂地提及妻子。有一个夏夜，A.P. 的妻子去了乡下，两人待在酒吧喝酒。酒过三巡，如大多数男人一样，他们开始谈论女人，谈论男女关系。

大多数时候都是 A.P. 在滔滔不绝地讲。约翰很喜欢这样，不过 A.P. 的话总有点让他震惊。震惊的同时，他也会因朋友的大胆而感到阵阵惊喜。在娶了老板的女儿之后，约翰从没想过能跟其他女人有任何所谓的亲密接触，但 A.P. 就不一样。

那天晚上，两人共进晚餐，就坐在芝加哥南迪尔伯恩街的一间酒吧的里屋。这里非常狭窄，甚至很艰难才挤出一个小小的空间。他们在密歇根大道散完步，来到迪尔伯恩街。A.P. 正在全神贯注地说着话。他一直在无意识地寻找酒吧，看到这儿有一间，就建议进去坐坐。

他们走进酒吧后面的一个小房间，坐下来，正准备点喝的，这时有两个女人穿过门外的小过道。在南州立大街有一场脱衣舞表演,这两个女人是那里的演员。在演出间隙,她们进来买杯喝的。

其中一个女人在门口把头探进来。

"嗨,帅哥。"她对着坐在小桌旁的两个中年男人说道。

两人坐在那里没有应声。其中一个女人看着 A.P.,大声笑起来。A.P. 的头发全掉光了。那个大笑的女人说他的脑袋就像一个大萝卜。她踏进房间,把一只手伸向了 A.P.。

"我摸一下这个萝卜,你介意吗?"她说。A.P. 坐在那里冲着她微笑。她要走近 A.P.,另一个女人抓住了她的手臂。"噢,别这样,玛格。"她说。

很可能就是这件事使得两人之间的谈话发生了偏移。

A.P. 发话了:"两个辣妹,嘀,我跟你说,对于女人,我的看法是什么呢,我觉得就像……"他犹豫了一下,微微笑了起来。有时候他在约翰·韦斯科特面前也有点尴尬。

"我倒想看看你和这个美女会发生些什么事。"他心里想。

他心想:"无论如何,韦斯科特是从不会刊登广告的。"韦斯科特几乎不可能成为他的广告客户,没必要太谨慎了。

"我不想让你觉得我是一个花花公子。"A.P. 说。约翰·韦斯科特向他保证他从没有过这种想法。"哎呀,我怎么会这么想呢?"他说。

A.P. 说起他的妻子,她到乡下去了。

"我是不会做任何对不起我老婆的事的,真的不会。韦斯科特,我跟你说,我一直都对她很忠诚。也就是说……嗯,你懂的。"他丢了个眼色。

然而他弄错了。约翰·韦斯科特并不懂得。

A.P. 犹豫了一下，补充说："我的意思是，韦斯科特，跟你说实话，结了婚之后，有好几次，三四次……"

他又犹豫起来。

"噢，你知道是怎么回事的。我敢说你有同样的感受。每次我喝多了总会这个样子。"

约翰·韦斯科特不知道说什么好。有那么一刻，他真希望自己能够大胆一点。他只是不停地点着头。

"我就是这个意思。"A.P. 说。他把身体向前探了一下，压低了嗓门儿。他们能听到酒吧小房间外面有几个男的在说话，还有个女的在大笑。约翰·韦斯科特感觉，跟 A.P. 一起待在这样一个地方，能够窥探到真实的人生。

"我的意思是……说实话……这事最好保密……我想，你们房地产商不会像我们广告商一样面临诸多诱惑。"

这时候，他没有继续解释他的意思。他开始说起韦斯科特的生意，说起房地产的买卖。

"你身处房地产行业，把地皮卖给别人建房子，就像你卖地给我一样。那人会建房安家，犹如鸟儿筑巢。"

A.P. 常常那个样子，很容易陷入诗一般的意境。

"你瞧，这个男人一心想着自己的妻子儿女。他在心里描绘着幸福美满的生活，在冬夜里坐在火炉旁，呃……妻子依偎在他身边织毛衣，孩子们在地上嬉戏玩耍。"

约翰·韦斯科特在想，A.P. 该是一个多么出色的广告商啊。

"他的广告文案一定写得很棒。"他在想。

韦斯科特的公司叫考德威尔，他偶尔也会在芝加哥报纸上刊登广告。考德威尔是他的岳父，岳父过世，如今整个公司都由他掌控。他曾招聘过一名年轻的助理，决心不让两个儿子介入房地产。

他对此漠不关心，心想着，希望有一天，他们会成为其他领域的名人，比如才高八斗的学者或者特立优雅的艺术家。他觉得这是妻子的期望，自然也成为他的期望了。他跟 A.P. 一起坐着，思绪万千。

他心想："这就是 A.P.，我跟他已经成了朋友，我们是好朋友好伙伴。我妻子已经去世，他妻子带着孩子去了乡下，我们就偶尔这样待在一起。"

他不知道是否有勇气叫 A.P. 帮个忙，这种微妙的事有些难以张口。

"你看，A.P.……就你刚刚所说的……那会是我公司非常好的广告文案……你介意把它写出来吗？我可以用在广告里。"

他决定不这样做，心想，这就像在问自己的一个医生朋友一样："医生，帮我检查一下身体，怎么样？"

他不可以这么做。他在报纸上登的广告不多，占的篇幅也很小。他不能指望成为 A.P. 的客户，不值得 A.P. 花费时间。

"我跟你说，A.P. 是个大人物，很聪明，说话就像唱歌一样悦耳动听。"

约翰·韦斯科特常常跟他妻子说那样的话。他一边这样想着，A.P. 一边不停地说着，仍在滔滔不绝地讲着建造房子的事。他醉醺醺的，已经有点口齿不清了。

"你跟这样一个家伙待在一起……他在想些什么呢？他在想我

刚才所说的事情啊。你韦斯科特，卖了块地皮给他建房安家，或者你卖给他一栋现成的房子。

"那他就在想，该如何改造这个房子。韦斯科特，你知道会是怎样，增加一层油漆啦，客厅加层墙纸啦等等，嗯。他可能会添一间浴室。已经有了一间了，不过他想再添一间。他喜欢早上坐在那里，抽着雪茄，读着晨报。我在家里，每天早上都会喝一杯咖啡的。我就是在浴室里读报吸烟品咖啡的。那杯咖啡就放在浴缸的边上。我的浴缸边缘是平的。

"你不要把碟子带进去。咖啡洒在碟子里，你还喝什么？抽一口烟，然后喝一小口咖啡，咖啡的精华都流入你的喉咙了。一杯咖啡能让你一整天精力充沛，每天我家女佣都会早起端咖啡给我。有时候，我妻子也会给我端咖啡。

"哎，A.P.，你是不是准备待在里面一整天啊？看来真的需要两个浴室了。"

A.P. 停了一下。

他说："所以就有这样一个人去找你，准备建房子，正如我描述的，他的脑子里有数不胜数的想法。但现在我觉得……"这时，那两个脱衣舞女郎回来了，穿过酒吧的走廊，打断了他俩的谈话。一个女人再次把头探进来。约翰觉得和 A.P. 一起来到城镇的这种酒吧有点奇怪，甚至感到刺激。这种冒险，他妻子在世的时候，他是肯定不敢告诉她的。有很多事情他是从没有跟她说过的。他还养成了一个小习惯。他幻想着有一种温馨亲密的感觉氤氲在他和妻子之间，然而这从来都不是真的。他很少跟她说话，只能靠想象。他跟 A.P. 坐在房间里，就想象着这些事情。

"亲爱的，我一定要告诉你。"他想象着自己这么说，不是对已去世的妻子，而是一个臆造出来的妻子。

"亲爱的，你瞧，我们在这里，我和 A.P. 喝着酒，这个女人老是从门口把头探进来。她涂得五彩斑斓的。亲爱的，跟你说实话，在我看来她就像个十足的贱妇。"

约翰从没想过会在妻子克莱拉面前用上"贱妇"这样的字眼，不过他想，A.P. 说话时会用上它。和 A.P. 说话，你不需要有这么多的顾虑。

"嘿，宝贝儿。"他冲着头靠门的那个女人喊了一句。A.P. 总是这么机灵。那个女人大笑着走开了。

A.P. 便继续他的话题。

"现在说说我的一个客户……"他说。

他踌躇了，点了一支烟，似乎陷入了沉思，一脸的悲伤。

他继续说："很多时候，我在想，我从一个穷小子开始打拼……先是农场工人，然后是小镇商店的职员。

"我离开那里，来到了这个城市。"

A.P. 开始跟约翰·韦斯科特说起他在城市里的早期经历。他说这一路过来，他走得并不平坦。他块头很大，如今已经发福，皮肤松软，但是约翰看得出他曾经很壮实。他曾当过普通工人、士兵和旅行推销员。他最初为一家公司写广告，只是出于好玩儿，但很快他就发现自己有这方面的天赋。

他还说："这方面他自己从来没有怀疑。"有时候他后悔没有成为一名作家。虽然他在广告业发展平步青云，现在已经是一家大型广告代理机构的负责人，然而每当他有点累了或者他的客户变得丑陌或难以相处，他时常盼望着……他再次中断了讲话。

"我可能会当作家，或者是新闻记者，或者是其他更好的职业，待在家里当个农民……韦斯科特，你知道的，耕作田地，播种玉米，锄禾拔草，喂牛挤奶，在六月的清晨看着风儿掠过我那成熟的麦穗，何等的惬意啊。

"韦斯科特，你也曾在六月的清晨，看过风儿掠过成熟的麦穗，对不对？"

约翰·韦斯科特说是的。

"一个自由人。"A. P. 又开始滔滔不绝起来，约翰·韦斯科特心头油然而生一种钦佩之情。

他说："你看，我正踏在我自己的土地上，农场小小的，并不大。

"一条小溪穿过农场，晚上我躺在床上，能听见流水潺潺。辛苦耕作了一天，很累了，就和妻子躺在一起休憩。她是一个体格强健的邻家女孩儿。我可是一个耕作好手，禾苗在我眼皮底下翻着个儿地茁壮成长。

"韦斯科特，你瞧，我正躺在那儿。我是个老实正直的人。我伸出手，抚摸着妻子的胴体。韦斯科特，你能理解的，我有权利认为自己是上帝虔诚的信徒。那就是我的妻子，躺在我身边安详地睡着，她是我的，大地也是我的。"

显然，A. P. 被自己的话语深深地触动了。他沉默下来，坐在那里，用手指拨弄着酒杯。他们一起品着古典鸡尾酒，约翰感动得想哭。

"听他说话真美妙啊！"他心想。

妻子在世的时候，他常想跟她说这种话，如今他又开始讲起来，话音里带着一分恐慌，又结巴了。

"我又跟 A.P. 出去了。"

他没有告诉妻子他俩喝酒的事。

"每一次跟他出去，他总有一些话让我难以忘怀。他说得太美妙了！"

他有时觉得 A.P. 的话给了他一种提示，就是期望两个儿子至少应该有一种自我表达能力，如 A.P. 一样，而不是像他这样。是 A.P. 让他知道妻子谈及文化的时候的意思，有时候他跟妻子说起他的朋友，她就会询问。

"呃，那他说的是什么呢？你说他有很棒的点子，他说了这些精彩的东西。那到底是些什么呢？"

对于约翰·韦斯科特来说这是一种悲剧，他无法讲明白。

"我太口拙了，没有表达能力，没有文化，无法让她明白有时候 A.P. 是多么地了不起。"

他一直想不通，A.P. 为什么如此想跟他做朋友。酒吧后部的小房间里，A.P. 从桌边站起来，把头伸出门外，朝服务生喊道：

"嘿，再来两瓶一样的。"

酒送来了之后，他又开始说起他的广告客户，说这些客户大部分都是制造商。

其中一个顾客是专利药品的生产商，可能来自中西部的一个城市。

"比如是伊利诺斯州的弗里波特。"他说。

这个家伙到了他的办公室。A.P. 又开始娓娓道来了。

"时值清晨，这些人总是起床很早。兴许他是坐夜车过来的。"

约翰·韦斯科特觉得有点愧疚。他自己也可能凌晨六点就会从床上爬起来。他妻子在世的时候，会在床上一直待到十点。起床后，他会到花园散步，花园就环绕着他的房子而建。他会为草坪洒水。他内心一直都觉得，每天能睡到十点、十一点的人都是高深莫测的。此时，A. P. 在兴冲冲地介绍他和顾客们的关系。

"那家伙会早早地来到办公室，有时候甚至比速记员还早。接着他会跟员工们热聊，好让他去会见公司的领导。有些广告已经润色过，确定没有问题了。一切办妥之后，我会跟他说……不如一起吃顿饭吧？

"我太清楚这是什么意思啦。"A. P. 轻轻地叹了口气。

他继续解说："我们会出去吃饭，比方说这人来自俄亥俄州的哥伦布。你懂的，多多少少，大家会觉得他是个大人物。"

"我懂。"约翰·韦斯科特说。

他根本不能肯定自己有没有明白 A. P. 想表达的意思。

"他在家都是老样子，妻儿满堂，定期做礼拜，也许会参加教堂的唱诗班。就说他制售的风湿病药膏吧，用来涂抹的那种，卖得不错啊。

"你看，待在家里，日复一日，生活平淡无奇。

"韦斯科特，我知道他的感受。他公司里有很多速记员，你明白，都是些长相姣好的年轻姑娘。我们得说他的妻子有点发福了。"A. P. 用手拨弄着酒杯。他在创造一个虚拟的人物，自我陶醉得很。

"韦斯科特，你知道，那样的男人，不管脑海里冒出了什么想法，他都要小心。他在哥伦布很有名气，是个很出色的商人，而一个出色的商人是不会在自己的公司里乱搞的。

"你看他现在到了芝加哥，这里没有人会认识他。他跟我吃饭，来到卡巴莱餐厅，那里美女如云。吃晚饭时还要喝上几杯，一瓶葡萄酒。

"他觉得很有安全感，很兴奋。我知道他想要什么。就说卡巴莱的这些女孩吧，她们唱歌的时候，从台上走下来，在客桌之间游走。韦斯科特，我跟你说……你挑其中一个看看……她知道自己是干啥的。

"她分辨得出，你知道，她是不会对我感兴趣的。她会对着他喊：'嗨，哥伦布。'说实话我已经让服务员递过纸条了。她对着他唱，或许她会靠得很近，气息都吹到了他脸上。'我得工作，真是糟透了。'她跟他说。很可能她会在他耳边低声说那样的话，是想让他知道，她的心已经被丘比特之箭射中，她甚至愿意抛弃工作，随他而去。到了现在我还能再跟你说什么呢？（A.P. 朝约翰·韦斯科特使了个眼色。）

"小伙子，我得说他身材好辣。"

A.P. 的表情发生了微妙的变化，脸上似乎掠过一道阴影。

他继续说道："于是，我就带他去看演出，音乐演出。"

A.P. 向前探了一下身子，压低了嗓音。

他解释说："和这样的家伙说话不能直来直去，你就说你认识几个美女。

"但首先，看完音乐剧之后你们得去再喝几杯。你懂的，你要让他感觉到无论发生什么事情，你都没关系。

"你跟他聊到女孩子后，就可以喊一个过来了。你告诉他：'她们很特别。'接着你就跟他乱扯一通。她们住在南边的公寓，离这大学不是很远。你告诉他她们都是大学生。"

A.P. 叹了口气。

"呃，对啊，韦斯科特。当然，到了这个时候，我自己也有点兴奋了。我想让他感觉到一切都很顺利。不过我跟你说，韦斯科特，有件事，我至今都没做过。"

A.P. 的脸上，露出了悲伤的神情，面对命运多么无奈啊。

"总之，韦斯科特，不管我和其中一个女孩做了多过分的事，你能理解我当时喝醉了，我绝对没亲过任何一个女孩的嘴。"他说。

A.P. 讲完了他的故事。对于约翰·韦斯科特来说，这是一种启示。此时此刻，他在为自己单调的生活而深感羞愧。他觉得他应该说些什么，说些自己的离奇故事什么的。他开始跟 A.P. 说起他跟妻子之间的一些事。

"我从来，"他支支吾吾地说，"你知道，也就是说，没有跟别人在一起过，除了我妻子。"

他昂着头，没有看 A.P. 。

"或许是我没有勇气。"

他拼命地回想着他的婚姻经历。

"A.P.，你知道，我的情况是这样的。"

他说起了他是如何开始在他岳父，那个房地产商的公司工作的，他老板的女儿是如何偶尔来公司的。讲述过程中，他并没有看 A.P.，他觉得，跟其他人说起自己的女人，毕竟是件不太荣耀的事。他说她进来时，办公室只有他一个人，他从椅子上起来和她握手。接着，有天晚上发生了一件让他难以置信的事……有那么一瞬间，他似乎感觉到她的手握住了他的手。

约翰·韦斯科特讲着讲着就犹豫起来，紧张得连说话都结结巴巴的，在他面前桌上有杯酒，便连忙拿起一饮而尽。

那年秋天的一个夜晚，他在办公室里工作得有点晚，天色快黑了。他从办公桌旁站起来，准备回家，这时她进来了。

"她说，她在找她父亲，但她父亲在两个小时前就离开了。

"我们一起坐电梯，走到了街上。"

他跟 A.P. 说，他想请她去餐馆吃饭，但没敢开口。"A.P.，我没办法像你一样表达自己，我一直很希望自己可以。"那天晚上，他们只是沿着芝加哥内环散步，然后走到了密歇根大道。街上有各种各样的行人，有些是衣着光鲜的男女，很明显是在这个温暖的夏夜闲逛的，还有一些是去赶伊利诺斯州中心的市郊火车的。跟他在一起的这个女孩，也是要去赶市郊火车回家的，但是他告诉 A.P.，就在他害怕得说不出话的时候，她反而突然变得大胆起来。走过天桥越过铁路轨道，有一个公园，她提议去那里，到湖边看看。

他们真的去了。他想把事情的经过都告诉 A.P.。

"到了那儿，感觉好多了。"他说。很快，夜幕降临了。他说着说着，就有几分像 A.P. 了，话说得越来越顺畅。湖波拍打着桥墩，他解释说："我不知道为什么，看着这湖波，我就觉得胆量大了一点。"

他说："除了我母亲，我从没吻过任何一个女人。"这是他拼命想出来的解释，他说在自己家里，家人很少亲吻，"我从没见过父亲吻过母亲。"

他稍带提及他的父母，说在他还小的时候母亲就去世了，后来由一个叔叔抚养，这个叔叔在芝加哥西边的街上开了一间食品杂货店。

"黑暗中，我跟她待在一起，"他告诉A.P.，"我也不知道是怎么一回事，突然间，我发现我抓住了她的手。

"接着我们亲吻起来，我求她嫁给我。"他的声音小得很，几乎连窃窃私语都算不上。

"'你是不会愿意嫁给我的。'我发现我是这么跟她说的，当她说她愿意的时候，我整个人都蒙了。

"我说不出话来，真是难以置信。"

他说，过了一段时间……他也不知道那个夜晚他们在那里待了多久……他们从小公园走出来，又来到了大街上。他们返回到密歇根大道，他告诉A.P.，街上挤满了小汽车。人们是准备去剧院的吧，他想。

他说："当然，那时候，也有马车。"

他盯住了其中一辆车。他告诉A.P.，车就停在公路边，那个晚上，他觉得那是这辈子见过的最豪华、最美丽的一辆车了。

"它是多么地闪耀夺目，噢，还有里面的饰件。"

他说车里坐着一个人，他在竭力告诉A.P.当时的感受。

"我不知道怎么讲明白我当时的感受。我没有你的语言天赋。我一直都是这么口拙。仿佛那个男人……突然从车里走出来，走到我身边……他仿佛说：'你想要这部车吗？它是你的了，开走吧。'

"仿佛……是他真的给了我，就像她答应做我妻子一样。"

约翰·韦斯科特不说话了，两人沉默着，都感到尴尬。最后还是A.P.打破了沉默。他从椅子上起身，把头伸出门口，朝服务生大喊。

"嘿，这里需要点服务，快点，再给我们来两瓶一样的。"

白色光点

我敢肯定，我这段时间处过的女人，从来都不真实。我甚至连她们的名字都记不得。她们对我来说就像一款款名为露丝、普鲁登斯、吉纳维芙或霍莉的香水，一飘而过。一天晚上，在芝加哥的一个劣等酒吧里，有一个样子丑陋但十分性感的女郎。我原本是要和一群商人狂欢。那些商人在喝醉酒后更容易打交道，身上的精明退去，变得时而令人讨厌，时而却可爱得像个孩子。

比如说，有个制造公司老板艾伯特，家住伊利诺斯的一个小镇，他长着一张娃娃脸，又矮又胖。我曾为他的公司写过广告策划，我们经常一起喝得烂醉。

他妻子酷爱文学，而我当时已经出版了几部小说。艾伯特经常在她老婆面前吹嘘我，有一次还带我去他家中吃饭。

和其他女人一样，她只谈论文学专著。她们绝不可能在艺术的世界里说出一丁点正确的见解。要是她们能够闭嘴就更好了，可惜她们永远都在夸夸其谈。

艾伯特对此却非常高兴。舍伍德，你看这个小女人，我们家也有个趣味高雅的知识分子呢。他非常自豪有这样的妻子，很想忠诚于她。作为女人，她与自己的男人同床共枕，却满足不了丈夫的更多需求。

艾伯特知道这一点，但他的确需要满足。为此，他给自己找了个暖心的小女人，给她买毛皮大衣，给她钱花。除非他喝酒，否则是不会去找她的。

艾伯特有自己的准则，我们一起喝酒的时候他跟我解释说："舍伍德，我真的对老婆很忠诚，虽然我和梅布尔发生过关系，但我很忠诚，我从来没有吻过她的双唇。"他坚守着自己的原则，我认为这个原则跟大多数男人所坚守的原则一样。

但我所讲的那些女人，她们真正接触过我的身体，在我身体上、精神上留下印痕，有时让人觉得很奇怪。我想起那位大个子厚嘴唇女人，看到她在一家便宜饭店里，简直就是南州立大街的低级夜总会，街上不远处有一些小型的脱衣舞表演。

其中有一些公司客户我可能为他们做过事，他们跟我解释道。我们公司的经理以前可能是某个边郊教堂的执事。"带这些人出去消遣吧，不用在乎这些花销。"

"我不想把公司的钱花在任何不正当的事上。"

噢，你这个骗子！

我本可以大肆挥霍。那些脱衣舞女郎从舞场出发，沿着肮脏的巷子一路走下来，一头扎进餐厅的人堆里。她们可以从那些人买给她们喝的酒中赚取一些好处。

其中那个大个子厚嘴唇的女人正坐在那里，凝视着我，仿佛在说："我想要你！"我也想要她。

快点！快点！

邪恶的气息弥漫着这个恐怖的小空间，皮条客们懒散地四下坐着，也就是那些跟我一起的商人。其中一个说道："天啊，快看那女的。"她没了一只眼睛，可能是为了某个男人跟其他女人打架时弄瞎的，她的额头下方还有一处刀疤。

刀疤之上是她那浓密的深蓝秀发，多么美丽。我多想把手深深地插进那头秀发！

她知道的，她和我一样感受到了，不同的是我为此感到羞耻。我不想让那些商人知道。

知道什么呢？

知道我是个混蛋，知道我同时也很绅士谦逊，有一颗敏感的心。

舞女们近乎裸体，从这个地方的后门进进出出，舞弄着身姿，在那些土包子面前跳得有点别扭，舞蹈动作不断重复着。我走进那条小巷，静静地等待，她来了。

我们急不可耐，直奔主题。那里堆积着一些箱子，我们钻到箱子后面。里面的空气恶臭难闻。我的双手深深地埋进她那浓密的秀发里。

事后，我问她："你要钱吗？""一点点就好。"她柔声说道。那些醉汉进进出出。留声机里播着舞曲，不时发出刺耳的声音。

作为一个男人，他还能有所保留吗？我并不为此感到肮脏。她轻轻地笑道："象征性地给我点吧，五十美分就行。我不想让自己觉得是在傻乎乎地无偿献身。"

"好。"

我赶紧回到商人们身边，不想他们产生任何怀疑。

"你出去了这么久。"

"是的。"我会灵机一动撒个谎。

还有一个女人，是我在火车上邂逅的，火车发动机出了毛病，晚点了。难道男人对女人天生就是见一个爱一个吗？火车在一片树林边停了下来，我和那女人心血来潮到树林里采花。

又是同一番情形："快点，快点，你马上就走了，我们可能再也见不了面了。"

之后，我们回到了火车上。她拿着我们一起采的花，坐在一个老妇人旁边，可能是她母亲吧。

看见那个白点的是文静的莎丽。那是芝加哥再普通不过的旅店房间。这种旅店不用提着行李进去，你就直接登记：约翰·詹姆斯夫妇，来自纽约布法罗。我记得有个朋友，风流成性，跟我说他总是用我的名字开房。

我知道那种地方随处都是成双入对的。我俩在犹如兔窝的漆黑房间里躺着，半睡半醒，一刻之前我们如此亲近，现在却觉得如此遥不可及。

火车在附近的高架铁路上隆隆而过，今晚可能是个选举之夜，我听到人们的欢呼声和乐队的演奏声。

我们人类，男人和女人，是多么寂寞啊！

可能我们只有在艺术中才会亲近。

不，等一下。

一想到亲近，男人就变得邪恶起来。我们内心要要要，但实际上我们又敢要些什么呢！

黑暗中，这里万籁俱寂。城市的喧嚣，生命的喧嚣，却在远处的大街上不断上演。

隔壁房间里，有个女人正兴奋地叫着床。

我们生活在一个无比肮脏的世界，也生活在无比纯洁的世界。

生命之水将我们洗涤。

幻想无尽地延伸。

此刻，一个小时，两个小时，三个小时，时间流逝，那难以解释的肉欲消失了，思想也因此得到了解放。

我身为艺术家天马行空的想象力可能就是她一直想要的。

她开始柔声地谈及那个白点："它在黑暗中飘浮着。"我知道自己立刻领悟到了她的心思。

肉体的接触让我们的灵魂、思想的距离拉近了。

那是一个飘忽不定的小白点，就像芝加哥那漆黑肮脏的房子里雪白的云片。

"你都不知道，我们的文明都把我们折腾成什么样了。"

"就是你们这些男人把这个世界弄得如此丑陋。"

"你们造就了肮脏，是你们，就是你们。"

"是的，我明白你的意思。"

"但是，你看见那个白点了吗？"

"看见了，就在天花板下面飘浮着。现在它落了下来，飘浮在地板上。"

"这就是我们丢失的东西，远离我们而去。"

"这个白点属于我们，是我们的纯洁。"

在那一瞬间，鉴于男女之间那种神秘奇特的关系，我们有了真正的交汇，感受到了真正的亲密。

我记起一件事。那是我和弟弟厄尔玩的一个游戏，当时弟弟还只是个婴儿，我还是个小伙子。那段时间，我们睡在一起，我就发明了这个游戏。我们想象着，剥掉了黄色小屋的墙壁，掀掉天花板和地板，我们的床悬在半空中。可能是我想起了一行诗句："我们位于两界间，凌驾于大地之上，把大地远远抛在脚下。"

这些事发生在八月份一个炎热的晚上，但是我们却能感受到太空的凉意。我向房间里的那个女人解释这个游戏，然后就一起玩了起来。我们躺在悬浮的床上，一起追逐着她想象出来的那个白点。

后来，很奇怪，我们一起走上了大街，可能已到午夜时分，但街上依然人头攒动。

"我们真的悬浮在半空，真的看到了白点，追到了白点。现在，我们到了这里，你以写广告为生，我靠推销药品度日。

"我二十八了，还没结婚，跟我那已婚的姐姐住在一起。"

这间低档便宜的小旅馆住着很多跟我们一样的伴侣。办公室就在二楼，有一张小桌子可供登记入住，一行行地记着琼斯夫妇、史密斯夫妇，对了，还有安德森夫妇的名字。我那个朋友可能来过这里，也许就在这儿用我的名字登记。

我本来要先下楼，上下打量下大街。我们两个却悄悄地溜了出来："好了，你最好打的回家，我出钱。"

"真的可以吗？路程很远，车费会很贵的。"

"没问题，拿着。"

钱这玩意儿到底是谁发明的？她手里拿着那脏兮兮的绿票子。的士司机看着我们，可能是在听我们对话。

"不过……不过……你觉得我还算得上美吗？你会记得吗？"

"没错，你很美。晚安！"撒谎、夜晚、街道、城市一切如旧，哪有什么美感可言。

无人发笑

　　相对于同级的其他小镇来说，格林厚普并不算沉闷。巴兹·麦克利里依然是每月醉酒一次，然后被抓入狱；这两个夏天以来，这里成立了一支半职业棒球队。索尔·格雷设法推广和壮大这支棒球队。于是，他四处奔走于药剂师、银行家、当地美孚石油公司经理和其他商家之间，努力说服他们给球队提供运作的资金。其中有些球员直接被雇用，他们都是些大学男生，想在假期找点乐趣，赚点伙食费和香烟钱，便借用假名狂玩，却没有破坏他们的业余身份。有两个队员来自邻州的煤矿乡村，向北距此有一百英里。马球拐棒柄厂家就会雇用这些人，布格斯·卡洛韦就是其中之一。他是一个棒球全垒手，不久就进入了美国的一个职业棒球联队，这可让这小镇沾了光。索尔说，全靠这事，我们这个小镇才得以声名远播。

　　不幸的是，这支棒球队没能发展下去，它只是一个小联队，继而分崩离析了。自此以后，这个小镇变得越发无聊起来，在这种情况下，人们只能把注意力集中在哈莉和品恒德·佩里这对夫妇身上。

　　当格林厚普镇还很小时，佩里一家人就生活在这里了。这里位于南部的北端，早在美国内战之前，佩里家族就已经在这里了。佩里家族不乏富硕之士，有传教士，还有内战中北方军队的陆军准将，这个准将跟其他富有的佩里人并不搭调。这些佩里人老喜欢提醒其他人，他们是南方人，他们是旧南方最古老最优秀的家族之一。而对于那个投奔于该死的北方佬的陆军准将，他们绝口不提。

至于品恒德·佩里，当然，他只属于佩里人中无足轻重的一支。就算是南方最优秀的家族也一定会存在类似这样的分支，皮那米德家族就存在这样的例子，但我们还是不要把他们的名字都扯出来了。

品恒德出身贫寒，个头矮小，头脑简单。一个叫玛格·亨特的女孩，与罗伯特·佩里惹上了麻烦，他同样也属于无足轻重的那类人。一天晚上，玛格的父亲带着猎枪闯进了罗伯特父亲的家。他娶了玛格，可不久后，他就逃跑了。没有人知道他去了哪里，但大家都说，他去了邻州的那个煤矿。他是一个强壮的小伙子，有着大鼻子、硬拳头。临走，他说："我娶这么一个老婆到底要拿来干吗？牛奶都这么便宜了，我为什么还要养头奶牛？"

品恒德还很小的时候，人们就开始这么称呼他了。他母亲在格林厚普小镇上几个富有的家庭里干着厨房的杂活。黑人杂工非常廉价，况且她还要带着孩子，能找到一份工作很不容易。品恒德从小就有点傻，但不是很严重。

他父亲体格庞大，但在他身上仅有一样东西可以称得上大，那就是鼻子，那个鼻子就像一座大山，通红通红的，杵在他的脸上，看起来非常奇怪，甚至有点畸形。他就是这样一个瘦骨嶙峋的小家伙，通常都是默默地待在那些有钱人后院的厨房阶梯上，一坐就是半天。尽管生活过得非常艰苦，但他母亲总是将他打扮得整整齐齐。小镇上的其他一些厨杂工，尤其是白人杂工，都不愿与玛格·佩里牵扯上关系，佩里家族的其他人一想到玛格也称为佩里人，就感到愤愤不平，说这也太让人疑惑了。那些厨房白人杂工总是避开玛格，在她背后窃窃私语："她才嫁给鲍勃·佩里一个月，那个小东西就出生了。"

小镇里还有位哲学家，是个律师，没有什么业务，说话却尖酸刻薄。他解释说："工人阶级应该遵守美国的性道德而中产阶级应该遵守金融道德。那会让他们忙个不停。"

品恒德渐渐长大，他母亲玛格也已去世，后来他还结了婚。他娶了一个奥尔布赖特家族的女孩，名叫哈莉，家住奥尔布赖特小溪旁。她是家里八个孩子中最小的一个，一副病恹恹的样子，还有一只脚扭曲变形，是个跛子。人们都说："真不该啊。"就不该允许这样不好的血统繁衍后代。"瞧瞧他们这些奥尔布赖特人。"奥尔布赖特人总是贩马、偷鸡，私酿烈酒，最终锒铛入狱。

然而，和常人无异，奥尔布赖特人同样骄傲，目中无人。父亲老威尔·奥尔布赖特，既拥有自己的土地，又有钱。如果他想要保释他的一个儿子出狱的话，他就能做到。他这类人，所拥有的土地不超过一百英亩，大部分都是山地，并不肥沃，他还有一大家子要养活，大部分都是儿子，他还总是酗酒斗殴，偷鸡摸狗，私酿劣酒，最终锒铛入狱，但是，就像格林厚普小镇的人所说的那样，不管怎样，你看，他有钱。他并不把钱存进银行，而是随身带着。镇上的人都如是说："老威尔经常携带着一卷钱，足以噎死一头牛。"他们对此印象深刻，使得老威尔的地位也非同寻常。这个家族都长着大鼻子，老威尔更是有一嘴海象式的大胡子。

奥尔布赖特人相当肮脏，毫无秩序，他们有时也会心怀愠怒，目中无人；像佩里家族以及当地其他大家族一样，奥尔布赖特人也有家族自豪感，非常团结。假如，在一个星期六晚上，你在镇上喝了几杯酒，心中不快，想要和别人吵架。此时你遇到了一个奥尔布赖特小伙儿，比方说在小镇的南端或者一家希腊饭馆旁边，然后他放肆起来，开始对你出言不逊。你也不甘示弱："来啊，你这大笨蛋，让我看看你有什么本事！"

然后你就准备好好收拾他。

不过你最好还是不要那样做，只有天知道你要对付多少个其他的奥尔布赖特人。他们就像是切斯劳维尔战役中的斯洛威尔·杰克逊将军带领的将士们一样，不知从哪里冒出来，好像是从树林里冲出来的，对你搞突然袭击。

"现在，你选择他们中的一个，但你却不能信任他们，说不定什么时候某个就会捅你一刀，这事他们做得出来。"

想想看，身材矮小沉默寡言的品恒德就娶了那个群体的人。他已经长大成人，但绝不能这么说，他个头仍然这么小，病恹恹的，根本不像个成年人。只有天知道他母亲过世后，他是怎样活过来的。

靠乞讨，的确如此。他站在杂货店门前，等候着人们手上提着大包小袋从店里走出来。"你好。"他把所有其他的佩里人都称呼为"堂兄弟姐妹"，这让人很不舒服。"你好，约翰堂兄""玛丽堂姐"或者凯特堂妹、哈里堂弟之类的。他微笑起来一贯甚为友善，在大鼻子的衬托下，嘴巴显得特小，还露出两排乌黑的牙齿。他酷爱香蕉："你好，凯特堂妹，给我一毛钱吧，我得买点香蕉吃。"

镇上有些人自作聪明，开始与他交往，还有些人孤陋寡闻，不断地去鼓励他。

比如那个律师，一个俄亥俄州北方佬的儿子，说话很有哲理，总是拿正经人开玩笑，安排品恒德打扫他的办公室，还让他睡在那里。与他交往的还有管钳工伯特·麦克修，轨道旁经营台球场的艾德・凯布。

"品恒德，我觉得你最好还是上去看看你的汤姆堂兄，他正找你，我想他会给你二十五美分。"汤姆・佩里是镇上最大的银行的出纳员。一个该死的家伙自以为是，看到布坎南法官——佩里家族和布坎南家族是这里的两大家族，他们看到布坎南法官走进了银行。他是一名董事，即将召开一个董事会，另外几个人也陆续走进去。你可以凭着与品恒德的交情，直接走进会议室，会议室里的桌椅可都是用名贵的桃花心木做成的。布坎南人肯定想要打败佩里人。

"品恒德，你去吧，汤姆堂兄正在叫你，他想给你二十五美分。"

管钳工伯特・麦克修故作惊讶道："老天爷啊！才给二十五美分吗？哎呀，他会给一辆汽车啊。"

品恒德开始和奥尔布赖特人交往。他们很喜欢他，他会在那儿待上好几个星期，那里离小镇三英里远。通常，在周六晚上，有时是星期天一整天，那里都会有聚会。

那里有大量的私酿威士忌，一大群人聚集在那里喝，有时是些来自小镇的人，有时甚至是些孤陋寡闻的人，例如艾德・凯布，还有那个自作聪明的律师，甚至可能是法官的最小儿子威利・布坎南，威利是个酒鬼，据说得了癌症。

各色粗人都聚在这里。

有两个奥尔布赖特老女孩，萨莉和凯瑟琳，至今未嫁，据说她们还在努力寻找着夫婿。

喝酒，跳舞，唱歌，起哄，可能还会干上几架。

"到底怎么回事？"老威尔不耐烦地说，他妻子不在了，萨莉和凯瑟琳干家务。"到底怎么回事？这是我的农场，我的家，我的地盘我做主，难道不是吗？"

品恒德慢慢地喜欢上了跛脚的哈莉，那个矮小的奥尔布赖特残疾女孩。他会静静地坐在那里。舞会和各式嬉闹上演着；房子前边的那个大房间杂乱无章，角落里有两个奥尔布赖特男孩边弹着吉他，边扯着嗓子高歌。

这些奥尔布赖特男孩到了镇上，要是郁闷不乐，想要干上一架，他们就不会像在家里那样了。他们会唱上一首歌，像《把我的酒瓶递给我》，还有一首是描述牢房里，监狱官和囚犯之间发生的事，正如你所知，在一个圣诞节早上，监狱官想要做这些男孩的圣诞老人，一个老囚犯却不为所动，对他振振有词。这两个奥尔布赖特的老女孩，可能正在和小镇里的几个男人一起跳舞呢，老威尔，他肯定是他家族的主人……坐在火炉旁抽着烟，用脚和着舞曲拍子。他把嘴里的烟雾透过海象式的大胡子吐得干干净净，从不留一点痕迹。那个律师说，老威尔用双脚和下巴和舞曲，和得天衣无缝。"放眼看看吧，在这个州，再也找不到第二个人，能把烟圈吐得那么干净。"

品恒德和他的哈莉静静地坐在角落里，温柔地笑着。他不喝酒，也不愿喝。威尔对儿子们说："不要强灌他。"在一个星期六的晚上，品恒德和哈莉结婚了，宴会场面很大，每个人都喝得烂醉。有两个客人在返回小镇的时候，撞坏了一辆小汽车，其中一个年轻的帅小伙，名叫亨利·哈姆，把胳膊给摔断了。他是威廉姆森纺织品店里的职员。你万万没有想到，他竟然会跟这些人来往。在山丘脚下，地势不算很好的小溪边，老威尔给了这对夫妇十英亩肥沃的土地。老威尔和他的儿子们还为他们建了一间房子。也算不上什么房子，不过你要能吃苦耐劳的话，也可以将就住下了。

品恒德和哈莉都算不上非常吃苦耐劳。

他们仍住了进去，还有了孩子。据说他们一共生育了十个孩子。他们很老了，他将近七十岁，哈莉甚至更老，此时，奥尔布赖特那家人都已经去世。镇上的女人都说："她怎么能生出这么多孩子啊？"

"我也想知道啊。"她们应声道。

这些孩子几乎都不在他们身边了，有一些死掉了，一个是官员，还有四个到了该州的社会机构任职。

家里就剩下品恒德、哈莉和一个女儿。他们尽力留住这个女儿和威尔·奥尔布赖特给的一小块地，至于房子呢，一开始就只是个小窝棚，现在已经破烂不堪了。每天，他们都会到小镇里去，那个贤明的律师已死去，现在另外一个律师取而代之。每个小镇总有这么一个自作聪明的，而这个年轻人，身材又高又瘦，继承了很多钱，很喜欢赛马。

他还热衷于一些恶作剧。

管钳工伯特·麦克修也不在了，一些新人接替了他，例如治安官艾德·赫尔曼和青年律师弗兰克·考林斯，酒店老板乔·沃克，小镇周刊经营者鲍勃·卡恩。

索尔·格雷和其他一些人共同组建了这支棒球队，每场比赛，他们都会参加。球队解散的时候，他们的心都碎了。

品恒德正到镇上去，后面跟着哈莉和女儿。女儿名叫梅布尔，高高的个子，骨瘦如柴，还长着一双斗鸡眼。她平时沉默寡言，还有一个古怪的习惯。要是有人停在人行道上，盯着看她一会儿，她就会大哭起来。品恒德和哈莉便会一起奔向她，抚摸她那瘦弱的脸颊，轻拍她那瘦削的肩膀，可她太高了，他们要踮起脚尖才能够得着。"好啦，好啦。"他们安慰着。结果倒还不错，品恒德每每都要借此讨要点小钱。他走向那个内疚的肇事者，轻轻地笑着说："给她点小甜头，她就不哭啦，她想要个香蕉。"

品恒德一直讨要香蕉，这样最容易讨到钱。他、哈莉和梅布尔总是排成一列纵队走进小镇。品恒德走在前头，他现在老了，但身体还算硬朗，接着是哈莉，她的头发一缕缕垂下来，遮住了她那憔悴的脸庞，最后是梅布尔，高高的个子，穿着一条露腿的夏裙。无论是夏天还是冬天，她都是穿着这条裙子。

这条黑裙子，是一个寡妇送她的，还配有一顶小黑帽，帽檐小饰布五颜六色，浑然一体难以分辨。对此，镇上众说纷纭，莫衷一是，其颜色完全取决于她从哪个角度走向你。

每天这几个人都来镇上乞讨，他们会在一些宅院的后门讨要饭食。小镇变得越来越大，有很多新人涌入。以前，佩里人沿着土路进镇，要下一场阵雨，土路才不至于灰尘滚滚，这时人们就会赶着马车出来；而如今，马路铺平了，从佩里人身边经过的也变成了小汽车。这对于其他佩里人来说，太糟糕了。这个家族依然繁荣，财富日益增长，地位上升，但是他们都不愿意在午后从那条路出镇。

这是因为没有棒球队，夏天很无聊，是索尔·格雷，想出了这个好主意，打算组建一支棒球队。

他站在一个商店前面，把这个想法告知了其他人，两个年轻的律师，治安官艾德·赫尔曼，酒店老板埃德·赫尔曼，报纸编辑鲍勃·卡恩，向他们解释着这样做的意义。

"我就站在赫德杂货店前面。"他说。品恒德一家三口走到那里时，他刚好就站在那里。索尔认为品恒德想开口向他要个毛儿八分的，总之，品恒德就在他面前停了下来，接着是哈莉、梅布尔也停了下来。索尔认为自己肯定在想些其他事情。可能他正试图想办法，打破小镇夏天单调的生活。他发现自己一直都在紧紧盯着哈莉，而不是梅布尔。

他无意识地一直盯着她，也不知道盯了多久，突然品恒德变得古怪起来。

"哎呀，你们都了解品恒德啊。"索尔说。那天，所有人都聚集在福尔曼医生的药房前。索尔一边讲着，一边不断弯腰用手拍打膝盖。他就那样下意识地盯着哈莉看，不料品恒德突然变得异常愤怒和妒忌。

品恒德无疑本想向索尔乞要毛儿八分去买香蕉的。到此之前，镇上从来没人见过他生气。

"嗯，他生过气吗？"索尔大声说道，接着摇头大笑起来。品恒德开始厉声斥骂他："你别碰我的女人！

"一直盯着我的女人，你什么意思？

"我不容许任何男人戏弄我的女人！"

真是太可笑了，他竟然会萌生这样的想法，竟会以为索尔，这个木材和煤炭经销商，这个穿着考究的已婚男人对他的妻子有企图，真是个疯子！

这事有点俗气，也可以当作谈资笑料，深挖下去。索尔说，他还扬言要打我呢！"天哪！"乔·沃克惊讶道。那时，品恒德已年过七旬，哈莉瘸着脚，还有甲状腺肿。

这三个人都脏得没救了。

"天啊，哦，天啊！他还以为她很美呢。"乔哭笑不得大喊道。

"太好了。"鲍勃·卡恩说。这个报纸编辑一直都想寻找一些素材，马上就蹦出了一个好主意。

这里肯定有无数个搞笑的角度，大家都来集思广益。他们开始在大街上拦住他。他一路走来，身后跟着妻子和女儿，拦住他们的那个人，会把品恒德拉到一边。"情况是这样的。"他会郑重其事地说他不想提起这件事，但是他认为自己应该这么做。"男人毕竟是男人，他不能容许其他男人戏弄自己的女人。"瞧着品恒德那认真、迷惑而又受伤的眼神，真是好笑。

那人会做出很严肃的暗示。

那人把品恒德拉到一边谈起了一个晚上，实际上是夜晚，所发生的事。他说，他晚上出去，来到小镇上，经过了品恒德的家。那时，那里还没有路，每次白天去小镇时，品恒德和他那两个女人不得不经过奥尔布赖特小溪的那条牛道，才能进入大路，那人并没劳心把这点考虑进去。

"我正沿着这路经过你的房子。"

晚上，他看见小镇上各种各样的人从他那房子里悄悄爬出来。

毫无疑问，品恒德当时睡得正酣。那人还提到小镇上颇有名望的人。哈尔·波西就是其中一个，他在格林厚普开了一家珠宝店，是一个非常害羞和谦虚的人。品恒德就冲进他的珠宝店，开始大喊大叫。那时，店里有一个浸信会牧师的妻子，她正在请人修理她的手表。哈莉和梅布尔站在外面的人行道上，哭了起来。品恒德一拳把店里的玻璃展示台给打碎了，他的话吓坏了这个牧师的妻子，她匆匆跑出了商店。

那只是夏天发生的一个事件而已，其实还有很多。酒店老板、报纸编辑、律师、索尔·格雷和其他人还在不断地设计着。

他们使品恒德和一个外乡人打了起来，那人旅居至此，手上提着包，刚从商店出来。之后他给抓了起来，必须在监牢里服刑。这是他平生第一次坐牢。

他出狱后，他们又开始恶搞，乐此不疲，好玩极了。镇上就有传言说，品恒德开始殴打妻子，但她都是默默地忍受着，甚至有人亲眼看到他在小镇的马路上殴打她，他们说，她只是站着，任他打，也不怎么哭。

那人继续恶搞。这是一个无聊的夏天，一天晚上，明月当空，玉米也长到膝盖高了，几个男人坐着汽车去品恒德家。他们把车停在了路边，蹑手蹑脚地穿过灌木丛林，来到他家附近。其中有个人给了他一些钱，劝他买了一袋面粉。躲在树丛的那个人，可以通过敞开着的门看到小屋里的动静，乔·沃克惊诧地说："天呐，你们看！他把她绑在椅子上了！"

"这也太可笑了！"他说道。

品恒德将哈莉绑在椅子上，他的家只有一个房间，房顶都快没了，一下雨，雨水就直接倾倒下来，他正拿着一根绳子把她绑在椅子上。有人告诉他，当晚镇上还会有人来他家。

那些人躺在树丛里窥探着。高个子女儿梅布尔正在外面的走廊上哭着。品恒德，将他妻子绑在椅子上，开始将那些面粉撒落在房间的地板上和外面的走廊上。他从哈莉身后退，不停地往地上撒面粉，她仍然哭泣不止。他退出门口，来到摇摇欲坠的前廊，厚厚地撒着面粉。他认为，如果哈莉的情人进来的话，他就会在面粉上留下脚印。

他走到房前的小庭院里，走到一棵灌木树下，坐了下来。月光下，镇上来的那几个人能够清楚地看到他的一举一动。后来他们说，他也开始哭了起来。格林厚普的人们正想着法子消磨这个无聊的夏天，然而，不知什么原因，那晚丛林看到的那一幕一点也不好笑。他们偷偷溜出丛林，钻进汽车，回到了镇上，其中一个人来到药店，向人们讲述了这个故事，然而却没有一个人发笑。

有产一族

　　我出生于美国中西部的一个小镇，家里很穷，兄弟们又多。我还很小的时候，就到镇上当"报童"，每天把邻近大城市发行的报纸送到客户手中，其中一个客户是位个头矮小的老太太。

　　我后来才发现其实她也很穷。但是她应该有一小笔收入，具体来源我们无从知晓，但她在小屋的生活是很孤独寂寥的。这样的生活，钱得掰着用的。一条大街上到处都是小房子，她独自住在一个小屋里，旁边的空地长着几棵粗糙的老苹果树。她的小屋总是很整洁。在冬月里，她会一整天地坐在厨房里。这样做是为了省煤，她只会给一个房间供暖。

　　这些老太太往往让人惊叹不已。她们带着安详慢慢变老，皱巴巴的脸上洋溢着一种奇特的美，这种美在老头子身上却难以寻觅。这样的老太太可能拖着一副疲惫的身躯，步伐艰难，病痛缠身，但沧桑的眼神中仍闪耀着一种迷人的活力，这或许是因为女人对现代生活的适应性较强吧。我经常这样想，她们是创造者，给予孩子生命。或许在她们身上会有一种我们男人少有的成就感。

　　"看，我就做到了，虽然我现在老了，累了，但周围这些男男女女都是我曾经孕育的子孙。虽然他们远离了我，但他们一直在世界的某个角落里存活着。这就是我，我不仅活着，我还孕育了生命。"

　　我特别提及的这个老太太，经常把我叫到她家里。在寒冷或者下雨的日子里，她会站在厨房门口等待我的到来。有时从城里来的火车晚点了，她就拿出晚报，在厨房的窗户上放一盏灯，向我打招呼：

"孩子，你过来，擦擦身子，来火边暖和一下。"她把烤好的派或做好的饼干，分给我一些。她长得相当小巧，我站在厨房火炉边，她就用她那瘦瘦的胳膊搂着我的肩膀。她说："年轻就是好，大好的前程摆在你面前。"她对我笑了笑，沧桑的眼睛闪着光芒。她补充道，"我确信你会成为一个堂堂的男子汉，我感觉得到，我相信。"她的话让我沉醉不已。每当冬天夜晚，离开她家，一路欢快小跑穿过小镇黑暗的街道，我把手伸进外套口袋，就会发觉，她趁搂着我的肩膀，又悄悄往我的口袋塞进几块饼干。

后来她过世了，她在遗嘱中提到了我。我是多么引以为豪啊。她把屋子和家具留给了儿子。她儿子是个机械师，住在某个遥远的城市。而屋子旁边那长着粗糙苹果树的空地，她却留给了我。

这是一种姿态，因为我的日常到访打破了她的寂寥，因为她希望我在她过世后依然能记得她想起她。对我来说，这件事极为重要。这个遗嘱会在法庭上得到公证。"公证"这个字眼，我是从镇上的一个律师口中听到的，我也每天给他送报纸。届时法庭会宣读我的名字，还会要求我在文件上签名。我走在大街上，激动得心都快跳出来了。

还有一点就是，我有土地了，成了有产一族。我领了一帮伙计参观我的空地。他们当中就有个男孩是个水果商的儿子。"你瞧瞧，赫尔曼，你父亲拥有一个商店，可你有什么呢？"

那时正值秋天，一些干瘪的小苹果从老树上掉下来，散落在高高的杂草中。我突然变得大方起来："随便拿啊，赫尔曼，装口袋些，没事的。"我也用自己的口袋装了些苹果带回家，让母亲给我做苹果派。我站在做好的苹果派旁，把小小的楔形派分给兄弟姐妹。这派可不是全家的，而是我个人的，是我自己土地上的果树结的苹果做成的。我变得多慷慨啊，对我来说，能对自己的财产如此慷慨是一种既新奇又美好的感觉。

我带我的兄弟们去看我的地皮，但他们都不屑一顾，其中一个说："啊，有什么呀，这些老树，一点用处都没有。"

"看，看看后面，往下就是小溪，到处湿漉漉的，简直就是沼泽一片。"

我实在受不了，就和他打了起来。我们站在一棵苹果树下，我把他狠狠揍了一顿。当时一个弟弟站在地皮前的人行道上大哭着，他几乎还算是个婴儿呢。

姐姐就好多了，她比我大两岁，我觉得她是一个通情达理的人。她善解人意，不停夸赞着："多好的果树啊，看，土壤肯定非常肥沃，杂草长得多高啊！"

我们家一直居无定所，从镇上的一个木屋到另一个木屋，不断地搬家。我们兄妹六个，没有任何两个是出生在同一个房子里。一旦房租拖欠太久，我们就得搬家。或许吧，对此我也不太确定。

但是现在我得到了这块土地，很快就在上面建了套房子，多么富丽堂皇的房子，我母亲该多高兴啊。我和姐姐花了很长时间在杂草中走来走去，制订着各种方案。"姐姐，你就等着瞧吧，我一定会富起来的。"最近，在五十英里外的一个小镇上，钻到了石油。"谁知道呢？说不定，我现在站的这个地方下面就藏着油呢！"

我在小镇的文具店里买了一份房屋设计的专业杂志，带回了家。

为了避开兄弟们，（他们仍然不屑一顾，"这纯粹是嫉妒。"我对姐姐说。）我和姐姐上了楼，进入一间卧室，在床沿上坐了下来。

我们的规划多么宏伟啊！我们的房子变得越来越大，每天都会增加新的房间。我觉察，姐姐时不时地开始感觉好像她也拥有这套房子似的，那我就得稍微指责她一下了。她提建议没问题，但一切决定都得由我来定夺，我把话跟她说得非常清楚。

接着出了意外，我那五彩缤纷的梦想开始黯然失色，最后像肥皂泡一样破灭了。

还是那个律师，他之前教会我"公证"，如今却捅破了我的梦想。

一天，他对我说："小伙子，关于那老太太留给你的空地，你看下这里。

"我最近一直在查阅。"

他向我解释说，我那块地还没缴纳的税款是地价的四倍。

"我猜，你不想让我再解释了吧。"我不知如何回应，跑开了。他的办公室在镇里一间鞋店的楼上。我快速跑下楼，穿过鞋店背后的小巷，一直沿着住宅区街道跑，出了小镇，我才停下来。

时值春天，早晨我本要去送报纸，那个律师告诉了我这个噩耗，我就没有送完报纸。我跑到小镇边，愤怒地把报纸扔进小溪，接着冲进了一片树林。

可谁又能理解一个男孩的悲伤呢？我待在树林里，离小镇不远。我哭了一会儿，随后就愤怒起来。居然有"税"这么个东西。你获赠一块地皮，我想，那是多好的地皮啊，还长着茁壮的果树。你得到，随后你又失去。某种莫名其妙的力量从天而降，把它夺走。你得交税啊。但你交税的钱从哪里来啊？

于是，我开始怪罪我的小镇，决定离开它。要是我回到家，兄弟们发现那块地皮我得而复失，他们肯定会嘲笑我的。

那天，我一直待在树林里，没有去上学。我做了各种计划：夜幕降临，我就会到镇上去乘火车。有一列货运火车很快会在晚上经过镇上。我要爬进一个集装箱里。镇上的人发现我已经离开，他们肯定会难过的。我想，我做这些计划时，肯定是在读《哈克贝利·费恩历险记》。不知为什么，我认定，我会去伊利诺斯州的开罗镇。我会在那里擦皮鞋。之后，我会成为一名蒸汽船船长，变得富裕起来。有钱后，我会回来缴纳我的地皮税，建造富丽堂皇的房子。

我决心非常大，可随后下起雨来。无奈之下，我不得不推迟逃离小镇的计划。我还得处理一些事。在此之前，我分期付款买了一辆自行车，贷款已经基本还清了。我得把它卖掉，准备擦皮鞋的设备。

天黑后，我偷偷溜进小镇，开始有点重拾信心。我到了火车站，我的晚报就挨着捷运公司紧闭的门放着，一束一束地捆着。

我的客户没有收到早报，我得想出一个合理的解释。这件事一直在我脑海里打转，与此同时，我还得考虑该对我的兄弟们说些什么！我在雨中一路跑着送报，进了一条黑色的居民区街道时，我开始大声说起话来，我正编着我们兄弟之间的对话呢。

"哈，你接着说！给我闭嘴。别管怎么样，从来没人把你写进遗嘱里吧。"

送完报纸后，我情不自禁地去看了我的地皮。我到了那里，那条街道已经黑了。老太太住的小木屋也是漆黑一片！她的儿子，那个机械师已经搬空了屋里的家具。我在茂密的杂草里站了很久，此时草丛已被雨水打湿了。我突然想再次放声大哭。虽然一想到屋里漆黑一片空空如也，我就心惊胆战，但我还是走到屋子后面，来到厨房的门边。老太太生前在这样的雨夜里，总会有灯光为我点亮。

我在那儿待了一会儿就跑开了。我冒着雨跑进了一条居民区街道，又大哭了一阵才算停下来。我还记得我要对兄弟们说的话。或许是大声说出那些话后，我才模糊地领悟到，老太太毕竟把我写进了她的遗嘱里，甚至过世后，她仍在向我传递着友爱。随着我年岁渐长，这会变得越来越重要。

谎久成真

弗莱德说他那天让妻子结结实实地抓了个正着，一刹那间竟不知所措了。

"那天我穿着睡袍走进卧室，看到妻子站在小桌旁，桌上正对着她的，是梅布尔给我的那张便条。

"一个小时前我进房的时候把便条随手放桌上了。我怎么那么粗心呢！我们的黑人女佣安说，我妻子出去了，我想她可能去看电影去。

"我在市中心吃完饭，回到办公室就看到了梅布尔的便条。我们之前吵架闹翻了，她写了些话想和我重修旧好。这种事对于一个男人来说很正常，我已经四十岁了。

"当然，你也知道，我和妻子嘉丽没有孩子。你来过我家的。

"我告诉过你我们俩这婚是怎么结的吗？你知道，我和她一起在一棵树上待了一个晚上。

"你别笑，我说的是真的。

"还记得那时，我住在爱荷华州的凯奥库克镇，在那儿谋生，后来遇见了她，就结婚了。

"每逢周日，我们经常出去散步。有一个周日下午，我们去一片小树林散步。嘉丽这个人特别固守道德观念，笃信宗教，严于律己，决不允许任何道德越界的事情发生。你相信吗？就在我说的那个周日之前，我已经追了她好几个月了，可连一口都没亲上呢。

"我试了三四次，都没成功。我试图吻她，她总是挣扎抗拒。

"她会哭着说：'不，不，我不想这样，我不想，这样不好！'

"你一定能猜到我为此很是烦恼。你知道我是个怎样的人，我的生活里不能没有女人。也就是说，从某种程度上讲，女人就像是我鼻孔里的气息，不可或缺。要是这个得不到，我就会追另一个。

"比如，那个时候，我和妻子在一起，她十分纤瘦，真的很瘦。

"你知道，她生过很多场病，至今没生孩子，常常暗自伤心。

"但是，我必须告诉你，在那个周日下午，凯奥库克镇附近的小树林里，我们正漫步于一条小径上，这时看到了一棵大树。一些男孩在那棵树上搭了一间小房子。

"其实那间房子还没完全建好。我们看见，那些男孩搭建房子用的梯子就斜靠在树上。

"他们搬来了许多箱子和木板。你知道，男孩子都是什么德性。我小的时候，也曾帮着在树上搭了一间房子。

"我们假扮江洋大盗之类的。

"话说回来，我当时就和我未来的妻子站在大树旁边。

"我说，'我们上去吧！'

"于是我就开始怂恿她爬上梯子。

"那一次我也尝试吻她未果，可我突然就生起气来了。

"我对她说：'我算是看透你了，你个冷血顽固的女人！这么多个星期以来，我一直深深地爱着你，对你朝思暮想，心都快揪出来了。'

"我不停地骂她，没过多久她也生起气来。

"她一直就是这样一个女人，瘦骨嶙峋，两片苍白的薄唇愈加苍白。突然，我也不知为什么，她就顺着梯子爬了上去。其实虽然我嘴上一直怂恿她，可倒也不是真的要她爬梯子上去。

"她爬梯子的时候，活像一只松鼠，不一会儿，就钻进了房子。

"那个房子看起来好似一个无顶的大储物箱，而她就坐在里面开始哭泣。

"这个时候我该怎么办呢？当然是爬上去陪她了。可是我当时就和现在一样胖，爬起梯子来很是笨拙。

"不管怎么样，我还是爬了上去。但是在我爬到梯子顶端，试着钻进房子的时候梯子突然倒了下去。

"你知道吗？我差点摔下去，好在我奋力挣扎才终于爬了进去。于是我就和她一起待在那房子里，里面小得刚能容下我们两个。

"那时天快黑了，不一会儿，雨下了起来。

"到处都是雨水，你知道，她只是不停地哭，泪水从脸颊上流过，雨水浇透了我们全身。

"于是我们开始大呼求救，但是我们喊到嗓子都哑了也没人理睬，很快夜幕就降临了。

"那个夜晚糟透了！你知道，她穿得单薄，冷得发抖，还哭个不停。噢，时间过得真慢啊，不过不管怎么样，她总算让我抱了。我不抱，她会冻僵的。

"我们一整晚都待在树上，直到第二天早上，大概七点钟，我不确定，也可能是八点，有个人从树林经过。

"他是个工人吧，我记得他拎着一个饭盒，可能要去镇上的工厂或者附近的农场。我怎么会知道呢？

"别管怎么样，他还是把我们弄了下来，我给了他一美元。嘉丽后来谈起了这件事，'为什么要给一美元呢？'她觉得，二十五美分就够了。

"我们得走三条街才能到嘉丽家。我告诉过你她穿得很单薄了吧？她浑身湿透了，裙子紧紧贴在身上，瘦弱的身板曲线毕露，路上的行人都能看得清清楚楚。

"她说：'噢，弗莱德，我该怎么跟母亲交代呀？'你知道，她对我已经深情款款了。

"你能猜得出来，那天晚上，我们之间感情增进不少。

"我回答道：'哦，你就告诉她，咱们要结婚了。'

"于是，我们真就结婚了，就是这么个情况。之后，我来到芝加哥，发了财。

"至于另一个女人，也就是给我写便条的梅布尔，我刚才暗示过，就是那种事啦。

"你想想看，一个男人，整天整天跟一个美丽善良的女秘书待在一起，会发生什么事啊？

"他并不想做什么，呃，一切正常，他向她口述信件，突然停住，和她交谈起来。

"他们坐得很近，他聊起自己，接着她也聊起自己，你知道的，彼此就开始渐渐亲密起来。

"和某些男人，某些绝对可敬的男人……

"我可不假装那样，我并不可敬，而是个冲动敏感的人。我感到羞愧，但却没有就此罢手。

"我回到自己的家，带着梅布尔的便条。我跟她说过我爱她吗？

是的，恐怕我说过这样的话。

"我的心就像失舵的帆船，迷失方向。说实话，我跟她说过我爱她，我甚至伸开双臂搂了她一会儿。

"但后来我看得清清楚楚，我们之间绝无可能。

"我告诉过她：'我们不能这样继续下去。'毕竟，我娶了嘉丽。

"我说：'你最好另谋高就吧。'我还承诺，在她找工作期间薪水照付，可她十分生气。

"一个星期后，或许是两个星期，她给我写了那张便条。

"上面写着：'我还爱着你。'

"她原想要我再见她一面。我们后来是见了一面，小叙了一会儿，结果她改了主意，不再愿意边找工作边领我给的薪水。

"我以为嘉丽去看电影了，真是太粗心了，竟然把便条落在卧室的桌子上！之后我听见有人叫我，于是就下楼去了。

"我回到卧室后就换上了睡袍，准备就寝。

"后来，我们家女佣安又在叫我，是厨房里的水槽塞住了，她想让我修一下。这个水槽老是出毛病。

"于是我又下了楼，放了些碱液进去，修好了，就重新上楼，回到卧室。嘉丽就在那里，读着梅布尔的便条。那一刻真是太糟了！

"'我的老天爷！肥肉放在火上烤，放在油锅里炸呀。'我心里想着。

"碰巧梅布尔也有点肥，但这事和我现在想的没有半点关系啊。

"我就靠着卧室门边站着，嘉丽刚好正对着便条所在的小桌。她并没有看我，只是转过脸，走向房间另一边，在窗边停下。

"我在她身上做了个试验。'一个人要是说谎，持之以恒，人们很快便会信以为真。'我总是这么认为，这是我的一个理论。'坚持就是胜利。'我常常这么对自己说。我想着，'这是个机会，我要验证我的理论。'

"于是我走过去，经过小桌，顺手拿起了便条，然后走进卫生间关上门，把便条撕碎，扔进马桶，拉下冲水开关。

"我就是这么做的，你瞧，现在没有任何纸条了吧。我走出卫生间，看到妻子泪如泉涌。噢，泪如泉涌啊。她哭得整夜不停，接下来好几个夜晚都是如此，然后就是长时间的沉默不语。

"她决定再也不搭理我了。

"我心想：'好吧。'你瞧，我这套理论，我在试验，我总是告诫自己，'坚持就是胜利。'

"无论谎言有多可笑，只要不断重复，人们最终会信以为真。你瞧，这就是我信奉的理论。

"你懂的，我就在妻子身上检验我的理论。

"'不，哪里有什么纸条？'我没有看到任何纸条，也不认识什么梅布尔。

"我一遍又一遍轻声地说着，语气坚定。她不搭理我的这段时间我耐心地等待着。无论是她身体健康还是生病，我都耐心地重复着我的谎言。

"她想套我的话。她生病了，告诉我她快死了。

"'跟我说实话，我会原谅你的。人家都快死了。'但我并没有动摇。对我来说，这已经变成了一种科学试验。可以说，我甚至都有了科学家的态度。

"坚持了一年多，快两年之后，我终于胜利了。

"我在她眼中看到了犹豫。你知道的，到现在，连我自己几乎都信以为真了。

　　"长期以来，我自己真的信以为真，当然，她也就信了。

　　"最终，她崩溃了，选择了相信我的谎言。我很确定，这么多年一遍又一遍地谎言在耳，她总会相信的。我不时地强调这是幻觉，还告诉她我自己也曾有过这样的经历，于是，她便以为便条的事就是幻觉。

　　"如今，我重提此事，总觉得奇怪。其实我可能在对你说谎，也可能只是自娱自乐罢了。

　　"不管怎样，我总是告诫自己，坚持就是胜利。在这个世界上，再也没有比坚持更强大的了。"

偷懒一天

我想，所有的孩子一定都会演戏。接下来发生的所有事情都可以追溯到那个名叫沃特的男孩身上。沃特患有风湿性关节炎（大家都管这病叫风湿性关节炎），他家就在我们的那条街上。因着患病，走路不便，他便用不着上学了。当然，走动走动对他来说还不成问题，比如，他可以偶尔去小溪边或是水库旁垂钓。水库上游有一个地方，每年春天，水从坝上泻下哗哗流过大坝，蓄起一个深深的水塘，有些时候，你还能在池塘里钓到大鱼呢，这就变成了垂钓的好去处了。有一年春天的清晨，我上学途中特意绕道走过那里，想看看沃特是不是在那儿。我还真的看见了他，他确如传言一般，患有风湿性关节炎。那时，他手里握着一根鱼竿静静坐着。我想，看他这样，一个人走到这个地方完全没什么问题。

就在那时，我仿佛觉得我的双腿和背部开始作痛。但是，我还是去了学校。课间休息的时候，我却哭了起来。就在这时，莎拉·瑟杰特老师走进了校舍大院。她见我如此，便径直朝我走了过来。我对她说："老师，我浑身都疼啊！"事实上，我真的疼得难受。我大哭不止，还挺奏效，只听她说："你这种情况还是回家的好。"于是我忍着疼痛，一瘸一拐地走上回家的路，直到出了校舍大街，疼痛才有所缓解。我的风湿性关节炎还是很严重，不过感觉比刚才好些了。

那时我一路上一定思绪万千。"我最好还是不要说我患了风湿性关节炎吧。"我暗暗做了决定，"要是真得了这种病，那可是要肿起来的。"我想最好找沃特问问。我去了，可是他没在那儿。我想：今天肯定没有鱼儿上钩吧。我感觉，我要是说我有风湿性关节炎，母亲、兄弟们和姐姐丝黛拉肯定会嘲笑我的。他们经常嘲笑我，真讨厌。

"笑不笑都无所谓了，"我自言自语，"反正我病了。"这时我又开始疼起来。我回到家，坐在门前的台阶上，一坐就是好久。除了母亲和两个弟弟，没其他人在家。雷当时有四五岁的样子，而厄尔大概三岁。那时我坐累了，就躺在走廊上。厄尔首先看到我，他一向安静严肃。厄尔一定和母亲说了些什么，母亲很快便走过来问："你怎么了？为什么没去上学？"

我几乎脱口而出，准备告诉她我得了关节炎，但我觉得还是不要说为好。就在前天，父亲母亲还在饭桌前说沃特的病情。"会影响到心脏的。"父亲说。想到这，我心头一震，"我可能会死，"我寻思着，"我的心脏可能会突然停止跳动，一下子就死掉了。"

前天，我放学后还和我的兄弟欧甫一起赛跑呢。赛道长达半英里。"我敢打赌，你跑不完这半英里。""我敢说，你绝不是我的对手。"他说着。就这样我们开始了竞跑，结果是我赢了，不过后来我的心跳得却异常猛烈。我躺在长椅上，想起了当时的情形。我想，"我有风湿性关节炎，竟然没有倒地死掉，真是奇迹。"想到这，吓了我一跳，感觉越发疼了起来，对着母亲说："妈，我疼，我就是疼。"她让我回屋去，上楼睡觉。时值春天，睡觉不太好，我在床上待了一两个小时，就感觉好多了。

于是起床，走下楼去："我感觉好多了，妈。"母亲说她为此感到非常开心，那一天她异常地忙，几乎没有时间顾及我。她让我先回楼上睡觉去，但她自始至终都没有上来看一下我。我在楼上没想过这个问题，可我走到楼下说我好多了的时候，她只是淡淡地说了句她很开心，转而又继续干她的活，我觉得又疼了起来，对母亲异常地恼火，心想："我肯定会死在这病上的，肯定会。"

"就算她真的知道我患有关节炎，知道我随时会倒地死掉，她肯定也不会很在乎的。"我越想就越来气，"我知道要干吗了，"我想着，"我要去钓鱼。"我觉得我会坐在那满是池水的堤岸上，心脏突然停止跳动。然后，理所当然地，我会一头栽进池塘里。栽到水里就是摔不死，也肯定会淹死。等到他们都回家吃晚饭的时候，我不在，就会想起我了。

"但他在哪里呢？"母亲会记起来，我因为疼痛从学校赶回家，她会走上楼去，发现我不在。去年的一天，怀特家的一个孩子就淹死在泉眼里。就在街道的尽头，有一棵白桦树，树底下有一个沉入地下的大桶，那就是泉眼了。大家一直都在说这口泉眼应该盖上，但它依然在那里。那个孩子，到了那里，一个人在那儿玩，掉进去淹死了。我的母亲是最先发现那个孩子的，她提桶去打水，结果发现有个孩子在井里面，已溺水身亡了。

当时已是晚上，我们都在家里，母亲抱着那个湿淋淋的尸体沿街急匆匆地朝着怀特家的方向狂奔，我记得她当时脸色煞白，异常难看。"所以，"我想，"他们会挂念我，到处搜寻。"很可能会有人见到过我在池塘边钓鱼，紧接着，整个小镇就会引起很大的震动，大家全体出动，在池塘打捞尸体。而我就在"死亡"中享受着极好的时光。等到他们找到我，把我从深水池打捞出来，我母亲会一手把我搂过去径直往家跑，就像她抱着怀特家的那个小孩一样狂奔。

我从走廊上站起来，绕过屋子，拿起钓竿，匆匆向堤坝下方的池塘走去。母亲很忙，她总是很忙，不会留意到我去哪里。我到了池塘边，心想，最好不要太靠近堤坝坐了。这个时候，我几乎一点也不疼了。但是我想："患了风湿，你就说不准了，可能来得快去得也快。""沃特有风湿病也经常去钓鱼啊。"我把钓鱼线抛进池塘，很快就有鱼上钩了，这可是条标准的大鱼，肯定没错。我印象中还没有遇到过这样的情况，我知道这是什么鱼了，是费恩先生家的大鲤鱼。

费恩先生拥有一个大池塘，夏天的时候他卖冰，这个池塘的水就是用来制冰的。之前，他买进了一些鲤鱼投放进池塘里，就在初春的时候，池水暴涨决堤，这些鲤鱼顺势进入了这个河湾，已经有人钓到一两条大鲤鱼了，但像我这么小的男孩儿从未钓到过那么大的鲤鱼。

这条鲤鱼不断在挣脱，我也拉拽着钓竿，唯恐它拽断钓线，于是马上拉住钓线，从岸边上翻入水中，跟它一决雌雄。挣扎着，搏斗着，最后我一手钳住鱼鳃，把它拽出水面。

真是一条大鲤鱼，差不多有我一半那么大。我一手钳住鱼鳃，把它弄上岸，拽着它就跑，我从没有这么拼命地跑过。这鱼太滑了，时不时还从我怀中挣脱，还把我绊倒一次，我直接就摔倒在它身上了，但我还是把它弄回家了。

因为这件事，那天我成了一个大英雄。母亲拿来一个洗衣盆，装满水，把鱼放进去，所有的邻居都过来看热闹。我换上干衣服就下楼吃饭，接着，我就出了丑，把刚刚的丰功伟绩全给毁了。我们都坐在桌子旁，父亲突然问我在学校怎么了，他说他在街上碰到了我的老师莎拉·瑟杰特，莎拉告诉他我病了。

"你怎么了？"父亲问着。我不假思索脱口而出："我得了风湿性关节炎。"大家哄堂大笑起来，听得我非常刺耳。那剧痛的感觉又回来了，我开始在那儿大哭，就像傻瓜一样。"我就是得了风湿性关节炎，就是得了。"我哭着，站起来，直奔楼上而去。我一直待在楼上，直到母亲出现在我的眼前。我知道，我很久都不会再听到风湿病这样的字眼了。那次我真的病了，不过，疼痛并不在我的腿上和背上。

发现父亲

你也许听人说过，做父亲的总希望儿子能够实现自己未竟的梦想，但我要告诉你反过来也一样，儿子也希望从父亲身上得到独特的东西。我还小的时候就知道，自己希望父亲是一个傲气沉着有尊严的人。当他走过街道时，我能感受到源源不断的自豪感，可以骄傲地对小伙伴们说："看，那就是我父亲。"

但他并不是这样的人，他做不到。我只记得那时的他总在卖弄炫耀。比如说镇上常常有人举办演出，药剂师、鞋店职员、兽医以及许多的妇女姑娘都会参与其中，而父亲总能成为喜剧中心。比如他在内战戏剧中扮演滑稽的爱尔兰战士，做着无比荒谬可笑的事。别人觉得他搞怪有趣，在我看来却糟糕透了。我不明白母亲怎能受得了，甚至还会像其他人一样开怀大笑。

或是游行，他也会参加，骑着从马房租来的白马，率领着队伍，仿佛自己是元帅之类的大人物。

记得有一次也是在大街上，他正毫无顾忌地做一些荒谬可笑的事，我刚好和小伙伴们在那儿，小伙伴都捧腹大笑，冲着他起哄，他也大声回应，好不开心。我羞愧地跑进几间店铺后面的小巷里，一个人躲在长老会的教堂哭了很久。

还有，当夜深将寝时，他才回家，还带上三五朋友，他从不会形单影只。破产之前，他经营着一家马具店，许多男人都会在店里瞎逛，游手好闲。他之所以破产，当然是因为他赊了太多的账。他从不懂得拒绝，我认为他就是一个傻子。

我觉得，有些人是不会愿意跟他鬼混的，比如说，我们学校的负责人、沉默寡言的五金店老板，我记得还有那个头发花白的银行出纳员。可是，我一直很搞不懂他们为什么会乐意公开跟这样一个饶舌大王待在一起。现在，我总算知道是什么吸引他们了，我们小镇的生活有时太无聊了，而他能讲故事让大家发笑，使小镇活跃起来。

要是他们晚上没来我们家，就是去小溪边的草地了，他们在那儿野炊，喝啤酒，围坐在一起听他讲故事。

他总是说自己，讲些发生在他自己身上的传奇故事，就算有的故事让他看起来像个傻子，他也毫不在乎。

要是有个爱尔兰人来到我家，父亲马上就说自己是爱尔兰人。他会说他出生在爱尔兰的哪个县，他小的时候发生了哪些事儿。他描述得极其逼真，要是不知道他出生在俄亥俄州南部，连我都会信以为真。

如果来的是苏格兰人、德国人或是瑞士人，他一样会这样做。他能随意变成他们的老乡。我觉得他们所有人都知道他在撒谎，但似乎还是很喜欢他。

父亲的故事大都是关于内战的，他讲的每一场战役他好像都参加了。他认识格兰特、谢尔曼、谢里丹等，我不知道他还认识多少人。父亲和格兰特将军的关系尤其密切，就连他东去接管三军时，也带上父亲。

"我那时是指挥部的一名勤务员，西姆·格兰特对我说，'欧甫，我准备带你去。'"

他和格兰特有时会偷偷溜出去,一起喝酒。他会讲到罗伯特·李投降那天,在那么重要的时刻,他们竟找不到格兰特将军了。

父亲说:"你了解将军的回忆录,你读到过,他是如何患有头痛症,当他得知李准备停战时,又是如何突然奇迹般地治愈了。"

"呵,他和我一起在树林里呢。"父亲说道。

"我背靠着大树,手里握着一瓶好酒。

"他们在找格兰特。他下马来到树林,找到了我,那时,他浑身是泥。

"我美酒在握,还有什么可在乎的。战争结束了,我知道我们打了胜仗。"

父亲说,一个勤务兵骑马经过,知道格兰特和父亲关系密切,就把停战的消息告诉了他,于是他便将消息转告给了格兰特,格兰特知道后受宠不堪。

他对父亲说:"但是,欧甫,你看我,身上全是泥巴。"

然后父亲说,他和格兰特决定一起喝酒。他们喝了几口,父亲不想格兰特醉醺醺地出现在李面前,就把酒瓶狠狠地砸碎在树干上。

他就会讲这种故事,听众明知道他在胡编乱造,似乎还是听得津津有味。

我们破产后身无分文贫困潦倒,你觉得他还会带什么回家吗?他不会。要是家里没吃的了,他就外出到处走访农户。那儿的人都很喜欢他,有时他一去就是几个星期,剩下母亲养家糊口。到回家时,才带点东西回来,比如说一根火腿,从某个农民朋友那儿得到的。他把火腿扔在厨房的桌子上说:"我当然不能让我的孩子饿肚子啊。"而母亲只是站在一旁冲他微笑。对于父亲一分钱也没有留下，跑到外面闲逛，她从来不会埋怨，一个字也没有。有的时候，别的妇女会鼓起勇气同情她。但她却说："噢，这算不上什么，有我丈夫在身边，生活永远不会枯燥乏味呀。"

但我常常感到苦闷，有些时候，我甚至希望他不是我的父亲，甚至还为自己虚构了一个父亲。为了保护母亲，我会编造一些故事，出于某些不为人知的原因，母亲早已跟别人秘密结婚。好像是某个铁路公司的董事长或是国会议员，娶了我母亲，原以为他的妻子已经不在人世，后来才发现她尚在人间。

于是，他们就得把这件事压下来，可我还是出生了。我肯定不是我父亲的亲生儿子，我真正的父亲是位很有尊严的人，只是不知道他现在在哪里而已。

有天晚上，他离家外出了两三个星期，回到家后看见我独自一人在餐桌旁看书。

那晚一直下着大雨，他浑身湿漉漉的。他坐了下来，一言不发地盯着我看了好久。我很是震惊，长这么大还从没见他脸上有过如此悲伤的神情。水珠滴滴答答地从他的衣角落下，坐了一会儿，他站起身来，对我说：

"跟我来！"

我起身跟着他出了门，虽满腹不解，却一点儿也不害怕。我们沿着一条土路走进了一个山谷，那儿距离小镇大概一英里，有一个池塘。一路上，我们都没说话，想不到这个人平日里总是滔滔不绝，此时竟缄默不言了。

我不知道出了什么事，有一种奇怪的感觉，好像在跟着一个陌生人。

那个池塘很大，天还在下着大雨，电闪雷鸣。我们站在池塘边的草坪上，父亲的声音在雨夜里听起来很陌生。

他说："把衣服脱了。"我依然困惑，开始动手脱衣。一道道闪电掠过黑暗，我看到他已经赤身裸体了。

我们光着身子走进池塘，他抓着我的手拉我下水。也许我是太害怕，也许是对他感觉太过陌生，我连一句话都说不出来。在此之前，父亲似乎从未关注过我。

我不大会游泳，父亲把我的手放在他肩膀上，带着我游进一片黑暗之中。

父亲肩膀宽厚，游起泳来孔武有力，黑暗中，我能感受到他肌肉在运动。我们游到遥远的对岸，又重新游回放置衣服的地方。大雨依旧，狂风肆虐，有时一道闪电掠过，我才能看清他的脸庞。

依然是方才厨房里看到的悲伤神情。只有那么一个瞬间我才能瞥见他的脸，过后又是一片夹杂着狂风暴雨的黑暗，但我内心深处油然而生一种从未有过的感觉。

那是一股陌生的亲密感，仿佛世上只有我们两个人，仿佛我突然被猛地拽出自己的学童世界，那个我为父亲而感到羞耻无比的世界。

他成了我的生命之血，黑暗中，他游起泳来孔武有力，我则紧紧依附在他身上。我们一声不响地游泳，然后又一声不响地穿上潮湿的衣服回家。

厨房里的灯还亮着，我们走进来，雨水从我们身上滴落，母亲冲着我们微笑，还记得当时她叫我们"小伙子"。

她问道："你们两个小伙子都去哪儿了？"父亲没有回答，转身看了看我，然后就出了门，我觉得，那有一种少有的尊严。

　　我爬上楼梯回到自己的房间，在一片漆黑中脱衣上床，我既睡不着也不想睡。那是我平生第一次意识到自己是父亲的儿子。他是一个讲故事的人，就像我后来一样。黑暗中，我可能甚至都小声地笑了出来。如果我笑了，那是因为我知道我再也不想找别人做父亲了。

罪犯的圣诞节

每个人都在搜捕我。我孤身一人躲在黑漆漆空荡荡的房子里。外面飘着雪花，寒气袭人。我蹑手蹑脚走到窗边，掀起一角窗帘，窥视着外面的一切。一个男子在街上走着。此刻他停在一个角落里，四下张望。他正朝房子这边看来。我赶紧缩了回来。

两点钟，四点钟，此刻是圣诞节的前夜。

昨天我还在街上自由地行走。随后诱惑就来了，我犯了罪，搜捕行动已经展开。

人们总是在黑暗中悄然行动，城市里，乡镇中，窄巷里，村路上。

我是一个通缉犯，人们到处都在追捕我，谁是我的朋友？我还能相信谁，该往哪里逃呢？

都是我的错，都是我自找的。那一年，我们生活很艰苦，我在威尔默特的杂货店找到一份工作。当时我十二岁，每天能赚五十美分。

圣诞节前那天下午，主街上有一匹马脱缰了。大家都跑出去看。当时我在捆绑包裹，正好手边有一个现金抽屉敞开着。

我想都没想就抓了一把。里面有那么多银币。会有人知道吗？后来我发现我抓了六美元，全都是二十五美分、五美分和十美分的硬币。有一大把，感觉真重啊。我放进口袋里，发出的声响真大啊。

没人知道。不，有人知道。等等，先不要紧张。

你知道一个十二岁的男孩会对自己说什么吗？我想给弟弟妹妹还有母亲买礼物。母亲病了，只能勉强坐起来。

那天晚上，我走出杂货店，一时间平安无事。我花了一美元七十五美分。其中五十美分给母亲买了个蕾丝状的东西，让她围在脖子上。我们家还有五个孩子。我给他们各买了二十五美分的礼物。

我给自己花了二十五美分，最后还剩下四美元。我买了一个风筝，很蠢吧，谁会在冬天放风筝呢。我回到家，先进了一个小棚里。墙角堆着很多旧箱子，于是我就把风筝藏在那些箱子后面，然后才进了屋。

怀揣着礼物，感觉真好。玩具、糖果，还有给母亲的蕾丝。

母亲从没说过一句话，从没问我哪来的钱买这么多东西。

接着我尽可能快地离开了。有个男孩鲍勃·曼要举办联欢会，我便去了那里。

我来得太早了，透过窗户往里看，联欢会要等好久才开始呢，于是我就出去散步。

开始下雪了。我告诉母亲，可能会在鲍勃·曼家里过夜。

就是出去转了一圈，反而搞得我疑神疑鬼草木皆兵起来。当时，我从现金抽屉里抓钱，认定店里没有一个人。的确没有。但我正要把钱偷偷塞进口袋，一个男子走了进来。

是一个陌生人。银币发出的声音太大了。甚至那天晚上我走在大街上，想起那个男子，银币的声响依然不绝于耳。我每走一步，它都会在口袋里叮当作响。

最好是去一个同样吵闹的联欢会。假设他们会玩某个游戏，在很多游戏里，你都需要彼此追逐。

我现在害怕起来。我本可以会把钱扔掉的，埋在雪里。但是，我想……

我懊悔不已。要是他们没发现，明天我就会回到店里，把剩下的四美元塞回抽屉。

"他们不会为了两美元就把我送进监狱。"我想着，但当时那人在场啊。

我指的就是那个男子，我刚把钱抓稳当正要放进口袋，他就突然闯了进来。

他真是古怪，刚进来，就又出去了。我当然大惑不解。我肯定表现得更加古怪。毫无疑问，我看起来害怕极了。

他或许只是走错了地方。

或许正在找他的妻子。

他一走，所有人都回来了。在听到马脱缰之前人们已经冲出去过一次，现在又冲了出去，没人注意到我。我甚至从没问起是谁的马脱缰了。

然而，那个男的可能是个侦探，等我早早到了鲍勃·曼的联欢会场地，才意识到这一点。当时，我在街上漫步，等待着联欢会的开始。

我最终没有参加联欢会。我像其他男孩一样看过很多廉价小说。我们镇有个男孩，名叫洛克希·威廉姆斯，曾进过少年管教所。很多犯罪和侦探的故事，都是他告诉我的。

我在大街上走着，想起那个撞见我偷钱的男子，接着又开始想到侦探，猛然间，我开始害怕起所遇见的每一个人来。

在那样的下雪天，在光线昏暗的小镇里，你无法看清谁是谁。

有个男子开始走向一栋房子。他径直走到前门，似乎准备要敲门，却又停了下来，站了一会儿就离开了。

那是马斯格雷夫家的房子。透过窗户，我看到露西·马斯格雷夫正往火炉里加煤。我四处闲逛，心里越来越害怕，但那晚看到的所有房子似乎都是最愉悦、最舒适的地方。

露西·马斯格雷夫在房子里面，但她永远不会知道近在咫尺的房外站着一个男人。或许他就是侦探，或许他把马斯格雷夫的房子当成了我们的房子。

想到这些，我不敢回家了，也不知道能去哪里。幸运的是，马斯格雷夫前门旁的那个男人没有看见我，我一直蜷缩在栅栏的后面。等到他沿街离开了，我才开始跑但又不得不停下来。

口袋里零散的银币太响了。我不敢继续跑，也不敢把它们藏在任何地方，心想："要是他们发现逮捕了我，我还可以退还四美元，说不定他们就会放我一马。"

接着我想起了吉姆·摩尔的家。那是个好地方，就在巴克艾大街附近。摩尔太太是个寡妇，只有吉姆和一个女儿，他们都出去过圣诞节了。

我蹑手蹑脚，穿街走巷，终于到了目的地。我知道摩尔一家人把钥匙藏在柴棚门旁的一块砖头下。我好几回都看到小吉姆从那里拿钥匙。

我果然在那里拿到了钥匙，顺利进了他们家。那晚真冷啊！我从衣柜里拿出些衣服，穿上取暖。这些衣服是摩尔太太和她那个成年女儿的。后来，他们回到家，发现衣服散落一地，这在小镇上也算一件怪事了。我拿起一件外套和一条裙子，试着裹在身上。然后就随手一扔，我不敢点火柴，又得乱摸着再去找别的衣服，最后从床上扯了些床单。

周围的一切都显得疯狂，或是死气沉沉什么的。只要外面街上有谁路过，我就吓得全身发抖。很快，我就感到整个小镇都在搜捕我。

然后，我就开始想到母亲。或许，他们现在已经到了我们家。我不知道该怎么办。

有时候我想，在我以前常读的那些故事里，我的那些同龄男孩儿开始都是以擦鞋为生的，后来慢慢出人头地，拥有财富和权力。我想我会在天亮前偷偷离开这个小镇，搞一套擦鞋装备。之后我也会生活得一样好。

我记得我想在伊利诺斯州一个叫开罗的地方开启我的事业。至于为什么要选这个地方，我也不知道。

圣诞节前夕，我蜷缩在摩尔家的窗下，思考着这一切，中间有半个小时没人从街上经过，我又变得大胆起来。我想我要是有把手枪，就会离开这个房子大摇大摆地回家。我想，要是侦探藏在房前，我就跟他们血拼到底，夺路回家。

当然我会受到重伤。我非常肯定我的伤会是致命的，但在我死之前，我会跌跌撞撞走到门前，然后倒在母亲脚下。

我躺在那里，浑身是血，奄奄一息。我编了些好听的话："妈妈，我偷钱是为了给你带来一丝快乐，今晚是平安夜。"我记得这是我编过的其中一句话，一想到这句话，想到说完这句话我就要离开人世，就不禁失声痛哭起来。

哎呀，我又冷又怕，当然有理由哭了。

然而事实是，我在摩尔家一直待到天亮。午夜过后，外边的街上变得如此冷清，我斗胆在厨房炉子里点了火，然后在炉子旁的椅子上睡了一会儿，谁料我一头栽到火堆上，额头给重重地烫了一块。

这是该隐的记号。我讲这个故事，是为了表示我清楚罪犯的感受。

我在黎明时分离开了摩尔的房子，悄无声息地回到了自己的家。我蹑手蹑脚地爬上床，同床的弟弟还在熟睡。第二天早上，他们都意外地收到了礼物，非常兴奋，没有人问起我昨晚去了哪里。母亲问我在哪里烫伤了额头，我说："在联欢会上。"然后她在我额头上涂了些苏打水，也就没再多说什么了。

圣诞节的第二天，我回到店里，十分坚定地把剩下的四美元放回了抽屉里。威尔默特先生给了我一美元。他说我在平安夜走得太匆忙了，都没来得及送我一份礼物。

一周之后，他们不再需要我了，我也平安无事，后来，我得知，那个走进杂货店、行为古怪的男子根本就不是侦探。

至于那个风筝，到了春天，我就把它卖了，买了一只小狗，可是小狗得了瘟热，死掉了。

一生何求

我躺在河边干枯的草地上，一个大个子德国人沿着河岸向我走来。我刚刚一直在读的书就放在我身旁。我的目光跳过迂缓的小河向遥远的地平线望去。

我本希望一整天都用来工作。有一个故事我想写下来。这是在芝加哥西南部一个低平的乡村。那天早晨，我和乔、乔治以及那个大个子德国人杰瑞坐火车来到这里。

他们都想成为画家，并为此孜孜不倦地奋斗着。每个周日对我们几个来说都是非常珍贵的。我们工作日里都很辛劳，十分期待周末的到来。他们三个人都想画一些油画。要是他们当中有谁的画能够在芝加哥美术馆展出，从此以后就可能会走上功成名就之路。

以前我们常常在午餐时间谈论这件事。

有一个故事在我脑海里萦绕了几个星期，甚至几个月了。我们都是小职员，一直都住在小小的公寓里。那个大个子德国人杰瑞，曾经是卡车司机，如今在一间商场的冷藏仓库当运货员。

我反复尝试把这个一直萦绕心头的故事写下来。我也跟他们谈起过这件事，但是没有告诉他们故事的内容。那样会带来霉运的。相反，我告诉他们我想如何遣词造句。

"就像士兵雄赳赳气昂昂地奔赴沙场。"我说道。

"就像犁地翻出的一排排彩带般的土壤。"

关于作品的华美辞藻根本不管用，实在太多了。这样你会毁掉任何创作的——纯粹空谈你将要做的大事而没有付诸行动，迟早会毁了你的创作的。

"是的，也的确如此。这就是为什么画要画在画布上而不是在脑海里。"

他们中的一个人会这么说。

有太多这样的话言过其实。在芝加哥炎热的夏天里，有时，忙完一天的工作后，我们会聚在一个便宜的地方共进晚餐。有一家我们经常去的杂烩餐馆，店里的中国佬脚步轻盈，声音低柔，来回穿梭。每人点一份杂烩和两瓶啤酒。我们会在那儿逗留很长时间，然后再一起去北区附近的湖边散步。这个湖泊也是一个海水浴场，湖泊的前面有一个狭长的小公园。工人们带着妻儿来这儿避暑。草地上铺满了报纸，酷暑中，全家人聚在一起乘凉，月亮俯视着草地上的人们，似乎也要散发身上的热量。

我们的脑海里可能会装满华美的辞藻，有的人甚至还读过吉卜林的书。

"夜煞之城。"他说。

唯独杰瑞，那个大个子德国人，有点不同。他已经娶妻生子了。

"这一切都是为了什么？为什么我想要画画呢？为什么我不能满足于当一名卡车司机，或者在仓库里工作呢？"

"晚上回家陪陪老婆孩子。"

"究竟是什么搅乱了一个男人的心思，使他想要去做一些超出自己能力之外的事情呢？"

他开始变得世俗，眼前浮现这样一个场景。他走出那间仓库，越过芝加哥河，来到中餐馆，那时老木桥还横亘在河面上，面对着芝加哥河，这一切都变得漂亮起来了。

他在其中一座桥上站了一会儿，看着来往的船只，水手们都站在甲板上，抬头注视着他，感觉他像是站在一座移动的桥上，河水泛着碧波，海鸥掠过河面，煞是可爱。

他会开始谈到这一切，谈到西边楼房上空烟雾弥漫的美景。有时他会一拳打在杂烩餐馆的桌子上。开始信誓旦旦，口若悬河起来，甚至有时，他的眼睛还会泛出泪花。

他实在是荒谬至极。我从另一个朋友汤姆·沃尔夫那里了解到杰瑞更多的品性，意志坚强，做事全身投入，几乎全靠蛮力，就像一个人使出浑身力气想要穿过一堵石墙。

穿过后又会怎样呢？

他的表达天赋不可能胜过我，我在谈起自己的希望和渴望时，总有几分羞愧。

用某种方式把所感所悟记录下来。

一个人在笼子里太久了，在某种程度上就是囚禁。

人们为了谋生把自己的内心封锁起来。杰瑞和乔都已结婚生子了。

乔的父亲在爱荷华某地有个农场，乔以前在那里干活儿。后来他满怀希望来到芝加哥。

他跟杰瑞一样，都想要绘画。

"那就是我想要做的。

"我想做点什么。"

男人到底为什么要结婚？他们谈到了婚姻。他们并不抱怨自己的妻子，也都疼爱自己的孩子。

英雄难过美人关，男人天生如此。当爱情俘虏了他，掌控了他，他就会想着去说服自己，在她的身上，在那个特别的女人身上，有他苦苦追寻的东西。

接着便有了孩子。

她们就是这样把你给套住了。

乔开口说话了。他没有杰瑞那么激动。他说，我们不能责怪女人，不管是自己的女人还是别人的女人。

我们又如何知道她们不是也给套住了呢？她们只是想在男人面前展现自己的魅力，仅此而已。乔宣称，她们有自己想要的东西，就如同我们也有想要的东西一样。

在偌大的芝加哥，我们这一小群人在某些方面有着共同的想法。但是，我们究竟在追求什么呢？

我们患难与共的友谊是不能用语言来形容的。

不管怎样，这不算真正的成功。我们知道这一点，毕竟我们一起经历了这么多。

乔治说，我们应该卑鄙点："男人就该卑鄙点。"乔治是个单身汉，但他要赡养年迈的父母。他说的话连他自己都做不到。

"我只是一个小职员，呃？

"这能怪谁呢？

"怪我，我承认。

"我应该甩掉他们，甩掉所有人，让他们见鬼去吧。

"我现在就想到处闲逛，到处游览。

"人们都觉得，像我这样的人，坚守于职员的岗位，供养年老的父母，就是一种美德。但这只是懦弱罢了，仅此而已。

"如果我有勇气甩掉他们，那就卑鄙点。"

这一点他做不到，我们都知道。

周日的下午，在河堤旁，我把早上写好的，几个星期以来苦苦想写的故事全都撕掉了。那都是毫无意义的文字，进展缓慢。我把它们扔进了缓缓流淌的小河里，任由它们随着流水慢慢漂走。

白色的碎片漂在黄色迂缓的河流里。

"耐心点，再耐心点。"

白云在炽热的天空中飘着，笼罩着远方的玉米地。

"哦，让耐心见鬼去吧。"

在这个世上，在整个美国，在像芝加哥、纽约这样的大城市中，在小镇的农场里，有多少人像我一样。

在为之奋斗。

到底是为了什么？

我们的奋斗不仅仅为了金钱，也为了金钱背后的东西：荣誉，巨大的荣誉。我已年过三十。其他人，乔、杰瑞和乔治，他们也都不再年少。

世界大战还没到来。但它定会分散我们，击碎我们。

我躺在河边干枯的草地上，杰瑞走到我身旁。他带着他画了一整天的油画。此刻天色渐晚。我们一起吃午饭的时候，他还满怀希望。

"我想我会有灵感的，上帝保佑，我想我会的。"

此刻他沿着小河，坐在我旁边的草地上，早把那湿答答的画布扔到了一边。抬眼望去，小溪对面是一望无际的玉米地。

如今玉米快熟了，茎秆长得高高的，长长的玉米穗累弯了腰。很快就到收割的季节了。

这是一片肥沃的土地——中西部。杰瑞，这个德国移民的儿子，一生都生活在城市里，中午时分，突然开始讲话了。

他一直在努力画这片玉米地。那时他已经忘记了自己是个俗人。我们其他几个人都来自中西部的农场或者乡村小镇。他曾说过，他想画一幅关于玉米地的画——人们一看到它，就会想起美国中西部富饶的平原。

它会给人们的生活带来新的信心。他变得严肃起来。他的父亲是一个德国移民，为了逃避服兵役才来到美国的。德国崇尚军队，崇尚武器的残忍力量，但杰瑞却想通过绘画使人们将信仰寄托到土地上。

我记得有一次，他在我们的鼻子下晃动着大手指，热切地说道："你们这些人，你们的父辈和祖辈都出生在这片土地上。你们无法想象它有多么富饶，生活在这里的人们有多么荣耀。"他曾谈到过他的父亲，那个移民，如今已经是个老人了。我们其他人都无法体会，整个欧洲大陆的农民经历过怎样的艰苦与贫困。我们自己都不知道我们建立的这片土地，有多好的沉淀，是多么地肥沃。

但是他会通过这片富饶的土地把它们展示出来。城市里高楼林立，银行里金钱成堆，人们手拥大型工厂，但这些都无关紧要。

真正重要的是蓬勃生长的玉米。那才是美国真正的诗篇。

他要把它们展示出来。

我们一起坐在河边的草地上，久久沉默不语。他一脸冷峻，我知道他失败了，就跟我早前一样。我不想说些什么让他尴尬。我依旧沉默不语，偶尔抬头看他一眼。

他坐在那里，盯着那潺潺的流水看，目光穿过小河投向那片玉米地，我想泪水已在他眼里打转。

他不想让我看到。

突然间他跳了起来，嘴里说着粗鄙的话，开始在草地的画布上手舞足蹈。我记得太阳从高高的玉米秆的顶部滑落下去，他对着太阳挥舞拳头。他咒骂太阳，咒骂玉米，咒骂他自己。这又有什么用呢？他本想说点他从未能说过的话。"我只是一个在仓库工作的运货员，我会一直这样干下去，别无选择。"对于一个成年人来说，这般的情绪激动未免有点孩子气。他捡起画了一天的画布，远远地扔进了小河里。

我们正前往郊区的车站，再从那里坐火车进城。乔、乔治和杰瑞都带着他们绘画的工具——画架、颜料和调色板。他们带着绘画时坐的小凳子，乔和乔治还带着湿答答的画布。

我们静静地走着。乔和乔治走在前头，而我跟杰瑞走在一起。他需要我帮他拿些画夹吗？

"哦，让它们见鬼去吧！你也一样！"

他心情很糟糕，正在强忍着什么。我们沿着树林边尘土飞扬的小路走着，接着抄近路穿过杂草丛生的田野。我们离那个车站越来越近了。

回到城市里。

回到我们的岗位上。

回到仓库继续当他的运货员。

回到那夏热冬冷的芝加哥公寓，妻儿在那里等待我们归来。

等待我们解决衣食住行。

"我跟你说，一个男人不能只专注于养家糊口。"

我们骨子里都有几分桀骜不驯。

一个男人真正想要的到底是什么？在这个世界上有所建树，还是活出本色？

写写画画的尝试和努力都只是我们想要的一部分而已。

我们都多多少少地知道我们所有的努力都将付诸东流。

那天晚上，夜色昏暗，我们在那片杂草丛生的田野上走着，离草原小车站越来越近，列车的灯光已依稀可见，然而我很肯定，当时我们心里想的是一样的东西。

接着，杰瑞终于爆发了。他突然把画夹丢下，开始四处乱扔颜料管，猛地把它们扔进田野深深的草丛里。

"你给我滚，该死的，少管闲事。"

他把画架、凳子和画笔都扔掉了。他在深深的草丛中暴跳如雷。

"滚，给我滚！否则我要了你的命。"

于是，我从他身旁溜走，去月台找其他人。透过车站的灯光，我还能看到他依然站在齐腰深的杂草丛中。他仍在愤怒地跳着，双手高高举起，显然还在咒骂着自己的命运。

他在向我们诉说着什么。他所经历的我们都已经历过，只要我们不死，这种经历就会循环往复周而复始。

接着火车来了，我们默默地上车，我想我们心里都十分清楚接下来会发生什么。我们看到杰瑞，那个直率粗俗的德国人，跪在田野的杂草中。

我们都知道他在干吗，但到我们回到城市要各奔东西了，乔和乔治仍然攥着他们的画布，即使他们明明知道这并没有什么价值。而我还在车站徘徊着。

我跟乔、乔治一样，都曾是美国小镇的农家男孩儿。我很好奇，杰瑞，那个大个子德国人，竟会提及这片土地。我们都曾骄傲地认为自己与众不同，有权利追求稍纵即逝却成就丰硕的幸福。

且不说像我们这样数以百万计身在农场的农民，在城市里做着无关紧要工作的芸芸众生。

老亚伯·林肯谈及"人民"时，他指的是什么呢？

我记得我还在小镇时不堪回首的那些年，农民一年四季都在起早贪黑地劳作。

大个子杰瑞想要表达的就是美国大地的精神。

遇到干旱雹暴，牲畜生病，庄稼受灾，一年到头就会白忙活了。

我还记得童年时期的其他事情。

熬过灾难的年份，春天到了，我们中西部城镇附近的农民又开始在土地上耕种了。

一种深沉而坚忍的英雄主义不仅在成千上万的农民身上体现出来，在城市人身上也体现出来了。

政府把救助金发给那些杀人犯，我们辛勤劳作养活他们却没能领到救助金。

杀人犯成了英雄，而成千上万的人却从未想过自己是英雄。

一小时后会有另一列火车抵达，我默默地躲起来，想看看会发生什么，果不其然——杰瑞出现了，他的大部分画夹又捡了回来。

我早就知道会是这样，下个周末，他定会再次奋起。

弗莱德

弗莱德来自一个小城镇，搬到纽约市已有十五年了。他是一名杂志插图画家，想必赚了不少钱。我最初是在纽约认识他的。

后来有一次，我和他一同去了趟他的家乡。

那是西弗吉尼亚州俄亥俄河畔的一个小镇。我们在那里待了两个星期。

他有个姐姐嫁给了一个教育主管，现在还住在那儿。

姐姐长得非常胖，我在那儿时，她牙齿一直不好，上齿早就拔掉了，我估计她需要一副假牙吧。

她对弗莱德的事很好奇，经常堵着我问东问西。

那时她有两个女儿，其中一个后来死了，是在一次车祸中丧生的。

女儿们长得高高瘦瘦的，很像素有美男子之称的弗莱德。她们都是小长腿儿，人也很漂亮。说到开车，她们俩都很上手，人们总是看到她们涂着厚厚的唇膏，双腿交叉坐在椅子上，膝盖到臀部几乎一览无遗。

弗莱德的到来让姐妹俩很开心，不过我看得出，他姐姐和姐夫一直都很紧张不安。

那个丈夫很早就秃顶了。他和他妻子都老得很快。小镇的人都这样，到了三十五岁左右，几乎一夜之间就都变老了。

在接下来的二十五年里，他们就一直保持这个样子了。

那个教育主管有一辆便宜的新车，但是他的车技很烂。我们一起开车外出，我、弗莱德的姐姐和她女儿坐在后座，而弗莱德、他姐夫和另一个女儿则挤在前座。

主管夫人，也就是弗莱德的姐姐，在行车途中不停地对丈夫发号施令，让她丈夫很恼火，只见他的下巴绷得越来越来气。弗莱德则搂着他旁边的女孩儿。他喜欢这样，那个女孩儿也很享受。

那个女孩儿，当时正在学小提琴，现在我已经记不起她的名字了。我和弗莱德住在那个木屋楼上的两个房间，两个女孩儿也住在楼上。

她们晚上总是一起睡觉，躺在床上窃窃私语嬉笑不止，一直到弗莱德出面制止。

他会对她们吼："别吵了，小心我打你们屁股。"但她们并不总是那么听话。一天晚上，弗莱德穿着睡衣走进她们的房间。女孩儿们抓住了他。三人在床上滚来滚去，接着摔在地上。女孩们尖声大笑，而弗莱德却骂个不停。

这时教育主管上楼了，他那又胖又老的脸颊很是滑稽。

毫无疑问，他被眼前的一幕震惊了。两个女孩儿已经扯掉弗莱德的睡衣，弗莱德来到走廊上，怀里抱着睡衣，刚好撞上女孩儿的父亲。

弗莱德的问题在于，我和他到那里之前，他已经离过两次婚，还跟两三个女人同居过。

这个男人一碰上女人就会变得专横而粗鲁。

他每一次恋爱都全心投入，热情似火。他那两个女人都是演员。一旦爱上，他就丝毫不给女人们喘息的机会。

我曾经见过他这个样子。当时我住在芝加哥，恰巧他热恋的女演员就在那儿演出。

女演员已经结婚了，跟丈夫在同一个公司上班。不过她告诉弗莱德，她已经不爱她的丈夫了。

她自己住在一个偏僻的小旅店，丈夫不在身边。

一开始我并不知道弗莱德也在芝加哥，直到有天半夜十二点，我都上床睡下了，他突然打来电话，说遇到了麻烦，叫我必须起来。

"你现在起床来我这儿。"他说，然后告诉了我地址。

毫无疑问我去了，却发现他在那家旅店前沿街踱来踱去，眼里噙着泪水。

他又一次坠入了爱河，我已记不清这是第几次了。他怀疑，这个独特的女人，正在做什么见不得人的事，他原以为她开始有点爱他了，然而现在——

那晚她让弗莱德在旅店等她，然而我到达那里的时候她已经迟到一个半小时了。

也许她和别的男人鬼混去了。

弗莱德极力跟我辩解，他脸色都白了，还是继续在那偏僻寂静的街上徘徊着不肯走。

弗莱德说，风华正茂的女人对于他，是世界上最美妙最可爱的生灵。

他曾因用情不专受到谴责。没错，他确实很花心。但是，他说，只要他爱上一个女人就随时可以为她去死。

他愿意做任何事情，去任何地方，冒任何风险。之前有好几次他都差点儿死在枪口下。

这又有什么关系呢？比起无法得到心爱之人的痛苦，中枪和死亡都算得了什么呢？

至于为人不贞，弗莱德认为实际上所有人都和他一样，只不过他们不愿承认罢了。"你瞧，为了成为一名画家，我很久之前就在奋斗了，可是直到今天我还是没能成功，"他解释道，"我只是画个插图，你知道，这真是一项很没水准的艺术。我本来就有点天分，加上后来勤快磨炼获得的技艺，我便真的算是一个行内人才了。

"但天分并不是艺术，它并不能像艺术一样使你感到充实，获得满足。

"于是，我尽力把自己与女人的相处之道变成一门艺术，把求爱变成一门美妙的艺术。

"一旦得手，从来没有女人甩过我，只有我甩她们。

"这是因为有些不愉快的事情发生了，女人总是会自己把事情搞砸。搞砸以后，我就会甩掉她们当中一个。

"但我从一开始就很坦诚，完完全全地坦白我的感受。"

那天晚上，弗莱德刚讲到他很坦诚，我们等的那个女演员终于回来了。

凌晨两点半，一辆的士停在了郊区旅店前。那个女人从车上下来，弗莱德随即便向她跑去。

我局促不安不知所措，可弗莱德却又想我留下来。那个女的面容憔悴。她身材瘦小，皮肤白皙，金发碧眼，可爱极了。她解释说她一直待在市中心的剧院里。她出演的那部剧反响并不怎么好，制片人从纽约赶来了，演出后进行了重新彩排。台词和情景都改掉了。

我们仨走进旅店大厅。我尴尬极了，想要闪开可弗莱德又不让。"你待着别动。"他以命令的口吻说。而我也想要知道接下来会发生什么，索性就留了下来。

接下来便是弗莱德和那女人你一言我一语地交谈着。旅店大厅只有昏暗的灯光。值夜班的店员直盯着我们看。我往一边儿坐了坐。那个女人和弗莱德已经忘了我的存在。

"为什么你想要我？"她问道。她既疲惫不堪，又灰心丧气。

"我的天啊，我在舞台上摸爬滚打了十年，到现在还是一事无成。

"我已经结婚了，还有过孩子，夭折了。

"我始终领略不到表演的精髓。

"我说不清到底是什么。我对表演很着迷，但今晚制片人告诉我，那个角色，我连一半的精髓都没演绎出来。

"事实确是如此，要是有哪位女演员取代我，他早把我给炒了。"

那个女的一边说，我一边看着她。弗莱德的话不错。她此刻的确可爱极了。她的脸又白又瘦，一双纤细白皙的玉手柔软地放在膝上。

弗莱德为她的可爱动容，并如实告诉她。他不顾我的存在，也不管夜深人倦，毅然开始苦苦求爱。

他已经爱上了她，而他也知道她与她的丈夫并不相爱。他说他愿意彻底坦诚相见。他也曾经爱过多次，有失败也有成功。

他说，对于她从事表演这一职业，他也是感同身受的。

他说，她对于表演艺术的追求就像他对绘画艺术那样，但她也只达到她期望的一半。

那是我所听过的最古怪的求爱了。

他告诉她，人生中凡是有点意义的事情到最终都会向外界妥协。他说，他曾努力让自己沉迷于艺术，也就是绘画，正如她曾努力沉迷于她在舞台上所扮演的角色。

弗莱德并没有完全实现这个理想，因此他的目标转向了女人。

"就在刚才，你成了我的下一个目标。"他说道。我觉得他有点疯了。

"我建议你跟我一样，不妨从了我吧。

"其实，你现在这么累，更加证明你该接受我的追求。

"过了这个村你可能就没这个店了。

"关于你的美，我想请你把它留给我。如果我没能欣赏出你的美，我就不会在这儿了。"

我慢慢向门边挪去。他们开始压低嗓门儿。我回头再看，那女人脸上的倦容似乎早已烟消云散。

事实上，我在外面等了半个小时，然后我走回去，往旅店大厅看了一眼。

他们早已不见了踪影。

至于我和弗莱德在他姐姐家的那段时间，我已经解释过，他的姐姐对他的事很是好奇。

她不停地跟我打听他的生活状况。

其实，她对他的劣迹也略有耳闻。这样的人还可以称为好人吗？

弗莱德对他的姐姐姐夫都很好。作为一个插图画家，他赚了很多钱，出手也大方。

她说，她们现在住的房子就是弗莱德帮着买的，其他事他也帮了不少。

她说，她和丈夫都很感激弗莱德也很欣赏他的才华，但是他们有女儿啊。

她认为，女儿们有点过于崇拜弗莱德了。他会把一些奇谈怪论灌输到她们脑海里。

尤其是那个会拉小提琴的女儿。

一天晚上，她为在场的所有人演奏，但是拉得并不好。

于是，她便停了下来，跑到她姐姐身旁坐下。这时，弗莱德从椅子上站起来，向她走去。

他搂着她，走出了房间。我之前说过，她身材苗条，十四五岁。弗莱德身材高大，肩膀宽厚，蓄着一头铁灰色的头发，有着一双灰色的眼睛。他搂着他外甥女瘦小的肩膀，一起走出明亮的房间，穿过走廊，一句话也没有说。那个女孩始终抱着小提琴不放。

正值夏季，房子的四周是一片小树林，背后还有一个菜园。

菜园的背后是一个葡萄藤架。他们肯定是去那里了。一会儿我就告诉你我是怎么知道的。

我们都待在房间里，有点提心吊胆紧张不安。那个和弗莱德一起出去的女孩就是后来死去的那个。

父亲、母亲和姐姐三人面面相觑。我不会轻易忘记主管当时脸上的表情。

他不停用手抓着他那微胖的脸颊。

时间一分一秒地过去，没有一个人打破沉寂。随后，菜园后边的葡萄藤架下便传来女孩悠扬的琴声。

我们静悄悄地走出房门来到走廊上，我想当晚那个小镇的街坊们都走出了房门，来聆听这悠扬的琴声。那个女孩奏出了优美的旋律，我从未想过一个孩子可以拉得这么好。

田间惊魂

多年前，我还是个年轻的劳工。一天晚上，我逃票坐上了一列西行的货运列车，不料刚到了印第安纳州的一个小镇，火车制动员就把我赶下了车。我狼狈极了，穿着肮脏破烂的衣服，污手垢面地走在人群中，到现在都对那个地方记忆犹新。不过，我身上还有点儿钱，便穿过小镇到了一条乡间小路，找了条小溪，冲洗了一下。然后，我又回到镇上，找了家餐馆，买了些吃的。

那是一个周六的晚上，小镇的街上到处都是人。天渐渐黑了下来，我身上那破烂不堪的衣服也没那么刺眼了。小巷教堂附近的路灯下，有个女孩，冲我笑了笑。我在一棵树旁站了好一会儿，呆呆地望着她的背影，犹豫着要不要过去跟她搭个讪，认识一下。但是转念一想：等她靠近了，看到我这副打扮，无论如何都不愿搭理我了吧。

在那种情况下，出于男人的本性，我告诉自己并不需要她，于是便沿着另一条街道走开了。

我来到一座桥上，站了一会儿，俯瞰着桥下的流水，然后穿过桥，沿路走进了杂草丛生的田野。那是一个夏夜，我困倦不堪，倒头便睡。大概过了几个小时，就在离我几尺之遥的田地里，发生了什么事将我吵醒了。

这片田地很小，有两栋房子对着它，一栋靠近我躺着的篱笆一角，另一栋在几百米之外。我刚来到田野那会儿，两栋房子的灯都亮着，但此刻都熄灭了。离我大约十步之遥——三个男人扭打在一起，一言不发。旁边站着一个女子，双手掩面，低声哀号。女子旁边的地面上隐约可见一团白色的东西。忽然，我灵光一闪，马上就明白是怎么回事了。原来，那白色的东西是件女人的衣服。

那三个男人正拼得你死我活，即使光线黯淡，也能明显看出，其中两个正合伙制服第三个人。第三个人是那个女子的情人，家住田间横路的尽头，而另外两个是那女子的哥哥。他们黄昏去了镇上消遣，很晚才回家。他们静静地走过田间草丛，正好碰上两人在偷欢，脑子一热，遂动了杀心。也许，他们是觉得这件事有辱门风吧。

此刻，其中一个从口袋拔出刀，向那情人砍去，正好划到他的脸上，看得我和那女子胆战心惊，没准这会儿工夫就把他给杀了，突然，那情人撒腿跑进田间，朝自家方向逃去，两位哥哥穷追不舍。

此刻，我和那女子独自留在原地，相距甚近，她好长时间都没有动弹一下。"毕竟，我不是个行动派，只会录个东西讲个故事而已。"我这样想着，多少为自己找了个借口，没向那个情人伸出援手，依然静静地躺在篱笆的角落里，耳闻目睹了一切。那个女子继续啜泣着。此刻，黑暗的田野里传来了一声叫喊。那个情人并没能逃进自己的房子，实际上他离后面追赶的人只有一步之遥，可能都没敢冒险去开门。他从田地那头跑回来，一路躲躲闪闪，从我们身旁经过，穿过桥，沿路向小镇逃去。田地里的女子开始喊叫，很明显是冲着两个哥哥，"约翰！弗莱德！"一边喊一边还啜泣着，"别追了！别追了！"可是他们根本不予理睬。

此刻，田野又恢复了一片寂静，但我还能听到远处三个男人在尘土飞扬的马路上你追我赶的脚步声。

田里两栋房子的灯都亮了，那个女子走进我这边的房子，仍然悲伤地抽泣着，很快我就听到房子里有些动静。然后她穿戴整齐走了出来，越过田地到了另外一栋房子，不久又回来了，身边还多了一个女人。她们从我身边走过，裙子几乎擦到我的脸颊。

她们两个坐在台阶上哭着，盖过她们哭声的，是远处那飞奔的脚步声。那个情人进了镇里，离这不过半英里远，很显然，他还在街上四处躲藏。有没有把镇里的人吵醒呢？喊叫声时不时地从远处传来。我没有手表，也不知道我在地里睡了多久。

此刻，一切又归于平静了，只剩下我们三个，我自己躺在草丛里，浑身哆嗦，而那两个还在我身旁房子的台阶上轻声哭泣。时间一分一秒地过去。情况到底怎么样了，接下来又会怎么样呢？我想象着自己就是那个逃跑的情人，在印第安纳州一个农业小镇的一条黑暗小巷里，很可能就被抓住杀害了。我是不小心被火车制动员扔在这里的，他发现我偷偷站在两节车厢间的缓冲器上，然后命令我下车。"好了，要么下车，要么给我一美元。"他说，而我不想给。我口袋里只有三块钱，凭什么要给他一块啊？"还会有其他货运列车的，"我心里想着，"说不定我会在这个小镇看到些有趣的事呢。"

确实够有趣的！此刻我躺在草丛里，吓得瑟瑟发抖。我想象着自己就是台阶上那年轻女子的情人，而她的哥哥拔出刀子刺入了我的身体，我想，那两个女人也与我感同身受。每隔几分钟那年轻女子就会哭出声来，仿佛刀子刺进的是她的身体。我们三个人无不吓得浑身发抖。

我们就这样等待着，接着，寂静中传来了一阵骚动声。稳健的脚步声——而非跑步声——从桥上传来，穿过路面进入田间，然后，出现了四个男人。小镇的某个地方，漆黑的街道中，兄弟俩抓住了那个情人，但是，很显然他们已经得到了和解。三人一同去看了医生，包扎了脸上的伤口。他们已领了结婚证，此刻一位牧师随他们回家举行婚礼。

婚礼立即举行，就在我面前房子的台阶上，之后，牧师开了个沉闷的玩笑，但没一个人笑得出来。那个情人和他的心上人穿过田间离开了，同行的还有另一个女人，显然是那情人的母亲。很快，我躺着的这片田野又恢复了漆黑寂静。

还没十六呢

在玉米地忙了一整天，到了晚上，她在马厩里喃喃低语，坚持说要等到十六岁。她的父亲正在挤牛奶，约翰能够听到牛奶撞击桶壁的声音。声音停了下来，他们只好闪身躲进空荡荡的马厩里。

他把她按在木板墙上，弄得她全身无力，瘫在他双臂里。他坠入爱河了吗？他不清楚，也许是吧。

他在她父亲的农场上工作好几周了，帮忙砍玉米，其间，他有好几次想着跟她结婚。他说起了这件事。

"我们结婚好吗？"他问道。

"不行，我还没十六呢。"她说。

"嗯。"他说。

"不，那事也不行，还不行，我还没十六呢。"她说。

晚上，他躺在床上想着那事。

他没有钱，不想一辈子当农场工人："现在结婚太蠢了。"

她对整件事的态度让人捉摸不透。他们说起此事，约翰就步步紧逼。

"来嘛。

"不会有人知道的。"他说。

他恳求道："来嘛！就一次！来嘛！"

他不厌其烦地哀求着，夸大自己的遭遇，自己的痛苦，自己的彻夜难眠，还威胁着要离开。

"请别这样，你留在这里，不会很久的，再过一年我就十六了。"她说。

她依旧坚持着。她身材纤细，苍白的脸颊上映有两抹鲜亮的腮红。她的嘴唇是那么勾人身魂，眼神是那么摄人心魄。

她直率得出奇，约翰开始拿话苦苦哀求，她并不感到震惊。她知道他是什么意思，她也想啊。

她下到田里，跟约翰还有父亲一起干活儿。

春天，他从世界大战的战场回来。到了秋天，他得到了这份农场的工作。

他曾想："我会工作，比方说，一年。只要能找得到，什么工作我都愿意干，我会把钱存起来。"他从战场上带回一些钱，藏了起来，但并不多。

烽火连绵、四处漂泊、跋山涉水、远渡重洋、身处异国——所有的这些都让他感到不安。他不知道自己想要什么。

"我想要她，但我还不想安顿下来，还不想呢。"

他和战友们回到家乡密歇根的小镇上，那里有游行活动，镇政府还设宴款待他们，再一次称他们为英雄。他认为这都是胡扯淡。他很幸运，没参加过任何战斗。他只有十九岁，而农场的那个女孩莉莲才十五岁。他从战场回来，被称作英雄，但却对战友们说："全都是些废话，全他妈胡扯淡。"

他找不到工作。参军前，他把底特律汽车厂的工作辞掉了。他先前在工厂的流水线上，不想再回那里去了。

"这让人厌烦的工作，这有名无实的英雄，"他说，"我不想当英雄，工作让我厌烦，晚上睡不好觉。"

他心想："好吧，那就走着瞧会吧。"他想再继续流浪一段时间。镇上有个屁股畸形的老头儿，名叫亚德利，曾是一名马术师，如今坐拥一个车库，不过他依旧留着两三匹好马。距离小镇不远，有一个卡拉马祖镇，重大的环形道赛马会经常在那里举行。

在一次比赛中，他从马车上摔了下来，摔坏了屁股，从没完全治好，走起路来左摇右摆，姿势很是奇怪。

战前，也就是约翰离开底特律之前，他一直都是在为这个老头工作的。那时，约翰十六岁，负责喂马，热衷于赛马。

老头在街上拦住了约翰，说："只要你还愿跟我干，你都可以来。"

他说，马厩里已经有两个马夫了。

"比赛开始前我暂时不需要工人了，不过只要你愿意来，你都可以来。

"你可以照顾一下好运，不过我给不了你工钱。"

好运是一匹赛马，今年三岁，是一匹栗色骟马，跑得很快。

"这个冬天你照顾它，牵它到路上慢跑。工作量不大，我给不了你工钱，但是你可以来我家吃住。"

亚德利说，他之所以为约翰提供这份工作是因为他欣赏那些有勇气出去为国而战的男儿。他们到了马厩，亚德利走在约翰旁边，摇摇晃晃，抽着卷烟，吐着烟雾，进了隔栏，朝着那匹马走去。

对于约翰来说，这是一个诱惑。他走过去抚摸着马儿。手从马背一直摸到马腿，心想："好马呀。"

他想起自己在城镇之间游荡的日子。他重拾旧梦，想着以后或许会成为一名马术师。亚德利会参加半英里马赛，有好运这样的良驹，他们或许能大赚一笔。

约翰有点钱，又内行，可以下些赌注。

他想起和其他马夫在各种陌生城镇上一起度过的夜晚，那里有人喝酒，有人嫖娼。此刻，他站在马厩里看着马。

"不，我得断了那个念想。"

"这些赛马的人，他们何曾有过什么出息？"他想。

"我会考虑的，然后答复你。"他对亚德利这么说，说完就散步去了。

"不行。"他告诉自己。他从战场上带回了点钱。他还小的时候，在赛道边玩耍，就已经学会了玩色子。早在法国行军途中，在来来往往的船只上，他也时常玩色子。

他想跟亚德利一起去赛马，但这让他感到内疚。母亲去世了，父亲失业了，只有姐姐在操持家务。

姐姐大他三岁，还想让两个更小的弟弟完成学业。

"我该告诉她钱的事，把钱给她。"他想。

但转念一想："不行啊。"

好像要交出那些赌来的钱，他就完蛋了。

"要是我现在可以去上学，哪怕只有两三年，那该多好啊。"他又想了一会儿。

或许他可以去做生意，赚很多钱。约翰想象着自己已经出人头地，腰缠万贯，一身的西装革履。

他想："要是能顺利实现这个梦想，我会对弟弟们做出十倍的奉献。"

似乎一切都取决于他受到教育。"要是现在不上学，我就没希望了。"他想，要是不接受教育，他就会跟以前一样，消沉下去，到处打工，赤脚在泥里摸爬滚打一辈子。

阶梯能助你攀登，而教育正是那个阶梯。

"好吧，"约翰心想，"但是今年我要放弃上学的机会，也要放弃成为马术师的梦想。"约翰已上过小学。他想，很快就会带着悄悄藏起来的钱，去某个地方，或许是商学院。

约翰认识一个年轻人，正准备去口腔医学院学习。他想自己或许也会去。还有一个人，离开家去了一所学校学习维修钟表。

约翰想："那样或许会更好。"

你从维修钟表开始做起，把钱存下来。不久之后，你就会拥有一家珠宝店，卖戒指和手表。你打扮得体，很有可能就会结婚，比方说，娶一个富家女。

或许她的父亲会帮助你，建立公司。等到你有了自己的公司，要是愿意，你就可以养几匹自己的马。

这样，你就可以雇一名员工帮你打理店铺，然后骑着自己的马，去参加比赛。

晚上，约翰逃票上了一辆货运列车，开始挨镇找工作。他打算赚到一些钱先寄回家。不过很快，他口袋里的那点钱就花光了，于是，不管什么活儿，只要能找得到，他都得做。他来到俄亥俄州，那里的一个小镇，有个农民雇他收割玉米。对于约翰来说，这是一种全新的工作。他觉得很辛苦，但还能承受得住。

那个农民的女儿名叫莉莲，他们夫妻两个年岁都大了。约翰觉得他们看起来好老了。老头是个佃户，曾经拥有自己的农场，但是他告诉约翰说，他时运不济，农场没保住。

他的妻子身材娇小，双眸明亮，跟莉莲一样，约翰想着。那母亲的背驼得厉害，约翰觉得他们一定结婚很长时间了。他总是那样，想着别人的事，满心好奇。他心想："我很好奇，等你老了，还跟自己的妻子住在一起，是否还会有什么乐趣？"他们有四个孩子，除了莉莲之外，其他三个都已成人结婚，外出谋生了。莉莲下到田里，约翰正在砍玉米，她就把这些事情都告诉了他。

她立刻就迷住了他。约翰心想："哦，天啊，她把我迷住了。"她身材娇小，但砍起玉米来，不输一个男人。她很害羞，但同时又很大胆。她看起来柔弱，实际上却很有劲。这项工作对于约翰来说很陌生，她就一直教他怎么做。砍玉米时你得找准节奏，学会放松。

你得把高高的玉米秸砍掉，再扛到秸秆堆里。你一手抓住玉米秸，一手抡动砍刀，身体随之起舞，顺势砍去。熟悉窍门，就事半功倍了。她一一向约翰传授。

他们谈呀谈呀，话题越来越多。父亲在场时，他俩就一声不吭，默默干活儿，不停地看着对方，父亲一走开，去了马厩或房屋，他们就又开始热聊起来。这一切对约翰来说都很新鲜，所以他一直说个不停。他看着她，心想：她是否愿意呢？

"她似乎也不小了。"他心想着。他很快就知道她是想和他在一起的。

他们晚上也会聊天。月光皎洁的夜晚。

"来，我们去干会活儿吧。"她说。按协议，约翰晚上是不需要干活的，但为了跟她待在一起，他很乐意地答应了。

父亲晚上没来干活儿，他说年纪太大了，没那个体力了。她告诉约翰，她有个姐姐，大她十五岁，嫁给了一个火车维修工，住在另一个小镇上。"她十五岁就结婚了，我可不想这么早。"她说。约翰想问那是不是奉子成婚，但没有说出口。

"我这么晚才出生，你是怎么想的呀？"她边问约翰边忍不住笑了起来。

"我总觉得他们都那么老了，没本事生了吧？"她说。

她说起话来越发大胆了。

田野里，月光下，他们就这样一起干着活儿，总有说不完的话。对于约翰来说她似乎不小了。"或许是因为她出生得太晚吧。"约翰心想。在他看来，她有着成年女子一样曼妙的身材，这么小的年纪，却似乎出奇地成熟。

他们在开阔的田野上干活儿，有一小块地的玉米已经砍倒了。放眼看去，开阔的空地尽收眼底。那些砍倒的秸秆竖着堆放在那里，地上的南瓜已经熟了。秸秆堆放的空地之外，远远地有一片树林。一股怪异的感觉涌上约翰心头，他觉得他俩仿佛是置身于一个从没人来过的地方，"可能就像伊甸园。"夜晚，他们就这样在田野里干活聊天，距离农舍很远，经常会有奇怪的声音传来，时不时还刮起一阵风，树林里的叶子摇曳着，飘落下来。一场雨袭来，树叶像小生灵一样在空旷的田野上飞舞。"我很好奇为什么他们允许她来这儿。"他想着。或许他们是想把莉莲嫁出去吧。"然后我就得留在这儿为他们白白地干活儿，就像在亚德利那里一样。"他想。他突然想起莉莲曾经说过她姐姐的事，"我敢肯定她的姐姐就是这样嫁给那个火车修理工的。"

"看。"他跟她聊起落叶，在地面上翻飞。那些竖立在田野上的秸秆使他想起了他的军旅生活。放眼看去，一片辽阔，还能从这里看到其他农场里的玉米已经砍倒。那是一个地势平坦的乡村，他们可以看到其他田地里已经砍倒的秸秆堆积成堆。约翰不停地说着，他从未如此健谈。他说到那些秸秆，站在月光下，就像一排排的士兵。说着说着，他就变得更加大胆了，慢慢地才敢对莉莲动手动脚。

晚上，他们砍不了多少玉米。他走近莉莲，把手臂搭在她的肩上，他很高，而她却很矮。站在那里，他可以跟她聊地上翩然起舞的枯叶，还有那沙沙的声响。他可以假装置身于另一个世界，到处都是小生物，那里的男女就像他俩一样，只不过很小，"不会比这更大了。"他把拇指放在一根手指的第一个关节上，开始虚构。他告诉她，那个世界的小矮人，白天躲在树林里生活。

"看，现在他们出来玩儿了。"他说。

"他们就跟我们一样，但是他们并不结婚。"这时两片枯叶在他们身旁飘过。"看，他快要追上她了。"他说。他告诉她那些秸秆就像士兵一样伫立着，"看，他们站着，安静肃穆。"

他们停下手中的活儿，走到篱笆边站着。他的一只手臂搂着她，让她的头靠在他的肩膀上，她的头刚好够得着。他们手中的砍刀掉落到了地上。

他滔滔不绝地说着，告诉她军队里的生活和他的所见所闻。

接着，他对她说起了一个女孩，曾经跟他相处过。"那时我比你还小。"他说。她是镇上的小女孩。"当时我正在赛马会上，一个比我年长的伙计给我介绍。"那个女孩还有个同伴，一起在晚上来到露天赛马场。那个伙计把其中一个女孩介绍给了约翰，让他俩去一个空马厩。

他谈起那件事，谈起他的感受，说他当时多么激动，在那女孩面前一句话也讲不出来。"那是我的第一次。"他说。这时，莉莲的身体一阵颤抖，他把她搂得更紧了。

他搂着她，继续说着，这感觉跟他之前在马舍里的情形完全不同。

"我很怕她，但不怕你。"他说。

"那感觉好吗？"她问，他说好啊。

她就那样，似乎全身心地投向他的怀抱，既不害怕也不害臊。

"我到了十六岁就会做，不会再等了。"她说。

他们的关系就这样开始了，就这样一直维系着。他们时时厮守在一起，田野上，月光下，马厩中，楼上房间里。他光着脚，蹑手蹑脚地从马厩走上楼房找她。直到她父母响起呼噜，他才走上去。

她的房间就在楼上。

她的父母在楼下睡觉，而他的房间也在楼下。她说他上来没问题。"你上来吧，我想让你上来。"她说。

约翰觉得自己快要疯掉了。他非常强壮，现在这点活儿一点儿都累不到他。

"我要请求她嫁给我。"他心想。

然后转念一想，"不，不行。"但他还是说了，她反倒笑了起来。"不行，我们不能结婚，"她说。他很开心她家那么穷，跟他家太像了。他一直在想，要是他们结了婚，他就永远不能去上学了，再也不能出人头地了。

他没有跟她说这些。他见不到她时，或者跟她独处时，都几近疯狂。但是，趁她父亲在挤奶，他在马厩里紧紧搂着她，或在田野或在晚上上楼找她，他都出奇地冷静。

她在床边地板上铺了块毛毯。她说他可以在那里睡一会儿，不会有事的，就是有事她也不在乎。她会睡在床边，床很矮，她会侧过身来，一双小手硬邦邦的。

"你说点什么吧，比如田野里落叶翻飞。"她说。有时候他真就说起来了。

他会那样躺在那里和她窃窃私语，有时她会俯下身来跟他接吻，他想把她拉下来，拉到他身边，扭在一起，直到她屈服，但是莫名地，他没这么做。

他不停地说着，以前从未如此健谈。他说的话，连他自己都不知道哪些是真实的，哪些是胡编的。他有时候会求她，变得有点疯狂，但她总有办法让他冷静下来。

"不行，我还没十六呢。"

她说，差不多还有一年就可以了。她笑了，轻轻地。

"你可以待在这里等，也可以先离开，然后再回来。"

"要是你走了，不按时回来——"她大笑起来。

她的笑声使他不由自主地平静下来。他感觉她内心似乎有一堵墙。他想："既然如此，就没必要白白地去撞墙了。"

有些时候，他蹑手蹑脚走到她房间里，跟她聊了许久，突然会觉得莫名的伤感，泪水在眼眶里打转。

"求你了，求你了。"他祈求道。

"冷静一点，等我到了十六吧。"她说。

她不断重复这句话，就像一首歌萦绕在他的脑海中，他不得不放弃了，他尽可能忍耐，但后来还是从她的房间离开了。这是一个皓月当空、天气寒冷的夜晚，他就躺在她床边的那张地毯上。

"等我到了十六。"

"等我到了十六。"

他血气方刚，一年对他来说似乎漫无边际。要是他可以日日夜夜和她在一起，形影不离，他想他本是可以忍得住的。

他走到自己的房间，猛然醒悟了。

"那是因为我跟她不一样。"他想。

"她可以等，但我不能。"

他穿好衣服，悄悄溜出房间，走向月光洋溢的小路。

她骨子里有一股钢铁一样坚硬的东西，但他没有。她父亲欠他的那些工钱他可能永远也拿不到了，但是他并不在乎。他上了路，突然自豪起来。"我控制住了自己。"他心里想着，满怀自豪地沿路远去了。

"毕竟，她还没十六呢。"他想。

乡村札记

　　在我所认识的人当中，最让我难忘的是一个乡村医生。他个子矮小，外表沉稳，经常穿梭于他所在的中西部小镇及邻近村庄，挨家挨户为人看病。他曾把他老旧的福特车停在乡间小路旁，在树林里发现了一种新型蘑菇。在他的车里，放着五花八门的书籍，有关于菌类的、鸟类的、树木的，还有关于昆虫的、野花的。我是一个广告作家，经常去他所在的小镇。我要为镇上的一家厂商写产品目录和宣传册，经常一待就是一两个星期。

　　有一次我病倒了，就请来那个医生为我看病。他四十五岁，身材五短，体形肥胖，大大的脑袋，浅蓝色的眼睛，稀疏的黄发开始变白。我住在小镇上的宾馆里，厂商请医生过来看我。厂商告诉我他是镇上最好的医生，临床经验十分丰富。

　　"但是他为人寡言少语，别指望从他那里打听到什么。"厂商说。

　　医生来了。我的床边桌上放着一本书，是一个名不见经传的古代作家写的。

　　医生给我做了检查。他什么也没对我说，这让我有点恼火。我正要朝他发火，要求他明确地告诉我相关病情，他突然拿起了我的书。

　　他变得兴奋起来，惊叹了一声，开始在房间里踱来踱去。他也曾看过那作家的书。我就这么偶然地发现了他对想象类文学的痴迷。这让我们之间有了共同的话题。

这个医生大概就是我们有时会遇见的那种，要么不说话，一旦打开了话匣子，就会滔滔不绝。他解释道，他还在上大学的时候，一个同学曾经给了他一本这个作者写的书，可惜自从做了医生之后，他就很少有时间读书了。他说："在很多个夜不能寐的晚上，我又重新捧起了他的书，有一本就放在我的床边。

"我的车里也有一本他的书。有时我要陪着重症病人，抽不开身，什么都做不了，只好边读他的书边等待着死神的降临。"

我的病慢慢好了，我和医生成了朋友。我们经常一起开车出去兜风。在那个约莫只有四千人口的小镇上，他把诊所开在了主干道边一座老旧的双层砖房里的二楼。上到他的诊所要走室外的楼梯。他坐诊期间，那个宽敞简陋的候诊室里，总是挤满了病人。除了那个宽敞的候诊室，还有一个面朝大街的内室，他就是在那儿为人看病的。

他还得经常到村里出诊，所以除了在诊所里坐诊的那几个小时，他就很少待在镇上了。而我也养成了跟着他一起开车到处跑的习惯。

我和他见面的次数越来越多。我常常晚上在旅馆里完成工作，以便能腾出白天的时间与他一起开车兜风。他是一个外冷内热的矮个子，如果你经常跟他在一起，他所做的事情总会让你惊奇不已。他似乎永远不知疲惫。他在诊所里，一个接着一个，不停地为人看病。他似乎总能一针见血地指出他们的病症。他总是很耐心地为他的所有病人看病，像之前在宾馆为我看病一样。为他们把脉，量血压，测体温。他就默默地坐在那儿看着病人。他博学多才的名声已经传遍整个小镇以及周围的乡村。就那么过了一小段时间，通常是三到四分钟，他就这么坐着，直勾勾地盯着病人。就算是病人开口问问题，他也不予理睬。我认识那么多人，他给我的印象最深刻，因为他能旁若无人地完全沉浸在自己的思绪里。要是出诊为村民看病，他就直接从药箱里把药取出来；要是在镇上坐诊，他就开处方给病人。

"跟病人说太多都是废话，"有一次他跟我提到过，"我所知道的就是，大部分人生病都会往坏处想。那你何不扮出一副严肃的样子去迎合他们一下呢？这样会更有效。"虽然他并没这么说，但是久而久之，他就给人留下一种很傲慢的感觉。他就那么沿街走着，别人对他说话他也不予理会。他对待跟他打招呼的人就像对待病人一样，直勾勾地望着他，一语不发，就像陷入了沉思，不回应他人的问候；然而初识时，我十分惊讶，他居然不惹人厌。

他并不惹人厌，反而受人敬仰。"他是个了不起的学者。"人们说。他广泛涉猎医学文献，小镇里人都这么说。然而他是否真的读了那么多书，我就无从得知了。人们也知道他对自然的痴狂。人们似乎断定这也是他博学的一部分。有时候，正是因为博学多才，他才能妙手回春，让病人起死回生。人们都用崇拜的眼光看着他走在大街上。"我要有他那样的学识该多好啊。"一个人对另一个人如是说道。

我们在极少数场合下才会聊天，即使聊，总也绕不过那本书的作者。有时候，他需要我陪伴的唯一原因，似乎就是和我谈论那个作家的传奇人生。他从不向我透露他的私生活，也从不好奇过问我的生活。我们之间的连接点也就是那个作家的传奇人生。我一直在尝试打破他漫长的缄默，偶尔试图问他一些关于行医或者病人的事情。然而都是徒劳，他仍是一言不发。我跟他在一起，有时候我会觉得好笑，有时候又会变得烦躁恼火。

"要是不想我跟着他，那他又何必来宾馆找我呢？"我反问自己。我们正沿着乡间小路行驶着，他突然就把车停了下来。他自顾自地径直走进树林里。他就这么走了，留下我一个人呆呆地坐在车里等他。不久后他回来了，依然沉默不语。

有时，他也会打破沉默，言辞激动滔滔不绝。那是因为他在树林里搜寻良久，终于发现了一个鸟巢或一种新型蘑菇。

他从车的后备厢里拿出了关于鸟类或蘑菇的书。书被翻得又脏又破。他的衣服穿了很久破旧不堪，车子也几乎要散架了。

他好不容易开口了，我总感觉他不是在跟我说话。他知道所有鸟、树、野花和昆虫的学名。他可能曾抓过一只颜色美丽、翅膀几乎透明的小虫。他了解这种昆虫，热情洋溢地详细介绍相关知识；但是他说话时，并不看着我，似乎在自言自语。

有一天，我们去一个农舍帮病人看病。诊断完后，他来到房后的菜园里，而我则从车里走出来，站在房前的院子里。

一个农妇从房子里走出来和我交谈。他回来的时候手里捧着一只蟾蜍。他开始介绍蟾蜍的习性，但似乎又在自言自语。他把蟾蜍放在一只手上，用另一只手抚摸着它。他就那么无视我们，望向别处，自言自语着，那个农妇跟他搭话，他也一样不理不睬。

他转过身盯着她，眼睛像是在说："原来你在这儿啊！你有必要来打扰我吗？"

他说完后，人还是站在那里，但视线却没有看着她，好像看着很远的地方。很显然那个农妇被怠慢冷落了，可她却望了望他的头，然后对我笑了笑。"他总是这个样子。"有个农妇曾这么对我说过。她说，人们已经习惯了他这副样子，也从不放在心上。"我们都知道他是个好医生。"

在医生停车的地方有个农夫在耕田。他定定地坐在那里，愣愣地望着那群正向我们走来的马队，望着田里翻卷起的土壤，马胸脯健硕的肌肉清晰可见。

农夫也跟医生打了声招呼，然而医生仍然不搭腔。他牵着马往回走，继续穿过田野的时候朝我眨了眨眼。他看上去也没有生气。医生仍是怔怔地在那儿坐了好一会儿，目送着农夫和马队穿过田野。接着，在发动车子前，他竟开口说话了。

他一点都不像是在跟我说话。他坐了一会儿，直勾勾地盯着我，就像平时他看病人那样，但是一转身，他却像是跟另一个人说话。这时，我总会强烈地感到这里有个隐形的第三者。实在是有点惊悚。

在这种时候，他的语气总是古怪而温柔。我们并不会说很多，只会简短地评论一下我们眼前的景象。例如一只小鸟刚刚飞过路面，或是树林边的灌木丛开满了花，而后我们恢复了沉默。有时候我俩呆在一起几个小时了，他突然转过头来看着我，好像很惊讶地发现了我的存在。

他在镇上开了诊所，不久后就结婚了。我去过他家好几次了，但都不是他带我去的，而是厂商夫妇带我去的。

他两个女儿长得眉清目秀，妻子也很端庄美丽，就是有点强势。他的大木屋就建在镇上最好的居民区，装潢华丽，房间众多。他肯定赚了很多钱，建了这所大房子，还带有宽阔的草坪。那里停放着一辆价值不菲的小车，而他却从未开过。他的大女儿在东部一所著名的女子学院读书。后来，医生因心脏病突发而死，留下了一大笔保险金，使得家人的生活得以维持，而不受任何影响。

他的妻子身材高大，面容姣好，还是一位领导，掌管着镇上所有的公民事务。她有着所有她丈夫没有的头衔，组织者、会员、镇上最优秀的女高尔夫球员，曾获得州女子高尔夫锦标赛亚军，是女性政治俱乐部的主席、家长教师联谊会的领导，还是读书俱乐部和音乐俱乐部的成员。为什么她会嫁给这个医生呢？真让人有点捉摸不透。

已经日上三竿了，他的诊所还是挤满了候诊的病人。他开着他的老式福特车奔波于镇上或乡下，挨家挨户帮人看病接生，或是接合断裂的手脚。他会一边陪护着生命垂危的老人，一边坐在农舍里，手里捧着一本关于昆虫的书。他开车回到镇上，已经是黄昏了，不久天就要黑了。他把车停在他家附近的街道上，坐着看一本自然类的书，等待着黑夜的降临。镇上很多人看到他这样坐在车里，都会对他微笑打招呼，但他从不回应。夜幕降临时，他蹑手蹑脚地走到窗边，透过窗户看屋里的情况。要是有客人在家里吃晚餐，或是有年轻的小伙儿来拜访女儿，他就会静悄悄地离开。他经常去小镇尽头一家廉价饭馆吃饭。之后他就走到诊所的里间，锁上门，拉上百叶窗。在这种时候，就算电话响起，他也不会去接。人们在乡村小路边的车里发现他时，他已经死了。在副驾驶座上放着一些木蘑菇标本，而那本关于蘑菇的书掉在他脚旁。镇上一个律师负责料理他的后事。

律师在他诊所发现了一大沓信，锁在保险箱里。医生一定写了很多年了。律师把这些信带回办公室，恰巧我在镇上，便把我叫了过来。这些信都是写给一个女人的。这个女人身材矮小，面色苍白，是小镇大街上一家药店的职员，就在医生诊所的对面。我常常在想，多年以前，那时他还没有女儿，每逢夏夜肯定总是独自坐在诊所里。我很确信，他新婚那会儿肯定煞费苦心地想让妻子对他的自然研究感兴趣。

他对自然奥秘充满了激情，经常会做些业余的研究。他常会把收集到的自然标本带回家，送给妻子。我敢肯定，他的妻子也曾努力地想要对他的爱好感兴趣，但都没有成功，她实在无法做到。对她来说，所有在他眼里鲜活有趣的东西都是枯燥乏味的。对她而言，蘑菇就是蘑菇，鸟就是鸟，仅此而已。他没有因此而责备她。"她就是她，我就是我。"他会这样想。他一直都对她忠贞不贰，努力工作满足妻女的生活需求。

终其一生，他都发觉很难与人直接交流。在某个晚上，他一定是独自待在诊所里。（我总想象着这样的场景，他坐在黑漆漆的诊所里，看着外面灯红酒绿的街道。）这时，他看见那个女职员沿着街道走向药店。

他从窗户旁的椅子边站起来，拉起窗帘，打开灯，开始给她写信。那个律师认为这些信没有销毁，是因为他像其他男人一样，正准备立下遗嘱，但又总是把这件事推到第二天做。他开始写那些信，不久就发现其实这是一种倾诉衷情的好方法。事后，律师经过仔细调查发现，信中提到的那个女人根本不知道医生的心意。有时候他不得不到药店去，被迫跟她说话，表现粗鲁，有一次甚至把她给弄哭了。他在信里提到过这件事。在那之后，他回到了诊所，也哭了起来。

信中的语言温柔细腻。它们都给毁掉了，我无法引用其中的内容。其中有许多是他在大自然中的发现经历。他表面冷漠，但这些信却反映了他是个细心的观察者。信里记录着一些故事，关于人们在死亡来临前的表现，以及男女病人之间的关系。即使他在信中把那个女人称为爱人，但从来没有直接表达他的爱意，他也从来没有批评过他的妻子；他会详细地描述自己对自然和社会的所见和所感。信里甚至还有些诗歌，夜晚，我和律师坐在办公室里读信时都被深深地感动了。

我们这些认识他的人，他的妻女，都了解他的生活，然而他却有着不为人知的另一面。这个头发灰白的律师一脸严肃地读着这些信。至少有两百封。我们从傍晚就开始读，一直到深夜才读完。接着，我们去律师家的地下室，把信放进火炉里烧掉了。我们一起外出散步，鬼使神差般地走进了那间药店。

尽管很晚了，那个女职员还在那里忙活着。这是一个现代化的药店，里面有一半是餐饮区，挤满了人，大多是些年轻人。他们就坐在用餐区的桌子边，我和那个律师也坐在其中一张桌子旁。

那一晚，那个女人肯定累坏了，但她仍然努力挤出微笑，说笑逗趣。律师告诉我，她是小镇里一名工厂职工的女儿，她的父亲几年前去世了。他说，她母亲身患残疾，毫无疑问需要她来照顾。我们坐在药店的角落，我看到她站到柜台高高的货物后面，试图躲开顾客休息一小会儿。

她这样站着，肩膀耷拉着，用手抚着脑袋。在那一瞬间，她感到极度疲惫，而后，她重新开始工作，跑来跑去给顾客送饮料。她又挤出微笑，又开始说笑逗趣。

我们走出药店，在空旷的街上站了一会儿，四目相望，无言以对，一如那医生看病人的眼神。记得那时，我们相互看着对方，只是匆匆地道了声晚安。

惊世杰作

　　我的休闲时光已经接近尾声。我笑了笑，伸了个懒腰。"你这奴隶，还不快去工作？"嗯，我该做些什么呢？去工厂打工吗？但我没有这个天赋。我不断工作却得不到晋升。你看，我读过很多书，也知道一个人要是在工厂里表现好就能够获得晋升。晚上，他会学习某些课程，嗯，比如说机械工程方面的，然后，某一天，工厂里有问题亟须解决，他就解决了。

　　"但是我解决不了任何问题。难道你不明白吗？我对那些数字一窍不通。我曾经认识一个人，名字叫比利，是一名赛马会的数据记录员。我多羡慕他呀。他站在平台上，统计比赛中的投注赔率，并把数据写在面前那块黑板上。另外一个人正在出售赌注，一大群人蜂拥而至。我朋友只要确保，他的老板没在比赛中下注就行了。他只是从一个人手里收钱，然后把其中一部分给了另一个人，诸如此类的事情。听着比利说这些内幕，就可以知道他是多么老练。比利的老板也会时不时地瞧瞧比利记分的黑板。"比利·麦基，十比一。哈里·哈利，八比五。莫德小姐，二比六。苹果派，同额赌注，输赢机会均等，伙计们。"我没有听到那个男人的声音，而是看着比利。多么出色的一个人啊！他本可以成为一名现代产业的领头羊！晚上，我向他提及这件事，恭维他，奉承他，但他不为所动。"啊，说点有用的，少废话。"他说着。

"但是，老兄，你得工作呀。去店里当个职员也好啊。只要诚实可靠，你肯定能够飞黄腾达的。你应该结识品行端正的人，不要成为懒鬼，一辈子只会躺在床上看书。"

在此我想写的是，每天早上十二点起床后，自己给自己演讲的要旨。不过，我一说完上面这些话，就马上从床上跳下来，迅速穿好衣服。我几乎身无分文了，于是决定去找份工作，出门时，天气晴朗，阳光明媚。那时我住在公园附近的一个屋子里，就近找了个餐台吃了早餐，然后在街上站了一会儿。"我是去找工作呢，还是去看看哈罗德呢？"麻烦的是，我压根儿就不会解决问题。我走着走着，心头一阵沮丧袭来。"我这是在自找麻烦。"我对自己说。

但我从没想到，麻烦真的会发生。更没想到是，竟会是因为那个叫米尔德丽的女人。

我得解释一下。那些日子里，我尽管并没有想过自己会学习一门艺术，却十分喜欢和年轻的艺术系学生交朋友，不管他们是学习音乐、戏剧还是诗歌。在这些朋友中，我最喜欢哈罗德了。连续几个月，我都成为了他的影子，恐怕，成了他的半个仆人了吧。那时，他是艺术学院的尖子生，所有的女生都爱慕着他，不过米尔德丽获得了他的青睐。甚至还有人说……嗯，他有一个画室，而米尔德丽随时都能出入那儿。作为他们的朋友，我们没有使用那个词，但是我们认为，或许是我们希望……那样的恋情在芝加哥是可遇不可求的。

她也是个美术生，能够快速娴熟地画出一些不错的小型画作，但却没人把她的画当回事。然而对待哈罗德，却又另当别论了。他是一个现代派画家，他的一幅作品曾经受到赞赏，在一次纽约举行的青年现代派画家的作品展上展出。我印象中那是一幅用垂直的红白线条勾勒的野外风景图，一条红色河流蜿蜒而过。我认为，哈罗德是读了俄罗斯安德烈耶夫的作品后，才有了《红笑》创作灵感的。

然而，正在我和哈罗德最亲密的时候，他又开始忙活其他事了。实际上，他正准备向芝加哥美术界证明，一个极具天赋的人是如何在一年一度的秋季展上夺得奖项的。

在此我还得解释一下，那段日子我没有工作，很长一段时间里，我对这种生活状态心满意足，不过我的钱快要用完了。我住在一个廉价公寓里，生活极尽安逸自在。晚上我会去哈罗德或其他学生那儿串门，早上就赖在床上。那日子就像神仙般快活，干吗要起床呢？我床边的椅子上放着香烟和火柴，脚那头堆满了书。要是在晚上，我把一些书踢到床下，其他的仍会留在床上，到了早上我就只须逐一翻开，总会找到一本我喜欢的。这些书有的是从朋友那儿借的，有的是芝加哥市图书馆分馆借的，有的是从附近的二手书店买的。整个早上我就是看看书，抽抽烟，下午则去散散步，这才是我要的生活。

哈罗德的画室，曾经是这附近的一个小商店，他平时就睡在后面的小床上。我敢说，米尔德丽已经厌倦了我的存在，但哈罗德似乎对我下午的来访很是开心，或许是因为我帮他摆脱了米尔德丽的那股黏糊劲儿吧。

直到，嗯，直到那个宏伟计划的诞生。

这个宏伟计划就是，哈罗德要为秋季展绘制一幅完美的对话图并赢得大奖。这会是一幅内景画。它大概是十五世纪意大利的繁荣时期，描绘了女士更衣室的一个角落，窗户朝向一片丘陵地区，山峦连绵起伏，愈远愈小。提香和拉斐尔都喜欢把这些山丘作为他们油画的背景。

房间里面有点昏暗，窗户旁有一张精雕细琢的桌子，桌子后面有一把精美的椅子。

就在椅子的靠背，哈，重点来了，就在椅子的靠背上扔着——那天下午我早早去找哈罗德，他对那一切都感到异常兴奋，讲起来滔滔不绝。

椅子靠背那会儿扔着一件深黄色的女式天鹅绒礼服。

刚开始，我还不太明白哈罗德何至于对礼服如此兴奋，但听着听着就有点儿明白了。礼服的褶皱应该是以特定的方式落下的。事实上，哈罗德打算画这幅画时，已经在芝加哥南州立大街的一家二手店里得到了这件长礼服。一些时尚界的名人把她们自己的礼服给了仆人，现在就放在那个店里出售。事实上，这里的产品销量最好，也就是说，在那个年代，城镇里的女人大都会经常光顾这里。

可能是，在商店橱窗看到礼服让哈罗德有了绘画的念头，接着他进入店里，二话不说就买了下来，带回了画室。它就放在那里，我可以马上看出，米尔德丽脸上现出震惊的神情。哈罗德在房间里不停地穿梭走动，把它扔到一张椅子的背上。（他解释说，这不是图画中雕刻精美的那把椅子，而是他在附近家具店买来的厨房座椅。图画中的那把椅子，会是他从学院或公共图书馆里的一本书里看到的，会是西班牙式典型洛可可风格的。）

他把礼服抛到椅背上，整理了一下褶子，又拿了起来，穿过房间，再次抛到椅子上。"这东西可能需要精心摆设，总有一次它会抛得恰到好处。"他说着，我跟米尔德丽在一旁好奇地看着。那件礼服，他解释说，会是他整幅画的焦点。它就在那个昏暗漆黑的房间一角，与远处昏暗漆黑的乡村风景遥相呼应。除了要把那件礼服画得淋漓尽致，其他东西，椅子、桌子、山丘，他会一挥而就。就是通过这件礼服，他要向那些资深画家传递出一种独特的境界。他会勾画出那褶皱上柔软饱满的天鹅绒，让那些专家评委大跌眼镜。难道他还不了解这帮家伙吗？哈，他会征服他们的。他们的情感、肉欲，会在不知不觉中受到感染。还有那独特的描摹、色彩、质感。那些一贯用传统方式作画的人，他们的创意变得枯竭，近乎泯灭。他们总是说像他们那样的人，比如高更、塞尚等人，但其实他们只是试着规避绘画的真正挑战，而哈罗德就是要展示给他们看。那天下午他在画室里，把它称为伟大的现代派画卷，我不记得，他是否也将自己位列其中，但至少他的潜台词是这样的。

　　他会把这件女式礼服画得出神入化，基于感官天性，所有看到那幅画的男人，都会在不知不觉中油然感到女人那强大的吸引力。"眼下，或者在作画的这几个星期里，我会深陷爱河，真正地、全身心地爱上这个虚幻的身穿礼服的旧时女子。你看，我就坐在那个房间后面，等着她。这件礼服就搭在椅背上，但我坐在那儿等待时，它就如同那个女人。透过它，我看到了她温柔而又坚强的模样，我得到她时，她就会成为我的全部。然而，我现在还没赢得她的芳心。至于她身上焕发出的神奇，我能否描绘出来，取决于我是否真能把她变成我的女人。"

　　哈罗德现在所处的工作状态让我佩服得五体投地，但是米尔德丽……看着她的脸，我并不全然同情。有时候我就想，要是哈罗德不在……

而现在的哈罗德，已经下定决心要开始一股脑儿沉浸在他的画作里。就在当天晚上，他就跑去开始准备油画布和画架，还一直跟我们说着他的计划。他的父亲在印第安纳州的韦恩堡做批发，一直反对他绘画。只是因为在他母亲的影响和劝说下，他的父亲才同意支持哈罗德在学校里学习美术。不过，要是他现在开始画的油画能在后来的秋季展中获奖，所有这一切都会改变。钱会不断地涌进他的口袋，有了他父亲给的钱，他的画肯定也能卖个好价钱，他会带上我和米尔德丽一起到巴黎去。我们会住在那里，米尔德丽和他会去学习绘画，而我……他停下了手头的准备工作，转过来看着我，由衷地说："嗯，不管发生什么，你都会没事的。"我确信他是发自内心的。

　　我和米尔德丽走出哈罗德的画室，去附近一家餐馆吃饭。过去的几个星期，我逍遥快活，但钱也几乎快花完了。很快，我就得去工作了。吃饭时我们聊到了哈罗德，说他很了不起。我想，此时的米尔德丽悲愤交加。当她对哈罗德着迷时，她想要的是一个男人，但他却是个艺术家。既然现在哈罗德已经开始专注于他那伟大的画作，就意味着在接下来的几个星期，她将从哈罗德那里得不到任何慰藉。我看着她，这样想着。

　　让我再解释一下。这几天来，为了要延续我的那种懒散生活，一个近乎疯狂的求财之道在我脑海里翻滚。此刻，我开始想知道米尔德丽是否准备好参与到我的计划当中。在去餐馆的路上她告诉我她快没钱了。曾经有一段时间她在卢普闹市区给商人当秘书，但是哈罗德总是在下午的时候打电话给她，她也总是偷偷溜走，现在她已经被炒鱿鱼了。那天下午她本来想告诉哈罗德这件事的，但是发现他正沉浸在自己宏大的计划中，所以就不想烦扰到他。她说到这，我又燃起了希望，吃完饭，我们依然在那儿坐着，我深吸了一口气，向米尔德丽摊开了我的计划。

我解释道，在接下来的几个星期里，哈罗德会沉浸在自己的绘画之中，他不会想要米尔德丽在他身边，而她又丢了工作，很可能就像我一样，几乎身无分文了。哈罗德脑海里所构思的画作不可能在短时间内完成，而他也会完全投入进去，别无他想。他尤其不会想要一个女人在身边晃悠。难道米尔德丽没有听到他说过吗？他会一直对旧时神秘的女人怀有痴迷的感觉。这种感觉一旦持续，通常都会比对于活人的感觉还要强烈。这是画家天性中的一部分。

我说："米尔德丽，我们现在是战友了。"接着我说出了我的计划。我之前说过，这个想法已经在我的脑海里萦绕好些日子了。但是直到这一刻，我才想到自己是如此幸运，可以让米尔德丽加入到我的计划里。

她会是最合适的人选。她下笔作画，动作是多么地娴熟；她坐在我面前，眼神焦虑，又是那么地漂亮。

你应该明白，所有的这些，都发生在禁酒令颁布之前的那些年月。那时候，芝加哥境内有着成千上万的小酒吧。我在这个城市闲逛的时候，发现很多酒吧老板都热衷于在吧台后面的玻璃镜上作画，而这些图画通常又画得很糟糕。既然如此，何不让一个美丽的女画家把它们画好一点呢？

我和米尔德丽会一起出发，我背着绘画工具箱，负责谈判。那将是一个浪漫的故事。米尔德丽会成为一个年轻而有前途的画家，自己挣钱去巴黎学习。我会告诉那些酒吧老板，在法国巴比桑镇以及其他的地方，偏僻的小咖啡厅里的壁画是怎样变得出名的，是怎样使得那些地方因为一些大画家早年驻足停留而声名远扬的。我还会说，有钱的美国人专程从巴黎过来，参观这些地方，挥金如土。毫无疑问，通过我编造的这些故事，我们可以接到很多活儿，每个收入二十到三十美金不等。当然，每到一处，我都会和米尔德丽一起，我会守在她身边保护她，以免她受到任何主顾的骚扰。米尔德丽会准备几张生动的小素描：山景图、狩猎图、母亲哄孩子入睡图，还有月光中恋人站在小屋门口树下的情景，重复画几次，她就很熟练了，每天至少能画两三幅。我们会平分我们的收入。这样，哈罗德潜心于他的大作时，我们也正在赚钱。我说："女人需要自立。"米尔德丽点点头。我有点担心她会哭出来。

所以事情就这样确定下来了。至少对我来说，我和米尔德丽的冒险大获成功。连续几个星期，哈罗德在完成他的巨作，而我们在芝加哥的街头游走，我拉订单，米尔德丽绘画。她是多么地迷人呀。清晨，我们碰面后一起出发，开始我们共同的冒险。她站在某个酒吧的椅子上，一群劳工和卡车司机围绕着她。她在酒吧吧台后的镜子上画着我们提前准备好的画面。我在那围观的人群中走来走去，和他们小声地说着摆在她面前的美好未来，说她去到巴黎以后，会引起整个世界的关注。"总有一天，这个镜子会因为现在正画着的这幅画而价值千金。"我郑重地说着。通常，在这时候，人群中的某个男子会现场要求她在油画布上再画一幅同样的副本。这样，就可以框起来，挂在他的房子里了。

有米尔德丽与我相伴，钱大把大把地流进来，还可以买一套新西装、防寒过冬用的大衣和新的亚麻布家庭用品，口袋里的钱鼓鼓的，这样的日子多么好啊。米尔德丽有时会在傍晚的时候去见见哈罗德，但哈罗德只顾着沉浸在自己的画作之中，没有问她在干吗，她也没有告诉他。"这种情况可能会持续好几个月，肯定要等到那幅大作完成。"我这样想着，也预见了自己可以好好地读几个月的书，不用强迫自己进厂上班或者当一个职员了。

终于，这美好的一切都在某个早上结束了。我想我永远都不会忘记那个早上的。也许我已经开始希望获得米尔德丽的芳心。

我去到西区的一个地方，靠近芝加哥的加菲尔德公园，那里是我和米尔德丽会面开始工作的地方，但是她一出现，我就意识到有什么事情不对。她没有像往常一样穿着绚丽的绘画工作服，那曾经是我们舞台上的道具服装。她神情严肃哀伤，二话不说，即刻领着我进了公园，我们在一长椅处坐了下来。她穿得全身是黑，看起来多么抑郁啊。也许我当时犯了个错，牵起了她的手。

这个举动可能就打开了防洪闸。她可能只打算告诉我，她不能再继续执行我们的计划了。前一天晚上，她去找了哈罗德，那幅大作终于完成了。他想让她回到他的身边。"你最近都去哪儿了？都干了些什么？"他问着，而就在那时，米尔德丽回忆起最近的点点滴滴，突然间一阵恐慌莫名地袭向心头。一想到这，她就觉得有些恶心，为此她哭了一整夜。当哈罗德一直投身于他的大作，为艺术做出实在而持久的贡献时，米尔德丽却被我和我本性中的卑鄙邪念出卖了。这些天，她一直出入于那些低级的酒吧，在吧台后面的镜子上作画。现在，要是她继续这样做，她会把它们全都画完。那些普通人，像出入芝加哥小酒吧的那些人，同样遭到了出卖。我们应该要专注于提升自我素养，而不是让自己沾染越来越多的粗俗气息，一步步堕落为庸俗的大众。

"但是，米尔德丽。"我说。她边哭边从我手中抽回她的手。一个男子沿路经过停了下来，似乎想说些什么。他脸上一副生气的神情，也许他以为我们是两口子，是我动手打了她。远处树林间，一片平坦开阔的绿地上，一些高尔夫球手就犹如绿色海洋上的星星点点，正在穿梭行进。现在正值早秋时分，芝加哥的早秋有时很是迷人。

真没想到，我现在出卖了米尔德丽，而因为她，我也出卖了哈罗德的艺术。"现在你什么也做不了，除了一件事你必须得做。答应我，以后我再也不会见到你，你也不会再见到哈罗德。"她说完，站起身准备离开，断然地将我一个人留在公园里。

米尔德丽没再多说一句话便走了，空留我独自一人落寞地坐在公园的长凳上，无所适从。然后我从椅子上站了起来，伸了伸懒腰。我已经说过，我是个解决不了问题的人。"工作吧，你这个奴隶。"另一个想法从我脑海里蹦了出来，我开始自言自语。我的新外套很暖和，我说了，芝加哥的秋天有时很迷人。我把颜料盒放在长凳上，回瞪了一眼那个一直瞪我的人。"滚！"我这样想着，但什么也没有对他喊出来。"也许，等到再有大作需要创作的时候。"我心里想着，你知道，我还没有完全忘掉米尔德丽。

于是，我再次回到了我的房间，读我的书。

至于那幅杰作，其实，我压根儿就没看到过。它就挂在秋季画展上，虽然这个画作没能获奖，却引起了极大的关注。当时，我碰巧外出旅行了。

它没能获奖是因为评审会已经内定了。我的朋友从米尔德丽那里听说了这个内幕，然后便告诉了我。如果你在我们共同冒险的时候跟我们一起，你也无法怀疑米尔德丽说过的话。

你看，米尔德丽本身就是一幅杰作。

我肯定，她绝对配得上哈罗德。

红毛狗

一定会有很多人像我一样，认为自己是想要写作、绘画、雕刻或者唱歌什么的。有一类年轻的男孩，比如我，就拥有或似乎拥有某种天赋。

那就以我为例吧。我是土生土长的印第安纳小镇人，在这里出生，在这里长大。我开始画画，起初并没有人教我，我只是信手涂鸦。我画过我们家的房子，画过前院的树木，也画过我们家的小狗。家中的客厅里挂着一幅奶奶的肖像画，我也模仿着画过。

我的母亲身材娇小，一双棕色的眼睛时常闪烁着温柔的光芒。她看到我有当画家的潜质，变得激动起来。我的父亲是镇上的一个杂货商，他也变得异常激动。这大概是因为我是他们唯一的孩子吧！父亲把我的画拿到杂货店里，向每一个顾客炫耀着。

"你瞧瞧这画。"他说着，眼睛闪闪发光。父亲也有着棕色的眼睛。他很胖，脸上总是挂着笑容。我想，这大概是出于杂货商的职业习惯吧。父亲的微笑就和电影演员道格拉斯·范朋克经常挂在脸上的微笑一样。早上他会带着微笑出门，直到晚上店铺关门了才会收起笑容。

但是，在这里我并不打算讲述我的家族史或者是我作为美国画家的生涯。我不会讲述我漫长的奋斗史，不会讲述父母对我的牺牲、对我的骄傲，不会讲述在乡镇集市上我那幅画了中学建筑而获得第一名的作品，不会讲述父母节衣缩食只为供我上大学，不会讲述我居住在纽约的格林威治村，蓄起了长发，更不会讲述我爱上了一个比我年长的女歌手，我称之为情妇。

（现在回想起来，那段风流韵事还挺荒谬的。我很想用"情妇"这个词，因此有一次，我和她一起去参加一场艺术家聚会，我就用这个词介绍了她。

"这是凯恩小姐，我的情妇。"我这样介绍道。

她为此很恼火，再也不想跟我交往下去了。于是我们的关系就走到了尽头。）

我也不会告诉你我如何成为一名杂志插图画家，又是如何攒钱，那时依然对我满怀希望的父母再一次对我伸出援手，我跟其他年轻的艺术家一起去欧洲徒步旅行（那是一战前的欧洲，现在对我来说恍如梦境），如愿以偿地在西班牙、荷兰、意大利和法国一睹画坛巨匠的尊容。

也不会谈及我是如何在法国枫丹白露的森林遇到苏，后来她成了我的妻子。

那时，她还是一位年轻的歌手，梦想着成为一位伟大的歌剧演唱家。而现在，她只是我的妻子。

我们住在新泽西州的一所房子里，从这里到纽约要一个小时。我今年四十五岁，苏四十二岁。我们有一儿一女，都寄宿在学校里。我给校长画了幅画像，学校才接收了他们。他们还获得了所谓的奖学金。我们的房子是一个老木屋，临溪而建，周围绿草如茵，非常舒适。房子的仓库，是苏的父亲买给我们的。我的父亲已经逝世了，但母亲还健在。我想接母亲过来和我们一起住，但她拒绝了。她说她觉得不应该闯入别人的生活。

"都这把年纪了。"她说。

"这里有我的朋友，我不愿离开。"

我的妻子苏总是竭力地帮我，她四处结交朋友，觉得那样对我有帮助。

她说："谁会买这些风景画呢？"其实她说得很对。就拿我画过的一幅画来说吧。离我们家半英里远的地方有一户非常贫穷的人家。那户人家的男主人已经成为我的朋友。他身材矮小，滑稽的小红鼻子似乎占了整张脸，一双红眼睛水汪汪的，红色的头发稀疏单薄，嘴里只剩下两三颗牙齿。

他家里有六个孩子，穿得破破烂烂的。至于他们怎么生活，怎么维持桌面上足够的食物，我就不得而知了。

那个男人租借了一小块地来种菜，却没有赚到什么钱。他工作，他的妻子、孩子也工作，但并没有得到什么回报。

然而，他们似乎都很快乐幸福，我也很喜欢去他们那个杂乱贫困的家里。那个男人有一把旧吉他。每逢晚上或下雨天，他就会边弹边唱。孩子们也围过来，一起唱。他的一颗牙齿镶成了金色，看起来很是滑稽。他是一个哲学家，起码我是这么描画他的。我觉得这幅画是我的杰作。在画里，屋内只摆着一些廉价破旧的家具，那个穷困潦倒的矮子男人坦然接受生活赋予的一切，他那矮胖的妻子脸颊红扑扑的，胸前抱着一个婴儿，衣衫褴褛的孩子们围在他身边，和他一起唱着歌。

他们正在唱一首很悲伤的歌曲，一首关于少女冤死的歌曲，但他们并不觉得悲伤，他们对贫穷和苦难有着深深的体会。

"噢，死神，你的毒刺何在？

"我们就在这里。冬天即将来临，我们几乎要冻僵在这个屋子里。

"我们的庄稼歉收了，市场也已分崩离析。

"我们装了一卡车白菜到镇上去卖。市场已经挤爆了，但我们还是得雇一辆卡车把白菜拉到镇上去，而最后我们赚的钱只够付运费。

"尽管如此，我们依然放声歌唱，唱的是一名含冤而死的少女。"

我去到他们家给他们画了这幅画。我是多么开心啊，可是这又有什么用呢？这是我最好的作品，但是有谁会买呢？在他们家，我画完了这幅画，他们都围了过来。

那个男人说："不错，画得很像！"他那矮胖的妻子走过来，亲了一下我的脸颊。那一瞬间，我想和他们一样，就这样种着白菜，有一颗引以为豪的金牙，有一群衣衫褴褛却幸福快乐的孩子。

然而，命运并没有困扰我，让我变得心烦意乱的是那些鸡毛蒜皮的小事。比如说，有一扇纱门的挂钩松了，妻子让我去修一下，我试着去修却不小心让锤子砸到了手指。

又比如，我向银行贷款买了房，现在又到了还款的时间。这件事一直压在我心头，我没有钱，很焦虑，自言自语："我得去找那个银行家，低声下气请求他再等等，可我一点都不喜欢他。"

我想冲他大喊："把我的房子收走吧，把我改成画室的仓库也收走吧，把我所有的绘画工具都收走吧。"

在这种情况下，你想要大声宣告："我宁愿出去流浪！"然后，你走到庭院里，沿着院外的那条路望过去。那条路向西延伸，穿过新泽西州，一路上车水马龙。

在遥远的西部，有的是山川平原，有的是陌生城镇。

我会放弃一切，我发誓，我会的！可是我的手指让锤子砸到了，很痛，指甲已经变黑了，很快就会脱落的。

我发誓，要是去找那位银行家，我就不得好死！

那是我的妻子苏，她一脸疲惫，正沿着小路往养鸡的院子走去。她现在已经开始养鸡了，希望鸡蛋能够卖个好价钱，还能把小鸡拿到市场上卖。她认为这样可以帮到我。

我们过得太好了，本不该买这房子的，要不然我们也不会欠下债务。她还在那里走着，现在已经是中年妇女了，还总想着撑门面装阔气，说是在帮我。而我还记得我们在枫丹白露森林里相遇，那时她还是一个苗条的妙龄少女。我们手牵手在林间小道上散步，我还时不时停下来亲亲她，抱抱她。

谈谈我的爱情。

我现在还有能力爱吗？我不禁扪心自问。

看到了吧，我是个没用的人。我并不能够主宰自己的灵魂。有的时候我确实画得好，但画得好却很少卖得出去。我告诉自己："哎呀，凡·高也卖不掉自己的画呀。他与一群吃土豆的人住在一起。他也是穷人一个。塞尚也卖不掉自己的画呀。他都一大把年纪了，跟儿子一起去看自己的画展。看着自己的画挂满房间，他走出房门，泪水在眼里打转。"

"你看到了吗？"他跟儿子说，"那些画都裱起来了。"

然而，我是从哪里得知这个故事的呢？对于我来说，记住这些故事又有什么用呢？我既不是凡·高，也不是塞尚。我只是一个普通的画家，一个会画画却很少卖得出去的画家。呀，我的手指让铁锤砸到了！好痛啊！看来我得去找一下银行家了！

然而，我坐在这里是想写那红毛狗的呀，并不想抱怨我的不幸。

这只狗是那位镶了金牙的男人送我的，很漂亮的。

这是一只流浪狗，迷路了才到了他家里。它患有所谓的"奔跑性痉挛综合征"，静静地走着，随后开始奔跑起来，发疯似的跑了很长一段路，然后突然倒地。

它躺在地上打滚，身体猛烈地抽搐着颤抖着。看来它的身体里有蠕虫。真有蠕虫。

后来，那个男人治好了它。他到镇上买了些药片给它吃，然后就好了。接着，他把这只狗送给了我。那是我的第一只红毛狗，是爱尔兰塞特猎犬。它很温顺，整天围着我转，总是跑过来，跳到我的怀里。我开始依赖它，爱恋它。

这样的狗是你爱得起的。它并不需要为了虚饰外表而要求买新裙子。你正准备着要开车离开家，想着到野外去，或许能够看到你想作画的景色，它不会跑过来告诉你轮胎没气了。

正如我刚才所说，让人心烦意乱的并不是它的命运，而是一些鸡毛蒜皮的小事。我有一幅画要画，是个贵妇人，苏通过她的表妹认识的。那贵妇人穿着一袭黑裙，身材修长，鼻子挺拔。

弗吉尼亚的审判

　　弗莱德住在我们镇的边界处，那里是群山环绕的小山谷。在此，我就不写出他的真实姓名了吧。他身材瘦小，沉默寡言，是个知名的作家。很多作家去乡下居住是为了寻求他们所谓的乡土气息，但我相信弗莱德并非为此而来。我曾经问过他："你来这里仅仅是为了和我们一起生活呢，还是在这里安家落户，把我们都写进你的笔下呢？"

　　他微微一笑，说："我并不缺东西写，我见过的每一个人都是一个故事。故事太多了，傻瓜才会去寻找素材。真正的本事是知道怎么运用素材，这才是关键所在。"

　　弗莱德刚定居在蓝岭山时，我们都误解了他。首先，每个人都觉得他很有钱。我们这些山里人不太像你在杂志故事里看到的非法酿酒商。我想你会以"乡巴佬"称呼我们这些蓝岭山人，事实上，我们很多人不会读书写字，但你要是觉得我们很蠢，那就来试试和我们买卖马匹吧。

　　弗莱德在离镇子几英里远的山谷上游建房子时，山里一半的人都来帮工。年老的吉姆·索尔特在不醉酒的时候指挥他们干活。弗莱德给的工钱很高，这附近从未有这么高过。那或许是个错误。大伙儿都认为他很好骗。

　　他们开始伺机而动，逮到机会就东抢一点，西掠一点。他们以为弗莱德不知道，事实上，他只是不怎么在乎而已。他没有很强的金钱观念，有一次我跟他提起这件事，他说："哼，凭他们的想象力从我身上捞不到多少东西的。"

山里人的这些小把戏只会把他逗乐。

有一次他跟我在金钱的问题上谈论了很久。这似乎使他很困惑。我是一名大学教授，也正因此，我想，他对我比对镇上其他人更能敞开心扉吧。他可能认为我对他的知识世界更加熟悉。山里有一个叫菲利克斯的人为他干活儿。弗莱德告诉我，他在菲利克斯干活儿的墙边坐了一个小时，而菲利克斯就开始胡扯起来。事实上，菲利克斯只是在磨洋工，但他给弗莱德讲了个故事，然后弗莱德走进屋里，把故事写了下来，"一句不落，原封未动。""我为此得到了三百美元稿费，但我一天只付给他两美元的工钱。我想，如果一个人真的理解金钱的含义，他会明白很多。"

弗莱德有个邻居叫汤姆·凯斯，是个独眼龙。他性格古怪，有时小气有时大方。碰上小气的时候，他连你牙缝里的东西都会抠出来。然而第二天，你们再碰面，他会慷慨地把衬衣送给你。

汤姆的农场在山坡上，就在弗莱德家的上游。他在弗莱德搬过来后，一直伺机从那儿捞点好处。弗莱德买了一匹带鞍的老马，在乡下闲逛，一天马儿穿过篱笆，到了汤姆的玉米地里。第一次只是个意外，可汤姆大发雷霆，或者假装狂怒不已，到了弗莱德的家，咆哮咒骂，要求赔偿十美元的损失。马儿对玉米地造成的损失连五十美分都没有，但弗莱德给了他十美元。

于是，这样的事又接二连三地发生了。我们都觉得是汤姆有意放马儿进玉米地的。这是一块很小的山间田地，地里的玉米总共不值五美元。可汤姆获赔了三十美元，"很不错嘛，嗯？"每个人都这样说着。事实上，我们都看穿了汤姆的伎俩，但是我们都抱着差不多同样的想法。"噢，他是城里人，赚钱很容易的。"我们甚至有点嫉妒汤姆的钱来得这么轻而易举。

但后来汤姆把一切都搞砸了。他向弗莱德狠狠地敲了一笔。马儿第四次闯进了玉米地，他向弗莱德索要二十五美元。杰克·威尔逊跟我说，汤姆想拿这笔钱维修他家的屋顶。"修屋顶？"哈迪·戴维逊反问道，"他这分明是想要新房子新农场呢。"

然而这次他弄巧成拙了。他一边咆哮，一边咒骂，声称要杀了弗莱德，还把弗莱德的马关在自己的马厩里。我发觉，一个人要内心肮脏、卑鄙，喜欢欺诈别人，那他也会开始憎恨对方。弗莱德在这些事情面前始终保持平静，他只是去镇里找来治安官帮他把马放出来。他已经决定要和汤姆打官司，还提出一百美元的契约，依照审判结果，来支付汤姆可能的任何损失。

治安官向汤姆要回马儿，汤姆气急败坏，甚至威胁要枪杀治安官。弗莱德告诉我，他担心汤姆一旦心情不好会饿死他的马。至于枪杀治安官，那当然是虚张声势。治安官只是笑了笑，让汤姆打开马厩，把那匹马放回了家。

"你个蠢货，财迷心窍，是你把这一切搞砸了。"治安官说道，而汤姆拿着猎枪在马厩前的空地上气得张牙舞爪。治安官山姆·霍普金说，一个人真打算开枪，他就什么都不会说。"他会直接开枪。"

于是，一场审判即将在弗吉尼亚上演，镇上一半的人，方圆几英里的所有农民和山人都来了。那天天气很好，是秋天的一个周六，玉米也收割了。这场审判在乡绅威尔斯家的庭院里举行，位于伯利森大道上。威尔斯和来自平岭的乡绅格雷坐在一起。弗吉尼亚的这些乡绅不会自诩很懂法律，也不喜欢律师们围着他们说些法律条框。只要请律师，你每次官司都必败无疑。因此，弗莱德和汤姆都没有请律师。这些乡绅都是推选出来的，一个县可能有多达十二个。他们每参加一个审判就会得到三美元，如果你愿意，一次可以请三位乡绅出席。

于是我们都准备好迎接一个大日子，所有人都去凑热闹。这些乡村法庭对我们来说就是山里剧场。两个乡绅都是上了年纪的人，庄严地坐在威尔斯家的前廊上，我们就聚在前面的草地上或是马路上。

审判仍在进行中。这在秋天是很难得的日子，马匹交易商也出动了。镇上的男男女女都是开着车来的，山里的人则是骑马而来。喊叫声和大笑声接连不断，有些向着汤姆，有些向着弗莱德。

汤姆的弟弟从弗洛伊德县赶来参加审判，汤姆除了弟弟，没有和任何人讲话。汤姆的弟弟站在大路上，而汤姆则骑着一匹大黑马转来转去。他已经喝了很多私酿酒，手上拿着猎枪，试图恐吓弗莱德和审判员。

然而这并没有发挥作用。于是，汤姆在他弟弟旁停下马，俯身向他耳语。我们都注视着他们。毕竟，我们认为，尽管汤姆还没有开枪杀过谁，但这次他很可能会随时开枪。

汤姆低声传话给弟弟，弟弟又继续传话给第三个人，第三个人走去传话给坐在门廊边的弗莱德，但弗莱德摇了摇头，我们都清楚，无论如何这次审判都不会庭外和解了。弗莱德后来跟我说，汤姆提出十二美元和解。弗莱德说："我连一毛钱都不会赔。"

这片乡野的风气，他已开始心领神会了。

庭审正式开始，弗莱德起身说，他前三次都分别给了汤姆十美元，也许这次他还打算这样做，但汤姆实在是太贪得无厌了。他说："我建议，审判员、汤姆和我选择三人去汤姆的玉米地里看看。无论他们说什么，我都会照价赔偿。"

显然，这是个新鲜的法子。两位审判员头挨着头低语，继而点头，最终他们决定弗莱德可以选择一人，汤姆选择另一个人，最后一人由审判员进行挑选。

毫无疑问，汤姆反对这个提议。他气急败坏地咆哮咒骂，一边骑着马在路上来回走动一边挥动着猎枪，和他的弟弟窃窃私语，一位审判员一度开口警告他。

"我们可以控告你藐视法庭，汤姆！"乡绅威尔斯大声吼了起来，然而所有人，包括汤姆和另一个审判员都忍不住笑了出来。他们估计，肯定有律师和威尔斯谈过这些。

不管怎样，最后汤姆选择了他的弟弟，弗莱德选择了我，审判员们选择了吉姆·威尔逊，我们一起开车去了汤姆的玉米地。我们正查看玉米地，汤姆的妻子走了出来。我们看不到哪里有损坏的痕迹……想要毁坏山坡上的玉米地不是件容易的事……汤姆的妻子说，她为汤姆感到羞愧，他们曾为此吵过架，还跟我们说，不能告诉汤姆她对我们说过什么。我们决定让弗莱德赔偿两美元，因为我们都认为弗莱德能接受这个金额，但汤姆的弟弟说："不行，我们还是定三美元吧。"

他说这话的时候笑了出来，我说三美元也行。"弗莱德也许会把这一切都写下来，反正他会把这些钱都赚回来的。"我说道。

然后我们回到法庭提交决议，你真该听听汤姆的咆哮。他把枪扔在地上，骑着马四处转，在他弟弟的鼻子底下晃了晃拳头，接着又在吉姆和我前面晃，但是就像我们在山上说的那样，我们根本不理会他，接着审判员们公布了决议，向弗莱德索要赔偿。

然后弗莱德变得有点恼火，这是我第一次看见他如此恼火。他起身抗议说："请注意，我赔了他十美元，你们都知道我已经赔了三十美元，你们也知道他后来还向我索要二十五美元，然而你们派去的仲裁人却发现损失只值三美元。"他转向我们几个仲裁人，说道："先生们，如果我的马从来没有进入玉米地，那地里的所有玉米值多少钱呢？如果是马儿自己进到了玉米地，而不是人为故意牵进去的呢？"

"大概七美元。"吉姆·威尔逊说道，所有人都不禁笑了出来。

哪里出了错？显然是审判员。威尔斯房子旁边有一个小棚，两个审判员走了进去。他们待了一会儿，我猜是在商议，接着格雷走出来，示意弗莱德进去。他后来告诉了我接下来的事情。他说，两位乡绅告诉他这场审判的费用是六美元。他们说："每位审判员三美元。弗莱德，我们不想为难你，但是汤姆疯了，他是不会付这笔钱的。"他们告诉弗莱德说，在这样一个重要的审判中得不到应有的费用，对他们来说不公平。弗莱德也表示认同。"我只是不想汤姆在这件事上大占我的便宜。"他说。

接着弗莱德脑子快速运转起来。后来他告诉我，那是他一生最骄傲的时刻。他跟两个弗吉尼亚的乡绅说："请注意，按我说的做。你们站到走廊上，宣布审判的费用五五平摊。我付三美元的赔偿金和三美元的审判费，加起来总共六美元，都是你们的。汤姆一分钱也摸不到。"

事情就这样解决了，我相信汤姆是不怎么明白的。审判员明明判给了他些赔偿金，可他怎么啥也没得到呢？他比之前更疯狂了，但这次并不是冲着弗莱德，而是乡绅们，他发誓要把他们赶出这个乡镇。

接着，他捡回自己扔在地上的枪，骑着马咒骂着离开了，我们也都各自回了家。后来，弗莱德还跟我说了些别的事。他说他已经有两个月没见过汤姆了，初冬的一天，他在雨中散步，在一条狭窄的山路上遇到了骑着黑马的汤姆。他说，汤姆停了下来，他也停了下来。两人面面相觑，接着便开始大笑起来。汤姆从马上跳了下来。

弗莱德说，他们非常友好地谈天说地，肯定长达两个小时，谈到作物和天气，谈到民主党和共和党，谈到马匹，谈到老赛尔维斯特·沙利文过世了，还有谁会成为县里优秀的估价员，但他们始终没有提及那场审判。

从此以后，汤姆就对弗莱德俯首帖耳，随时候命。他每星期会来一次看看有没有什么活儿可干，弗莱德时不时让他做些杂活儿，他也分文不收。

汤姆说："我这样做只是因为我相信，是邻居就应该成为好邻居。"